JAMES HILLMAN

Charakter und Bestimmung

Buch

Wie die Eichel bereits alle Merkmale des späteren Baumes in sich birgt, so besitzt jeder Mensch von Anfang an einen Kern, der alle Aspekte seines späteren Lebens enthält. James Hillman stellt dieses den alten Griechen vertraute Bild vom Daimon, der »inneren Stimme« oder Intuition, in das Zentrum seiner Ausführungen. Damit gibt er uns wahre Menschlichkeit zurück, für die im Weltbild der Wissenschaft kein Platz mehr zu sein scheint. Einzigartigkeit, Leidenschaft, schicksalhafte Bestimmung, Charakter und Berufung im Leben eines jeden verdeutlicht der Autor anhand der Biographien bekannter Persönlichkeiten. Ohne jemals eine Schule besucht zu haben, kann man zum Beispiel wie John Stewart Mill ein großer Philosoph werden, sofern man seinem inneren Lebensplan folgt – dem Schlüssel für ein erfolgreiches, glückliches Leben.

Autor

James Hillman ist als Psychotherapeut C. G. Jung-Schüler und war Dozent an mehreren Universitäten in den USA und in Europa. Als Autor ist er durch eine kritische Auseinandersetzung mit der Jung'-schen Psychologie hervorgetreten. Er hat mehr als zwanzig Bücher publiziert, darunter »Die Suche nach Innen«.

James Hillman

Charakter und Bestimmung

Eine Entdeckungsreise zum individuellen Sinn des Lebens

Aus dem Amerikanischen
von Diane von Weltzien

GOLDMANN

Umwelthinweis:
Alle bedruckten Materialien dieses Taschenbuches
sind chlorfrei und umweltschonend.

Der Goldmann Verlag ist ein Unternehmen
der Verlagsgruppe Random House GmbH

Vollständige Taschenbuchausgabe August 2002
Wilhelm Goldmann Verlag, München,
in der Verlagsgruppe Random House GmbH

Originaltitel: The Soul's Code
Originalverlag: Random House, New York
Redaktion: Gerhard Juckhoff
Umschlaggestaltung: Design Team München
Umschlagfoto: Marc Tauss
Druck: Elsnerdruck, Berlin
Verlagsnummer: 15162
KF · Herstellung: Sebastian Strohmaier
Made in Germany
ISBN 3-442-15162-7
www.goldmann-verlag.de

1 3 5 7 9 10 8 6 4 2

Für die vier Daimones:
Baby Joo, Cookie, Mutz und Boizie

Inhalt

Mottos statt eines Vorworts

Der Genius kann in einer Nußschale enthalten sein und dennoch die ganze Fülle des Lebens umfassen.

Thomas Mann (sinngemäß)

Wenn das Leben ein Fundament hat, auf dem es steht … dann steht mein Leben zweifellos auf dieser Erinnerung: Ich liege halb schlafend, halb wach im Bett, im Kinderzimmer in St. Ives. Ich höre – hinter einem gelben Rollo –, wie die Wellen sich, eins–zwei, eins–zwei, eins–zwei, brechen … Ich höre das Rollo, das seine kleine Holzeichel an der Schnur über den Boden schleift, wenn der Wind es nach außen bauscht; ich liege und höre … und ich habe das Gefühl, es ist fast nicht möglich, daß ich tatsächlich hier bin.

Virginia Woolf: »Eine Skizze der Vergangenheit«

Moira? die vollendete Form unseres Schicksals, die Kreislinie, welche sie umgibt. Das ist die Aufgabe, die die Götter uns zuteilen, und unser Anteil des Ruhms, den sie uns gestatten, die Grenzen, die wir nicht überschreiten dürfen, und unser festgelegtes Ende. Moira ist immer da.

Mary Renault: *The King Must Die*

... und daß [die Seelen] gerade in diesen bestimmten Leib eintreten und diese Eltern bekommen, daß sie an einem Ort von dieser Beschaffenheit ins Leben treten, und überhaupt die schon dargelegte Mitwirkung der äußeren Umstände. Daß aber alle Dinge ineinander wirken und gleichsam ineinander versponnen sind, das ist angedeutet durch die eine der sogenannten Moiren [Klotho, die Spinnerin].

Plotin, II.3.15

Nachdem nun aber alle Seelen ihre Lebensweisen gewählt, seien sie nach der Ordnung, wie sie gelost, zur Lachesis hinzugetreten, und jene haben jedem den Dämon, den er sich gewählt, zum Hüter seines Lebens und Vollstrecker des Gewählten mitgesendet. Dieser nun habe sie zunächst zur Klotho, unter deren Hand, wie sie eben den Schwung bewirkend an der Spindel drehte, geführt, um das von jedem gewählte Geschick zu befestigen; und nachdem er diese berührt, habe er sie zur Spinnerei der Atropos geführt, um das Angesponnene unveränderlich zu machen. Von da sei er, ohne sich umzuwenden, an der Notwendigkeit Thron getreten.

Platon: *Politeia, X, 620e/621a*

Letzten Endes zählen wir nur etwas wegen des Wesentlichen, das wir verkörpern, und wenn wir es nicht verkörpern, ist das Leben verschwendet.

C. G. Jung (sinngemäß)

Gewiß, Sie können der Behauptung widersprechen, daß wir nicht mehr sind als ... Gene und Umwelteinflüsse. Sie können geltend machen, daß da noch etwas sei ... etwas *mehr.* Doch wenn Sie dieses Etwas vorstellen oder mit Worten klar beschreiben wollen, werden Sie feststellen, daß es unmöglich ist, denn jede Kraft, die nicht in den Genen oder in der Umwelt lokalisiert ist, hat ihren Ort außerhalb der physikalischen Realität, wie wir sie wahrnehmen. Sie liegt jenseits des wissenschaftlichen Diskurses. Das bedeutet natürlich nicht, daß es so etwas nicht gibt.

Robert Wright: *Diesseits von Gut und Böse*

Bedeutung ist unsichtbar, aber das Unsichtbare steht nicht im Widerspruch zum Sichtbaren: Das Sichtbare selbst hat ein unsichtbares inneres Grundgerüst, und das Unsichtbare ist das geheime Gegenstück des Sichtbaren.

M. Merleau-Ponty: *Arbeitsnotizen*

Weder in der Umwelt noch in der Vererbung kann ich das Instrument erkennen, das mich erschaffen hat, diese anonyme Walze, die meinem Leben ein bestimmtes kompliziertes Wasserzeichen aufgedrückt hat, dessen einzigartiges Design sichtbar wird, wenn man den Scheinwerfer der Kunst darauf richtet und sein Licht durch die Narrenkappe des Lebens hindurchscheint.

Vladimir Nabokov: *Speak, Memory*

Wissenschaftlern ist es nicht gelungen, viele tiefgehende Grundsätze zu finden, welche die Handlungen von Müttern, Vätern oder Geschwistern in Beziehung zu den psychologischen Charakteristika des Kindes setzen.

Jerome Kagan: *The Nature of the Child*

Die sogenannte traumatische Erfahrung ist kein Mißgeschick, sondern die Gelegenheit, auf die das Kind zum Teil gewartet hat – wäre es nicht geschehen, dann hätte es eine andere, ebenso triviale gefunden –, um eine Notwendigkeit und eine Richtung für seine Existenz zu finden, damit aus seinem Leben eine ernsthafte Angelegenheit werden kann.

W. H. Auden

Man lernt sein Mysterium immer auf Kosten seiner Unschuld kennen.

Robertson Davies: *Fifth Business*

Weil sie so wenig haben, müssen sich Kinder eher auf ihre Vorstellungskraft verlassen als auf die Erfahrung.

Eleanor Roosevelt: *You Lern by Living*

Die Imagination kennt weder Anfang noch Ende, doch sie hat Freude an ihren eigenen Jahreszeiten, in denen sie die gewöhnliche Ordnung nach Belieben umstellt.

William Carlos Williams: *Kora in Hell*

Es war, glaube ich, Karl Marx, der einmal vorschlug, daß man die Evolution rückwärts studieren müsse, dabei ein Auge fest auf die entstandene Spezies richtet, während man rückblickend nach Hinweisen sucht.

Jerome Bruner: *In Serch of Mind*

Ich entwickle mich nicht; ich bin.

Pablo Picasso

Allerdings ist auch schon, bevor die Vernunft in ihm wirkt, die Bewegung da, welche in ihm drängt zu dem ihr einen hin.

Plotin, III.4.6.

In der Entwicklung jedes Künstlers ist der Keim des letzten Werkes immer schon im vorangegangenen enthalten. Der Kern, um den der Intellekt des Künstlers sein Werk schafft, ist er selbst … und der verändert sich wenig von der Geburt bis zum Tod.
Der einzige wirkliche Einfluß, unter dem ich je stand, war ich selbst.

Edward Hopper

Jugendliche spüren eine geheime, einzigartige Großartigkeit in sich, die danach verlangt, ausgedrückt zu werden. Sie deuten auf ihr Herz, wenn sie versuchen, etwas davon zum Ausdruck zu bringen, ein bedeutender Anhaltspunkt bei der ganzen Angelegenheit.

Josepf Chilton Pearce: *Evolutions End*

*I*ch möchte, daß Du alles weißt, was ich über den Genius und das Herz denke.

John Keats: *Letters*

Ist es das, was sie eine Berufung nennen, was man mit Freuden tut, als ob man Feuer im Herzen, den Teufel im Körper hätte?

Josephine Baker

Eine Methode, die dem unbedeutenden, nicht aber dem großen Werk gerecht wird, setzt offenbar am falschen Ende an … Der Gemeinplatz kann zwar als Reduktion des Außerordentlichen, das Außerordentliche jedoch nicht als Erweiterung des Gemeinplatzes verstanden werden. In logischer wie in kausaler Hinsicht ist das Außerordentliche entscheidend, da es … die umfassendere Kategorie darstellt.

Edgar Wind: *Heidnische Mysterien in der Renaissance*

1. KAPITEL

Die Eicheltheorie und die Rettung der Psychologie

Ein menschliches Leben umfaßt mehr, als unsere Theorien zulassen. Früher oder später scheint uns irgend etwas zu einem bestimmten Weg zu rufen. Möglicherweise erinnern Sie sich an dieses »Irgend-Etwas« als einen zeichensetzenden Augenblick in der Kindheit, als einen Drang aus dem Nirgendwo, eine Faszination, eine eigenartige Wendung der Ereignisse, die wie eine Verkündigung einschlug: Das ist es, was ich tun muß; das ist es, was ich haben muß. Das ist der Mensch, der ich bin.

Dieses Buch handelt von diesem Ruf.

Ist er nicht so lebhaft und eindeutig gewesen, dann war der Ruf vielleicht mehr wie ein sanftes Schieben in den Strom, in dem Sie ohne Ihr Wissen zu einer bestimmten Stelle am Ufer getragen wurden. Der Blick zurück läßt Sie vermuten, daß das Schicksal von dort gewinkt hatte.

Dieses Buch handelt von diesem Wink des Schicksals.

Verkündigungen und Erinnerungen dieser Art bestimmen eine Biographie ebenso stark wie das Gedenken an das Grauen des Mißbrauchs; doch diese rätselhafteren Augenblicke werden in der Regel ad acta gelegt. Unsere Theorien bevorzugen Traumata, die wir durcharbeiten sollen. Trotz früher Verletzungen und all der Fallen und Pfeile des erbarmungslosen Schicksals weisen wir von Anbeginn das Bild eines definitiven, individuellen Charakters mit einigen dauerhaften Zügen auf.

Dieses Buch handelt von der Macht des Charakters.

Weil die »traumatische« Sicht der frühen Jahre die Theorie der Persönlichkeitspsychologie und -entwicklung derart bestimmt, ist der Brennpunkt unseres Erinnerns und die Sprache unserer persönlichen Geschichte bereits von den giftigen Einwirkungen dieser Theorie beeinflußt. Unser Leben wird vielleicht weniger von unserer Kindheit determiniert als von der Art und Weise, wie wir gelernt haben, uns unsere Kindheit vorzustellen. Wir sind, so wird dieses Buch zeigen, weniger durch die Traumata unserer Kindheit geschädigt als durch die traumatische Weise, in der wir uns an die Kindheit erinnern als eine Zeit unnnötiger und von außen verursachter Katastrophen, die uns falsch geformt haben.

Dieses Buch will also einen Teil des Schadens wiedergutmachen, indem es zeigt, was außerdem noch unser Wesen bestimmte und bestimmt. Es will die unerklärlichen Wendungen wiederauferstehen lassen, die unser Boot in den Strudeln und Untiefen der Bedeutungslosigkeit umdrehten und uns zu einem Gefühl von Schicksalhaftigkeit zurückgeführt haben. Denn das ist es, was in so vielen Leben verlorengegangen ist und zurückgewonnen werden muß: ein Gefühl der persönlichen Berufung, daß es einen Grund dafür gibt, warum ich lebendig bin.

Nicht den Sinn des Lebens; nicht die allgemeine Bedeutung des Lebens oder eine Philosophie des religiösen Glaubens – dieses Buch nimmt nicht für sich in Anspruch, solche Antworten zu geben. Doch es spricht das Gefühl an, daß es eine Ursache dafür gibt, daß meine einzigartige Person hier ist und daß es Dinge gibt, denen ich mich über die tägliche Routine hinaus widmen muß und die der Grund für diese tägliche Routine sind, daß Gefühl, daß die Welt mich irgendwie da haben will, daß ich einem angeborenen Bild, welches ich durch meine Biographie ausfülle, Rede und Antwort stehen muß.

Dieses angeborene Bild ist das Thema dieses Buches, wie es

das Thema jeder Biographie ist – und wir werden auf diesen Seiten vielen Biographien begegnen. Die Frage nach der Biographie verfolgt unsere westliche Subjektivität, wie unsere tiefe Hingabe an Therapien des Selbst zeigt. Jeder, der eine Therapie macht oder von therapeutischen Gedankengängen beeinflußt wird, selbst wenn sie durch die Tränen des Fernsehgeschwätzes verwässert sind, ist auf der Suche nach einer angemessenen Biographie: Wie kann ich die einzelnen Bestandteile meines Lebens zu einem geschlossenen Bild zusammensetzen? Wie finde ich die Haupthandlung in meiner Geschichte?

Um das angeborene Bild zu entdecken, müssen wir die psychologischen Rahmen beiseite stellen, die gewöhnlich gebraucht werden und meistens verbraucht sind. Sie zeigen nicht genug. Sie passen ein Leben dem Rahmen an: Entwicklungswachstum, Schritt für Schritt, von der Kindheit über eine unruhige Jugend zur Midlife-Krise und zum Alter, zum Tod. Sich auf einem Weg auf einer bereits vorgezeichneten Landkarte voranquälend, befinden Sie sich auf einer Reiseroute, die Ihnen sagt, wo Sie waren, noch bevor Sie dort angelangt sind, oder Sie sind Teil einer gemittelten Statistik, die von einem Wirtschaftsmathematiker in einer Versicherungsgesellschaft bestimmt wird. Der Verlauf Ihres Lebens wurde im vollendeten Futur für Sie festgelegt. Oder wenn es sich nicht um die vorhersagbare Schnellstraße handelt, dann eben um die unkonventionelle »Reise«, bei der Ereignisse ohne Plan angesammelt und abgelegt werden, als Begebenheiten für einen Lebenslauf, der seine Ordnung nur durch die Chronologie findet: Dieses kam nach jenem. Ein solches Leben ist eine Geschichte ohne Handlung, ist auf eine immer langweiliger werdende Hauptfigur, die »ich« heißt, konzentriert und die in der Wüste vertrockneter »Erfahrungen« umherstreicht.

Ich glaube, daß uns unsere wahre Biographie – dieses *in nuce* festgeschriebene Schicksal – gestohlen wurde und daß wir uns therapieren lassen, um sie zurückzuerobern. Doch das angeborene Bild kann so lange nicht wiedergefunden werden, bis wir eine psychologische Theorie besitzen, die dem Ruf des Schicksals eine bedeutsame psychologische Realität zugesteht. Sonst bleibt unsere Identität auch weiterhin die eines Sozialkonsumenten, der durch willkürliche Statistiken determiniert, und das Aufbegehren des verkannten Daimon wird als Ausdruck von Exzentrizität gewertet, fest vermischt mit wütenden Ressentiments und überwältigendem Verlangen, Verdrängung, in allen Therapieschulen der Schlüssel zur Struktur der Persönlichkeit, bezieht sich nicht auf die Vergangenheit, sondern auf das Urbild in der Eichel und unsere vergangenen Fehler im Umgang mit ihm.

Wir machen unser Leben durch die Art, wie wir es wahrnehmen, zu etwas Langweiligem. Wir haben es aufgegeben, es mit irgendeiner Romantik oder mit poetischem Flair in Verbindung zu bringen. Daher greift dieses Buch auch das Thema Romantik auf, wagt es, Biographie mit sehr weiten Begriffen wie Schönheit, Rätselhaftigkeit und Mythos zu verknüpfen. Die romantische Herausforderung annehmend, riskieren wir auch die Inspiration großer Worte wie »Vision« und »Berufung« und ziehen sie den verkleinernden Herabsetzungen vor. Wir sollten nicht das geringschätzen, was wir nicht verstehen. Selbst dann, wenn wir uns in einem späteren Kapitel eindringlich mit genetischen Erklärungen befassen, werden uns auch dort Rätsel und Mythen begegnen.

Gleich zu Anfang muß klargestellt werden, daß das heute vor allem gebräuchliche Paradigma zum Verständnis menschlichen Lebens, das Zusammenwirken von Genetik und Umwelt, etwas Wesentliches ausläßt – die Besonderheit, die jeder mit sich in Verbindung bringt. Wenn ich die Vorstellung akzeptiere, daß ich das Ergebnis einer subtilen Verflechtung von ererbten und gesellschaftlichen Kräften bin, reduziere ich mich selbst zu einer Folgeerscheinung. Je mehr mein Leben durch das erklärt wird, was bereits in meinen Chromosomen stattgefunden hat, was meine Eltern getan oder nicht getan haben und was ich in der lange vergangenen Kindheit erlebte, desto mehr wird meine Biographie zur Geschichte eines Opfers. Dann lebe ich einen Handlungsverlauf, der durch meinen genetischen Code, das Erbgut meiner Vorfahren, traumatische Ereignisse, elterliche Unbewußtheit und gesellschaftliche Zufälle festgeschrieben wurde.

Dieses Buch will das Sargtuch der Opfermentalität fortnehmen, von der sich der einzelne so lange nicht erholen kann, bis die theoretischen Paradigmen, die diese Mentalität hervorrufen, durchschaut und beiseite gelegt wurden. Zu Opfern werden wir vor allem durch Theorien, noch ehe sie in die Tat umgesetzt wurden. Wenn sich der heutige westliche Mensch als Opfer fühlt, so ist das nur die Kehrseite der Medaille, deren Vorderansicht das strahlende Gegenteil zur Schau stellt: den heldenhaften »Selfmademan«, der sich sein Schicksal selbst und mit unermüdlichem Willen erschafft. »Opfer« ist die B-Seite von »Held«. In einem tieferen Sinne jedoch sind wir Opfer von akademischer, wissenschaftlicher und sogar von therapeutischer Psychologie, deren Paradigmen das Gefühl der Berufung weder ausreichend erklären noch überhaupt ernst nehmen und folglich dieses entscheidende Geheimnis im Innersten jedes Menschenlebens ignorieren.

In nuce, also kurz gesagt, handelt dieses Buch von Berufung, Schicksal, Charakter und dem angeborenen Bild. Gemeinsam ergeben sie die »Eicheltheorie«, mit der ich die Auffassung vertrete, daß jeder Mensch eine Einzigartigkeit in sich trägt, die gelebt werden will und die bereits vorhanden ist, bevor sie gelebt werden kann.

Die Aussage »bevor sie gelebt werden kann« läßt Zweifel an einem weiteren Paradigma aufkommen: an der Zeit. Und die Zeit, die alles in der Welt abmißt, muß ebenfalls zu einem Ende kommen. Auch sie muß beiseite gelegt werden; sonst bestimmt das Vorher immer das Nachher, und wir bleiben weiterhin an vergangene Ursachen gekettet, die wir nicht mehr beeinflussen können. Folglich widmet dieses Buch seine Zeit mehr der Zeitlosigkeit und setzt sich das Ziel, das Leben gleichermaßen rückwärts wie vorwärts zu lesen.

Wenn Sie das Leben rückwärts lesen, dann können Sie erkennen, daß frühe Zwangsvorstellungen die skizzenhaften Vorformen heutiger Verhaltensweisen darstellen. Manchmal werden die Gipfel früherer Jahre niemals übertroffen. Rückwärtslesen bedeutet, daß wir als biographischen Schlüsselbegriff weniger das Wachstum als die Form verwenden und daß Entwicklung nur dann sinnvoll ist, wenn sie eine Facette des ursprünglichen, des angeborenen Bildes sichtbar macht. Selbstverständlich schreitet ein Menschenleben ebenso von Tag zu Tag voran, wie es sich auch zurückentwickelt, und wir sehen, wie einzelne Begabungen entstehen und wieder verschwinden. Dennoch bewahrt das angeborene Bild unseres Schicksals alles in der Gleichzeitigkeit von heute, gestern und morgen. Unsere Person ist kein Prozeß und keine Entwicklung. Wir *sind* dieses entscheidende Bild, welches sich vielleicht auch entwickelt. Wie Picasso es ausdrückte: »Ich entwickle mich nicht; ich bin.«

Denn das liegt in der Natur eines Bildes, jedes Bildes: Es ist alles gleichzeitg da. Wenn Sie ein Gesicht vor sich betrachten, eine Szene vor Ihrem Fenster oder ein Gemälde an der Wand, dann sehen Sie eine vollständige Ganzheit. Alle Teile stellen sich gleichzeitg dar. Ein Teil verursacht nicht ein anderes oder geht ihm zeitlich voraus. Es spielt keine Rolle, ob der Maler die roten Kleckse zuletzt oder zuerst angebracht hat, ob die grauen Streifen nachträglich ergänzt wurden oder als ursprünglich entstandene Struktur gemeint waren oder ob sie übriggebliebene Linien eines früheren Bildes auf dieser Leinwand sind: Was Sie sehen, ist genau das, was sie bekommen, und zwar alles zugleich. Ebenso das Gesicht: Seine Farbe und seine Merkmale verbinden sich zu einem einmaligen Ausdruck, einem einzigartigen Bild, das auf einmal da ist. So ist es auch mit dem Urbild in der Eichel. Wir werden mit einem Charakter geboren; wir bekommen ihn mit als Geschenk von den Wächtern über unsere Geburt, wie es in den alten Sagen heißt.

Dieses Buch schlägt einen neuen Kurs ein, der auf einer alten Vorstellung fußt. Jeder Mensch wird in die Welt gerufen. Die Idee stammt von Platon, aus dem »Mythos des Er«, die am Ende seines bekanntesten Werkes *Politeia* (Der Staat) zu finden ist. Ich will sie ganz kurz zusammenfassen.

Die Seele jedes Menschen bekommt, bevor sie das Licht der Welt erblickt, einen einzigartigen Daimon als Begleiter, und sie wählt ein Bild oder Muster, nach welchem wir auf der Erde leben. Dieser Seelengefährte, der Daimon, führt uns im Leben; im Prozeß unserer Ankunft vergessen wir jedoch leider alles, was sich ereignete, und glauben, daß wir leer in die Welt kommen. Der Daimon erinnert sich daran, woraus sich unser Bild zusammensetzt und was zu unserem Muster gehört, und daher ist unser Daimon der Träger unseres Schicksals.

Wie der bedeutendste der Neuplatoniker, Plotin (205–270 n. Chr.), erklärt, haben wir den Körper, die Eltern, den Ort und die Lebensumstände gewählt, die sich für die Seele am besten eignen und die, wie es bei ihm heißt, zu ihren Notwendigkeiten zählen. Das heißt, daß die Umstände, darunter mein Körper und meine Eltern, die ich vielleicht verfluche, die eigene Wahl meiner Seele sind – nur kann ich es nicht begreifen, da ich es vergessen habe.

Damit wir es nicht vergessen, erzählt Platon den Mythos und sagt im allerletzten Abschnitt, daß wir uns besser erhalten und gedeihen können, wenn wir den Mythos erhalten. Mit anderen Worten, der Mythos besitzt eine erlösende psychologische Funktion, und eine Psychologie, die von ihm abgeleitet wird, vermag zu einem auf ihm gegründeten Leben zu inspirieren.

Der Mythos hat außerdem praktische Konsequenzen. Die praktischste besteht darin, die Begriffe dieses Mythos bei der

Betrachtung unserer Biographie anzuwenden – Vorstellungen von Berufung, Seele, Daimon, Schicksal, Notwendigkeit, die allesamt auf den folgenden Seiten untersucht werden sollen. Weiter lehrt uns der Mythos, daß wir uns sehr sorgfältig um die Kindheit kümmern müssen, um frühe Blicke auf den Daimon in Aktion zu erhaschen, um seine Absichten zu erkennen und ihm den Weg nicht zu verstellen. Die verbleibenden praktischen Implikationen sind rasch dargelegt: (a) den Ruf als zentrale Tatsache des menschlichen Daseins erkennen; (b) das Leben daraufhin ausrichten; (c) die vernünftige Einstellung finden, um zu erkennen, daß Zufälle, auch der Kummer und die natürlichen Schocks, deren Erbe das Fleisch ist, notwendige Bestandteile des Bildmusters sind und dazu beitragen, es zu erfüllen.

Eine Berufung kann verschoben, vermieden, immer wieder verpaßt werden. Sie kann jedoch auch vollkommen von uns Besitz ergreifen. Wie auch immer, zuletzt wird sie zum Vorschein kommen. Sie wird ihre Forderungen stellen. Der Daimon geht nicht einfach fort.

Jahrhundertelang haben wir nach dem richtigen Begriff für diesen »Ruf« gesucht. Die Römer bezeichneten ihn als ihren *Genius,* die Griechen als ihren *Daimon* und die Christen als ihren Schutzengel. Die Romantiker wie Keats behaupteten, der Ruf käme aus dem Herzen, und Michelangelos intuitives Auge sah ein Bild im Herzen der Person, deren Abbild er in Stein schlug. Die Neuplatoniker verwiesen auf einen vorgestellten Körper, die *Ochema,* welche uns wie ein Fahrzeug trägt.[1] Sie wurde als persönlicher Träger oder Stütze begriffen. Für manche war die *Ochema* die Dame Fortuna oder das Glück; für andere ist sie ein Kobold oder ein Dschin, ein schlechter Samen oder ein böser Genius. In Ägypten war sie vielleicht mit der *Ka* oder der *Ba* deckungsgleich, mit der man sich unterhalten konnte. Bei dem Volk, welches wir die Eskimos nennen, und bei anderen, die schamanistische Praktiken besitzen, heißt sie der Geist, die Freiseele, die Tierseele, die Atemseele.

Vor über einem Jahrhundert berichtete Edward Burnett Tylor (1832–1917), viktorianischer Gelehrter in Sachen Religion und Kultur, daß »niedere Rassen« (wie nichtindustrialisierte Völker damals genannt wurden) das, was wir als »persönliche Seele« oder »persönlichen Geist« bezeichnen, folgendermaßen sehen: Es »ist ein dünnes körperloses menschliches Bild, seiner Natur nach eine Art Dampf, Häutchen oder Schatten ... es ist meistens ungreifbar und unsichtbar, doch offenbart es auch physische Kraft«.[2] Ein späterer ethnologischer Berichterstatter, Åke Hultkrantz, dessen Spezialgebiet die nordamerikanischen Indianer sind, sagt, daß die Seele »in einem Bild ihren Ursprung hat« und »in der Form eines Bildes empfangen wird«.[3] In seiner Erzählung des »Er« verwendet Platon ein ähnliches Wort, *Paradeigma*, eine elementare Form, die unser gesamtes Geschick umfaßt. Obgleich dieses begleitende Bild, welches seinen Schatten auf unser Leben wirft, der Träger des Schicksals ist, handelt es sich nicht um eine moralische Instanz und darf auch nicht mit dem Gewissen verwechselt werden.

Auch der römische *Genius* war kein Moralist. Er »wußte alles über die Zukunft des einzelnen und hatte die Kontrolle über sein Schicksal«, doch »dieser Gott belegte das Individuum nicht mit moralischen Sanktionen: Er fungierte lediglich als Vermittler des persönlichen Glücks oder Schicksals. Man konnte diesen Genius, ohne Schande über sich zu bringen, darum bitten, böse oder selbstsüchtige Wünsche zu erfüllen.«[4] In Rom, Westafrika und Haiti konnte man seinen Daimon (welchen Namen er auch tragen mochte) ohne weiteres bitten, den Feinden zu schaden, ihnen Unglück zu bringen oder den Bittenden bei Manipulationen und Verführungen zu unterstützen. Diesen »bösen« Aspekt des Daimon werden wir in einem späteren Kapitel (»Der schlechte Samen«) untersuchen.

Die Vorstellung dieses individualisierten Seelenbildes hat eine lange, komplizierte Geschichte; sein Erscheinen in den Kulturen ist verschiedenartig und weit verbreitet, und die Zahl seiner Namen ist Legion. Lediglich unsere gegenwärtige Psychologie und Psychiatrie verzichten in ihren Lehrbüchern darauf. Studium und Therapie der Psyche in unserer Gesellschaft ignorieren diesen Faktor, den andere Kulturen als Kern des Charakters und verantwortlich für das individuelle Schicksal betrachten. Das zentrale Thema der Psychologie, die Psyche oder Seele, gelangt nicht in die Bücher, die sich angeblich ihrem Studium und ihrer Pflege widmen.

Ich werde viele dieser Ausdrücke für die Eichel verwenden: Bild, Charakter, Schicksal, Genius, Berufung, Daimon, Seele, Geschick. Sie sind weitgehend austauschbar, und ich werde je nach Zusammenhang den einen oder anderen vorziehen. Dieser lockere Modus folgt dem Vorbild anderer, oft älterer Kulturen, die ein besseres Gefühl für diese rätselhafte Kraft im Leben des Menschen haben, als dies bei unserer zeitgenössischen Psychologie der Fall ist, die dazu neigt, das Verständnis komplexer Phänomene auf Definitionen mit nur einer Bedeutung zu verengen. Wir sollten vor diesen großen Substantiven keine Angst haben; sie sind nicht hohl. Sie sind lediglich im Stich gelassen worden und bedürfen der Rehabilitation.

Diese vielen Worte und Namen sagen uns nicht, *was* »es« ist, aber sie bestätigen, *daß* es ist. Außerdem weisen sie auf seine Rätselhaftigkeit hin. Wir können nicht wissen, worüber genau wir sprechen, denn sein Wesen bleibt schattenhaft und gibt sich selbst vor allem in Andeutungen, Intuitionen, Flüstern und in plötzlichen drängenden Gefühlen und Anwandlungen zu erkennen, die unser Leben in Unruhe versetzen und die wir immer nur als Symptome bezeichnen.

Denken Sie einmal über die folgende Begebenheit nach. Talentshow im Harlem Opera House. Eine magere, unbeholfene Sechzehnjährige betritt ängstlich die Bühne. Sie wird der Menge vorgestellt: »Die nächste Teilnehmerin ist eine junge Dame namens Ella Fitzgerald. … Miß Fitzgerald hier wird für uns tanzen. … Augenblick, Moment mal. Was hast du denn für ein Problem, Schätzchen? ... Ich muß mich verbessern, Leute. Miß Fitzgerald hat ihre Meinung geändert. Sie wird nicht tanzen, sie wird singen ...«

Ella Fitzgerald sang drei Zugaben und gewann den ersten Preis. Dennoch, »eigentlich hatte sie tanzen wollen«.[5]

War es Zufall, daß sie plötzlich ihre Meinung änderte? War das Gen des Gesanges plötzlich eingerastet? Oder geschah in diesem Augenblick eine Verkündigung, die Ella Fitzgerald zu ihrem Schicksal rief?

Obgleich die Psychologie kaum bereit ist, das individuelle Schicksal als Forschungsgegenstand zu betrachten, gibt sie doch zu, daß jeder von uns seine eigene Veranlagung hat, daß jeder von uns auf eindeutige, ja fast störrische Weise ein einzigartiges Individuum ist. Wenn es jedoch darum geht, den Funken der Einzigartigkeit zu erklären und den Ruf, der uns daran festhalten läßt, dann ist die Psychologie überfragt. Ihre analytischen Methoden zerlegen das Puzzle des Individuums in Persönlichkeitsfaktoren und -züge, in Typen, Komplexe und Temperamente und versuchen das Geheimnis der Individualität bis in die Windungen des Gehirns und bis zu den selbstsüchtigen Genen zurückzuverfolgen. Strengere psychologische Schulen werfen die Frage kurz entschlossen aus dem Laboratorium und überlassen sie der Parapsychologie zum Studium paranormaler »Berufungen« oder delegieren sie an Forschungsstationen in den entlegenen Kolonien der Magie, Religion und des Wahnsinns. Zeigt die Psychologie sich am kühnsten und zugleich am unfruchtbarsten, dann erklärt sie die Einzigartigkeit eines jeden mittels einer Theorie des statistischen Zufalls.

In diesem Buch weigern wir uns, das Gefühl der Individualität im Kern des »Ichs« dem Laboratorium der Psychologie zu überlassen. Auch sind wir nicht bereit zu akzeptieren, daß unser merkwürdiges und kostbares Leben die Folge von statistischen Zufällen ist. Wohlgemerkt, diese Weigerungen bedeuten nicht, daß wir uns an die Rockschöße irgendeiner Kirche hängen. Der Ruf zu einem individuellen Schicksal ist keine Angelegenheit, die zwischen der ungläubigen Wissenschaft und dem unwissenschaftlichen Glauben ausgemacht wird. Individualität bleibt ein Thema für die Psychologie – für eine Psychologie, die ihr Präfix, »Psych«, und ihre Prämisse, die Seele, nicht vergessen hat, so daß der Geist für seinen Glauben ohne den Segen der Kirche eintreten und seine sorgsame Beobachtung der Phänomene ohne den Stempel der Wissenschaft vornehmen kann. Die Eicheltheorie findet leichtfüßig ihren Weg zwischen diesen beiden alten, widerstreitenden Dogmen, die sich über die Jahrhunderte hinweg angebellt haben und die das westliche Denken so lange liebevoll als seine Haustiere gehalten hat.

Mit der Eicheltheorie stelle ich die Behauptung auf und werde sie beweisen, daß Sie und ich und jeder einzelne Mensch mit einem bestimmenden Bild geboren werden. Individualität wohnt in der *Causa formalis,* dem gestaltenden Grund – um die alte philosophische Sprache zu gebrauchen, die bis auf Aristoteles zurückgeht. Jeder von uns verkörpert seine eigene Idee, wie Platon und Plotin es ausgedrückt haben. Und diese Form, diese Idee, dieses Bild verträgt keine allzu großen Abweichungen. Die Theorie schreibt diesem angeborenen Bild außerdem eine engelhafte oder daimonische Absicht zu, als wäre es ein Funken des Bewußtseins; und überdies sagt sie, daß diesem Bild unsere Interessen am Herzen liegen, weil es sich aus gutem Grund für uns entschieden hat.

Daß unser Daimon Anteil an uns nimmt, ist vielleicht der Teil der Theorie, den zu akzeptieren am schwersten fällt. Daß das Herz seine Gründe hat, nun gut; daß es ein Unbewußtes mit eigenen Absichten gibt; daß das Schicksal eine Rolle dabei spielt, wie sich die Dinge entwickeln – all dies ist akzeptabel, ja sogar allgemein anerkannt.

Doch warum ist die Vorstellung so schwierig, daß an mir Anteil genommen wird, daß sich vielleicht etwas für das interessiert, was ich tue, daß ich möglicherweise beschützt werde, unter Umständen sogar am Leben erhalten werde, ohne daß dies einzig meinem Willen und Tun unterliegt? Warum ziehe ich eine Versicherung den unsichtbaren Garantien des Daseins vor? Denn man kann wirklich leicht zu Tode kommen. Unaufmerksamkeit für den Bruchteil einer Sekunde, und schon liegen die wohlüberlegten Pläne eines starken Ichs über den Bürgersteig verstreut da. Etwas bewahrt mich jeden Tag davor, die Treppe hinunterzufallen, über den Bordstein zu stolpern, über den Haufen gefahren zu werden. Wie ist es möglich, in hoher Geschwindigkeit auf der Schnellstraße dahinzubrausen, der Musik aus dem Kassettenrecorder zuzuhören, mit den Gedanken weit fort zu sein und dennoch am Leben zu bleiben? Was ist das für ein »Immunsystem«, das über meine Tage wacht, über meine Nahrung, die von Viren, Toxinen und Bakterien übersät ist? Sogar in meinen Augenbrauen leben Milben wie Vögel auf dem Rücken eines Nashorns. Wir nennen das, was uns erhält, Instinkt, Selbsterhaltung, sechsten Sinn, unterschwelliges Bewußtsein (von denen jedes ebenfalls unsichtbar und dennoch vorhanden ist). Es war einmal vor langer Zeit, da wachte ein Schutzgeist über mich, und mir war völlig klar, wie ich ihm angemessene Beachtung zu schenken hatte.

Trotz dieser unsichtbaren Fürsorge ziehen wir die Vorstellung vor, daß wir nackt in die Welt geworfen wurden, unendlich verletzlich und im tiefsten Grunde allein. Es ist leichter, die Geschichte der heldenhaften, selbstbewirkten Entwicklung zu akzeptieren als jene, daß man vielleicht von einer schützenden Vorsehung geliebt werden könnte, daß man genau wegen der Dinge, die man mitbringt, gebraucht werden könnte und daß die Hand des Schicksals in Augenblicken der Verzweiflung hilft. Darf ich dies als reine und vertraute Tatsache vortragen, ohne einen Guru zu zitieren, Christus als Zeugen anzurufen oder das Wunder der Heilung für mich in Anspruch zu nehmen? Warum nicht das innerhalb der Psychologie bewahren, was einmal als Vorsehung bezeichnet wurde – unsichtbar gesehen und bewacht zu werden?

Kinder liefern den besten Beweis für eine Psychologie der Vorsehung. Hier meine ich mehr als die Wunder göttlicher Vorsehung, bei denen Kinder von hohen Felsen fallen, ohne sich etwas zu tun, oder unter dem Geröll eines Erdbebens begraben werden und trotzdem überleben. Ich beziehe mich eher auf die alltäglichen Wunder, durch die die Zeichen des Charakters zum Vorschein kommen. Auf einmal und aus dem Nichts heraus zeigt ein Kind plötzlich, wer es ist und was es tun muß.

Diese Impulse des Schicksals werden häufig durch eine mangelhaft funktionierende Wahrnehmung und durch eine dafür unempfängliche Umgebung zunichte gemacht, so daß die Berufung zu den Myriaden von Symptomen eines schwierigen, selbstzerstörerischen, für Unfälle anfälligen »hyper-sowieso« Kindes gerecht wird – alles Worte, die verteidigen. Die Eicheltheorie bietet eine vollkommen neue Sicht der Dinge, um Störungen in der Kindheit zu betrachten, weniger ursachenorientiert, als vielmehr mit dem Blick auf den Ruf gerichtet, weniger auf der Basis vergangener Einflüsse als unter dem Gesichtspunkt intuitiver Offenbarungen.

Was Kinder und ihre Psychologie betrifft, so möchte ich, daß uns die Schuppen der Gewohnheit (und mit ihnen der verborgene Haß) von den Augen fallen. Ich möchte, daß wir uns das, was ein Kind durchmacht, als das vorstellen, was es tun muß, um in der Welt einen Platz für seine spezielle Berufung zu finden. Es versucht zwei Leben gleichzeitg zu führen, das, *mit* dem es geboren, und jenes der Leute und Orte, *bei* denen es geboren wurde. Das gesamte Bild eines Schicksals wird in eine winzige Eichel gepackt, eine riesige Eiche wächst auf schmalen Schultern. Und der Ruf des Schicksals ist laut und beharrlich und fordernder als alle schimpfenden Stimmen aus der Umgebung. Der Ruf zeigt sich in Wutanfällen und Starrsinn, in

Schüchternheit und Zurückgezogenheit und scheint das Kind gegen unsere Welt einzunehmen. Doch es könnten auch Schutzmaßnahmen jener Welt sein, mit der und aus der es kommt.

Dieses Buch engagiert sich für Kinder. Es liefert ein theoretisches Fundament, um ihr Leben zu verstehen, ein Fundament, das seine eigene Basis aus der Mythologie bezieht, aus der Philosophie, von anderen Kulturen und aus der Imagination. Es will die Funktionsstörungen von Kindern begreifen, bevor sie nur noch als Störungen gesehen und die Kinder in die Therapie geschickt werden.

Ohne eine Theorie, die dem Kind von Anbeginn an den Rücken stärkt, und ohne eine Mythologie, die jedes Kind mit dem verbindet, was ihm vorausgeht, betritt das Kind die Welt als bloßes Produkt – ungeplant oder geplant, aber ohne seine eigene Authentizität. Auch seine Störungen können nicht authentisch sein, wenn das Kind nicht um seiner selbst willen, mit seinem eigenen Plan und geführt durch seinen eigenen Genius in die Welt gekommen ist.

Die Eicheltheorie stellt eine Psychologie der Kindheit bereit. Sie bestätigt die angeborene Einzigartigkeit und das Schicksal des Kindes, was vor allem auch heißt, daß die klinischen Daten der Funktionsstörung auf irgendeine Weise Bestandteil der Einzigartigkeit und des Schicksals sind. Psychopathologien sind so authentisch wie das Kind selbst, die klinischen Daten sind ein Teil seiner Gaben. Das bedeutet, daß jedes Kind ein begabtes Kind ist, angefüllt mit Daten jeglicher Art, mit Gaben, die für das Kind eigentümlich sind und die sich auf merkwürdige Weise zeigen, oft schlecht anpaßbar und schmerzlich. Dieses Buch handelt also von Kindern und bietet einen Weg an, sie anders zu sehen, einen Zugang zu ihrer Vorstellungskraft zu erhalten und in der Pathologie eines Kindes zu entdecken, was sein Daimon vielleicht zu verstehen gibt und sein Schicksal vielleicht will.

Berufungen

Zwei Geschichten von Kindern: Die erste ist die eines bedeutenden englischen Philosophen, Robin George Collingwood (1889–1943); die zweite die eines außergewöhnlichen spanischen Stierkämpfers, Manolete (1917–1947). Anhand der ersten wird sichtbar, wie sich der Daimon plötzlich in ein junges Leben hinein Bahn bricht; die zweite zeigt die Tarnung und die quälenden Masken, derer sich der Daimon manchmal bedient:

> Mein Vater besaß zahlreiche Bücher, und … eines Tages, als ich acht Jahre alt war, brachte mich die Neugier dazu, ein kleines, schwarzes Buch in die Hand zu nehmen, auf dessen Rücken es hieß »Kants Ethik«. … als ich begann, es zu lesen, mein kleiner Körper eingeklemmt zwischen dem Regal und dem Tisch, überkam mich eine merkwürdige Folge von Gefühlen. Zunächst kam eine intensive Erregung. Ich hatte das Gefühl, daß hier Dinge höchster Wichtigkeit über Angelegenheiten größter Dringlichkeit gesagt wurden: über Dinge, die ich um jeden Preis verstehen mußte. Dann, mit einer Welle der Entrüstung, kam die Entdeckung, daß ich sie nicht verstehen konnte. Erbärmlich zuzugeben, aber hier war ein Buch, dessen Wörter in englischer Sprache und dessen Sätze grammatisch richtig waren, aber dessen Sinn mir ein Rätsel war. Schließlich, drittens und letztens, kam von allen das merkwürdigste Gefühl. Ich spürte, daß der Inhalt des Buches, obwohl ich es nicht verstehen konnte, mich irgendwie betraf: meine persönliche Angelegenheit oder vielmehr die eines zukünftigen Selbst war. … es war keine Sehnsucht darin; es ging mir nicht, in irgendeinem normalen Sinn des Wortes, darum, die Kantsche Ethik meistern zu »wollen«, sobald ich alt genug dazu war; doch es kam mir so vor, als ob ein Schleier fortgenommen und mein Schicksal enthüllt worden wäre.

> Danach kam ein immer stärker werdendes Gefühl über mich, daß ich die Bürde einer Aufgabe zu tragen hatte, deren Wesen ich nicht zu definieren vermochte, außer indem ich sagte, »Ich muß denken.« Worüber ich nachdenken sollte, wußte ich nicht; und wenn ich es, diesem Befehl Folge leistend, tat, wurde ich still und geistesabwesend.[6]

Der Philosoph, der sich bedeutende Werke der Metaphysik, Ästhetik, Religion und Geschichte ausdachte, war bereits als Achtjähriger gerufen worden und hatte begonnen, sich im »Philosophieren« zu üben. Sein Vater versorgte ihn mit Büchern und verschaffte ihm den Zugang dazu, aber der Daimon hatte diesen Vater gewählt, und *dessen* »Neugier« ließ Collingwood nach dem Buch greifen.

Als Manolete noch ein Kind war, ließ nichts darauf schließen, daß es sich bei ihm um einen zukünftigen Stierkämpfer handeln könnte. Der Mann, der später die alten Formen veränderte und die Ideale der *Corrida* erneuerte, war ein scheuer und ängstlicher Junge.

> Zart und kränklich, wie er war, und im Alter von zwei Jahren fast an einer Lungenentzündung gestorben, interessierte sich der kleine Manolete nur für das Malen und Lesen. Er hielt sich so viel im Inneren des Hauses auf und klammerte sich so fest an die Schürze seiner Mutter, daß seine Schwestern und andere Kinder ihn damit aufzogen. In der Umgebung seiner Heimatstadt war er bekannt als »ein magerer, melancholischer Junge, der nach der Schule in Gedanken in den Straßen umherwanderte. Er schloß sich nur selten anderen Jungen an, die Fußball oder Stierkampf spielten.« Das änderte sich, »als er ungefähr elf war, dann aber zählte nichts mehr für ihn außer den Stieren«.[7]

Welch eine radikale Transformation! In seiner ersten *Corrida*, Manolete war kaum seinen kurzen Hosen entwachsen, stand er seinen Mann, ohne sich auch nur einen Meter zu bewegen – er erlitt prompt eine Verletzung in der Leistengegend, die er jedoch verheimlichte, um sich nicht heim zu Mutter helfen lassen zu müssen und lieber mit den Kameraden zurückzukehren, mit denen er auch gekommen war.

Eindeutig braute sich hier Heldentum zusammen. Der Mythos des Helden rief aus dem Inneren seiner Eichel.

War ein schwaches Wissen um den Ruf die ganze Zeit schon vorhanden? Dann hatte der kleine Junge natürlich Angst und klammerte sich an seine Mutter. (War ihre »Schürze« nur eine Metapher, oder benutzte er ihre Schürze, ihren Rock bereits als *Capa?*) Natürlich hielt er sich von den Stierkampfspielen in der Straße fern und suchte Schutz in der Küche. Wie konnte sich dieser neunjährige Junge zu seinem Schicksal bekennen? In seiner Eichel donnerten zehn Zentner schwere schwarze Stiere mit scharf zugespitzten Hörnern auf ihn zu, unter ihnen Islero, jener, der ihm Unterleib und Bauch durchbohrte, ihn im Alter von nur dreißig Jahren sterben und ihm die größte Beerdigung zuteil werden ließ, die Spanien jemals gesehen hatte.

Collingwood und Manolete machen eine grundlegende Tatsache deutlich: Die zarten Fähigkeiten eines Kindes sind den Forderungen des Daimon nicht gewachsen. Kinder sind sich von Natur aus selbst voraus, selbst dann, wenn man ihnen schlechte Noten gibt und sie zurückbleiben läßt. Ein möglicher Ausweg für das Kind ist es vorzustürmen, wie in dem berühmten Fall Mozarts und anderer »Wunderkinder«, die ihren Nutzen aus guter Anleitung ziehen. Ein anderer besteht darin, sich zurückzuziehen und den Daimon in Schach zu halten, wie dies Manolete in der Küche seiner Mutter tat.

Die »Welle der Entrüstung«, die über Collingwood zusammenschlug, gehörte zu seiner Unzulänglichkeit; er war nicht auf der Höhe von Kant, der ihn »irgendwie betraf« und »seine persönliche Angelegenheit« war. Ein Teil seiner selbst war zu ungebildet, um die Bedeutung des Textes zu verstehen; ein anderer Teil war kein achtjähriges Kind, ist es nie gewesen.

Zwei ähnliche Beispiele machen den Unterschied zwischen der Fähigkeit des Kindes und den Bedürfnissen des Genius sichtbar. Bei dem ersten handelt es sich um die bahnbrechende Genetikerin Barbara McClintock, beim zweiten um den angesehenen Violinisten Yehudi Menuhin.

McClintock erhielt den Nobelpreis für ihre Forschung, deren Grundlage das selbständige Denken und die Handarbeit im Labor war, beides etwas, das sie zutiefst befriedigt hatte. Sie berichtet, daß sie sich »im Alter von fünf Jahren einen Satz Werkzeug erbat. [Mein Vater] besorgte mir natürlich keine Werkzeuge, die man als Erwachsener verwendet, sondern solche, die in meine Händchen paßten, ... das [waren aber] nicht die Geräte, die ich mir gewünscht hatte. Ich wollte *richtiges* Werkzeug und kein Kinderspielzeug.«[8]

Menuhin wollte ebenfalls etwas, was seine Hände noch nicht halten konnten. Schon bevor Yehudi vier Jahre alt war, hörte er oft, wenn er sich mit seinen Eltern auf dem obersten Rang des Curran–Theaters befand, wie der Konzertmeister, der erste Violinist, Louis Persinger, eine Solopassage anstimmte. »Und während eines solchen Konzerts bat ich die Eltern, mir zu meinem vierten Geburtstag eine Geige zu schenken: Persinger sollte mir beibringen, wie man sie spielt.« Um ihm seinen Wunsch zu erfüllen, schenkte ihm ein Freund der Familie eine blecherne Spielzeugfiedel mit Metallsaiten. »Ich brach in Tränen aus, warf [das Instrument] weg und wollte [es] nicht wieder aufheben.«[9]

Weil der Genius nicht durch Alter, Körpergröße oder Erziehung und Ausbildung gebunden ist, ist jedes Kind zu groß für seine Hosen und hat Augen, die größer sind als sein Magen. Es ist oft narzißtisch, fordert in übertriebenem Maß Aufmerksamkeit, und man kann es kindlicher Allmachtsfantasien bezichtigen, die sich darin äußern, daß es nach Werkzeugen verlangt, die es nicht handhaben kann. Was ist der Ursprung dieser Allmacht, wenn nicht die Erhabenheit der Vision, welche die Seele in die Welt hineinbegleitet hat? Die Romantiker hatten Verständnis für diese angeborene Erhabenheit des Kindes. Bei Wordsworth heißt es: »Wir kommen her mit einem Wolkenschweif aus Herrlichkeit.«

Barbaras Hände hätten einen schweren Hammer ebensowenig halten können, wie Yehudis Arm lang und seine Finger beweglich genug für eine richtige Geige waren, aber in seiner Vision war er schon genauso ausgewachsen wie Musik in seinem Kopf. Er mußte das haben, was er wollte, weil er »instinktiv genau wußte, daß zu spielen zu sein bedeutet«.[10]

Wir sollten bedenken, daß der Daimon des kleinen Yehudi trotz der Tatsache, daß der Junge selbst gerade erst vier Jahre alt war, nicht als Kind behandelt werden mochte. Der Daimon hatte den Wutanfall, forderte die richtige Geige, denn Geigespielen heißt nicht, ein Spielzeug in Händen halten. Der Daimon will nicht als Kind behandelt werden; er ist kein Kind und auch kein inneres Kind – tatsächlich kann er sich dieser Vermischung gegenüber extrem intolerant verhalten, gegenüber diesem Eingesperrtsein im Körper eines unfähigen Kindes, dieser Identifikation seiner vollkommenen Vision mit einem unvollkommenen Menschen. Rebellische *Intoleranz*, wie das Beispiel Yehudi Menuhins zeigt, ist eine Haupteigenschaft des »Eichelverhaltens«.

Wenn wir die Kindheit der französischen Schriftstellerin Colette betrachten, dann stellen wir fest, daß auch sie von den Werkzeugen ihres Handwerks fasziniert war. Anders als Menuhins Schicksal, welches hervorschoß wie ein Tiger, verhielt sich das ihre mehr wie eine französische Katze auf dem Fensterbrett, beobachtete und wartete, wich von seinem eigenen Bedürfnis zu schreiben ab, indem es den Versuchen ihres Vaters zusah. Ähnlich wie Manolete zog sie sich zurück – aus Selbstschutz?

Wie Colette es selbst ausdrückte, bewahrte sie ihr Widerstand gegen das Schreiben davor, zu früh damit zu beginnen, als ob ihr Daimon nicht wollte, daß sie anfinge, noch bevor sie seinem Geschenk gewachsen war, sondern lieber lesen und noch mehr lesen sollte, leben und lernen, spüren und riechen und fühlen. Das Schreiben und die dadurch verursachten Qualen würden bald genug Einzug in ihr Leben halten, aber erst einmal mußte sie den sinnlichen Stoff absorbieren, der in ihre Kunst einfließen sollte. Dieser Stoff bezeichnet nicht nur die wahrgenommenen Ereignisse, die in das Sinnesgedächtnis gelangen, sondern auch die greifbaren Materialien des Schreibens als physisches Handwerk. Denn obgleich sie den Worten abgeschworen hatte, sehnte sie sich doch nach den Werkzeugen ihrer Berufung:

> Eine noch jungfräuliche Löschpapier–Unterlage, ein Lineal aus Ebenholz, ein, zwei, vier, sechs Bleistifte in verschiedenen Farben, mit dem Federmesser zugespitzt, Federn für Ronde- und Mittelschrift, Zeichenfedern in enorm breiter und hauchdünner Breite, Siegellackstangen in Rot, Grün, Violett, ein Löscher, ein Fläschchen mit flüssigem Leim, dazu einige durchsichtige amberfarbene Scheiben, »Mundgummi« genannt, die winzigen Überreste eines Spahi–Mantels, zum Ausmaß eines an den Rändern gezackten Tintenwischers reduziert, ein großes Tintenfaß, flankiert von einem kleinen, beide aus Bronze, ein Lacknäpfchen, gefüllt mit einem goldenen Pulver zum Trocknen der Schrift, eine weitere Schale mit Siegeloblaten in allen Farben (die weißen pflegte ich zu verspeisen); rechts und links vom Schreibtisch Stapel von Papier, vergilbt, liniert, mit Wasserzeichen …

Menuhin wußte genau, was er wollte: die Geige spielen; Colette wußte mit ebensolcher Sicherheit, was sie nicht wollte: Schreiben.

> … da ich sechs Jahre alt war und lesen konnte, aber nicht schreiben lernen wollte. Wenn man in das verwunschene Königreich der Bücher eindringen kann, wozu dann schreiben? … in meiner Jugend habe ich nie, *nie* den Wunsch gehabt zu schreiben. Nein, ich bin nie heimlich in der Nacht aufgestanden, um mit dem Bleistift Verse auf den Deckel einer Schuhschachtel zu schreiben! Ich habe nie an den Westwind und an den Mond begeisterte Worte gerichtet! Und ich habe zwischen meinem zwölften und fünfzehnten Jahr nie gute Aufsatznoten gehabt! Denn ich spürte, jeden Tag mehr, daß ich dazu geschaffen war, eben gerade nicht zu schreiben. … Ich war also wohl die einzige meiner Art, das einzige Wesen, das zur Welt kam, um nicht zu schreiben.[11]

Ich möchte kurz zusammenfassen, was wir bisher darüber erfahren haben, wie das Schicksal sich auf die Kindheit auswirkt. Bei Collingwood eine unerwartete Verkündigung; bei Manolete und Colette eine Hemmung, die sie sich zurückziehen ließ. Außerdem stellten wir bei McClintock, Menuhin und Colette ein geradezu zwanghaftes Verlangen nach den Werkzeugen fest, die Verwirklichung erst ermöglichen. Und wir haben die Diskrepanz zwischen Kind und Daimon gesehen. In erster Linie haben wir erfahren, daß der Ruf auf merkwürdige Weise kommt und sich von Person zu Person unterscheidet. Es gibt kein allgemeinverbindliches Muster, sondern nur das besondere Muster jedes einzelnen Falls.

Jedoch wird jeder Leser mit einer scharfen Freudschen Nase einen gemeinsamen Faktor entdeckt haben: all diese Väter – Collingwoods, McClintocks, Menuhins, Colettes! –, als ob sie den Weg ebnen und als ob das die Berufung des Kindes erklärt. Dieser »elterliche Trugschluß«, wie wir später in einem Kapitel gleichen Namens darlegen werden, ist schwer zu vermeiden. Die Fantasievorstellung vom elterlichen Einfluß auf die Kindheit folgt uns ein Leben lang, auch dann noch, wenn die Eltern zu Fotografien verblassen, so daß ein Großteil ihrer Macht auf der bloßen *Vorstellung* ihrer Macht beruht. Warum halten wir an diesem elterlichen Trugschluß fest? Auf welche Weise bevormundet, tröstet er uns noch immer? Fürchten wir uns, den Daimon in unser Leben einzulassen, haben wir Angst, daß er uns einst gerufen hat und noch immer ruft, so daß wir uns in der Küche verstecken? Wir ziehen uns lieber auf elterliche Erklärungen zurück, statt uns den Forderungen des Schicksals zu stellen.

Während Colette ihr Schicksal offenbar aufschieben oder durch die Intensität ihrer Ablehnung anerkennen konnte, wurde Golda Meir, die Israel während des Krieges von 1973 führte, durch das ihre vorangetrieben, noch während sie in der vierten Klasse der Grundschule in Milwaukee war. Sie organisierte eine Protestgruppe gegen den verlangten Kauf von Lehrbüchern, die für die ärmeren Kinder zu teuer waren und denen auf diese Weise gleichberechtigte Lernmöglichkeiten versagt wurden. Dieses elfjährige (!) Kind mietete einen Saal, um eine Zusammenkunft zu arrangieren, trieb Spenden ein, sammelte ihre Gruppe von Mädchen um sich, sorgte dafür, daß ihre kleine Schwester ein sozialistisches Gedicht auf jiddisch aufsagte und sprach dann selbst zu der Versammlung. War sie denn nicht bereits eine Ministerpräsidentin der Arbeiterpartei?

Golda Meirs Mutter hatte sie davon überzeugen wollen, ihre Rede zuerst niederzuschreiben, »ich fand es jedoch sinnvoller, einfach zu sagen, was ich auf dem Herzen hatte«.[12]

Das zukünftige Leben muß nicht so offensichtlich beginnen. Golda Meir, eine Frau mit Entschlußkraft und Führungsqualitäten, rückte gleich raus damit. Ihr Daimon legte das Tempo fest und sorgte dafür, daß sie Schritt hielt. In etwa dem gleichen Alter trat Eleanor Roosevelt, auch eine Frau mit Entschlußkraft und Führungsqualitäten, in die Welt ihrer Zukunft ein, jedoch nicht, indem sie handelte, sondern indem sie sich in die Welt der Fantasie zurückzog.

Eleanor Roosevelt bezeichnete sich selbst als »unglückliches Kind«, dessen frühe Zeit »graue Tage« waren. Was für ein beschwichtigender, höflicher Ausdruck für das, was sie erdulden mußte. »Ich wuchs auf mit der Angst, den Verstand zu verlieren.«[13] Noch bevor sie neun Jahre alt war, verlor sie ihre Mutter, die das Kind nie gemocht hatte, einen jüngeren Bruder und einen Vater, der vor allem ein Playboy war. »Sie ist ein so komisches Kind, so altmodisch, daß wir sie immer ›Oma‹ nennen.« Seit sie fünf Jahre alt war, wenn nicht schon früher, verstärkte sich ihre natürliche Reserviertheit; sie wurde immer mürrischer, dickköpfiger, gehässiger, griesgrämiger und unfähiger (sie konnte mit sieben noch nicht lesen, nicht kochen und nähen, wie es in ihren Kreisen damals erwartet wurde). Sie log; sie stahl; sie gab sich in der Gesellschaft anderer Wutanfällen hin. Sie wurde von einem Hauslehrer unterrichtet und gegängelt, den sie noch »jahrelang haßte«.[14]

Die ganze Zeit über »schrieb ich täglich an einer Fortsetzungsgeschichte, welche die wirklichste Sache in meinem Leben war«.[15] In ihrer Geschichte stellte Eleanor sich vor, daß sie mit ihrem Vater als die Herrin seines großen Haushalts und als Gefährtin seiner Reisen zusammenlebte. Die Geschichte führte sie noch Jahre nach seinem Tod fort.

Heute würde »der Fall Eleanor R.« eine Therapie erforderlich machen. Heute, selbst wenn das Familiensystem zur Sprache käme, würde man das Kind mit großer Wahrscheinlichkeit mit dem Medikamentenarsenal der Biopsychiatrie behandeln, welches mit all der Macht der Biologie die Vermutung des Kindes, daß es ein »schlechtes Kind« ist, bestätigen würde. (Schlechtigkeit muß in jeder Zelle meines Körpers sein, wie eine Ursünde oder eine Krankheit. Warum sonst sollte ich dafür, daß ich mich bessere, Tabletten schlucken müssen sowie Tabletten nehmen, wenn ich Fieber und Schmerzen habe?)

Eleanors kunstvolle Tagträume hatten dabei keinen eigenen Wert, um die Vorstellungskraft ihres Daimon und ihrer Berufung vorzuweisen. Statt dessen würde man sie als eine Flucht in die Fantasie werten, die an Wahnvorstellungen grenzt. Die psychiatrische Medizin würde die Stärke und Häufigkeit der Bilder durch Medikamente reduzieren, sie würde einen kranken Geist heilen und durch diese im Kreis geführte Argumentation beweisen, daß das, was sie beseitigt hatte, tatsächlich eine Krankheit war.

Ein anderer Psychologe, der im Fall Eleanor R. zu Rate gezogen würde, würde eine Verbindung herstellen zwischen ihren frühen täglichen Fortsetzungsgeschichten und ihrer späteren regelmäßigen Zeitungskolumne über die soziale Realität, die unter dem Titel »Mein Tag« erschien. Der Psychologe würde ihren Genius für demokratisches Mitgefühl, menschliches Wohlergehen und ihre optimistisch weitsichtige Vision auf die »Kompensation« für die einsamen, abgekapselten Fantasien ihrer grauen Kindertage reduzieren.

Wieder ein Vater. Und wieder die Gelegenheit, in eine Freudsche Interpretation zu gleiten: Dann wäre Eleanors Elektrakomplex (Liebe zum Vater und der Wunsch, die Mutter zu ersetzen) die Ursache sowohl für die grauen Depressionen als auch für die Flucht vor ihnen in die Fantasien der ersehnten Allmacht sein. Da aber die Fantasien auch einen anderen *Gehalt* hätten haben können, wie zum Beispiel magische Flüge, geheime Pakte, romantische Zusammenkünfte, die Rettung von Tieren und königliche Hochzeiten, bietet die Eicheltheorie eine ganz andere Interpretation für die Fantasievorstellungen der jungen Eleanor Roosevelt an.

Ihr fürsorglicher und leitender Inhalt war entschieden eine Vorbereitung auf das pflichterfüllte Leben, das sie später führen sollte. Die Fantasien waren von ihrer Berufung erfunden worden und tatsächlich weit *realistischer* in ihrer Zielrichtung als ihre tägliche Realität. Die Vorstellungskraft diente als Lehrer, gab Anweisungen für die weitreichenden helfenden Aufgaben, die Eleanor Roosevelt für das Wohlergehen einer komplexen Familie, eines behinderten Ehemanns, für den Staat New York, als sie die Frau des Gouverneurs war, für die Vereinigten Staaten, als sie deren First Lady war, und sogar für die Vereinten Nationen zu übernehmen hatte. Ihre Fantasien, in denen sie sich um »Vater« kümmerte, waren eine vorbereitende Übung, in die sie ihre Berufung und ihre unglaubliche Hingabe an das Wohlergehen anderer hineinlegen konnte.

Kompensationstheorie

Mit der Kompensationstheorie – die besagt, daß Eleanor Roosevelt ihre hoffnungslosen Gefühle mit Allmachtsfantasien kompensierte –, kann man in der Psychobiographie einiges erklären. Einfach ausgedrückt besagt die Theorie, daß die Wurzeln späterer Leistungen in früher Minderwertigkeit zu finden sind. Zu klein geratene, kränkliche und traurige Kinder werden vom Prinzip der Kompensation getrieben, sich zu überragenden Führern voller Kraft und Vitalitäten zu entwickeln.

Die Biographie des Generalissimo Francisco Franco, Diktator Spaniens von 1939 bis 1973 (er starb zwei Jahre später), paßt gut in den Rahmen der Kompensationstheorie. Als Junge war er »von quälender Schüchternheit«, hatte einen »schwächlichen Körperbau« und war von »kleiner Gestalt«. »Als er mit fünfzehn, winzig und mit einem Kindergesicht, in die Infanterieakademie in Toledo eintrat, gab ihm einer der Instruktoren statt eines normalen Gewehrs eine kurze Flinte und murmelte dazu etwas von einer seiner Größe entsprechenden Waffe. Würdevoll reckte sich der junge Franco zu seiner vollen Größe auf und sagte: ›Ich kann genausoviel wie der Stärkste in meiner Gruppe.‹«[16] Aber die Beleidigung blieb an Franco haften, denn er war ein Mann, für den Würde zentrale Bedeutung hatte. Neben der offensichtlichen Kompensation für frühe

Schwächlichkeit konkurrierte er mit seinen extravertierten Brüdern (»Geschwisterrivalität«), die fröhlich, erfolgreich und redegewandt waren. So überwand Franco seine frühen Minderwertigkeitsgefühle mit Hilfe von Siegen, Unterdrückung und einer rücksichtslosen Hand.

Auf diese Weise können wir einen nach dem anderen antreten lassen, berühmte Männer, ausgezeichnet durch große Leistungen und Tapferkeit, die als Kinder ganze andere Anlagen zeigten. Erwin Rommel – der »Wüstenfuchs«, ein heldenhafter Soldat, in beiden Weltkriegen mit den höchsten Orden für Tapferkeit vor dem Feind ausgezeichnet, ein Feldmarschall, Stratege, Taktiker und ein Ansporn für seine Männer bei Feldzügen in Belgien, Frankreich, Rumänien, Italien und Nordafrika – wurde als kleines Kind von seiner Familie der »weiße Bär« genannt, weil er so blaß und verträumt war und so langsam sprach. In der Grundschule, in der er hinter seinen Klassenkameraden zurückblieb, wurde er für faul, unaufmerksam und leichtsinnig gehalten.[17]

Robert Peary, der durch die Schneewüste der Arktis wanderte, bis er den Nordpol »entdeckte«, war der einzige Sohn einer Witwe. Er blieb bei seiner Mutter daheim auf dem Hof, »um Jungen zu entgehen, die ihm ›Spargel‹ nachriefen und ihn mit seiner Ängstlichkeit aufzogen.«

Vilhjalmur Stefansson, ein weiterer heldenhafter Polarforscher, wurde von seinen Klassenkameraden »Weichling« genannt und verbrachte Stunden allein damit, ein Spielzeugboot in einem wassergefüllten Zuber fahren zu lassen.

Mohandas K. Gandhi war ein kleines, dünnes, kränkliches, häßliches und ängstliches Kind; er fürchtete sich insbesondere vor Schlangen, Geistern und der Dunkelheit.[18]

Die Kompensationstheorie, welche diese Persönlichkeiten angeblich veranschaulichen, nimmt ihren Anfang bei Alfred Adler, dem dritten, am wenigsten bekannten und kurzlebigsten Mitglied des großen Therapeutentriumvirats Freud, Jung,

Adler. Seine Studien über begabte Personen verliehen der Vorstellung von Kompensation als Grundgesetz der menschlichen Natur Allgemeingültigkeit. Mit seinen Fallbeispielen, die er Anfang des Jahrhunderts in Kunsthochschulen sammelte, erhob er den Anspruch zu zeigen, daß siebzig Prozent der Kunststudenten sichtbare Anomalien aufwiesen, und er machte außerdem auf die degenerativen Spuren an den Ohren so großer Komponisten wie Mozart, Beethoven und Bruckner aufmerksam.

Der Adlerschen Theorie zufolgte stellen die Herausforderungen durch Krankheit, Geburtsfehler, Armut oder andere unglückliche Umstände in der Jugend den Stimulus für alle höheren Leistungen dar. Jeder Mensch kompensiert Schwächen mit Stärken, transformiert Unfähigkeit in Macht und Kontrolle, wenn auch auf weniger spektakuläre Weise als die berühmten und ungewöhnlichen Menschen. Der menschliche Geist ist im wesentlichen so beschaffen, daß er in den Konstrukten Stärke/Schwäche, Überlegenheit/Unterlegenheit denkt, immer in dem Bestreben, oben zu bleiben.[19]

Die kleine Anekdote über den spanischen Diktator illustriert die einfachere Adlersche Vorstellung von Kompensation. Eine subtilere und gefährlichere Ansicht verbindet sie mit der Freudschen Theorie der Sublimation. Diese Theorie besagt, daß frühe Schwächen nicht einfach nur in Stärken umgewandelt werden, sondern in Kunst- und Kulturerzeugnisse, in deren Bodensatz dennoch das frühe Unrecht der Kindheit als tatsächlicher, prägender Kern ausgemacht werden kann.

Diese bösartige Form der Interpretation kann leicht überprüft werden: an Jackson Pollock (1912–1956), der die Tropf-Kalligraphie des amerikanischen Action-painting im abstrakten Expressionismus »erfand«. Er malte auf ausgedehnten weißen Leinwänden, die er auf dem Boden ausbreitete und auf denen er herumging, während er in der Bewegung Farbe von seinem Pinsel darauf tropfen ließ und so sich überschneidende Bögen,

Schlangenlinien, Kurven und Kleckse hinwarf, ein überwältigendes Flechtwerk rhythmischer Muster. Es heißt, er habe gesagt: »Wenn ich male, dann bin ich mir dessen, was ich tue, nicht bewußt.«

Doch der schlaue Psychologe kann natürlich Pollocks Spuren auf der weißen Leinwand auf signifikante Spuren von Minderwertigkeitsgefühlen in der Kindheit zurückführen. Als jüngster von fünf Brüdern auf einer Farm in Wyoming aufgewachsen, wurde der kleine Jackson von seinen Brüdern »bis in seine Teenagerjahre hinein als ›Baby‹ bezeichnet, was er zutiefst *haßte*«.

> Wie die meisten Landarbeiter mieden die Pollock-Jungen den Abort außerhalb des Hauses, wenn möglich, und zogen es vor, flüchtige Designs auf dem nächstgelegenen Flecken trockenen, staubigen Bodens (und in weißen Winterschnee) zu hinterlassen. Der junge Jackson beobachtete seine Brüder oft beim Urinieren … wie sie miteinander wetteiferten, wer am weitesten käme. Da er zu jung war, um mit ihnen mithalten zu können, zog er sich auf die Toilette zurück … sogar um zu pinkeln – eine Angewohnheit, die er hartnäckig ein Leben lang beibehielt, selbst dann noch, als er alt genug war, um einen ebenso langen gelben Bogen zu schlagen wie seine Brüder.[20]

Obgleich der Maler selbst nicht weiß, was er tut, weiß es doch jeder schlau analysierende Psychobiograph! Die späteren Bögen sind die Sublimierung jener Pinkelspuren im Staub, Pinkelspuren, die im beschämten Unbewußten des Künstlers erhalten geblieben sind. Der analytische Psychobiograph leugnet das, was der Künstler selbst sagt (und daher vielleicht weiß – also, daß er die unsichtbare Quelle seiner Arbeit nicht kennt, vielleicht nicht kennen kann). Der Interpretierende ignoriert außerdem die Bedeutung gerade des Wortes, auf das er sich in seiner Interpretation stützt: »unbewußt«. Wenn man bereits weiß, was das Unbewußte enthält und was es tut – nämlich phallischen Konkurrenzkampf und Geschwisterrivalität durch Action-painting sublimieren –, dann ist die Quelle überhaupt nicht mehr unbewußt, und Pollock vollzieht nur ein Programm, beweist eine Theorie, nämlich jene der psychobiographischen Interpretation.

Eine Theorie, die derart abwertend mit Inspiration verfährt, verdient den Spott, den ich für sie habe. Die Kompensationstheorie tötet den Geist, indem sie außerordentlichen Menschen und Handlungen ihre einzigartige Authentizität nimmt. Überlegenheit soll lieber aus einer niederen Quelle hervorgehen, statt ein bedeutenderes Bild zum Ausdruck zu bringen. Aber nahezu jedes außergewöhnliche Leben zeigt, daß es eine Vision gibt, ein Ideal, das uns ruft. Zu welcher Wirklichkeit genau es ruft, bleibt im allgemeinen vage, wenn nicht sogar vollkommen unbekannt.

Wenn alle Überlegenheit nicht mehr ist als kompensierte Minderwertigkeit und alle Begabungen nichts als gebesserte Wunden und Schwächen in vornehmer Verkleidung, die durch analytischen Scharfsinn demaskiert werden können, dann ist Frank *wirklich* nichts als ein kleiner Mann, noch immer im Wettstreit mit seinen Brüdern befangen, und auch Pollock ist nichts als ein »Baby«. Sie sind nichts, als die Theorie selbst sagt; und so geht es auch allen anderen Menschen, sie sind nur ein »Nichts-als«. Es gibt keine Begabung und keinen Daimon, der sie schenkt. Wir sind ein jeder allein auf dem Planeten, ohne einen Engel, unserem ererbten Fleisch unterworfen und all den Unterdrückungen durch Familie und Umstände, die nur die Willenskraft eines »starken Ichs« zu überwinden vermag.

Nachdem wir so die Kompensationstheorie in Brand gesetzt und verworfen haben, wollen wir noch einmal auf die Kindheitsmerkmale von Gandhi, Stefansson, Peary und Rommel zurückkommen, um sie aus der Perspektive der Eicheltheorie zu überprüfen und sie auf dieselbe Weise rückwärts zu lesen, wie wir es bei Manoletes früher Schüchternheit getan haben. Gandhi fürchtete sich vor Geistern und der Dunkelheit, weil der Daimon, welcher sein Schicksal in der Hand hielt, von den Angriffen mit eisenbeschlagenen Knüppeln und von den langen Einkerkerungen in dunklen Zellen wußte und auch davon, daß der Tod sein unnachgiebiger Begleiter auf dem Weg sein würde, denn der Mordanschlag stand schon in seinem Drehbuch. Übten Peary und Stefansson nicht bereits auf ihre sonderbare, kindische Art die öde Einsamkeit auf der eisigen Kappe der Welt ein? Und Rommel (der zu seinem Sohn sagte, »Ich wußte schon als Hauptmann, wie man eine Armee führt!«)[21] – vielleicht zog sich ja dieser blasse, langsame, faule, unaufmerksame »weiße Bär« schon als Junge in eine Art vorauswissende Bombenneurose vor dem überwältigenden Artilleriefeuer von El Alamein zurück. Vielleicht hörte er schon das Dröhnen der Granaten und Kanonen, das ihm in zwei Weltkriegen bevorstand, darunter auch der Beschuß in der Normandie, der seinen Schädel verletzte, und das tödliche Gift, welches Hitler ihn einzunehmen zwang, wegen seiner vermutlichen Beteiligung am Attentat des 20. Juli 1944.

Francos angeberische Selbstdarstellung kann ebenfalls rückwärts gelesen werden, weniger als Adlersche Kompensation denn als die Demonstration der Würde seines Daimon. »Ich bin ein kleiner babygesichtiger Junge. Ich bin El Caudillo von ganz Spanien und muß den Respekt erhalten, der mir aufgrund meiner Berufung zusteht.« Um welche Berufung es sich auch handelt – denn nicht nur Caudillos fordern Respekt (auch Mörder tun das, wie wir in dem entsprechenden Kapitel über den »schlechten Samen« noch sehen werden) –, der Daimon bewahrt seine Würde. Man leugne den Daimon nicht! Ein Kind verteidigt die Würde seines Daimon. Das ist der Grund, warum sich selbst ein schwaches Kind in einem »zarten« Alter weigert, sich dem zu unterwerfen, was es als ungerecht und falsch empfindet, und warum es so wild auf mißbräuchliche Fehldeutungen reagiert. Die geltende Vorstellung von Kindesmißbrauch muß über den sexuellen Aspekt hinaus erweitert werden – der nicht deshalb so gemein ist, weil es sich um einen sexuellen Akt handelt, sondern weil hier die Würde im Zentrum der Persönlichkeit, die mythische Eichel mißhandelt wird.

Motivationstheorie

Zwar habe ich die Kompensationstheorie der Berufung verurteilt, doch die Motivationstheorie findet durch unsere anekdotische Beweisführung Unterstützung. Bedeutende Persönlichkeiten, deren Leben die beeindruckendsten Beispiele für Berufung darstellen, sind durch einen höchsten gemeinsamen Nenner gekennzeichnet, wie Albert Rothenberg, Psychiatrieprofessor in Harvard, durch seine Forschungen zur Kreativität nachwies. Er schließt Intelligenz, Temperament, Persönlichkeitstyp, Introversion, Vererbung, frühe Umgebung, Inspiration, Besessenheit und psychische Störungen als kreativitätsentscheidend aus: Sie alle können dasein oder auch nicht, können einen Beitrag leisten oder stark dominieren, aber allein die Motivation ist »eindeutig und *pauschal bei allen* vorhanden«.[22]

Ist nicht die »Motivation« der Schub der Eiche in der Eichel – oder, besser noch, die Eichenhaftigkeit der Eichel? Eichen tragen Eicheln, aber Eicheln sind mit Eichen schwanger.

Motivation zeigt sich auf merkwürdige Weise, so indirekt wie in Eleanor Roosevelts Tagräumen und so gewaltsam wie in der folgenden Geschichte des fünfjährigen Elias Canetti, eines in Bulgarien geborenen Denkers und Schriftstellers, der 1981 den Nobelpreis für Literatur erhielt.

Der Vater las täglich die *Neue Freie Presse*, es war ein großer Augenblick, wenn er sie langsam auseinanderfaltete ... Ich versuchte herauszubekommen, was es war, das ihn an der Zeitung so fesselte, anfangs dachte ich, es sei der Geruch, und wenn ich allein war und mich niemand sah, kletterte ich auf den Stuhl und roch begierig an der Zeitung ... [Später] erklärte er mir, daß es auf die Buchstaben ankomme, viele kleine Buchstaben, auf die er mit dem Finger klopfte. Bald würde ich sie selber lernen, sagte er, und weckte in mir eine unstillbare Sehnsucht nach Buchstaben ...
[Meine Kusine] lernte lesen und schreiben. Sie schlug ihr Schreibheft feierlich vor meinen Augen auf, es enthielt Buchstaben in blauer Tinte, die mich mehr faszinierten als alles, was ich je gesehen hatte. Aber als ich es berühren wollte ... [sagte sie], das dürfe ich nicht, ... Alles, was ich unter zärtlichen Bitten von ihr erlangte, war, daß ich mit Fingern auf Buchstaben zeigen durfte, ohne sie zu berühren ... Tag für Tag ließ sie mich um die Hefte betteln, Tag für Tag versagte sie sie mir ...
Am Tag, den keiner in der Familie je vergaß, stand ich wie immer beim Tor und wartete auf sie. »Laß mich die Schrift sehen« ... Ich versuchte sie zu fangen, rannte ihr überallhin nach, ich bettelte, ich flehte um die Hefte ... womit ich die Hefte wie die Schrift meinte, beides war für mich eins. Sie hob die Arme mit den Heften hoch über den Kopf ... und legte sie oben auf die Mauer hin. Ich kam nicht hinauf, ich war zu klein ... Plötzlich ließ ich sie stehen und ging den langen Weg ums Haus herum in den Küchenhof, um das Beil des Armeniers zu holen, mit dem ich sie töten wollte ...
Ich hob die Axt hoch und sie gerade vor mir herhaltend, marschierte ich den langen Weg in den Gartenhof zurück, mit einem Mordgesang auf den Lippen, den ich unaufhörlich wiederholte: *»Agora vo matar a Laurica! Agora vo matar a Laurica!«* – »Jetzt werde ich Laurica töten!«[23]

Außergewöhnliche Menschen legen ihre Berufung sehr offensichtlich an den Tag. Vielleicht ist das der Grund, warum sie faszinierend sind. Möglicherweise sind sie auch deshalb außergewöhnlich, weil ihre Berufung sie so klar durchdringt und sie sich ihr gegenüber so loyal verhalten. Sie dienen als musterhafte Beispiele für die Berufung und ihre Kraft und auch für das fortgesetzte Vertrauen in ihre Signale.

Sie scheinen keine andere Wahl zu haben. Canetti mußte Buchstaben und Wörter haben; wie sonst hätte er je Schriftsteller werden können? Franco mußte körperlich zäher als jeder andere Rekrut in der Akademie sein. Barbara McClintock und Yehudi Menuhin verlangten das richtige Werkzeug; sie mußten ihre Hände in Bewegung setzen. Außergewöhnliche Menschen legen das bessere Zeugnis ab, weil sie das zeigen, was normalen Sterblichen einfach nicht gelingt. Wir scheinen weniger Motivation aufzubringen und dafür leichter ablenkbar zu sein. Dennoch wird auch unser Schicksal von dem gleichen universalen Motor angetrieben. Außergewöhnliche Menschen gehören nicht einer anderen Kategorie an; die Arbeitsweise dieses Motors ist bei ihnen einfach nur leichter erkennbar.

Unser Interesse gilt daher weniger diesen Menschen und ihren »Persönlichkeiten« als vielmehr dem außerordentlichen Faktor des Schicksals selbst – wie es zutage tritt und sich selbst darstellt, was es fordert und welche Nebenwirkungen es auslöst. Wir untersuchen diese Biographien auf Manifestationen des Schicksals.

Folglich ist klar, daß wir uns hier nicht mit der Verehrung der Reichen und Berühmten befassen noch mit einer Untersuchung von Kreativität beziehungsweise Genie oder mit der Frage, warum Mozart und van Gogh so waren, wie sie waren. Jeder Mensch besitzt einen Genius, und kein Mensch *ist* ein Genius oder kann ein Genius sein, denn der Genius oder Daimon oder Engel ist ein unsichtbarer, nichtmenschlicher Begleiter und nicht identisch mit der Person, bei welcher er lebt.

Eine Vision der Kindheit

In der ersten Lebenszeit werden Person und Daimon oft als ein und dasselbe gesehen, das Kind als absorbiert von seinem Daimon, ein verständlicher Fehler, da doch das Kind so wenig andere Kräfte besitzt und der Daimon so viel mitbringt. Dann hebt sich das Kind oft als außergewöhnlich ab, als hoch begabt, ein Wunderkind – oder als funktionsgestörter Unruhestifter, als potentiell gewalttätiger Krimineller, der getestet, diagnostiziert und ausgesondert werden muß.

Die Verknüpfung von Pathologie mit Außergewöhnlichkeit folgt der romantischen Tradition, die gerne den Genius mit dem Wahnsinn in Verbindung brachte und damit allen möglichen Dummheiten Vorschub leistete: Je verrückter man erschien, desto sicherer war man auch genial. Doch unsere These ist verantwortungsbewußter und voller neuer Inspiration. Sie gibt unserem gewöhnlichen Leben und seinen merkwürdigen abweichenden Augenblicken den Sinn eines angeborenen Bildes, welches die Einzelteile in einem bedeutsamen Muster zusammenfaßt. Jede Anekdote aus der Kindheit außergewöhnlicher Menschen wird hier nicht nur erzählt, um *deren* Kindheit zu illustrieren, sondern auch, um Licht auf die unsrige zu werfen und auf die der Kinder, die uns am Herzen liegen und um die wir uns Sorgen machen. Jede Vignette enthält neben der krassen symptomatischen Besonderheit die Vorzeichen der Berufung. Könnte es uns gelingen, mit dieser Vision im Kopf, Kinder neu zu sehen? Es würde unseren diagnostischen Umgang mit dem Charakter und den Gewohnheiten von Kindern höchst bedenklich erscheinen lassen.

Der Krieg gegen die Kinder, wie Peter und Ginger Breggin ihr zuletzt erschienenes Buch nannten, bedroht unsere Kinder mit einer Epidemie von Leiden, verursacht durch die Methoden, die sie eigentlich von ihren Leiden heilen sollen.[24] Die vertrauten Übel einer anderen Zeit tauchen in der Gestalt von Hilfsprogrammen, pharmazeutischen Präventionen und apartheidähnlichen Segmentierungen wieder auf. Es ist alles wieder da – Eugenik, weißer Rassismus, Sterilisation, erzwungene Einlieferung, Verbannung in die Bettelei, Bestrafung und Hunger. Wie in kolonialen Zeiten werden Medikamente ausgegeben, welche die Schmerzen der Kulis beseitigen und ihre Gleichgültigkeit steigern sollen, gerade von denen, die die Schmerzen verursachen.

Wie in der Antike werden die Kinder erneut dem Saturn-Moloch als Opfer dargebracht. Zugleich dienen sie als Sündenböcke für die Angst der Wissenschaftler vor dem Abnormen, vor dem Exzessiven und vor der Kraft der Fantasie, die Paradigmen verschieben kann und die als erstes immer im ganz Neuen – also in den Kindern – zutage tritt. Das, was schon heute in unseren sogenannten »Heilanstalten« geschieht, in denen Medikamente mit weniger Scham ausgehändigt werden als Kondome, hätte vermutlich jeden einzelnen der außergewöhnlichen Menschen, von denen in diesem Buch die Rede ist, schon im Verlauf seiner Kindheit erstarren lassen.

Die grauenhafte Unzulänglichkeit der Behandlung ist von den Ärzten, die es im Grunde gut meinen, so nicht beabsichtigt. Sie ist nolens volens die Folge der Unzulänglichkeit – oder der Bösartigkeit – der Theorie. Solange die Statistiken einer normalisierenden Entwicklungspsychologie die Standards festlegen, auf deren Basis die außerordentliche Komplexität eines Lebens bewertet wird, müssen Abweichungen als abartig angesehen werden. Die mit Statistiken verknüpfte Diagnose ist selbst die Krankheit; und trotzdem bezeichnet die Verknüpfung aus Diagnostik und Statistik ausgerechnet das allgemein anerkannte Standardwerk *Diagnostic and Statistical Manual* (oder *DSM)*, das von der Amerikanischen Gesellschaft für Psychiatrie als Arbeitsgrundlage für den Berufsstand, die Gesundheitsdienste und die Versicherungen herausgegeben wird.[25]

Ausgerechnet dieses ganze dicke, schwere und zugleich schmalbrüstige Werk präsentiert Berichte vom vielschichtigen Einfluß, den der Daimon auf das menschliche Schicksal nimmt, und zeigt, wie traurig und sonderbar er oft in unserer Zivilisation zum Vorschein kommt.

Ich ziehe es vor, im Pathologischen das Außergewöhnliche zu entdecken, dabei den Begriff »krankhaft« gegen »ungewöhnlich« auszutauschen und das Ungewöhnliche zu dem Maßstab zu machen, an dem unser gewöhnliches Leben gemessen wird. Statt mit Fallgeschichten sollte sich ein Psychologe mit menschlichen Lebensgeschichten befassen; statt mit Biologie mit Biographie; statt westliche Begriffe auf fremde, stammesorientierte und nichtindustrialisierte Kulturen anzuwenden, wollen wir ihre Anthropologie (ihre Geschichten über das Wesen des Menschen) auf die unsere anwenden. Mein ehrgeiziges Ziel ist es, die Denkweise der Psychologie, wie sie gelehrt und angewendet wird, umzukehren und damit dieses Forschungsgebiet von einigen seiner Sünden reinzuwaschen.

Hervorragend und außergewöhnlich

Die Geschichten, die über dieses Kapitel und das gesamte Buch verstreut sind, zeigen, was im Zentrum meines Buches steht: vor allem die ersten Lebensjahre. Sie weisen auf seine Methode hin, die vor allem eine anekdotische ist. Sie machen seine Leidenschaft sichtbar: das Außergewöhnliche.

Diese Leidenschaft bedarf der Erklärung. Das Außergewöhnliche macht das Gewöhnliche in einem vergrößerten und intensivierten Bild sichtbar. Die Beschäftigung mit dem Außergewöhnlichen in der Absicht, etwas daraus zu lernen, reicht weit zurück. Sie beginnt bei Biographien großer Menschen der Antike durch Varro, Plutarch und Sueton, führt zu späteren

Beispielen wie jenen der Kirchenväter[26] und zu Vasaris Lebensgeschichten berühmter Künstler der Renaissance und schließlich über den Atlantik zu Ralph Waldo Emersons *Repräsentanten der Menschheit*. Diese Tradition wurde immer von den moralischen Lehren begleitet, die aus den Geschichten biblischer Gestalten wie Abraham, Ruth, Esther und David aus den Lebensgeschichten der Heiligen gezogen werden konnten – allesamt im höchsten Maße Beispiele für Charakter. Parallel dann hob auch die Tradition des Theaters außergewöhnliche Personen – von Ödipus, Antigone, Phädra, Hamlet, Lear und Faust bis zu Willy Loman – als Anregungen zum Nachdenken über unser eigenes Leben hervor.

Obgleich dieses Buch Nobelpreisträger und Staatsmänner im gleichen Atemzug mit Popstars, Mördern und Talkmastern nennt, soll mit dieser Gleichbehandlung nicht angedeutet werden, daß Berühmtheit mit Kreativität gleichzusetzen ist. Ruhm und hohes Ansehen veranschaulichen die außergewöhnliche Kraft der Berufung zu einem bestimmten Lebensweg. Dieses Buch nutzt also die Berühmten lediglich für seinen eigenen Zweck: um anhand ihrer Schicksale deutlicher zu machen, was auch im Schicksal jedes einzelnen ruft.

Wir bringen diese Gestalten so zum Einsatz, wie dies schon immer in allen Kulturen der Fall war: um gewöhnliche Leben durch die Darstellung ihres eigenen Potentials zu inspirieren. Außergewöhnliche Leute regen an, sie führen und warnen. So wie sie in den Hallen der Vorstellungskraft stehen – Statuen der Großartigkeit, Personifizierungen des Wunders und des Leids –, helfen sie uns, das zu tragen, was auf uns zukommt, wie es auf sie zukam. Sie verleihen unserem Leben eine imaginäre Dimension. Das ist es, wonach wir suchen, wenn wir Biographien kaufen und über die intimen Geheimnisse der Berühmten nachlesen, über ihr Glück, ihre Fehler, ihre Klatschgeschichten. Nicht um sie auf unsere Ebene herunterzuziehen, sondern um uns zu erhöhen, um unsere Welt durch die Vertrautheit mit der ihren weniger unmöglich zu machen. Ohne diese Vorbilder für das Wirken des Daimon bleibt uns als Kategorie für das Außergewöhnliche nur die diagnostische Psychopathologie.

Diese Verkörperungen unserer gesteigerten Vorstellungskraft brennen sich direkt in die Seele ein und sind ihre Lehrer, nicht nur als Helden und Heldenverehrung, sondern auch als weise alte Frauen und gutaussehende Filmstars. Die bühnenhafte Übertreibung von Charaktereigenschaften bei außergewöhnlichen Leuten gehört zur Tradition der Romantik. Wenn die Tradition romantischer Größe mit ihrer Mannschaft aus Irren, Liebenden und Poeten durch Egalitarismus geschmälert, durch akademischen Zynismus entwertet oder durch psychoanalytische Diagnostik als Größenwahn abgestempelt wird, dann besetzen Popstars, Dilettanten und Batman in der Manier von Hausbesetzern den freien Platz, und es bleiben der Kultur nur Rauschgoldengel als Vorbilder.

Dieses Buch will also die Psychologie um zweihundert Jahre in die Zeit zurückführen, als die Begeisterung der Romantik das Zeitalter der Vernunft ablöste. Ich ziehe es vor, wenn die Psychologie ihre Basis in der Fantasie der Menschen hat statt in Statistiken und Diagnosen. Ich möchte den poetischen Verstand auf die Fallgeschichten angewandt wissen, damit wir sie als das verstehen, was sie tatsächlich sind: moderne Formen der Dichtung und nicht etwa wissenschaftliche Berichte.

Fallgeschichten zeigen besser, was mit der Psychologie als was mit den Fällen nicht stimmt. Diese klinischen Berichte machen deutlich, wie die normale Psychologie – und wir alle werden von ihrer Art des Denkens beeinflußt – ihre Schlüsse zieht, indem sie das Gewöhnliche zum Maßstab des Außergewöhnlichen macht und dabei vom »Außer« nichts übrigläßt.

Unter den Mottos am Anfang dieses Buches befand sich auch eines von Edgar Wind, vielleicht dem bedeutendsten Forscher über die Imagination in der Renaissance. Dieses Zitat ist es wert, noch einmal wiederholt zu werden:

> Eine Methode, die dem unbedeutenden, nicht aber dem großen Werk gerecht wird, setzt offenbar am falschen Ende an ... Der Gemeinplatz kann zwar als Reduktion des Außerordentlichen, das Außerordentliche jedoch nicht als Erweiterung des Gemeinplatzes verstanden werden. In logischer wie in kausaler Hinsicht ist das Außerordentliche entscheidend, da es ... die umfassendere Kategorie darstellt.[27]

Wenn das Außerordentliche die umfassendere Kategorie ist, dann erfahren wir, indem wir uns mit außergewöhnlichen Menschen befassen, mehr über die Tiefe des menschlichen Wesens als mit einer noch so großen Sammlung von Fallbeispielen. Eine einzige anekdotische Begebenheit erhellt bereits das gesamte Sichtfeld: Manolete, der sich in der Küche vor den Stieren seines Schicksals in eine Ecke kauert; Canetti, der um der Wörter willen zur Axt greift. Dann begreifen wir die Schwierigkeiten der Kinder vielleicht weniger als Entwicklungsstörungen denn als Wahrzeichen der Enthüllung.

Jedes biographische Bruchstück veranschaulicht *in nuce* die zentrale These dieses Buches: Wir müssen die Bedeutung unseres Lebens auf eine neue Weise betrachten. Ich bin entschlossen, die Konventionen der Biographieforschung anzugreifen, die sich darauf versteifen, daß die Zeit und das Gestern unser Heute bestimmen.

Schon immer, seit Herodot und Thukydides die Geschichte erfanden und die Bibel berichtete, wer wen gezeugt hat, wird alles im Westen durch die Zeit chronologisiert. Was die Zeit betrifft, da sind sich die Hebräer und die Hellenen einig: Die Zeit ist das, was wirklich zählt. Der Fortschritt hängt davon ab; für die Evolution ist sie erforderlich; Messungen, ohne die wir keine physikalische Wissenschaft besäßen, beruhen darauf. Ja sogar die Vorstellung von »neu« und »besser«, die unseren Konsumtrieb lockt, ist eine Erfindung der Zeit. Dem westlichen Geist fällt es schwer, die Uhr anzuhalten. Er begreift sein innerstes Leben als biologische Uhr und sein Herz als Zählwerk. Der elektronische Apparat am Handgelenk erfaßt in einem konkreten Symbol die Zeitgebundenheit des westlichen Geistes. Wir glauben, daß alle Dinge sich durch die Zeit hindurchbewegen, die in ihrem Fluß die ganze Welt, alle Arten und jedes individuelle Leben mit sich führt. Was immer wir betrachten, wir nehmen es im Fluß der Zeit wahr. Wir scheinen sogar die Zeit selbst sehen zu können.

Um unsere Sichtweise der Dinge zu verändern, müssen wir uns verlieben. Dann auf einmal ist alles ganz anders. Wie in der Liebe kann die Verschiebung des Blickwinkels erlösend wirken – nicht im religiösen Sinne, dem zufolge die Seele für den Himmel erlöst wird, sondern in einem pragmatischeren Sinn. Wir bekommen einen »Erlös« für etwas, was wir fälschlicherweise für vollkommen wertlos gehalten haben. Die widrigen Symptome des Alltags können neu bewertet, und ihr Wert kann eingelöst werden.

»Symptome« bezeichnen in unserer Kultur meist etwas »Schlechtes«. Das Wort selbst beschreibt lediglich eine Kombination *(sym)* zufälliger Ereignisse, die weder gut noch schlecht sind und die dieses mit jenem in einem Bild verbinden. Eine Beurteilung seines Wertes muß nicht zwangsläufig moralisch sein, und ebenso muß seine Gültigkeit nicht auf den medizinischen Bereich beschränkt sein. Als zufällige Ereignisse gehören Symptome nicht in erster Linie in den Bereich der Krankheiten, sondern sind dem Schicksal zuzuordnen.

Wenn Symptome – selbst wenn sie tatsächlich einen Hinweis auf Leiden darstellen – nicht vor allem als etwas betrachtet werden, was an einem Kind falsch oder schlecht ist, dann ist es möglich, sich von der Konzentration auf die Vorstellung zu befreien, daß die Symptome eines Kindes »geheilt« werden müssen. Wir können der Perversion des medizinischen Prinzips – »Gleiches heilt Gleiches« – ein Ende bereiten: Etwas Falsches mit einem Kind anzustellen, um das Falsche, das Symptom, loszuwerden. Wenn das Symptom nicht »schlecht« ist, dann brauchen wir auch keine schlechten Methoden anzuwenden, um es zum Verschwinden zu bringen.

Anspruchsvolle oder abgergläubische Therapeuten fragen sich oft, wohin das Symptom geht, wenn es verschwindet. Ist es wirklich fort? Wird es in einer anderen Form zurückkehren? Und nun, da es fort ist, was könnte es zum Ausdruck gebracht haben wollen? Diese Fragen zeigen das Gefühl dafür, daß da »noch etwas anderes« an einem Symptom sein muß, als seine anormale, asoziale, dysfunktionale Schlechtigkeit.

Diese Fragen öffnen uns die Augen für die unsichtbare Intention eines Symptoms und gestatten es uns, das Symptom weniger ängstlich, weniger (Wert) als schlecht, sondern einfach als Phänomen zu betrachten (ein Wort, das ursprünglich etwas bezeichnete, was sich zeigt, was aufscheint und sichtbar wird). Ein Symptom will angeschaut und nicht untersucht werden.

Eine Neustrukturierung der Wahrnehmung ist es, die ich mit diesem Buch anstrebe. Ich möchte, daß wir das Kind, das wir waren, den Erwachsenen, der wird sind, und die Kinder, die uns auf die eine oder andere Weise brauchen, in einem Licht sehen, in dem wir das, was ein Fluch zu sein scheint, als Segen erkennen oder, wenn schon nicht als Segen, dann wenigstens als Symptom der Berufung.

Schönheit

Von allen Sünden der Psychologie ist die Vernachlässigung der Schönheit die tödlichste. Schließlich hat doch ein Leben etwas durchaus Schönes an sich. Doch auf diesen Gedanken würde man bei der Lektüre von Psychologiebüchern nicht kommen. Auch hier versagt die Psychologie gerade vor dem, mit dem sie sich befaßt. Weder die Sozialpsychologie noch die experimentelle Psychologie oder die therapeutische Psychologie haben einen Platz für die ästhetische Wertschätzung eines Lebens. Diese Schulen betrachten die Untersuchung und Erklärung als ihre Aufgabe, und sollte doch irgendwo in ihrem Stoff ein ästhestisches Phänomen auftauchen (und nicht nur bei jenen, die sich wie Jackson Pollock, Colette oder Manolete dem Ästhetischen verschrieben haben), dann wird es durch eine Psychologie erklärt, die von Anfang an keinen Sinn für Ästhetik hat.

Jede Wendung des Schicksals bedarf vielleicht einer eigenen Interpretation, aber sie hat auch ihre eigene Schönheit. Sehen Sie doch nur das Bild an: Menuhin, der von der Spielzeugfiedel mit den Metallsaiten fortstapft; den Weichling Stefansson, der sein Boot im Waschzuber schwimmen läßt; den mageren Gandhi mit den abstehenden Ohren und all seinen Ängsten. Das bildhafte Leben fragt nicht nach der Familiendynamik oder den Erbanlagen. Noch bevor es Lebensgeschichten gibt, stellt sich das Leben in Bildern dar. Sie wollen zuerst einmal angeschaut werden. Es mag schon sein, daß jedes Bild wirklich bedeutungsschwanger ist und einer sezierenden Analyse unterworfen werden muß. Aber wer sich auf die Bedeutung wirft, noch bevor er dem Bild selbst gerecht geworden ist, der verzichtet auf eine Freude, die auch durch die beste aller Interpretationen nicht wettgemacht werden kann. Zugleich nimmt er dem Leben, das er betrachtet, die Freude; die Schönheit des Anblicks wird irrelevant für seine Bedeutung.

Mit der »tödlichsten« Sünde der Psychologie meine ich die Sünde des Abtötens, das tote Gefühl, welches einen überfällt, wenn man die Texte professioneller Psychologen liest, ihre Sprache hört, ihre monotone Stimme, ihre dickleibigen Lehrbücher, ihre ernsthaften Behauptungen und langatmigen Proklamationen neuer »Ergebnisse«, die kaum weniger banal sein könnten, ihre schmerzstillenden Mittel zur Selbstbedienung, ihre Ausstattung und ihre Modetrends, ihre Fachbereichskonferenzen und ihre beruhigenden Sprechzimmer, diese stehenden Gewässer, in denen die Seele wiederhergestellt werden soll, dieses letzte Refugium einer Weißbrotkultur: altbacken, ohne Biß, aber allzeit empfänglich wie ein Schwamm für frustrierte Hoffnung.

Die Vernachlässigung der Schönheit vernachlässigt die Göttin, die sich dann als »sexuelle Belästigung« in die Fachbereiche, als »Forschungs«-Experiment in Sachen Sexualität und Geschlechterrolle in die Laboratorien und als verführerisches Stelldichein in die Sprechzimmer stehlen muß. Unterdessen wird die Psychologie – ohne Schönheit – zum Opfer ihrer eigenen Fesseln der Erkenntnis und verwendet alle Leidenschaft nur noch darauf, Veröffentlichungen und Karriere voranzutreiben. Ohne Schönheit gibt es wenig Spaß und noch weniger zu lachen. Große Motive gehen an psychologische Kategorien wie Größenwahn und Aufgeblasenheit verloren, während das Abenteuer des kreativen Denkens zusammengestutzt wird, um in den experimentellen Rahmen zu passen. Welcher Zauber auch immer unter diesen Bedingungen noch übriggeblieben sein mag, kommt in dem Bedürfnis zum Ausdruck, leidenden Menschen zu helfen, indem man an »Trainingsprogrammen« für Therapeuten teilnimmt. Doch falls Helfen unsere Berufung sein sollte, dann ist es besser, bei Mutter Teresa in die Lehre zu gehen, als von einer Psychologie ohne Seele, Schönheit oder Freude zu erwarten, daß sie uns zum Wohl der Leidenden ausbilden kann. Die Psychologie hat nicht einmal für ihre eigenen Gebrechen ein Selbsthilfehandbuch.

Der Beweis für meinen Versuch, diese Leichenhalle zu verlassen, ist das Fehlen von zeitgenössischen psychologischen Begriffen in diesem Buch. Außer in Fällen, in denen sie durch Anführungszeichen vom übrigen Text abgetrennt sind, um die Sätze nicht mit psychologischen Ausgeburten zu verseuchen, werden Sie keinen der folgenden ansteckenden Allgemeinplätze finden: Leistung, Wachstum, Kreativität, Schwelle, Kontinuum, Reaktionsniveau, Integration, Identität, Entwicklung,

Validierung, Grenzen, Streßbewältigung, Reizkonditionierung, Streuung, Subjektivität, Anpassung, verifizierbare Ergebnisse, Testresultate, Entfaltung, Hoffnung. Sie werden nur auf wenige diagnostische Etiketten stoßen und auf gar keine Kunstworte und Abkürzungen. Dies ist ein Psychologiebuch ohne das Wort »Problem«, von »Ich«, »Bewußtsein« und gar »Erfahrung« ganz zu schweigen! Ich habe mich außerdem bemüht, den schädlichsten Begriff von allen, das »Selbst«, daran zu hindern, sich in meine Sätze einzuschleichen. Dieses Wort hat einen großen Mund. Es hätte mit seiner grenzenlosen Geräumigkeit all die spezifischen Ausdrucksformen wie »Genius«, »Engel«, »Daimon« und »Schicksal« verschlucken können, ohne eine Spur zu hinterlassen. Und außerdem bin ich stolz auf den folgenden Triumph: ein Buch mit leidenschaftlicher psychologischer Zielsetzung geschrieben zu haben, dessen Leidenschaft sich nicht zu den Scharmützeln des Geschlechterkampfes hat hinreißen lassen. Wenn die Zivilisation in ihren eigenen Müllhalden versinkt, spielt es keine Rolle mehr, ob man weiblich oder männlich oder irgendein Zwischending ist. Wir lösen uns alle gemeinsam auf. Weit dringendere Angelegenheiten als die Geschlechterrolle verlangen nach der Leidenschaft des Psychologen.

Dieses Buch will also Psychologie und Schönheit vereinen. Obgleich es sich bei diesem erlösenden Schritt um eine sehnsüchtig erwünschte Vollendung handelt, wird sie im allgemeinen nur dann möglich, wenn wir bestimmte Schritte in bezug auf unsere eigenen biographischen Bilder tun – unser eigenes Leben als Bild mit der Schönheit verbinden.

Die Suche nach der Eichel wirkt sich darauf aus, wie wir einander und uns selbst sehen, läßt uns Schönheit in dem finden, was wir sehen, so daß wir es lieben lernen. Dadurch können wir uns vielleicht mit den Merkwürdigkeiten des menschlichen Charakters und den Ansprüchen der Berufung abfinden. Diese Berufung zu lieben und mit ihrer fordernden Liebe zu uns zu leben, uns mit ihr zu vereinen, bis der Tod, wenn er es denn tut, uns scheidet – das ist die Vision, die dieses Buch beseelt.

Indem wir uns selbst als Beispiel der Berufung und unser Schicksal als Manifestation des Daimon ansehen und unser Leben mit der Fantasie betrachten, die wir auch Romanen zugestehen, können wir möglicherweise der Sorge, der Mühe und der nagenden Unruhe, mit der wir nach »Gründen« suchen, ein Ende setzen. Wie Hunde, die ihren eigenen Schwanz zu fangen suchen, werden wir von der Frage nach dem »Warum« verfolgt, die ihren Zwilling, das verteufelte »Wie«, heraufbeschwört – wie kann man sich ändern? Das Streben nach Glück wird zum Streben nach Antworten auf die falschen Fragen. Wir machen uns meist nicht klar, wie fieberhaft alle Psychologie sich mit der Angst befaßt – bei Eltern, Kindern, Therapeuten, Forschern und in ihrem Fachgebiet selbst, das seine Forschungen immer tiefer in »Problembereiche« hinein vorantreibt. Alles scheint nach Studien, Untersuchungen, Analysen zu schreien: das Altern, Firmenmanagement, der Sport, der Schlaf und auch die Methoden der Forschung selbst. Aber ruheloses Forschen ist nicht der einzige Weg zur Erkenntnis und Selbsterforschung nicht der einzige Weg zur Bewußtheit. Die Würdigung eines Bildes, unserer Lebensgeschichte, die seit frühester Kindheit mit Bildern gespickt ist, und das Eintauchen in sie beruhigen das rastlose Forschen, besänftigen das Fieber und den Drang, etwas herauszufinden. Nach der Definition, die Thomas von Aquin der Schönheit in seiner *Summa theologica* gegeben hat, ist es das, was die Schönheit tut: Sie gebietet der Bewegung Einhalt. Die Schönheit ist selbst ein Heilmittel gegen psychologische Beschwerden.

Dieses Verlangen nach Schönheit im menschlichen Herzen muß in dem Bereich Anerkennung finden, der das menschliche Herz zu seinem Fachgebiet erklärt hat. Die Psychologie muß ihren Weg zurück zur Schönheit finden und wenn es nur zu dem Zweck ist, sich selbst am Leben zu erhalten. Erstaunlicherweise scheinen selbst Untersuchungen kreativer Künstlerpersönlichkeiten das Verlangen nach Schönheit – wenn sie es überhaupt erwähnen – als austauschbaren Faktor zu betrachten. Wie können biographische Darstellungen, welche die treibende Kraft der Schönheit fortlassen (will die Eichel etwa keine schöne Eiche werden?), jemals den Hunger der Leser stillen, die Biographien nach Hinweisen darauf durchforschen, wie man leben soll? Nur wenn die erzählte Geschichte diesen Sinn für Schönheit vermittelt, kann sie dem Leben genügen, von dem sie berichtet.

Gleiches heilt Gleiches: Eine Theorie über das Leben muß ihre Basis in der Schönheit haben, wenn sie die Schönheit, nach der das Leben strebt, erklären will. Die Romantiker erfaßten diese grundlegende Wahrheit. Ihr überschwengliches Sichstrecken nach Wolkenherrlichkeit sollte Formen des Unsichtbaren in diese Welt bringen, von denen sie wußten, daß sie notwendig sind, um sich eine wirkliche Vorstellung vom Leben zu machen.

Der aus Connecticut stammende Dichter Wallace Stevens, einer der letzten dieser Romantiker, sagt uns, was der Kopf in den Wolken gesucht hat:

> ... Die Wolken zogen uns voran.
> Eine schlammige Mitte gab es, bevor wir atmeten.
> Einen Mythos gab es, bevor der Mythos begann,
> Ehrwürdig und klar und vollständig.[28]

Platons Geschichte von der Seele, die sich ihr Schicksal auswählt und die von Geburt an von einem Daimon beschützt wird, ist ein solcher Mythos – ehrwürdig, klar und vollständig; und es gab ihn, lange bevor wir selbst mit diesem anderen Mythos begannen, den wir unsere Biographie nennen.

Um wieder Boden unter die Füße zu bekommen und zurückzublicken: Lassen Sie mich das zusammenfassen, was wir bislang in einer ersten Annäherung von der Eicheltheorie sagen können. Sie vertritt die These, daß jedes Leben durch sein angeborenes Bild geformt wird, ein Bild, das die Essenz dieses Lebens ist und es zu seinem Schicksal ruft. In seiner Gestalt als Schicksalskraft wirkt dieses Bild als persönlicher Daimon, ein begleitender Führer, der sich an unsere Berufung erinnert.

Die »Mahnungen« des Daimon treten auf vielerlei Art zutage. Der Daimon motiviert. Er beschützt. Er ist erfinderisch und beharrt in dickköpfiger Treue. Er widersteht der anpassungsbereiten Vernunft und zwingt seinem Träger oft abweichendes Verhalten und Merkwürdigkeiten auf, vor allem wenn er vernachlässigt wird oder man sich ihm entgegenstellt. Er bietet Trost an und zieht uns oft unter sein Schutzdach, doch Unschuld erträgt er nicht. Er ist fähig, den Körper krank zu machen. Er befindet sich nicht im Gleichschritt mit der Zeit, stöbert vielmehr allerlei Fehler, Lücken und Knoten im Fluß des Lebens auf – und zieht sie vor. Er hat eine Abneigung zum Mythos, da er selbst ein mythisches Wesen ist und in mythischen Mustern denkt.

Der Daimon ist vorauswissend – vielleicht nicht in bezug auf Details (daß Rommel und Pollock Selbstmord begehen würden, daß »Oma« Eleanor First Lady sein würde, daß Canetti den Nobelpreis bekommen würde), denn er kann nicht Ereignisse so manipulieren, daß sie mit dem Bild übereinstimmen und die Berufung erfüllen. Sein Vorauswissen ist also nicht vollkommen, sondern begrenzt auf den Sinn des Lebens, in dem er sich verkörpert hat. Er ist unsterblich, da er durch menschliche, sterbliche Erklärungen allein nicht fortgeht und nicht abgetötet werden kann.

Er hat viel zu tun mit Gefühlen der Einzigartigkeit, der Großartigkeit und mit der Ruhelosigkeit des Herzens, seiner Ungeduld, seiner Unzufriedenheit, seinen Sehnsüchten. Er braucht seinen Anteil an der Schönheit. Er will gesehen, bezeugt und anerkannt werden, vor allem von der Person, mit der er verbunden ist. Er legt sich schwer fest und ist leicht zu begeistern. Er kann seine eigene himmlische Berufung nicht leugnen, fühlt sich selbst zugleich im einsamen Exil und in kosmischer Harmonie. Metaphorische Bilder sind seine nicht erlernte Muttersprache. Sie stellen die poetische Grundlage des Geistes dar und machen die bildhafte Kommunikation zwischen allen Menschen und Dingen möglich.

Wir werden die Eicheltheorie noch weiter ausarbeiten und noch andere Auswirkungen des Daimon in späteren Kapiteln dieses Buches entdecken.

2. KAPITEL

Nach unten wachsen

Die Leiter, an der hochzusteigen spirituelles Wachstum bedeutet, hat einen langen Stammbaum. Die Hebräer, Griechen und Christen hielten alle das Höhere für besonders wertvoll, und der spirituell orientierte Kompaß westlicher Moralvorstellungen neigt dazu, alles Bessere hoch hinauf und alles Schlechtere tief nach unten zu verlegen. Seit dem letzten Jahrhundert schließlich hat sich Wachstum erbarmungslos in dieser Aufstiegsfantasie verfangen: Darwins Lehre, *The Descent of Man* (Die *Ab*stammung des Menschen), wurde in unseren Köpfen zum *Auf*stieg des Menschen. Jeder Einwanderer stieg in seiner sozialen Klasse auf, wie auch die Gebäude immer weiter in die Höhe schossen und deren Aufzüge zu immer teureren Etagen führten. Die industrielle Förderung der Bodenschätze – Kohle, Eisen, Kupfer, Erdöl – erhöhte deren ökonomischen Wert und den finanziellen Status ihrer Besitzer einfach dadurch, daß sie diese Stoffe an die Oberfläche hob. Inzwischen ist die Vorstellung des nach oben gerichteten Wachstums zu einem biographischen Klischee geworden. Ein Er-wachsener ist jemand, der seiner Kindheit ent-wachsen ist. Doch dies ist nur eine mögliche Art, um über Reife zu sprechen, und bringt noch dazu eine reichlich heldenhafte Auffassung von Reife zum Ausdruck. Denn selbst Tomaten und die höchsten Bäume schicken Wurzeln in die Erde, je höher sie sich dem Licht entgegenstrecken. Doch die Metaphern für unser Leben schenken vor allem dem aufwärts gerichteten Teil der organischen Bewegung Beachtung.

Ist denn nicht etwas Entscheidendes aus dem Aufstiegsmodell fortgelassen worden? Die Niederkunft. Normalerweise kommen wir mit dem Kopf voran in diese Welt, wie ein Taucher, der in das Menschheitsmeer springt. Nebenbei, der Kopf hat eine weiche Stelle, über die die Seele des Kindes, wie es in den Traditionen des Körpersymbolismus heißt, noch von seinen Ursprüngen beeinflußt werden kann. Das langsame Sichschließen der Fontanelle und Fissuren des Kopfes, seine Verhärtung zu einem dicht versiegelten Schädel bedeutet die Trennung von einem unsichtbaren Jenseits und die endgültige Ankunft hier. Der Abstieg dauert eine Weile. Wir wachsen nach unten, und wir brauchen ein langes Leben, um auf die Füße zu kommen.

Die unglaublichen Schwierigkeiten, die kleine Kinder damit haben, nach unten ins Praktische zu wachsen, ihr entschlossenes Festhalten, ihre Angst, ihre Anpassungsmühen und ihre staunende Verwunderung angesichts der kleinen Dinge der Erde in ihrer Umgebung zeigen uns jeden Tag, wie schwer es ist, nach unten zu wachsen. Japanische Vorstellungen von der Kleinkindfürsorge verlangen von der Mutter oder vom Versorger, ununterbrochen anwesend zu sein. Das Kind soll in den Armen gehalten, in die menschliche Gemeinschaft gebracht werden, weil es von so weither gekommen ist.

Symbolsysteme wie der Tierkreis sowohl der westlichen wie der östlichen Astrologie beginnen mit dem Kopf. Aber das raffinierteste, subtilste ist das letzte Tierkreiszeichen: Fische (Westen) und Schwein (Osten). Der symbolisch diesem letzten Zeichen entsprechende Körperteil sind die Füße. Offenbar kommen die Füße als letztes. Und sie sind, wie es zum Beispiel das langsame Sterben des Sokrates zeigt, die ersten, die gehen. Der Schierling, den er trinken mußte, betäubte zunächst seine unteren Gliedmaßen und ließ sie kalt werden, als ob er mit den Füßen voran aus dieser Welt gezogen würde. Den Fuß fest auf den Boden zu setzen – das ist eine sehr viel endgültigere Großtat und ein sehr viel späteres Wachstumsstadium als alles, was im Kopf seinen Anfang nimmt. Kein Wunder, daß die Gläubigen in Sri Lanka die Fußabdrücke des Buddha verehren. Sie zeigen, daß er wahrhaftig in der Welt war. Er war wirklich nach unten gewachsen.

In der Tat hatte der Buddha mit seinem abwärts gerichteten Wachstum bereits früh in seinem Leben begonnen, indem er die bewachten Palastgärten verließ, um die Straße zu betreten. Dort zogen die Kranken, die Toten, die Armen und die Alten seine Seele zur Frage hinab, wie das Leben in der Welt gelebt werden sollte.

Diese bekannten Geschichten von Sokrates und dem Buddha und die Bildersprache der Astrologie geben dem Wachstum eine neue Richtung und verleihen dem »Unten« einen neuen Wert. Denn in seiner häufigsten Verwendung zieht »Unten« uns nur runter. Die Seele schleppt sich mit Zweifeln und Sorgen, wenn schon nicht mit »Symptomen« voran, wenn sie gezwungen wird, sich dem Aufwärtsschub der Karriere anzupassen. College-Studenten mit glänzenden Möglichkeiten stellen manchmal plötzlich fest, daß ihr »persönlicher Computer abgestürzt« ist. Sie fliegen aus der Überholspur und müssen strampeln, um wieder auf die Füße zu kommen. Oder Alkohol, Drogen und Depressionen stellen sich ein wie Furien. Bis die Kultur die Berechtigung des nach unten gerichteten Wachstums erkennt, ringt jeder in dieser Kultur blind darum, die Verdunklung und Verzweiflung zu begreifen, derer die Seele bedarf, um sich im Untergrund des Lebens zu verwurzeln.

Organische Bilder des Wachstums folgen dem Lieblingssymbol für menschliches Leben, dem Baum, aber ich stelle den Baum auf den Kopf. Mein Wachstumsmodell hat seine Wurzeln im Himmel und zeigt einen langsamen Abstieg hinunter in menschliche Angelegenheiten. Das ist der Baum der Kabbala in der jüdischen und auch in der christlichen Mystik.

Der Sohar, das wichtigste Buch der Kabbalisten, verdeutlicht, daß der Abstieg strapaziös ist; es widerstrebt der Seele, hinabzusteigen und sich auf die Welt einzulassen.

> Als einst der Allheilige die Welt erschaffen wollte, da kam es in Seinen Willen, alle Seelen zu bilden, die künftig unter den Menschen sein sollten, und jede bekam auch jene Gestalt, die sie künftig unter den Menschen tragen sollte. Er betrachtete jede einzelne: da gab es auch manche, welche ihren Weg in der Welt zur Schande führen sollte. Kam dann ihre Zeit, dann rief der Allheilige eine solche Seele und sprach zu ihr: »Geh, steige hinab an diesen Ort, in diesen Körper!« Und sie entgegnete dem Herrn der Welt: »Ich bin befriedigt, in *dieser* Welt zu weilen, ich mag nicht in eine andere gehen, wo sie mich knechten und wo ich unrein werde.«
> Sprach der Allheilige: »Von dem Tage an, da du erschaffen warst, warst du für jene Welt erschaffen.« Als die Seele dies sah, stieg sie gegen ihren Willen hinab und trat in diese Welt ein.[1]

Der kabbalistische Baum, wie er erstmals im dreizehnten Jahrhundert in Spanien kunstvoll ausgeführt wurde, geht davon aus, daß die absteigenden Äste die Lebensbedingungen der Seele darstellen, die um so manifester und sichtbarer werden, je weiter sie hinabführen. Charles Ponce zufolge, der kürzlich eine psychologische Interpretation der Kabbala vornahm, fällt es um so schwerer, ihre Bedeutung zu erfassen, je weiter nach unten man vordringt. Wie er sagt, sind die oberen Regionen und Symbole nicht so okult wie die weltlichen; »die Beine bleiben ein Geheimnis«.[2] Es ist leicht, die ethische Bedeutung dieses auf den Kopf gestellten Bildes zu erkennen: Das Eintreten eines Menschen in die Welt legt Zeugnis ab für das Absteigen des Geistes. Die Tugend wäre nach dieser Auffassung eine abwärts gerichtete Haltung wie Demut, Barmherzigkeit, Lehre und keineswegs »hoch-fahrend«.

Der Baum der Kabbala wiederholt zwei der langlebigsten Schöpfungsmythen unserer Zivilisation, den biblischen und den platonischen. Die Bibel berichtet, daß Gott sechs Tage brauchte, um den gesamten Kosmos zu erschaffen. Am ersten Tag war Gott, wie Sie sich erinnern werden, mit riesigen Abstraktionen und höheren Konstruktionen wie etwa mit der Trennung von Dunkelheit und Licht beschäftigt und damit, eine grundlegende Orientierung zu schaffen. Erst am Ende dieses Prozesses, als der Schöpfungsprozeß sich während der Tage fünf und sechs abwärts bewegte, entstanden die Scharen von Tieren und der Mensch. Die Schöpfung steigt ab vom Transzendenten zum wimmelnden Hier der Immanenz.

Platons Geschichte des Abstiegs ist der Mythos des Er, den ich hier aus dem letzten Kapitel seiner *Politeia* noch einmal etwas ausführlicher darstellen will:

> Die Seelen halten sich alle in einer mythischen Welt auf, in der sie nach früheren Leben eingetroffen sind, und jede hat ein Los zu erfüllen. Dieses Los wird auch ein Geschick *(Moira)* genannt, das repräsentativ für den Charakter einer bestimmten Seele ist. Zum Beispiel erzählt der Mythos, daß Aias, der unmäßige und tollkühne Krieger, das Leben eines Löwen wählte, während Atalante, die leichtfüßige Läuferin, das Los eines Athleten und eine andere Seele jenes einer kunstreichen Frau ergriffen habe. Die Seele des Odysseus, die sich ihres langen Lebens voller Mühen und Gefahren erinnerte und sich vom Ehrgeiz erholen wollte, sei »lange Zeit umhergegangen, um eines von Staatsgeschäften entfernten Mannes Leben zu suchen, und mit Mühe habe sie es, von allen andern übersehen, irgendwo liegen gefunden …
> Nachdem nun über alle Seelen ihre Lebensweisen gewählt,

> seien sie nach der Ordnung, wie sie gelost, zur Lachesis [der Loswerferin] hinzugetreten, und jene habe jedem den Dämon [den Daimon], den er sich gewählt, zum Hüter seines Lebens und Vollstrecker des Gewählten mitgesendet. Dieser nun habe sie zunächst zur Klotho [*klotho* – durch Spinnen verdrehen, befestigen; die zweite der drei Göttinnen des Schicksals], unter deren Hand, wie sie eben den Schwung bewirkend an der Spindel drehte, geführt, um das von jedem gewählte Geschick zu befestigen [ihm seine eigene schicksalshafte Wendung zu geben?]; und nachdem er diese berührt, habe er sie zur Spinnerei der Atropos [*atropos* – nicht dreh- oder wendbar] geführt, um das Angesponnene unveränderlich zu machen. Von da sei er, ohne sich umzuwenden, an der Notwendigkeit Thron [manchmal als ›Schoß‹ der Notwendigkeit übersetzt] getreten und durch diesen hindurchgegangen …«[3]

Wie man sich ein »Los« *[kleros]* genau vorzustellen hat, wird aus dem Text nicht klar. Das Wort *kleros* verbindet drei miteinander eng verwandte Bedeutungen: (a) ein Anteil vom Land, wie unser »Baulos« oder »Landlos« eine Parzelle erweitert zu (b) einem »Platz in der Welt«, unseren Anteil an der umfassenden Ordnung der Dinge, und (c) einen Erbteil oder dem was wir als Erbe rechtmäßig besitzen.[4]

Ich begreife diese Lose im Mythos als Bilder. Da jedes der Lose ein besonderes ist und eine ganz eigene Art des Schicksals hat, muß die Seele intuitiv ein Bild wahrnehmen, welches zugleich das ganze Leben umfaßt. Sie wählt das Bild, von dem sie sich am meisten angezogen fühlt: »Das ist jenes, das ich will, und es ist mein rechtmäßiges Erbe.« Meine Seele wählt das Bild, das ich verwirkliche.

Platons Text nennt dieses Bild *paradeigma* oder, wie der Übersetzer es ausdrückt, einen »Grundriß von Lebensweisen«[5]. Folglich ist das »Los« das Bild, welches mein Erbe ist, der Anteil meiner Seele an der Weltordnung und mein Platz auf der Erde, das alles in einem »Grundriß« zusammengedrängt, der von meiner Seele ausgewählt wurde, noch bevor sie hier angelangt ist – oder, besser ausgedrückt, der immer und dauernd von meiner Seele ausgewählt wird, da Zeit in der Gleichung des Mythos keine Rolle spielt. (»Der Mythos«, so heißt es bei dem römischen Philosophen des Heidentums, Sallust, »war nie, sondern ist immer.«) Da antike Psychologie die Seele im allgemeinen in der Nähe des Herzens oder im Herzen selbst lokalisiert, trägt mein Herz das Bild meines Schicksals in sich und fordert mich auf, es zu enthüllen.

Das Enthüllen des Bildes dauert ein ganzes Leben lang. Möglicherweise wird alles auf einmal sichtbar, aber nur langsam verstanden. So hat die Seele eine Vorstellung von meinem Schicksal, das die Zeit nur als »Zukunft« zu zeigen vermag. Ist »Zukunft« einfach ein anderes Wort für Schicksal, und ähneln unsere Sorgen um »die Zukunft« vielleicht mehr Fantasien von unserem Schicksal?

Bevor die Seelen jedoch ins menschliche Leben eintreten, kommen sie durch »das Feld der Vergessenheit«, so daß bei ihrer Ankunft hier alle vorangegangenen Ereignisse der Loswahl und des Abstiegs aus dem Schoß der Notwendigkeit wie ausgelöscht sind. In diesem Zustand der Tabula rasa werden wir geboren. Wir haben die ganze Geschichte vergessen, obschon der unentrinnbare und notwendige Grundriß der Lebensweise meines Schicksals erhalten bleibt und mein Begleiter, der Daimon, sich daran erinnert.

Der größte aller nachfolgenden Platoniker, Plotin, faßt den Mythos in wenigen Zeilen zusammen:

> Was aber hat es mit den Losen auf sich? Nun, sie bedeuten den Umstand, daß die Seelen gerade bei dem Zustand des Alls ins Werden treten, in dem es bei ihrem Eintritt in den Leib sich befindet, und daß sie gerade in diesen bestimmten

Leib eintreten und diese Eltern bekommen, daß sie an einem Ort von dieser Beschaffenheit ins Leben treten, und überhaupt die schon dargelegte Mitwirkung der äußeren Umstände. Daß aber alle Dinge ineinander wirken und gleichsam ineinander versponnen sind, das ist angedeutet durch die eine der sogenannten Moiren [Klotho, die Spinnerin, eine der drei Schicksalsgöttinnen].[6]

Eines jeden Seele wird, der Notwendigkeit folgend, von einem Daimon zu diesem bestimmten Körper und Ort, zu diesen Eltern und Umständen geführt – und keiner von uns hat eine Ahnung davon, weil das Wissen um diese Zusammenhänge auf dem Feld der Vergessenheit ausgelöscht wurde.

Einer jüdischen Legende zufolge ist der Beweis für das Vergessen der Wahl, welche die Seele vor ihrer Geburt getroffen hat, in unsere Oberlippe eingeprägt.[7] Diese kleine Spalte unterhalb der Nase ist die Stelle, auf die der Engel seinen Zeigefinger gelegt hat, um unsere Lippen zu versiegeln. Allein diese kleine Vertiefung erinnert uns an unser vorgeburtliches Seelenleben mit dem Daimon, und folglich wandert unser Zeigefinger an diese bedeutsame Stelle, wenn wir eine Einsicht oder einen verlorengegangenen Gedanken heraufbeschwören wollen.

Vorstellungen wie diese erfüllten den Geist mit wunderschönen Spekulationen, und dies ist seit Jahrhunderten so. Warum heißt Sie, die Göttin, Notwendigkeit, und warum beschäftigt Er sich einen ganzen Tag lang soviel mit Seeungeheuern und Kriechtieren, bevor er sich der Menschheit zugesellt? Sind wir, weil wir die letzten sind, auch die besten? Oder sind wir die geringsten, etwa wie ein nachträglicher Gedanke?

Diese kosmologischen Mythen stellen uns in die Welt und setzen uns zu ihr in Beziehung. Die heute üblichen Kosmologien – Urknalltheorien und Schwarze Löcher, Antimaterie und gekrümmter, sich ins Nichts hinausdehnender Raum – lassen uns allein mit unserer Furcht im Sinnlosen und Verständnislosen in einer Welt der zufälligen Ereignisse, in der nichts wirklich notwendig ist. Die Kosmologien der Wissenschaft sagen nichts über die Seele, und daher sprechen sie auch nicht zur Seele über die Gründe ihrer Existenz, darüber, wie sie entsteht und wohin sie vielleicht unterwegs ist und was möglicherweise ihre Aufgaben sein könnten. Das Unsichtbare, von dem wir spüren, daß es unser Leben mit dem verstrickt, was über es hinausgeht, ist durch die Kosmologien der Wissenschaft zur buchstäblichen Unsichtbarkeit entlegener Galaxien oder Wellen abstrahiert worden. Sie können weder erfahren noch wahrgenommen werden, da ihre Maßeinheit die Zeit ist und da unser Leben nur eine Nanosekunde im riesigen Bereich des wissenschaftlichen Mythos ausmacht. Hat darin überhaupt irgend etwas irgendeinen Sinn?

Die »unsichtbaren Größen« des pyhsikalischen Universums können weder erfahren noch wahrgenommen, sondern nur errechnet werden, weil sie Lichtjahre entfernt sind und weil sie per definitionem unbegrenzt sind. Hier lohnt es sich vielleicht, darauf hinzuweisen, daß manche antike Philosophie das Unbegrenzte *(apeiron)* als Ursprung des Schlechten betrachtet: »Denn das Schlechte ist dem Unbegrenzten zugeordnet … und das Gute dem Begrenzten.«[8] Die Erklärungen der physikalischen Wissenschaften für den endgültigen Ursprung und Grund für unser Leben sind vielleicht doch nicht der beste Weg. Jede Kosmologie, die auf dem falschen Fuß beginnt, wird nicht nur lahme Begründungen liefern; sie lähmt auch unsere Liebe zum Leben. Der Schöpfungsmythos zufälliger Ereignisse in einem unvorstellbaren Raum hält die westliche Seele im Schwebezustand in einer Stratosphäre fest, in der sie nicht atmen kann. Kein Wunder, daß wir uns nach anderen Mythen umsehen, wie nach dem Mythos von Platons Er, der Genesis und dem Baum der Kabbala. Sie alle erstatten Bericht darüber, wie die Dinge sind: Sie begründen uns in den Mythen, und die

Mythen setzen sich abwärts in die eigene Seele fort. Kein Wunder also, daß Platon über seine Geschichte sagt: Sie »kann uns erhalten, wenn wir ihr folgen«.

Berühmtheit I: Judy Garland

Der Abstieg in die Welt kann schmerzhaft und kostspielig sein. Kostspielig insbesondere für die Familie. Die Kosten der Berufung müssen oft genau von den Umständen getragen werden, unter denen die Eichel Wurzeln geschlagen hat – vom Körper, von der Familie und den unmittelbar Beteiligten am Leben des Berufenen wie Ehepartner, Kinder und Freunde, Mitarbeiter und Förderer. Oft richten die Forderungen der Berufung rücksichtslose Verwüstung in anständigen und ordentlichen Lebensumständen an.

Selbstverständlich sind nicht nur die Berühmten berufen. Wer kennt nicht den Druck, den das Gefühl verursacht, daß man sich zuviel aufgeladen hat und zu weit gegangen ist, ganz egal, welchem Gewerbe man nachgeht? Wir alle machen uns Sorgen, ob wir nicht doch vielleicht noch mehr hätten tun können – doch noch eine zweite Gemüseschüssel auf den Festtagstisch stellen, eine weitere halbe Stunde am Klavier oder am Trainingsgerät üben. Die Sucht nach Vollkommenheit ist nur ein anderer Ausdruck für den Ruf des Engels. Die Stimme, die zur Umsicht mahnt, bringt nur einen Teil der daimonischen Botschaft zum Audruck. Ein anderer Teil verlangt die Erfüllung des Ideals. Wenn wir heute dem Streß, der Geldnot, den Überichforderungen und dem unerbittlichen Termindruck die Verantwortung zuschieben, so versuchen wir damit nur, das archetypische Wesen des unermüdlichen, unmenschlichen Engels und seiner erbarmungslosen Forderungen zu schmälern. Obgleich jeder Mensch gelegentlich den Druck der Berufung spürt, so kommt er doch im gesteigerten Leben von Berühmtheiten, in denen diese Forderungen am offensichtlichsten und am besten dokumentiert sind, am deutlichsten zum Ausdruck.

Reichtümer und Ruhm sind nie eine Entschädigung; Stars wirken immer irgendwie heimatlos, bedürftig, entfremdet, verfolgt von einer unausgesprochenen Tragödie, an der die Eltern, ein untreuer Liebespartner, irgendwelche Gebrechen oder ein aufgezwungener unmenschlicher Zeitplan schuld sein sollen. Aber die Schuld trägt der Engel, tragen die schwierigen Bedingungen, unter denen das Nichtmenschliche versucht, in den Menschen hinunterzusteigen. Suchtverhalten, mit dem Stars sich betäuben und sich selbst entfremden, Selbstmordversuche und früher Tod können die Folge einer Unvereinbarkeit von Berufung und Leben sein. Wie kann man in der abgemessenen Welt menschlicher Konventionen die unmenschlichen Forderungen dessen erfüllen, wozu man berufen ist?

Um die Schwierigkeiten des nach unten gerichteten Wachstums zu illustrieren, möchte ich die Lebensgeschichten zweier der anerkanntesten außergewöhnlichen Talente in der Filmbranche einander gegenüberstellen. Wir werden mit Judy Garland alias Frances Gumm aus Grand Rapids, Minnesota, beginnen, die am 10. Juni 1922 in einer im Showbusineß fest verankerten Familie das Licht der Welt erblickte und von ihr gefördert wurde, sobald sie stehen konnte. Garlands Berufung kündigte sich an, als sie zweieinhalb Jahre alt war. Als Baby Gumm gesellte sie sich zu ihren beiden älteren Schwestern auf die Bühne und sang »Jingle Bells« ganz allein vor einem Publikum, das vor Begeisterung brüllte und sie wieder und wieder auf die Bühne holte. Sie reagierte darauf, indem sie Mal um Mal lauter sang und ihr Glöckchen vehementer zu Gehör brachte, bis ihr Vater sie schließlich von der Bühne holte. Der Rapport, die Beziehung zum Publikum, war sofort da, ebenso wie die Fangemeinde.

Baby Gumm hatte bereits einen Auftritt der Blue Sisters gesehen, dreier Mädchen im Alter zwischen fünf und zwölf: »Als die jüngste der Blue Sisters anfing, ein Solo zu singen, da wurde den Gumms sofort klar, daß Frances einen Schock bekommen würde. Und so geschah es. Sie saß da wie versteinert. Als es vorüber war, drehte sie sich zu Daddy um, und ich werde nie vergessen, wie sie sagte. ›Kann ich das auch, Daddy?‹« Garlands Schwester Virginia, die dies berichtete, sagt weiter, daß »sie in ihrem nur zweijährigen Kopf bereits *genau* wußte, was sie wollte«.

Judy Garland war davon überzeugt, daß sie ihre Berufung »ererbt hatte. Niemand hat mir je wirklich beigebracht, was man auf einer Bühne macht ... Ich tat einfach nur das, was mir ›auf natürliche Weise zuflog‹.« Den Bühnenrausch, den sie schon bei ihrem ersten »Jingle-Bells«-Auftritt gespürt hatte, verglich sie später mit der »Einnahme von 1900 Aufwachpillen«. Die Garland des Hollywood Bowl und der Carnegie Hall war bereits in der zweijährigen Baby Gumm vorhanden.

Sie verwendet das Wort »ererbt« weniger im genetischen Sinne (wie wir im sechsten Kapitel sehen werden) als im Sinne von »angeboren, auf natürliche Weise gegeben«, wie es ihrem Daimon und seinem Ruf entspricht. Tausend manipulative Väter vermögen einen Mozart ebensowenig hervorzubringen wie die ehrgeizigste Mutter eine Judy Garland. Ich würde die erstaunliche Ausstrahlung der zweieinhalbjährigen Francis Gumm in Grand Rapids eher dem auf dieser Bühne zum Leben erwachenden Samenkorn der Judy Garland zuschreiben, einem Eichel-Urbild, das sich genau diese im Showbusineß tätigen Eltern und Schwestern und Umstände ausgesucht hatte, um sein Leben auf der Erde zu beginnen.

Doch dieses Leben verlangte Opfer von Frances Gumm. Das nach unten gerichtete Wachstum wurde zu einem Leidensweg, auch wenn sie in dessen Verlauf zu den großen Stars aufstieg. Einer nach dem anderen zollten die Großen des Showbusineß, die mit ihr sangen, tanzten, Filme drehten und ihr Urteil über sie abgaben, Judy Garland Respekt. Zum Publikum, bei ihrem zweieinhalbstündigen Soloauftritt 1961 in der Carnegie Hall, gehörten unter anderem Richard Burton, Leonhard Bernstein, Carol Channing, Jason Robards, Julie Andrews, Spencer Tracy, Anthony Perkins, Mike Nichols und Merv Griffin usw. Mit ihren Plattenaufnahmen vermochte sie Elvis Presley auszustechen, und ein teueres Doppelalbum blieb erstaunliche 73 Wochen unter den Top Forty. Sie bestand nur aus Superlativen: »Die größte Künstlerin, die jemals gelebt hat und vermutlich jemals leben wird« – Fred Astaire; »die talentierteste Frau, die ich jemals kennengelernt habe« – Bing Crosby; »die großartigste Allroundkünstlerin, die Amerika je erlebt hat« – Gene Kelly. Elia Kazan führt unter den größten darstellenden Künstlern Caruso und Callas, Raimu und Garbo und »Judy Garland am Ende ihres Lebens« auf. »Mein Leben lang«, sagt Garland über sich selbst, »habe ich alles im Übermaß betrieben.«

Doch unter der Oberfläche wartete die Schlangengrube: Fahrten mit dem Rettungsdienstwagen ins Krankenhaus, Magenauspumpen, Erpressung, ein mit Glasscherben aufgeschlitzter Hals, Lampenfieber, öffentliche Schreiduelle, Tabletten päckchenweise, Alkoholexzesse, promiskuitiver Sex, gepfändete Gagen, Räumungsklagen, abgrundtiefe Verzweiflung und lähmende Angst. Das Hinabsteigen hieß Altern, körperliches Leiden, Verwirrung und Tod.

Während des sozialen Elends und des demokratischen Idealismus der dreißiger und vierziger Jahre – der Großen Depression, des New Deal, der Kriegsbeteiligung – lebte Judy Garland das Leben von Hollywood. Sie machte mit, aber wuchs sie auch nach unten? Sie unterstützte die amerikanische Kriegsmaschinerie, indem sie Amerikas beliebteste und wirksamste Antidepressiva verteilte, ohne die das Land keinen Krieg führen, nicht produzieren oder auch nur den Tag genießen kann: den Mythos der Unschuld und die Psychologie des Verzichts. Sie mußte also ihrem Charakter nicht untreu werden oder ihr gewähltes Los verraten, wenn sie Spenden für Kriegsanleihen sammelte, indem sie in Militärbasen auftrat. Daß ihr Abbild an Kojenwänden und Schotten klebte und gefaltet in den Brieftaschen der Gefallenen als »Mädel aus der Heimat« steckte, brachte sie eher noch weiter hinauf, als daß es ihr beim Wachsen geholfen hätte. Während ihr Image die Kleinstadt und High-School der Frances Gumm projizierte, gelang es Judy Garland nicht, den »gepflasterten Weg« in die Welt zu finden. Sie verbrachte ihre Tage mit der Aufnahme von Platten und Filmen wie beispielsweise *Heimweh nach St. Louis*, mit Verhandlungen und Nervenkrisen.

Die Dreharbeiten insbesondere zu zwei Filmen gaben ihr die Gelegenheit zum Wachstum nach unten und zeigten ihre Schwierigkeiten damit: *Urlaub für die Liebe* (1945) und *Urteil von Nürnberg* (1961). Ihre Rolle in *Urlaub für die Liebe* war die einer gewöhnlichen jungen Berufstätigen, die einen Soldaten kennenlernt und heiratet. Im *Urteil von Nürnberg* spielte sie die kleine, ergreifende Rolle einer tragischen und schlampigen deutschen Hausfrau, die sich mit einem Juden anfreundet. Diese beiden Filme boten Garland einen neuen Weg vom Wunderkind und gefeierten Star, von der Dorothy aus dem *Zauberhaften Land* der kleinen Nelly Kelly, nach unten. Doch Gelegenheiten dieser Art waren selten, und sie widersetzte sich ihnen, wenn sie kamen. Ihr Eichel-Urbild war »Over The Rainbow«, jenseits des Regenbogens. Selbst bei ihren letzten Bühnenauftritten, bei denen sie aufgedunsen oder zerbrechlich, wirr oder angsterfüllt erschien, war es dieses Lied aus dem *Zauberhaften Land*, welches das Publikum bezauberte, mit dem sie sich selbst und ihre Zuhörer weiter auf dem Weg nach oben hielt.

Dem Kritiker Clifton Fadiman gelang es, bis zu ihrem Urbild, dem angeborenen »Exzeß«, bis in Garlands Herz zu dem alterslosen, geschlechtslosen, körperlosen, unsterblichen Genius selbst vorzudringen:

> Warum haben wir sie wieder und immer wieder auf die Bühne geholt, nicht als ob sie eine gute Vorstellung gegeben hätte, sondern als ob sie eine Heilsbringerin sei.
>
> Während wir ihrer Stimme zuhörten ... während wir ihr in ihrem zerlumpten Landstreicherkostüm zusahen ... da vergaßen wir – das ist die Feuerprobe –, wer sie war und sogar wer wir selbst waren. Wie alle wirklichen Clowns (und Judy Garland ist ebensogut als Clown wie als Sängerin) scheint sie weder männlich noch weiblich zu sein, weder jung noch alt, weder hübsch noch gewöhnlich. Sie hat keinen »Glamour«, nur Magie. Sie bringt ein paar einfache, geläufige Gefühle so rein zum Ausdruck, daß sie in dem dunklen Theater in der Luft schweben, körperlos, als seien sie losgelöst von jeglicher bestimmten Persönlichkeit.[9]

Für gewöhnlich findet man sich mit dem Durcheinander in Garlands Leben ab, indem man »Hollywood« und all seinen Druck, verursacht durch Agenten, Studios und Pseudorealitäten, dafür verantwortlich macht. Nur das vermag zu erklären, wie ein Star, der alles hatte, so tief sinken konnte.

Ich möchte allerdings ihr Sinken lieber als Abstieg begreifen, als unausgereifte Versuche, nach unten zu wachsen. Es scheint so, als ob die Welt, die sie nie erreichte, nicht aufhörte, sie durch die üblichen Mittel zu sich zurückzuziehen: Sex und Geld, Dealer und Liebhaber, Makler und Verträge, Heiraten und Fehlschläge. Nach unten, nach unten, bis zu ihrer Aussage in einem Mordfall und ihrem letzten tödlichen Auftritt auf einer Toilette in der Nacht vom 21. auf den 22. Juni. Es war der Höhepunkt des Sonnenjahrs, sein strahlendster Tag und seine kürzeste Nacht.

Während der größte Teil der Bevölkerung es niemals schafft, das zu erreichen, was Judy Garland erreicht hatte, und ein Leben lang davon träumt, ein Star zu sein oder wenigstens einmal einen anzufassen, so ist es in Garlands Fall das genaue Gegenteil, das so sehr berührt. Sie wollte Zutritt zur normalen Welt, mit einem Mann in einer festen Ehe leben, Kinder bekommen (sie hatte drei, aber mit über Vierzig sagte sie wehmütig: »Ich nehme an, es ist zu spät für mich, noch ein Kind zu bekommen«), Freunde haben und nicht nur Fans. Was sie weitermachen ließ, war keine dieser Normalitäten, sondern die Unerbittlichkeit ihrer Berufung, die sich all dem entgegenstellte.

Der moderne Gegensatz zwischen Heim und Arbeit, Familie und Karriere nahm in Garlands Fall die archetypische Dimension eines Kreuzes an und verhinderte, daß ihre Berufung ins Leben hinabwachsen konnte. Die vertikale Dimension erstreckte sich zwischen höllischem Leiden und himmlischen Wundern und wollte sich nicht auf das Ebene und Flache der alltäglichen Welt einpendeln. Ihr Stern war nie wirklich aufgegangen. Hollywood verstärkte die Berufung, verlangte, daß ihr Leben die Bedingungen ihres überweltlichen Eichel-Urbildes, für das Hollywood als eine Art kollektiver Agent diente, vollständig erfüllte. Es erwartete, daß ihr Leben für sich selbst sorgte. Doch Frances Gumm wußte nicht, wie man einen Haushalt oder eine Ehe führt, Kinder großzieht, eine Mahlzeit zubereitet oder irgend etwas mit den Händen macht. Sie konnte nicht einmal ihre Kleidung selbst auswählen. James Mason, der in *Ein neuer Stern am Himmel* ihr Partner war, sagte bei ihrer Beerdigung: »Sie, die so viel und so reichlich gab ... brauchte eine Gegenleistung, brauchte Hingabe und Liebe in einem Maße, wie sie keiner von uns ihr geben konnte.« Eine unmenschliche Forderung: das Bedürfnis nach dem Nichtmenschlichen für eine menschliche Welt.

Garland selbst verlieh dem Dilemma, vor welches ihr Eichel-Urbild sie stellte, folgendermaßen Ausdruck: »Vielleicht liegt es daran, daß ich einen bestimmten Ton erzeugt habe, einen musikalischen Ton, der offenbar der Welt gehört. Aber er gehört auch mir, weil er aus meinem Inneren kommt.«

Damit sind wir wieder zum Grundsätzlichen zurückgekehrt: Das Bild im Herzen brauchte *Anbindung* an verankernde Umstände jeder Art, ob es sich bei solchen Ankern nun um die Loyalität von Freunden, die Festigkeit von Verträgen, die Zuverlässigkeit der Gesundheit, den Zeitplan der Uhr oder die reinen Fakten der Geographie handelt. Für den Ton, der »offenbar der Welt gehört« und sich als unsichtbare Gabe Bahn bricht, kann die Welt niemals groß genug sein, um darin Wurzeln zu schlagen. Warum sinken Stars so tief – werden zu verkäuflichen, gelifteten Trinkern, Sexbesessenen, religiösen Paranoikern? Handelt es sich dabei nicht um verzweifelte Versuche, den Boden zu berühren? Jedes Symptom ist, wie Freud erkannte, ein Kompromiß. Symptome bemühen sich um das richtige Ziel, doch erreichen sie es auf dem falschen Weg. Die Höhen suchen die Tiefen; auf die eine oder andere Weise wollen sie hinabsteigen, und sei es durch Selbstmord, ruinöse Verträge und Bankrott oder indem sie sich hoffnungslos in ein emotionales Chaos verstricken. Eine weiche Landung gibt es nicht. »Der Mittelweg war nie etwas für sie«, sagte Garlands Tochter Liza Minnelli bei der Beerdigung.[10]

Einsamkeit und Exil

Die »Judy-Garland-Story« erzählt von Einsamkeit inmitten des Beifalls der Welt. Aber was ist mit der Einsamkeit, die jedes Leben begleitet? Einsamkeit ist nichts, was Stars in riesigen Hollywoodvillen oder betagten Senioren in Altenheimen vorbehalten ist. Sie gehört auch der Kindheit an. Die Einsamkeit im Herzen eines Kindes kann durch Ängste vor der Dunkelheit, strafende Eltern oder abweisende Spielkameraden verstärkt werden. Ihr Ursprung jedoch scheint in der isolierten Einzigartigkeit eines jeden Daimon zu liegen, in einer archetypischen Einsamkeit, die mit dem Wortschatz eines Kindes unerklärlich ist und sich auch mit dem unseren nicht sehr viel besser fassen läßt.

Augenblicke der Niedergeschlagenheit lassen uns in ein Loch der Einsamkeit abstürzen. Intensive Einsamkeitsgefühle überfallen uns wellenförmig und wie ein Nachbeben im Gefolge einer Geburt, einer Scheidung, des Todes eines Lebenspartners. Die Seele zieht sich zurück, trauert für sich allein. Ein leichter Stich von Einsamkeit begleitet selbst die schönste Geburtstagsfeier und die triumphalste Leistung. Handelt es sich dabei nur um eine Art Katerstimmung – einen ausgleichenden Fall nach einem ungewöhnlichen Aufstieg? Nichts scheint den Fall aufhalten zu können. All die Netzwerke, mit denen wir unsere Ausbreitung nach außen und nach unten in der Welt abgesichert haben – die Familie, Freunde, Nachbarn, geliebte Menschen, kleine Routinen und die Ergebnisse jahrelanger Arbeit –, all das scheint nichts wert zu sein. Wir empfinden uns als merkwürdig depersonalisiert, sehr weit fort, exiliert, ohne Verbindung zu irgend etwas. Der Geist der Einsamkeit beherrscht uns.

Um uns gegen diese Augenblicke zu schützen, besitzen wir Gesellschaftstheorien, die sie erklären, und Pharmazeutika, die sie unterdrücken. Die Theorien besagen, daß der entwurzelte und gehetzte Zustand modernen Stadtlebens und unpersönlicher Arbeit eine soziale Orientierungslosigkeit geschaffen hat. Wir fühlen uns wegen des industriellen Wirtschaftssystems isoliert. Wir sind zu nichts weiter als zu Nummern geworden. Wir orientieren uns eher am Konsum als an einem Leben in der Gemeinschaft. Einsamkeit ist symptomatisch für ungerechte Behandlung. Wir sind die ungerechten Opfer einer falschen Lebensweise. Wir sollten nicht einsam sein. Verändere das System – zieh in eine Kooperative oder Kommune; arbeite in einem Team. Bau Beziehungen auf: »Sich auf etwas, auf jemanden zu beziehen, nur das ist wichtig.« Schließ dich anderen an, mach bei Selbsthilfegruppen mit, engagiere dich. Greif zum Telefon. Oder bitte deinen Arzt um ein Rezept für eine Glückspille.

Tiefer als Gesellschaftstheorien und soziale Heilmittel reicht die Darstellung der Moraltheologie. Sie erkennt in der Einsamkeit den Sündenfall. Wir sind wegen der Erbsünde vom Paradies und von Gott abgeschnitten. Wenn wir uns im Tal allein und einsam fühlen, dann sind wir wie verirrte Schafe, die vom Weg der Erlösung abgekommen sind, ohne Gnade und ohne Glauben und daher ohne Hoffnung. Wir hören den Ruf des Hirten nicht mehr und gehorchen auch dem Bellen seiner Hunde nicht mehr, die uns beharrlich ins Bein zwicken und unser Gewissen mit Schuldgefühlen zur Ordnung rufen. Wir sind absichtlich allein gelassen, damit wir die leise innere Stimme hören, deren Flüstern durch den Tumult der Menge übertönt wird. Schlimmer noch: Einsamkeit ist Beweis unserer Verdammnis für unsere eigenen Sünden, die wir in unserem schwachen Fleisch begangen haben. Natürlich war Judy Garland heimatlos, bedürftig, abgebrannt und einsam. Das ist der Lohn der Sünde.

Die Moraltheologie des Ostens betrachtet das Leid der Einsamkeit als Aufgabe, die diesem Leben durch vergangene karmische Handlungen in anderen Inkarnationen oder als Vorbereitung auf das nächste Leben auferlegt wird. Moraltheologien, ob nun östlich oder westlich, verwandeln das Gefühl der Einsamkeit auf subtile Weise in die Sünde der Einsamkeit und verschlimmern damit noch das Unglück. Beiß die Zähne zusammen und ertrage es: Oder bereue.

Der Existentialismus, eine weitere Form der Auseinandersetzung mit der Einsamkeit, akzeptiert das durch Isolation geschaffene Leid als Grundlage seiner Theorie über die menschliche Existenz. Heidegger oder Camus zum Beispiel sehen den Menschen in der Situation der »Geworfenheit«. Wir werden ins Dasein geworfen. Das deutsche Wort »werfen« bezeichnet sowohl den Wurf der Würfel als auch den Wurf einer Projektion auf eine Leinwand oder einen Wurf Welpen oder Ferkel durch eine Hündin oder eine Sau. Das Leben ist unser »Entwurf«; es gibt nichts, was unsere Frage danach beantworten könnte, was das alles soll, was natürlich dazu führt, daß wir unter Existenzängsten und Furcht leiden. Es hängt alles von uns selbst ab, von jedem einzelen Individuum, da es keine kosmische Garantie für Sinnhaftigkeit gibt. Es gibt weder einen Gott noch Godot, auf den es sich zu warten lohnt, und wir können nur versuchen, unser Leben aus den tiefsten Gefühlen der Sinnlosigkeit heraus zu gestalten. Die heroische Fähigkeit, Einsamkeit in individuelle Stärke zu verwandeln, ist der Weg, auf dem Judy Garland versagt hat. Sie war zu abhängig, zu schwach, zu ängstlich, um »Solitüde« mit »Solidarität« oder Einsamkeit mit Gemeinsamkeit zu verbinden, ein Vorschlag, den Camus in seinem Novellenband *Das Exil und das Reich* macht. Garlands Verzweiflung beweist die Wahrheit des existentiellen Nihilismus. So wäre die existentialistische Deutung.

Diese Denkmodelle der Einsamkeit – die soziologischen, therapeutischen, moralischen und existentialistischen – gehen von zwei Voraussetzungen aus, die ich nicht akzeptieren kann. Erstens setzen sie alle die Einsamkeit mit dem tatsächlichen Alleinsein gleich, dem folglich durch irgendein menschliches Handeln wie Bereuen der Sünden, therapeutische Beziehungen oder Ausführung des persönlichen Lebensentwurfs durch die eigenen tapferen Hände abgeholfen werden soll. Zweitens gehen sie alle davon aus, daß Einsamkeit auf grundlegende Weise unangenehm ist.

Doch wenn uns von Anbeginn ein archetypischer Sinn der Einsamkeit begleitet, dann heißt zu leben auch einsam zu sein. Einsamkeit kommt und geht, unabhängig von den Maßnahmen, die wir gegen sie ergreifen. Sie ist nicht vom tatsächlichen Alleinsein abhängig, denn plötzliche Einsamkeitsgefühle können einen mitten unter Freunden, im Bett mit einem Liebhaber, am Mikrophon vor einer jubelnden Menge überfallen. Werden Einsamkeitsgefühle jedoch als archetypisch begriffen, dann werden sie als notwendig erkannt; sie sind nicht mehr Vorboten der Sünde, der Furcht oder des Unrechts. Wir können die merkwürdige Eigenständigkeit des Gefühls akzeptieren und es von der Identifikation mit dem tatsächlichen Alleinsein befreien. Auch Einsamkeit ist nicht mehr überwiegend unangenehm, wenn man sie vor ihrem archetypischen Hintergrund betrachtet.

Wenn wir das Gefühl der Einsamkeit genauer ansehen – oder vielmehr es näher *spüren* –, dann erkennen wir, daß es sich aus mehreren Elementen zusammensetzt: Nostalgie, Traurigkeit, Schweigen und einer Sehnsucht nach »etwas anderem«, das weder jetzt noch hier ist. Damit sich diese Elemente und Bilder zeigen, müssen wir uns zunächst auf sie selbst konzentrieren statt auf die Gegenmittel tatsächlichen Alleinseins. Die Verzweiflung nimmt noch zu, sobald wir Wege aus der Verzweiflung suchen.

Nostalgie, Traurigkeit, Schweigen und Sehnsucht sind der Stoff, aus dem Judy Garlands Lieder, ihre Stimme und ihr Ausdruck, ihre Körpersprache, ihr Gesicht und ihre Augen sind. Kein Wunder also, daß sie mit ihren Darbietungen das Herz erreichte wie kaum jemand sonst. Nostalgie, Traurigkeit, Schweigen und Sehnsucht sind auch der Grundstoff der religiösen und romantischen Poesie vieler Sprachen und Kulturen. Sie erinnern das Eichel-Urbild an seinen Ursprung. Wie E. T. in Spielbergs Film, scheint das Eichel-Urbild nostalgisch, traurig, schweigsam und voller Sehnsucht nach einem Bild des »Zuhauses« zu sein. Einsamkeit entspricht dem Gefühl des Exils; der Seele ist es nicht gelungen, nach unten zu wachsen und zu reifen, und sie will daher umkehren. Doch wohin? Wir wissen es nicht, denn dieser Ort der Mythen und Kosmologien ist aus unserem Gedächtnis gelöscht. Die Sehnsucht und die Traurigkeit bezeugen ein Exil, eine Trennung von etwas, was die Seele nicht anders ausdrücken kann als durch Einsamkeit. Sie kann sich nur an Gefühle des Heimwehs und der Sehnsucht erinnern. Und an einen Zustand der Unerfülltheit, der über die persönlichen Bedürfnisse hinausgeht.

Betrachten wir also Judy Garland noch einmal, dann fangen wir an zu verstehen, warum sie diese Ausstrahlung hatte, selbst wenn sie kaum den Ton treffen oder die richtigen Worte finden konnte. Die Menge verlangte nach diesen Texten »Irgendwo, über dem Regenbogen« und nach der letzten sehnsuchtsvollen Frage des Lieds: »Warum nicht ich?« Wir können allmählich auch verstehen, wie sich Garland trotz der schrecklichen Krisen und der ärgerlichen, unberechenbaren Bockigkeit der betrunkenen, unter Drogen stehenden und verkorksten Frances Gumm ihre Fans und professionellen Bewunderer erhalten konnte. Sie machte jedem ihrer Zuhörer bewußt, wonach auch sie sich im geheimen zutiefst sehnten: nach dem wiedererweckten Urbild im Herzen der Exilierten und seinem Verlangen nach dem, was nicht von dieser Welt ist.

Wir können nun auch die letzten Phasen ihres Lebens als die Verhältnisse begreifen, die dem Exil entsprechen, wie die eines Wanderers, Landstreichers oder Pilgers, des Mitglieds einer Diaspora, eines Sufi-Betteldichters oder eines weintrunkenen Zenmönchs. Die Heimat des Daimon befindet sich nicht auf der Erde; er lebt auf einer anderen Ebene; die Zerbrechlichkeit des Körpers ist eine grundlegende Voraussetzung für das Leben der Seele auf der Erde; und verlassen wir nicht alle die Welt mit unbezahlten Schulden? Lassen wir die Soziologie und die Psychoanalyse einmal beiseite, dann gehört Garland zu den wenigen, die niemals ganz nach unten gewachsen sind, weil ihr Urbild nicht nur von ihr verlangte, im Scheinwerferlicht des Theaters zu singen und zu tanzen, das Wunderkind zu sein und als weißgesichtiger Clown ihr Publikum in eine andere Welt zu entführen, sondern auch die Darstellerin des Exils und seiner Sehnsucht zu sein.

Berühmtheit II: Josephine Baker

Eine andere, ebenso wunderbare Frau, deren Reise den kabbalistischen Baum hinab jedoch einen anderen Verlauf nahm, wurde 1906, ebenfalls im Juni, im Armenspital von St. Louis geboren. Von diesem erniedrigenden Eintritt in die Welt mußte sie zunächst zu den Stars aufsteigen, bevor sie ihren bemerkenswerten Abwärtskurs einschlagen konnte. So wie Frances Gumm den Genius der »Judy Garland« in sich trug, so beherbergte Freda J. McDonald (oder Tumpy, wie sie als Kind gerufen wurde) jenen der »Josephine Baker«.

Auch sie war eine faszinierende und extravagante Frau. Als Josephine Baker eroberte sie am 25. Oktober 1925 im Théâtre des Champs-Elysées in Paris die Bühne der Welt, nackt bis auf ein paar Federn. Mit den Bewegungen ihres wie rasend tanzenden Körpers »versetzte sie ganz Paris in Erregung«. Sie war gerade 19 Jahre alt.

Mit 13 war sie bereits verheiratet worden. Ihr erster Ehemann, ein Stahlarbeiter, verdiente Geld, aber Josephine »gab jeden Pfennig, den er nach Hause brachte, für Kleidung aus«. Als der Erfolg der Premiere in Paris Geld einbrachte, wurde es mehr als nur Kleidung: Jetzt hatte sie Hunde, mit denen sie reiste, einen Affen auf ihrer Schulter, einen von einem Vogel Strauß gezogenen Wagen. Sie liebte Autos, obwohl sie gar nicht fahren konnte. Unter jenen, die sie besaß, war ein seltener und teurer Bugatti. Im Januar 1928 verließen sie und ihr Manager Paris, um nach Wien zu reisen, und nahmen, außer ihrem Anhang, den Liebhabern und Verwandten »einen Sekretär, einen Chauffeur, ein Dienstmädchen, eine Schreibmaschine, zwei Hunde, 196 Paar Schuhe, ausgewählte Kleider und Pelze, 64 Kilo Gesichtspuder und 30 000 Autogrammkarten für die Fans mit«.

Der Körper, in den ihre Seele hinabgestiegen war, war das eine, seine Kindheit etwas ganz anderes: Unterernährung,

Wanzen, auf dem Boden schlafen mit dem Hund, mit dem sie Essen und Flöhe teilte, Kinderarbeit. Die Frau, für die sie arbeitete, schlug sie und ließ sie nackt, weil Kleider zu teuer waren. Noch immer ein Kind, wurde sie weitergereicht, um in einem anderen Haus zu arbeiten und mit einem weißhaarigen alten Mann zu schlafen. Daß sie es überhaupt so weit brachte, war eine Leistung. Die Aufzeichnungen der Gesundheitsbehörde in St. Louis zeigen, daß drei von fünf Kindern starben, bevor sie drei Jahre alt waren.

Auch da tanzte sie bereits, in einem Keller, in dem sie eine kleine Bühne aufgebaut und Kisten zum Sitzen aufgestellt hatte. Sie gab den anderen Kindern Ohrfeigen, damit sie still saßen und aufpaßten, während sie ihre Vorstellung gab. Sie verbrachte jeden freien Augenblick damit, die Aufführungen in den örtlichen Klubs und Sälen anzusehen, und versuchte immer in der Nähe zu sein, wenn die Darsteller vorbeikamen.

Einmal brachte sie eine Schlange mit zu einer Beerdigung, bei der der Sarg noch offenstand. Die Schlange kam frei und versetzte die Trauernden in Panik; der Sarg kippte um, die Leiche rollte fort, und die Schlange wurde von den wütenden Leuten totgeschlagen. Tumpy – oder handelte es sich bereits um Josephine, die Beschützerin der Tiere? – schrie: »Ihr habt meinen Freund umgebracht!« Es ist nicht so ungewöhnlich, daß Kinder die Seele eines Tiers spüren. Doch wir sollten uns auch daran erinnern, daß die Schlange vielleicht die älteste und universellste Trägerin des genialen Geistes, die Gestalt des schützenden Wächters, ja der »Genius« selbst ist. Hatte sie bereits Freundschaft mit ihrem Vorbild geschlossen?

Schließlich noch eine weitere extravagante Geschichte über Josephine:

> In Stockholm trat sie vor dem König auf. »Aber wenn Sie mich fragen würden, wie er aussah, dann könnte ich es Ihnen nicht sagen. Wenn ich tanze, dann tanze ich, ich sehe nie-

manden an, nicht einmal einen König.«... Kronprinz Gustav-Adolf, damals ein junger Mann von 28 Jahren, war ebenfalls anwesend ... der Kronprinz lud Josephine in den Palast ein und führte sie durch eine Geheimtür in einen Raum, in dem ein pelzbedecktes Bett mit vier Pfosten stand. Sie legte sich darauf, nackt, und der Prinz rief einen Diener, der mit einem silbernen Tablett eintrat, welches über und über mit Juwelen bedeckt war, und nach und nach bedeckte der Prinz Josephines Körper mit Diamanten, Smaragden, Rubinen ... Diese Geschichte ist mittlerweile in den Überlieferungsschatz des Landes eingegangen.

Zwischen Josephine Bakers Leben als Star und Judy Garland gibt es viele Ähnlichkeiten: der gewaltige öffentliche Beifall und die Abwendung der Öffentlichkeit; die hypnotisierenden Vorstellungen; das ständige Bedürfnis, »sich zu verlieben«; das Ringen mit Männern als Liebhabern, Partnern und Ausbeutern (ein junger Mann erschoß sich direkt vor ihr und starb zu ihren Füßen); Geld, das zwischen den Fingern zerrinnt; der Wirbel des Showbusineß und seine Glanz verleihende Wirkung auf die persönliche Lebensweise und Gesundheit; der Aufstieg aus dem Nichts; das vollständige Fehlen einer normalen Erziehung; Zwangsvorstellungen in bezug auf körperliche Mängel (Garland machte sich Sorgen wegen ihres Gewichts und Körperbaus, Baker wegen ihrer Haare) und Sex.

Sexuelle Beziehungen waren entscheidend für Josephine Bakers Auftritte: Sie machte es hinter den Kulissen; im Stehen, vor dem nächsten Auftritt; mit jedem Tanzpartner, schwul oder nicht; mit Bonzen, die dafür bezahlten; mit den Berühmten; mit jedem, den sie wollte, wo und wann sie wollte. Einmal legte sie sich in ihrer Garderobe auf den Boden, um einen desinteressierten Mittänzer zu verführen: »Sieh meinen Körper an, die ganze Welt ist in diesen Körper verliebt, warum bist du so arrogant?«

Der Schriftsteller Georges Simenon, der Schöpfer von Kommissar Maigret und einer von Bakers unzähligen Liebhabern, ebenso wie sie eine seiner *mille et trois* war, beschrieb das Geheimnis dieses Körpers: seine besondere *croupe.* »Im Französischen bezeichnet *croupe* das Hinterteil eines Pferdes, die Hinterbacken, die Hüften. Josephines *croupe,* erklärt Simenon seinen Lesern, ist die sexyste auf der Welt ... Warum? ›Bei Gott, das ist doch klar, diese *croupe* hat Sinn für Humor.‹«

Garlands Biographen lassen eine ähnlich zwanghafte Erotik erahnen. Die Hauptähnlichkeit liegt jedoch in der Fähigkeit beider Frauen, zu faszinieren, einen transzendenten Aspekt der menschlichen Seele zu symbolisieren, der jede Seele im Publikum direkt anspricht. Es ist so, als könnten sie den Daimon direkt vorführen, ihn zu Gesicht und zu Gehör bringen. Garlands Daimon war »Over the Rainbow«, Bakers »La danse sauvage.«

Die Parallelen haben damit ein Ende; Josephine Baker wuchs hinab. Dieses Wachsen nach unten muß nicht durch ihren animalischen Akt, ihre elende Kindheit, den Niedergang ihrer Karriere oder durch die einfache rassistische Begründung wegerklärt werden, daß unten für sie als Farbige die einzig mögliche Richtung war. Sie wurde nicht in die Knie gezwungen und stürzte auch nicht ab; Josephine Baker wuchs nach unten.

Schritt für Schritt drang sie tiefer in die politische und soziale Welt ein. Zunächst war es der Krieg, der 1939 begann; da war sie 32. Sie wollte alles, was in ihrer Macht stand, für ihr Adoptivland, für Frankreich tun. Das bedeutete, daß sie ihr Leben riskierte, indem sie für die französische Untergrundbewegung Informationen in Partituren über die Grenzen Frankreichs und Spaniens nach Portugal schmuggelte. Da sie schwarz war, waren ihr Auftritte im Theater verboten, und sie riskierte Deportation oder sogar Hinrichtung. In Marokko, wo sie von Verwandten der herrschenden Familie königlich untergebracht wurde, übernahm sie für sich die Aufgabe, Juden vor der Verhaftung zu bewahren; eine Zeitlang trug sie einen gelben Davidstern an ihrem Mantel und keine rosaroten Federn. Während des kalten Winters nach der Befreiung von Paris hamsterte sie Hunderte Pfund Fleisch und Säcke voller Gemüse und Kohlen, um den Armen zu helfen. Sie wurde für ihren Beitrag in die Ehrenlegion aufgenommen, mit dem Croix de Guerre ausgezeichnet, und de Gaulle gratulierte ihr persönlich.

Der nächste Schritt nach unten war ihre Rückkehr nach Amerika, wo sie die Verbindung zu ihrer Kindheit in St. Louis wiederherstellte. Sie wurde eines der ersten Mitglieder der Bürgerrechtsbewegung; sie bestand darauf, daß Schwarze als Bühnenarbeiter eingestellt wurden; sie schloß sich 1963 dem Marsch nach Washington an; sie besuchte schwarze Strafgefangene in einem Gefängnis in New Jersey. Für ihre Bemühungen um die Integration wurde sie von Martin Luther King und von Ralph Bunche gelobt. Außerdem besuchte sie Castros Kuba; ihre Akte beim FBI hatte tausend Seiten.

Bakers letzer Schritt nach unten bestand darin, daß sie elf Kinder unterschiedlicher nationaler Herkunft und verschiedenster Hautfarbe adoptierte, sich dafür einsetzte, daß sie zusammenblieben, ordentlich zu essen bekamen, ein Zuhause hatten und die Schule besuchten. Sie ging auf Tournee für sie und bat um Spenden, um den Landsitz halten zu können, der ihr Zuhause war und in den sie ihr letztes Geld gesteckt hatte. Nachdem ihr einmal Grace Kelly und ein andermal Brigitte Bardot unter die Arme gegriffen hatten, kündigte man ihr schließlich die Hypothek und setzte sie mit Gewalt vor die Tür. Abgebrannt, ohne ein Dach über dem Kopf, alternd, trat sie ein letztes Mal unter fanatischem Beifall in Paris auf, wenige Tage bevor sie am 12. April 1975 im Salpêtrière-Krankenhaus starb. Ihr Tod dort nahm ihre Geburt im St.-Louis-Armenspital wieder auf, denn das Salpêtrière war für ausgestoßene Frauen, Prostituierte, Geschlechtskranke, Bedürftige und Kriminelle errichtet worden.

Aufstieg und Fall. Das ist eines der archetypischen Muster des Lebens und eine seiner ältesten, kosmischsten Lektionen. Doch *wie* man fällt, die typische Art des Abstiegs, bleibt der interessanteste Teil. Judy Garlands Fall war ein heroischer und trauriger Niedergang bis zum vollständigen Zusammenbruch. Ihre Anstrengungen richteten sich auf ein Comeback; sie bemühte sich ständig, die Verbindung mit der großen Welt der Berühmtheiten wiederherzustellen, aber all ihre Bemühungen führten nur zu jenem trostlosen Tod in einer Londoner Mietwohnung. Die dreißigminütigen Ovationen, die Josephine Baker in ihrer letzten Woche in Paris erhielt, galten sowohl dem Daimon in ihrem Körper (»die Menge wollte das Theater nicht verlassen«) als auch ihrem langen und langsamen Wachsen nach unten in diese Welt sozialer Übel: Faschismus, Rassismus, elternlose Kinder, Ungerechtigkeit.[11]

Platons Mythos des nach unten gerichteten Wachstums, mit dem wir dieses Kapitel begannen, besagt, daß die Seele in vier Modalitäten absteigt – über den Körper, die Eltern, den Ort und die Lebensumstände. Diese vier Bereiche können die Anweisungen enthalten, die wir brauchen, um das Bild, welches wir bei unserer Ankunft mitbringen, zu vervollständigen. Als erstes der Körper: Abwärts gerichtetes Wachstum bedeutet, mit dem Sog der Gravitation, welcher das Altern begleitet, mitzugehen. (Baker erklärte den Leuten schon Mitte fünfzig, daß sie 64 sei; sie trug alte Kleider und hörte auf, ihren kahlen Kopf zu verdecken.) Zweitens sich selbst eingestehen, daß man ein Teil seiner Familie, ein Bestandteil des Stammbaums ist, zu dem auch die verdrehten und abgestorbenen Äste gehören. Drittens an einem Ort leben, welcher der Seele entspricht und der sie mit Pflichten und Traditionen bindet. Und zuletzt das, was die Lebensumstände einem gegeben haben, mit Gesten, welche die vollständige Bindung an diese Welt demonstrieren, zurückgeben.

3. KAPITEL

Der Elterntrugschluß

Wenn es irgendeine Fantasievorstellung gibt, die unsere gegenwärtige Zivilisation fest im Griff hat, dann ist es jene, daß wir die Kinder unserer Eltern sind und daß das primäre Instrument unseres Schicksals das Verhalten unserer Mutter und unseres Vaters ist. So wie ihre Chromosomen die unseren sind, so sind es auch ihre Probleme und Einstellungen. Ihrer beider unbewußte Psyche – die unterdrückten Wutausbrüche, die unerfüllten Sehnsüchte, die nächtlichen Traumbilder – bildet im wesentlichen auch unsere Seele, und es wird uns nie und nimmer gelingen, diese Vorherbestimmung aufzuarbeiten und uns von ihr zu befreien. Die Seele des Individuums wird als biologischer Abkömmling des Familienstammbaums betrachtet. Wir erwachsen psychologisch aus dem Geist der Eltern, wie unser Fleisch biologisch aus ihren Körpern erwächst.

Wenn auch genaue Definitionen für Elternschaft unter Einflüssen der Rechtsprechung, Demographie und Biochemie ins Wanken geraten, so ist doch die Vorstellung von Elternschaft in den Köpfen der Moralreformer und Psychotherapeuten gefestigter denn je zuvor. Aus dem Schlagwort von den »Familienwerten« hat sich die »systemische Familientherapie«, entwickelt, die heute unsere Theorien über gesellschaftliche Funktionsstörungen sowie die Praktiken der Psychohygiene entscheidend beeinflußt.

Doch die ganze Zeit über erzählt ein kleiner Mann im Ohr flüsternd eine ganz andere Geschichte: »Du bist anders; du bist niemandem in der Familie ähnlich; du gehörst nicht wirklich dazu.« Es sitzt ein Ungläubiger im Herzen. Er bezeichnet die Bestimmung durch die Familie als Fantasie, als Irrtum.

Selbst das biologische Modell weist rätselhafte Lücken auf. Empfängnisverhütung läßt sich leichter erklären und praktizieren als die Empfängnis selbst. Was läuft ab in der festen, jungfräulich intakten, runden Eizelle, die es nur der einen ganz bestimmten winzigen Samenzelle unter Millionen gestattet einzudringen? Oder sollte die Frage richtiger an die Spermien gerichtet werden? Ist eines von euch raffinierter, ehrgeiziger und auf einfühlsamere Weise geistesverwandt? Oder handelt es sich nur um einen glücklichen Zufall – und was ist das überhaupt: ein »glücklicher« Zufall? Wir wissen etwas über die DNS und die Folgen der Vereinigung, aber mit dem Geheimnis, das Darwin ein Leben lang beschäftigt hat, dem Geheimnis der Auslese, sind wir allein gelassen.

Die Eicheltheorie hat hierfür eine einfache Lösung. Sie lautet: Ihr Daimon hat Ei- und Samenzelle ebenso ausgesucht wie deren Träger, genannt »Eltern«. Die Verbindung der beiden ist die Folge einer Notwendigkeit, nämlich der Notwendigkeit unserer Verkörperung – und nicht umgekehrt. Macht nicht diese Theorie all die unmöglichen Verbindungen erst begreiflich, all die Antipathien und unglücklichen Beziehungen, die schnelle Empfängnis und das plötzliche Verlassenwerden, das bei den Eltern so vieler von uns vorkommt und insbesondere in den Biographien der Berühmten? Zwei Menschen kommen zusammen, nicht um ihrer eigenen Vereinigung willen, sondern zur Zeugung dieser ganz bestimmten Person, die mit einem einzigartigen Urbild versehen ist und von der sich herausstellen wird, daß sie einer von uns ist.

Nehmen Sie zum Beispiel die Geschichte von Thomas Wolfe, dem großartigen, wortgewaltigen, romantischen Romancier, der am 3. Oktober 1900 in den Smoky Mountains geboren wurde. Seine Eltern, berichtet sein Biograph Andrew Turnbull, waren in »einer monumentalen Mißheirat miteinander verbunden. Zwei Menschen, die vom Temperament her weniger zueinander paßten, sind kaum vorstellbar.«[1] Der Vater war »großzügig, sinnlich, mitteilsam«; die Mutter »steinhart, geizig, gehemmt«.

Wie konnten sie überhaupt zusammenkommen? Ungefähr 16 Jahre vor Thomas Wolfes Ankunft auf der Erde betrat seine Mutter, Julia Westall, 24 Jahre alt, Dorfschullehrerin, den Laden des einmal geschiedenen, einmal verwitweten W. O. Wolfe, eines Marmorschneiders, der davon lebte, daß er Grabsteine fertigte. Sie kam vorbei, um Bücher zu verkaufen (ihre Art der Nebenbeschäftigung, um ein paar zusätzliche Pennys zu verdienen.

> Nachdem er einen Blick auf das Buch geworfen hatte, das sie verkaufte, ließ er seinen Namen dafür eintragen. Dann wollte er von ihr wissen, ob sie Romane lese. »Ja, ich lese eigentlich fast alles«, antwortete sie. »Nur die Bibel vielleicht nicht soviel, wie ich sollte.«
>
> W. O. teilte ihr mit, daß er ein paar schöne Liebesromane besitze, und am Nachmittag jenes Tages schickte er ihr Auguste Jane Evans' *St. Elmo.* Ein paar Tage später, als Julia sich auf den Weg machte, um ein weiteres Buch zu verkaufen ... überredete W. O. sie, zum Mittagessen zu bleiben, und führte sie im Anschluß daran in den Salon, um ihr seine stereoskopischen Dias vom Bürgerkrieg zu zeigen ... Er nahm ihre Hand in die seine und sagte, daß er sie seit einiger Zeit beobachte, wenn sie an seinem Laden vorbeikomme, und machte ihr einen Antrag.
>
> Julia ... protestierte, daß sie einander doch kaum kennten. W. O. war jedoch so hartnäckig, daß sie schließlich vorschlug, das Buch, welches sie verkaufen wollte, irgendwo

aufzuklappen und sich an das zu halten, was dort im mittleren Absatz auf der rechten Seite geschrieben stand. »Nur eine kleine Torheit meinerseits«, erinnert sie sich sehr viel später. Auf der zufällig aufgeschlagenen Buchseite befand sich die Beschreibung einer Hochzeit mit den Worten »bis daß der Tod uns scheide«. »Oh, das ist es!« rief W. O. »Genauso ist es! Wir werden es dabei belassen!« Die Trauung fand im Januar statt, kaum drei Monate nach seinem überstürzten Antrag.

Es gibt viele Erklärungen für diese plötzliche Mißheirat: Anziehungskraft der Gegensätze; Jugend und Alter; die offensichtliche Nützlichkeit (sie brauchte einen wirtschaftlichen Rückhalt; er brauchte eine Haushälterin); sado-masochistischer Zwang; Wiederholung der elterlichen Dramen; gesellschaftlicher Druck auf Alleinstehende … Überzeugt Sie das?

Warum nicht wenigstens in Erwägung ziehen, daß sie einander »durch das Buch« kennenlernten? Sie trat an ihn heran, um ihm ein Buch anzubieten; er antwortete, indem er ihr ein Buch schickte; die Entscheidung wurde durch das Öffnen eines Buches getroffen und brachte als Frucht ihrer lesewütigen Vereinigung Thomas Wolfe hervor, den Autor von Büchern. Als er zwei Jahre alt war, war es eine elterliche »Salonnummer, ihn laut vor Gästen vorlesen zu lassen«. Julia war davon überzeugt, daß sie seine literarische Begabung auf unsichtbare Weise dadurch verursacht hatte, daß sie während ihrer Schwangerschaft »die Nachmittage lesend im Bett zubrachte«.

Was Wolfes sechs überlebende Brüder und Schwestern betrifft, so hatten sie andere Urbilder, die sie diese Eltern aufgrund von anderen Vorlieben hatten wählen lassen. Auch hier ist es wieder vor allem der Außergewöhnliche, bei dem sich das Urbild am deutlichsten offenbart.

Also wurde Thomas Wolfe in diesen Haushalt in Asheville, North Carolina, berufen, und seine Eltern wurden einander zugeführt, um diesen Haushalt zu begründen, damit er tun konnte, war er tun mußte. Wie sonst hätte er tun können, was er getan hat, wenn er seine Eltern nicht schon »gekannt« hätte, bevor sie ihn kannten? Der Finger eines Engels schlug die Seite auf, die sie zu seinen Eltern machte, bevor sie ihn, ihr Kind, empfingen.

Mütter

Julia Wolfe glaubte an ihren bestimmenden Einfluß auf ihren Sohn Tom. Und ich würde nie bestreiten, daß der Charakter einer Mutter, welcher Art er auch sein möge, einen Eindruck auf ihr leibliches Kind macht. Er ist so unzweifelhaft vorhanden, daß man sich Argumente und Beweise sparen kann, womit ein ganzer Schritt in dieser Erörterung umgangen werden kann. Wie es schon der Mathematiker G. H. Hardy ausdrückte: »Ein ernstzunehmender Mann sollte seine Zeit nicht darauf verschwenden, die Meinung der Mehrheit darzulegen.« Wir wollen also die Mutter hinter uns lassen, da sie ohnehin immer hinter uns steht, ein großes schweigendes Idol in der Mitte der Bühne, vor der sich als Hintergrund die Biographien in diesem Buch ereignen.

Was die Macht dieses Abgotts und unsere abgöttische Verehrung desselben betrifft, so lassen Sie mich eine oft schon erzählte Geschichte wiederholen:

> Die beiden heute dreißig Jahre alten, eineiigen männlichen Zwillinge wurden bei der Geburt getrennt und von ihren jeweiligen Adoptiveltern in verschiedenen Ländern großgezogen. Beide hatten ihr Leben wohlgeordnet – fast pathologisch ordentlich. Ihre Kleidung war makellos, Verabredungen hielten sie auf die Minute genau ein, die Hände wurden

regelmäßig geschrubbt, bis sie rot und wund waren. Als der erste gefragt wurde, warum er dieses Bedürfnis nach Reinlichkeit hatte, war seine Antwort einfach.

»Meine Mutter. Als ich aufwuchs, hielt sie das Haus immer perfekt in Ordnung. Sie bestand darauf, daß jede kleinste Kleinigkeit an ihren ursprünglichen Platz zurückgestellt wurde; die Uhren – wir hatten Dutzende von Uhren – schlugen alle zur selben Zeit mittags. Sie bestand darauf, verstehen Sie? Ich habe es von ihr gelernt. Was hätte ich machen sollen?«

Der Zwillingsbruder dieses Mannes, der ebenso perfektionistisch mit Wasser und Seife umging, erklärte sein Verhalten auf folgende Weise: »Der Grund ist ganz einfach. Das ist eine Reaktion auf meine Mutter, die eine absolute Schlampe war.«[2]

Wie sollen wir die drei Komponenten dieser Geschichte miteinander vereinbaren – die Tatsache des Perfektionismus, die Theorie reaktiver Kausalität und den Muttermythos? Befürworter der Genetik könnten den Anspruch erheben, daß diese Geschichte ein hervorragender Beweis für die dominierende Rolle der Vererbung ist. Verfechter der Theorie von der Prägung durch die frühe Umgebung könnten immerhin behaupten, daß die beiden Männer tatsächlich auf ihre Mütter reagierten, nur eben auf zweierlei Art – der eine in Übereinstimmung und der andere in Opposition –, und daß ihre Mütter allerdings von entscheidendem Einfluß auf die Ausbildung ihrer Zwanghaftigkeit waren.

Für mich zeigt die Geschichte, wie der Mythos die Theorie ersetzt und Tatsachen schafft. Denn wir wollen nicht übersehen, daß die beiden identischen Zwillinge außer ihrer Zwanghaftigkeit auch ihre identische Theorie von dieser Zwanghaftigkeit gemeinsam haben: ihre übereinstimmende Versicherung, daß »Mutter« hinter all dem steckt. In unserer

Kultur kommt dem Muttermythos die höhere Würde und Kraft der Theorie zu. Die Unterstützung, die wir der Mutter zuteil werden lasssen, indem wir an der Theorie festhalten, macht uns zu einer Nation der Mutterfreunde.

Wenn es uns doch schon so leicht fällt, den Muttermythos zu akzeptieren, warum dann nicht noch einen weiteren, einen anderen Mythos, den platonischen nämlich, der hier vorgeschlagen wird? Es kann nicht die Abneigung gegen Mythen sein, die uns vor der Eicheltheorie zurückschrecken läßt, da wir doch so bereitwillig den Muttermythos annehmen. Meiner Meinung nach widerstehen wir dem Mythos vom Daimon deshalb, weil er so unverhüllt zu uns kommt. Er verbirgt sich nicht hinter empirischen Fakten. Er erkärt sich selbst offen zum Mythos. Außerdem fordert er uns auf, unsere Individualität als Geburtsrecht anzuerkennen und auf Mutters Kissen als tröstlichen Rückzugsort und archetypische Unterstützung zu verzichten.

Obwohl die Bedeutung der Mutter-Kind-Beziehung als Keimzelle der Familie langsam verblaßt, bleibt der Mythos davon weiter bestehen, und wir klammern uns an der archetypischen Brust fest. Wir glauben noch immer an Mama, auch wenn wir miterleben, wie sich alles verändert. Kindertagesstätten, weit verstreute Familien, die Windeln wechselnde Väter, obdachlose Kinder, die für ihre jüngeren Geschwister sorgen, Teenagermütter mit zwei oder drei Kindern, 45jährige Erstgebärende. Alles verändert sich: Demographien, Ökonomien, gesetzliche Definitionen der Elternrolle, Empfängnis, Adoptionen, Medikamente, Diagnosen, Beratungsbücher.

Dennoch bleibt der Muttermythos als Dominante im Leben eines jeden erhalten. Denn hinter jeder gebärenden und Fürsorge gebenden Frau sitzt die universelle Große Mutter und erhält das Universum jenes Glaubenssystems aufrecht, welches ich als »elterlichen Trugschluß« bezeichne und das uns weiterhin an sie bindet. Sie erscheint in der Gestalt unserer persönlichen Mutter, und sie ist ebenso schlecht und gut wie diese. Erstickend, nährend, strafend, verschlingend, immer gebend, zwanghaft, hysterisch, mißmutig, treu, gelassen – welches auch immer ihr Charakter ist, auch sie hat einen Daimon, aber ihr Schicksal ist nicht das unsere.

Die Biographen aber lieben die Mütter. Sie tun nichts lieber, als von gutwilligen oder böswilligen Müttern zu erzählen, die wie Agenten des Schicksals hinter berühmten Männern und Frauen stehen. Cole Porter, der den Namen seiner Mutter Kate Cole Porter übernommen hatte, erbte auch »ihren lebenslangen Traum – professioneller Musiker zu werden«.[3] Sie sorgte dafür, daß der kleine Achtjährige auftrat und mit zehn Jahren fünfzig Kilometer mit dem Zug zurücklegte, um zum Musikunterricht zu fahren. Frank Lloyd Wrights Mutter wußte genau, daß ihr Sohn Architekt werden würde und, so der Biograph, beeinflußte ihn in dieser Richtung, indem sie Bilder von Gebäuden im Zimmer ihres Babys aufhängte. Jamies Barrie begann aus dem Stegreif Geschichten zu erzählen, um seine depressive Mutter aufzuheitern, was schließlich dazu führte, daß er Erfindungen wie Peter Pan zu Papier brachte.

Pablo Casals, eines von elf Kindern armer Eltern in einem katalanischen Dorf, wurde von seiner Mutter siebzig Kilometer weit nach Barcelona gebracht, damit er weiter Musik machen konnte; »und bis Pablo 22 Jahre alt war, wurde die Familie auseinandergerissen, überfordert, ausgelaugt durch die Last, welche die Mutter mit ihrem allesverzehrenden Drang, das Talent ihres Sohnes bestätigt und anerkannt zu wissen, ihr auferlegte«.[4]

Eines Tages ging die Mutter von Edward Teller, dem Befürworter und Entwickler der Nuklearwaffen, hochschwanger in einem Budapester Park spazieren. Ihr Begleiter fragte sie, warum sie langsamer gehe und die Landschaft studiere. Tellers Mutter antwortete: »Ich habe das Gefühl, daß es diesmal ein Sohn sein wird, und ich bin mir sicher, daß er berühmt sein wird, daher suche ich nach dem besten Platz, um ihm ein Denkmal zu errichten.«[5] Unsere normale Psychologie geht davon aus, daß Teller durch seine Mutter zur Berühmtheit gedrängt wurde. Aber warum kann man sich nicht vorstellen, daß Ilona Teller intuitiv den Daimon spürte, der ihren Leib bewohnte?

Krishnamurti, der Philosoph und Lehrer, verlor seine Mutter, als er noch ein Junge war, aber er sah sie auch nach ihrem Tod häufig. »Ich erinnere mich daran, daß ich einmal der Gestalt meiner Mutter folgte, als sie die Treppe hinaufging. ... Vage sah ich die Form ihres Kleides und einen Teil ihres Gesichts. Das geschah fast immer, wenn ich das Haus verließ.«[6]

Daß Krishnamurti die Gestalt seiner Mutter sah, demonstriert eindeutig die Verquickung der im Gedächtnis bewahrten Mutter oder ihres tatsächlichen Wesens und ihres Geistes oder Daimon, welcher oft mit dem Daimon des Kindes verschmilzt oder zu einem Teil von ihm wird, sogar noch, wenn es zu Mündigkeit und Berühmtheit heranwächst. Eine Mutter, welche den Samen erkennt, sein Keimen unterstützt und dennoch seine individuelle Richtung nicht beeinträchtigt, ist selten.

Van Cliburn, der Meisterpianist, wurde musikalisch von seiner Mutter unterwiesen. Sie unterschied klar zwischen der Unterweisung des Geistes und der Erziehung des Kindes:

> Nachdem ich Vans ungewöhnliche Begabung erkannt hatte, wurde unsere Beziehung bei der Arbeit mehr zu der eines Lehrers und seines Schülers als der einer Mutter und ihres Kindes ...
>
> Von Anbeginn warnte ich den jungen Van davor »anzugeben«... erinnerte ihn daran, daß seine Fähigkeit eine göttliche Gabe war, für die er zutiefst dankbar sein sollte, ohne das Verdienst auf unangemessene Weise für sich selbst in Anspruch zu nehmen.

Cliburn bestätigt dies: »Seit ich drei Jahre alt war, gab sie mir jeden Tag in meinem Leben eine Klavierstunde. Jeden einzelnen Tag. Wir setzten uns ans Klavier, und sie sagte: ›Vergiß jetzt, daß ich deine Mutter bin. Ich bin deine Klavierlehrerin, und wir müssen sehr ernst dabei sein.‹«

Die Macht der Mutter ist unbestreitbar gewaltig, vor allem, wenn sie den Daimon ihres Kindes erkennen und verteidigen kann – und ihm, wie in Cliburns Fall, auch als Lehrer dient.

Der Daimon jedoch geht der Mutter zeitlich voraus, determiniert sie möglicherweise sogar im voraus – dies jedenfalls besagt die Eicheltheorie. Denn der kleine Van war bereits im Alter von zwei Jahren Musiker; er hatte allein über das Gehör, einfach indem er der Unterrichtsstunde zuhörte, die in einem anderen Zimmer ablief, »ein schwieriges kleines Stück« aufgeschnappt, das ein »Greifen der linken über die rechte Hand« erforderlich machte und auch sonst mit »kniffligen Pausen und Synkopen« versehen war.[7] Und außerdem besagt die Eicheltheorie, daß sein Daimon sich genau die richtige Mutter ausgesucht hatte, eine, die wußte, wie man mit einem Wunderkind umgeht. Wäre der junge Cliburn aus Kilgore, Texas, wohl nach Moskau gefahren, um dort die Punktrichter in fassungsloses Erstaunen zu versetzen und den internationalen Tschaikowski-Klavierwettbewerb zu gewinnen, wenn er, sagen wir, als Kind Ihrer Mutter geboren oder in Ihrem Haus aufgewachsen wäre?

Doch wird denn Berühmtheit von der Mutter verursacht? Erschaffen Mütter ihre Kinder, indem sie mit ihnen schwanger gehen, gebären sie ihren Geist ebenso wie ihren kleinen Körper? Wenn wir ihren Daimon nicht von dem ihres Kindes unterscheiden, dann muß die Mutter auch zum Monstermacher erklärt werden, deren Daimon oder Dämon sein Leben in ihrem leiblichen Kind auslebt. Hitler, Mao, Nasser fühlten sich ihren Müttern zutiefst verbunden. Kwame Nkrumah von Ghana wurde aus dem Dorfleben herausgenommen und erhielt eine westliche Erziehung, weil seine Mutter von ihm überzeugt war.

Ob eine charismatische Führerpersönlichkeit von einer Mutter erkannt und unterstützt wird oder ob ein Anführer an den Muttermythos glaubt, dem er Achtung erweist, indem er seiner eigenen Mutter Tribut zollt, läßt sich nicht genau feststellen. Aber irgendwie mag der Muttermythos große Diktatoren.

Woodrow Wilson, Harry Truman, Dwight D. Eisenhower, Lyndon Johnson, Richard M. Nixon – auch sie wurden von ihrern Müttern vorgezogen oder zogen sie ihrerseits vor. Erinnern Sie sich an Nixon, wie er, verwirrt, gebrochen und in Ungnade gefallen, das Weiße Haus verließ und in seiner letzten Ansprache noch rührselig seiner Mutter gedachte?

Als meine Mutter einmal Sara Delano Roosevelt, Franklin D.s Mutter, begegnete, wurde sie gefragt, wie viele Kinder sie habe. Meine Mutter antwortete: »Vier«, worauf die alte Dame entgegnete: »Ich hatte nur eines, aber es hat seine Sache sehr gut gemacht.« Und Sara Delano Roosevelt hatte dafür gesorgt, daß es so war, hatte vielleicht seinen Genius schon sehr früh erkannt, war diesem gefolgt oder hatte ihn, solange sie lebte, bei jedem schwierigen Schritt auf dem Weg vorangeschoben.

Was ist mit den Müttern, die die Berufung ihrer Kinder nicht erkannten und ihr Wesen falsch einschätzten? Und was ist mit den berühmten Menschen, die ihre Mutter bekämpften, ihre Denkweise haßten, ihre Gewohnheiten und ihre Werte? Abweichungen dieser Art scheinen den »Elterntrugschluß« in keiner Weise ins Wanken zu bringen. Der Mythos hält dennoch stand, ob die Mutter nun positive, bedingungslose Unterstützung gibt oder ihr Leben in selbstsüchtiger, narzißtischer Gleichgültigkeit lebt. Biographen verdrehen widersprüchliche Tatsachen so, daß sie am Ende auf das gleiche hinauslaufen. Damit wird deutlich, daß Biographen, auch wir selbst in unseren Erklärungen dessen, warum wir so sind, wie wir sind, vom »Elterntrugschluß« ebenso gefesselt sind wie jene Zwillinge, die behaupteten, daß Mutter der Grund für ihre roten, wund geschrubbten Hände war.

Georg Lukács, ein ungarischer marxistischer Schriftsteller und einflußreicher Kritiker, kam mit seiner Mutter von Anfang an nicht klar. Im letzten Jahr seines Lebens (1971) »dachte er immer noch unfreundlich an sie«. All die Jahre weigerte er sich, ihr auch nur »äußerliche Höflichkeit« entgegenzubringen. Lukács schrieb: »Zu Hause; vollkommene Entfremdung. Über allem Mutter; fast keine Kommunikation.« Weil sie konventionell, oberflächlich und vor allem am gesellschaftlichen Leben interessiert war, bringt Lukács' Biograph dessen marxistische Sympathie für die Unterdrückten und seine gegen die Bourgeoisie gerichtete Rebellion mit dieser Feindseligkeit gegenüber seiner Mutter in Verbindung. Nach der Eicheltheorie ist seine Mutter natürlich notwendig für seinen Genius: Er bedurfte eines Feindes im Inneren der Mauern, der für die Werte stand, die sein Daimon von Geburt an verabscheute. »Sehr früh schon wurde ich von Gefühlen starker Opposition beherrscht.«[8]

Diese Art radikaler Opposition gegen die konventionelle Mutter taucht zum Beispiel auch in den Biographien des Komponisten Igor Strawinsky und der Fotografin Diane Arbus auf.

> Strawinskys Mutter rügte ihren Sohn, weil er jene, die ihm angeblich »wie Scrjabin überlegen waren«, nicht anerkannte, und sie hörte *Le sacre du printemps*, eines der bedeutendsten Werke des Jahrhunderts, nicht bis zu seinem 25jährigen Aufführungsjubiläum, ein Jahr vor ihrem Tod. Selbst dann noch teilte sie Freunden mit, daß es ihr kaum gefallen werde, daß er nicht »ihre Art von Musik« schreibe.[9]

Gertrude, die Mutter von Diane Arbus, machte sich Sorgen über ihre Kinder: »Wie jede gute Mutter wollte sie, daß sie sich nur ›richtig und korrekt‹ verhielten und alle Vorteile davon hatten.«[10] Arbus war von Anfang an eine Außenseiterin, die mißgebildete Menschen ablichtete und die sich schließlich selbst das Leben nahm; Strawinsky lebte ein langes, außergewöhnlich produktives Leben, ohne die »Art von Musik« seiner Mutter zu komponieren.

Strawinsky und Arbus kamen weit vom schmalen Weg ihrer Mütter ab. Aber wir dürfen nicht behaupten, daß es dieser schmale Weg war, der sie zwang, so weit von ihm abzuweichen. Man kann nicht davon ausgehen, daß eine konventionelle Mutter automatisch ein ausgeflipptes Kind hat, ebenso wenig wie ein ausgeflipptes Kind eine konventionelle Mutter hervorbringt – oder eine wilde, wirre Mutter ein normales Kind. Die Forschung zeigt vielmehr, daß alle möglichen Mütter alle möglichen Sprößlinge haben. Die beiden Generationen können nicht durch einen ordentlichen Knoten miteinander verknüpft werden.

Mütter und ihre Kinder können auch dann an unterschiedlichen Altären beten und verschiedenen Göttern dienen, wenn sie tagein, tagaus in ein und derselben Familie leben. Wie ähnlich sie einander auch auf der physischen Ebene sein mögen, sie können sehr unterschiedliche Schicksale haben. Roy Cohn, ein übel beleumundeter Machtmensch von der Art, wie sie sich immer wieder in der Geschichte nach oben boxen, wurde beschützt und von seinen Eltern konventionell umsorgt. »Meine Eltern gaben sich ständig Mühe, mir eine ›normale‹ Kindheit zu verschaffen.«[11] Sommerlager; eine Wohnung in der Park Avenue; die Horace-Mann-Schule; Jurastudium an der Columbia-Universität. Als einziges Kind lebte und reiste Cohn mit seiner Mutter Muddy und leistete ihr Gesellschaft, bis sie, als er vierzig war, starb. Die ganze Zeit hindurch umsorgte sie ihn, eine umsichtige, aufmerksame, entgegenkommende Mutter, die ihren Sohn »das Kind« nannte. Das »normale« Kind, nach dem sie sich sehnte, wurde zu einem notorischen Ekelpaket.

Auch Hannah Arendts Mutter war fürsorglich und aufmerksam, führte von der Geburt bis weit in die Teenagerzeit hinein ein Tagebuch, in dem sie ihre Beobachtungen und Gedanken zu Hannahs Verhalten festhielt. Indem sie das Kind, wie es üblich war, in einen Wickelteppich oder in ein Umschlagtuch hüllte, verhinderte sie, daß Hannah sich zu bald aufsetzte und ihre Beine zu früh schon bewegte. Zugleich förderte sie die Erziehung ihrer Tochter in jeder Hinsicht. Zwei sehr aufmerksame Mütter also, die für ihre Kinder nur das Beste wollten, und doch wurde Cohn zu einem unbarmherzigen, eitlen und unmoralischen Menschen, während Hannah Arendt zu den führenden Moralphilosophen unseres Zeitalters zählt, die mit Karl Jaspers und Martin Heidegger befreundet war; sie blieb ein »Sonnenkind« mit einer »Begabung für Freundschaften« und einem prinzipientreuen Engagement für »nachbarschaftliche Zuneigung«, eine Vorstellung, die im Zentrum ihrer fortwirkenden Gedanken steht.[12]

Aber es gibt auch die Mütter, die ihr Kind vernachlässigen. »Meine Mutter setzte mich meist auf ein Kissen, das auf dem Boden lag, gab mir etwas zum Spielen und ließ mich anschließend allein«, berichtete Barbara McClintock. Später schickte die überlastete Mutter ihre Tochter zu Verwandten in einem anderen Bundesstaat, bei denen sie dann lebte.[13] Edna St. Vincent Millays Mutter, eine Krankenschwester, nahm ihre Tochter nach einer Auseinandersetzung mit dem Rektor aus der achten Klasse fort. Edna war eine hervorragende Schülerin und mit ihren Freunden glücklich gewesen, aber nun war sie oft den ganzen Tag lang allein zu Hause und, wenn ihre Mutter arbeiten mußte, manchmal auch nachts.[14] Tina Turner berichtet: »Tatsache ist, daß ich von meiner Mutter und meinem Vater von Anfang an, seit der Geburt, keine Liebe erfahren habe ... *Entfremdung, Zurückweisung* – als Kind kannte ich diese Begriffe nicht. Ich wußte nur, daß ich mich mit meiner Mutter nicht verständigen konnte ... Und das war für mich der Anfang. Ich hatte niemanden, hatte in meinem Leben kein Fundament ... Vom ersten Tag an mußte ich mir meinen Weg in dieser Welt suchen ... und erkennen, welche Aufgabe dieses Leben für mich bereithielt.«[15]

Obwohl sie von ihren Müttern vernachlässigt wurden, wurden diese Kinder von ihrem jeweiligen Daimon, der sich als das Fundament ihres Lebens erwies, nicht allein gelassen. Denn es war das Alleinsein, das McClintock und Millay für ihre Berufung benötigten, und auch Turner brauchte die Vernachlässigung, um ihren Daimon zu erkennen. Die Samen dieser drei Frauen hatten offensichtlich Mütter der vernachlässigenden Art ausgewählt, um die erforderliche Umgebung für diese jungen Mädchen zu schaffen.

Die Biographen aber neigen dazu, die Mutter zu mythischen Dimensionen anwachsen zu lassen und die Macht ihres archetypischen Bildes mit der Kraft des individuellen Samens zu verwechseln, ob die Person ihres Interesses nun genug Unterstützung durch die Mutter erfahren hat (Casals, Wright, Roosevelt) oder Auseinandersetzungen mit der Mutter auskämpfen mußte (Lukács, Arbus, Strawinsky) oder von der Mutter vernachlässigt wurde (McClintock, Millay, Turner).

Demontage der Eltern

Der »Elterntrugschluß« gründet weitgehend in der Vorstellung von einer nur in eine Richtung möglichen, vertikalen Kausalität – vom Größeren zum Kleineren, vom Älteren zum Jüngeren, vom Erfahrenen zum Unerfahrenen. Doch ebenso wie die Bedeutung der faktischen Mutterrolle im Angesicht von sozialer Veränderung und Traditionsverlust verblaßt, so wird auch die Theorie von der Bedeutung der Mutter von Beweisen untergraben, welche die vertikale Kausalität innerhalb einer Familie widerlegen.

Noch eine häufig erzählte Geschichte. Diese handelt vom Verhalten einer Rhesusaffenfamilie auf einer unbewohnten japanischen Insel, an deren Strand Forscher frische Süßkartoffeln zurückließen.

Imo spuckte den Sand aus, der an ihrer Süßkartoffel klebte, tauchte sie ins Meer und rieb sie kräftig mit der anderen freien Hand. Sie aß die gesäuberte Kartoffel, und der salzige Geschmack gefiel ihr. In der Nähe beobachtete Imby sie – und tunkte ihre Kartoffel ebenfalls ins Seewasser. Sie bekam nicht den ganzen Sand ab, aber es schmeckte besser als jemals zuvor. Auch andere lernten durch das Beispiel der beiden jungen Spielgefährtinnen; bald hatten sich die anderen Gleichaltrigen, männliche wie weibliche, das Waschen der Kartoffeln zur Routine gemacht. Auch Imos Mutter lernte es und brachte es darauf Imos jüngeren Geschwistern bei. Imos Vater, der sich darin gefiel, ein Rauhbein und der Anführer zu sein, war zu störrisch, um den neuen Trick auszuprobieren.[16]

Der Forscher David Rowe will uns mit dieser Geschichte zeigen, daß Innovation und die Weitergabe von Ideen auf unterschiedliche Weise stattfinden kann: horizontal innerhalb der Familie (von Geschwister zu Geschwister); vertikal, aber in beiden Richtungen vom Kind zur Mutter und von der Mutter zum Kind; außerhalb der Familie, da junge Affen voneinander lernen. Manche – die älteren männlichen Affen – scheinen gar nicht zu lernen oder jedenfalls nicht, wie man Kartoffeln wäscht.

Doch eine entscheidende Frage wurde nicht gestellt: Wie kam Imo auf den Gedanken? Wie kam es dazu, daß sie diese erste Kartoffel wusch? Wodurch wurde diese Verhaltensweise veranlaßt? Durch ihren Daimon natürlich – der das ganze Ereignis von Anbeginn hervorgerufen hatte und damit auch den oft zitierten Bericht davon. Imos Genius fährt darin fort, Sie und mich durch diese Geschichte zu unterweisen. Ja, auch Tiere haben Engel. So weit, wie unsere Kenntnis der Kulturgeschichte zurückreicht, galten Tiere als die ersten Lehrer. Unsere früheste Sprache, unsere Tänze, unsere Rituale, unser Wissen darum, was man essen und was man nicht essen kann, ging durch ihr Verhalten in das unsere ein.

Mißtrauen gegenüber der einseitigen vertikalen Kausalität, vor allem gegenüber der Mutter als dem primären Determinationsfaktor des Schicksals, regt sich auch auf anderem Gebiet: Diane Eyer nennt die Mutter-Kind-Bindung (die ihrem Buch den Titel gibt) »eine wissenschaftliche Fiktion« (so lautet der Untertitel ihres Buches):

> Die Mutter-Kind-Bindung ist tatsächlich ebensosehr ein ideologisches Produkt wie eine wissenschaftliche Entdekkung. Genauer ausgedrückt, sie ist Teil einer Ideologie, in der Mütter als die wesentlichen Architekten des Lebens ihrer Kinder gesehen und für alle Schwierigkeiten, mit denen diese nicht nur in der Kindheit, sondern auch im gesamten Erwachsenenleben konfrontiert sind, verantwortlich gemacht werden.

An einer späteren Stelle in ihrem Buch schreibt Eyer: »Ich möchte eindringlich um das Unmögliche bitten – nämlich daß wir in Zukunft vollständig auf den Begriff Mutter-Kind-Bindung verzichten ... was uns zu der Erkenntnis zwingen würde, daß Kinder nicht bloß Wachs in unseren Händen sind. Sie werden mit völlig verschiedenen Persönlichkeiten und Fähigkeiten geboren.« Eyers »wissenschaftliche Fiktion« ist mein »Elterntrugschluß«; ihre Vorstellung von »völlig verschiedenen Persönlichkeiten« ist meine Vision von einzigartigen individuellen Eicheln. Weit mehr als nur die Eltern formt unser Leben:

> Kinder werden tiefgreifend beeinflußt von den vielen Menschen, die mit ihnen interagieren, von den Nahrungsmitteln, die sie essen, von der Musik, die sie hören, von den Sendungen, die sie im Fernsehen anschauen, von der Hoffnung, die sie in der Erwachsenenwelt sehen ... Menschen können mit-

einander auf vielerlei Weisen kommunizieren: auf intellektuellem oder emotionalem Wege, durch alltägliche Fürsorge, durch Spiele, Musik und Kunst, durch formelle Bildung und das alles selbst auf große Entfernung. Die Erziehung unserer Kinder hat viele, viele Dimensionen.[17]

Eyers Netz der Erziehung könnte noch weiter ausgeworfen werden, um spirituelle und religiöse Phänomene einzubeziehen, die selbsttätig in Kindern entstehen, wie Robert Coles dies ausführlich dargelegt hat. Ebenfalls eingeschlossen werden sollten die Mechanismen und Räume, mit denen Kinder leben, die Straßen und ihre Geräusche, die Erklärungen und Werte, die ihnen beigebracht werden, und das Unsichtbare der Natur. All dies versorgt Kinder nicht nur mit Anregungen und Input, es bringt auch die Bedeutung der Welt zum Ausdruck, auf den ein jedes von ihnen reagieren muß. Daß die Reaktion einiger auf unerwartete Weise erfolgt oder manche die Reaktion ganz verweigern, kann logischerweise nicht auf Unsicherheiten und Störungen in ihrer Verbindung zu den Eltern zurückgeführt werden. Für jeden von uns, ob Kind oder Erwachsener, lautet die Frage, die alle anderen in den Hintergrund treten läßt: Wie findet das, was mit mir auf die Welt kommt, einen Platz in der Welt? Wie paßt meine Bedeutung zu der Bedeutung, nach der ich mich richten soll? Was hilft mir, nach unten zu wachsen?

Der Elterntrugschluß verhilft niemandem zu nach unten gerichtetem Wachstum. Er zieht uns von unserem Eichel-Urbild ab und schiebt uns zurück zu Mama und Papa, die möglicherweise schon längst tot sind, obwohl wir uns noch immer mit ihrer Wirkung auf uns herumschlagen. Damit wäre ich selbst nichts als eine Wirkung, ein Produkt ihrer Ursachen. Trotz all seines heroischen Individualismus klammert sich Amerika noch immer an eine auf die Mutterrolle fixierte Entwicklungspsychologie, nach der wir im wesentlichen das Produkt der Elternrolle und als solches im Grunde Opfer dessen sind, was in der Vergangenheit geschehen ist und unauslöschliche Markierungen hinterlassen hat. Die ganze Nation scheint sich – psychologisch gesehen – ständig darum zu bemühen, die Vergangenheit hinter sich zu lassen und sich von vergangenem Mißbrauch zu erholen. Vielleicht ist die Genesung nur dann möglich, wenn wir den Muttermythos aufgeben. Denn wir sind weniger die Opfer der Elternrolle als vielmehr die Opfer der Ideologie der Elternrolle; weniger die Opfer von Mutters schicksalhafter Macht, als von der Theorie, die ihr diese schicksalhafte Macht zuspricht.

John Bowlbys enorm einflußreiches Werk *Mutterliebe und kindliche Entwicklung* befaßt sich mit dieser Theorie. Die archetypische Stimme der Großen Mutter klingt überall daraus hervor und warnt eindringlich vor Tod und Verderben, falls wir die Theorie nicht beachten und die Macht der Mutter entehren.

> ... bis vor kurzem hat man das Problem in der Weise diskutiert, als sei es eine offene Frage, ob durch Mutterentbehrung psychische Störungen verursacht werden können oder nicht. Wir nehmen an ..., daß in bezug auf die These im allgemeinen kein Raum für Zweifel bleibt, d. h., daß eine lange anhaltende Mutterentbehrung ernste und folgenschwere Einflüsse auf die Charakterentwicklung und damit auf das ganze Leben des Kindes haben kann. Unsere These entspricht genau derjenigen, die für bestimmte Schädigungen des Kindes verantwortlich ist, wie z.B. die Rötelnkrankheit der Mutter in der frühen Schwangerschaft, oder der Vitamin-D-Mangel beim Säugling für die Rachitis.[18]

Es ist nicht unsere Mutter, die die Herrschaft über unser Erwachsenenleben hat, sondern die Ideologie, die erklärt, daß jeder von uns schon in der ersten Stunde nach seiner Geburt oder vielleicht schon während der Geburt selbst determiniert worden ist, die Ideologie, die erklärt, daß eine Serie von kleinen

Ursachen und sich ansammelnden Wirkungen dazu führt, wie wir heute sind und wie wir unsere eigenen Kinder beeinflussen werden. Wir sind die direkte Ursache für den Schaden, den ihr Leben nimmt, für einen Schaden, der nicht nur zu ihrer Frustration und zu ihrem Versagen führt, sondern auch zu Verbrechen und Wahnsinn. Diese Ideologie nagelt Frauen im »elterlichen Trugschluß« und Kinder in Schuldzuweisungen an die Mutter fest. Eyers bissige Kritik demontiert diese Ideologie. Aber ihre Demontage ist nicht destruktiv. Wie die meine zielt sie darauf ab, den Trugschluß als das aufzulösen, was die Bindung zur Leibeigenschaft machte. »Der Trugschluß«, sagt David Rowe,

> liegt darin zu meinen, daß alles, was die menschliche Natur formt, in einem Zeitraum von 14 Jahren der Erziehung zu suchen sei, aber nicht in dem schweren Gewicht der Kulturgeschichte und letztlich in den evolutionären Wurzeln der Menschheit. Allgemeiner formuliert, können kulturelle Traditionen auf viele andere Arten auch außerhalb der idealisierten Kernfamilie überliefert werden. Die Jugendlichen, die sich vor dem Zweiten Weltkrieg begeistert zu den nationalsozialistischen Jugendgruppen meldeten, hatten keine durch schlechte Erziehung in der Kindheit verbogenen und zerstörten Seelen; ihre Familien gehörten vielmehr der traditionellen Mittelschicht an und vermittelten emotionale Geborgenheit. Wenn die Jugend einer Nation durch ein paar Jahre tiefgreifender kultureller Wandlung verändert werden kann, warum soll man dann der Kindheit so starke Bedeutung zumessen?[19]

Die Betonung der Eltern, insbesondere der Mutter, auf Kosten aller anderen Realitäten – die der Gesellschaft, Umwelt, Wirtschaft – zeigt, daß Verherrlichung eines Archetyps den gesunden Menschenverstand auszulöschen vermag. Weltweit anerkannte Autoritäten zur Mutterrolle (Bowlby und T. Berry

Brazelton) haben die hohläugige Gleichgültigkeit und Traurigkeit kleiner Kinder im Kambodscha und im Europa der Nachkriegszeit auf den Verlust ihrer Mütter und auf andere Störungen der Mutter-Kind-Bindung zurückgeführt, wie Eyer feststellt. Das unermeßliche Grauen, das die Welt dieser Mütter und Kinder umschloß, zählt für sie nicht. Hätten diese Kinder eine »ordentliche Mutter-Bindung«, mit »ausreichend guten Müttern« gehabt und wären sie sich dieser »Zuneigung« nur sicher genug gewesen, dann hätten sich die Greuel, der Genozid und die Verzweiflung nur am Rande auf ihren Zustand ausgewirkt! Wieder setzt sich hier der Mythos von der vollständig einhüllenden Mutter, die gegen alle äußeren Einflüsse abschirmt, gegen die Wirkung der tatsächlichen Welt kollektiven Schmerzes durch. Der Muttermythos hüllt auch den Verstand der wissenschaftlichen Beobachter ein. Mutterzentrierte Theorien tun beides, sie trösten und ersticken.

Eine ganz andere Beobachterin, Mary Watkins, macht darauf aufmerksam, daß die bedeutendsten psychologischen Theoretiker – D. W. Winnicott, Melanie Klein, René Spitz, John Bowlby, Anna Freud –, die solchen Wert auf die Mutter-Kind-Beziehung als *den* determinierenden Faktor des Lebens legen, ihre Vorstellungen entwickelten, während in England Bomben fielen und Gebäude brannten oder aber kurz vor beziehungsweise kurz nach dem Zweiten Weltkrieg. Es ist nicht ungewöhnlich, sich bei Gefahr auf die Mutter zurückzuziehen, doch muß sich wirklich auch die psychoanalytische »Wissenschaft« hinter ihrem Rock verbergen?

Eyers Bemerkung, daß Kinder »tiefgreifend beeinflußt werden... von der Hoffnung, die sie in der Erwachsenenwelt sehen«, könnte der Schlüssel zur Verstörung und zum Leiden der Kinder sein. Welche Hoffnung sehen sie in der Erwachsenenwelt? Hoffnung an einem Kind und seiner Zukunft festzumachen ist einfacher, als eine größere Hoffnung für die Erwachsenenwelt selbst zu finden. Archaische Völker und

Stammesgesellschaften boten ihren Kindern Beständigkeit, eine unbegrenzte Zeitspanne der Kontinuität. Zyklische Veränderungen und nomadisches Wanderleben konnten diesem Fundament nichts anhaben. Mythen machten das Leben erträglich, und Hoffnung war nicht einmal eine Kategorie archaischer Existenz. Hoffnung spielt in der Geschichte und in der Psychologie eine Rolle, seit das Vertrauen in die Beständigkeit schwindet.

Unser zentraler Mythos ist apokalyptisch, wie die Offenbarung des Johannes, das letzte Buch der Bibel, es darlegt, und unsere Kinder heute leben mit Vorstellungen der Katastrophe und spielen sie durch.[20] Verständlich, daß Selbstmord unter Kindern auf bestürzende Weise zunimmt. Wie beunruhigend es für ein Kind sein muß, seinen Stern an einer zusammenbrechenden Struktur des Mangels, der Ausrottung und des Verlusts festzumachen, die nicht dadurch zu retten ist, daß sich Menschen in befriedigenden Beziehungen miteinander verbinden. Es übersteigt das Vermögen der Menschheit, lautet dieser Mythos. Die einzige Hoffnung, so die autorisierte Version der Katastrophe, liegt in einer göttlichen Erlösung und in der Chance für einen Neuanfang. Im Angesicht dieses kosmischen Science-fiction-Mythos von Armageddon verengt die wissenschaftliche Fiktion der Psychologie das Schicksal der unglücklichen Kinder auf eine gestörte Elternfunktion, während zugleich die Welt mit allen Eltern auf den Abgrund zutreibt.

Der abwesende Vater

»Papa! Bist du zu Hause? Ist irgend jemand hier?« Nein. Papa ist zum Mittagessen ausgegangen. Und das soll er auch – wie ich behaupte. Seine Aufgabe liegt anderswo – wie ich erklären werde –, weil sein grundlegender Wert für die Familie darin besteht, die Verbindung zum Anderswo aufrechtzuerhalten.

Wenn wir Papa in den Comedy-Serien und den dazugehörigen Werbespots im Fernsehen sehen, dann stellt er sich als recht dummer Mensch dar. Er ist nicht richtig bei der Sache; ein Teil von ihm ist abwesend. Interpreten der zeitgenössischen Vaterrolle beklagen sich, daß dem Vater absichtlich ein alberner und antiquierter Anschein gegeben wird, weil dieses schwache Bild es leichter macht, die Gestärkte-Hemdbrust-Macht des Patriarchats abzubauen, die Beziehung zwischen den Geschlechtern gleichberechtigter erscheinen zu lassen und die hierarchischen Unterschiede zwischen Vätern und Kindern zu verwischen. Daher werden die Ehefrauen als praktischer und kompetenter und die Kinder als findiger und schlauer dargestellt. Selbst wenn er ein netter Typ ist, bleibt Papa doch ein bißchen dämlich.

Ich würde sagen, daß doch mehr dahintersteckt als eine Veränderung sozialer Konventionen und ein Aufweichen der patriarchalischen Vaterfigur. Die Komödie im Fernsehen hat eine subtile zweite Handlungsebene mit ihren eigenen Fundamenten. Vielleicht ist es gar nicht Papas *wahre* Aufgabe, etwas über Kaffee, Bleichmittel und Mundwasser zu wissen oder sich um die Liebesaffären seiner pubertierenden Kinder zu kümmern, und vielleicht weist sein albernes Getue nur darauf hin, daß dies eben nicht seine Welt ist. Seine Welt wird in diesen Szenen gar nicht gezeigt, denn sie befindet sich nicht auf der Bühne, ist anderswo und unsichtbar. Er muß einen Fuß in einer anderen Welt haben, mit einem Ohr nach anderen Botschaften lauschen. Er darf seine Berufung nicht verlieren und seine Verpflichtungen gegenüber dem Verlangen seines Herzens und dem Urbild, das er verkörpert, nicht vergessen.

Selbstverständlich handelt es sich hier nicht um eine Verpflichtung, die allein Männern vorbehalten ist; aber es sind die Männer, die als »abwesend« definiert werden. Unsere psychologische Aufgabe ist es also, diese Abwesenheit über die üblichen Anklagen hinaus – die da sind böswilliges Verlassen, Arbeitssucht, Beziehungsarmut, Ausbleiben der Alimentezahlungen, doppelter Moralkodex und patriarchalische Wichtigtuerei –, die vielen Vätern zu Recht zur Last gelegt werden, zu erforschen.

Seit Jahrhunderten sind Väter weit fort: auf Feldzügen; als Matrosen auf weit entfernten Meeren, oft jahrelang als Cowboys, Reisende, Trapper, Goldsucher, Boten, Gefängnisinsassen, Gelegenheitsarbeiter, Hausierer, Sklavenhändler, Piraten, Missionare, Wanderarbeiter. Die Arbeitswoche betrug einmal 72 Stunden. Das Konstrukt »Vaterbild« weist in verschiedenen Ländern, Klassen, Berufsgruppen und in der Geschichte sehr unterschiedliche Gesichter auf.[21] Erst heute ist die Abwesenheit etwas, wofür man sich schämen muß, und wird zu einer kriminellen Handlung deklariert, die ihrerseits kriminelles Verhalten hervorbringt. Als soziales Übel ist der abwesende Vater eines der Schreckgespenster des Zeitalters von Heilen und Helfen, dieser historischen Epoche der Therapie, Heilung und sozialer Programme, die das zu richten versuchen, was wir nicht verstehen.

Das konventionelle Vaterbild vom berufstätigen Mann, der das Geld verdient, in der Abenddämmerung mit viel Zeit für seine Kinder nach Hause kommt, sich aufteilt und einfühlt, ist eine weitere Fantasievorstellung des Elterntrugschlusses. Dieses Bild entfernt sich weit von seiner statistischen Basis. 1993 jedenfalls paßte es auf nur sehr wenige Familien in den Vereinigten Staaten, dieses Muster vom arbeitenden, alleinverdienenden Ehemann und Vater, mit einer Familie, die aus einer nicht berufstätigen Ehefrau und Mutter und ihren zwei Kindern besteht. Bei den meisten ist es ganz anders. Die überwiegende statistische Mehrheit der Väter erfüllt dieses Bild genau *nicht*, ebenso wie auch Frauen dem Bild von der Hausfrau und Mutter *nicht* entsprechen. Wenn »Familienwerte« bedeuten, daß Eltern mit ihren Kindern in ihrem eigenen Haus beisammen sind, dann haben diese Werte wenig damit zu tun, wie wir heute tatsächlich leben.

Statt Väter wegen ihrer Abwesenheit und der damit einhergehenden zusätzlichen Lasten, die sie Müttern, Erziehern, den Schulen, der Polizei und den Steuerzahlern aufbürden, zur Verantwortung zu ziehen, müssen wir uns fragen, wo Papa denn sein könnte, wenn er »nicht zu Hause« ist. Wenn er abwesend ist, wo ist er dann anwesend? Was ruft ihn fort?

Rilke hat eine Antwort für uns:

Manchmal steht einer auf beim Abendbrot
und geht hinaus und geht und geht und geht, –
weil eine Kirche wo im Osten steht.

Und seine Kinder segnen ihn wie tot.

Und einer, welcher stirbt in seinem Haus,
bleibt drinnen wohnen, bleibt in Tisch und Glas,
so daß die Kinder in die Welt hinaus
zu jener Kirche ziehn, die er vergaß.[22]

Rilke sagt den Grund für die Abwesenheit des Vaters. Was aber ist mit der Qualität seiner Anwesenheit – seiner Wut, seines Hasses? Warum ist Vater ein derart unleidlicher, brutaler Familienzerstörer? Was ist das für ein Zorn?

Ist es wirklich seine Frau, die er haßt, sind es seine Kinder, die er schlagen will, weil keiner das tut, was er befiehlt, und weil sie soviel kosten? Oder könnte es da noch einen anderen Faktor geben, weniger persönlich und dafür dämonischer, der ihn im Griff hat und nicht losläßt?

Ich bin zu dem Schluß gekommen, daß der Elterntrugschluß selbst den Geist des Vaters an ein falsches Bild gekettet hat und daß sein Daimon, indem er sich gegen die Ketten wehrt, dämonisch wird. Er ist gefangen in einem Konstrukt, das sich »gesellschaftliches Vaterbild« nennt, ein moralisches Gebot, die Sorte netter Kerl zu sein, der Disneyland, die Lieblingsspeisen seiner Kinder, technischen Krimskrams, Meinungen und Witzeleien mag.

Dieses langweilige Modell kommt einem Verrat an seinem lebensnotwendigen Engel gleich, am Bild dessen, was er außerdem in seinem Herzen trägt, was sich seit der Kindheit bis zum heutigen Tag ab und zu blicken läßt und dessen Existenz dieses Buch für ihn bekräftigen möchte. Der Mann, der seinen Engel verloren hat, wird dämonisch; und die Abwesenheit, die Wut und die Trägheit auf dem Sofa, sie alle sind Symptome für eine Seele, die auf der Suche nach einer verlorenen Berufung zu etwas und über etwas hinaus ist. Vaters Schwanken zwischen Zorn und Apathie ist, wie die Allergien und Verhaltensstörungen seiner Kinder und die Depressionen und die bittere Verstimmung seiner Frau, Teil eines Musters, an dem sie alle gleichermaßen Anteil haben – nicht das »Familiensystem«, sondern ein bodenloses Wirtschaftssysten, das ihre gemeinsame Sinnlosigkeit fördert, indem es »darüber hinaus« durch »mehr« ersetzt.

Und so ruft ihn seine Abwesenheit – physisch, mental, geistig – fort aus dem Käfig des Irrglaubens, der die Flügel des Engels zu Tode quetscht. Ohne Inspiration ist das, was bleibt, nackte, ziellose Wildheit. Ohne die Sehnsucht nach einem Ideal ist das, was bleibt, lüsterne Fantasie und die Verführung durch gegenstandslose Bilder, die nicht in tatsächlichen Projekten verankert sind. Körperlich anwesend und geistig abwesend, lehnt er sich auf dem Sofa zurück und schämt sich vor seinem eigenen Daimon, wegen der Potentiale in seiner Seele, die sich nicht bändigen lassen wollen. Im Inneren will er sich erheben, stellt sich in seiner Passivität Extreme einer Aggression und eines Begehrens vor, die unterdrückt werden müssen. Lösung: mehr Arbeit, mehr Geld, mehr Alkohol, mehr Körpergewicht, mehr Dinge, mehr Information, mehr Unterhaltung und eine fast fanatische Hingabe seines reifen männlichen Lebens an die Kinder, damit sie geradlinig aufwachsen und geradewegs die

Konsumentenleiter hinaufsteigen können bei der Jagd nach ihrem Glück.

Ein »glückliches« Kind war nie und nirgends das Ziel der Elternschaft. Ein arbeitsames, nützliches Kind; ein formbares Kind; ein gesundes Kind; ein gehorsames, manierliches Kind; ein problemfreies Kind; ein gottesfürchtiges Kind; ein unterhaltsames Kind – all dies, ja. Doch der Elterntrugschluß hat die Eltern dazu verurteilt, neben Schuhen und Schulbüchern und Ferien im vollgepackten Auto auch noch Glück bereitzustellen. Vermag das Unglückliche Glück zu erzeugen? Da Glück nach dem Verständnis antiker Quellen *eudaimonia* oder einen zufriedengestellten Daimon bedeutet, kann nur ein Daimon, der das Seine erhält, den Gewinn des Glücks an die Seele eines Kindes übermitteln. Ja, ich behaupte, daß die »Pflege der eigenen Seele«, wie Thomas Moore geschrieben hat, der Seele des Kindes zum Gedeihen verhilft.

Sollte sich die Pflicht der eigenen Seelenpflege im Vater oder in der Mutter dahin verschieben, daß sie die Seele des Kindes erschaffen wollen, dann weichen diese Eltern der lebenslangen, durch das eigene Eichel-Urbild festgesetzten Aufgabe aus. Dann ersetzt das Kind die Eichel. Dann glauben sie, daß ihr Kind etwas Besonderes ist, und sie nehmen ihre Fürsorge als Berufung, versuchen die Eichel in ihrem Kind zu erkennen. Die Folge ist, daß ihr Daimon sich beklagt, weil er verkannt wird, und daß ihr Kind sich beschwert, weil es zum Abbild der Berufung des Vaters oder der Mutter wird. Die Mutter kann, wie gesagt, unser Dämon sein, aber sie ist nicht unser Daimon; ebenso kann auch das Kind nicht unseren Daimon ersetzen.

Ich habe durch jahrelange Arbeit mit Patienten, mit Männern in Retreats und durch das Vertrauen auf meine warnende innere Stimme gelernt, daß Männer es dem Kind, mit dem sie ihren Daimon ersetzen, schließlich übelnehmen, es vielleicht sogar hassen, trotz guten Willens und hoher ethischer Grundsätze. Der Romancier und großartige Sozialkritiker Michael

Ventura behauptet, daß die Amerikaner ihre Kinder hassen.[23] Seine Beobachtung erscheint absurd. Welche Kultur in der Geschichte hat je mehr wie ein Kind gesprochen, mehr wie ein Kind gefühlt, mehr wie ein Kind gedacht oder zeigte größeres Widerstreben, von kindischen Dingen abzulassen? Welche Kultur wirbt heute mehr für die globale Rettung der Kinder, stellt mehr Erste-Hilfe-Maßnahmen für Frühgeburten und Riesensummen für chirurgische Transplantationen bei Kleinkindern bereit und engagiert sich mehr für die Rechte des ungeborenen Lebens? Und doch ist dies alles nur ein Deckmantel, unter dem sich eine entsetzliche Vernachlässigung verbirgt.

Werfen Sie nur einen Blick auf die Fakten. Von den 57 Millionen Kindern (unter 15 Jahren) in den Vereinigten Staaten leben mehr als 14 Millionen unterhalb der offiziellen Armutsgrenze. Zugleich rangieren die Vereinigten Staaten, was den Prozentsatz der untergewichtigen Neugeborenen betrifft, noch hinter dem Iran und Rumänien. Jedes sechste Kind ist ein Stiefkind, und eine halbe Million Kinder hat ihr »Zuhause« in stationären Therapiezentren, in betreuten Gruppen und Adoptionsfamilien. In den Vereinigten Staaten sterben mehr Kinder aufgrund von Selbstmord als aufgrund von Krebs, Aids, Geburtsfehlern, Grippe, Herzkrankheiten und Lungenentzündung *zusammengenommen*. Jeden Tag kehren mindestens eine Million »Schlüsselkinder« in ein Zuhause zurück, in dem sich eine Waffe befindet.[24]

Außer diesen Kindern, die ihren Weg in die Statistiken der Soziologie finden, gibt es in allen sozialen Schichten solche, die wegen Mangelerscheinungen, Hyperaktivität, Fettleibigkeit, Trotz, Bulimie, Depression, Schwangerschaft, Abhängigkeit in Behandlung sind …

Grobe wirtschaftliche Ungerechtigkeit, politische Passivität und die Vortäuschung von Spielen (ohne Brot) sind verantwortlich für das Elend der Kinder. Aber ich klage auch den Elterntrugschluß als mitschuldig an diesem Elend an. Mit der mangelnden Aufmerksamkeit, die Eltern ihrem eigenen Ruf schenken, den sie mit sich in die Welt gebracht haben, und mit ihrer Hyperaktivität bei der Ablenkung von diesem Ruf üben Eltern Verrat am Grund für ihr Dasein. Sobald ihr Kind der Inhalt ihres Lebens wird, haben sie die unsichtbare Ursache für *ihr* Hiersein aufgegeben. Und warum sind sie hier, als Erwachsener, als Bürger, als Mutter oder Vater? Um die Welt empfänglich für den Daimon zu machen. Um die Gesellschaft so auszurichten, daß ein Kind nach unten in sie hineinwachsen und mit seinem Daimon leben kann. Das ist die Aufgabe, die Eltern zu erfüllen haben. Um jedoch diese Aufgabe für den Daimon ihres Kindes übernehmen zu können, müssen sie zunächst Zeugnis für ihren eigenen Daimon ablegen.

Kein Vater, der die leise Stimme seines eigenen Genius überhört und sie durch das von ihm gezeugte Kind ersetzt hat, kann Mahnungen an das ertragen, was er vernachlässigt. Er kann den Idealismus, der so natürlich und spontan in dem Kind aufkommt, die romantische Begeisterung, den Sinn für Gerechtigkeit, die klaräugige Schönheit, die Zuneigung zu kleinen Dingen und das Interesse an großen Fragen nicht tolerieren. All dies wird unerträglich für einen Mann, der seinen Daimon vergessen hat.

Statt von dem Kind zu lernen, das den Beweis für das Unsichtbare im Leben eines jeden lebt, kapituliert der Vater vor dem Kind, stört sein abwärts in die Zivilisation gerichtetes Wachstum, indem er es in einer Spielzeugwelt einrichtet. Ergebnis: eine kindlich dominierte, vaterlose Kultur mit funktionsgestörten Kindern, die mit Pistolen herumballern. Wie die Vampire, die sie so sehr faszinieren, saugen die wegen ihrer Unschuld sentimentalisierten und wegen ihrer Lästigkeit vernachlässigten Kinder in unserer Kultur das Blut aus dem Erwachsenenleben.

Ahnen

Der Glaube daran, daß Eltern unsere Welt von Anfang an formen, scheint mir eine Abwandlung des »verdrängten Konkreten« zu sein. Ich entlehne diesen Begriff dem englischen Philosophen Alfred North Whitehead, der damit Täuschung bezeichnete, die aus der Verwechslung von Abstraktem und Konkretem entsteht. In unsrem Fall kommt es zu einer Verwechslung der kosmischen mythischen Eltern mit der persönlichen Mutter und dem persönlichen Vater. Hierbei werden die schöpferischen Kräfte und Mysterien, welche Abstraktionen wie Himmel und Erde, Himmelsgott und Erdgöttin (oder wie im ägyptischen Mythos umgekehrt) zukommen, zu konkreten Müttern und Vätern, während die tatsächlichen Mütter und Väter zu Göttern erhoben werden, was Auswirkungen kosmischer Dimensionen hat.

Die mit den wirklichen Eltern verwechselten Kräfte des mythischen Paars, das wie Zeus und Hera die Welt erhält, bilden nun den »Familienroman«, wie Freud diesen Trugschluß nannte. Der Umgang mit den Eltern formt uns oder läßt uns zerbrechen. Überdies glauben wir daran, daß wir nur dieser persönlichen Geschichte und nur dem persönlichen Einfluß angehören, den die Eltern darauf haben, statt dem unsichtbaren Mythos, den die Eltern verdrängt haben. Auf diese fatale Weise durch die Eltern geformt zu werden bedeutet, die umfassenderen Welteltern und die Welt insgesamt als Eltern zu verlieren. Denn auch die Welt formt uns, nährt und lehrt uns.

Wenn sich unsere Zivilisation heute der Umwelt zuwendet, um ökologische Katastrophen abzuwenden, dann besteht der erste Schritt dieser Annäherung an die Natur darin, die Schwelle des Elternhauses zu überschreiten, um hinaus in das Haus der Welt zu gehen. Alles, was uns umgibt, hat Elternfunktion für uns – jedenfalls dann, wenn »Elternfunktion« Aufpassen, Unterweisen, Ermutigen und Ermahnen bedeutet. Glauben Sie wirklich, daß die Menschheit das Rad oder das Feuer oder den Korb oder Werkzeuge allein mit ihrem großartigen Gehirn erfunden hat? Steine rollten abwärts; feurige Blitze schossen aus dem Himmel und aus der Erde; Vögel flochten und bohrten und klopften ebenso wie Affen und Elefanten. Die Wissenschaften, mit deren Hilfe die Natur gemeistert wird, wurden von der Natur gelehrt.

Je mehr wir uns an der vorrangigen Bedeutung der Eltern festhalten und je mehr kosmologische Macht wir ihnen zusprechen, desto weniger nehmen wir die Vater- und Mutterrolle wahr, die die Welt jeden Tag durch das, was sie uns zukommen läßt, übernimmt. Wie J. J. Gibsons physchologische Schule an der Cornell-Universität es ausdrückt, hält die Welt für uns ein Zuhause und Schutz bereit, stillt unseren Hunger und Durst, sorgt für Abenteuer und Spiel. Die Welt besteht weniger aus Substantiven als aus Verben. Der Pirol sieht nicht den Ast, sondern eine Gelegenheit, sich niederzulassen; der Bär riecht nicht die Honigwabe, sondern die Gelegenheit, ein köstliches Mahl zu verspeisen. Die Welt brummt und blüht vor Informationen, die immer zugänglich und niemals abwesend sind.

Kinder vor allem erkennen diese Gelegenheit zur Bildung und Lehre durch die Natur. Den Beobachtungen der brillanten, in der Umweltpsychologie bahnbrechenden Edith Cobb zufolge ist die Fantasie von Kindern vollständig von dieser Beziehung zur Umwelt abhängig.[25] Fantasie wächst nicht von allein im Elternhaus oder entsteht aus fantasievollen, von den Eltern erzählten Geschichten. Kinder sind »von Natur aus« in der Welt zu Hause; die Welt lädt sie ein, nach unten zu wachsen und Anteil zu nehmen. Und das ist nicht einfach eine Aussage, die uns von Jean-Jacques Rousseau, Friedrich Fröbel (dem Begründer des Kindergartens) und Alice Miller nahegelegt wird – denn ich behaupte nicht, daß Kinder von Natur aus gut oder vollkommen sind, sondern nur, daß ihre Fantasie und ihr Geist in der Natur, die ebenfalls die Funktion von Eltern hat, Nahrung finden. Wenn also unsere Kinder heute gestörtes Verhalten an den Tag legen, dann fehlen ihnen vielleicht nicht so sehr die Eltern, sondern sie brauchen weniger elterliche Bevormundung, die sie daran hindert, in der tatsächlichen, physischen Welt Vertrauen und Vergnügen zu finden.

Je mehr wir daran glauben, daß unsere Natur ihren Ursprung in unseren Eltern hat, desto weniger offen sind wir für die beherrschenden Einflüsse rings um uns her. Um so weniger wichtig erscheint uns unsere Umwelt für unsere Geschichte. Doch selbst Biographien fangen damit an, daß sie die Person ihres Interesses an einem bestimmten Ort lokalisieren; das Selbst beginnt seinen Weg mitten im Geruch einer Geographie. In dem Augenblick, in dem der Engel in ein Leben hinabsteigt, betritt er eine Umwelt. Wir sind vom ersten Tag an ökologisch, auf unsere Umwelt bezogen.

Folglich hat die bevorstehende ökologische Katastrophe, die uns Sorgen bereitet, bereits stattgefunden und findet weiterhin statt. Sie findet statt in den Berichten von uns selbst, die uns von der Welt abtrennen und dem »Parentalismus« ausliefern, jener Vorstellung, daß das, was da draußen ist, für die Formung dessen, der ich bin, ein weniger wichtiger Faktor ist als meine engere Familie. Der Elterntrugschluß ist tödlich für die individuelle Selbsterkenntnis, und er tötet die Welt.

Solange dieser Trugschluß nicht bereinigt ist, können nicht mitfühlende multikulturelle oder ökologische Kampagnen, nicht Studienfahrten, nicht die Arbeit im Peace Corps, nicht Vogelbeobachtung oder singende Wale uns wieder an die Welt anschließen. Zuerst müssen wir diesen psychologischen Wiederaufbau leisten, diesen Glaubenssprung hinaus aus dem Elternhaus und hinein in das Haus der Welt.

Die Psychotherapie macht die Verwechslung von Abstraktem und Konkretem nur noch schlimmer. Ihre Theorie von der

Entwicklungsschädigung durch die Familie bringt den Patienten auch noch von allem anderen ab, was vielleicht Trost oder Anleitung zu bieten hätte. Wohin wendet sich die Seele, wenn ihr kein Therapeut zur Verfügung steht? Sie nimmt ihre drängenden Probleme mit zu den Bäumen, zu einem Flußufer, zu einem Haustier, auf einen ziellosen Spaziergang durch die Straßen der Stadt, zu einer langen Nachtwache unter freiem Himmel. Einfach aus dem Fenster starren oder Wasser für eine Tasse Tee aufsetzen. Wir atmen, weiten uns und lassen los, und irgend etwas kommt von irgendwoher herein. Der Daimon im Herzen scheint im Stillen damit zufrieden zu sein, denn er zieht der Verzweiflung die Melancholie vor. Er hat Verbindung aufgenommen.

Bei der »förderlichen Umgebung«, die nach D. W. Winnicott (dem sanften, bodenständigen, klinischen Psychologen und Verfechter vernünftiger Therapie) so notwendig für das Bild von einer angemessenen Elternschaft ist, handelt es sich um die *tatsächliche* Umgebung, wenn sie nicht so vernachlässigt und daher gefürchtet wäre. Indem die psychologische Theorie die tatsächliche Welt in ihren wichtigsten theoretischen Konstrukten außen vor läßt, stellt sie sich die Welt »da draußen« als objektiv, kalt, gleichgültig, sogar feindselig vor (und die Therapie als beschirmende Zuflucht, das Sprechzimmer als Schutzzone). Durch diese Projektion wird die Welt zu einer von der psychologischen Theorie erfundenen bösen, tötenden Mutter. Damit sind wir wieder bei einer Welt, wie Descartes sie vor vierhundert Jahren sah: eine kahle *Res extensa*, ein ausgedehntes Feld der Materie ohne Seele, ungastlich, mechanisch, sogar dämonisch.

Natürlich gibt es da draußen Dämonen, die es günstig zu stimmen gilt. Katastrophen lauern, aber diese Mächte hinter der Tür und versteckt im Busch sind auch Ahnen, nicht nur Keime, Spinnen und Treibsand. So wie wir die kosmologischen mit den tatsächlichen Eltern verwechselt und dadurch verloren haben, so haben wir auch unsere Ahnen verloren. Die Eltern haben sie verschluckt.

Unsere Biographien und Fallgeschichten beginnen mit den biographischen Fakten unserer Eltern und dem Ort unserer Geburt. Manchmal lassen sie sich über die Eltern hinaus bis zu den vier Großeltern, im besten Fall sogar zu den acht Urgroßeltern zurückverfolgen. Für viele hat die Familiengeschichte schon bei Papa und Mama ihr Ende, bei einigen sogar bei Mama allein – da ja Papa immer abwesend ist.

Auf diese Weise wird die Vorstellung von den Ahnen durch die wirklichen Eltern gefiltert. Neben ihrer Vergöttlichung als denen, die unseren Himmel und unsere Erde bewegen und erbeben lassen, haben die Eltern auch noch die Verpflichtung zum Schutz und die Forderung nach Beachtung, welche traditionell den unsichtbaren Ahnen galt, an sich gerissen. »Herkunft« bedeutet in unserer Kultur Verbindung über die Chromosomen; die Ahnen sind jene Menschen, von denen ich mein Körpergewebe ererbt habe. Die Biogenetik ersetzt die Welt der Geister.

In anderen Gesellschaften kann ein Baum, ein Bär, ein Lachs, ein Bewohner des Totenreichs, ein Geist in einem Traum, ein besonders unheimlicher Ort Ahne sein. Sie können als »Ahnen« angesprochen werden, und ein Altar als Wohnung für sie kann außerhalb des eigenen Hauses errichtet werden. Ahnen sind nicht an menschliche Körper gebunden und sicherlich nicht auf physische Vorleben angewiesen, denen der Abstieg in unsere Sphäre nur über unsere natürliche Familie gestattet ist.

Nur wenn ein Mitglied der natürlichen Familie (die selbst nicht immer genau bestimmbar ist), also zum Beispiel ein Großvater oder ein Onkel oder eine Tante, würdig genug, mächtig genug, kenntnisreich genug ist, dann kann er oder sie im Sinne eines Schutzgeistes zum Ahnen werden. Um Ahne zu sein, muß man nicht unbedingt tot sein, aber man muß die Toten –

also die unsichtbare Welt – kennen, und man muß wissen, wie und wo sie die Lebenden berührt.

Als Geister interessieren sich die Ahnen für andere Geister, die Gemeinschaft als Ganzes, für die Dinge, mit denen sie leben, die Orte in ihrer Umgebung und das besondere Bild im Herzen, das uns rüstig hält und uns in schweren Zeiten durchhalten läßt. Wenn uns schnell der Kragen platzt oder wir leicht undiszipliniert und kraftlos oder streitsüchtig und kleinlich sind, dann können bestimmte Ahnen angerufen werden, um schlechte Einflüsse abzuwenden und die Dinge geradezurücken. Keine dieser Funktionsstörungen wird jedoch unseren Eltern zugeschrieben. Was immer mit uns nicht in Ordnung ist, hat anderswo seinen Ursprung: Zauber; Tabubruch; nicht durchgeführte Riutale; schlechte Winde, Gewässer, Plätze; ein ferner Feind; eine verärgerte Gottheit; eine vernachlässigte Pflicht oder eine vergessene Beleidigung. Doch nie und nimmer könnte der Zustand unserer Seele dem angelastet werden, was unsere Mutter oder unser Vater uns vor dreißig Jahren angetan hat! Sie waren einfach die notwendige Vorbedingung für unser Erscheinen in der Gemeinschaft, unsere Eltern haben dabei die notwendigen Rituale vollzogen, um unserer Seele den Eintritt in die Welt zu ermöglichen.

Ohne Gespür für die Ahnen bleiben uns als direkte und maßgebliche Einflüsse auf unser Leben nur die Eltern, die wir günstig stimmen können! Wir nehmen das Gebot »Du sollst deinen Vater und deine Mutter ehren« wörtlich, was Anstand und Güte beweist. Aber wir sollten nicht vergessen, daß das fünfte Gebot zusammen mit den vorangehenden darauf abzielt, alle Spuren heidnischer Vielgötterei auszulöschen, für die die Verehrung der Ahnen eine zentrale Rolle spielt. Der Text macht deutlich, daß mit diesen »Eltern« nicht einfach die irdische Mama und der irdische Papa gemeint sind. Sie verfügen über gewaltige Macht und sollen als Garanten des Schicksals geehrt werden, »auf daß du lange lebest und dir's wohlgehe in dem

Lande, das dir der Herr, dein Gott, geben wird« (5. Mose 5.16). Wie die Geister der Ahnen sind sie Schutzwächter eines langen Lebens, Träger des Glücks und Naturgeister, welche das Land selbst bewohnen. Per Dekret, fortan und immerdar, wurde der Elterntrugschluß in Kraft gesetzt, und die ursprüngliche Geisterwelt wurde auf den nur allzu menschlich-konkreten Status persönlicher Gestalten reduziert.

Die Herabsetzung dieser großartigen archaischen Menagerie von Ahnen durch dic offizielle Religion hat Jahrhunderte gedauert. Wir nennen sie Zivilisation. Gaia und Uranos, Geb und Nut, Bor und Bestla schrumpften auf dieses kleine Maß von Mama und Papa zusammen; sie sind keineswegs im Himmel, sondern gerade nur ein Stockwerk über unseren alltäglichen Geschäften. Unsere Horizonte wurden auf ihren Maßstab hin zurechtgestutzt, und ihr Maßstab auf das vergrößert, was sie ersetzen. Und unsere Rituale verkommen zu einmal jährlich stattfindenden Festtagen ihnen zu Ehren, zur Sorge um ihre Gesundheit und ihr Wohlergehen und zu Telefongesprächen, obgleich wir ihrem magischen Einfluß auf unser intimes Leben auch weiterhin riesige determinierende Macht zumessen.

»Du sollst deinen Vater und deine Mutter ehren«, ja, in der Tat; aber verwechseln wir sie nicht mit Schöpfer-, Zerstörergottheiten oder mit Ahnen! Es ist mühselig, sich durch das »Elternproblem hindurchzuarbeiten«, da es sich nicht einfach um einen logischen Fehler oder um das verdrängte Konkrete oder um einen schweren Schritt in einem therapeutischen Prozeß auf dem Weg zu individueller Selbstbestimmung handelt. Das Durcharbeiten des Elterntrugschlusses ähnelt mehr einer religiösen Bekehrung – fort von Säkularismus, fort von Monotheismus, Entwicklungsgläubigkeit und dem Glauben an kausale Zusammenhänge. Es erfordert einen Schritt zurück zu der alten Verbindung mit dem Unsichtbaren und einen vertrauensvollen Schritt über die Schwelle und hinaus in die reiche

Überfülle von Einflüssen, die die Welt bereithält. »Religion«, so sagte Whitehead auch, »ist Treue zur Welt.« [26] Dies könnte Untreue einer Vorstellung gegenüber bedeuten, die der Gesellschaft als Ganzes lange Zeit lieb und teuer war, der Therapie im allgemeinen und jedem von uns im besonderen: der Glaube an die Macht der Eltern.

4. KAPITEL

Zurück zum Unsichtbaren

Da das Urbild in der Eichel nicht einmal unter einem Mikroskop gesehen werden kann, müssen wir annehmen, daß es unsichtbar ist. Um mehr darüber erfahren zu können, wollen wir zunächst das Wesen der Unsichtbarkeit studieren. Unsichtbarkeit verblüfft unseren gesunden Menschenverstand und die Psychologie, die es für einen bestimmenden Hauptgrundsatz hält, daß alles, was existiert, in einer gewissen Menge vorkommen muß und daher gemessen werden kann. Wenn ein Bild im Herzen existiert, das uns zu unserem Schicksal ruft und das möglicherweise stark und langlebig ist, hat es dann meßbare Dimensionen? Ihre Leidenschaft für das Einfangen des Unsichtbaren mit sichtbaren Methoden läßt die Schulpsychologie noch immer nicht los, obwohl diese Wissenschaft inzwischen die jahrhundertelange Suche nach der Seele in unterschiedlichen Körperteilen und -systemen aufgegeben hat. Als es den Forschern nicht gelang, die Seelen an den Stellen zu finden, an denen sie gesucht hatten, verwarf die wissenschaftliche Psychologie auch die Vorstellung von der Existenz einer Seele.

Es gibt andere Ansichten der Seele, andere Berichte vom schicksalhaften Unsichtbaren. In den Wäldern Schwedens gibt es eine Volkssage. Die Holzfäller in den nördlichen Kiefern-, Tannen- und Fichtenwäldern arbeiteten mehr oder weniger allein, fällten Bäume, hackten Äste ab. Außerdem tranken sie während der kurzen Tage der weißen Kälte. Kaffee, Schnaps … Manchmal erschien Hulda. Sie war eine Kreatur von herrlicher Gestalt, feingliedrig, entzückend und unwiderstehlich. Manchmal hielt ein Holzfäller in seiner Arbeit inne, ja, ließ sogar seine Axt fallen, um ihrem Winken tiefer in den Wald hinein zu folgen. Sobald er näher trat, drehte sie sich um – und verschwand. Sobald Hulda ihr lächelndes Gesicht abwandte, war nichts mehr da. Entweder hatte sie keinen Rücken, oder aber er war unsichtbar. Und er, der zu tief in den Wald gelockt worden war, sah keine vertrauten Wegzeichen mehr, fand nicht zurück zu einer Lichtung, verlor die Orientierung und erfror.

Mythisches Denken

Ich habe dieses Kapitel mit der mythischen Geschichte von einer Sirene – der Waldnymphe, der Baumseele – und dem einfachen Menschen eröffnet, der seine Arbeit tut und bei ihrem Anblick den Weg und die Orientierung verliert und stirbt. Die Interpretation der Sage im Hinblick auf männliche und weibliche Rollen, auf die archetypische Anima, den Verlust der Seele an Fantasieprojektionen, den Zauberwald als Mutterdomäne und auf archaische Pflanzengeister, die sich am Menschen als dem zerstörerischen Axtmörder rächen – sie alle führen die Geschichte nicht weit genug zurück, zurück zu Huldas fehlendem Rücken.

Hinter jeder und allen Interpretationen der Sage steht die Sage selbst. Sie stellt den unsichtbaren Hintergrund dar, vor dem alle Analysen in hellem Glanz posieren. Der Mythos liegt jedem Bericht zugrunde, den wir von ihm geben, doch er steht nicht Rede und Antwort über sich selbst. Mythen greifen zurück auf Unsichtbarkeit. Sie lassen ihr bezauberndes Gesicht sehen, doch ihr Rücken entzieht sich der Untersuchung. Es ist nichts da. Wir sind im Wald verirrt.

Wir alle können Geschichten davon erzählen, wie Mythen entstanden sind: aus Träumen; aus dem Versuch des »einfachen« Menschen, den Kosmos und seine natürlichen Phänomene zu erklären; aus dem Bestreben, Stammesgesetze durch den Bezug auf furchterregende Mächte zu begründen; aus schamanischen Visionen und Offenbarungen; oder einfach aus unheilschwangeren Ausführungen einfacherer Geschichten, die alte Frauen nach einem Bier beim Licht des Feuers erzählen, um die Zeit zu vertreiben oder die Jungen in den Schlaf zu wiegen … Wie auch immer man sich den Ursprung des Mythos erklärt, was hinter ihm steht, bleibt unergründlich.

Große philosophische Fragestellungen handeln von der Beziehung zwischen Sichtbarem und Unsichtbarem. Unsere religiösen Vorstellungen trennen Himmel und Erde, Diesseits und Jenseits, und unser philosophisches Denken trennt Geist und Materie, wobei jedesmal eine Kluft zwischen dem Sichtbaren und dem Unsichtbaren entsteht. Wie aber ist die Kluft zu überbrücken? Welche Möglichkeiten gibt es, um das Unsichtbare in das Sichtbare herüberzuholen? Oder das Sichtbare ins Unsichtbare?

Traditionell stehen uns drei Brücken zur Verfügung. Mathematik, Musik und Mythen. Die Mystik könnte als vierte betrachtet werden. Tatsächlich jedoch vereinigt die Mystik das Sichtbare und das Unsichtbare; alle Dinge sind durchsichtig und beweisen somit ihr unsichtbares Fundament. Für den Mystiker gibt es keine Kluft und damit auch kein Problem. Eine rationale Verbindung zwischen beiden Reichen herzustellen könnte sie möglicherweise nur weiter voneinander entfernen. Das ist der Grund, warum Mystiker dazu raten, ein Problem lieber nur zu betrachten, als es lösen zu wollen.

Die Gleichungen der Mathematik, die Noten in einer Partitur und die Gestalten eines Mythos überbrücken den Übergangsbereich zwischen den beiden Welten. Sie bieten eine verführerische Fassade, welche die unbekannte andere Seite zu präsentieren scheint und damit zu der illusionären Überzeugung führt, daß Mathematik, Musik und Mythen die andere Seite *sind*. Wir neigen zu der Überzeugung, daß die tatsächliche Wirklichkeit der unsichtbaren Welt mathematischer Natur ist und in einer einzigen Gleichung zum Ausdruck gebracht werden kann und/oder daß sie die musikalische Harmonie der Sphären ist und/oder daß sie aus mythischen Wesen und Mächten besteht, die Namen und Form besitzen und an den Fäden ziehen, die das Sichtbare bestimmen. Die drei Modelle vertauschen das Mysterium des Unsichtbaren mit sichtbaren Verfahren, mit denen wir arbeiten können: höhere Mathematik, musikalisches Zeichensystem und mythische Bilder. So sehr sind wir verzaubert von dem Mysterium, welches durch diese Systeme transportiert wird, daß wir die Systeme mit dem Mysterium selbst verwechseln; tatsächlich sind sie jedoch eher als Zeichen zu betrachten, die auf es hindeuten. Wir vergessen die alte Lektion und verwechseln den Finger, der auf den Mond zeigt, mit dem Mond selbst.

Wir glauben, daß Huldas Rücken ebenso schön sein muß wie ihre Vorderansicht. Welche Beziehung besteht zwischen dem, was wir sehen, und dem, was wir nicht sehen? Kommt ihr Rücken in der Vorderansicht zum Ausdruck, und lockt das Lächeln der Schönheit deshalb, weil es die bestmögliche Darstellung des Unsichtbaren ist?

Die Schönheit könnte ebenfalls eine Brücke sein, aber wir wissen es nicht. Huldas Rücken könnte auch das Grauen sein; schließlich erfriert der Holzfäller, nachdem er sich verirrt hat. Obgleich die Schönheit durch die Neuplatoniker[1] als unsichtbare Erscheinung in durchsichtiger Form und als göttliche Steigerung irdischer Dinge definiert wurde, bietet sie weder Struktur noch Beständigkeit. Definitionen der Schönheit durch die Geschichte zurückzuverfolgen wird uns also nicht zu dem Ziel führen, auf das wir zusteuern. Außerdem wurde die Schönheit auf die anderen drei Brücken reduziert: mathematische Proportionen, Harmonie der Einzelteile und der Glanz der Göttin Aphrodite. Sonderbar, daß die Suche nach Huldas Rücken nun so tief zurück in den mythischen Wald führen soll. Und wir kommen nicht wieder heraus, indem wir nach bekannten Fakten suchen. Das Unsichtbare zeigt keine Fakten.

Die Geschichten, welche die Mythen erzählen, lassen sich nicht in Geschichtsbüchern dokumentieren. Von Göttern und Göttinnen, Helden und ihren Feinden gibt es Berichte in Ton geritzt und in Stein gehauen, doch sind sie selbst jemals körperlich gesehen worden? Die sagenhaften Orte des Mythos sind nicht von dieser Welt – allesamt erfunden, nur Sagen. Hinter der langlebigen und sich immer erneuernden Vitalität der Mythen stehen keine Fakten, nur Unsichtbares liegt hinter der Kraft aller Mythen. Im Mythos ist »Wahrheit mit dichtender Erfindung gemischt. Dieses Wiederunsicherwerden gehört recht eigentlich zum Wesen des Mythos«, sagt der Platon-Gelehrte Paul Friedländer[2]. Vielleicht ist Hulda, die im Wald unsichtbar wird, die Personifizierung des Mythos schlechthin, die grundlegende Wahrheit des Mythos, zum Ausdruck gebracht in einem einzigen verdichteten Bild.

Das gewöhnliche Leben wird ebenfalls von Unsichtbarem untermauert: von den Abstraktionen der Elementarteilchenphysik, aus der sich aller sichtbare, berührbare und dauerhafte Stoff zusammensetzt, mit dem wir zusammenstoßen; vom Unsichtbaren der Theologie, vor dem wir niederknien; von den unsichtbaren Idealen, die uns in den Krieg und Tod ziehen lassen; von den unsichtbaren Diagnosekonzepten, die unsere Ehen, unsere Motive und unsere Verrücktheiten erklären. Und was ist mit der Zeit; hat irgend jemand sie kürzlich gesehen? All dies Unsichtbare, das wir so sehr als selbstverständlich betrachten, scheint sehr viel fester und beständiger als die flüchtigen Fantasiebilder des Mythos.

Wir leben umgeben von Unsichtbarem, das uns herumkommandiert: Familienwerte, persönliche Entwicklung, zwischenmenschliche Beziehungen, persönliches Glück und dann noch eine weitere Gruppe grimmiger mythischer Figuren namens Kontrolle, Erfolg, Rentabilität und (das größte und am stärksten um sich greifende Unsichtbare) die Wirtschaft. Befänden wir uns im alten Florenz oder im antiken Rom oder Athen, dann gäbe es von unseren unsichtbaren Dominanten Statuen und Altäre oder Bilder. Damals hießen sie Geschick, Hoffnung, Freundschaft, Würde, Bescheidenheit, Überzeugungskraft, Ruhm, Häßlichkeit oder Vergeßlichkeit... Doch unsere Aufgabe hier ist es nicht, all die unsichtbaren Mächte wiederherzustellen, sondern sie zu unterscheiden, indem wir uns der einen zuwenden, die einmal als unser Daimon oder Genius bezeichnet wurde, manchmal als unsere Seele oder unser Geschick und nun unser Eichel-Urbild heißt.

Möglicherweise erhärtet sich dieses alltägliche Unsichtbare, das wir akzeptieren, ohne darüber nachzudenken, durch unsere Zuneigung zu ihm. Wenn wir uns wie Entenmuscheln an unserem liebsten Unsichtbaren festkrallen, dann muß es als Fels dienen und sich ebenso fest anfühlen. Der Philosoph Henri Bergson hat erklärt, warum uns Teilchen lieber sind als Mythen: »Der menschliche Intellekt fühlt sich zu Hause bei unbelebten Dingen, vor allem wenn es sich um feste Körper handelt, in denen unser Handeln seinen Angelpunkt und unser Fleiß seine Werkzeuge findet; ... unsere Begriffe sind nach dem Modell fester Körper geformt, ... unsere Logik ist in erster Linie eine Logik der festen Körper.«[3] Bergson zieht daher den Schluß, daß der Intellekt für das eigentliche Leben und für die Darstellung des Lebens ungeeignet ist. Derweil setzt sich dieser unzulängliche Intellekt wütend gegen andere Darstellungsformen wie gegen den Mythos zur Wehr, verurteilt ihn mit fundierten Argumenten, untermauert durch Fakten, gestützt durch Beweise und strukturiert mit Hilfe der Logik.

William Wordsworth durchschaute die Logik der festen Körper und erkannte das Unsichtbare in ihrem Inneren:

In jeglicher Naturform, Fels, Frucht, Blüte,
Ja selbst im Kiesel, der die Straße deckt,
Sah ich bewußtes Sein: ich sah sie fühlen,
Oder verband sie einem Allgefühl:
Die große Masse lag in *einer* Seele,
Die Leben wirkte, eingebettet; alles,
Was ich erblickte, atmete Bedeutung
Und innern Sinn.[4]

»Authentische Berichte von unsichtbaren Dingen!« fügt William James in seinem Essay mit dem Titel »On a Certain Blindness in Human Beings« (Über eine gewisse Blindheit des Menschen) hinzu, in dem er Wordsworth neben Ralph Waldo Emerson, W. H. Hudson, Josiah Royce, Robert Louis Stevenson, Leo Tolstoi und Walt Whitman als Zeugen für die Existenz des Unsichtbaren zitiert.[5]

Paradoxerweise lobt und beschuldigt James diese »gewisse Blindheit« gleichzeitig. Einerseits verurteilt er unsere alltägliche Wahrnehmungsfähigkeit, mit der wir das innere Unsichtbare von Fels, Frucht, Blüte nicht zu sehen vermögen. Andererseits läßt uns gerade die Blendung des gewöhnlichen intellektuellen Verstandes und das Abstumpfen seiner sonst scharfen Kanten mit Wordsworth sagen: »Ich sah sie fühlen.«

Das Wordsworth-Zitat ist eine Darstellung mythischen *Denkens*, nicht bloß Fühlens. Die Aussage »Ich sah sie fühlen« beweist ein weicheres Einfühlungsvermögen des Intellekts selbst, der die authentische Kunde von den unsichtbaren Dingen nicht nur empfängt, sondern auch versteht. Allein dieses Einfühlungsvermögen des Intellekts, das ich auch als mythisches Einfühlungsvermögen bezeichne, gestattet es uns, die lebenwirkende Seele wahrzunehmen, in die unser Leben eingebettet ist. Für Wordsworth und im Sinne des mythischen Einfühlungsvermögens allgemein ist nicht die Eichel in mir wie ein Schrittmacher in meinem Herz eingebettet, sondern ich bin in der mythischen Realität eingebettet, von der die Eichel lediglich mein besonderer und sehr kleiner Anteil ist. Was die Romantiker noch als die »Seele, die Leben wirkt« bezeichneten, wird heute übersinnliche Wirklichkeit genannt. Sie umgibt uns überall, auch wenn wir darauf bestehen, daß sie unsichtbar ist.

Intuition

Der traditionelle Modus, um das Unsichtbare und damit das Eichel-Urbild wahrzunehmen, ist die Intuition. Inuition umfaßt auch das, was ich als mythisches Einfühlungsvermögen bezeichnet habe, denn wenn ein Mythos uns berührt, dann erscheint er uns wahr und schenkt uns plötzliches Vertrauen.

In der Psychologie bedeutet Intuition »direktes und unmittelbares Wissen«, »sofortiges oder angeborenes Erfassen einer komplexen Datengruppe«.[6] Intuition ist weder mit Gedanken noch mit Gefühlen verbunden; sie ist ein klares, schnelles und vollständiges Erfassen, deren »bedeutendste Eigenschaft die Unmittelbarkeit des Prozesses«[7] ist. Intuition »stößt einem Menschen ohne jeglichen kognitiven oder reflektierenden Gedankenprozeß zu«.[8]

Unsere Wahrnehmung eines Menschen erfolgt meist intuitiv. Wir erfassen ihn als Ganzen – Akzent, Kleidung, Gestalt, Ausdruck, Hautfarbe, Stimme, Haltung, Gestik, die Hinweise für regionale, soziale und gesellschaftliche Herkunft –, all dies teilt sich der Intuition auf einmal, als vollständige Gestalt mit. Die alten Diagnostiker der inneren Medizin bedienten sich der Intuition; ebenso halten es Fotografen und Astrologen und Personalchefs und Talent-Scouts und Zuständige für die Vergabe von Stipendien und vermutlich auch CIA-Analytiker, die ihre Feldinformationen abrufen und in einer Masse langweiliger

Daten eine unsichtbare Bedeutung erkennen. Intuition nimmt das Bild wahr, das *paradeigma*, die vollständige Gestalt.

Intuitionen geschehen; wir erzeugen sie nicht. Sie kommen zu uns als plötzlicher Einfall, als klares Urteil, als erfaßte Bedeutung. Sie tauchen im Gefolge eines Ereignisses auf, das sie auszulösen oder dem sie innezuwohnen scheinen. Jemand sagt etwas, und »wir kapieren« es, einfach so. Jemand zeigt uns ein kurzes, schwieriges Gedicht, und »wir verstehen«. Wir gehen zu einer großartigen Retrospektive ins Kunstmuseum, und ohne die Informationstexte zu lesen oder um den Kopfhörer für die Audioinformation aufzusetzen, stehen wir vor einem Bild an der Wand, schnappen nach Luft und denken: »Aha!« Wir sind getroffen.

Der Satz, den ich intuitiv erfasse, das schwierige Gedicht und das Bild an der Museumswand, sie alle sind expressive Formen und durchaus sichtbar. Das unmittelbare Verstehen, das von mir Besitz ergreift und mir das beschert, was die Psychologie »Aha-Erlebnis« nennt, dieses atemlose, plötzliche Verstehen, läßt mit der Macht des Bildes meinen Atem stocken. Mythisches Denken schreibt diese Eindringlichkeit, welche mein Erkennen hervorruft, einer dem Ding innewohnenden Kraft zu. Die Kraft in dem Ding gibt dem Unsichtbaren die Realität, ja sogar die Körperlichkeit.

Eine weitere typische Eigenschaft der Intuition ist die Art, wie sie funktioniert. Sie breitet sich nicht langsam wie das allmähliche Eintauchen in eine Stimmung aus; auch kommt sie nicht durch Gedanken Schritt für Schritt voran; und auch führt sie nicht zur Einsicht über eine sorgfältige Untersuchung der sinnlich wahrgenommenen Einzelheiten, aus denen sich das ganze Objekt zusammensetzt. Wie schon gesagt, Intuition ist klar, schnell und vollständig. Wie eine Offenbarung kommt alles zugleich und rasch. Sie ist unabhängig von der Zeit – ebenso wie Mythen zeitlos sind und sich auflösen, sobald wir ihnen zeitliche Fragen stellen wie zum Beispiel »Wann geschah das?«, »Welche Ursprünge hat es?«, »Hat sich der Mythos entwickelt?«, »Gibt es keine neuen Mythen?«, »Haben sie ihren Ursprung denn nicht in historischen Ereignissen?« und so fort. Der Historiker, der an die Daten der Zeit gebunden ist, kann niemals wirklich mythisches Einfühlungsvermögen entwickeln.

Weil Intuitionen klar, schnell, vollständig und daher so überzeugend sind, können sie auch vollkommen falsch sein, das Ziel ebenso schnell und vollständig verfehlen, wie sie es zu treffen vermögen. Jung, der die Intuition zusammen mit Denken, Fühlen und den Sinneswahrnehmungen zu den vier Funktionen des Bewußtseins zählt, hob besonders hervor, welche Bedeutung die übrigen drei Funktionen für die Intuition haben.[9] Auf sich allein gestellt, kann sie ebenso sicher auf das falsche wie auf das richtige Pferd setzen oder mit paranoider Sicherheit losstürmen, ohne Rücksicht auf Logik, Gefühle oder Fakten. Doch Jungs ironischer Realismus in bezug auf die Intuition wurde von der idealistischen Schule der mit der Intuition befaßten Philosophie nicht geteilt. Baruch Spinoza, Friedrich Schelling, Benedetto Croce, Henri Bergson, Edmund Husserl und Alfred North Whitehead adeln sie auf die eine oder andere Weise als axiomatische und quasi göttliche Gabe und damit auch als philosophische Erkenntismethode.

Die Intuition wird auch dazu herangezogen, um Kreativität und Genialität zu erklären, womit uns das Unerklärliche durch einen Prozeß nahegebracht wird, der selbst unerklärlich ist. Doch die Vergöttlichung der Intuition vernachlässigt vor allem ihren dunkelsten Schatten, den intuitiven Opportunismus des Soziopathen und die klaren, schnellen und vollständigen Anfälle des psychopathischen Kriminellen, dessen unvermittelte und selbstverständliche Einfälle zu gänzlich willkürlichen und zufälligen Gewalttaten führen, ohne jede Rücksicht auf Logik, Gefühl oder Fakten.

Intuition mag einen Weg vorschlagen, aber sie ist keine

Garantie für die richtige Handlung oder auch nur die richtige Wahrnehmung. Das wissen wir von jedem unmittelbar und selbstverständlich getanen Schritt wie zum Beispiel, wenn wir uns in die falsche Person verlieben, die falschen Anschuldigungen oder voreilige Zurückweisungen vorbringen und zu jenen sicheren Selbstdiagnosen medizinischer Leiden kommen, die sich als gänzlich hypochondrisch erweisen. Obwohl sich Intuition sicher anfühlt, muß sie nicht zutreffend sein. Unser mythisches Einfühlungsvermögen empfängt vielleicht die authentische Botschaft der innerlichen Dinge, doch Authentizität kann nur sicher festgestellt werden, indem man die Fakten überprüft, zurück auf die Tradition blickt, sorgfältig nachdenkt und mittels Gefühlen bewertet. Seit Jahrhunderten greift die römisch-katholische Kirche auf diese Methoden zurück, wenn es darum geht, intuitive Ansprüche auf Heiligkeit und Wunder zu untersuchen.

Dieser Exkurs in Sachen Intuition war aus drei Gründen erforderlich. Erstens benötigen wir einen annehmbaren Begriff für die Art von Wahrnehmung, die mythisch sieht (»Ich sah sie fühlen«), die durch das Sichtbare hindurchblickt und die einen Einblick in das Unsichtbare für sich in Anspruch nehmen kann. Wir müssen die Vorstellung vom mythischen Einfühlungsvermögen psychologisch ebenso plausibel erklären wie jene von der Mathematik und Musik, damit das in diesem Buch dargestellte Vertrauen auf den Mythos gerechtfertigt ist. Um einen Mythos zu erfassen oder von ihm erfaßt zu werden, braucht man Intuition. Die Relevanz eines Mythos für das Leben überfällt einen wie eine Offenbarung oder eine selbstverständliche Aussage, die nicht durch Logik bewiesen oder durch sachliche Beweise herbeigeführt werden kann. Das beste Beweismittel ist die Anekdote, ein sprechendes Beispiel, welches mit Hilfe eines klaren intuitiven Blitzes Licht auf eine schwer nachvollziehbare Vorstellung wirft.

Der zweite Grund für diesen Exkurs lag darin, das Wirken

einer weitverbreiteten Funktion in den Brücken Mathematik, Musik und Mythos sowie auch im Reich der Ästhetik oder Schönheit zu zeigen. Es ist die Intuition, die einer jeden von ihnen ihre Unmittelbarkeit und Sicherheit gibt. Kants Theorie von der Ästhetik fußt ebenso auf der Intuition wie Mozarts Beschreibung der Kompositionstechnik. Fachleute, die poetische Inspiration und mathematische Erfindung untersuchen, weisen in ihren Beispieln – wie in der oft wiedergegebenen Aussage des Mathematikers Henri Poincaré, daß »das Auftreten einer plötzlichen Erleuchtung zunächst am verblüffendsten ist«[10] – auf die unmittelbare Sicherheit der Intuition hin.

Der dritte Grund führt uns zurück zu den Biographien und zu der enormen Spannung zwischen Intuition und Lehre, die für viele Lebensgeschichten exemplarisch ist. Emerson schrieb: »Wir bezeichnen diese ursprüngliche Weisheit als Intuition, während alle späteren Lehren Belehrungen sind.«[11] Emerson stellt die beiden einander gegenüber, begreift Intuition als Gegensatz zur Lehre und zum Lernen. Einsicht und Lernen, das Vorstellungsvermögen des Herzens und das Studieren im Klassenzimmer müssen jedoch kein Gegensatz sein. Dennoch nahm Emerson intuitiv die starke Trennungslinie in vielen der Berühmtheiten richtig wahr, die Intuition der Lehre vorzogen. Sie brachen die Schule ab; sie haßten sie; sie wollten oder konnten nicht lernen; sie wurden hinausgeworfen; ihre Lehrer weigerten sich, sie zu unterrichten: Intuition im Kampf gegen die Lehre.

Schulzeit und Alpträume

In dem Buch *Cradles of Eminence* (Wiegen der Berühmtheit), einem wunderbaren und gut dokumentierten Bericht über die Kindheit von vierhundert berühmten zeitgenössischen Persönlichkeiten, heißt es, daß drei Fünftel der berücksichtigten Männer und Frauen »ernsthafte Schwierigkeiten in der Schule hatten«: »Die Abscheu vor dem Klassenzimmer ist ein internationales Phänomen und hat wenig damit zu tun, ob es sich um staatliche oder private, religiös gebundene oder ungebundene Schulen handelt, ebensowenig damit, welche Philosophie des Lehrens in den unterschiedlichsten Bildungseinrichtungen zur Anwendung kommt.«[12] Auch hängen die Schulschwierigkeiten dieser berühmten Persönlichkeiten nicht mit den Einstellungen, wirtschaftlichen Umständen oder dem Erziehungsniveau ihrer Familien zusammen: Der Haß auf die Schule, Schulversagen, Schulverweise sind mehr oder minder überall zu finden.

Thomas Mann, dem der Nobelpreis nicht zuletzt für einen Roman zugesprochen wurde, den er als Zwanzigjähriger geschrieben hatte, bezeichnete die Schule als »verdummend und unbefriedigend«; der große indische Gelehrte und Dichter Rabindranath Tagore (der wie Thomas Mann aus einer gebildeten und wohlhabenden Familie stammte) verließ die Schule mit dreizehn Jahren, weil er dort zu sehr litt. »Ich hatte das Glück, mich davon zu befreien, bevor sich die Abstumpfung einstellte.« Gandhi sagte von seiner Schulzeit, daß sie »die unglücklichsten Jahre seines Lebens« waren, daß er keine Begabung für den Unterricht hatte und seine Lehrer selten zu schätzen wußte und daß es für ihn vielleicht besser gewesen wäre, wenn er gar nicht zur Schule hätte gehen müssen. Die norwegische Schriftstellerin Sigrid Undset erklärt: »Ich haßte die Schule aufs äußerste. Ich entzog mich der Disziplin während der Unterrichtsstunden mittels einer ausgeklügelten Technik der Geistesabwesenheit.« Der Nobelpreisträger für Physik Richard Feynman bezeichnete seine frühe Schulzeit als »eine intellektuelle Wüste«. Der Schauspieler und Regisseur Kenneth Branagh hatte, als er etwa elf Jahre alt war, solche Angst vor der Schule, daß er versuchte, sich eine Treppe hinunterzustürzen und sich ein Bein zu brechen, um nicht hingehen zu müssen. Später zog er sich in sein Zimmer zurück und las und las. Der deutsche Filmemacher Rainer Werner Fassbinder »konnte es in der Gesellschaft normaler Kinder einfach nicht aushalten« und wurde schließlich in eine Steiner-Schule gegeben. Jackson Pollock, »der ebenso ungeniert auf die Anforderungen der Schule pfiff, wie er ihre Kleiderordnung ignorierte«, wurde schließlich in Los Angeles von der High-School gewiesen. John Lennon wurde aus dem Kindergarten ausgeschlossen.

Die traurigste Geschichte, die ich über das Leiden des Schulkinds gefunden habe, ist jene des englischen Dichters Robert Browning. Er wurde mit acht oder neun Jahren in ein Internat fortgegeben. Dies deprimierte ihn so sehr, daß »er ein bleiernes Wasserbecken in der Schule als seinen ›Begräbnisort‹ auswählte. Es hatte an der einen Seite ein sich über dem Becken erhebendes Gesicht. Er stellte sich dieses Gesicht als sein Epitaph vor, fuhr wieder und wieder mit der Hand darüber und leierte dabei ›Zum Gedenken an den unglücklichen Browning‹.« Was den Unterricht betrifft, so stellte Browning fest, daß »sie ihm dort nichts beibrachten«.

Der fantasievolle existentialistische Schriftsteller Paul Bowles »kam mit seiner neuen Lehrerin, Miss Crane, nicht zurecht. Er nahm ihr ihren autoritären Stil übel, ... weigerte sich hartnäckig, sich am Singen der Klasse zu beteiligen, und erdachte als Rachemethode ein System, um das, was für ihn sinnlose Aufgaben waren, zu tun, ohne es wirklich zu tun: Er erledigte seine Schreibaufgaben perfekt, nur eben rückwärts.«

Für Bowles war das, was er am meisten haßte, das Singen; für andere mag es Latein oder Algebra oder Sport oder das Schreiben von Aufsätzen gewesen sein. Die Eichel bestimmt die Grenze, und niemand kann sie dazu zwingen, in das Gebiet ihrer Untauglichkeit hinüberzuwechseln. Es sieht so aus, als ob die Eiche sich nicht beugen oder so tun kann, als sei sie eine schöne Pappel. So wie die Eichel Begabungen mit sich bringt, so setzt sie auch Grenzen, und eine Brücke, welche die Begabung die Grenzen überschreiten läßt, kann nur dann geschlagen werden, wenn die Schule es dem Lehrer gestattet, die Intuition in die Lehrmethoden einzubringen.

Schulversagen kommt häufig vor; liegt es daran, daß das Kind in der Schule oder daß die Schule am Kind versagt? In beiden Fällen weitet sich die Kluft zwischen der angeborenen intuitiven Fähigkeit des Kindes und dem formellen Unterricht in der Schule. Wie es der Schriftsteller William Saroyan ausdrückte: »Ich konnte die Schule nicht leiden, aber das heißt nicht, daß ich das Lernen nicht mochte.« Die ganze Zeit über, während er Schwierigkeiten in der Schule hatte, las er alleine für sich »fast jedes Buch in der öffentlichen Bibliothek in Fresno, Kalifornien«.

Der Komponist Edvard Grieg sagte: »Die Schule entwickelte in mir nichts als das Schlechte und ließ das Gute unberührt.« Thomas Edison gab zu: »Ich war immer der Schlechteste in der Klasse.« Stephen Crane, Eugene O'Neill, William Faulkner und F. Scott Fitzgerald, sie alle fielen bei Prüfungen am College durch. Für Ellen Glasgow, die Autorin von *On Barren Ground* (Auf unfruchtbarem Boden) und Pulitzer-Preisträgerin, war Schule »unerträglich«. Willa Cather, Pearl S. Buck, Isadora Duncan und Susan B. Anthony mochten die Schule ebenfalls nicht. Paul Cézanne wurde von der École des Beaux-Arts in Paris als Bewerber abgelehnt. Marcel Prousts Lehrer empfand dessen Aufsätze als chaotisch, und Emile Zola hatte die schlechteste Zensur in Literatur und fiel außerdem in Deutsch und Rhetorik durch. Albert Einstein schrieb über seine Mittelschule (die er von neuneinhalb Jahren an besuchte): »Ich zog jede nur denkbare Bestrafung vor, statt Gebrabbel auswendig zu lernen.« Zuvor, in der Grundschule, war er nicht besonders aufgefallen und wurde Biedermeier genannt, womit zum Ausdruck gebracht wurde, daß man ihn für ein wenig schwerfällig, etwas einfach und »dumm« hielt. Seine Schwester schrieb, daß »er nicht einmal im Rechnen in Hinblick auf Geschwindigkeit und Genauigkeit gute Leistungen erbrachte, obwohl er durchaus zuverlässig und beharrlich war.« Einige dieser Eigenschaften müssen wohl auf sein langsames Sprechen zurückgeführt werden.

General George S. Patton war Legastheniker, und man stufte ihn daher eine Klasse zurück; Winston Churchill weigerte sich in Harrow, »Mathematik, Griechisch oder Latein zu lernen, und wurde folglich in die niedrigste Klasse gesetzt – heute würde man diese als Förderklasse bezeichnen –, in der langsame Jungen Englisch lernten. Sein Englisch war jedoch keineswegs schlecht; seine Shakespeare-Kenntnisse waren ungewöhnlich und aus eigenem Antrieb angelesen.«

Die Kluft zwischen dem, was die Schule wahrnimmt, und dem, was das Kind fühlt, kann auf zweierlei Art zum Ausdruck kommen. Im allgemeinen wird das Kind, das seinem unsichtbaren Weg folgt, als Außenseiter, unbelehrbar, stur, schwierig, ja sogar als dumm empfunden. Doch der Druck kann sich auch nach der entgegengesetzten Richtung hin aufbauen. Diane Arbus, die schrullige und außergewöhnliche Fotografin, sagte: »Die Lehrer glaubten immer, daß ich entsetzlich schlau war, und das quälte mich, weil ich wußte, daß ich in Wirklichkeit entsetzlich dumm war.« Ob das Kind wie Einstein als »dumm« oder wie Arbus als »schlau« wahrgenommen wird, die Kluft zwischen der Wahrnehmung der Schule und dem Kind selbst bleibt unüberbrückt. Und wenn das Unsichtbare in dem Kind doch einmal gesehen wird, wie es bei Truman Capote, Elia Kazan und James Baldwin der Fall war (siehe fünftes Kapitel), dann erscheint dies wie ein unvergeßliches Wunder.

Insbesondere Prüfungen können zu einer Qual werden. Der große Bakteriologe Paul Ehrlich brauchte wegen »absoluten Unvermögens« keine Schulaufsätze zu schreiben. Giacomo Puccini fiel ständig in Prüfungen durch. Gertrude Stein schaffte ihren Abschluß in einem Kurs in Harvard nicht. Anton Tschechow weigerte sich, sich mit den Klassikern zu beschäftigen, und fiel zweimal bei den Abschlußprüfungen seiner Schule durch. Dieses Schulversagen verursachte ihm Alpträume. »Sein Leben lang verfolgten ihn Träume von Lehrern, die ihm ›an dem Kragen wollten‹.« Pablo Picasso, »der sich nie an die Reihenfolge des Alphabets erinnern konnte«, verließ mit zehn Jahren die Schule, »weil er sich dickköpfig weigerte, irgend etwas anderes zu tun, als zu malen«; selbst sein Privatlehrer gab es mit ihm auf, weil Pablo nicht rechnen lernen wollte.[13]

Oft kam die Berufung nicht während der Schulzeit, sondern in Aktivitäten außerhalb des Stundenplans oder während schulfreier Zeit zum Vorschein. Offenbar wird in vielen Fällen das Bild im Herzen durch das Unterrichtsprogramm und den festen Stundenplan behindert. Henri Matisse fing an zu malen, während er sich von einer Krankheit erholte. H. G. Wells war für den Einzelhandel bestimmt; als er acht Jahre alt war, brach er sich ein Bein, fing an zu lesen und wurde zugunsten der Literatur vor dem Geschäftsleben »bewahrt«. Charles Evans Hughes, Bundesrichter am Obersten Gerichtshof der USA und Präsidentschaftskandidat, lungerte sechs Monate lang in den Straßen von New York herum, während er darauf wartete, von einem College angenommen zu werden. Der Zeitungsverleger William Randolph Hearst und der Künstler John La Farge ergänzten ihre Ausbildung, indem sie sich die Zeit in den Straßen von Manhattan vertrieben. Mit 15 Jahren verbrachte Marie Curie ein ganzes Jahr lang schulfrei auf dem Land.[14] Wer kann der Eichel schon vorschreiben, wo sie am besten lernt, oder wer kann sagen, wo die Seele einen auf die Probe stellt?

Prüfungen sind ein ritueller Augenblick, in dem alles passieren kann. Sie stellen, wie die Hochzeit oder die erste Niederkunft, Übergänge von einem Zustand des Seins zum nächsten dar. Prüfungsängste, zusammen mit den merkwürdigen Essens- und anderen Fetischzeremonien am Vorabend der »Abschlußprüfung«, verdeutlichen den rituellen Charakter solcher Examina zusätzlich. Eine Prüfung fragt mehr ab als unseren Fleiß, unsere Fähigkeiten und unser Wissen; sie testet unsere Berufung. Ist unser Daimon mit dem Weg einverstanden, den wir gewählt haben? Ist unsere Seele wirklich bei der Sache? Wenn eine bestandene Prüfung als Bestätigung verstanden werden kann, dann ist es andererseits möglich, eine nicht bestandene Prüfung als Mitteilung des Daimon aufzufassen, daß wir die falsche Richtung eingeschlagen haben.

Omar Bradley, ein Fünf-Sterne-General, der riesige Militärkampagnen mit Millionen Männern und tonnenweise Verpflegung im Kopf hatte, war fast das Schlußlicht bei seiner Aufnahmeprüfung für West Point – er befand sich in der vorletzten von 28 Gruppen. Harte Arbeit brachte ihn schließlich auf den 44. Platz in einer Abschlußklasse von 168 (Dwight D. Eisenhower und James Van Fleet, die sich in derselben Klasse befanden, brachten es nur auf den 61. beziehungsweise 92. Platz). Der Unterricht unterstützte Bradleys Intuition. Seine Intuition hatte ihm auch bei der Aufnahmeprüfung in West Point geholfen, wo er vier Tage lang jeden Tag eine vierstündige Prüfung über sich ergehen lassen mußte.

> Mit Algebra hatte ich entsetzliche Schwierigkeiten. Nach zwei Stunden hatte ich nicht mehr als 20 Prozent der Aufgaben von den für das Bestehen notwendigen 67 Prozent gelöst… Das war's, ein absoluter Fehlschlag. Es war unmöglich, fertig zu werden oder zu bestehen. Zutiefst entmutigt sammelte ich meine Papiere zusammen und ging zu dem zuständigen Offizier. …Ich sah, daß er von seinem Buch vollkommen gefesselt war. Und weil ich nicht stören wollte, kehrte ich an meinen Platz zurück und dachte bei mir, ich könnte es ja noch einmal versuchen. Dann, fast auf magische Weise, fielen mir die Theoreme nach und nach wieder ein.[15]

Bradley bestand. Er »hielt die weiteren Prüfungen durch« und wurde in West Point aufgenommen.

Manchmal tritt das Eichel-Urbild wie ein guter Engel »auf magische Weise« in einem schicksalhaften Augenblick in den Prüfungsraum ein. (Vergleichen Sie auch das Examen von Barbara McClintock, von dem im achten Kapitel die Rede ist.) Liest man seine Lebensgeschichte rückwärts, dann kann man sagen, daß Bradley die Prüfung bestehen *mußte:* Seine militärische Begabung war entscheidend für den Sieg über Deutschland 1943–1945 und auch später, als er Generalstabschef war.

Rush Limbaugh fiel im Sprechkundekurs an der Universität in Missouri durch. Als er den Kurs ein zweites Mal belegte, fesselte er seine Kommilitonen durch seinen Vortrag; sein Professor gab ihm jedoch trotz seines Erfindungsreichtums, seines Selbstvertrauens und »seines Instinks für unmittelbare Analyse« nur die Note »ausreichend«. Der Professor erklärte: »Ich spürte seine Selbstgefälligkeit und daß er nicht bereit war, auf einen Lehrer zu hören.«[16] Limbaughs Ansprache vor seiner Zuhörerschaft geschah intuitiv; ihn störte der Unterricht nur.

Die Konflikte zwischen Schule und Schüler treten, wie das Beispiel Limbaughs zeigt, am deutlichsten in dem Bereich zutage, der das Urbild in der Eichel am stärksten berührt. Bernard Baruch, Berater mehrerer Präsidenten im Bereich Banken, Finanzen und internationale Wirtschaft, erzielte ausreichend gute Abschlußnoten in Harvard, auch wenn er sich in Volkswirtschaft und im »Zahlenzerbeißen« (Mathematik) nur in der unteren Hälfte seines Jahrgangs wiederfand.[17]

Und schließlich Woody Allen: »Ich achtete auf alles, nur nicht auf die Lehrer.«

> Seine Abscheu vor der Schule demonstrierte er auf ganz klassische Weise. Zu Beginn seiner Schulzeit steckte man ihn in eine Klasse für überdurchschnittlich begabte Schüler. Da jedoch seine Fantasie und sein Charakter durch den Unterricht zu stark eingeengt wurden, entwickelte er sich zum Störenfried ... Er schwänzte die Schule, machte seine Hausaufga-

ben nicht, störte den Unterricht zuweilen und war unverschämt zu seinen Lehrern, die ihm deshalb schlechte Noten für sein Verhalten gaben.[18]

Der Engel, der das Leben als ganzes Bild sieht, hört diese Klage und Probleme und sagt: »Selbstverständlich war die Schule entsetzlich, Woody. Du hast ja bereits Filme und Sketche über diese Situationen gemacht, warum also solltest du sie so konkret erleben müssen?« Billy Graham »konnte keinen Sinn darin sehen, überhaupt zur Schule zu gehen. Literatur … bereitete ihm eine Menge Schwierigkeiten.«[19] Er »kapierte Miltons *Allegro* von allen als letzter«. Natürlich! Der Welt angesehenster Prediger muß Milton und all die Literatur nicht kapieren, weil er bereits das Wort der Wahrheit empfangen hat. Paul Bowles hatte soviel Fantasiearbeit zu leisten und sowenig Zeit übrig für Zusätzliches wie Schularbeit. Was Rush Limbaugh betrifft, er hatte bereits eine nationale Zuhörerschaft in seinen Bann geschlagen; selbstverständlich konnte er da keine Anweisungen von einem Universitäts-Sprechkundelehrer entgegennehmen. Browning, der in der Schule sein Epitaph schrieb, rollte sein Leben bereits von hinten auf. Und warum sollte Branagh einen dramatischen Sturz die Treppe hinunter (wie man ihn auf der Bühne oder im Film sieht) nicht der Schule vorziehen? War er nicht schon der große Schauspieler heroischer Rollen? Was Churchill betrifft, natürlich hatte er Sprachprobleme. Wie sollte ein Mensch, der den Literaturnobelpreis erhielt und dessen Beredsamkeit die westliche Zivilisation 1940 und 1941 eine Zeitlang rettete, mit diesem riesenhaften Daimon fertig werden? Es war viel zuviel für einen kleinen Schuljungen. Das unsichtbare Schicksal kann in einem sichtbaren Versagen zum Ausdruck kommen.

Vielleicht sollten wir die Angaben über Lernstörungen und die Fälle von Schulversagen anders lesen und statt »versagte in der Schule« lieber »gerettet vor der Schule« lesen – nicht daß ich damit eine persönliche Empfehlung aussprechen will. Ich möchte lediglich, daß man sich das traurige Bild, welches Kinder in der Schule bieten, als Anzeichen für das Wirken der Eichel statt als Beispiele des Versagens vorstellt. Die daimonische Intuition vermag sich oft der Normalität des Unterrichts nicht zu beugen und wird noch dämonischer. Wenn wir den Lebensweg rückwärts betrachten, wenn wir das Wirken der Eichel von der höheren Perspektive des ausgewachsenen Baumes aus ansehen, dann ist es möglich, den Wert des Unterrichts gegen den der Intuition abzuwägen.

Doch welche Eltern und welche Berater wagen sich so weit hinauf und können von dort aus so gut sehen? Und welches Kind – selbst ein begabtes »Genie« – kann dickköpfig genug an seiner Intuition festhalten, wenn es nicht durch vollkommene Verständnislosigkeit oder durch behindernde Symptome wie Legasthenie, Konzentrationsstörungen, Allergien, Asthma oder Hyperaktivität dazu getrieben wird. Jedes einzelne dieser Symptome kann ein Kind aus der Schule fernhalten, aber nicht vom Lernen abhalten; vom Unterricht fernhalten, aber nicht von der Intuition, nicht von dieser gewissen Blindheit, die es gestattet, auf andere Art zu sehen. Nicht jedes Kind wird sehen, nicht jedes Kind wird davon profitieren, wenn es nicht in die Schule geht; aber für uns, die wir sie angeblich behüten und anleiten, muß diese Tür zu den unsichtbaren Faktoren hinter ihren Störungen offen bleiben, nur für den Fall, daß es doch irgendein Engel ist, der klopft, und nicht nur eine Krankheit.

Denken Sie an Jungs Bemerkung: »Aus den Göttern sind Krankheiten geworden.« Um den Engel in der Krankheit zu erkennen, bedarf es eines Auges für das Unsichtbare, einer gewissen Blendung des einen Auges und eines Öffnens des zweiten anderswohin. *Es ist unmöglich, den Engel zu sehen, wenn man nicht bereits eine Vorstellung von ihm hat;* andernfalls ist das Kind einfach nur dumm, eigensinnig oder krankhaft. Selbst in der Wissenschaft kann man das Phänomen am Himmel oder unter dem Mikroskop erst dann erkennen, wenn jemand beschreibt, wonach man eigentlich sucht; wir bedürfen der Unterweisung in der Kunst des Sehens. Dann wird das Unsichtbare plötzlich sichtbar, direkt vor unseren blinzelnden Augen.

In jedem von uns gibt es die Sehnsucht, über das hinauszusehen, was unser Sehvermögen uns erkennen läßt. Für eine Enthüllung des Unsichtbaren in einer verständlichen Form gibt es die Astrologen. Wie können die unsichtbaren und unvorstellbaren Transite der Planeten, die durch ihre Häuser im Tierkreis paradieren, unseren Tag bestimmen? Bitte, erklären Sie mir meinen Traum; verändern Sie meinen Zustand. Wir wollen ein Zeichen sehen. Wochenendworkshops fordern uns dazu auf, die Tore der Wahrnehmung zu öffnen und das Unsichtbare einzuladen. Eine lange und ernstzunehmende Tradition jedoch warnt davor, die Tore aufzureißen, vor allem in einer Kultur, die nicht zwischen Heiligkeit und Scheinheiligkeit unterscheiden kann.

Eine Brücke zwischen den Bereichen

Es gibt Kulturen, in denen Besuche von Geistern häufig sind und die Welt selbst eine Brücke zwischen beiden Bereichen darstellt – wie in jener von Haiti, Westafrika, Melanesien und bei den Bewohnern der nördlichen Polarregionen, die wir zusammenfassend als Eskimos bezeichnen. In solchen Kulturen lernt man vor allem das genaue Wesen und den Namen des einzelnen Besuchers zu erkennen, seinen Rang, seine Kräfte, seine Handlungsspielräume. Diese Kulturen haben Pförtner und Rausschmeißer, die wissen, wie man das fernhält, was in diesem Augenblick nicht an diesen Ort gehört. Auch wir hatten solche, früher einmal. Platonische Philosophen (Jamblichos, Proklos, Porphyrios) führten Engel, Erzengel und Dämonen jeder Art auf.[20] Die Welt war sehr wohl durchlässig, gleichermaßen bewohnt von physischen wie imaginären Wesen. Der Religionspsychologe David Miller[21] untersucht diese Geister in unserer Tradition, um ihre Bedeutung zu zeigen. Doch diese Durchlässigkeit existierte lange vorher schon in einem anderen Bereich des Bewußtseins. Seit damals ist unser Interesse an dem, was das rationale Bewußtsein magisch, mystisch und mythisch nennt, auf dem Rückzug, und wir fassen all die imaginären Wesen zu etwas Monströsem zusammen. Ergebnis: Das Unsichtbare wird uns fremd. Die Distanzierung vom Unsichtbaren macht dieses unheimlicher, läßt es entrückt erscheinen und gibt ihm mitsamt Werwölfen, Zeitverzerrungen und Entführungen durch Außerirdische einen Platz im Stephen-King-Reich unserer Kultur. Unsere modernen Durchlässe sind so eng und so niedrig, daß sich das Unsichtbare zu verrückten Gestalten verbiegen muß, um überhaupt noch durchzukommen.

Vielleicht bringt das, was von anderswo herkommt, uns dazu, verrückte Dinge zu tun; vielleicht ist diese unsichtbare Welt dämonisch und sollte ausgegrenzt werden. Was unsichtbar ist, können wir nicht erkennen; was wir nicht kennen, das fürchten wir; was wir fürchten, hassen wir; was wir hassen, wollen wir zerstören. Auf diese Weise zieht der rationale Verstand die Kluft der Brücke vor; er mag den Einschnitt, der die Bereiche voneinander trennt. Für seinen nüchternen Enthüllungsblick sieht alles Unsichtbare gleich aus – und schlecht.

Nach den Worten des heiligen Paulus ist die Fähigkeit zur Unterscheidung zwischen den Geistern ein Hinweis auf wahres spirituelles Bewußtsein. Man muß dazu in der Lage sein, das eine Unsichtbare vom anderen zu unterscheiden. Eine Methode, derer sich die Kirche zur Verfeinerung dieses kritischen Urteilsvermögens bediente, war die Vermehrung von offiziellen Engeln und Heiligen. Die Vielfalt der Gestalten wies zahlreiche Eigenschaften auf, eine Menge unterschiedlichster Wesensarten und Wirkungsfelder. (Die moderne, rationalere Kirche hat das unsichtbare Reich deutlich verkleinert, indem sie ihre Vorstellungskraft historischen Kriterien unterwarf. Jeder unsichtbare Heilige muß nun einen sichtbaren Ahnen mit einem historischen Stammbaum aufweisen. Auf diese Weise haben wir den heiligen Christophorus und andere eingebüßt, die »reiner Mythos« waren.)

Es gibt noch mehr Fragen in bezug auf das Verhältnis zwischen Sichtbarem und Unsichtbarem. Warum soll man überhaupt eine Brücke schlagen? Plotin sagte: »Es ist an ihnen, zu mir zu kommen, und nicht an mir, zu ihnen zu gehen.« Vielleicht wollen sie keine Besuche machen. Oder vielleicht sind sie schon hier, wie die Engel in Wim Wenders Filmen? Wir können es nicht genau wissen, da unsere Wahrnehmungstheorien ihr Erscheinen nicht gestatten. Möglicherweise sind sie gar nicht wirklich unsichtbar, sondern kommen uns nur so vor, weil dies von unserer doktrinären Verblendung so behauptet wird. Ist es ihr Wesen oder unser Sehvermögen, das sie als unsichtbar definiert?

In der Welt (oder ist es ein Einkaufszentrum?) des Westens hat das Bewußtsein das Transzendente immer höher und weiter vom tatsächlichen Leben fortgehoben. Die überbrückbare Kluft ist zu einer kosmischen Leere geworden. Die Götter haben sich zurückgezogen, behaupteten die Dichter Hölderlin und Rilke; es bedarf eines Glaubenssprungs, meinte Søren Kierkegaard. Auch das ist nicht genug, denn Gott ist tot, sagte Nietzsche. Jede Brücke muß nun von übermenschlichen Ausmaßen sein. Nun, *diese* Art Brücke hat unsere Kultur sofort zur Hand; die größte Brücke, wie einige sagen, die je zwischen dem Sichtbaren und dem Unsichtbaren errichtet wurde: die Gestalt Jesu Christi.

Nachdem das Unsichtbare als Rückhalt all der Dinge, unter denen wir leben, aufgehoben worden ist, so daß all unsere angesammelten »Güter« nur noch »Zeug« sind, taub und stumm und tote Konsumartikel, ist Christus das einzige im Himmelreich verbliebene Bild, das die grundlegende Unsichtbarkeit in unsere Kultur zurücktragen kann, auf der Kulturen schon immer beruhten. Der Fundamentalismus versucht, buchstäblich und dogmatisch, die unsichtbaren Fundamente der Kultur zurückzugewinnen. Seine Stärke liegt in dem, was er sucht; seine Belohnung liegt in seiner Methode.

Christus soll die Brücke sein (und wird nicht der Papst, Stellvertreter Christi, auch Pontifex von *pons*, Brücke, genannt?), denn die Inkarnation bedeutet die Anwesenheit des Unsichtbaren in der gewöhnlichen Substanz umherwandernden menschlichen Lebens. Ein Gott-Mensch: Sichtbares und Unsichtbares eins geworden. Jahrhunderte gewaltiger und gehässiger Debatten haben versucht, die Einheit zu spalten, indem man sich auf die eine oder die andere Seite versteifte: Jesus sei in Wahrheit ein göttlich inspirierter, aber sichtbarer Mensch; Christus sei tatsächlich der unsichtbare Gott, der sich der menschlichen Gestalt bedient.

Irgendein Klebstoff, ein unabhängiges Bindeglied war erforderlich, um die beiden theologischen Inkommensurablen zusammenzuhalten, ein dritter Begriff, der sich von den beiden anderen unterschied und sterblich und unsterblich miteinander verbinden konnte. Diese dritte Person nennt die christliche Theologie den Heiligen Geist. Doch auch diese Gestalt gehört zum Unsichtbaren, womit sich die Waage noch immer von der Welt fortneigt. Also setzt sich die Debatte fort, wie es sein muß, da die Beziehung zwischen den beiden Begriffen metaphysische Spekulationen und religiöse Praktiken hervorruft, die dafür sorgen, daß die problematische Vorstellung des Unsichtbaren nicht entgleitet. Und außerdem führt die Debatte zum Thema dieses Kapitels, der während der Schulzeit oft strapazierten Beziehung zwischen dem unsichtbaren Bild in der Eichel und dem Leben des Menschen, der damit leben muß.

Die theologische Debatte kann uns eine entscheidende psychologische Lektion erteilen. Was wir daraus lernen, betrifft weniger den Glauben an die Vereinigung der beiden Inkommensurablen oder die Erklärung ihrer mysteriösen Verbindung, sondern das, was geschieht, *wenn sie sich trennen*.

Die Psychopathologie führt zu genauerem psychologischem Verständnis als spirituelle Vorstellungen und Rezepte. Eine negative Methode erzeugt das grellste Licht. Der pathologischste Augenblick in der ganzen Inkarnationsgeschichte ist der Hilferuf am Kreuz, der etwas über die Qual aussagt, der man ausgesetzt ist, wenn man nur noch von der sichtbaren Welt umgeben ist. Feinde umgaben Jesus während all seiner 33 Lebensjahre, aber obgleich er angegriffen und verfolgt wurde, war er niemals so in Bedrängnis wie in diesem Augenblick. Die Welt der Menschen, der Natur und der Dinge war brutal und feindselig geworden.

Bis dahin war die Welt durchdrungen von Unsichtbarem, ein Zustand, den die Christenheit als Heidentum bezeichnete. Wenn das Unsichtbare die wirkliche Welt verläßt – so wie es Hiob im Stich gelassen hatte und ihn mit jeder vorstellbaren Art physischen Unglücks allein ließ –, dann trägt die sichtbare Welt das Leben nicht mehr, weil die Welt keinen unsichtbaren Rückhalt mehr hat. Dann reißt die Welt einen entzwei. Ist das nicht die einfachste Lektion, die uns die Stammeskulturen lehren, wenn sie verkümmern und zugrunde gehen, sobald sie im Tausch gegen Güter ihrer Geister beraubt wurden?

Das Nebeneinander von Sichtbarem und Unsichtbarem erhält das Leben aufrecht. Wir erkennen die vordringliche Bedeutung des Unsichtbaren erst, wenn es uns verläßt, wenn es uns seinen Rücken zukehrt und wie Hulda im Wald verschwindet, wie YHWH auf dem Golgotha.

Die große Aufgabe einer lebenbewahrenden Kultur ist es folglich, die Verbindung zu den Unsichtbaren zu bewahren, das zufriedene Lächeln der Götter aufrechtzuerhalten: Sie durch Besänftigungen und Rituale zum Bleiben einzuladen;

durch Singen und Tanzen, durch Räuchern und Chanten; durch Jahrestage und Gedenktage; durch große Doktrinen wie die der Inkarnation und durch kleine intuitive Gesten – wie das Klopfen auf Holz oder das Berühren von Perlen, einer Hasenpfote, eines Haifischzahns; oder indem man einen Mesusah am Türpfosten befestigt, einen Würfel auf dem Armaturenbrett; oder indem man schweigend eine Blume auf einem polierten Stein niederlegt.

All dies hat nichts mit dem Glauben und daher hat es auch nichts mit dem Aberglauben zu tun. Es geht lediglich darum, nicht zu vergessen, daß das Unsichtbare verschwinden und uns mit nichts als zwischenmenschlichen Beziehungen, um unseren Rücken zu decken, zurücklassen kann. Wie die alten Griechen von ihren Göttern sagten: Sie verlangen so wenig, nur, daß man sie nicht vergißt. Mythen halten ihr daimonisches Reich auf unsichtbare Weise gegenwärtig. Gleiches gilt auch für Volkssagen wie jene von dem Holzfäller, der seine Axt mit ihrer scharfen Schneide fallen ließ und tiefer und tiefer in den Wald eindrang, um dem Lächeln nahe zu bleiben.

5. KAPITEL

Esse est percipi: Sein ist wahrgenommen werden

Manolete fühlte sich zum Stierkampf berufen, aber diese Berufung mußte erkannt werden, damit sie sein Leben durchdringen konnte. Für das Erkennen seiner Berufung sorgte ein Mentor, José Flores Camará, der »weiterblickte«, Manoletes Förderer und Manager wurde und bis zum Schluß bei ihm blieb.

> Da geschah das Entscheidende in Manoletes Laufbahn: José Flores Camará sah seinen Auftritt ... Während er Manolete in der Arena beobachtete, blickte er irgendwie über das, was der Bursche darstellte, hinaus auf das, was eines Tages sein würde.
> Er erkannte sofort, daß der Junge für seinen Körperbau und für seine Persönlichkeit die falschen *Pases* machte. Er sah, daß es mangelnde Terrainkenntnis war, die dazu führte, daß er andauernd zu Boden ging.
> Doch er erkannte auch, daß Manolete über unglaublichen Mut verfügte. Camará stellte fest, daß er besser töten konnte, als irgend jemand sonst, den er bisher gesehen hatte, und nach der altmodischen, gefährlichen und eleganten Geradewegs-über-das-rechte-Horn-und-bis-ans-Heft-Schule des Tötens verfuhr, die fast schon aus den Arenen verschwunden war.

> Camará verpflichtete Manolete und gab ihm als sein Manager eine neue Form. Er nahm ihn mit auf die Haziendas, wo die Kälber gehalten wurden, und brachte ihm den Stierkampf ganz von vorne bei.[1]

Franklin Roosevelt hatte eine ähnliche Vision, jedenfalls in bezug auf Lyndon Johnson:

> Um mir die Grundlage für das enge Verhältnis des Präsidenten zu diesem jungen Kongreßabgeordneten zu erklären – ein Verhältnis, wie es in Roosevelts Leben fast einmalig war –, erzählte mir James H. Rowe, einer von Roosevelts Beratern: »Sie müssen verstehen, daß diese beiden Männer eine einzigartige politische Begabung hatten. Sie konnten auf der gleichen Ebene miteinander reden. Roosevelt hatte nur sehr wenige Menschen, mit denen er reden konnte und die den tieferen Sinn dessen, was er sagte, verstanden. Aber Lyndon, mit nur 28 Jahren, verstand alles.« Selbst äußerte sich einmal Roosevelt über Johnson in einem Gespräch mit Harold Ickes: »Weißt du, Harold, das ist die Art ungebremster junger Profi, die ich als junger Mann hätte sein können – wenn ich nicht nach Harvard gegangen wäre.« Außerdem machte Roosevelt eine Voraussage. Er sagte: »Harold, im Verlauf der nächsten paar Generationen wird sich das Machtgleichgewicht in diesem Land in den Süden und Westen verschieben. Und dieser Junge Lyndon Johnson könnte sehr wohl der erste Präsident aus dem Süden sein.«[2]

George Washington wählte sich als Adjutanten ebenfalls einen jungen Mann aus: Alexander Hamilton. Dies geschah 1777, in einem dunklen Winterjahr der Revolution, Hamilton war 21 Jahre alt. Ihre Beziehung verursachte und verursacht noch immer endlose biographische und psychoanalytische Spekulationen. Für uns hier zählt nur Washingtons geniales Auge, das den jungen, großspurigen und zugleich zerbrechlichen Artillerieoffizier erkannte. Innerhalb weniger Monate wurde Hamilton, nach Washingtons eigenen Worten, »der wichtigste und vertrauenswürdigste Berater des Oberbefehlshabers«[3].

Ernennungen auf dem Schlachtfeld bedürfen eines scharfen Auges. Untergebene fallen, der stellvertretende Kommandeur wird durch Kopfschuß schwer verletzt – und sofort muß der Armeechef einen anderen befördern, um die Lücke zu schließen. Auf welcher Basis trifft er seine Entscheidung? Kein Persönlichkeitsfragebogen, kein Intelligenztest, keines der Interviews zur Klärung der Fall- und Kindheitsgeschichte – statt dessen eine knappe Beurteilung des Charakters, manchmal während des Gefechts; eine Einschätzung des Potentials. Gestatten Krisen einen Einblick in das innere Bild der Eichel?

Wie erkennt ein Baseball-Scout die Einmaligkeit eines 19jährigen Grünschnabels, vermag nicht nur zu ermessen, ob sein Talent ausreicht, sondern sieht auch eine Wesensart, die ihn in ein Team passen läßt, vielleicht noch den Zuschauern gefallen wird und daher die Investition von viel Geld und Zeit lohnt? Was hat es mit dieser Begabung des Erkennens auf sich?

An dieser Stelle möchte ich drei meiner Lieblingsgeschichten zum Genie des Erkennens erzählen, die heute aller Wahrscheinlichkeit nach der besonderen Gunst auf seiten eines Professors zugeschrieben würden oder der homosexuellen Anziehungskraft zwischen zwei Männern oder für die irgendwelche anderen Erklärungen gefunden würden, welche die Gabe des Erkennens auf kleinliche Eigeninteressen zurückzuführen wüßten. Wie wenig Wohlwollen gibt es doch in unseren gegenwärtigen Berichten über das, was zwischen zwei Menschen abläuft, vor allem dann, wenn der eine jung und der andere älter ist, der eine Einfluß hat und der andere nicht. Nachdem wir möglicherweise die Macht des Erkennens verloren haben, können wir Macht nur noch als selektive Zuneigung zwischen zwei Personen erkennen. Aber nun zu den Geschichten:

In den neunziger Jahren des letzten Jahrhunderts hatte William James, Professor in Harvard, in seinem Kurs ein unsicher und dickköpfig wirkendes, redseliges jüdisches Mädchen aus Kalifornien. Sie kam zu spät zum Unterrichtsbeginn, begriff offenbar nicht, worum es ging, beherrschte weder Rechtschreibung noch ihr Latein – ein typisches Beispiel für ein Problemkind, das nichts zuwege brachte, eine typische »Neurotikerin«, wie wir heute sagen würden. Doch William James ließ zu, daß sie einen leeren Prüfungsbogen einreichte, gab ihr eine gute Note für die Kursteilnahme und half ihr voran bis zum Medizinstudium an der Johns-Hopkins-Universität. Er erkannte etwas Einzigartiges in seiner Schülerin. Sie war Gertrude Stein, die sich selbst als jene Gertrude Stein wiederfand, der wir zehn Jahre später weit fort vom amerikanischen Harvard in Paris erneut begegnen.

In der Kleinstadt in den Südstaaten nahm ein Mann namens Phil Stone, der in Yale eine gewisse literarische Ausbildung erfahren hatte, einen kleinen, drahtigen, trunksüchtigen und sehr angeberischen Burschen als Trainer und Mentor unter seine Fittiche. Dieser junge Typ schrieb Gedichte, tat so, als ob er britisch sei, ging mit einem Spazierstock umher und trug eine besondere Art von Kleidung – das alles während des Ersten Weltkriegs in einer Kleinstadt in Mississippi. Phil Stone hörte dem jungen Mann zu, den Jungsche Psychologen heute vielleicht einen »typischen Peter Pan« nennen würden, und erkannte seine Einzigartigkeit. Der junge Mann brachte es dahin, 1949 als William Faulkner den Literaturnobelpreis entgegenzunehmen.

Und dann hier die dritte Geschichte über das Erkennen, das »über das hinausblickte, was der Junge war, um das zu erkennen, was er eines Tages sein würde«:

> Im Jahr 1831 sollte eine dieser wunderbaren, altmodischen wissenschaftlichen Expeditionen aufbrechen; ein Lehrer namens John Henslow machte den Vorschlag, daß einer seiner ehemaligen Schüler das Unternehmen als Naturforscher begleiten sollte. Der Junge war damals 22; in der Schule war er eher schwerfällig gewesen, in Mathematik ein hoffnungsloser Fall, obgleich er sich in der Natur als eifriger Käfersammler erwies; er unterschied sich nur wenig von den anderen seiner Art und Klasse, interessierte sich für Jagen und Schießen, war beliebtes Mitglied des Schlemmerklubs und wollte die geistliche Laufbahn einschlagen. Er hatte, wie wir heute sagen würden, einen »typischen Familienkomplex«, war weich, was die Mutter betraf, und dominiert von einem 140 kg schweren Vater. Aber Henslow sah etwas und überredete die beteiligten Parteien, darunter den Schüler Charles Darwin, diese Reise gemeinsam zu machen.[4]

Für Charles Darwin war es das Auge seines Lehrers, das den zentralen Unterschied ausmachte, und so war es auch bei Elia Kazan und Truman Capote. Die Eltern dieser Jungen wußten kaum, was sie mit ihnen anfangen sollten. Auch hier bedurfte die Eichel eines Förderers.

Kazan schreibt:

> Als ich zwölf war und wir nach New Rochelle umzogen, da trat für mich mit den Zufall meiner Lehrerin in der achten Klasse ein Glücksfall ein. Ihr Name war Anna B. Shank, und mehr als irgendwer sonst beeinflußte sie den Verlauf meines Lebens. Sie war Ende vierzig, was ich wirklich als sehr alt empfand, und sie mochte mich … Zutiefst romantisch, wie sie war, sagte sie mir, daß ich wunderschöne braune Augen habe. 25 Jahre später schrieb sie mir, nachdem sie meinen Namen in einer Zeitung gesehen hatte, einen Brief. »Als Du gerade zwölf warst«, schrieb sie, »standest Du eines Mor-

> gens neben meinem Schreibtisch, und das Licht aus dem Fenster fiel auf Deinen Kopf und auf Deine Züge und ließ den Ausdruck in Deinem Gesicht erstrahlen. Mir kam der Gedanke, welche großartigen Möglichkeiten es in Deiner Entwicklung gab …« Miss Shank bemühte sich eifrig darum, mir die Tradition meiner Familie zu ersparen und meinen Vater davon abzubringen, daß ich als ältester Sohn eine kaufmännische Richtung inklusive Buchführung und Bilanzierung einzuschlagen hatte, und lenkte mich statt dessen zu einer Ausbildung hin, die man heute als geisteswissenschaftlich bezeichnet.[5]

Für Truman Capotes Mutter stellte ihr kleiner Junge eine schwere Bürde dar. Sie berichtet, daß er log; er äffte den kubanischen Akzent ihres zweiten Mannes nach; er war feminin mit »weiblichen Zügen«, und seine Stimme nahm nie einen tieferen Tonfall an, sondern blieb so hoch wie zu der Zeit, als er in der vierten Klasse war. Noch im Alter von 14 hatte er Wutausbrüche, bei denen »er sich auf die Erde warf und mit den Beinen trat, wenn er nicht das bekam, was er wollte«. Er war Schlafwandler, boykottierte Sport und kämmte sich im Biologieunterricht »die ganze Zeit« die Haare. In Algebra, Französisch und Spanisch fiel er durch. Als er erst fünf oder sechs Jahre alt war, hatte er einen Bleistift und ein Stück Papier, schrieb sich selbst kleine Briefchen und nahm überallhin ein kleines Wörterbuch mit. Außerdem begleitete er einen Lehrer ins Kino und masturbierte ihn im Dunkeln. Die Mutter schickte in fort in die Militärschule von Ossining (SingSing!), New York.

Jetzt tritt die Englischlehrerin Catherine Wood auf,

> die nicht nur seinen Glauben an sich teilte, sondern es als ihre Pflicht, ihre Mission und ihren heiligen Auftrag ansah, seine Talente zum Blühen zu bringen.
> Er erregte ihre Aufmerksamkeit, so aggressiv er nur konnte,

> als sie für ihre Schüler eine Führung durch die Schulbibliothek veranstaltete und eben ein Buch von Sigrid Undset für eines der Mädchen aus dem Regal genommen hatte. »Plötzlich wandte sich dieser kleine Bursche, der nicht in meiner Gruppe war, von seinem Platz zu mir um und unterbrach mich. ›Muß wunderbar sein, sie im Original zu lesen‹, bemerkte er. – ›Natürlich, was sonst!‹ antwortete ich, obwohl ich selbstverständlich kein Wort Norwegisch konnte. Von diesem Tag an war ich oft mit Truman zusammen, und als er im nächsten Jahr in meine Klasse kam, es war die elfte Klasse, sahen wir uns ständig.«
>
> Miss Wood, eine hochgewachsene, grauhaarige alte Jungfer ... lud ihn oft zum Abendessen ein, las seine Geschichten, ging im Unterricht auf ihn ein und beschwor ihre Kollegen, dasselbe zu tun ... »Seine Mutter hatte kein Verständnis für den Jungen, der so ganz andere Vorlieben hatte«, meinte sie. »Ich erinnere mich, daß wir in meinem kleinen Eßzimmer saßen und ich zu ihr sagte, es falle mir schwer, das zu seiner eigenen Mutter zu sagen, aber die anderen, gewöhnlichen Jungen, die die üblichen Dinge in der üblichen Weise tun, würden eben später immer noch diese Dinge tun, Truman aber werde berühmt sein.«[6]

Das Auge kann auch einem Mitglied der Familie gehören – zum Beispiel einer Schwester. Golda Meir, eine Gründergestalt in der Geschichte Israels und Premierministerin während des Krieges von 1773, hatte eine Schwester, Shejna, die neun Jahre älter war. Golda beendete die Volksschule mit 14 und mußte als Klassensprecherin die Abschiedsrede halten. »Die Zukunft erschien mir hell und klar. Ich war sicher, daß ich die High-School besuchen und später Lehrerin werden würde. Es war mein Lieblingswunsch.« Ihre Mutter jedoch hatte andere Pläne. Sie wollte ein *»derwaksenen shejn Mejdl«* (ein erwachsenes schönes Mädchen), [und ich] sollte ganztägig im Geschäft arbeiten und früher oder später, aber besser früher, ernsthaft ans Heiraten denken, was, wie sie mir in Erinnerung brachte, Lehrerinnen nach dem Gesetz [des Staates Wisconsin] damals verboten war.«

In heimlichen Briefen an ihre Schwester, die in entsetzlicher Armut lebte, an Tuberkulose litt und ein paar Jahre früher nach einer Auseinandersetzung mit der Mutter ausgezogen war, gestand Golda Meir ihr fürchterliches Dilemma ein. Shejna antwortete postwendend: »Du solltest auf keinen Fall mit der Schule aufhören ... Du hast gute Aussichten, etwas zu werden. Mein Rat ist, daß du Dich fertig machst und zu uns kommst ... wir werden alles, was wir können, für Dich tun ... Du mußt sofort zu uns kommen.«[7]

Golda Meir stahl sich mit 16 von zu Hause fort, weil Shejna dem, was sie in ihrer Schwester sah, ein Heim bot. Ebenso bedeutend in der Lebensgeschichte Golda Meirs ist die Unnachgiebigkeit der Mutter, die elterliche Vorstellung dessen, was aus der Tochter werden sollte. Sie machte es möglich, daß Goldas angeborener Daimon mit seinem dickköpfigen Idealismus sich von der Kette befreite, half ihr herauszufinden, was und wer sie ihrem Wesen nach war.

Der Komponist Alban Berg schüttete sein jugendliches Herz vor Hermann Watznauer aus, einem Mitglied des Bergschen Familienkreises, der zum »Freund, Lehrer und Katalysator« des Jungen wurde. Als die Bekanntschaft begann, war Watznauer 24 Jahre alt, nur zehn Jahre älter als Berg, und er nahm verständnisvoll die Seelenbeichten und Herzensergüsse seiner Briefe in Empfang, die manchmal dreißig Seiten lang waren.[8] Der Mentor erkennt etwas Wesentliches. Der Lehrer des Dichters Wladimir Majakowski, ebenfalls kaum zehn Jahre älter als sein Schüler, sagte: »Er mochte es, mit Erwachsenen zusammenzuarbeiten, und ärgerte sich, wenn er wie ein Kind behandelt wurde. Ich bemerkte diesen Charakterzug an ihm schon, als ich ihn kennenlernte.«[9]

Arthur Rimbaud (»ein Junge, der den größten Teil seines Lebens in der Fantasie lebte ... Wenn er gemächlich von der Schule nach Hause spazierte, ging er nicht in den wohlvertrauten Straßen, sondern auf dem Deck eines Schiffes, über das Kopfsteinpflaster Roms oder auf den Gehsteigen der Akropolis entlang«) fand als Teenager seinen Seelengefährten in seinem 21jährigen Lehrer Izambard, mit dem Rimbaud endlich »über Dichter und Poesie sprechen konnte«. »Dieses Kind«, sagte Izambard, »das ich von Anfang an als jungen Kameraden behandelte, wurde nach und nach ein guter Freund.«

So wie sein Lehrer Darwin und wie Miss Wood Capote sah, so sah auch Izambard Rimbaud. Bainville jedoch, der berühmteste lebende Dichter seiner Zeit, an den Rimbaud einen überschwenglichen Appell um Anerkennung richtete, indem er schrieb: »Wir befinden uns im Monat der Liebe; ich bin fast siebzehn ... Ich trage etwas in mir, ich weiß nicht, was es ist, das sich erheben will«, sah nichts.[10] Bainville verstaute die Gedichte und den Brief in seiner Ablage. Erledigt. Kein Katalysator, kein Mentor, kein Auge.

In diesen verschiedenen *erkennbaren* Beziehungen scheinen Alter und Geschlecht keine Rolle zu spielen. 1777 war Washington 45, Hamilton 20; zwischen Izambard und Rimbaud hingegen lag ein Altersunterschied von nur sechs Jahren. Wer heute sagt, Alter und Geschlecht spielen keine Rolle, stellt sich der Kultur entgegen. Der Verdacht auf eine homoerotische Anziehung zwischen dem älteren Washington und dem strahlenden, schlanken Hamilton ist einem Geheimnis auf der Spur – nicht dem Geheimnis einer vermuteten heimlichen Affäre, sondern dem Geheimnis der Quelle des wahrnehmenden Auges. Es ist das Auge des Herzens. Etwas im Herzen gerät in Bewegung, öffnet es für die Wahrnehmung des Bildes im Herzen des anderen. Roosevelt spürte »Zuneigung« für Lyndon Johnson. »Das Licht aus dem Fenster fiel auf Deinen Kopf«, schrieb Miss Shank. Sie sah. Manolete machte »für seinen Körperbau und für seine Persönlichkeit die falschen *Pases*«. Camará sah. »Dieser Junge Lyndon Johnson könnte sehr wohl der erste Präsident aus dem Süden sein.« Roosevelt sah.

In einem »furchterregend alten ... Schulhaus: eintönig dunkel und manchmal unheimlich« sah Orilla Miller – »eine junge, weiße Lehrerin, eine wunderschöne Frau ... die ich liebte ... rückhaltlos, mit der Liebe eines Kindes« – James Baldwin, zehn Jahre alt, in einer Klasse von 50 Kindern, Jungen zumeist und schwarz. »Sie entdeckten ein gemeinsames Interesse an Dickens; beide lasen ihn und fanden es spannend, ihre Ansichten auszutauschen. Die junge Frau aus dem Mittleren Westen war erstaunt über die Brillanz des Jungen aus den Slums«. Sie begannen eine Freundschaft, die es seinem Daimon gestattete, sich zu zeigen.

Baldwin sah Frau Miller ebenfalls. Viele Jahre später, nachdem er ein wichtiger und berühmter Schriftsteller geworden war, traten sie wieder miteinander in Verbindung. Er schrieb ihr und »bat seine alte Freundin um eine Fotografie«: »Ich habe die Erinnerung an Ihr Gesicht über so viele Jahre hinweg in mir wachgehalten.«[11] 40 Jahre, nachdem sie sich im Schulhaus von Harlem und durch den Roman von Dickens zum ersten Mal begegnet waren, gingen Orilla Miller und James Baldwin gemeinsam ins Kino, um *Eine Geschichte zweier Städte* (noch einmal) zu sehen.

Heute können wir nicht mehr recht an diese Beziehungen der Herzenszuneigung glauben. Wir haben es gelernt, mit dem Auge der Genitalien zu sehen. Wir können uns keine Reize vorstellen, die auf der Fantasie beruhen. Für unsere heutige Kultur muß Verlangen real und unbewußt sexuell sein, Verbindungen müssen reale Kopulationen sein; offene Bekenntnisse müssen in Wahrheit verführerische Manipulation sein. Doch was diese Paare zusammenführte, war eine gemeinsame Vision; sie verliebten sich in eine Fantasie. Für Baldwin und Miller: Dickens. Für Capote und Wood: Sigrid Undset auf Norwegisch! Bei Roosevelt und Johnson handelte es sich um eine Übereinstimmung ihrer Genii; wie Rowe es ausdrückt: »Sie konnten auf der gleichen Ebene miteinander sprechen.« Alter, Geschichte, Tatsachen spielen keine entscheidende Rolle. Ihr Gespräch war ein Gespräch zwischen zwei Präsidenten. Von Herz zu Herz. Von Urbild zu Urbild.

Wenn John Keats schreibt: »Ich kenne nichts als die Heiligkeit der Herzenszuneigung und die Wahrheit der Fantasie«[12], dann öffnet er unser Auge, damit wir die Arbeitsweise kreativer Wahrnehmung in menschlichen Beziehungen sehen. Aber sein Satz stellt auch die über das Menschliche hinausgehende Basis für die Kunst der Mentorenschaft bereit. Mentorenschaft beginnt, wenn die Vorstellungskraft des einen sich in die Fantasie eines anderen verliebt. Eine erotische Komponente ist erforderlich, wie sie es seit Sokrates für die Erziehung war und noch immer ist, obwohl sie heute entweder durch das Lernen am Computer ausgeschaltet wird oder mit dem genitalen Auge als Mißbrauch, Verführung, Belästigung oder als unpersönliches hormonelles Bedürfnis gesehen wird. Das genitale Auge bringt nicht zum Vorschein, was das Vorbild sucht.

Lesen Sie zum Beispiel die Partnerschaftsanzeigen im Kleinanzeigenteil. Nachdem wir erst einmal die soziologischen Beschreibungen bezüglich Körpergestalt, Hautfarbe, sexueller Gewohnheiten, Beruf, Alter und Familienstand durchgegangen sind, tritt langsam die Wahrheit der Fantasie hervor. Lange Spaziergänge, Kochen, Humor, Tanzen, Schmusen und Gespräche: Die Anzeigen nennen musikalische Präferenzen, Urlaubsträume, Geschmacksrichtungen und insbesondere Sehnsüchte. Wir suchen nach jemandem, der das Urbild begleitet, nicht nur nach einem Bettgefährten. Die Kleinanzeige bringt »die Heiligkeit der Herzensneigung« zum Vorschein. Die Kleinanzeige ist der Traum eines Romantikers. »Zutiefst romantisch, wie sie war, sagte sie mir, daß ich wunderschöne braune Augen habe«, schrieb Elia Kazan von Miss Shank, die seine »großen Möglichkeiten« sah.

Sehen heißt glauben – glauben an das, was man sieht –, und dieser Glaube überträgt sich unmittelbar auf das- oder denjenigen, dem der Blick gilt. Die Gabe des Sehens übertrifft jene des Verstehens. Denn solches Sehen ist segensreich; es leistet Transformationsarbeit.

Therapie fördert die große Illusion des Verstehens. Sie predigt und praktiziert die Blindheit des Ödipus. Er stellte Fragen darüber, wer er *wirklich* war, als ob man durch Nachdenken über Fragen, die man sich selbst stellt, die wahre Eichel des eigenen Daseins finden könnte.[13] Dieser therapeutische Trugschluß baut auf einem anderen auf: daß die Eichel außer Sicht ist, verborgen, versteckt in der Kindheit, unterdrückt, vergessen und daher nur durch aktive Selbstbeobachtung im Spiegel des Geistes erlöst werden kann. Spiegel jedoch sagen nur die halbe Wahrheit. Denn das Bild auf der Spiegeloberfläche ist nur halb so groß, wie der Kopf es in Wirklichkeit ist, nur die Hälfte dessen, was wir darstellen und was andere sehen.[14]

Die therapeutische Suche nach dem wahren Sein täte besser daran, der Maxime dieses Kapitals, dem passiven »Wahrgenommenwerden«, sorgfältig zu folgen. Wir sind ein zur Schau gestelltes Phänomen. »Sein« heißt vor allem erst einmal sichtbar sein. Es passiv zu gestalten, daß wir gesehen werden, eröffnet die Möglichkeit der Segnung. Also suchen wir nach Liebsten und Mentoren und Freunden, damit wir gesehen werden und gesegnet.

Miss Shank sah Kazan in dem Licht, das »den Ausdruck in [seinem] Gesicht erstrahlen« ließ. Camará sah, wie Manolete sich bewegte, wie er tötete, auf welche Weise seine Bewegungen nicht im Einklang mit dem Gelände waren. Watznauer ging mit Berg spazieren, hörte zu und sah. An der Front beobachtet der Befehlshaber, der seine Ersatzleute auswählt, bei hellem Tageslicht; der innere Mensch wird im äußeren zur Schau gestellt. Wie er auftritt, wie er sich verhält, wie er ist. Im Englischen lautet die erste Frage, die wir jemandem stellen, um zu erfahren, wie es ihm geht: »How are you?« Wir sind, *wie* wir sind, genauso, wie wir uns in der Spanne des gegenwärtigen Augenblicks, zeigen. Unser Dasein, vielleicht jedes Dasein, ist genauso, »wie« es erscheint, das Wie des Soseins, das kundtut, wer und was und wo jedes Ereignis ist. Wie es ist, drückt aus, was es ist. Genauso ist es: Gebärden, Stil, Farbe, Bewegung, Sprache, Ausdruck – kurz, die ganze Komplexität des Bildes – sagt genau, wie es ist.

Bei allem Beharren auf der Erscheinung will ich nicht behaupten, daß es keine Kehrseiten, keine Schatten gibt; ich bin nicht der Auffassung, daß ein Ereignis nichts anderes ist als eine *Persona*, die Fassade, die es errichtet, reine Zurschaustellung. Rückseiten und Schatten sind nicht unsichtbar. Sie zeigen sich in der Zurückhaltung, im Drumherumreden und in Euphemismen, in umschatteten, abgewandten Augen, in Versprechern, in zögernden Gesten, in umgestoßenen Entscheidungen, Vermeidungen. Ein Gesicht hat nichts Offensichtliches, und eine Oberfläche ist nicht einfach zu durchschauen. Das scheinbar Verborgene ist ebenfalls sichtbar und Ziel eines scharfen Blicks, stellt einen Teil des Ereignisses dar, welches sich einem guten Beobachter bietet. Das Bild, das ein Mentor in einem Schüler oder Lehrling erkennt, ist weder nur Vorderseite noch verborgene Rückseite, weder ein falsches Selbst noch ein wahres; es gibt kein wirkliches Du außer der Wirklichkeit des Du in Ihrem Bild. Der Mentor nimmt die Falten einer Komplexität wahr, diese konvex-konkaven, kunterbunt durcheinandergewürfelten Kurven der Implikation, welche die Wahrheit jeglicher Fantasie sind und uns gestatten, ein Bild als das *vollständige Wie einer Präsentation* zu definieren. Hier bin ich, direkt vor deinen Augen. Kannst du mich lesen?

Lassen Sie uns also noch einmal über die Eichel als ein verborgenes, unsichtbares Potential nachdenken. Aber lassen Sie uns nun mit dem Gedanken spielen, daß sie im Wie der Handlung durch und durch sichtbar ist. Nicht, *daß* er mit dem Stier kämpft, sondern *wie* er mit dem Stier kämpft, ist Manolete; nicht, *daß* Gertrude Stein schreibt, sondern *wie* sie schreibt, ist die Einzigartigkeit ihres Realität gewordenen Bildes. Die Unsichtbarkeit der Eichel findet sich im Wie einer sichtbaren Ausführung – folgt ihren Spuren, wenn Sie so wollen. In der Eiche ist das Unsichtbare überall durch und durch sichtbar; es befindet sich nicht woanders und existiert nicht vor der Eiche, sondern wirkt wie eine überall im Sichtbaren enthaltene Anweisung, wie die Butter in einem französischen Croissant oder der Duft eines aufgegangenen Brotes: unsichtbar, aber nicht im Wortsinne, sondern das unsichtbare Sichtbare.

Manchmal wird dieses unsichtbare Sichtbare als der Geist eines Ortes, die Qualität einer Landschaft, der Stil eines Kunstwerkes bezeichnet. Wir erfassen es vorzugsweise, indem wir es als Kontext, als formale Struktur oder als nichtgeschlossene Gestalt, die uns einbezieht, erklären. Weder unsere Vorstellungen noch unser Auge, das mittels dieser Vorstellungen sieht, sind in Sachen Fantasie, in der Wahrnehmungskunst des Bilderlesens ausreichend trainiert. Wir sind unfähig zu erkennen, wie irgend jemand ist, wenn wir versuchen mittels Typen, Kategorien, Klassen, diagnostischen Kriterien zu sehen. Typen jeglicher Art verdecken die Einzigartigkeit.

Das Auge des Herzens sieht »jeden einzelnen« und wird von »Einzelheit« beeinflußt, um einen Begriff von William James zu übernehmen. Die Zuneigung des Herzens erwählen Einzelheiten. Wir werden von diesem einen Bild berührt: in einem Klassenzimmer voller Schulkinder nur von dem kleinen Truman mit seiner hohen Stimme. *Dieser* eine tut es uns an, nicht irgendeiner.

Eine bestimmte Person zu sehen als Iren oder Deutschen, Juden oder Katholiken, Schwarzen oder Weißen, Alkoholiker oder Selbstmordgefährdeten, Opfer oder Täter heißt sich mit Klassenzugehörigkeiten beschäftigen, nicht mit Personen. Wir sprechen dann mehr über Soziologie als über die Seele. Wir benötigen eine unermeßliche Zahl Wörter, um unseren Eindruck zu beschreiben. »Was den meisten Menschen abgeht, ist die Gabe, zu ›sagen‹, wie der Nächste ist, den sie vor sich haben. Aber daß man es nicht ›sagen‹ kann, bedeutet nicht, daß man es nicht sieht«, schreibt der Philosoph José Ortega y Gasset.[15] So viele Worte sind verfügbar, sobald wir das Psychologiebuch schließen und einen Roman, ein Reisetagebuch, sogar ein Kochbuch öffnen. Oder einen Film ansehen, in dem wir beobachten können, wie gut und lebendig Adjektive und Adverbien zu Bildern, die über die Leinwand wandern, komponiert sind. »O lieber ein Leben der Eindrücke statt eines der Gedanken«, schrieb Keats.[16] Um die Eichel zu sehen, bedarf es eines Auges für das Bild, eines Auges für die Erscheinung und der Sprache, um auszudrücken, was wir sehen.

Ein Scheitern in der Liebe, in Freundschaften und in Familien ist letzten Endes oft ein Versagen einer nicht in ausreichendem Maß fantasievollen Wahrnehmung. Wenn wir nicht mit dem Auge des Herzens sehen, dann ist die Liebe tatsächlich blind, denn dann gelingt es uns nicht, den anderen Menschen als Träger eines Eichel-Urbildes der fantasievollen Wahrheit zu sehen. Ein Gefühl mag wohl da sein, aber die Wahrnehmung fehlt; und mit zunehmend schlechter Sicht werden auch die Sympathie und das Interesse weniger. Wir fühlen uns belästigt und greifen zurück auf diagnostische und typologische Begriffe. Doch der Ehemann ist nicht »mutterfixiert«, er jammert und wartet auf etwas und ist oft wie gelähmt. Die Ehefrau ist nicht »animusbeherrscht«; sie ist herrisch, argumentiert logisch und kann nicht loslassen. *Wie* sie sind, ist, *wer* sie sind, und nicht *was* sie Typen und Klassen zufolge sein sollen.

Manche Therapeuten versuchen die Kurzsichtigkeit der Fantasie zu korrigieren, indem sie »Empathie« und die »syntonische Identifikation der Gegenübertragung« fördern. Außerdem ermutigen sie zu Psychodrama und Rollenspielen, um ihren Klienten das Durchschauen typischer Auffassungen und den Blick in das Herz des anderen zu ermöglichen. Versetzen Sie sich an die Stelle Ihres Ehemanns, Ihrer Ehefrau, Ihres Kindes. Stellen Sie sich vor, was sie fühlen, wie es wäre, wenn Sie in ihnen wären! Stellen Sie sich das vor! Vielleicht entdecken Sie einen Kern der Wahrheit in ihrem Verhalten, wenn Sie noch einmal unter Hinzuziehung Ihrer Fantasie hinsehen.

Fantasievolle Wahrnehmung braucht Geduld. Bereits die Alchimisten sagten über ihre mühseligen, frustrierenden Experimente: »In der Geduld liegt die Seele.« Wie sonst soll man dem unbegreiflichen Verhalten des anderen, dieser Merkwürdigkeit, dieser Langsamkeit begegnen? Dr. Edward Teller redete nicht, bis er das dritte Lebensjahr überschritten hatte, und man hielt ihn daher für zurückgeblieben. »Eines Tages aber sprach Edward, und er tat es in ganzen Sätzen, nicht in einzelnen Wörtern, als ob er sich die Mühe aufgespart hätte, bis er etwas zu sagen haben würde.« Dr. Benjamin Spock »redete sehr wenig, bis er älter als drei Jahre war, und wenn er schließlich etwas sagte, dann sprach er mit unerträglicher Langsamkeit.« Auch Martin Buber redete erst mit drei. Einer von James Thurbers Lehrern »teilte seiner Mutter mit, daß der Junge möglicherweise taub sei«. Woodrow Wilson, vielleicht Amerikas gelehrtester Präsident, »hatte sein Alphabet auch mit neun Jahren noch nicht gelernt und konnte nicht lesen, bis er zwölf war«. Frühere Biographen machten Wilsons Beziehung zu seiner Mutter und seinem Vater für seine späte Entwicklung verantwortlich. Modernere Biographen bevorzugen eine pyschiatrische Diagnose und erklären, »daß Woodrow Wilson unter einer entwickungsbedingten Dyslexie litt«, womit sie seinem Gehirn die Schuld zuschieben.[17]

Lesestörung, chronische Retardation, Ablenkbarkeit und Hyperaktivität zusammen ergeben das Syndrom »Aufmerksamkeitsstörung« – und welche Geduld es erfordert! Doch wie sonst fassen und herauslocken, was sich hinter dieser »Störung« verbirgt? Kinder, die auf diese Art kategorisiert werden, und Erwachsene ebenfalls, sind oft überdurchschnittlich intelligent, geben sich Tagträumen hin und weisen eine derart weit geöffnete und empfindsame Seele auf, daß ihr »Ich«-Verhalten wenig angepaßt und chaotisch ist. Ritalin, Fluktin, Xanax – natürlich helfen sie. Doch daß sie die Störung zum Verschwinden bringen, bedeutet noch nicht, daß sie deren Ursache finden oder ihre Bedeutung offenlegen. Krücken helfen, aber sie sagen nichts darüber aus, warum jemand sich das Bein gebrochen hat. Warum sind Aufmerksamkeitsstörungen heute so weit verbreitet? Was ist es, dem sich die Seele *nicht* zuwenden will, und was könnte der Daimon gerade tun, wenn er *nicht* liest, *nicht* spricht und die Leistungserwartungen *nicht* erfüllt? Um dies herauszufinden, ist Geduld vonnöten und eine fantasievolle Wahrnehmung, die Henry James als ein »ausgedehntes Kreisen über dem offenen Fall« bezeichnet.

»Sein ist wahrgenommen werden«, behauptete der irische Philosoph George Berkeley (1685–1753). Wir existieren und geben Existenz durch Wahrnehmung. Berkeley ging davon aus, daß Gottes allwissende Wahrnehmung alle Dinge erhält. Für einen Moralisten – und Berkeley war Bischof – könnte dies bedeuten, daß man niemals das Blickfeld Gottes verläßt, also sollte man sich besser anständig benehmen! Für einen Metaphysiker könnte »esse est percipi« bedeuten, daß unsere Welt sich in Nichts auflöst, wenn Gott einnickt, nur einen Moment lang blinzelt oder durch ein Problem in irgendeiner anderen der zahllosen Welten, die schon Giordano Bruno postuliert hatte, abgelenkt wird.

Ein spitzfindiger Rabbi könnte den Bischof fragen: Nimmt Gott sich selbst wahr? Wenn nicht, wie kann man dann behaupten, daß er existiert? Und wenn doch, dann mit welchen Mitteln? Wenn er sich im Spiegel der Natur wahrnimmt, dann ist die Natur entweder ein Abbild Gottes und daher möglicherweise von Gott nicht zu unterscheiden (der Vorschlag Spinozas), oder die Natur ist wahrnehmungsfähig und mit einem eigenen göttlichen Bewußtsein ausgestattet, da sie Gott seine Existenz gibt. Wenn der Allmächtige sich durch den Menschen wahrnimmt, dann haben wir einen säkularen Humanismus: Die Existenz Gottes ist eine Folge menschlicher Wahrnehmung, wir erfinden ihn. Der Rabbi könnte ohne Zweifel fortfahren und vorschlagen, daß vielleicht Gottes Art von Existenz keiner Wahrnehmung bedarf, doch dies schränkt seine Gegenwart ein, indem es ihn aus dem Reich der Wahrnehmung ausschließt, so daß er abgeschnitten ist, transzendent, aber weder allwissend noch allmächtig. Und wenn Gottes Existenz nicht der Wahrnehmung bedarf, dann, Bischof, ist entweder dein Lehrsatz falsch, oder aber Gott exisiert nicht.

Berkeley, der im Trinity College in Dublin ausgebildete Ire, der einige Jahre im amerikanischen Süden zubrachte, könnte diese Fragen mit scharfen Erwiderungen parieren oder aber neue, noch komplexere Rätsel erdenken. Aber da ist noch eine Möglichkeit, die ihm wohl entgangen ist, da er nicht viel Keats gelesen haben dürfte (es sei denn im Eichelstadium), und das ist die psychologische und ökologische Kraft seines wunderbar lakonischen und verdientermaßen berühmten Satzes. Wahrnehmung schenkt Segen – was die Geschichten, die ich in diesem Kapitel skizziert habe, zu zeigen versuchen. Wahrnehmung gibt all dem ein Dasein und erhält es, was wahrgenommen wurde; und wenn die Wahrnehmung in »der Heiligkeit der Herzensneigung« erfolgt, dann, wie diese Lebensgeschichten es gezeigt haben, werden Dinge enthüllt, welche die Wahrheit der Fantasie bezeugen.

6. KAPITEL

Weder Anlage noch Umwelt – ein Drittes

Es ist an der Zeit zu überprüfen, was die Schulpsychologie über das Sichverlieben zu sagen hat, da dies doch der Augenblick zu sein scheint, in dem das Schicksal am hörbarsten ruft und in dem das Geschick des Individuums am deutlichsten entschieden wird. Zunächst werden wir klären müssen, was sich die Psychologie unter Individualität als solcher vorstellt. Wie können wir behaupten, daß jeder einzelne von uns tatsächlich ein »Individuum« ist? Bewirken die genetische Veranlagung und Umwelteinflüsse in der Kindheit nicht, daß wir uns zutiefst gleich sind? Die Zwillingsforschung konzentriert sich auf diese Frage nach der Individualität und auf die Unterschiede, die sogar in den Biographien von eineiigen Zwillingen in einem gemeinsamen Haushalt auftreten. Außer der Veranlagung und den Umwelteinflüssen scheint da noch ein Drittes zu sein. Also wenden wir uns zuerst der Forschung und dann den Liebesgeschichten zu.

Die wissenschaftliche Psychologie zerteilt das Reich der Ursachen in nur zwei Teile, Anlage und Umwelt. Definitionsgemäß schließt sie die Möglichkeit von etwas anderem aus. Die Verhaltensforschung – die Molekularbiologie und die pharmakologische Psychatrie eingeschlossen – ordnet also Gründe für die Beschaffenheit unseres Charakters diesen beiden Kategorien zu. Wenn wir nun eine dritte Kraft in unserem Leben vermuten, kann diese nur in den beiden anderen versteckt sein. Folglich müssen wir uns nicht nur mit dem beschäftigten, was die Verhaltensforschung sagt, sondern auch damit, wie sie es sagt. Wir müssen so vorgehen, als wären wir Detektive, die in den Aussagen von Zeugen, die selbst gar nicht glauben, daß irgend jemand fehlt, Hinweise auf eine vermißte Person suchen.

Zu Anfang ist es notwendig, daß wir die Teilung in zwei Alternativen als bequeme Gewohnheit des westlichen Geistes erkennen. Auf der einfachsten Ebene findet sie sich in der Bibel wieder: wir oder sie. Abel und Kain, Jakob und Esau – guter und schlechter Kerl – personifizieren die Teilung. Das Denken in Gegensatzpaaren hat seinen Ursprung nicht in den Rededuellen im Fernsehen und auch nicht im Zweiparteiensystem. Die Zweiheit, mit all ihren Verbindungen und Doppelspielen und Paarungen und Gegensätzen, nährt die »Leidenschaft des westlichen Geistes«, um den Titel von Richard Tarnas Geschichte des westlichen Denkens zu zitieren.

Aristotelische Logik kann nicht in Dreiheiten denken. Vom aristotelischen Satz des Widerspruchs, auch das Gesetz vom ausgeschlossenen Dritten genannt, bis zur binären Logik – null oder eins – in unseren Computerprogrammen errichtet unser Verstand seine Systeme in pro und kontra, in Entweder/Oder. Descartes räumte einen kleinen Platz für ein Drittes mitten im Gehirn ein. Er plazierte die Seele in der Zirbeldrüse und bestätigte damit ihren winzigen Wert gegenüber den beiden riesenhaften Kontrahenten in seinem System, dem denkenden Geist innen und dem ausgedehnten Raum außen.

Dieses Kapitel wird sich also mit dem seit langem eingeführten und bequemen Denken in Gegensätzen auseinandersetzen müssen, dessen Grundsatz lautet: Wenn Verhalten nicht ausschließlich das Ergebnis genetischer Vererbung ist, dann kann das, was noch übrig ist, nur durch Umwelteinflüsse erklärt werden und umgekehrt. Ein »Drittes« ins Spiel zu bringen verstößt gegen diese Art des Denkens und die Annehmlichkeit ihres gewohnten Funktionierens. Ein »Drittes« beunruhigt Geister, die bequemes Denken mit Gedankenklarheit verwechseln.

Schließlich können wir in unseren tatsächlichen Gefühlen und in den eigenartigen schicksalhaften Ereignissen recht klar erkennen, daß etwas anderes in das menschliche Leben eingreift, das nicht in die Grenzen von Veranlagung und Umwelt hineinpaßt. Die bemerkenswerte Eigenartigkeit von Individuen, die Unterschiede zwischen den Billionen von Menschen, sogar zwischen neugeborenen Babys, Geschwistern und eineiigen Zwillingen sowie jenen, die unter den gleichen Umständen aufwachsen und den gleichen Einflüssen unterworfen sind – diese Tatsachen verlangen eine Antwort auf die Frage nach der Einmaligkeit.

Zwillinge

Zuerst wollen wir uns der Vererbung zuwenden. Die erste große Welle genetischer Forschung, von Gregor Mendel (1822–1884) zu James Watson und Francis Crick, hat ihre unauslöschlichen Spuren hinterlassen und sich dann zurückgezogen. Die meisten von uns sind davon überzeugt, daß wir ebensosehr aus unserer ererbten genetischen Struktur, die in Chromosomen kodiert ist, gemacht sind, wie wir von Gott bestimmt werden (Theologie) sowie durch die Volkswirtschaft (Marx), durch vergangene Leben (Hinduismus, Buddhismus), durch die Geschichte (Hegel) oder durch die Gesellschaft (Durkheim und andere). Der unbestrittene Nachweis dafür ist erbracht: Der DNS-Korkenzieher trägt jenen Code in sich, welcher eine entscheidende Rolle in der Herrschaft über unser Leben spielt, physisch, psychologisch und auch geistig.

Inzwischen ist die zweite Forschungswelle da. Sie ist in ihren

Methoden differenzierter und in ihrer Fragestellung anspruchsvoller. Die Forschung interessiert sich jetzt mehr für die Unterschiede, selbst unter jenen, die genetisch eng miteinander verbunden sind. Wie ist es möglich, daß Zwillinge unterschiedliche Charaktere, verschiedene Schicksale haben?

Die Untersuchung der Unterschiede hat ihr bestes Forschungsmaterial in eineiigen Zwillingen, also zwei Personen, die sich aus ein und derselben befruchteten Eizelle statt aus zwei unterschiedlichen entwickelt haben. Eineiige Zwillinge haben eine identische DNS: genetisch sind sie gleich. Die gleiche genetische Information ist in ihnen beiden gleichermaßen kodiert; mit der Ausnahme von eineiigen Zwilingen unterscheidet sich jeder Mensch genetisch vom anderen.

Daraus könnten wir den Schluß ziehen, daß eineiige Zwillinge genau gleich sein müßten. Aber das sind sie nicht. Sie stimmen nur zu 90 Prozent in zehn physischen Eigenschaften wie Haarfarbe und Haaransatz, Blutgruppe, Augenfarbe, Zahnstellung und Daumenabdruck überein.[1] Und die Übereinstimmung nimmt ab, wenn mehr psychische Faktoren einfließen. Sogar Körpergröße, Gewicht und Hautfarbe zeigen kein hohes Maß an Übereinstimmung; und was Gesichtsausdruck und Anfälligkeit gegenüber Krankheiten wie Diabetes, Magengeschwüren, Brustkrebs und Bluthochdruck betrifft, so weichen Zwillinge hier noch weiter voneinander ab. Individualität schiebt sich mehr und mehr in den Vordergrund.

Warum also sind eineiige Zwillinge gar nicht wirklich identisch? Worauf können die bis ins Physische reichenden Unterschiede zwischen Zwillingen zurückgeführt werden? »Eine einfache Antwort lautet: auf die Umwelt«[2], wobei »Umwelt« der Sammelbegriff für alle nicht erblichen Einflüsse ist. Wenn es nicht die Anlage ist, dann muß es also die Umwelt sein. Wir werden uns gleich näher mit der Umwelt beschäftigen – zunächst aber noch mehr über Vererbung.

Wenn wir zu den kognitiven Fähigkeiten, wie logisches Denken, Sprechvermögen und Gedächtnis, gelangen, dann werden die Unterschiede noch deutlicher.[3] Bei normalen Geschwistern – also nicht bei Zwillingen der einen oder anderen Art – »ist die Korrelation bei allen Persönlichkeitseigenschaften sehr niedrig.«[4] Offenbar sind die Menschen Individuen, obwohl sie dieselben Eltern und dieselbe Kinderstube haben. Selbst die Alzheimersche Krankheit – eine Erkrankung des Gehirns und keine Persönlichkeitsstörung – weist 90 Prozent *Unterschied* unter Geschwistern auf!

Während der vergangenen 50 Jahre ist eine enorme Menge Geld und Gedankenkraft in die Schizophrenieforschung geflossen, auch wenn die Differentialdiagnose der einzelnen Schizophreniearten (es gibt mehrere) noch immer ein wenig ungenau ist. Nichtsdestoweniger kann das Hauptergebnis der Zwillingsforschung bezüglich der Schizophrenie in diesem einen klaren Satz zum Ausdruck gebracht werden: Mehr als die Hälfte der eineiigen Zwillingspaare unterscheiden sich in bezug auf Schizophrenie.[5] Wenn ein Zwilling an Schizophrenie erkrankt, dann ist es wahrscheinlicher, daß der andere gesund bleibt, als daß er erkrankt. Etwas Drittes kommt dazwischen und unterscheidet die Zwillinge.

Dieses Dritte ist nicht, wie wir voreilig schließen könnten, die Kinderstube. Wenn ein Geschwisterpaar adoptiert und in derselben Familie aufgezogen und bei einem von beiden Schizophrenie diagnostiziert wird, dann besteht für den anderen keine große Gefahr. »Die gemeinsame familiäre Umgebung ist nicht von Bedeutung«, sagen Judy Dunn und Robert Plomin, beide hochangesehene Forscher auf dem Gebiet der Zwillingsforschung, und sie fahren fort: »Dieses Ergebnis impliziert, daß die Hauptursache für das Auftreten bzw. Nichtauftreten einer Schizophrenie in denjenigen Umgebungseinflüssen zu suchen ist, *von denen die Familienmitglieder unterschiedlich betroffen sind*« (Kursive von mir).[6] Da der Faktor, der eine diagnostizierte Schizophrenie beeinflußt, weder mit den ererbten Genen noch mit dem gemeinsamen Familienmilieu zu tun hat, muß es etwas anderes geben, etwas »Nichtgemeinsames«, etwas Individuelles und Einzigartiges der betreffenden Person.

Drei weitere Entdeckungen insbesondere faszinieren mich. Sie betreffen unsere Eicheltheorie der Individualität. Ich lade Sie dazu ein, ihnen einige fantasievolle Gedanken zu widmen. Die Forschungsergebnisse betreffen Kreativität, Traditionalität und die Tatsache, daß der genetische Faktor während der mittleren Jahre der Kindheit an Bedeutung zuzunehmen scheint.

»Eine Dimension des kognitiven Bereichs (zum Beispiel Gedächtnis, Sprechvermögen, logisches Denken), die nur von geringem genetischem Einfluß zu sein scheint, ist die Kreativität.«[7] Weder werden wir uns auf den Versuch einlassen, hier diesen verschwommenen und vergötterten Begriff zu definieren, noch werden wir die Methoden zur Messung der »Kreativität« hinterfragen. Aus der Menge unserer gesammelten anektdotenhaften Lebensgeschichten wissen wir jedoch, daß sich berühmte Persönlichkeiten normalerweise von ihrer Familie, ihrer Altersgruppe, ihrem Heimatort, ihren eigenen Kindern abheben. Die Berühmten sind normalerweise »anders«, unterscheiden sich von ihrer nächsten Verwandtschaft (Anlage) und ihrer Umwelt. Das bedeutet, weder Genie noch die Umweltbedingungen können wirklich als das nachgewiesen werden, was eine herausragende Persönlichkeit bestimmt. Die auffallende Individualität der Berühmten, von denen wir annehmen, daß sie »Kreativität« (wie immer sie auch definiert werden mag) repräsentieren oder an ihr teilhaben, kann weder der Veranlagung noch der Umwelt zugeschrieben werden. Etwas Drittem? Einem unabhängigen Faktor?

Um das Herausanalysieren des »Dritten« und die Anerkennung eines unabhängigen Faktors zu vermeiden, vermischen verhaltenstheoretische Erklärungen Anlage und Umwelt. Sie postulieren ein geheimnisvolles Verweben von schwarzen und weißen Fäden, dessen Ergebnis auf so subtile Weise miteinander verschlungen ist, daß wir mit einem grauen Schleier der Unsicherheit bezüglich der Frage konfrontiert sind, ob Kreativität überwiegend genetisch oder durch die Umwelt bedingt ist. Statt des ewigen Rätsels menschlicher Kreativität stellt diese »graue« Erklärung ein geringeres Risiko dar, das duale System mit der Einführung einer wahrhaft anderen Komponente ins Wanken zu bringen: mit der »Berufung« nämlich, welche die Eicheltheorie einbringt. Aber für den fantasievollen Geist ist sie auch weniger befriedigend.

Während der genetische Einfluß auf die Kreativität gering ist, scheint »Traditionalität« erstaunlicherweise stärker erblich zu sein. Die Forschung verwendet den Begriff »Traditionalität« für »die Tendenz, sich Regeln und Autoritäten unterzuordnen und hohe moralische Standards und strikte Disziplin zu billigen«.[8]

Die Daten sind unpolitisch, wie auch die Wissenschaft es vorgeben muß zu sein, und folglich wird die genetische »Traditionalität« nicht direkt mit tatsächlichen politischen oder religiösen Positionen assoziiert. Dennoch legt die Beschreibung der Traditionalität einen gewissen genetischen Einfluß im Kern konservativer, sogar reaktionärer Neigungen politischer und religiöser Art nahe. In diesem Sinne könnte Jerome Kagans kluge Studie über den angeborenen Charakter[9] von einer temperamentbedingten Vorliebe sprechen; die Astrologie könnte sich den Saturn als beeinflussenden Faktor auf die Chromosomen vorstellen; der Feminismus könnte verzweifelnd erkennen, wie unbeweglich patriarchalische Einstellungen sind; Marxisten verstünden vielleicht, warum es so schwierig ist, Bauern und Proletarier für die Revolution zu begeistern; und die Kirche könnte sich damit trösten, daß immer ein genetischer Pool bereit steht, der aufwärts zum Vatikan fließt.

Vor ungefähr 40 Jahren erklärte der Anthropologe Paul Radin, wie es zum Aufstieg des Monotheismus gekommen ist. Er behauptete, daß es sich nicht um einen natürlichen Schritt in der Entwicklung der Religionen handelte; vielmehr habe monotheistisches Denken zu einer Priesterkaste und zu einer bestimmten Geisteshaltung gehört. Monotheismus, so legt er dar, hat seinen Ursprung in einem bestimmten »Temperament«. Er sah intuitiv die determinierende Rolle der traditionalistischen Einstellung des Charakters voraus, noch bevor die Genetik ihre Daten zur Traditionalität beisammen hatte.[10]

Es wird leichter zu erkennen, warum es so schwierig ist, Veränderungen zu bewirken. Vielleicht ist Traditionalismus der konservative Zug im menschlichen Wesen, der in jeder Kultur als Fundamentalismus und Unbeirrbarkeit zutage tritt und in der archetypischen Gestalt des alten Königs personifiziert ist. Für mich ist es eine Erleichterung zu wissen, daß es nicht notwendigerweise der Grundsatz des Engels oder die Stimme der Berufung ist, die hohen Ansprüche »moralischer Standards und strikter Disziplin« aufrechtzuerhalten, sondern daß dies wie Schädel und Knochen ein Bestandteil unserer Grundstruktur ist.

Angenommen also, Traditionalismus hat eine ausgeprägte genetische Komponente, trägt dies zum Verständnis dessen bei, warum der Genius dazu aufruft, sich vom traditionellen Leben abzuwenden? Viele Jahrhunderte lang, angefangen bei den *Problemata* des Aristoteles über die melancholische Raserei (oder den *Furor poeticus,* den außergewöhnlichen Geisteszustand »kreativer« Menschen) bis hin zu Cesare Lombroso im 19. Jahrhundert, wird die Berufung mit dem Untraditionellen und Anormalen verglichen, ja sogar damit identifiziert.[11] Die Menschen stellen sich gerne vor, daß Neuheit und Originalität nichttraditionell sind, als ob sich Inspiration per Definition gegen Ordnung, Disziplin, Regeln und Autorität – also gegen den »Traditionalismus« – richten muß. Wenigstens können wir den Schluß riskieren, daß es zwischen konservativen genetischen Einstellungen und etwas anderem, das dagegen angeht und fortruft, starke Konflikte geben kann.

Ein drittes interessantes Forschungsergebnis ist, daß der Einfluß der Vererbung auf die Intelligenz (IQ-Werte) *nach* der frühen Kindheit bis hin zu den mittleren Jahren der Kindheit zunimmt.[12] Tatsächlich »scheint das Beweismaterial auszusagen, daß die Erblichkeit des Intelligenzquotienten mit dem Altern, von der frühen Kindheit an bis zum späten Erwachsenenalter, zunimmt«.[13]

Ich hätte angenommen, daß der genetische Faktor beim ersten Eintritt in die Welt, bevor man mit den Einflüssen der Außenwelt bombardiert wird und zwischen ihnen auswählen kann, am stärksten ist und die eigenen Fähigkeiten am nachdrücklichsten determiniert. Ich hätte geglaubt, daß es die ersten Monate und Jahre sind, in denen der genetische Faktor die größte Rolle spielt. Doch die Untersuchungen zeigen, daß die Erblichkeit hierbei mit zunehmendem Alter eines Kindes – zwischen drei und sechs oder sieben Jahren – steigt. Danach, mit ungefähr sieben Jahren, nimmt sie wieder langsam ab. Darüber hinaus »steigen die IQ-Testergebnisse während der Kindheit maßgeblich an, obgleich der Intelligenzquotient stark mit Erblichkeit korelliert«.[14]

Warum ist der Vererbungsfaktor im Alter von zwei oder drei Jahren weniger zwingend als im Alter von sieben oder acht? Ist die Individualität der Intelligenz bei der Geburt ausgeprägter, nur um in der mittleren Kindheit langsam zu verblassen? Die Forschungsergebnisse könnten nahelegen, daß ein Kleinkind weniger unter dem Einfluß sowohl von Anlage als auch von Umwelt steht als ein älteres Kind und daß es seiner persönlichen Urbegabung – wenigstens im Zusammenhang mit seiner angeborenen Intelligenz – stärker verpflichtet ist. Diese Interpretation der Daten würde den platonischen Mythos unterstützen, daß ein Mensch mit einem angeborenen Paradigma zur Welt kommt, welches mit der Erbausstattung nicht identisch ist und in der mittleren Kindheit langsam gegenüber dem zutage tretenden genetischen Faktor nachgibt. Aber auch im

»späten Erwachsenenalter«, wenn Berufung, Charakter und Geschick unausweichlicher geworden sind, ist die Intelligenz mit allem, dem sie dient, mehr dem Code der Seele zuzurechnen als jenem der Gene.

Auch scheint die »Erblichkeit in der frühen Adoleszenz abzunehmen«.[15] Das entspricht den Erwartungen. Viele Biographien legen Zeugnis ab über das plötzliche und überraschende Zutagetreten der Berufung während der Teenagerjahre. Mit anderen Worten, die Berufung scheint während der Jahre drei bis acht und dann wieder während der Pubertät am stärksten – vorausgesetzt, wir nehmen an, daß Berufung dann deutlicher sichtbar ist, wenn der genetische Einfluß zurückgeht. Einige der in diesen Kapiteln erzählten Lebensgeschichten zeigen tatsächlich, daß der Daimon in den frühen Jahren der Kindheit und der Adoleszenz in Erscheinung tritt.

Spekulationen wie diese sind die Würze empirischer und statistischer Untersuchung. Sie sorgen dafür, daß das Lesen solcher Literatur Spaß macht. Für sich genommen sind statistische Studien geisttötend. Deshalb gebe ich sie nicht so wieder, wie sie mir präsentiert wurden, also als Beweismittel, um den Beton zu härten. Sondern ich biete sie an, um Spekulationen auszulösen. Solche Spekulationen gewinnen sogar noch weiter an Bedeutung, je mehr sich die Molekularbiologie und die Statistik verfeinern und das erforschte Feld sich verbreitert. Die Vorstellungskraft muß sich ausdehnen, um Schritt zu halten mit den Forschungsergebnissen. 11 000 eineiige Zwillinge werden jedes Jahr in den Vereinigten Staaten geboren. Es wird immer deutlicher, daß genetische Einflüsse im höchsten Maße komplex und vielfältig sind, auch wenn wir sie mechanisch aufzeichnen oder unter einer Glockenkurve einfangen wollen.

Damit sind wir im IQ-Dornenfeld gelandet. »Obwohl die Frage nach dem genetischen Einfluß auf IQ-Testergebnisse traditionell eines der kontroversesten Gebiete innerhalb der Verhaltensforschung darstellt, zeigt eine kürzliche Erhebung unter über tausend Wissenschaftlern und Lehrkräften, daß die meisten von ihnen jetzt von der wenigstens partiellen Vererbung *individueller* Unterschiede bei den IQ-Testergebnissen überzeugt sind.«[16]

Achten Sie auf das Wort, welches ich hervorgehoben habe: *individuell.* Unterschiede – nicht des Geschlechts, nicht der Hautfarbe, nicht der Rasse, nicht der Klassen- oder irgendeiner Gruppenzugehörigkeit, sondern zwischen Individuen.

Also will ich den Vergleich von IQ-Testergebnissen sogenannter Schwarzer und Weißer in wenigstens vier Punkten in Frage stellen.

1. Wer in der 350jährigen rassenvermischten Kultur der USA ist genetisch gesehen schwarz, und wer ist weiß, von der genetischen Vermischung ganz zu schweigen, die erfolgte, lange bevor die Europäer und mit ihnen die importierten Afrikaner in Nord- und Südamerika einfielen?
2. Was bedeuten überhaupt alte Meßwerte, welche wir mit IQ-Tests erzielen und die wir als »Intelligenzquotient« bezeichnen?
3. Welche psychologische Bedeutung hat ein »Test« in den verschiedenen sozialen Bevölkerungsgruppen, und welche Beziehung besteht zwischen dem IQ-Test als Ritual und anderen »Test«-Ritualen?
4. Neben diesen Fragen, die auch in den endlosen Auseinandersetzungen über den Intelligenzquotienten und seine Ergebnisse und Testverfahren zu finden sind, gibt es eine, die sich insbesondere aus diesem Buch ableitet. Wenn es eine Eichel oder einen Daimon gibt und wenn sich dieser Faktor oft der Unterordnung unter die Sozialisation verweigert, wie es die Lebensgeschichten der Berühmten häufig zeigen, könnte solch eine Verweigerung sich dann nicht auch auf die IQ-Testergebnisse auswirken? Würde die Eichel nicht vielleicht gerade den IQ-Test für ihre Verweigerung herausgreifen, da

hohe IQ-Ergebnisse im allgemeinen der richtige Passierschein in einen annehmbaren Teil der sozialen Glockenkurve sind?[17]

Individualität

Die individuelle Identität eines jeden Menschen ist nicht nur Gegenstand religiösen Glaubens oder ein Axiom des westlichen Geistes. Die menschliche Individualität ist auch statistisch gesehen eine fast sichere Größe.

> Jeder von uns hat die Kapazität, 10^{3000} Ei- oder Samenzellen, eine jede davon mit einem einmaligen genetischen Satz, zu erzeugen. Wenn man 10^{3000} von einer einzelnen Frau produzierte Eizellen und die gleiche Menge von einem einzelnen Mann erzeugter Spermien zugrunde legt, dann ist die Wahrscheinlichkeit, daß irgendwer sonst in der Vergangenheit oder in der Zukunft unseren Satz Gene hat oder hatte, unendlich klein.[18]

Außerdem warnt die genetische Forschung selbst, daß die Gene mit simplen Erklärungen nicht faßbar sind. Zeitlich gesehen finden ihre Erfindungen in plötzlichen Schüben und Verzögerungen statt, und die Beeinflussung durch Umweltbedingungen ist grundsätzlich immer gegeben. Daher hat sich die Forschung seit den achtziger Jahren mehr und mehr auf voneinander unabhängige Leben, Verhaltensunterschiede, voneinander verschiedene Einstellungen oder auf das, was Sie und ich als Individualität bezeichnen würden, konzentriert.

Um den genetischen Aspekt der Individualität zu erklären, haben drei Theorien an Bedeutung gewonnen. Diese erklärenden Vorstellungen deuten ebenfalls auf »etwas anderes« hin.

Die erste heißt »Emergenese«. Sie basiert zum Teil auf den überraschenden Daten über genetische Eigenschaften, die in der Familie sichtbar wurden, aber dennoch im Geschmack, Stil und in charakteristischen Gewohnheiten eineiiger Zwillinge, die getrennt voneinander aufgewachsen sind, auftauchen.[19] Hier folgen einige Beispiele für diese erstaunliche Übereinstimmung bei getrennt aufgezogenen Zwillingen:

> Ein erwachsenes männliches eineiiges Zwillingspaar stellte bei seinem ersten Zusammentreffen als Erwachsene fest, daß beide Vademecum-Zahnpasta, Canoe-Rasierwasser, Vitalis-Haarwasser und Lucky-Strike-Zigaretten verwendeten. Nach dieser Begegnung tauschten sie Geburtstagsgeschenke aus, die sich in der Post kreuzten und sich als identische Wahl erwiesen, die unabhängig voneinander in verschiedenen Städten getroffen worden war.
> In der Gruppe von Zwillingen gab es zwei, die Jagdwaffenbastelei als Hobby betrieben; zwei Frauen, die aus Gewohnheit sieben Ringe trugen; ... zwei, die zwanghaft Dinge zählten; zwei, die beide fünfmal verheiratet gewesen waren; zwei Feuerwehrhauptmänner; zwei Modedesigner; zwei, die kleine Zettel mit Liebesbekundungen für ihre Frauen im Haus verteilten ... in jedem Fall handelte es sich dabei um erwachsene eineiige Zwillingspaare.
> Bei den von uns studierten zweieiigen Zwillingen, die in der Kindheit getrennt und unabhängig voneinander aufgezogen worden waren, treten im Gegensatz dazu nur selten vergleichbare »Zufälle auf«.[20]

Die Emergenese erklärt diese konvergenten Phänomene, indem sie feststellt, daß die Ähnlichkeiten (a) genetischen Ursprungs sein müssen (weil sie in eineiigen Zwillingen auftreten) und (b) das Resultat einer genetischen Anordnung seien, die nur in dem einen oder anderen individuellen Paar hervortritt. Kämen diese Gewohnheiten und Neigungen in irgendeiner einzelnen Person zum Vorschein, dann hätten wir damit noch keinen Beweis für einen genetischen Einfluß. Da sie jedoch in eineiigen, unabhängig voneinander aufgezogenen Zwillingen erscheinen, könne diese Übereinstimmung nur auf Vererbung zurückgehen.

Die Emergenese führt aus, daß der genetische Kode zu einer einzigartigen Konfiguration führt, die aus dem Genmaterial beider Elternlinien ererbt wurde. »Vielleicht erhalten Sie von Ihrem Vater die Pik Zehn und den Pik König und von Ihrer Mutter den Pik Buben, die Pik Königin und das Pik As, Karten, die für sich genommen in keinem der beiden Stammbäume viel bedeuten, deren Kombination in Ihnen jedoch … einen neuen olympischen Rekord auf die Beine stellen könnte.«[21] Es ist also nicht einfach ein Haufen Genmaterial, der Einzigartigkeit erzeugt, sondern die Art, auf die Ihr Blatt eine besondere und erfolgreiche Konfiguration bildet.

Unser Begriff für »Konfiguration« war »Muster« oder »Bild«, das besondere *paradeigma*, welches Platons Mythos zufolge Ihr Geschick ausmacht. Emergenese erklärt genetisch und, ich nehme an, durch Zufall das Paradigma, welches das Ihre ist. Denn wer weiß schon, was Sie dazu veranlaßt hat, ein Gewinnerblatt zu ziehen? Oder vielmehr: Das Schicksal weiß es; Ihre Konfiguration ist das Los, das Ihre Seele wählte, noch bevor Sie den ersten Atemzug taten.

Die zweite theoretische Vorstellung läuft unter dem Namen »Epistasis«. Sie nimmt Bezug auf die hemmende Wirkung von Genen, die in einer gewaltigen Vielzahl von Kombinationen aufeinander einwirken können.

> Verhaltensunterschiede zwischen Individuen [sind] auf zahlreiche, vielleicht Hunderte von Genen zurückzuführen. Jedes dieser Gene kann seinen eigenen kleinen Beitrag zur Variabilität zwischen Individuen leisten … Epistasis … [ist

wie] genetisches Glück. Glück bei der »Ziehung« – das heißt bei der Empfängnis – kann zu bestimmten einzigartigen Genkombinationen führen, die wiederum außergewöhnliche Auswirkungen haben, die bei Eltern und Geschwistern nicht auftreten.[22]

Ein unvorhersehbares »Glück bei der ›Ziehung‹« spielt eine Rolle dabei, wer wir sind. Bei Platon heißt diese zufällige Ursache *Ananke*; die furchterregende Göttin der Notwendigkeit trotzt der Vernunft und verwaltet in Platons Mythos die Lose, die unsere Seelen wählen. Und sie heißt auch *Tyche* und *Moira*, die Personifizierungen des Schicksals sind. Von römischen Zeiten bis hin zur Renaissance wurde dieses Prinzip *Fortuna* genannt – und es kommt einem merkwürdig vor, am Ende zu diesen archetypischen Gestalten zurückzukehren, um den besonderen Charakter und das besondere Schicksal des Individuums zu erklären. Als ob wir es die ganze Zeit über gewußt hätten, nur daß wir jetzt einen neuen Namen dafür haben: Chaostheorie, die dritte Vorstellung, die inzwischen in der Vererbungsforschung eine prominente Rolle spielt.

»In nichtlinearen Systemen [und sicherlich kann das Leben als ein solches angesehen werden] können kleine, anscheinend triviale Inputdifferenzen zu gigantischen Outputdifferenzen führen ... Chaotische Systeme sind nicht vorhersagbar [gewiß ist Unvorhersehbarkeit ebenfalls eine charakteristische Eigenschaft des Lebens], jedoch in ihren unregelmäßigen Mustern stabil.«[23] Die Chaostheorie mißt der »empfindlichen Abhängigkeit von Anfangskonditionierungen« große Bedeutung zu.

Sind wir damit nicht heimgekehrt zum Einfluß des Engels oder Genius und zu seiner anscheinend trivialen und dennoch hochbedeutsamen Wirkungsweise wie bei dem Wutausbruch des kleinen Yehudi Menuhin über die Spielzeuggeige, wie bei Ella Fitzgerald, die sich beim Amateurwettbewerb plötzlich entscheidet zu singen? Ich möchte Ihre Aufmerksamkeit ferner auf den Anfang des Zitats lenken, »in nichtlinearen Systemen«. Wir können unsere Biographien nicht nur als zeitgebundene, lineare Entwicklung von der Geburt bis zum Tod sehen. Dies ist nur eine Dimension, die zeitliche, eine lineare.

Die Seele bewegt sich in Kreisen, sagt Plotin. Folglich läuft unser Leben nicht nur geradeaus; statt dessen kreist es, wankt, kehrt zurück, erneuert oder wiederholt sich. Die Gene sind zu plötzlichen Schüben und Verzögerungen fähig. Das Gefühl, am richtigen Fleck, mittendrin, weit offen und voll dabei zu sein, zu sehen und zu wissen, kommt und geht vollkommen unvorhersehbar und doch in stabilen Mustern.

Ich bin anders als alle anderen und genauso wie alle anderen; ich unterscheide mich von dem Menschen, der ich vor zehn Jahren war, und ich bin genauso wie der Mensch, der ich vor zehn Jahren war; mein Leben ist ein stabiles Chaos, sowohl chaotisch als auch monoton, und ich kann nie vorhersagen, welches kleine, anscheinend triviale bißchen Input zu einem gigantischen und bedeutsamen Output führen wird. Ich muß immer äußerst feinfühlig auf Anfangskonditionierungen achten, beispielsweise auf dasjenige oder denjenigen, der mit mir auf die Welt gekommen ist und mit mir jeden Tag erneut in die Welt eintritt. Davon bin ich auch weiterhin abhängig.

Liebe

Wir stehen nicht so einzigartig mit unserer Art zu lieben da, wie wir es vielleicht gerne hätten. Die Leute scheinen einen ähnlichen Stil des Liebens zu haben. Erwachsene eineiige Zwillinge weisen diese Ähnlichkeit am deutlichsten auf, denn sie haben die Tendenz, sich die gleichen Vorstellungen von der Liebe zu machen.

Mit »Stil des Liebens« beziehe ich mich auf die Modelle, die in der »Liebesforschung« zur Anwendung kommen. Die breite Vorstellung von »Liebe« wird auf eine Reihe von Schubladen verteilt, wie zum Beispiel verantwortliches, altruistisches Versorgen *(agape)*, praktische Partnerschaft *(pragma)* erotische Intimität *(eros)* und so fort. Eineiige Zwillinge stimmen in diesen Kategorien weitgehend überein. Doch ist der Grund für diese Ähnlichkeit nicht genetischer Natur.

> Die Ergebnisse dieser ersten verhaltensgenetischen Analyse erwachsener Liebesstile sind aus zwei Gründen bemerkenswert. Erstens kennen wir keine Persönlichkeitsdomäne (Streßtoleranz, Aggression, Kontrolle etc.), in der genetische Faktoren eine so geringe Rolle spielen … Zweitens ist uns auch keine Geisteshaltung [religiöse Glaubensvorstellungen, rassistische Vorlieben etc.] bewußt, in der genetische Faktoren von so geringer Bedeutung sind.[24]

Hier haben wir es mit einer amüsanten Kuriosität zu tun. Diese Zwillinge stimmen in allen Liebesstilen überein, *außer in einem:* in der Manie, dem zwanghaften, quälenden Gefühl, das normalerweise für die romantische Liebe typisch ist. Wir müssen also herausfinden, wie es zu der Ausnahme bei der manischen romantischen Liebe kommt. In dieser speziellen Hinsicht scheint es eine Unabhängigkeit des Herzens zu geben. Manische Liebe ist etwas anderes!

Da die Erklärung für die Ähnlichkeit der Stile nicht genetischer Natur ist, läßt das Forschungsmodell nur eine Alternative zu: die Umwelt. Ähnlich aussehende Zwillinge, die auf ähnliche Weise lieben, haben sich identische Landkarten der Liebe zu eigen gemacht.

Die »persönliche Landkarte der Liebe« ist eine der Methoden, mit der die Psychologie das Mysterium des Sichverliebens zu erklären versucht. Man wächst in einer Elternumgebung auf, in der bestimmte Grundzüge Freude bereiten, Bedürfnisse erfüllen, die Lebendigkeit fördern. Diese Merkmale bilden gemeinsam ein Schema, in das man sich verliebt, wenn einem ein Mensch über den Weg läuft, der die Attribute der persönlichen Liebeslandkarte aufweist. »Während man heranwächst, formt sich diese unbewußte Karte, und ein vielschichtiges Urbild des oder der idealen Geliebten bildet sich heraus … Damit sind lange, bevor man im Klassenzimmer, bevor man beim Einkaufsbummel oder im Büro seiner wahren Liebe begegnet, die Grundzüge des oder der idealen Geliebten festgelegt.«[25]

Die persönliche Liebeslandkarte setzt sich aus mehreren Schichten zusammen. Kulturübergreifende Forschungen legen nahe, daß es eine kollektive Ebene für allgemeine Liebeslandkarten gibt, wie zum Beispiel gutes Aussehen. Bei Frauen sind Körper, die rundlich und mit breiten Hüften ausgestattet sind, allgemein attraktiv; bei Männern spielen eher weltliche Güter wie Autos oder Kamele eine Rolle. Dann gibt es Schichten, welche Traditionen, Mode und örtliche Gesellschaftsnormen widerspiegeln. Die Theorie der persönlichen Liebeslandkarten besagt, daß die Konditionierung durch die Umwelt das Objekt der Begierde festlegt.

Andere Psychologen bezeichnen diese Objektwahl als Projektion. Der Jungschen Psychologie zufolge hat die Projektion ihren Ursprung in einer archetypischen Quelle, die Bestandteil der intimen Seelenessenz eines jeden ist. Für Jungianer hat die Liebeslandkarte im höchsten Maß individuelle Züge, da sie ein komplexes Bild im Herzen darstellt, welches die Verliebtheit hervorruft und das Gefühl, daß es sich um einen Ruf des Schicksals handelt. Je zwanghafter und zwingender das Bild, desto »wahnsinniger« verlieben wir uns, was die Überzeugung noch verstärkt, daß tatsächlich das Schicksal seine Hand im Spiel hat. Jungianer bezeichnen diesen archetypischen Faktor, der die Liebeskarte in die Richtung einer bestimmten Person wendet, als Anima und Animus.[26] Diese Gestalten tragen, oberflächlich betrachtet, vielleicht Züge der Liebeskarte, sie dürfen jedoch nicht auf sie reduziert werden.

»Anima« und »Animus« haben ihren Ursprung in den lateinischen Worten für »Seele« und »Geist«; unser Herz kann sich also in ein zusammengesetztes Kindheitsbild verlieben, aber immer ist es eine unbekannte Konfiguration, die unsere persönliche Liebeskarte strukturiert und sie mit wundersamen und mysteriösen Erfahrungen durchdringt.[27] Das ist der Grund dafür, so würden Jungianer sagen, warum Liebe so überwältigend ist. Sie zieht einem die Schuhe aus und läßt einen aus der Haut und aus dieser Welt fahren.

Die Erfahrung romantischer Liebe geht über alle Verhältnisse hinaus, verlangt Hingabe jenseits aller Grenzen. Für Platon war der Wahnsinn, der Liebeswahnsinn, eine Intervention der Götter, insbesondere von Aphrodite und Eros.[28] Wenig mehr im Leben scheint exklusiver für einen bestimmt, persönlicher an einen gerichtet zu sein als die manischen Augenblicke einer Romanze. Eine Liebesgeschichte fühlt sich schicksalhaft an, wie Kismet, Karma und Geschick. »Du mußtest es sein.« »Niemand sonst könnte mir gefallen.« »Nur du allein.« »Ich wanderte umher, endlich fand ich dich.« »Du bist mein Glücksstern.« Diese fatale Anziehung, unpersönlich die »Chemie« der Gefühle genannt und mit unterschwellig wirkenden Pheromonen verbunden, besitzt eine Autonomie, die ihr gestattet, sich von genetischen wie von Umweltbedingungen freizumachen.

Ob dieses Gefühl nun illusionär ist oder nicht, es legt beredtes Zeugnis darüber ab, was Jungianer mit ihrer Interpretation der romantischen Liebe behaupten. Etwas »Bedeutsames«, etwas anderes, das insbesondere »romantisch« ist, begleitet das Phänomen. Natürlich verlieren eineiige Zwillinge etwas von ihrer Ähnlichkeit, indem sie sich unterschiedlich verlieben.

Wir haben also zwei Auffassungen kennengelernt, anhand derer man sich die persönliche Liebeslandkarte vorstellen kann – das Jungsche Animus/Anima- und das Anlage-oder-Umwelt-Modell. Laut dem letzteren werden »romantische Liebesstile nicht stark durch Erbfaktoren beeinflußt«. Die einzige mögliche Alternative ist die Umwelt. Man lernt seinen Liebesstil in seinen frühen Jahren. Wie? Durch »einzigartige Erfahrungen« auf der einen Seite, auf der anderen Seite durch »Teilhaben an den Erfahrungen der Eltern und ähnliche Beobachtungen elterlicher Beziehungsstile«[29]. Vielleicht. Die These geht davon aus, daß man sich verliebt, wenn schon nicht direkt in die Eltern, wie es bei den Freudianern zu sein scheint, so doch in einen Ersatz für sie oder wenigstens ihren Mustern folgend. Wieder wird der Elterntrugschluß wirksam, wo man etwas nicht versteht. Ob ich nun »ein Mädchen will, das genauso ist wie das Mädchen, das du geheiratet hast, Papa«, oder eines, das sich soweit wie möglich von ihm unterscheidet, es ist ein großer Vertrauenssprung und zugleich eine Beleidigung der Person, in die ich mich verliebe, wenn ich daran glaube, daß meine Fantasien und mein Liebesstil jene von Mama und Papa wiederholen, es sei denn auf der kollektiven sozialisierten Ebene der Liebeslandkarte.

Für Jungianer sind Mutter und Vater Vorschaubilder von Anima und Animus. Selbst wenn wir sie und ihren Liebesstil imitieren, so sind wir doch keine Fotokopien von ihnen.

Fantasie verschönert die Liebeslandkarte oder, und das ist wahrscheinlicher, entwirft sie. Empirische Studien zur romantischen Liebe verkünden, »daß romantische Liebe untrennbar mit der Fantasie verbunden ist«.[30] Die Idealisierung ist für sie unbedingt erforderlich, nicht die Imitation; nicht eine Reproduktion des Bekannten, sondern die Erwartung des Unbekannten. Einige Einzelheiten elterlicher Verhaltensweisen mögen passen, andere werden nie kopiert, und die Faktoren, welche die Fantasie in Bewegung setzen und die Details auswählen, heißen Anima und Animus. Die archetypischen Fantasien greifen die Liebeslandkarten auf, die wir von Mama und Papa übernehmen, und integrieren sie, nicht umgekehrt.

Es kann andere »Ursachen« als Familienstile für Ähnlichkeiten zwischen Zwillingen geben. Zwillinge versuchen möglicherweise die Beziehung zu wiederholen, die sie miteinander haben – diese Stabilität, diese Freundschaft, diese praktische Orientierung und Fürsorge, diese unbewußte eigegebene physische Nähe –, das auf einen Lebenspartner zu übertragen, was bisher ihr Lebensstil war. Schon im Mutterleib wird geküßt und gestritten.[31] Die Wiederholung allein verschafft ihnen vielleicht vergleichbare Liebeslandkarten. Doch das Ziel unserer Suche ist weniger ein Grund für ihre Ähnlichkeit als vielmehr für ihre Unterschiedlichkeit in bezug auf die manische romantische Liebe, auf diesen Zustand quälenden und verzweifelten Verlangens, der Hochs und Tiefs, der zwanghaften Abhängigkeit, ein Zustand, über den man scheinbar niemals hinwegkommen kann.

Eine andere Ursache für die Unterschiedlichkeit der romantischen Stile von Zwillingen ist das Bedürfnis nach einem »psychologischen Spiegel«, den die romantische Liebe bereithält.[32] Im Spiegel der Ähnlichkeit sehen wir nur unser Zwillingsgesicht; im Spiegel des Liebeswahns sehen wir etwas vollkommen anderes, das Gesicht, das wir nicht finden können, nicht kennen und das romantische Qualen zu verlangen scheint. Wenn die eineiige Identität in unserer DNS festgeschrieben ist und durch jeden gemeinsamen Atemzug in der Kindheit verstärkt wird, dann bedarf es einer losreißenden Verzerrung, um Unterschiede herbeizuführen.

Die Liebeslandkarte erklärt vielleicht das Sichtbare wie die schwingenden Hüften, die Autos und Kamele, aber man verliebt sich auch in »etwas anderes«, in etwas Unsichtbares. Wir sagen: »Sie hat etwas!«, »Die ganze Welt verändert sich in seiner Gegenwart.« Oder wie Flaubert gesagt haben soll: »Sie war der Brennpunkt des Lichts, in dem die Gesamtheit der Dinge zusammenlief.«

Das ist allerdings nicht auf der Karte. Wir befinden uns jetzt im Bereich der Transzendenz, wo gewöhnliche Realitäten weniger überzeugend sind als Unsichtbares. Sollten wir jemals einen augenfälligen Beweis für den Daimon und seinen Ruf suchen, dann reicht es, wenn wir uns nur einmal verlieben. Die rationalen Quellen der Vererbung und Umwelteinflüsse reichen nicht aus, um diese Fluten romantischer Qual auszulösen. Alles dreht sich um uns, und niemals fühlen wir uns wichtiger und schicksalhafter bestimmt; noch kann das, was wir tun, jemals dämonischer sein.

Dieser Rausch der Selbstherrlichkeit legt nahe, daß die romantische Liebe »tatsächlich das Wachstum der Individualität gefördert hat«.[33] Nach der Auffassung von Susan und Clyde Hendrick kann mit einigem Recht behauptet werden, daß der westliche Persönlichkeitsbegriff dem Platz gleicht, welcher in der Kultur, zunächst in der höfischen Liebe und bei den Minnesängern und später in der Renaissance, der romantischen Liebe eingeräumt wurde. Ideale des Individualismus und des individuellen Schicksals erreichten im 19. Jahrhundert ebenso einen Höhepunkt wie die übertriebenen romantischen Liebestaumel, so daß, wie die Hendricks es ausdrücken, die romantische Liebe »als Kraft oder Motor aufgefaßt werden kann, um Selbst und Individualität zu erschaffen oder zu befördern«. Diese Psychodynamik muß den Ruf der Liebe im eigenen »Selbst« ausfindig machen. Meine Psychodynamik stellt sich diesen Ruf phänomenologischer vor, wobei sie die Sprache verwendet, welcher sich die Liebe selbst bedient – Mythos, Poesie, Geschichte und Lied –, und welche den Ruf über das »Selbst« hinaus erklingen läßt, als käme er von einem göttlichen oder dämonischen Wesen.

Das ist der Grund, warum der manische Stil romantischer Liebe nicht mit den übrigen Liebeslandkarten konvergiert. Der Ruf kristallisiert sich in der Person, deren Gesicht uns zu dem ruft, was sich wie unser Schicksal anfühlt. Diese Person wird zu einer verkörperten Gottheit, zum Herrn über unser Schicksal, zur Herrin unserer Seele, wie es die Romantiker ausdrücken, sowohl in dämonischer wie in engelhafter Hinsicht, die eine Person, an der wir festhalten müssen und von der wir uns nicht trennen können, nicht weil wir so schwach sind, sondern weil es, der Ruf, das Schicksal, so stark ist. Natürlich leiden wir, sind besitzergreifend, abhängig, gequält. Der Daimon reißt unsere persönliche Liebeskarte in Fetzen.

Eineiige Zwillinge wählen vielleicht ein und dieselbe Zahnpasta oder dasselbe Rasierwasser, aber »die wichtigste Wahl von allen – jene des Partners – scheint eine Ausnahme zu sein«. »Romantische Vernarrtheit … bildet sich … nahezu zufällig.« Die Verhaltensforschung zieht daraus den Schluß, »daß die menschliche Paarung von Natur aus zufällig erfolgt«.[34] Sie zieht sich auf das statistische Glück der Lotterieziehung zurück, um die wichtigste Wahl, die ein Mensch treffen kann, zu erklären, weil die Psychologie als Wissenschaft es nicht wagt, sich das vorzustellen, was sie nicht messen kann.

Es steht uns allerdings auch frei, die neuesten Forschungsergebnisse als Bestätigung für die Autonomie des Genius zu interpretieren. Seine Flamme beleuchtet genau den erforderlichen Gefährten, in Freud und Leid, für lange oder kurze Zeit, und überzeugt uns davon, daß dieser andere ein Unvergleichlicher und daß dieses Erlebnis einzigartig ist. Die übrigen Liebesstile, die in der Forschung ausgewertet wurden – miteinander teilen, Umsorgen, praktische Gesichtspunkte und libidinöse Intimität – sind weniger wählerisch, weniger persönlich. Sie beharren nicht auf diesem einen besonderen Partner, der das Bild verkörpert, welches wir in unserem Herzen tragen. Romantischer Liebeswahn sieht, was bereits im Urbild der Eichel vorhanden war, noch bevor Sie daherkamen.

Der spanische Philosoph Ortega y Gasset sagt, daß wir uns in einem langen Leben nur wenige Male verlieben.[35] Es ist ein seltenes und zufälliges Ereignis, und es berührt unglaublich tief. Wenn solche Liebe eintritt, dann geschieht es aus keinem anderen Grund als um der Einzigartigkeit ihres Gegenstandes willen. Nur *diese eine Person.* Nicht Attribute und Tugenden, nicht Stimme oder Hüften oder das Bankkonto, nicht von vorangegangenen Liebschaften übriggebliebene Projektionen oder weitergereichte Familienmuster, einfach die Einzigartigkeit dieser Person, die das Auge des Herzens erwählte. Ohne dieses Gefühl von Schicksalhaftigkeit der Wahl funktioniert die Romantik in der Liebe nicht. Denn diese Art Liebe ist nicht eine persönliche Beziehung oder eine genetische Epistase, sondern eher ein daimonisches Erbe, ein Geschenk und Fluch von den unsichtbaren Ahnen.

Ein ähnliches Gefühl der Schicksalhaftigkeit, auch wenn es weniger plötzlich auftritt und nicht so hitzig ist, und eine vergleichbare Hingabe kann ein bestimmter Ort und sogar eine Arbeit auslösen, nicht weniger als eine Person. Man kann den Ort oder die Arbeit nicht im Stich lassen, man muß bleiben, bis es vorbei ist, man zelebriert magische Rituale, um die Dauer zu verlängern. Die gleiche Verzauberung tritt ein, der gleiche Eindruck breitet sich aus, daß ich den Rest meines Lebens mit »dir« verbringen könnte, egal, ob »du« eine Person, ein Ort oder eine Tätigkeit ist. Und ein ähnliches Gefühl gibt es, daß nicht nur unser Leben hierhergerufen wurde, sondern auch unser Tod.

Der Tod ist ein massiver und abstoßender Begriff, um ihn mit den intensiven Gefühlen der romantischen Liebe in Verbindung zu bringen; aber gerade die romantische Liebe reflektiert Gefühle sowohl der Unendlichkeit als auch der Kürze und Zerbrechlichkeit des Lebens, als ob der Ruf des Todes in ein grenzenloses »Darüberhinaus« immer romantische Leidenschaft zugleich überschattet und inspiriert. Man nimmt die außerordentlichsten Risiken auf sich. Und wenn die Literatur romantische Liebende zusammenführt, dann verbindet sie ihre Liebe auch mit dem Tod.

Das »sehende Auge« des Herzens ist auch das Auge des Todes, das durch sichtbare Inszenierungen hindurch auf einen unsichtbaren Kern blickt. Als Michelangelo Skulpturen seiner Zeitgenossen oder von Gestalten aus Religion und Mythologie schuf, da versuchte er das zu sehen, was er *immagine del cuor* nannte, das Bild des Herzens, ein »Urbild« dessen, was er in Stein schlug, als ob der Meißel, der in den Fels eindrang, dem Auge folgte, das in das Herz der dargestellten Person blickte.[36] Das Abbild sollte die innere Seele dessen darstellen, was er meißelte.

Jeder Mensch trägt ein solches Bild in seinem Herzen. Es ist das, was wir zu erkennen geben, wenn wir uns hoffnungslos verlieben, denn dann sind wir offen genug, um zu zeigen, wer wir im tiefsten Inneren sind, einen Blick auf den Genius unserer Seele zu gewähren. Man sagt: »Er sieht so anders aus – er muß verliebt sein.« »Sie hat sich verliebt – und so sehr verändert.« Wenn Liebe das Herz bewegt, dann wird etwas anderes in dem geliebten Menschen wahrgenommen, etwas, das poetische Sprache einzufangen versucht.[37] Michelangelo versuchte dieses Bild in der in Stein geschlagenen Form auszudrücken. Die Kategorien von Anlage und Umwelt reichen nicht in das Herz hinein und sehen auch nicht durch seine Augen. Das ist der Grund, warum wir unsere Untersuchung der Genetik und Umwelt um diese Coda über die Liebe ergänzen mußten.

Die Begegnung der beiden Liebenden ist eine Begegnung von Herz zu Herz, wie jene zwischen Bildhauer und Modell, zwischen Hand und Stein. Es ist ein Aufeinandertreffen der Bilder, ein Austausch der Fantasien. Wenn wir uns verlieben, dann nehmen unsere Fantasien einen romantischen, glühenden, wilden, verrückten, von Eifersucht, Besitzgier und paranoider Intensität geprägten Charakter an. Und wenn unsere Fantasien stark sind, dann verlieben wir uns in die Bilder, die wir vor dem Auge des Herzens heraufbeschwören – vom Beginn eines neuen Projekts, den Vorbereitungen einer Urlaubsreise, dem Leben in einer neuen Stadt, dem Beginn einer Schwangerschaft ... Unsere Fantasie zieht uns immer weiter in das Abenteuer hinein, zur Frühuntersuchung, zum Einkauf der notwendigen Ausstattung, zum Lesen der Informationsbroschüren, zur Auswahl des Namens. Es ist die Fantasie, die uns verliebt macht! Es ist die Freiheit der Fantasie, mit der sich selbst eineiige Zwillinge von ihrer Gleichheit befreien können.

Umwelt

Bevor wir dieses Kapitel abschließen, müssen wir zu unserem anfänglichen Zwillingspaar, Veranlagung und Umwelt, zurückkehren. Da Umwelt der Begriff ist, auf den sich zwei Hauptthemen dieses Kapitels, Vererbung und Liebe, beziehen, um das dunkle Feld der Unterschiede zu erhellen, können wir ihn nicht einfach unbesehen verwenden.

Umgebung, Ambiente, Milieu, Lebensbereich, Wirkungskreis: Das sind einige der Begriffe, die mit Umwelt assoziiert werden. Umwelt bezeichnet den Kontext, die physischen Bedingungen und die äußeren Situationen, die uns und unser Leben einrahmen.

In der Zwillingsforschung unterscheidet man zwei Arten von Umwelt: die gemeinsame und die getrennte Umwelt. Eine gemeinsame Umwelt zu haben bedeutet bei eineiigen Zwillingen in der Regel, einige Jahre lang ununterbrochen in ein und derselben Familie aufgezogen worden zu sein, an den Familienaktivitäten, Werten, Gesprächen und Gewohnheiten teilgehabt, im selben Klassenzimmer mit demselben Lehrer gesessen und sich mit denselben Sportarten und Mannschaftskameraden auseinandergesetzt zu haben. Das Bild von einer gemeinsamen Umwelt ist natürlich idealisiert und hat mehr Ähnlichkeit mit einem Film über die Mittelklasse aus den fünfziger Jahren als mit der Wirklichkeit.

Eine »getrennte Umwelt« nimmt Bezug auf die singulären

Erfahrungen, die jeder Zwilling für sich allein macht. Dazu gehören auch zufällige Ereignisse, Krankheiten und private Gefühle, Träume, Gedanken und Beziehungen.

Ist es möglich, einen scharfen Trennungsstrich zwischen gemeinsamer und getrennter Umwelt zu ziehen? Die scheinbar gemeinsame Umwelt der eineiigen Zwillinge ist doch voller Unterschiede: wie die Mutter jeden der beiden Zwillinge unterscheidet; wie jeder der beiden seine eigene Elternbeziehung entwickelt; unterschiedliche Versorgung während des nachgeburtlichen Krankenhausaufenthaltes (der bei Zwillingen oft erforderlich ist); Gesundheitskomplikationen in der frühen Kindheit; physische Stellung: in der Wiege, im Kinderbett, an der Brust und so fort.

Besonders wichtig ist der Unterschied in der Art, wie die beiden Zwillinge zueinander in Beziehung treten, die von einer archetypischen Logik der Gegensatzpaare (schwächer/stärker, schlauer/dümmer, erster/letzer, extravertiert/introvertiert, irdisch/himmlisch, sterblich/unsterblich und so fort) bestimmt wird. Forscher haben zum Beispiel festgestellt, daß sich zwischen Zwillingen, die in einer gemeinsamen, von Konkurrenzdenken geprägten Umgebung aufwachsen, eine Rivalität aufbaut, die in jedem der beiden unterschiedliche individuelle Reaktionsmuster hervorbringt.[38]

Rivalität ist nicht nur eine Konsequenz des wettbewerbsorientierten Geistes in unserer Kultur. Sie spiegelt den angeborenen Drang »Gleicher« wider, sich in ihrer Identität voneinander zu unterscheiden. Jede Person strebt danach, ein »einzelner« in der Übereinstimmung mit dem Bild in seinem Herzen und dem Weg seines Schicksals zu sein, trotz Genetik und trotz Umwelt. Jede Familie ist eine Quelle der Ähnlichkeiten *und* eine zentrifugale Kraft, die jedes Familienmitglied herumwirbelt und dazu bringt, auf dem Konkurrenzweg seine Verschiedenheit geltend zu machen. Im Fall von eineiigen Zwillingen sorgt gerade der Sog der Nähe dafür, sie auseinanderzuschieben. Magneten, die bei gegensätzlicher Polung aneinander haften, stoßen sich bei gleicher Polung voneinander ab. Wir wollen jedoch Verschiedenheit nicht nur an wettbewerbsorientierter Rivalität festmachen, sondern auch am Ruf des Engels zum einzigartigen Schicksal.

Der Begriff Umwelt muß noch etwas tiefergreifender analysiert werden. Er geht ohne Zweifel über die Vorstellungen von Familiennetzwerk hinaus – eine einfache Szene in einer Fernsehkomödie mit ähnlichen Späßchen und Streitereien, mit ähnlichen Naschereien aus dem Kühlschrank, mit ähnlicher Bettgehzeit. Bestandteile der Umwelt sind auch das Mobiliar und das Auto, die Haustiere und die Pflanzen auf dem Fensterbrett. Sie erstreckt sich außerhalb der Mauern auf den Garten und die Nachbarn, auf die Ereignisse in der Straße, auf das, was Tausende von Kilometern entfernt produziert wird und über das Fernsehen, Internet oder den Walkman hinzukommt. Umwelt muß außerdem den Supermarkt beinhalten, wo die Welt verpackt in den Regalen steht: Bananen aus Ecuador und Fisch aus Neufundland und außerdem der chemische Überzug auf den Bananen und die Quecksilberspuren, die aus den Papierfabriken in die Zellen der Fische gelangen.

Sobald wir erst einmal das ökologische Auge geöffnet haben, wo hört Umwelt – selbst die unmittelbare, ungeteilte, private, individuelle Umwelt – dann auf?

Kann es überhaupt eine »getrennte Umwelt« geben? Kann ich tatsächlich einen abgeschlossenen Augenblick besitzen, der nur mir allein gehört? Sogar das Kissen, auf dem ich liege und atme, während ich in meinen privaten Mitternachtstraum hinübergleite, enthält die Spuren der Entendaunen, des Polyesters, der Baumwolle und der Umwelt, in der es gefertigt wurde, wie auch der Milben, die das Kissen mit mir teilen.

Ich bin zu der Überzeugung gelangt, daß die Vorstellung eines umfriedeten Gartens der Isolation nichts mit irgendeiner tatsächlichen Wirklichkeit zu tun hat; sie ist nur eine notwendige Fantasie, um die Kommunikation mit dem Unsichtbaren zu intensivieren, dessen Vorzeichen und Andeutungen so undeutlich wahrgenommen werden. Die Vorstellung der Abgetrenntheit sorgt für ein Tor zum Garten der Individualität. Wir brauchen diese Vorstellung, um unser persönliches Gefühl der Einzigartigkeit zu bestätigen und um ihren Ruf zu hören.

Die Kategorie »getrennte Umwelt« ist eine Erfindung der strengen Wissenschaften, um die Ursache für individuelle Unterschiede ausfindig zu machen. Sie wird verwendet, um das zu erklären, worüber ihre anderen beiden Kategorien, Erblichkeit und gemeinsame Umwelt, keine Rechenschaft ablegen können. Doch die Vorstellung von »Abgetrenntheit« beruht auf dem Bild eines Geheges, einer privaten Umgebung, die sich auf mich allein auf eine besondere Weise auswirkt. Das einzig mögliche, nicht gemeinsame und nicht miteinander teilbare Phänomen aber, das immer da ist und mein Leben beeinflußt, ist die Einzigartigkeit des Daimon und die Individualität meiner Beziehung zu ihm und seiner zu mir. Indem man sich der Sprache der Verhaltensforschung bedient, zeigt sich der Daimon, verborgen hinter der Umschreibung »getrennte Umwelt«, als Determinante auf gleicher Ebene mit Anlage und Umwelt. Wie sonst hätten wir in die gesicherten Räume der Wissenschaft eindringen sollen, wenn nicht mit Hilfe der Sprache dieser Wissenschaft und mittels des Kennworts »getrennte Umwelt«?

Getrenntheit bedeutet nicht Isolation, denn es gibt keinen Ausweg aus der gemeinsamen Umwelt, welche dieser Planet darstellt. Aber wenn es auch keine Isolation gibt, so gibt es doch Einzigartigkeit. Erstere ist für letztere nicht erforderlich.

Wir müssen nicht wirklich ausgesperrt werden, um anders zu sein. Unsere Andersartigkeit im Vergleich zu jeder anderen Person, die »getrennte Erfahrung«, findet aufgrund der Einzigartigkeit unserer individuellen Identität in jedem Augenblick innerhalb des Gemeinsamen statt. Unsere Andersartigkeit bedarf nicht der Wände als Garantie für ihr Vorhandensein; diese Garantie war von Anbeginn durch das Bild in unserem Herzen gegeben, welches uns durch unser Leben begleitet. Eine Vorstellung von Isolation jedoch mag sinnvoll sein, um sich dem Daimon zu nähern. Aus diesem Grund machen die Leute Retreats, unterziehen sich der Visionssuche, fasten und reinigen sich oder bleiben einfach ein paar Tage im Dunkeln im Bett, um ihre spezielle, nicht gemeinsame Berufung wiederzufinden.

Letzten Endes weisen genetische Studien in zwei Richtungen: zu einem schmalen Pfad und einem breiten Weg. Der schmale Pfad führt zu einem vereinfachten monogenen bzw. monokausalen Modell. Es will Gewebepartikel genau identifizieren und sie mit der gewaltigen Komplexität psychischer Bedeutungen in Korrelation bringen. Der törichte Versuch, den Geist auf das Gehirn zu reduzieren, scheint sich nie von der westlichen Bildfläche verabschieden zu wollen. Wir kommen nie von ihm los, weil er für unseren westlichen rationalistischen und positivistischen Verstand so grundlegend ist. Der Rationalist in der Psyche will Ursachen lokalisieren, die man in die Hand nehmen und reparieren kann.

Maschinen stellen die besten Modelle für die Erfüllung dieses Wunsches dar. Man nehme sie auseinander, durchschaue ihren inneren Mechanismus und optimiere dann ihre Funktionsweise, indem man die Zahnräder modifiziert, den Treibstoff verbessert und die Gelenke schmiert. Henry Ford sorgt für die Gesundheit von Geist und Seele. Ergebnis: Ritalin, Fluctin, Zoloft und Dutzende anderer wirkungsvoller Produkte für die innere Regulierung, die wir in großen Mengen konsumieren, Millionen von uns, täglich oder zweimal täglich. Die vereinfachte monogene oder monokausale Erklärung führt schließlich zur Verhaltenspause durch Medikamente – und damit zu unfreiem Verhalten.

Robert Plomin, auf dessen leidenschaftliche, produktive und

einfühlsame Veröffentlichung ich mich in diesem Kapitel häufig gestützt habe, warnt dringend davor, sich der Genetik in einer vereinfachenden Form zu bedienen. Er stellt fest: »Der Einfluß der Genetik auf das Verhalten ist polygen und probalistisch, nicht monogen und deterministisch.«[39] Ich entnehme seinen Worten eine Warnung an die Psychiatrie: Bringt euer edles Schiff nicht unter dem Gewicht der pharmazeutischen Industrie, der Versicherungesellschaften und der Regierungsgelder zum Kentern, und richtete euren Kompaß nicht auf die Fantasieinsel, wo die Genetik »die Krankheitsbilder der Psychiatrie« definieren wird.[40] »Wir wissen nur wenig über die genetischen Abläufe in der Entwicklung [wie Gene im Laufe der Zeit agieren und interagieren], außer daß wir uns ihrer Komplexität bewußt sind.«[41] Daher werden wir niemals zu jener Gleichung vordringen, in der sich ein defektes Gen mit einem klinischen Bild deckt (mit der Ausnahme wirklicher Anomalien wie der erblichen Chorea Huntington).

Diese Warnungen haben nur wenig Wirkung; vereinfachendes Denken erfüllt zu viele Wünsche. Die Köpfe von Henry Ford und Thomas Edison sind in den Mount Rushmore des Verstandes gemeißelt. Das mechanistische Monster erhebt in jedem Jahrhundert moderner westlicher Geschichte wieder sein Haupt und muß von jeder Generation erneut in Schach gehalten werden. Dies gilt besonders für unsere Zeit, in der es bereits bedeutet, an Geister oder Magie zu glauben, wenn man darauf besteht, daß es neben den Genen und der Umwelt noch »etwas anderes« geben muß.

Schon immer seit dem französischen Rationalismus des 17. Jahrhunderts (Marin Mersenne, Nicolas de Malebranche) über das 18. Jahrhundert (Étienne de Condillac, Julien Offroy de La Mettrie) und bis hin zum Positivismus des 19. Jahrhunderts (Antoine Destutt de Tracy, Auguste Comte), der alle mentalen Ereignisse auf die Biologie reduzierte, wurde ein Stück des kollektiven westlichen Geistes wie ein dummer Ochse vor den schweren Schinderkarren des französischen mechanistischen Materialismus gespannt. Es ist erstaunlich, wie ein Volk mit einem derart verfeinerten Geschmack, wie es das französische ist, und mit einem solchen erotischen Einfühlungsvermögen immer wieder soviel rationalistische Leichenstarre in die Psychologie einbringen kann. Jede Einfuhr, die aus Frankreich eintrifft, muß zunächst auf diese französische Krankheit hin untersucht werden, auch wenn sie modische Aufschriften wie Lacanismus, Strukturalismus, Dekonstruktion oder dergleichen trägt.

Heute ist der Rationalismus global verbreitet und überall computerkompatibel. Er gehört zum internationalen Stil der Geistesarchitektur. Wir können ihn nicht an eine bestimmte Fahne heften, es sei denn an die der multinationalen Konzerne, die viel Geld investieren können, um die Psychiatrie und schließlich auch das psychologische Denken und damit die Seelenkontrolle auf den monogenen Monotheismus auszurichten. Ein Gen entspricht einer Krankheit: Spleiße das Gen, bringe ihm ein paar Tricks bei, verbinde es wieder, und die Krankheit ist behoben, oder wenigstens weiß man nicht mehr, daß man sie hat. Der schmale Pfad führt zurück in die dreißiger und vierziger Jahre der Psychiatriegeschichte, jedoch in verfeinerter Form und mit besseren Presseinformationen. Von 1930 bis in die fünfziger Jahre diente die Korrelation bestimmter Gehirnbereiche mit weitgefaßten emotionalen und funktionellen Vorstellungen als Begründung für die Gewalt der Psychochirurgie und Leukotomie vieler kranker Seelen, die mit den Umständen nicht klarkamen.

Der schmale Pfad geht weiter zurück bis zu den Schädelanalysen von Franz Josef Gall (Doktor der Medizin, Wien, 1795), der sich in Paris niederließ und von den Franzosen sehr geschätzt wurde. Er erbrachte den »Beweis«, daß die Schädeldellen und -beulen in direktem Zusammenhang mit psychologischen Eigenschaften stehen (ein System, welches man später als Phrenologie bezeichnete). Ähnlich wie es noch heute der Fall ist, gab man diesen Eigenschaften große Namen wie Gedächtnis, Urteilsvermögen, Emotionalität, musische und mathematische Begabung, Kriminalität und so fort. Die Verfeinerung der Methoden im Laufe der Jahre führt nicht zwangsläufig zu einer fortschrittlicheren Theorie: 1795 oder 1995 – die materielle Lokalisierung und die Reduzierung der Psyche auf eine bestimmte Lage im Gehirn bringt das Unternehmen voran.

Der gegensätzliche, breite Weg erweitert den Begriff »Umwelt« zu einer sehr viel umfassenderen Vorstellung, statt die genetischen Anlagen auf eine Gehirnwindung zu reduzieren. Wenn Umwelt tatsächlich das bezeichnet, wovon man umgeben ist, dann muß es alles einschließen, was überhaupt da ist. Dann kann die unbewußte Psyche recht willkürlich unter all dem auswählen, auf das sie jeden Tag in ihrer Umwelt stößt. Winzige und triviale Informationsbruchstücke können eine riesige unterschwellige psychische Wirkung haben, wie dies die Tagesreste in Träumen zeigen. Wir träumen von den blödsinnigsten Dingen! Ein Großteil des Tages wird weder wahrgenommen noch erinnert, aber die Psyche sammelt das Treibgut aus ihrer Umgebung auf und übermittelt es an den Traum. Der Traum – eine Aufbereitungsanlage, welche die Umwelt recycelt, um im Abfall Wertvolles für die Seele zu finden. Der Traum – ein Künstler, der Bilder aus der Umwelt herausgreift, um sich in Ruhe an sie zu erinnern.

Weil wir in Feldern psychischer Realitäten umherwandern, die unser Leben beeinflussen, müssen wir unsere Vorstellung von der Umwelt im Sinne einer »Tiefenökologie« erweitern, die den Planeten als einen lebendigen, atmenden und sich selbst regulierenden Organismus anzieht. Da alles Vorhandene unsere Seele nähren kann, indem es die Vorstellungskraft speist, ist da draußen Seelenspeisung zu finden. Warum also nicht zugeben, wie es die Tiefenökologie tut, daß die Umwelt selbst beseelt, rege, unentwirrbar mit uns verflochten und keineswegs grundlegend von uns abgeschnitten ist.

Die ökologische Vision gibt der Umwelt außerdem die klassische Vorstellung der *providentia* zurück – daß die Welt für uns sorgt, sich um uns sorgt, uns sogar beschützt. Sie will, daß wir da sind. Raubtiere, Wirbelstürme und Mückenschwärme im Juni sind nur ein Teil des Bildes. Denken Sie doch nur an alles, was köstlich schmeckt und wunderbar riecht. Singen denn Vögel nur füreinander? Dieser atembare, eßbarc und nette Planet, der auf unsichtbare Weise gewartet und instandgehalten wird, versorgt uns alle mit seinen lebenserhaltenden Systemen. Dies ist eine Vorstellung von Umwelt, die etwas mit Hegen und Pflegen zu tun hat.

»Umwelt«, so aufgefaßt, geht also weit über die sozialen und ökonomischen Bedingungen, über den gesamten kulturellen Rahmen hinaus und schließt jedes Ding ein, das täglich für uns sorgt: unsere Reifen und Kaffeetassen und Türgriffe und das Buch, welches Sie in den Händen halten. Es wird unmöglich, das eine Stückchen Umwelt als irrelevant zugunsten eines anderen signifikanten auszuschließen, als ob wir Weltphänomene nach ihrer Wichtigkeit einordnen könnten. Wichtig für wen? Unser Verständnis von Wichtigkeit selbst muß sich verändern; statt »wichtig für mich« muß man denken »wichtig für andere Aspekte der Umwelt«. Hegt und pflegt dieser Gegenstand das, was ihn umgibt und nicht nur *uns*, die wir ebenfalls da sind? Trägt er bei zu den Intentionen des Feldes, von dem wir nur ein kurzlebiger Bestandteil sind?

Während sich die Vorstellungen von der Umwelt langsam verändern, nehmen wir auch die Umwelt anders wahr. Es wird immer schwerer, einen Strich zu ziehen zwischen der Psyche und der Welt, Subjekt und Objekt, hier drinnen und da draußen. Ich kann nicht mehr sicher sein, ob die Psyche in mir oder ob ich in der Psyche bin, so wie ich in meinen Träumen, in den Stimmungen der Landschaft und der Straßen in der Stadt bin, in der »Musik, die so innig gehört wird, / daß du sie nicht mehr hörst, weil du selbst die Musik bist, / solange sie forttönt« (T.S. Eliot).[42] Wo hört die Umwelt auf, und wo beginne ich, und kann ich überhaupt beginnen, ohne an einem Ort zu sein, aufs tiefste mit ihm verbunden, gehegt und gepflegt von der Natur der Welt?

7. KAPITEL

Groschenromane und pure Fantasie

Wie wählen wir die richtige Nahrung für die Eichel aus? Wie können wir entscheiden, was Zeitverschwendung ist? Gibt es so etwas wie eine gesunde Ernährung für die Seele?

In der guten alten Zeit waren die Werte gefestigt, und die Richtung, in die sie wiesen, war eindeutig. Es gab den Standardlehrstoff, mit dem man sich beschäftigen mußte, eine Art Kanon (heute als Grundlehrplan bezeichnet), zu dem nicht nur Lesen, Schreiben und Rechnen, sondern auch Zeichnen, mündlicher Vortrag, Musik und Naturkunde gehörten. Der Verstand der kleinen Kinder wurde in die Richtung der Vernunft oder der ästhetischen Vorstellungskraft gelenkt – oder abgerichtet. John Stuart Mill, ein Philosoph des 19. Jahrhunderts, der uns heute vor allem durch seinen Utilitarismus und seine Vorstellungen von Freiheit bekannt ist, hat nie die Schule besucht. Unterrichtet von seinem Vater, lernte er mit drei Jahren Griechisch, mit acht Latein und konnte in seinem 14. Lebensjahr schon die wichtigsten antiken Texte im Original lesen. Ein weiteres wundersames Beispiel der Erziehung im 19. Jahrhundert ist der angloirische Mathematiker William Rowan Hamilton:

> Mit drei Jahren konnte er hervorragend Englisch lesen und war im Rechnen höchst fortgeschritten … mit fünf … hatte er Vergnügen daran, ellenlang Homer auf Griechisch zu zitie-

> ren; mit acht beherrschte er zusätzlich Italienisch und Französisch … und extemporierte fließend in Latein … Mit dreizehn Jahren konnte William stolz von sich behaupten, daß er für jedes seiner Lebensjahre eine Sprache gemeistert hatte.

Sein dämonischer Hunger nach Sprachen ließ ihn Persisch, Arabisch, Sanskrit, Chaldäisch, Malaiisch und Bengali lernen, »und er ist jetzt im Begriff, Chinesisch zu studieren«, schrieb sein Onkel und beklagte sich über die Kosten, welche die Beschaffung der Bücher für seinen bildungswütigen Neffen verursachte.[1]

Francis Galton, der die Pionierarbeit auf dem Gebiet Genieforschung leistete und eine weitere dieser außergewöhnlichen viktorianischen Intelligenzbestien war, konnte im Alter von zweieinhalb Jahren lesen und mit knapp drei seinen Namen schreiben. Er richtete den folgenden Brief an seine Schwester, noch bevor er fünf Jahre alt war:

> Meine liebe Adele,
> ich bin vier Jahre alt und kann jedes beliebige englische Buch lesen, ich beherrsche alle lateinischen Substantive, Adjektive und aktiven Verben und außerdem 52 lateinische Gedichtzeilen. Ich kann jede Summe addieren und mit 2, 3, 4, 5, 6, 7, 8, 10 multiplizieren.
> Ich beherrsche außerdem die Pence-Tabelle, lese ein wenig Französisch und kann die Uhr ablesen.
>
> Francis Galton
> 15. Februar 1827[2]

Zeitlich gesehen unseren Tagen näher – im Geiste jedoch ebensoweit entfernt wie Galton oder Mill – ist die Bestrafung, die Dorothy Thompson von ihrem Vater, der methodistischer Pfarrer war, erhielt. Thompson, die vor einem Jahrhundert geboren wurde, ist einmal vom *Time*-Magazin als einflußreichste Frau

Amerikas gleich nach Eleanor Roosevelt bezeichnet worden. Sie war eine überzeugende liberale Journalistin, die erste Amerikanerin, die einem Nachrichtenbüro im Ausland vorstand, und die erste Korrespondentin, die auf persönlichen Befehl Hitlers aus Deutschland ausgewiesen wurde. In ihren Kolumnen und Radiosendungen erreichte sie jahrelang Millionen und trat mit Mut, Geschick und viel Wissen gegen den rechten Flügel, die Republikanische Partei, die Antisemiten, die Faschisten und gegen Clare Booth Luce an.

Einmal, als sie ihrer kleinen Schwester eine Ohrfeige gegeben hatte,

> sperrte ihr Vater sie in einer Kammer ein und ließ sie nicht wieder heraus, bis sie Shelleys »Adonais« von Anfang bis Ende auswendig hersagen konnte. Noch ehe sie erwachsen war, konnte Dorothy ganze Kapitel aus der Bibel, die Sonette von Shakespeare, große Stücke von [Walt Whitmans] *Grashalmen*, Chestertons »Lepanto«, Dutzende der Psalmen und die Verfassung der Vereinigten Staaten ohne Pause auswendig aufsagen.[3]

Die Art der Bestrafung, obgleich von ihrem Vater angeordnet und nach heutigen Erziehungsmaßnahmen ungewöhnlich und eindeutig grausam, scheint fürsorglich von ihrem eigenen Daimon ausgewählt worden zu sein, der natürlich ohnehin bereits diesen literarisch interessierten Vater für sie ausgesucht hatte. Das Einprägen von Texten paßte zu ihrem literarisch ausgerichteten Lebensmuster, das sie mit solchen Kollegen wie Alexander Woollcott, Rebecca West, H. L. Mencken und ihrem eigenen Ehemann, dem Nobelpreisträger Sinclair Lewis, gemeinsam hatte.

Mill, Hamilton, Galton und Thompson sind Ausnahmen nur im Hinblick auf ihre frühe Meisterschaft, nicht aber im Hinblick auf das gemeinsame Material. Von Platon (der darauf bestand, daß Musik unbedingt zum Unterricht gehören müsse, zu den Stoikern und Sophisten; von den Katholiken (vor allem den Jesuiten), den orthodoxen Juden und Philipp Melanchthon (dessen Ehrgeiz es war, das protestantische Deutschland zu erziehen) zu Rousseau und Fröbel mit ihren romantischen Bildungsprogrammen und bis hin zu Rudolf Steiner und Maria Montessori hat es in der europäischen Tradition immer nachdrückliche Empfehlungen zu entsprechenden autorisierten Lehrplänen gegeben, die den jungen Verstand davor bewahren sollten, seine Zeit mit trivialem Zeug zu verschwenden. Das innere Leben des Geistes, ob nun mit angeborenem Erbe oder lediglich eine Tabula rasa, sollte rundum richtig genährt werden, nicht nur mit Logik und Mathematik, sondern auch, indem man sein sittliches Empfinden und seine Vorstellungskräfte ansprach.

Daher befaßten sich viele Empfehlungen weniger mit der geistigen Bildung, wurden aber ebenso dogmatisch geltend gemacht: Hände beschäftigt halten; Spielen beschränken oder beaufsichtigen; keine Untätigkeit; Hausaufgaben erledigen. In der Praxis gehörten dazu: Werken, Basteln, Nähen, ein Handwerk erlernen, Geräte warten und reparieren; Tischmanieren, Kleidung, Sauberkeit, Höflichkeit. Die Sprache wurde diszipliniert, damit sich das Kind gut ausdrücken konnte. Moralische Unterweisung gab es durch die Religionslehrer, die sich mit Bibel, Hymnen und Moralpredigten um die Seele kümmerten. Und gewiß nicht an letzter Stelle, vor allem für die Romantiker von Rousseau bis Steiner, stand die Erziehung durch die Natur, damit die Seele ihre ursprüngliche Nahrung in den Feldern und Blumen und Bauernhöfen, in den Prielen und Klippen der Küsten und Felsklippen, im Rauschen von Meer und Wind finden konnte.

Edith Cobbs Buch über die Ökologie der kindlichen Vorstellungskraft[4] macht deutlich, daß das poetische Fundament des Geistes der Nahrung bedarf, die ihm durch Naturerfahrungen gegeben wird. Fantasie kann nicht entstehen ohne ein Eintauchen in die natürliche Welt oder wenigstens gelegentliche Berührungen mit ihren Wundern. John Lennon zum Beispiel, ein Stadtjunge, besuchte Schottland zu Beginn der Pubertät. Eines Tages, während eines Streifzugs durch die wilde Landschaft, fiel er in »Trance ... Der Boden schwindet unter den Füßen und dem Heidekraut, und ich konnte die Berge in der Ferne sehen. Und dann überkam mich dieses *Gefühl*. Ich dachte: ›... Ja, das ist das, wovon sie immer berichten, das was dich malen oder schreiben läßt, weil es dich so überwältigt, daß du es jemandem mitteilen mußt ... also machst du ein Gedicht daraus.‹«[5]

Konservative Denker von Platon über Steiner bis zu dem höhnischen Allan Bloom und dem Tugendbold William Bennett haben ihre unterschiedlichen Vorstellungen von einer Rückkehr zum Wesentlichen in einer strengen Erziehung, die angeblich das Beste aus einem Kind herausholt, wenn man das Beste hineinsteckt. Sie wollen zugleich alles Anstößige wie Pornographie und Schund (und Platon zufolge sogar den Wein) unterdrücken und bestehen darauf, daß die Fantasie nur mit guter Nahrung, bestehend aus bewährten Kulturgütern, Naturerfahrung, vielfältiger Anregung und moralischem Beispiel gefüttert werden dürfe. Die Seele benötigt nach ihrer Ansicht Vorbilder für ihre Mimesis, um sich der ewigen Wahrheiten und Urbilder zu entsinnen. Sollten ihr solche während ihres Daseins auf der Erde nicht als Spiegel ihres Innersten zur Verfügung stehen, als Spiegel, in denen die Seele ihre Wahrheiten erkennen kann, so wird ihre Flamme verlöschen und ihr Genius verdorren. In idealisierten Helden und Heldinnen stehen die Prototypen zur Verfügung, welche die leitenden Archetypen der Seele freisetzen.

Doch wenden Sie sich nun bitte den Geschichten jener zu, deren Flamme hell aufleuchtete und deren Genius aufblühte, und versuchen Sie die Art von »Seelennahrung« zu schlucken, an der ihre Fantasie Gefallen fand. Cole Porter, fröhlicher Texter von anspruchsvollen, wortgewaltigen Songs, verwandelte sich als Schuljunge in einer Kleinstadt in Indiana auf dem Hin- und Rückweg zum Musikunterricht in einen »unersättlichen Konsumenten« von Groschenheften, die er in seiner Musiktasche verbarg. Kaum war die Musikstunde vorüber, da machte er sich auf, um den Rest des Tages versunken in eine billige Abenteuergeschichte zu verbringen. Frank Lloyd Wright spielte als Junge Bratsche; er las Goethe, *Hans Brinker,* Jules Verne – aber auch »zerlesene Thriller aus der Groschenbücherei«. »Blut-und-Donner-Groschenromane mit entsprechend ausstaffierten Umschlägen und mannhaften Flüchen in Sprechblasen über höhnisch grinsenden Gesichtern übten große Faszination [auf James Barrie] aus.« Richard Wright, einem in Mississippi in ärmlichen Verhältnissen lebenden Jungen, war es verboten, »zu Hause irgend etwas anderes als religiöse Schriften und die Bibel zu lesen«. Es gelang ihm, an »Schundliteratur und Groschenromane heranzukommen … weil er als Botenjunge ein wenig Geld verdiente«. Er liebte Kriminalgeschichten und las »Flynns *Detective Weekly* und *Argosy,* beides in den zwanziger Jahren beliebte Zeitschriften«. Havelock Ellis las seinen Milton und Walter Scott und Defoe; doch er las auch in »hypnotischer Versunkenheit« die *Boys of England,* ein wöchentlich erscheinendes Heftchen, das Geschichten druckte, die »ebenso abgehoben und realitätsfern waren wie manche ihrer Schauplätze«. Ellis las, »während er aß, während er alleine durch die Straßen stapfte und manchmal sogar während er angeblich schlief«.[6]

Sir Edmund Hillary, der erste Europäer, der den Mount Everest bestieg, las, noch bevor er zehn Jahre alt war, die Tarzangeschichten von Edgar Rice Burroughs und außerdem H. Rider Haggard und vergleichbare Autoren. »In meiner Fantasie übernahm ich selbst die Rolle der Helden, starb unter dramatischen Umständen auf ungezählten Schlachtfeldern und rettete zahllose Jungfrauen aus der Gewalt ihrer Entführer.«[7] Eine andere Berühmtheit, die Bücher von Rider Haggard verschlang, hieß John Lennon.

Dann ist da der Schulabbrecher, der »sich meist in Schwarz kleidete, einen silberfarbenen Civic fuhr, bei Denny's und Jack in the Box aß, Kriminalromane und Comics verschlang, Elvis und die Three Stooges liebte, seinen Geburtstag grundsätzlich im Kino feierte und – der Legende zufolge – Strafzettel für Falschparken im Wert von 7000 Dollar ansammelte«.[8] In den Kinofilmen, die er besonders mochte, ging es um Frauen im Gefängnis und asiatischen Kampfsport. Um wen es sich handelt? Quentin Tarantino, Drehbuchautor und Regisseur. Sein wichtigster Film bisher: *Pulp Fiction* (Schundliteratur).

Man darf nicht vergessen, daß die Fantasie, so wie Sportgrößen ihre Körper oft nur mit Junk-food ernähren, ebenfalls mit billigen, populären und »ungesunden« Entsprechungen gefüttert werden kann. Entscheidend ist die Leidenschaft, die vielleicht mehr über zukünftige Fähigkeiten und Leistungen aussagt als die üblichen Maßstäbe. Cole Porter sagte: »Ich nehme an, daß einige meiner Liedtexte diesen unanständigen Heften etwas zu verdanken haben.«[9] Es gibt weder richtige noch falsche Nahrung; sie muß nur den Appetit befriedigen, und der Appetit findet selbst das Richtige für sich.

Was die »eichelhafte« Bedeutung von außerlehrplanmäßiger Literaur betrifft, so nehmen Sie zum Beispiel Coleridge. Er las über die »›Leiden und erstaunlichen Abenteuer von Mr. Philip Quarli‹, der unter anderem einen großen und wunderschönen Seevogel erschoß, … eine Tat, die er sofort bereute«.[10] *Der alte Matrose,* in dem der tote Seevogel eine zentrale Rolle spielt, ist vielleicht Coleridges am besten bekannte längere Dichtung.

Es gibt, davon bin ich überzeugt, neben den Gelegenheiten, welche der Zufall schafft, bestimmte notwendige Nährstoffe, welche, wie es bei Lennon die Heide und bei Havelock Ellis das Versunkensein in Groschenheften war, früh die Vorstellungskraft wecken. Unter den vielen für die Fantasie förderlichen Vorbedingungen möchte ich wenigstens die folgenden drei herausgreifen: erstens, daß die Eltern oder Vertrauenspersonen eines Kindes eine eigene, seine Zukunft betreffende Fantasie haben; zweitens, daß es merkwürdige Gesellen und seltsame Damen im Umfeld des Kindes gibt; und drittens, daß Besessenheiten Raum gegeben wird.

Biographen blicken für gewöhnlich auf die Mutter. Lyndon Johnson wurde als Muttersöhnchen bezeichnet; ebenso erging es Franklin Roosevelt; Harry Truman schrieb, während er sich auf der Potsdamer Konferenz befand und die Weltgeschichte ordnete, mit eigener Hand Briefe an seine Mutter. Es ist also üblich, in den Idealen der Mutter und in der Intensität ihres Ehrgeizes das zu sehen, was das eine oder andere ihrer Kinder in die Tat umsetzt. Nach Auffassung der Biographen liegt die Quelle des Erfolgs oft in der abgöttischen Liebe einer Mutter – oder in ihrem gleichgültigen Egoismus, der einen Sprößling zwingt, sich aus eigener Kraft hervorzutun.

Dieser Bestandteil des Elterntrugschlusses mit all der dazugehörigen Fachsprache über böse Double-bind-Mütter oder verführerische, überbehütende Mütter und auch über abwesende, besitzergreifende oder strafende Väter beherrscht die Erklärungen hervorragender Lebensleistungen so sehr, daß er darüber entscheidet, wie wir die Geschichte unseres eigenen Lebens erzählen. Machen Sie sich bewußt, daß diese Psychologismen die Aufmerksamkeit von dem Kind fort und auf die Eltern lenken, die fragen: »O Gott, mache ich auch alles richtig?« Sie werfen Zweifel und Ängste auf, nicht über das Wesen des Kindes, sondern über die Schwierigkeiten der Eltern: Habe ich die richtige Einstellung? Bin ich zu streng? Zu nachsichtig? Bin ich gut genug? All diese Fragen sind Ausdruck des Narzißmus, der dem Elterntrugschluß innewohnt und dem man kaum entkommen kann, wie in Kapitel 3 ausführlich dargestellt. An dieser Stelle müssen wir lediglich einen entscheidenden Faktor aus unserer Gesamtverurteilung des Elterntrugschlusses herauslösen: die elterliche Fantasie.

Elterliche Fantasien

Mit »Eltern« bezeichne ich hier immer die unmittelbaren vertrauten Bezugspersonen des Kindes. Welche Verbindung besteht, wenn überhaupt, zwischen ihrer Fantasie und dem Eichel-Urbild des Kindes? Was sehen Eltern in dieser kleinen Person, die ihnen in den Schoß gefallen ist? Welches Fantasiebild haben sie von ihrem Kind; welche Auswirkungen hat dieses auf die zarten und knochigen Schultern, wonach sucht es in diesen kindlichen Augen? Haben die Eltern Vorstellungen von einem unsichtbaren Schicksal, das sie in den sichtbaren Wesenszügen ihres Kindes jeden Tag aufs neue dargestellt sehen?

Justus Bergman zum Beispiel suchte – und dokumentierte – die sichtbaren Wesenszüge, die seine Tochter Ingrid im Alltag zur Schau stellte. Er war ein Mann, der viele Fantasien hatte. Ingrid war nach der schwedischen Prinzessin benannt worden, die zwei Jahre vor ihr auf die Welt gekommen war. An Ingrids erstem Geburtstag filmte Justus sie in einem weißen Kleidchen; an ihrem zweiten filmte er sie erneut. Sein dritter Film zeigt sie, wie sie Blumen auf das Grab ihrer Mutter legt. Justus besaß ein Fotogeschäft und Studio in Stockholms elegantem Strandvägen, nur hundert Meter vom Königlichen Dramatischen Theater entfernt, und sein Lieblingsmotiv war Ingrid, die sich gerne für die verschiedensten Rollen anzog und für ihren Vater posierte. Als sie elf Jahre alt war, verkündete sie während einer Pause im Theater ihre Berufung: »Papa, das will ich auch einmal machen!«[11]

Auf den ersten Blick scheint es sich hier um einen Elterntrugschluß in Form eines sublimierten Inzests zu handeln, um eine Tochter, welche die Kontrollfantasien ihres Vaters auslebt, wie so viele Söhne sich die Träume ihrer Mütter zu eigen machen. Die platonische Vorstellung besagt jedoch, daß Ingrids Seele genau den richtigen Ort und den richtigen Vater ausgewählt hatte, damit die Bedürfnisse ihres Eichel-Urbildes die richtige Förderung erhielten. Sie hatte sich sogar die richtige Mutter ausgesucht, die durch ihren frühen Tod die Verknüpfung von Ingrids Berufung und Justus' Fantasie begünstigte, statt sie durch ein Dreieck der Eifersucht zu behindern.

Die elterliche Fantasie tritt nicht immer so deutlich zutage wie im Fall von Justus Bergman. Statt dessen kann sie sich in Träumen oder in einer übersteigerten Angst oder in elterlichen Auseinandersetzungen über die Schule, über Disziplin, über Kränklichkeit ausdrücken – oder über ungewöhnliche Vorlieben wie für das Lesen von Groschenromanen oder das Besuchen mitternächtlicher Kinovorstellungen. Die Interpretation des kindlichen Verhaltens entspricht der elterlichen Fantasie. Schickt die Mutter ihren Sohn aus dem Haus, damit er mit anderen Kindern wilde Straßenspiele spielt, weil sie sich vorstellt, daß dieser Junge hart und zum Mann im Haus gemacht werden muß (um seiner und ihrer Angst vor Schwäche etwas entgegenzustellen), oder weil sie sich vor Waschlappen und Schwulen fürchtet oder weil sie ihren Sohn vor ihrem inneren Auge als schneidigen, gutaussehenden Gangster sieht? Was sie ihm vorschreibt oder verbietet, hat eine geringere Wirkung auf das Kind als die Fantasie, welche ihre Anweisungen lenkt.

Von den primären Bezugspersonen, beispielsweise von den Eltern, zu erwarten, daß sie durch das Kind hindurch auf sein Eichel-Urbild blicken und erkennen können, wer sich *in nuce* darin befindet, um sich um seine Bedürfnisse zu kümmern – das ist zuviel verlangt. Zu diesem Zweck gibt es auf der Welt Lehrer und Mentoren. Sie sind weitere besondere Personen, häufig jemand, in den wir uns schon früh verlieben oder der sich in uns verliebt; wir sind wie zwei Eicheln am selben Ast, in denen ähnliche Ideale schlummern. Wie herzergreifend und wohltuend es ist, wenn man eine kongeniale Seele findet, die einen auserwählt! Wie lange wir umherirren, bis wir jemanden finden, der uns wirklich sieht, der uns sagt, wer wir sind. Eine der großen Verlockungen früher Liebe (und früher Therapie) besteht in dem Wunsch, einem Menschen zu begegnen, der einen zu sehen vermag (oder von dem man es glaubt oder wenigstens so tun kann, als ob).

Greg LeMond, der bemerkenswerte amerikanische Radrennfahrer, der die Tour de France gewann, erhielt von seinem Vater Geld für Ausrüstung, Kleidung und Fahrradsportzeitschriften. Von dieser Ermutigung abgesehen, hatte LeMond außerdem einen Mentor: Roland Della Santa, einen meisterhaften Fahrradrahmenbauer. »Ein- oder zweimal die Woche«, berichtet LeMond »ging ich in Rolands Geschäft und hing dort herum, während er arbeitete. Er erzählte mir Geschichten von den großen europäischen Stars, von Tausenden kreischender Fans und von legendären Rennen.«[12] Der Mentor liefert das spezialisierte Wissen wie auch die Geschichten, den Hintergrund einer Tradition.

Als Hauptbezugspersonen können Eltern nicht zugleich auch Mentoren sein. Die Rollen und Aufgaben unterscheiden sich voneinander. Es ist genug, wenn Eltern für ein Dach über dem Kopf und für Essen auf dem Tisch sorgen und ihre Kinder jeden Tag aus dem Bett holen und in die Schule schicken. Eine sichere Höhle, einen Ort der Regression bereitzustellen ist keine kleine Aufgabe. Befreit von solchen Pflichten hat der Mentor nur eine: die unsichtbare Last zu erkennen, die wir tragen, und eine Fantasie dazu zu entwickeln, die mit dem Bild im Herzen übereinstimmt. Einer unserer schmerzhaftesten Fehler besteht darin, von den Eltern den Blick eines Mentors und Segen und strenge Ausbildung oder umgekehrt vom Mentor Schutz und Mitgefühl für unser menschliches Dasein zu erwarten. Van Cliburns Mutter, die ihn jahrelang im Klavierspiel unterwies, zog eine strenge Grenze zwischen ihren beiden Aufgaben: »Wenn ich dich unterrichte, dann bin ich nicht deine Mutter.«[13]

Das Unvermögen, ausreichend zwischen der eher unbarmherzigen Beschränkung der Mentorenschaft und der breiteren, banaleren Verantwortung der Elternschaft zu unterscheiden – wenn beispielsweise Eltern versuchen, wegweisende Lehrer zu sein, und Mentoren aus ihren Schülern eine Familie machen –, führt zum bitteren Bruch zwischen Mentor und Schüler. Das Bedürfnis des jungen Menschen, auf persönliche väterliche oder mütterliche Weise umsorgt zu werden, ist (der Yale-Studie von Daniel J. Levinson und seinem Team zufolge) der Hauptgrund für einen Mißerfolg des Mentor-Schüler-Verhältnisses.[14] Die Verwirrung bezüglich der Erwartungen führt auch zu dem weitverbreiteten Groll »erwachsener Kinder«, die sich darüber beklagen, daß ihre Eltern sie nie richtig einzuschätzen wußten, nie ihr inneres Wesen erkannten.

Die Beschwerde könnte sich auf mehr beziehen als auf fehlende Eltern- oder Mentorenschaft. Möglicherweise fehlte auch der Zugang zu erdichteten oder historischen Gestalten, jenen imaginären Mentoren, die selbst bis in höheres Alter noch als Führer dienen können. Als Truman im Begriff war, MacArthur wegen Aufsässigkeit und Unfähigkeit zu feuern, da wandte er sich dem Bild von Abraham Lincoln zu, der General George McClellan hatte entlassen müssen trotz der politischen Konsequenzen, die eine Distanzierung von ihm vielleicht haben würde (McClellan trat später in die Politik ein und bewarb sich um die Präsidentschaft). Die Parallelen und die Bedrohung waren eindeutig, und es besteht kein Zweifel daran, daß Lincoln für Truman in dieser Situation das Vorbild des Mentors abgab.[15] Diane Arbus hatte *Jane Eyre;* J. P. Morgan hatte Washington und Napoleon; John Lennon hatte *Alice im Wunderland.* Gary Gilmore, der wegen mehrfachen Mordes hingerichtet wurde, hatte sich »mit den legendären Berühmtheiten der Gewalt beschäftigt ... mit den Geschichten über John Dillinger, Bonnie und Clyde, Leopold und Loeb ... Barbara Graham, Bruno Hauptmann, Sacco und Vanzetti, den Rosenbergs ... brachte Bücher über verurteilte Männer und Frauen mit nach Hause und verschlang sie gierig«.[16]

Bücher können ebenfalls die Mentorenrolle erfüllen, ja sogar ein Moment der Initiation darstellen. Ronald D. Laing, Schriftsteller, Philosoph und revolutionärer Psychiater, berichtet von einer solchen Entdeckung in einer kleinen öffentlichen Bibliothek, die er, noch in der Pubertät, in den vierziger Jahren gemacht hatte. Er stolperte über Kierkegaard, während er sich

> durch die Biliothek hindurchfraß. Ich will damit sagen, daß ich all die Bücher ansah ... mich von A bis Z durcharbeitete ... Mit dem ersten bedeutenden Werk, das ich von Kierkegaard las, ... verbindet sich für mich ein Gipfelerlebnis in meinem Leben. Ich las es durch, ohne zu schlafen, innerhalb von etwa 34 Stunden, in einem Stück ... Ich hatte nie irgendeinen Verweis auf ihn gesehen, ... der mich hätte zu ihm führen können. Es war diese vollständige Weltsicht ... [Kierkegaards Buch] paßte meinem Geist einfach wie ein Handschuh ... da war einer, der hatte es *getan.* Ich fühlte etwas ... in mir, das Aufblühen des eigenen Lebens.[17]

Dieses Moment der Initiation ähnelt einem Adoptionsritual. Kierkegaard wurde – neben Marx, Freud und Nietzsche – einer von Laings geistigen Eltern, ein Mitglied des Familienstammbaums, der sein Eichel-Urbild nährte und seine intellektuellen Fantasien anregte. Von den natürlichen Eltern erwartet man weniger, und man erträgt sie leichter, sobald man jenen anderen Stammbaum entdeckt hat, von dem das Leben der eigenen Seele abhängt.

Möglicherweise ist die Atmosphäre für unseren Daimon, der versucht, mit unseren Eltern an ihrem Ort und unter ihren Bedingungen zu leben, dann am schlimmsten, wenn diese Eltern *keinerlei Fantasievorstellung* von uns haben. Diese objektive, neutrale Umgebung, dieses als Richtschnur dienende, vernünftige Leben ist ein Vakuum, in dem sich kein Lüftchen regt. Sogenannte »gute Eltern« enthalten sich der Fantasien über ihre

Kinder. Jeder Mensch muß sein eigenes Leben führen und seine eigenen Entscheidungen treffen. »Gute Eltern« bringen ihre Vorurteile, ihre Werte und Ansichten nicht ein. Bedingungslose positive Rücksichtnahme ist alles, was ein junger Mensch braucht: »Ich bin sicher, du wirst es schaffen, egal, wofür du dich entscheidest.« »Ich stehe zu dir, immer, um was es sich auch handelt.« Die Fantasie, welche diese elterlichen Dummheiten beherrscht, heißt Distanziertheit, die euphemistisch auch Unabhängigkeit genannt wird: Du hast dein eigenes Zimmer mit deinem eigenen Fernseher und deinem eigenen Telefon. Sich distanzierende Unabhängigkeit findet ihren täglichen (oder abendlichen) Ausdruck in der amerikanischen Telefoniersucht und in der am Telefon wiederholten Phrase »Ich liebe dich«. Keine Ideen, kein Unwille, keine Angst und keine Fantasie; Liebe als Anästhetikum. Dieser Satz »Ich liebe dich«, der zwischen Eltern und Kindern hin- und hergeworfen wird, könnte allerlei zwischen den Zeilen aussagen, aber bestimmt nicht Liebe, denn wenn man jemanden liebt, dann ist man voller Fantasien, Ideen und Ängste.

Als Beispiel dieser Leere empfehle ich Ihnen die zwölfteilige Fernsehdokumentation *An American Family* (Eine amerikanische Familie), in der das alltägliche »Leben« der Louds, eines Haushalts in Santa Barbara, Kalifornien, bestehend aus Mom und Dad und fünf Kindern, in den frühen siebziger Jahren wiedergegeben wird. Ehe, Familie und individuelle Persönlichkeiten brechen langsam vor den Augen des Zuschauers zusammen, und der Grund hierfür wird beim Zusehen klar: In diesem Haus gibt es keine lebendige Fantasie.

Der große Unterschied zwischen diesen Leuten in Kalifornien und jenen, die Tschechow porträtiert oder die in Familienromanen – sagen wir beispielsweise in den *Buddenbrooks* – beschrieben werden, liegt in einem Familienleben, das angereichert ist mit gesellschaftlichen Verpflichtungen, kulturellen Interessen, fantasievollen Gesprächen, unstillbarer Sehnsucht,

Bedauern und vor allem Verzweiflung. Die Literatur schenkt der Verzweiflung das komplexe Aroma der Ironie und der tragischen Schönheit. Diese erfundenen Leute leben nicht nur Familie, sondern sie leben Fantasie. Die Erzählungen von diesen Familien sind lebendiger als die Familienfiktion, die die Louds leben und der die Kraft der Fantasie völlig abgeht.

> Sollte es so etwas wie eine negative oder eine Minuskultur geben, dann wird sie von den Louds gezeigt. Der lärmende Sound des Rock 'n' Roll ist der Höhepunkt der Kreativität bei dieser Familie … Es gibt keine Religion, keinen bedrohlichen Jehova, keine barmherzige Maria, kein Gespür für das Jenseits des Talmud, des Katechismus, des Mythos von Jupiter und Hera; es gibt keine rächende Vernunft, kein wirkliches moralisches Falsch oder Richtig, keinen Richterspruch von Gut und Böse, der über der Familie schwebt.

Mann und Frau »sitzen in ihrem Wohnzimmer und fürchten sich, so scheint es, vor nichts – nicht vor Dämonen, die ihnen böse Träume schicken, nicht vor wilden Tieren, die ihnen folgen. Ein Waldbrand dringt bis in unmittelbare Nähe ihres Hauses vor … Sie geben beiläufig Kommentare zu dem Feuer ab. Sollte das Haus niederbrennen, es ist ja versichert; nichts hat wirklich die Macht, ihnen Schaden zuzufügen.« Sie gehören keinem Klub und keiner Organisation an und haben auch keine wirklichen Hobbys … »keine Leidenschaften, wie Filme, Malen, Lesen, Nähen. Wenn sie zu Hause sind, dann liegen sie am Pool.«

Anne Roiphe, aus deren Einführung zu dem veröffentlichten Text der dokumentarischen Serie ich zitiere, vertritt die Auffassung, daß »Kultur, wenn sie überhaupt irgend etwas zum Ausdruck bringen soll, die Einbindung des Individuums in die soziale Struktur zeigen muß«.[18] Aber die Louds waren nur in die Konsumenten-Rockmusik-Alkohol-Fernseh-Auto-Gesundheits-Schul-Klamotten-Geschäfts-Struktur eingebunden. Wie auch immer, die soziale Struktur ist nur ein Teil, ein unzulänglicher Teil, wenn er individueller Fantasie beraubt ist. Was immer diesem Haushalt zustieß, die Louds blieben unbefriedigt und zeigten sich gegenüber dieser Unzufriedenheit teilnahmslos.

Wichtiger noch für die Kultur als die soziale Struktur ist die Fantasie. Und bei den Louds fehlt diese in auffälliger Weise. Sie haben keine Ängste, keine Wünsche, kennen keine starke Wut und keinen Ehrgeiz, kein Mitgefühl und kein Entsetzen, sie haben keine Bilder oder Worte, um diese zum Ausdruck zu bringen. Ihre Gefühle und Vorstellungen sind nicht durch die Fantasie genährt worden. Man hat den Eindruck, sie seien gegen dieses Risiko versichert. Oder aber, und das scheint wahrscheinlicher, sie haben eine einzige große Fantasie gemeinsam: die Verleugnung. »Ich finde, wir sind eine sehr gut angepaßte Familie«, sagte Mrs. Loud, nachdem alles auseinandergebrochen ist und die Scheidung stattgefunden hat. Sie hat vollkommen recht, denn die Louds sind mit ihrer eigenen blauen Lagune im sonnigen Garten und mit ihrer gemeinsamen hyperaktiven Passivität tatsächlich dem amerikanischen Traum gut angepaßt. Verleugnung ist ihre Fantasie, Unschuld ihr Ideal, Glück ihr Zeitvertreib.

Wurde das Virus, das schließlich zum Zerfall der Familie führte, durch die Kamera eingeschleppt, die sich sieben lange Monate in ihre Privatsphäre drängte? Oder gab es von Anfang an trotz der Gemeinsamkeiten gar keine Intimität? Fielen die Louds auseinander, weil ihr wirkliches Leben mit dem Fernsehen vertauscht wurde – oder gab es gar kein wirkliches Leben? Möglicherweise war die Kamera nur eine Linse, die das Virus, das latent bereits vorhanden war, vergrößerte. Trotz des begrenzten Werts der Serie als anthropologische Studie zeigt sie doch den gegenwärtigen Mißstand in der amerikanischen Familie: den Mangel an stimulierender Fantasie, die, wie ich behaupte, die Hauptfreude und das Hauptleid der Elternrolle ist.

Früher einmal hatte Leid in der Familie etwas mit großen Kämpfen zwischen den Fantasien verschiedener Charaktere und Generationen zu tun: Sollte man das Geschäft des Vaters übernehmen oder eine eigenständige Ausbildung anstreben, auf dem Land bleiben oder in die Stadt ziehen, den Partner heiraten, der für einen ausgewählt worden war, oder auf der eigenen Wahl bestehen? Und das Bild im Herzen konnte sich in jener Zeit nur als dickköpfige Verweigerung oder als offene Rebellion gegen die elterliche Fantasie zeigen, die auf einem kollektiven sozialen Kode fußte. Die Kodes sind heute andere, der kollektive Druck unterscheidet sich, aber das Herz muß noch immer den Mut aufbringen, seine Wahl zu treffen.

Die kleine, aufsässige Geste, der halbherzige Schritt in Richtung Rebellion bringt zum Ausdruck: »Ich bin nicht Mutters kleine Helferin«, »Ich bin kein schwachköpfiger Bücherwurm«, »Ich bin kein fauler Tagedieb«, »Ich bin kein kluges Karrieremädel.« Die Familienfantasie, die ein Kind bestimmt und festlegt und zappelnd gegen die Wand drückt, zwingt dem Herzen schicksalsschwere Entscheidungen ab, die es anderenorts nach einer Fantasie anderer Art suchen läßt. In der Loud-Familie machte ein Sohn mehr als nur einen halbherzigen Schritt – gleich wurde er diagnostiziert und unter Medikamente gesetzt. Die unterdrückte Fantasie der Familie brach mit ganzer Kraft aus ihm hervor, in seiner Musik, seiner Sprache, seinen Angewohnheiten, darunter jener, in Frauenkleidern herumzulaufen.

Denn es ist letztlich nicht elterliche Kontrolle oder elterliches Chaos, vor dem Kinder davonlaufen; sie flüchten vor der Leere in der Familie, deren Fantasie über Einkaufen, die Fahrzeugpflege und routinierte Freundlichkeiten nicht hinausgeht. Der Wert der elterlichen Fantasie liegt darin, daß sie das Kind in die Opposition und zu der Erkenntnis zwingt, daß sein Herz eigenartig, anders und vom Schatten, den die Familienansichten auf es werfen, unbefriedigt ist. Wenn sich die Eltern wünschen, daß ihr neugeborenes Mädchen ein Junge wäre, dann ist es immer noch besser, sie nennen es Harry, Sidney oder Clark und schneiden ihm die Haare kurz, als daß sie gar keine Wünsche haben. Wenigstens wird unser Eichel-Urbild auf diese Weise herausgefordert und hat eine Realität, mit der es sich auseinandersetzen kann, nämlich die Realität der elterlichen Fantasie, was uns vielleicht hilft, den Elterntrugschluß selbst zu durchschauen und zu erkennen, daß wir weder durch unsere Eltern bedingt noch ihr Resultat sind.

Ebensowenig wie Eltern Mentoren sind, sind sie auch keine Narren – was uns zum zweiten entscheidenden Nährstoff für die Eichel führt: zu den merkwürdigen Gesellen und seltsamen Damen. Die Eichel braucht lebendige Personifikationen der Fantasie, wirkliche Menschen, deren Leben aus Schundromanen zu stammen scheint, deren Verhaltensweisen, Sprache, Kleidung einen Hauch purer Fantasie in sich tragen. Für mich bedeutet der Begriff »erweiterte Familie« nicht einfach nur eine größere Zahl austauschbarer Bezugspersonen unter zahlreichen Verwandten; er bedeutet erweiterte Beziehungen, die über das hinausgehen, was üblich ist, eine Erweiterung der Vorstellung vom Vertrauten zum Erfundenen, zu Gestalten, über die geredet, von denen erzählt wird, die man jedoch zu selten zu Gesicht bekommt – die im Gefängnis, in einem fremden Land, vor Jahren verschwunden sind. Geschichten von weitentfernten Leuten beschwören Bilder von Möglichkeiten für die in der Eichel schlummernden Potentiale herauf. Manchmal zielen diese Möglichkeiten direkt auf das Kind, als wäre es ein indirektes Anerkennen seines latenten Charakters: der eigensinnige, immer betrunkene Onkel, dem man »nachschlägt«; diese einander zum Verwechseln ähnlichen Kusinen in Texas, die nie irgendwo gewesen sind und nie geheiratet haben, die merkwürdige Kleider und Schuhe tragen und aus der Bibel zitieren. »Wenn du nicht achtgibst, dann wirst du noch einmal genauso wie die!«

Von Mr. Magoo bis Big Bird, die seltsamen Figuren reiner Fantasie leben von einem Bedürfnis nach außergewöhnlichen Persönlichkeiten. Ist es für die Eltern Dr. Spock, dann ist es für das Kind Dr. Seuss. Jeden Abend bringt die beste Sendezeit ausgefallene Nachbarn mit merkwürdigem Verhalten, die in den Familienkreis der Fernsehserie eintreten und ihn wieder verlassen und die Familie mit großartigen Fantasiegestalten bereichern. Wie sehr verlangt das Kind danach, daß die Eltern einmal aus der Rolle fallen, sich für Halloween verkleiden, sich irgend etwas Wildes ausdenken! Was steckt hinter der Anziehung des Theaters, hinter dem mit Kostümen gefüllten Koffer auf dem Dachboden, dem Verkleidungsspiel mit Masken und Schminkkästen vor dem Spiegel? Geht es darum, der Form, in die wir hineingesteckt wurden, zu entkommen und auf magische Weise das Bild im Herzen zu enthüllen? Können wir den dienstbaren Geist aus seinem Grab der Anpassung durch eine plötzliche Vision dessen, der ebenfalls zugegen sein könnte, herausholen? Ist der Camcorder in der Hand des Kindes ein Versuch, das Vertraute als Fantasie wiedererstehen zu lassen?

Bezugspersonen, die weder Mentoren einerseits noch Verrückte andererseits sind, können die Türen offenhalten für die Invasion von der anderen Seite, für die Entführung durch fremde Imagination, für das Erinnern des Kindes daran, daß es in seiner Essenz dem Ruf der Engel gehört.

Für die dritte Vorbedingung – daß der Besessenheit des Kindes Raum gegeben werden muß – möchte ich auf Mary Watkins intelligente Bemerkungen zurückgreifen, die sie in bezug auf die Vorstellungskraft in Träumen, in der Fantasie, im Wahnsinn, in kreativem Schreiben und bei Kindern gemacht hat.[19] Während die Vorstellungskraft aktiv ist, befindet man sich irgendwie außerhalb seiner selbst, in einem anderen Bereich. Manchmal handelt es sich um nicht mehr als einen Tagtraum, ein Vorsichhinstarren, eine geistige Abwesenheit; manchmal um die Entfaltung eines vollständigen zukünftigen

Projekts; manchmal, in der Nacht, um halluzinatorisches Entstehen; manchmal um eine ekstatische Vision, wie sie Heilige erlebten. Es gibt unterschiedliche Intensitäten – aber je gründlicher wir uns darauf einlassen, desto realer erscheint uns die imaginative Fantasie mit ihren Szenen, ihren Stimmen, ihren Wesenheiten, ihren Gefühlen und Einblicken. Ihre Realität ergreift von uns Besitz, und die Begriffe »Fantasie«, »Imagination« und »Vision« lassen sich nicht wirklich darauf anwenden. Es fühlt sich alles nur zu realistisch und zu wichtig an. Kinder, die jünger als zehn Jahre sind, aber auch Heranwachsende und natürlich sehr alte Menschen fühlen sich wieder und wieder vom Gewöhnlichen fort in diesen Zustand versetzt.

Die Imagination verlangt absolute Aufmerksamkeit. Der Geist, der sich im Bereich der Fantasie aufhält, erträgt eine Unterbrechung ebensowenig wie Sie, wenn Sie einen Lichtschalter auswechseln oder eine Sauce vor dem Gerinnen bewahren oder eine Sitzung für den Folgetag vorbereiten wollen. Doch wenn ein Kind mitten in einem Chaos mit seinen drei Puppen und einer überschwappenden, wassergefüllten Schüssel auf dem Boden sitzt oder im Garten wild zwischen den Büschen hin und her läuft, dann ist es ebenso durch und durch mit seiner Aufgabe beschäftigt wie Sie. Wahrscheinlich sogar mehr, denn sein Spiel ist seine Arbeit. Spielen ist der Beruf der Kinder. Den kleinen Arbeiter mitten aus dem Spiel heraus aufzuheben und fortzutragen, bevor die Aufgabe erfüllt ist, das Kind fortzurufen, damit es sich umzieht oder aufräumt, unterbricht es mitten bei der Arbeit. Kann Ihr eigener Gehorsam gegenüber der Fantasie der Uhr und ihrer Arbeit von Realität der fantasievollen Wirklichkeit des Kindes Rechnung tragen?

Die Eichel ist wie besessen. Sie ist ganz und gar Konzentration, unverfälscht, wie der Tropfen einer unverdünnten Essenz. Die Verhaltensweisen eines Kindes sind Variationen dieser Verdichtung. Das Kind legt in sein Spiel den aufkeimenden Kode, der es zu diesen besessenen Aktivitäten drängt. Durch seine

Konzentration erhält ein Kind Raum zum Atmen und ein Trainingsfeld für seinen angeborenen Homunkulus der Wahrheit, dem es auf diese Weise einen Ausdruck in Stilen und Formen und Möglichkeiten gibt, der nur besessen, sich dauernd wiederholend, erschöpfend sein kann. Höflichkeit gegenüber dieser Arbeit ist angesagt. Bitte vor dem Eintreten anklopfen.

8. KAPITEL

Tarnung

Mark Twain soll einmal gesagt haben, je älter ich werde, um so lebhafter erinnere er sich an die Dinge, die gar nicht passiert seien. Doch Vertuschung und Verfälschung können jederzeit im Leben ihren Anfang nehmen. Sie scheinen ein fester und vielleicht sogar ein notwendiger Bestandteil von Autobiographien zu sein. Es scheint offenbar ein merkwürdiges Bedürfnis zu geben, die eigene Lebensgeschichte zu verfälschen, zu tarnen oder sogar zu zerstören.

Wir ändern die Details und verzieren sie; wir eignen uns sogar Ereignisse aus dem Leben anderer an und machen sie zum Bestandteil unseres eigenen. Oder wir zensieren die Fakten, so wie Josephine Baker, die große Mengen alter Fotografien zerstörte.[1] Twain vermutet, daß die Geschichten über das eigene Leben die Tendenz haben, die Geschichte selbst zu verdrängen. Aber wer ist der Geschichtenerzähler, der die Biographie durch Hinzufügen und Fortlassen erschafft? Wer ist der Lektor, der soviel herausschneiden und aus den Fakten Fiktion machen möchte?

Eugène Delacroix verbreitete die Geschichte, daß sein unbekannter Vater wahrscheinlich der große französische Staatsmann Talleyrand gewesen sei.[2] Jungs Legende besagte, daß er ein Abkömmling aus einer von Goethes nichtlegitimierten Verbindungen war. John Wayne behauptete, daß sein Vater einen

Drugstore in Glendale sowie eine Eisdiele und ein Malergeschäft besaß; das jedoch wurde kaltblütig und grausam von einem alteingesessenen Bewohner, der die Familie und den Ort gut kannte, dementiert.[3]

Als Lyndon Johnsons Bruder, Sam Houston Johnson, darum gebeten wurde, die Kindheitsgeschichten des Präsidenten in einigen Einzelheiten zu bestätigen, weigerte er sich. Das könne er nicht, sagte er, da sich »diese Dinge nie ereignet haben«.[4]

Fidel Castro besaß zwei Zeugnisse – eines, das er von der Schule erhalten hatte, und eines, in das er selbst die Noten eintrug und von seinen Eltern abzeichnen ließ.[5] Georges Simenon, der vermutlich mehr gute, lesenswerte Bücher – vor allem Kriminalromane – geschrieben hat als irgendwer sonst in diesem Jahrhundert, kleidete seine Autobiograhie in das Gewand eines Romans und änderte diesen dann noch einmal, um seine Lebensgeschichte noch besser zu tarnen. Die Tarnung begann für ihn mit dem allerersten Tag seines Lebens, als nämlich seine Mutter, erschreckt durch die unheilverkündende Bedeutung seines Geburtstages – es war Freitag, der dreizehnte –, seinen Vater dazu veranlaßte, im Standesamt das falsche Datum, den zwölften Februar, anzugeben.[6] Und über Isadora Duncan heißt es: »Der Ursprung ihres Vornamens konnte nie geklärt werden. Bei ihrer Geburt wurde sie auf den Namen Dora Angela getauft.«[7] In einer Theaterproduktion wurde sie unter dem Namen Sara geführt. Außerdem verlor oder verlegte sie ihren Paß immer wieder, und ihr Alter veränderte sich mit den Umständen.

Leonard Bernstein hatte zwei verschiedene Vornamen: Louis, rechtlich korrekt und seine ganze Kindheit hindurch in Gebrauch, bis er mit 16 offiziell den Namen Leonard annahm, mit dem er seither genannt wurde. Bernstein behauptete, daß sein Vater ihm immer im Wege gestanden und daß er seine »Kindheit in größter Armut verbracht« habe. Er beharrte darauf, daß es in der Boston Latin School, dem Gymnasium, welches er von der siebten bis zur zwölften Klasse besuchte, keinerlei Musikunterricht gegeben habe. Tatsächlich »war Bernstein jedoch Klaviersolist des Schulorchesters gewesen und hatte Jahr für Jahr auch im Schulchor gesungen«. Und was die angebliche Armut betrifft: Leonard wuchs mit Dienstmädchen auf, zeitweise mit einem Butler, der zugleich Chauffeur war, und mit zwei Familienautos; sein Vater besaß zwei Häuser und konnte es sich leisten, für die Jahres seines Sohns in Harvard zu bezahlen.[8]

Henry Ford nahm seine erste Uhr im Alter von sieben Jahren auseinander.

> Nach seinen eigenen Aufzeichnungen und nach den zahlreichen Erzählungen anderer, in denen sich Wahrheit und Fantasie frei mischten, hat der kleine Henry Ford nichts anderes getan als geforscht und gebastelt, auseinandergenommen, wieder zusammengesetzt und seine technische Begabung an allem geübt.
> Henry erzählte gerne eine oft wiederholte Geschichte, daß er als Junge spätabends aus dem Haus geschlichen sei, um bei den Nachbarn reparaturbedürftige Uhren einzusammeln und mit nach Hause zu nehmen.

Andere ähnliche Geschichten sind im Überfluß vorhanden.

> Nur ein engeres Familienmitglied hegte die Vermutung, daß Henrys Erinnerungen leicht poetisch gefärbt sein könnten. Bis zu ihrem Tode behauptete Margaret, die Schwester Henrys, er habe sein Kinderzimmer in seinem Elternhaus nicht authentisch restauriert: Die kleine Uhrmacherwerkbank mit Werkzeug habe es früher darin nie gegeben. »Er ist nie spätabends ausgegangen, um Uhren zu reparieren.«[9]

Henry Kissinger, dessen Vater seine Anstellung als Lehrer in Fürth verloren hatte, weil er Jude war, behauptete 1958: »Es scheint so, daß mein Leben in Fürth verlief, ohne bleibende Eindrücke zu hinterlassen.« 1971 sagte Kissinger wieder: »Dieser Teil meiner Kindheit kann nicht als Schlüssel für irgend etwas bezeichnet werden. Ich lebte nicht mit dem Bewußtsein, unglücklich zu sein. Was vorging, nahm ich eigentlich gar nicht wahr. So ernst erscheinen Kindern diese Dinge nicht.« Und doch spricht er dabei über die Jahre der Verfolgung und des Zusammengeschlagenwerdens, des Ausschlusses aus der Schule und vom Sportplatz, des Verbots von Beziehungen zwischen Juden und Nichtjuden und der Aberkennung der Bürgerrechte. Familie und Freunde, die Seite an Seite mit dem jungen Henry lebten, berichten, daß jüdische Kinder nicht mit anderen spielen durften und im eigenen Garten bleiben mußten. Sie durften nicht zum Tanz, ins öffentliche Schwimmbad und nicht einmal ins Restaurant. »Jeden Tag gab es Schmierereien an den Häuserwänden, antisemitische Äußerungen, und man wurde mit schmutzigen Namen belegt.« Henrys Mutter war »besonders die klägliche Furcht und Verwirrung der Kinder in Erinnerung, wenn die Nazijugend aufmarschierte und die Juden verhöhnte«.[10] Und doch meint Henry Kissinger: »So ernst erscheinen Kindern diese Dinge nicht« und: »Dieser Teil meiner Kindheit kann nicht als Schlüssel für irgend etwas bezeichnet werden.«

Biographie

Vor allem Schriftsteller haben etwas gegen Biographien. Henry James verbrannte seine Unterlagen im Garten, ebenso wie Charles Dickens. Bereits mit 29 Jahren (!) übergab Sigmund Freud seine Papiere dem Feuer; es heißt, er habe gesagt: »Was die Biographen betrifft, sollen sie sich nur ihre Gedanken machen. ... Ich freue mich schon jetzt darauf, sie vom Weg abkommen zu sehen.« Als er älter wurde, zerstörte er weitere Unterlagen und versuchte sie von ihren Empfängern zurückzukaufen.[11] Lyndon Johnson vermerkte »Zum Verbrennen« auf einer Schachtel, die unwichtige Briefe enthielt, die er von Washington aus an frühere Studenten und an Freunde daheim geschrieben hatte. William Makepeace Thackeray, T. S. Eliot und Matthew Arnold wollten nicht, daß Biographien über sie geschrieben würden. Leon Edel, der sich mit der Biographie auf einer philosophischen Ebene befaßt und selbst ein meisterhafter Biograph ist, berichtet:

> Manche vertreten die Auffassung, daß es sich bei ihr [der Biographie] um einen neugierigen, voyeuristischen, ja sogar räuberischen Prozeß handelt. Die Biographie wurde als »Krankheit der englischen Literatur« (George Eliot) bezeichnet; professionelle Biographen wurden als »Hyänen« (Edward Sackville-West) beschimpft. Sie wurden außerdem als »Psycho-Plagiatoren« (Nabokov) und ihre Werke als »grundsätzlich überflüssig« und »für gewöhnlich geschmacklos« (Auden) bezeichnet.[12]

Manche Schriftsteller – zum Beispiel J. D. Salinger – sind nicht einmal bereit, Interviews zu geben, und drohen mit einer Klage oder strengen sogar einen Prozeß an, um Biographen abzuschrecken. Willa Cather wollte nicht, daß irgendwer ihr Leben untersuchte, und Eudora Welty lebt »außerordentlich zurückgezogen und beantwortet keine persönlichen Fragen über sich selbst oder ihre Freunde«.[13] Carolyn Heilbrun, die sich wie Edel unter philosophischen Gesichtspunkten mit der Biographie befaßt, beschuldigt Welty, sich in ihren Memoiren, *Eine Stimme finden*, »getarnt« zu haben, denn »eine wahrheitsgemäße Autobiographie zu schreiben hätte all ihren [Weltys] Instinkten für Loyalität und Privatleben widersprochen«. (Heilbrun selbst hat unter dem Tarnnamen »Amanda Cross« veröffentlicht.)

Heilbruns Vorstellung von Wahrheit und Verschleierung unterscheidet sich von der Weltys, die in der Tradition von Schriftstellern steht, welche Biographien rundum ablehnen. Diese Schriftsteller scheinen zu sagen: »Was immer mich persönlich oder mein Leben betrifft, soll hinter verschlossenen Türen gehalten oder gar in einem Feuerritual verbrannt werden, um die Wahrheit meines Werkes zu erhalten. Mein Leben ist, wie Auden es ausdrückt, ›überflüssig‹. Der Grund, warum ihr eine Biographie über mich wollt, ist mein Werk, also befindet sich das ›Ich‹, nach dem ihr sucht, in meinem Werk.«

Im Licht der vorangegangenen Kapitel können wir all diese autobiographischen Täuschungsmanöver gut verstehen. Etwas in uns will nicht, daß die Fakten ausgebreitet werden, aus Angst, daß sie für die Wahrheit, die einzige Wahrheit gehalten werden könnten. Etwas in uns will nicht, daß Biographen zu tief eindringen, zu scharfsinnig die Inspiration eines Lebenswerks erfassen. Legenden kommen zum Vorschein und spinnen einen Schleier. Etwas will das Werk vor dem Leben schützen und die Leistungen, in welchem Gebiet sie auch auftreten mögen, vor den Zusammenhängen, in denen sie sich ereignet haben, abschirmen. Fords Schwester und Johnsons Bruder liefern den Kontext (jedenfalls dann, wenn sie nicht selbst entlarvende, schadenfrohe Legenden zu erzählen haben), und viele Biographen sehen sich gezwungen, gerade den Autobiographien zu widersprechen, die doch ihre erste Quelle sind.

Was ist dieses beschützende »Etwas«? Die Eichel natürlich. Sie will sich nicht auf zwischenmenschliche Beziehungen, auf Einflüsse, auf glückliche Umstände oder auf die Dominanz der Zeit reduzieren lassen, auf Sätze wie »dieses folgte im Entwicklungsverlauf jenem«, als ob das Leben durch eine Formel wie »eins führte zum anderen« erfaßt werden könnte. Noch will sie allein an der plötzlichen Intervention des Glücks festgemacht werden. Das ist der Ursprung der Konstruktionen, Rekonstruktionen (und Dekonstruktionen dessen, was bereits bekannt ist), Tarnungen und Leugnungen der betrachteten Personen; diese Eingriffe bewahren die romantische Vorstellung, indem sie die Tatsachen romantisieren.

Biographische »Verfälschungen« gehören ebensosehr zur Schilderung wie die »Fakten«. Wer weiß am besten über das Bescheid, was »wirklich geschehen« ist – Henry Ford oder seine Schwester Margaret oder andere Zeitgenossen? *Wirklich* ist die Legende von Henry Ford, welche die Erfindungskraft des Erfinders in der Erfindung seiner eigenen Geschichte veranschaulicht. Während wir leben, werden wir erfunden, obwohl die planlosen Tagesereignisse an keinem roten Faden zu hängen scheinen. Biographische Erinnerungen stellen den Faden zur Verfügung. Im Rückblick macht die Kindheit Sinn. Aus dem Hochsitz der Retrospektion erkennen wir die Eichel in den vielen Ästen der Eiche. Ist diese »Erinnerung an Dinge, die gar nicht geschehen sind« (Twain) Verfälschung oder Offenbarung?

Überdies, warum soll der Biograph Kissingers mehr Autorität haben als dieser selbst? Wer ist denn schließlich der Urheber seines Lebens? Der Biograph Walter Isaacson sieht »Verleugnung« in Kissingers Ausgabe, daß das bedrohliche antisemitische Umfeld seiner Kindheit keine Bedeutung für sein Leben gehabt habe.[14] Außerdem macht Isaacson Andeutungen über einen ursächlichen Zusammenhang zwischen Kissingers Charakter später als Politiker und diesen frühen Lebensbedingungen. Das gehört zum Standard der biographischen Detektivarbeit, ist Standard der Entwicklungstheorie und der Psychogeschichte. Aber ob man Kissinger nun mag oder nicht, jedenfalls ist er als Thema der Biographie überzeugender als sein Biograph.

Frau Paula Kissinger, Henrys Mutter, sah in ihren Kindern »besonders die klägliche Furcht und Verwirrung …, wenn die Nazijugend aufmarschierte und die Juden verhöhnte«. Aber Henry Kissinger, nationaler Sicherheitsberater und Staatssekretär, ein Mann mit außergewöhnlichem geopolitischem Einfluß, der eine Untersuchung durch den Senat und die Intrigen im Weißen Haus überstand, Breschnew, Mao und Nixon direkt gegenüberstand, das Abhören von Leitungen anordnen und die massive Bombardierung »des Feindes« in Südostasien vorschlagen konnte, würde sich wohl kaum von einer Horde aufmarschierender blonder Kinder in kurzen Hosen bedroht fühlen. »So ernst erscheinen Kindern diese Dinge nicht«, denn wegen des Eichel-Urbildes war Henry niemals nur das Kind, das seine Mutter sah.

Die Wahrheit von Kissingers »Fall« liegt nicht darin, ob Nazimus seine Persönlichkeit beeinträchtigte oder bis zu welchem Grad und auf welche Weise die Verfolgung in seiner Kindheit sein politisches Denken und Handeln beeinflußte. Die Wahrheit ist Kissingers Widerstand gegen die Reduzierung; sein Widerstand dagegen, zum Thema einer Biographie zu werden, ist der Grund für seine »Verleugnung«. Der Genius seiner Schachzüge und Strategien der Macht widersetzt sich der Reduzierung auf die Paranoia der Verfolgung. Wenn wir uns Kissingers Leben als Demonstration der Eichel-Theorie vorstellen, dann wird die Welt in Fürth, in der sein Leben begann, zu einem Übungsfeld für seine spätere Laufbahn. Beide sind Bestandteile ein und derselben Beweglichkeit, der Machenschaften und unerbittlichen Meisterschaft politischer Macht, die dafür sorgen, daß Kissinger die Umstände im Griff hat, indem er sich ihnen nicht unterordnet (indem er »mauert«; Leugnung als politische Taktik) und ihre Fähigkeit leugnet, sich gegen ihn durchzusetzen.

Nicht Kissinger, sondern im Grunde die Autobiographie ist es, die ein Doppelspiel treibt, denn *auto* und *bio* können für zwei unterschiedliche Geschichten stehen, für die der Eichel und die des Lebens. Es kann sogar noch einen dritten Mitspieler in der Verschwörung geben: *grah*, den Akt des Schreibens.

Schreiben gehört ebenfalls zu den darstellenden Künsten.

Irgendwo am Schluß wartet eine Öffentlichkeit, wenn schon nicht immer im Kopf des Autors, so doch wenigstens in den Augen des Verlegers. Isadora Duncan, berichtet ihr Biograph und langjähriger Freund Victor Seroff,

> hat mir erzählt, daß der Verleger [ihrer Memoiren] darauf bestand, daß sie im Detail beschreibt, wie sie sich beim Verlust ihrer Jungfräulichkeit gefühlt habe. Da sie damals mit einer wahrhaft verzweifelten finanziellen Situation konfrontiert war, fühlte sich Isadora gezwungen einzuwilligen. Und da sich der Umstand vor vielen Jahren in Budapest ereignet hatte, bat Isadora mich, eine von Liszts Ungarischen Rhapsodien zu spielen, damit die richtige »ungarische Atmosphäre« entstehen konnte.
> ... vielleicht noch besser »eine aphrodisische Atmosphäre«, während sie, zurückgelehnt auf dem Sofa, die Einzelheiten zu Papier brachte ... Sie gab mächtig an ... es muß sogar für den Verleger zu pikant gewesen sein, denn das Kapitel wurde vor der Veröffentlichung noch einmal umgeschrieben.[15]

Die Szene war vielleicht erfunden, die »Erinnerung« zusammengezaubert durch Liszt, aber die leidenschaftliche Erotik ist dem Lebensmuster der Duncan, die für die Liebe alles gab, treu und gehört zur Authentizität ihres Charakters.

Wenn wir *ein Muster* der Tarnung und Erfindungen suchen, dann werden wir es nicht an den Schrullen jeder individuellen Persönlichkeit festmachen können. Vielmehr müssen wir den Sinn des Musters selbst erkennen, welches sich in einer Reihe von Fällen wiederholt.

Der Psychiatrie steht ein alter und noch immer angemessener Begriff, *Pseudologia fantastica*, zur Verfügung für die Erfindung von Geschichten, die sich nie wirklich ereignet haben und den

Zuhörer dennoch faszinieren.[16] Er gehört in den Bereich der psychischen Störungen, was besagt, daß das Verhalten nicht »real, echt oder natürlich« ist. In Extremfällen tritt ein »unkontrollierbares pathologisches Lügen« auf. Wenn die Täuschungen und Erfindungen eine überwiegend physische Form als vorgetäuschte Beschwerden annehmen, die zu unnötigen Krankenhauseinweisungen führen, dann wird die Störung nach dem bekannten Lügenbaron, der wunderbare Geschichten erzählte und in vielerlei Verstellungen mit großem dramatischem Flair auftrat, als Münchhausen-Syndrom bezeichnet. Was sich im Bekanntenkreis der meisten Menschen viel häufiger findet, sind Langzeitalkoholiker mit Korsakow-Syndrom (Gedächnisstörungen), die ihre Erinnerungslücken mit fantasievollen Fabeleien füllen. Aber selbst Kinder, die bei klarem Verstand sind, geraten ins Fabulieren, was sie im Zeugenstand ganz und gar unbrauchbar macht. All diese Phänomene gehören in ein psychologisches Schattenland, in dem zwei Welten aufeinanderstoßen: Fakten und Fabeln. Die Psychiatrie sieht in diesen Fabeln nichts weiter als zwanghaftes, pathologisches Lügen.

Die Fabel will eindeutig dominieren in diesen exemplarischen Figuren, die ausufernde Geschichten erzählen, als sagten die biographischen Fiktionen, Maskierungen und Leugnungen: »Ich bin nicht deine Fakten. Ich werde es nicht zulassen, daß das, was in und an mir merkwürdig ist, daß mein Geheimnis in eine Welt der Fakten gestellt wird. Ich muß eine Welt erfinden, die eine wahrere Illusion dessen erzeugt, der ich bin, als es die sozialen, umgebungsbedingten ›Realitäten‹ tun. Davon einmal abgesehen, ich lüge nicht: Fabeln entstehen von ganz allein. Man kann mich nicht als Lügner anprangern, denn jene Geschichten, die aus mir über mich herauskommen, das bin gar nicht ganz ich, der sie erzählt.«

Doppelgänger, ein Wort, das in seiner deutschen Form sogar in die englische Sprache eingegangen ist, scheint das richtige

Wort dafür zu sein. Jemand geht auf der Erde einher, der unser Zwilling ist, unser Alter ego, unser Schatten, unser anderes Bild, das manchmal nahe an unserer Seite zu sein scheint und unser anderes Selbst ist. Wenn wir mit uns selbst sprechen, mit uns schimpfen, uns anfeuern, dann sprechen wir möglicherweise unseren Doppelgänger an, nicht wie einen Zwilling, der irgendwo in einer anderen Stadt ist, sondern wie einen, der sich im selben Zimmer mit uns aufhält.

Die Inuits haben eine eigene Weise, um diese andere Seele zu benennen, ob sie nun eine innere ist, die im selben Körper wohnt, oder eine äußere, die kommt und geht, aufblitzt und wieder verschwindet, Dinge und Orte und Tiere bewohnt.[17] Anthropologen, die australische Aborigines auf ihren Wanderungen begleiten, nennen diese zweite Seele die »Buschseele«.

Märchen, die Gedichte Rumis und Zen-Geschichten berichten von dieser Verdoppelung, diesem merkwürdigen Doppelspiel des Lebens. Es sitzen zwei Vögel im Baum, ein sterblicher und ein unsterblicher, der eine neben dem anderen. Der erste tschilpt und nistet und fliegt umher; der zweite beobachtet.

In vielen Kulturen muß die Plazenta sorgfältig beiseite geschafft werden, denn sie wird mit einem geboren, darf jedoch keinesfalls mit einem ins Leben eintreten. Sie muß totgeboren bleiben und in die andere Welt zurückkehren, sonst wird aus dem eigenen leiblichen Zwilling ein schrecklicher Geist.

Zwillinge selbst werden häufig als bedrohlich empfunden, als ob es zu einem Fehler gekommen sei: Die beiden Vögel, der Mensch und der Geist, diese Welt und jene, beide sind gegenwärtig in dieser Welt. Zwillinge machen den Doppelgänger faßbar: sichtbar und unsichtbar, beides zur Schau gestellt. Daher berichten Geschichten von der Ermordung (dem Opfer) des eines Zwillings zum Wohl des anderen: Kain und Abel, Romulus und Remus. Der Dunkle, Unsterbliche, Überweltliche macht Platz, damit der Sterbliche sein Leben in Besitz nehmen kann.

Namen und Spitznamen

Eine abgeschwächte Form des vorgestellten Zwillings findet Eingang in die Gewohnheiten der Namensgebung als zweiter Vorname oder Doppelvorname, indem man den Namen eines verstorbenen Namensvetters, eines biblischen Helden oder einer Heldin, eines Heiligen, einer Berühmtheit vergibt, um den Segen dieses unsichtbaren Mannas einzufangen.

Wie viele von uns hassen ihren Namen? Hassen ihre Eltern für den Namen, den sie uns gegeben haben? »Wer« ist es, der diese Beleidigung spürt – nur meine egozentrische Vorstellung von mir selbst oder das Eichel-Urbild?

Kinder und Jugendliche haben Spitznamen. Ebenso verhält es sich bei Fußballspielern, Jazzmusikern, Gangstern und Bandenmitgliedern. Hat der Genius einen und die Person einen anderen Namen? Ist die Vergabe eines Spitznamens die subtile Anerkennung des Doppelgängers, eine Art, sich daran zu erinnern, daß es Fats ist, der am Klavier sitzt, und Dizzy, der die Trompete bläst, nicht Mr. Waller und Mr. Gillespie, die ihre Schuhe zuschnüren und ihr Frühstück verspeisen?

Der Spitzname enthält irgendeine innere Wahrheit, die möglicherweise ein Leben lang haftenbleibt und zu sehen ist, noch bevor sich der Genius in seiner ganzen Größe zeigt. Spitznamen sind nicht nur Zeichen der Zuneigung, deren Aufgabe es ist, Mängeln ein menschliches Gesicht zu geben. Diese einfühlsame Interpretation will den Spitznamen als Methode verstanden wissen, um den Star wieder auf eine menschliche Ebene herunterzuholen, damit wir eine Beziehung zu ihm aufnehmen können und nicht zuviel ehrfürchtige Scheu vor ihm haben. Einfühlsame Interpretationen wollen immer dafür sorgen, daß wir uns wohl fühlen, also ebnet ein Spitzname das Gelände. Herman Ruth ist nur »Babe«; die meistgesuchten Killer Mr. Nelson und Mr. Floyd sind »Baby Face« und »Pretty

Boy«; und der übermächtige Fünf-Sterne-General und Präsident mit zwei Amtszeiten ist einfach »Ike«.

Sollten wir Persönlichkeit »Nummer zwei«, wie Jung es nannte, oder den Daimon, wie Sokrates es bezeichnete, nicht lieber als eigenständiges Bild ansehen, das, da es ein Leben hat, auch einen Namen braucht, statt auf diese vermenschlichende Beruhigung zurückzugreifen, die den Genius auf zahme Tauben und Handschmeichler reduziert? Und diese Gestalt erscheint im Rahmen ihrer Tarnung als klein, um sich vor einer Vermenschlichung zu bewahren und um ihre magische Kraft vor diesen »neugierigen, voyeuristischen und räuberischen« Biographen zu schützen. Verkleinernde Spitznamen, diese Euphemismen, welche die magische Kraft der Leistung und die Angst, die sie hervorruft, umgeben, folgen in Mythos und Märchen einem bestimmten Muster. So wird »der Kleine«, im Russischen, Französischen und Deutschen oft mit einer diminutiven Endung versehen, zum klugen und magischen Retter. Der Zwerg am Wegesrand, das Männlein unter seiner Kappe, das kleine Schwesterlein unter zwölf Geschwistern – sie haben den Schneid, um die Dinge in Gang zu bringen, denn sie repräsentieren die andere Welt in dieser.

Wenn man sich im *World Almanac*[18] die Namensänderungen der Stars durchliest – Madonna Louise Ciccone zu Madonna; Diana Fluck zu Diana Dors; Cheryl Stoppelmoor zu Cheryl Ladd; Roy Scherer, jr., zu Rock Hudson; Borge Rosenbaum zu Victor Borge; Sophia Scicoloni zu Sophia Loren; Thomas Mapother zu Tom Cruise; James Stewart zu Stewart Granger; Albert Einstein zu Albert Brooks; Anna Maria Italiano zu Anne Bancroft; George Alan O'Dowd zu Boy George; Ramon Estevez zu Martin Sheen; Annie Mae Bullock zu Tina Turner – und wenn einem dann gesagt wird, daß diese Veränderungen aus Gründen der besseren Akzeptanz und Vermarktung erfolgten, dann teilt man uns nur die menschliche Seite der Begründungen mit. Die andere Seite besagt, daß man nicht zugleich sterblich und ein unsterblicher Star sein kann. Man braucht zwei Namen, weil sie die beiden Personen widerspiegeln, ein inhärentes Doppelspiel, das zwischen der Eichel und ihrem Träger stattfindet.

Hat jeder der beiden seinen eigenen Namen? Als Barbara McClintock, die 1983 den Nobelpreis für ihre Forschungsergebnisse im Bereich der Genetik erhielt, in Cornell am Abschlußexamen in Geologie teilnahm, geschah etwas Merkwürdiges.

> Am Prüfungstag erhielt jeder Kursteilnehmer ein blaues Heft, um darin seinen Test niederzuschreiben; auf der Vorderseite des Hefteinbandes mußte man seinen Namen notieren. Nun wollte ich mich nicht mit so etwas Banalem wie einer Namenseintragung aufhalten, sondern wollte natürlich sofort an die Prüfungsfragen gehen. Ich fing also voller Begeisterung zu schreiben an, die ganze Prüfung machte mir Riesenspaß. Alles klappte mühelos, doch als ich dann meinen Namen eintragen mußte, hatte ich ihn schlichtweg vergessen; ich konnte mich um nichts in der Welt mehr entsinnen; und so blieb ich erst einmal einfach an meinem Platz. Jemanden zu fragen, wie ich heiße, wagte ich erst recht nicht, weil mir natürlich klar war, daß mich jeder für übergeschnappt halten würde. Von Minute zu Minute wurde ich nervöser, bis mir endlich – nach beinahe zwanzig Minuten – mein Name wieder einfiel. Ich nehme an, daß dies Ganze damit zusammenhing, daß ich alles, was mit meinem Körper zu tun hatte, nur als lästig empfand. Mir waren eben die Gegenstände und Ereignisse in meiner Umgebung, die ich beobachten oder über die ich nachdenken konnte, von denen mir Augen und Ohren übergingen, viel wichtiger.[19]

Den eigenen Namen vergessen! Könnte dieser Vorfall vielleicht den Genius bezeugen? Könnte es sein, daß McClintocks unsichtbarer Genius hervorgetreten war und die Aufgabe erledigt hatte, so daß der Körper dieser Studentin, die bei der Prüfung saß, nicht das abzuzeichnen vermochte, was sie nicht selbst vollbracht hatte? McClintock führt diesen merkwürdigen Ausfall auf den Bruch zurück, den sie zwischen sich und ihrem Körper empfand, und darauf, daß sie sich ganz in ihrem Geist befand. »Mein Körper war immer Ballast, den ich mit mir herumschleppen mußte. Ich habe mir immer gewünscht, ein neutraler Beobachter sein zu dürfen anstelle jenes ›Ichs‹, das meine Mitmenschen kennen.«

Wenn der »andere Name«, ein anderer als jener, der dem Standesamt mitgeteilt wird, jenen »anderen« bezeichnet, von wem handelt dann die Biographie? Macht das den Reiz dieser Literaturform aus, daß sie *das* Genre ist, durch welches die beiden Seelen, die der Biograph Leben und Werk, Mensch und Genie nennt, miteinander verbunden werden? Ist das der Grund, warum Biographien uns faszinieren? Sie legen die komplizierte Beziehung zwischen den beiden Namen frei, und beim Lesen können wir vielleicht einen Blick auf unseren eigenen Genius werfen und erfahren, wie wir selbst mit ihm leben können, indem wir studieren, wie andere Berühmt-Berüchtigte, Erfolgreiche es geschafft haben und indem wir auch ihre Schwierigkeiten, ihre Tragödien sehen.

Nicht wegen der Helden und Rollenvorbilder oder um uns in Leben zu flüchten, die nicht die unseren sind, sondern um das grundlegende Rätsel zu lösen, daß nämlich ein jeder von uns zweigeboren ist, mit einem Doppelgänger zur Welt kommt, und wenn es uns allein nicht gelingt, den entfremdeten Engel zu finden, dann wenden wir uns der Biographie in der Hoffnung zu, dort Hinweise zu finden. Dieser Art Aberglaube und die uns fremden Praktiken im Hinblick auf Plazenta und Zwerg, Doppelgänger, Seelenvielfalt und Seelennamen scheinen sich um ein zentrales Thema zu gruppieren: daß wir von Anfang an nicht allein sind. Wir werden mit einem magischen oder überweltlichen Gegenstück geboren, das nicht zu dem Ort und dem Zeitpunkt gehört, an dem wir uns gerade befinden.

Bei Barbara McClintock kehrte nach etwa zwanzig Minuten ihr Name zu ihr zurück. Ihre verschiedenen Seelen drückten sich in einem »Körper-Ich« und in einem »Beobachter-Ich« aus. Sie war bereits eine Zwei-Geborene in dem Sinn, da der Name, den man ihr bei der Geburt gegeben hatte, Eleanor gewesen war. Aber ihre Eltern »kamen bald zu dem Schluß, daß ›Barbara‹ für ein Mädchen von so ungewöhnlicher Kraft angemessener sein würde«. Als sie vier Monate alt war, wurde ihr Name geändert.

Die Inuits verläßt ihr normaler Name, »verschwindet«, wenn sie krank werden, und sie bekommen einen anderen Namen. Sollten sie sterben, dann ist es die Person mit dem Todesseelennamen, die gestorben ist; werden sie wieder gesund, dann kehrt ihr früherer Name zu ihnen zurück, und der Todesseelenname »verschwindet«. Wir würden sagen: »Er ist wieder er selbst.« Der Status quo ante wurde wiederhergestellt.

Dieser »andere« mag zu Besuch kommen, während wir schlafen oder uns in veränderten Bewußtseinszuständen befinden, wie sie durch Fasten oder in Einzelhaft oder in Krisenzeiten, wenn der Tod unausweichlich scheint, verursacht werden. (»Als ich von der Klippe hinabstürzte, lief mein ganzes Leben wie ein Film vor mir ab.«) Der ewige Zwilling umfaßt alles auf einmal, weil er nicht in der Zeit lebt.

Wie sonst zeigen sich diese Phänomene im psychologischen Bereich? Auf mehrerlei Art, meist nur am Rande und oft verzerrt. Pathologisch, als medikamentenabhängige Dissoziationen und als multiple Persönlichkeit; in der Krankheit als ein eigenständiger Besucher, als »der Eindruck einer anderen Wesenheit, die Besitz von unserem Körper ergreift«, wie John Updike seine Schuppenflechte in seinen Memoiren, *Selbst-Bewußtsein,* beschrieben hat und wie auch andere auf ähnliche Weise von ihren Depressionen, Angstzuständen, nagenden Gedanken und Zwangsneurosen berichtet haben. Und dann, was leichter zu akzeptieren ist: in der Kindheit als in der Fantasie vorgestellte Freunde, in »para«-psychologischen Phänomenen, in therapeutischen Techniken wie in der aktiven Imagination, im künstlerischen Schaffen als Romanfiguren handelnde Personen. Außerdem in bisher unerklärten hypnagogischen Visionen während chirurgischer Eingriffe, bei denen man sich selbst auf dem Operationstisch liegen sieht.

Diese eigenartigen Begebenheiten sagen etwas über eine Kultur aus, die das Unsichtbare an den Rand drängt. Wenn die Philosophie einer Kultur nicht genug Raum läßt für das Andere, das Unsichtbare nicht achtet, dann muß sich das Andere auf verzerrte Weise in unsere Psyche zwängen. Das legt nahe, daß manche seelischen Störungen richtiger der funktionsgestörten Weltanschauung, die sie bewertet, zuzuordnen wären, als der Psyche selbst.

Als meinen letzten Zeugen für das autobiographische Doppelspiel rufe ich Leopold Stokowski auf, den kontroversesten, originellsten, populärsten und »schwierigsten« Dirigenten des 20. Jahrhunderts. Eine Vielzahl von Schriftstellern mit seriösem Interesse, gutem Willen und entsprechenden Leistungsnachweisen versuchten Stokowskis Kooperation für das Anfertigen einer Biographie zu erlangen. Er warf einen nach dem anderen hinaus.

Natürlich wurden dennoch Biographien veröffentlicht, und sie berichteten, daß Stokowski kein gebürtiger Pole war, da seine englische Mutter, deren Vorfahren auf beiden Seiten englische Protestanten waren, ihn in England geboren hatte und da die Mutter seines Vaters in London zur Welt gekommen und gleichfalls eine englische Protestantin war. Nur Stokowskis Großvater väterlicherseits war Pole und in Polen geboren. Dennoch sprach Stokowski, der Polen erst spät in seinem Leben besuchte, mit einem osteuropäischen Akzent.

Der Akzent war nur Verstellung. »Jedem, der versucht, sich eingehend mit seiner Vergangenheit zu befassen, stehen schwere Zeiten bevor, denn Stokowski hatte große Freude daran, Dinge zu erfinden ... Interviewer, die ihn über seine Vergangenheit befragten, hielten schließlich unweigerlich nur Fiktion in Händen.« Die Verstellungen und Erfindungen erwiesen sich dann schon bald als ansteckend. Der *Oxford Companion to Music* und das *Time*-Magazin berichteten, daß er vermutlich Jude oder wenigstens zum Teil jüdisch war. Das maßgebliche *Grove Dictionary of Music and Musicians* behauptete, sein wahrer Name sei Leo Stokes. Was die schriftlichen Überlieferungen betrifft, so berichtet Stokowskis Tochter, daß ihr Vater und ihre Mutter eine »sehr klare Übereinkunft« getroffen hatten, daß keinerlei Briefe oder andere Schriftstücke über ihn in die Öffentlichkeit gelangen sollten. Ihre Mutter »vernichtete all ihre Briefe«.[20] Unglaubwürdige Ungereimtheiten sind im Überfluß vorhanden. Stokowski behauptete, er habe bei Sir Charles Hubert Parry Komposition gelernt. Parry hörte jedoch zwei Jahre vor Stokowskis Eintritt in die betreffende Schule auf, dort zu lehren.

Eine der vielen wunderbaren Geschichten, die der Maestro zu erzählen pflegte, handelt davon, wie er seine erste Geige bekam:

> »Ich weiß, wie alt ich war, denn eines Tages spazierte ein Mann mit einem kleinen Etwas in seiner Hand in diesen [polnischen] Klub hinein ... Ich sagte zu meinem Vater: ›Was ist das?‹ Er antwortete: ›Das ist eine Geige.‹ Und ich sagte zu meinem Großvater: ›Ich hätte gerne eine Geige.‹ ... Und er kaufte mir – wie wird es genannt – eine Viertelgeige – und so kam es, daß ich im Alter von sieben Jahren anfing, Geige zu spielen, und sie ist noch immer mein Lieblingsinstrument.«

Das erste Problem, dem wir hier begegnen, ist, daß sein Großvater drei Jahre vor Leopolds Geburt gestorben war. Zweitens schrieb sein Bruder: »Leo war nie in Pommern oder Lub-

> lin [wo das Ereignis stattgefunden haben soll] oder sonst irgendwo außerhalb Englands, bis er erwachsen war. Er hat in der Jugend nicht Geige spielen gelernt und, soweit mir bekannt ist, überhaupt niemals in seinem Leben.«

Obwohl Stokowskis Geschichte über sein Geigespielen immer wieder auftaucht und er die Geige als eines seiner Instrumente angab, als er 1909 in die Musikergewerkschaft eintrat, sagt sein Biograph Oliver Daniel, daß er nicht auf eine einzige Person gestoßen sei, die Stokowski jemals beim Geigespielen gesehen habe.

Erinnerungen, Vertuschungen, Fabeleien. Stokowski wurde als Rätsel und *misterioso* bezeichnet, trotz der extravaganten Selbstdarstellung, die er sein Leben lang betrieb. Seine eigene Argumentation scheint klar: »Ich meine, daß man das Erinnerungsvermögen kultivieren soll ... Ich meine, daß man auch die Vergeßlichkeit kultivieren muß.« Stokowskis ganzer Lebenslauf erforderte ein Gegenleben (ein von Philip Roth geprägter Begriff), verlangte die Schaffung einer Fantasiebiographie.

Stokowski führte bis zum Alter von 96 Jahren ein aktives Leben. »Während seiner letzten Tage verbrannte er den größten Teil der Briefe, die er von großen Persönlichkeiten wie Strawinsky erhalten hatte. Er wollte nicht, daß irgendwelche Dokumente von ihm existierten.«[21] (Außer natürlich den außergewöhnlichen Plattenaufnahmen, bei denen er als Dirigent wirkte und die er bis zu seinem Tod fortsetzte.) An diesem Muster, das Stokowski so hartnäckig aufrechterhielt – das Erfinden seiner Herkunft, Verschleiern seiner Jugend, Fälschen von Daten, Vergessen seiner Erinnerungen –, schienen selbst die Götter Gefallen zu finden, und es setzte sich über seinen Tod hinaus fort. Denn nachdem er in England gestorben war,

> wurden Bilder von Stokowski ... viele Zeichnungen und Gemälde, die er selbst gefertigt hatte, Skizzenbücher, Talis-

mane, Andenken und zahlreiche persönliche Gegenstände, die er während seines langen Lebens angesammelt hatte, in einen riesigen Container gepackt und nach Amerika geschickt. Während eines schweren Sturms auf dem Atlantik ging der Container über Bord.[22]

Der große Widerstand gegen Biographien wurde auch von Michael Holroyd beschrieben, der unter anderen die Lebensgeschichte von George Bernhard Shaw niedergeschrieben hat. Er unterscheidet zwischen Leben und Werk und bringt in klaren Worten eine verbreitete Auffassung zum Ausdruck:

> Wann immer … irgendein mit Vorstellungskraft begabter Mensch zum Thema einer Biographie gemacht wird, könnte dies das Verlöschen seines Lichts zu Folge haben. Denn, so lautet die These, das Leben ist einfach eine Hülle, deren Kern die kreative Arbeit ist … [Der Biograph] hat die Midas-Gabe – nur umgekehrt. Jedes Goldstück, das er berührt, wird in seiner Hand zu Schlacke. Wenn Ihnen Ihr Werk etwas bedeutet, dann dürfen Sie keinen Biographen an sich heranlassen – das ist die weitverbreitete Auffassung.[23]

Holroyd verteidigt das Geschäft des Biographen gegen die Tiraden der Biographiegegner, aber er bricht ab, ohne zum Punkt zu kommen. Er mißachtet die emotionale Wahrheit der Biographiegegner. Ihm scheint der archetypische Konflikt zwischen Werk und Leben und die archetypische Notwendigkeit der Verschleierung zu entgehen. Denn es ist der Genius, der sich gegen die Biographie verwahrt, der durch das Leben auf der Erde beleidigt sein könnte, obgleich doch all seine Bemühungen sich nach unten richten, um die Erde zu berühren, und nach außen, um weit in die Welt hineinzureichen. Dennoch, er nimmt niemals ganz und gar menschliche Züge an.

Die Feinde des Biographen sind nicht nur die Person, deren

Biographie er schreiben will, und dessen Familie, die treuen Freunde mit ihren unter Verschluß gehaltenen, mit Briefen und Erinnerungen gefüllten Speichern, die analen Archivare mit ihren wie Staatsgeheimnisse versiegelten Dokumenten. Auch der Genius selbst ist der Feind vernünftiger Berichte, die ihn eo ipso wegerklären. Der Daimon ist der große Verschleierer. Irgendwie spüren die Nachkommen von Berühmtheiten seine über allem schwebende Anwesenheit und fühlen sich in ihrem Protektionismus auch noch Jahre, nachdem die betreffende Person ihren Geist aufgegeben hat, von ihm überwacht.

Das Schreiben von Biographien wird zu einem weiteren »unmöglichen Beruf«, eine Charakterisierung, die Janet Malcolm für die Psychoanalyse verwendet. Unmöglich deshalb, weil die Person, von der die Biographie zu handeln vorgibt, insgesamt gar keine Person ist, wie ja auch der Analytiker mit der unsichtbaren Psyche arbeiten muß, die eine Person einbringt. Biographen sind Ghostwriter, »Geisterschreiber«, sogar Geisterjäger, die versuchen, den unsichtbaren Geist in den sichtbaren Dingen des Lebens zu packen. Eine Biographie, die so nah an den Tatsachen bleibt, wie sie nur kann, findet immer deutlichere Spuren des Unsichtbaren, der Symptome, des Spürsinns und der sich aufdrängenden Erfindungen, die zu dem Leben geführt oder es fortgesetzt haben, von dem die Biographie erzählt. Jung versuchte dies zu zeigen, indem er zwei Persönlichkeiten als das Thema seiner Autobiographie präsentierte. Wie ein alter Eskimo schloß er die Traumseele sogar im Titel mit ein *(Erinnerungen, Träume, Gedanken).*

Ein Biographietheoretiker stellte kürzlich fest, daß »die Biographie niemals eine allgemein akzeptierte Terminologie, eine Poetik enwickelt hat, die verteidigt und der widersprochen werden kann«.[24] Diese Unsicherheit darüber, was ihre Aufgabe ist, geht einher mit der Ambivalenz des Geländes; und Desillusionierung stellt für den Biographen die größte Belohnung dar. Nicht die durch sein Thema hervorgerufene Desillusionierung des Biographen, die so oft in Ausbrüchen von Ärger über Unehrlichkeit und Verheimlichung zum Ausdruck kommt. Viel eher eine stärkende Desillusionierung über die Welt der eindeutigen Tatsachen, eine Desillusionierung, die den Biographen zu einer glücklicheren Illusion bekehren kann: zur Wirklichkeit des Daimon, der das Leben und das Werk eingibt – auch das des Biographen. Damit hätten wir den Beitrag, den die Eicheltheorie zur Biographietheorie liefert.

Das relative Gewicht von Werk und Leben, Genius und Person verfolgt einen im eigenen Leben mit dem Eindruck, daß man nie dazu in der Lage sein wird, sich selbst richtig einzuschätzen. Es gibt ein ständiges Wechselspiel zwischen Wichtigkeit und Bescheidenheit, das in den Zuständen der Manie und der Depression seinen Widerhall findet. Galerien halten Retrospektiven ab; Akademien verleihen Preise, Orden und Ehrenzeichen; Kritiker taxieren und bewerten, versuchen das rechte Gleichgewicht zu treffen. Diese Unsicherheit über »Größe« wird durch das Eingeborenenvolk der Bella Coola zum Ausdruck gebracht, bei dem es heißt, daß das Seelenbild »zwar klein, doch von großer Macht ist«. Die San-Juan-Indianer vergleichen »das Seelenherz mit einem Maiskorn«.[25] Der Mensch spürt die Diskrepanz zwischen der Kleinheit des Korns und seiner Macht, und diese scheint auch für den Biographen einen zentralen Konflikt darzustellen, da er die Person, über die er schreibt, erhöht und sie zugleich herabmindert, indem er den Genius mit menschlichen Schatten anreichert. Der Titel einer Biographie über D. H. Lawrence lautet *Portrait of a Genius, But* (Porträt eines Genies, aber). Aber was veranlaßt Biographen überhaupt dazu, Lebensläufe niederzuschreiben, und was uns, sie zu lesen? Der Wunsch, einen Blick auf den Genius zu werfen – nicht auf Mr. Gillespie und Mr. Waller, sondern auf Dizzy und Fats.

Wenn der Daimon spricht, dann sagt er: Die Geschichte, die ich vom Uhrenbasteln (Ford) oder vom Aufstieg aus der Armut aus eigener Kraft (Bernstein) erzähle, *sind* die Tatsachen. Die Fabeln, die ich verbreite, bringen viel wahrhaftiger zum Ausdruck, wer ich bin. Meine Geschichten geben den Geschehnissen ihren Hintergrund. Ich lese das Leben von hinten nach vorne. Ich berichte von der Geschichte des Genius, nicht von Klein-Lyndon, Klein-Lenny oder Klein-Leopold. Sie sind die Gestalten, die von dem Bild, das sie im Herzen trugen, vorangetrieben wurden, von diesem Bild, das ihre Kindheit aus dem Gewöhnlichen heraushob und verzerrte, und folglich muß ich eine Geschichte von der Verzerrung erzählen, um wirklich die Wahrheit zu sagen. Die Geschichte muß der Außergewöhnlichkeit des Genius angemessen sein. – Der gewöhnliche Alltag kleinbürgerlicher jüdischer Mahlzeiten (Leonard B.), des Heumachens auf dem Hof des Vaters (Henry F.), der ländlichen Streitereien und Gebete (Lyndon J.) ist einfach nicht ausreichend und verursacht dem Engel vermutlich großes Unbehagen.

Stokowski hat seinen Engel ein Leben lang beschützt und dafür gesorgt, daß er nicht in die falsche Geschichte hineingeschrieben wurde, was ihn vermutlich umgebracht hätte. Und Freud kannte schon mit 29, noch bevor er ein einziges Zeichen gesetzt oder auch nur eine einzige seiner bleibenden Ideen gehabt hatte, die Kunst der Verschleierung. Was sonst hätte jenes schützend-zerstörende Feuer verursachen können, wenn nicht das Vorauswissen um das, was noch kommen würde? Um den Genius zu bewahren, müssen wir die Geschichte schützen, in der der Genius leben kann, oder aber er nimmt seine Unsichtbarkeit wörtlich, wird still und verschwindet aus Angst davor, möglicherweise auf ein Mittelmaß reduziert zu werden.

Wir brauchen eben diese Vorstellungskraft, die den kleinen Kern sucht, wenn wir uns über die Fabeleien der späteren Kindheit und Jugend ärgern. Verstellungen und Angebereien sind nicht einfach nur Vertuschungen, Tagträume und blühende Fantasien. Sie sind Ausdruck von Verlustängsten, der Furcht, kolonisiert und in einem System der Normalisierung versklavt zu werden. Indem das System unser Bild in der Biographie einfängt, könnte es die Macht ergreifen und mit unserer Seele auf und davon gehen.

Natürlich muß der Biograph herumschnüffeln und voyeuristisch sein, denn er sucht ja das Unsichtbare, aber es ist nicht aufgrund unserer Verheimlichung unsichtbar, sondern weil dies das archetypische Wesen des Kerns ist. »Die Natur verbirgt sich gern«, heißt es bei Heraklit. So verhält es sich auch mit dem Eichelurbild der menschlichen Natur. Es maskiert sich mit dem Sichtbaren, stellt sich gerade durch die Tarnung dar, hinter der es sich verbirgt. Biographen dringen zum Unsichtbaren vor, indem sie sich durch die Tarnung hindurchkämpfen, aber nur dann, wenn das suchende Auge zielsicher auf das Unsichtbare gerichtet ist und sich seiner Aufgabe mit der gleichen Liebe stellt, wie sie die Natur auch für das Verstecken aufbringt. Vielleicht bedarf es des Genius, um den Genius zu sehen.

9. KAPITEL

Schicksal

Schicksal und Fatalismus

»Jedoch wenn die Seele dort oben ihren Daimon und wenn sie ihr Leben wählt, wie haben wir dann noch irgendeine Entscheidung?« fragt Plotin.[1] Wo ist unsere Freiheit? Alles, was wir leben und von dem wir glauben, daß es unser ist, all unsere mühsam getroffenen Entscheidungen scheinen in Wahrheit vorherbestimmt zu sein. Wir sind hinter einem Vorhang der Täuschungen gefangen und glauben, daß wir die Herren über unser eigenes Leben sind, während doch zugleich jedes Leben im Urbild der Eichel festgeschrieben ist und wir nichts anderes tun, als den geheimen Plan des Herzens zu erfüllen. Unsere Freiheit, so scheint es, besteht nur daraus, dem zuzustimmen, was die Eichel vorhat.

Um diese falsche Schlußfolgerung zu überwinden, wollen wir uns klarmachen, was der Genius tut und was er nicht tut. Lassen Sie uns genauer definieren, welche Reichweite die Macht der Eichel hat. In welcherlei Hinsicht ist sie wirkungsvoll, und wo sind ihre Grenzen? Wenn sie Verhaltensweisen in der Kindheit *verursacht*, was hat dann »Ursache« zu bedeuten? Wenn sie einen bestimmten Lebensweg *beabsichtigt*, wie beispielsweise die Schauspielerei, mathematische Erfindungen oder Politik, was hat dann »Absicht« zu bedeuten? Faßt die Eichel ein endgültiges Ziel ins Auge, hat sie sogar eine Vorstellung von der Erfüllung und vom Tag des Todes? Wenn sie so mächtig ist, schicksalhaft den Hinauswurf aus der Schule und Krankheiten in der Kindheit *vorherzubestimmen*, was hat dann »Vorherbestimmung« zu bedeuten? Und, zuletzt, wenn es die Eichel ist, die das Gefühl vermittelt, daß die Dinge nicht anders sein konnten, daß selbst das Unrecht *notwendig* war, was hat dann »Notwendigkeit« zu bedeuten?

Die Antworten auf diese Fragen stehen im Mittelpunkt dieses Buches. Denn wenn diese Fragen nicht klar dargelegt und eindeutig beantwortet sind, dann werden wir uns entweder dem Fatalismus überlassen oder das Buch ins Reich der Fantasie entgleiten lassen.

Fatalismus ist das verführerische Gegenstück zum heroischen Ich, das in einer Do-it-yourself- und Gewinner-Gesellschaft soviel auf sich nehmen muß. Je größer die Last, desto lieber möchte man sie absetzen oder an einen größeren, stärkeren Träger, wie an das Schicksal, weiterreichen. Der Held ist das personifizierte Amerika. Das heroische Ich ging am Plymouth Rock an Land, machte sich mit Daniel Boone mit Gewehr, Bibel und Hund in die Wildnis auf, steht hochaufgerichtet mit John Wayne in Tombstone und mauert sein Unternehmen gegen den ganzen verdammten Planeten ein. Dieses Ich kämpfte sich durch den Urwald und bahnte sich seinen Weg trotz der Konkurrenten und Raubtiere.

Sogar sie, das kleine Rotkäppchen, muß auf ihrem einsamen Weg mit der Bedrängung durch das Raubtier Wolf fertig werden. Diese Last des Alleinseins mit dem eigenen, selbstgeschaffenen Schicksal in einer Welt, die vor dunklen Gestalten, die einen um die Ecke bringen wollen, nur so wimmelt, macht das Leben zu einem verdammten Kampf. Wenn sie die Widerstände, die sich ihr in den Weg stellen, nicht beiseite schiebt und auf ihrem Weg vorankommt, dann könnten ihre Leistungen oder sie selbst in der Schule »hinter den Erwartungen zurückbleiben«, und man würde sie zur psychologischen Beratung schicken, damit ihre »Blockaden« und »Fixierungen« aufgelöst werden. Sie muß vom Kindergarten an vorankommen. Sie muß sich entwickeln, aufsteigen, sich verteidigen, für ihre Sicherheit sorgen, denn das ist das heroische Verständnis von Existenz. Viel Spaß verspricht das nicht – und als Rotkäppchen sich niederbeugt, um ein paar Blumen zu pflücken, die sie in den großzügig mit Leckereien gefüllten Korb für die Großmutter legen will, da taucht auch schon der Wolf mit den spitzen Zähnen auf.

In dieser von Verfolgungswahn geprägten Definition des Lebens – Leben ist Kampf, ein Konkurrenzkampf um das Überleben, der andere ist entweder Verbündeter oder Feind – stellt der Fatalismus eine Ruhepause dar. Es steht alles in den Sternen; es gibt einen göttlichen Plan; was immer geschieht, geschieht zum Besten in der besten aller Welten (Voltaires *Candide*). Die Welt ist uns von den Schultern genommen, denn sie wird ja tatsächlich vom Schicksal getragen, und wir befinden uns in Wahrheit im Schoß der Götter, so wie Platons Mythos es sagt. Wir leben das besondere Schicksal, das geradewegs aus dem Schoß der Notwendigkeit zu uns kommt. Also spielt es keine Rolle, welche Wahl wir treffen. Ohnehin wählen wir ja nicht wirklich; die Vorstellung, daß man die Wahl hat, ist eine Illusion. Das ganze Leben ist vorherbestimmt.

Diese Art des Denkens nennt man Fatalismus, und sie hat nichts mehr damit zu tun, was *fatum* (Schicksal) eigentlich bedeutet. Diese Denkweise entspricht einem Glaubenssystem, einer fatalistischen Ideologie und nicht den Moiren oder Fatae, die in Platons Mythos die Vergabe der Lose regeln und uns bei der Geburt unseren Daimon zuführen. Sie determinieren *nicht* jedes einzelne Ereignis, als ob das Leben durch sie festgeschrieben würde.

Die griechische Vorstellung vom Schicksal würde sich eher so anhören: Ereignisse stoßen den Menschen zu. »Sie [die Griechen] können nicht begreifen, warum es geschah, aber da es geschehen ist, ›mußte es wohl so sein‹.«[2] *Post hoc, ergo propter hoc.* Nach dem Ereignis *(post hoc)* wird über das berichtet, was dazu geführt hat *(ergo propter hoc)*. Es steht nicht in den Sternen geschrieben, daß die Börse im Oktober 1987 zusammenbrechen mußte. Doch nachdem es geschehen ist, finden wir »Gründe«, die es eindeutig zwingend gemacht haben, daß sie genau zu diesem Zeitpunkt zusammenbrechen mußte.

Für die Griechen wäre die Ursache dieses bedauerlichen Ereignisses das Schicksal. Aber das Schicksal verursacht nur Ereignisse, die ungewöhnlich sind, die auf eigenartige Weise nicht passen. Nicht alles und jedes einzelne Ding ist in einem großartigen göttlichen Plan vorgezeichnet. Diese Art umfassende Erklärung ist Schicksals*gläubigkeit*, ist Fatal*ismus*, der zu Verfolgungswahn, okkulten Ouija-Brett-Prognosen und passiv-aggressivem Verhalten führt, das duldsame Unterwürfigkeit unter das Schicksal mit finsterer Wut gegen letzteres verbindet.

Also ist es besser, sich das Schicksal als eine flüchtige »intervenierende Variable« vorzustellen, als eine Art Augenblicksgott, eine kleinere Gottheit, die im Zeitraum eines Augenzwinkerns vorübereilt und eine vorübergehende Wirkung hat. Die Frommen bezeichnen ihn vielleicht als Engel der Fürbitte. Statt wie ein fortwährender Begleiter ständig bei uns zu sein, mit uns zu sprechen und während aller Krisen des Tages unsere Hand zu halten, schaltet sich das Schicksal nur an merkwürdigen und unerwarteten Wegkreuzungen ein, dient mit einem versteckten Wink oder einem unmißverständlichen Schubser.

Sie verkaufen Ihre Anteile, nachdem sie die Börsenkurse studiert haben. Am allernächsten Tag wird eine Firmenübernahme angekündigt, und das, was Sie verkauft haben, legt 30 Prozent zu. Unmittelbar vor der Ziellinie ebbt der Wind ab – das Boot der Konkurrenz gleitet vorbei, um mit einer Sekunde Vorsprung zu gewinnen. Doch wenn Sie sich dazu entschließen, sich ganz und gar vom Börsengeschäft zurückzuziehen und Ihr Geld lieber in die Matratze zu stopfen, weil es eben nicht ihr Schicksal ist, es zu investieren, oder wenn Sie entscheiden, daß Sie eben nicht dafür geschaffen sind, die Segelregatta oder sonst irgend etwas zu gewinnen noch überhaupt zu segeln, und daß der ausbleibende Wind ein Omen ist, welches Ihnen zeigt, daß Sie das Gefühl für die Elemente verloren haben, und Sie deshalb Ihr Boot verkaufen und sich dem Klettersport zuwenden oder in Melancholie verfallen – dann sind das *Ihre* Entscheidungen, die aus der Bedeutung resultieren, die *Sie* aus dem Wind herauslesen. In diesen bedauerlichen Vorfällen die Hand des Schicksals zu erblicken, erhöht ihre Bedeutung und verschafft Ihnen eine Pause zum Nachdenken. Jedoch daran zu glauben, daß Ihr Börsen-Timing und die eine Sekunde, die Ihre Niederlage herbeigeführt hat, Ihr Leben für Sie entscheiden, das ist Fatal*ismus*. Fatalismus überläßt alles bereitwillig dem Schicksal. Zwecklos, zur Wahl zu gehen, und sinnlos, sich für die Schußwaffenkontrolle einzusetzen oder sich einer Initiative gegen Trunkenheit am Steuer anzuschließen oder eine Feuerwehr zu haben, da ja doch geschieht, was geschehen muß. Werfen Sie das I Ging, und die Hölzchen werden Ihnen schon sagen, was das Schicksal von Ihnen will. Das ist Fatalismus.

Den versteckten Wink des Schicksals aufzufangen ist ein reflektierter Akt. Hier handelt es sich um einen Akt des Nachdenkens, während Fatalismus ein Gefühlszustand ist, der ohne Nachdenklichkeit, bestimmte Einzelheiten und sorgfältiges Abwägen auskommt. Statt die Dinge zu durchdenken, überläßt man alles der umfassenderen Stimmung der Unabwendbarkeit. Fatalismus legt das Leben als Ganzes fest. Was immer auch geschieht, es kann in die weitgefaßte Allgemeingültigkeit der Individuation, des Lebensweges oder des Wachstums eingepaßt werden. Fatalismus tröstet, denn er wirft keine Fragen auf. Es gibt keinen Grund zu untersuchen, wie die Ereignisse denn nun zusammenpassen.

Das griechische Wort für Schicksal, *moira*, bedeutet Anteil,

Zugeteiltes. Da das Schicksal nur einen Anteil an den Ereignissen hat, so hat auch der Daimon, der personalisierte, verinnerlichte Aspekt der *moira* nur einen Anteil an meinem Leben, ruft es, aber besitzt es nicht.[3]

Moira geht auf die Wurzel *smer* oder *mer* zurück, was erwägen, denken, herbeiführen, in Betracht ziehen, sich kümmern bedeutet.[4] Es ist ein zutiefst psychologischer Begriff, der von uns verlangt, Ereignisse genau zu prüfen und dem Anteil, der von anderswoher kommt und deshalb unerklärlich ist, ebenso Respekt entgegenzubringen wie jenem, den wir beitragen, das, was wir getan haben, hätten tun können, immer noch tun können. *Moira* liegt nicht in unseren Händen, aber *moira* ist nur ein Anteil. Wir können *ihnen,* den Göttern und Göttinnen oder der daimonischen Eichel, unsere Handlungen oder unsere Fähigkeiten und ihre Verwirklichung – und ihre Frustrationen und Mißerfolge – nicht überlassen. Das Schicksal befreit uns nicht von der Verantwortung; tatsächlich fordert es uns sogar zu noch mehr auf. Insbesondere ruft es uns auf, die Verantwortung für die Analyse zu übernehmen.

Mit Analyse meine ich nicht eine reduktive Psychoanalyse. Ich meine nicht, die Schuld an einer Ursache festzumachen und sich dabei zu sagen: »Der Daimon ist dafür verantwortlich. Das ist mein Schicksal. Ich kann gar nicht anders, als Fehler auf dem Börsenmarkt zu machen. Mein Vater hat mir nichts in der Hinsicht beigebracht; meiner Mutter floß Geld wie Wasser durch die Hände; als Kind hatte ich nie Taschengeld und konnte daher den Umgang mit Geld nie lernen. Ich bin selbstzerstörerisch.« Und so weiter und so weiter. Hier wird nur Schuld an einer Kette von Ursachen festgemacht, die direkt zurück zum Elterntrugschluß führt.

Wenn die Griechen ein unglückliches und verworrenes Ereignis analysierten, dann gingen sie zum Orakel, um in Erfahrung zu bringen, welchem Gott oder welcher Göttin sie im Zusammenhang mit diesem Problem, diesem Wunsch, dieser geschäftlichen Angelegenheit opfern sollten.[5] Erstens, um den Adressaten genauer zu bestimmen, zweitens, um ihn auf die richtige Weise versöhnlich zu stimmen. Die Analyse heißt hier feststellen, welche Schicksalsgöttin, welche archetypische Hand Beachtung erbittet und erinnert werden möchte.

Wir erinnern uns des Schicksals, indem wir unseren Plänen, wie beispielsweise morgen den Zug zu nehmen, »*Deo concedente*« oder »so Gott will« anfügen. »Ich treffe dich dann also am Bahnhof, so Gott will.« Ich habe es vor, dorthin zu gehen. Ich werde entsprechende Vorbereitungen treffen. Doch ein Unglück kann geschehen – also erinnere ich mich an den Anteil des Schicksals mit einem »so Gott will«. Oder ich berühre Holz. Fromme alte Juden sagten kaum einen Satz, ohne die Möglichkeit zu beschwören, daß etwas Unerwartetes geschehen und sich ihren Absichten entgegenstellen könnte.

Dieses Erinnern an die unvorhersehbaren Eingriffe des Schicksals (durch das Klopfen auf Holz) führt uns zurück zum Daimon. Denn der Daimon überrascht. Er durchkreuzt unsere Absichten, manchmal mit einem kleinen Moment des Zögerns, manchmal mit einer plötzlichen Schwärmerei für jemanden oder etwas. Diese Überraschungen fühlen sich klein und irrational an; man kann sie beiseite schieben; doch verleihen sie auch ein Gefühl der Bedeutsamkeit, das uns später dann: »Das war Schicksal!« rufen läßt.

Telos und Teleologie

Fatalismus verleiht uns das Gefühl, daß das, was sich in unserem Leben ereignet, im Hinblick auf irgendein fernes, nebelhaftes Ziel geschieht. Etwas ist uns »bestimmt«. Wir sind dazu ausersehen, Sänger oder Stierkämpfer zu sein. Wir sind dazu bestimmt, Erfolg zu haben, verflucht und ungerecht behandelt und glücklos zu sein, oder dazu, an einem bestimmten Tag auf eine bestimmte Weise zu sterben. Das Bild, mit dem wir geboren werden, schiebt uns nicht nur vom Anfang her; es zieht uns auch zu einem bestimmten Ende hin. »Teleologie« ist der Ausdruck für den Glauben daran, daß Ereignisse absichtsvoll zu einem bestimmten Ziel hingezogen werden.

Telos bedeutet Ziel, Zweck oder Vollendung. *Telos* ist das Gegenstück zur Ursache, wie wir uns heute Ursachen allgemein vorstellen. Kausalität fragt: »Wer hat damit angefangen?« Sie stellt sich Ereignisse vor, die in der Vergangenheit von hinten geschoben haben. Teleologie fragt: »Was ist der Zweck? Was ist der Sinn?« Sie stellt sich Ereignisse als etwas Zielgerichtetes vor.

Finalismus oder Zielgerichtetheit, zwei weitere Begriffe für Teleologie, geht davon aus, daß jeder von uns, wie der Kosmos selbst, auf ein letztendliches Ziel zustrebt. Das Ziel kann auf verschiedene Weise definiert werden – Wiedervereinigung mit Gott und Erlösung von allen Sünden; langsame Entropie, die in einer Stasis ausläuft; sich ewig fortentwickelndes Bewußtsein und die Auflösung von Materie in Geist; ein besseres Leben oder ein schlechteres; apokalyptische Katastrophe oder göttliches Heil.

Teleo*logie* gibt dem Leben Logik. Sie liefert eine vernünftige Erklärung für den langfristigen Zweck des Lebens. Und Teleologie interpretiert alles, was sich im Leben ereignet, als Bestätigung dieser langfristigen Vision – zum Beispiel als Gottes Willen, seinen göttlichen Plan.

Wenn wir die »-logie« fallenlassen und es nur mit dem »Telos« halten, dann finden wir zu dessen erster und ursprünglicher Bedeutung zurück (zum Ausdruck gebracht durch Aristoteles): dem »Weswegen«.[6] Ich gehe zum Geschäft, um Brot und Milch zu kaufen. Nicht weil ich von einer Vision der Verbesserung der Menschheit dazu getrieben werde; nicht wegen einer definierten Philosophie, die alle Handlungen bestimmt, darunter auch, daß ich geheiratet und Kinder habe und ein Auto besitze, damit ich zum Geschäft fahren und ihre Bedürfnisse erfüllen kann – all dies würde jede beliebige Frage nach dem Warum mit einer abschließenden teleologischen Aussage beantworten könne. Das Telos liefert einen begrenzten, bestimmten Grund, um dessentwillen ich die Handlung ausführe. Es betrachtet jede Handlung als zweckgebunden, aber es bringt keine übergeordnete Absicht mit dem Handeln an sich in Verbindung; das wiederum wäre Teleo*logie* oder Final*ismus*.

Für das Telos reicht es aus zu sagen: Ich ging zum Geschäft um des Familienfrühstücks willen. Die Philosophien des Frühstücks werden uns erspart: Die Theologie der Fürsorge, der Symbolismus des Morgenmahls, die Moralität der Pflicht, die Pseudopolitik der »Familienwerte«, die Psychologie der Bedürfnisse und Wünsche, die Volkswirtschaft der Ernährungskosten, die Physiologie des morgendlichen Stoffwechsels. Es gibt viele Philosophien des Frühstücks, welche die teleologische Sicht des Lebens befriedigen können. Viele Götter kommen an den Frühstückstisch. Aber das Telos, der Zweck von Brot und Milch und des Hinübergehens zum Geschäft, ist einfach das Frühstück selbst. Iß erst, rede später.

Die Eichel scheint genau dieser Art begrenztem Muster zu folgen. Sie hält sich nicht mit langfristigen Philosophien auf. Sie versetzt das Herz in Aufregung, sie bricht in einem Wutanfall wie bei Menuhin hervor. Sie begeistert, ruft, fordert – doch nur selten hat sie eine großartige Absicht im Sinn.

Der Sog des Entschlusses tritt mit Macht auf; möglicherweise sind wir fest entschlossen. Nur das, was es genau ist und wie man dorthin gelangen soll, bleibt unklar. Das Telos mag sogar zu zweien oder zu dreien auftreten und verwirrt sein, ob es singen oder tanzen, schreiben oder malen soll. Der Entschluß tritt für gewöhnlich nicht als klar gefaßtes Ziel zutage, sondern mehr als beunruhigender, unklarer Drang, verbunden mit einem Gefühl der unzweifelhaften Wichtigkeit.

Zwei Geschichten aus der Kindheit des schwedischen Filmregisseurs und Theaterdirektors Ingmar Bergman werden den unbestimmten Determinismus der Eichel zutage fördern. Als kleiner Junge, berichtet Bergman, neigte er zum Lügen und war oft unfähig, zwischen Fantasie und Wirklichkeit zu unterscheiden – oder wie er es nennt – »zwischen Magie und Haferbrei«. Im Alter von sieben Jahren wurde er zum Zirkus mitgenommen, ein Ereignis, das ihn »in fieberhafte Erregung versetzte«. Der entscheidende Augenblick kam, als er sah,

> wie eine junge Frau in Weiß auf einem gewaltigen schwarzen Hengst ritt.
> Mich ergriff Liebe zu der jungen Frau. Ich schloß sie in meine Fantasiespiele ein und nannte sie Esmeralda … Meine Fantasien vollzogen am Ende den allzu gefährlichen Schritt in die Wirklichkeit hinaus, als ich meinem Klassenkameraden Nisse unter dem Siegel der Verschwiegenheit anvertraute, meine Eltern hätten mich an den Zirkus Schumann verkauft, man werde mich bald zu Hause abholen und mich zusammen mit Esmeralda, der schönsten Frau der Welt, zum Akrobaten ausbilden. Am nächsten Tag war meine Fantasie in aller Munde und geschändet.
> Meine Klassenlehrerin nahm die Sache so ernst, daß sie meiner Mutter einen empörten Brief schrieb. Es kam zu einem schrecklichen Prozeß. Ich wurde gedemütigt und mit Schimpf und Schande an den Pranger gestellt, zu Hause wie in der Schule.
> Fünfzig Jahre später fragte ich Mutter, ob sie sich an meinen Verkauf an den Zirkus erinnern könne … Es hätte sich ja auch jemand fragen können, wie es kommt, daß ein Siebenjähriger sein Elternhaus verlassen will, um an einen Zirkus verkauft zu werden. Mutter erwiderte, meine Verlogenheit und meine Fantasie hätten ihr und meinem Vater schon zu oft Kummer gemacht. In ihrer großen Angst habe sie den

> berühmten Kinderarzt konsultiert. Er habe betont, wie wichtig es für ein Kind sei, frühzeitig zwischen Fantasie und Wirklichkeit unterscheiden zu lernen. Da man nun vor einer frechen und offenkundigen Lüge gestanden habe, mußte die sofort exemplarisch bestraft werden.
> Ich selbst rächte mich an meinem ehemaligen Freund, indem ich ihn mit dem Dolch meines Bruders über den Schulhof jagte. Als eine Lehrerin dazwischenging, versuchte ich, sie umzubringen. Ich wurde vom Schulbesuch ausgeschlossen und bezog reichlich Prügel. Später bekam mein falscher Freund Kinderlähmung und starb, was mir große Freude machte … Ich fantasierte jedoch weiterhin von Esmeralda. Unsere Abenteuer wurden immer gefährlicher, und unsere Liebe immer leidenschaftlicher.[7]

So viel ist in diesen einen Vorfall gepackt: Die verzweifelte Wichtigkeit, einen tatsächlichen Ort (den Zirkus) zu finden, an dem die beiden Reiche, Magie und Wirklichkeit, miteinander verbunden sind; die erste Begegnung mit der »Anima«, der weißen Frau auf dem schwarzen Pferd, und der manische Wahnsinn des Sichverliebens (die romantische Vision befindet sich außerhalb der Zeit, daher spielt Ingmars Alter für das ewigwährende Gefühl keine Rolle); der Kampf auf Leben und Tod und damit die Bereitschaft, für seine Vision zu töten oder zu sterben; die disziplinarischen Gegenmaßnahmen der »wirklichen« Welt, verkörpert durch Lehrer, Ärzte, Eltern; der Wert des »Geheimnisses« und die kosmische Katastrophe des Verrats, der Fantasie und Wirklichkeit, Himmel und Erde, Esmeralda und Haferbrei auseinanderreißt.

Obwohl das ganze Ereignis vor Wichtigkeit nur so strahlt und Spuren von Bergmans Charakter und Berufung in sich trägt, weist es nicht den kleinsten Hinweis auf eine zukünftige Laufbahn und keinerlei Botschaft auf. Da ist keine Teleologie, kein Determinismus, kein Finalismus.

Die zweite Geschichte, die noch offensichtlicher mit Bergmans Berufung in Beziehung steht, handelt von beweglichen Bildern.

> Mehr als alles andere wünschte ich mir einen Kinematographen. Ein Jahr zuvor war ich zum ersten Mal im Kino gewesen und hatte einen Film über ein Pferd gesehen, ich glaube, er hieß *Black Beauty, der schöne Rappe* … Für mich war es der Anfang. Mich packte ein Fieber, das mich seitdem nie mehr losgelassen hat. Die lautlosen Schatten wenden mir ihre bleichen Gesichter zu und sprechen mit unhörbaren Stimmen mein geheimstes Gefühl an. Sechzig Jahre sind vergangen, nichts hat sich verändert, es ist das gleiche Fieber.

Weihnachten steht vor der Tür:

> Alle Speisen waren auf Serviertischen und überdeckten Spülen angerichtet. Die Weihnachtsgeschenke wurden am Eßtisch verteilt. Man trug Körbe herein, Vater waltete mit Zigarre und Punschglas seines Amtes, die Geschenke wurden überreicht …
> Jetzt kommt die Geschichte mit dem Kinematographen: Mein Bruder bekam ihn.
> Ich fing sofort an zu heulen, wurde angeschnauzt, verschwand unter dem Tisch, wo ich weitertobte. Man sagte mir, ich solle wenigstens den Mund halten. Ich rannte ins Kinderzimmer, fluchte und verdammte, wollte ausreißen, schlief am Ende vor Kummer ein.
> Das Fest ging weiter.
> Später am Abend wachte ich auf … Auf dem weißen Klapptisch, unter den sonstigen Weihnachtsgeschenken meines Bruders, stand der Kinematograph mit seinem gekrümmten Schornstein, seiner fein geformten Messinglinse und dem Gestell für die Filmrollen. Ich faßte einen schnellen Entschluß,

weckte meinen Bruder und schlug ihm ein Geschäft vor. Ich bot ihm meine hundert Zinnsoldaten für seinen Kinematographen. Da Dag eine große Armee besaß und mit seinen Freunden immer in kriegerische Vorhaben verwickelt war, schlossen wir einen Vertrag, der beide Seiten zufriedenstellte. Der Kinematograph gehörte mir …

Zu dem Apparat gehörte auch eine violette Schachtel. Sie enthielt teils einige Glasbilder, teils einen sepiafarbenen Filmstreifen (35 mm)… Auf dem Deckel fand sich ein Hinweis: Der Film hieß *Frau Holle*. Wer diese Frau Holle war, wußte niemand, aber später stellte sich heraus, daß sie ein volkstümliches Gegenstück zur Liebesgöttin der Mittelmeerländer ist.

Am nächsten Morgen zog ich mich in die geräumige Garderobe des Kinderzimmers zurück, stellte den Kinematographen auf eine Zuckerkiste, zündete die Petroleumlampe an und richtete die Lichtquelle auf die weißgestrichene Wand …

An der Wand erschien das Bild einer Wiese. Auf der Wiese schlummerte eine junge Frau, die offenbar eine Nationaltracht trug. Als ich die Kurbel betätigte – es läßt sich nicht erklären; ich kann meine Erregung nicht mit Worten beschreiben, kann mir aber jederzeit den Geruch des heißen Metalls ins Gedächtnis zurückrufen, den Duft der Garderobe nach Mottenkugeln und Staub, die Kurbel in meiner Hand, das zitternde Rechteck an der Wand.

Ich betätigte die Kurbel. Das Mädchen erwachte, richtete sich auf, erhob sich langsam, streckte die Arme aus, drehte sich um und verschwand nach rechts. Wenn ich weiterkurbelte, lag sie wieder da und wiederholte genau die gleichen Bewegungen.

Sie bewegte sich.[8]

Bergmans Geschichte von dem Kinematographen verdeutlicht den Unterschied zwischen Kausalität (von hinten durch die Vergangenheit vorangeschoben zu werden) und Teleologie (von einem Ziel angezogen zu werden). Auf die Frage, warum dieser kleine Junge so verzweifelt gerne den Kinematographen haben wollte und warum er bereit war, dafür eine ganze Armee von Zinnsoldaten aufzugeben, antwortet die Kausalität: Er hatte ein solches Gerät bereits einmal gesehen, und es stachelte seine Neugier an. Als sein Bruder es erhielt, provozierte Geschwisterrivalität, die auf die frühe Kindheit und die Reihenfolge der Geburt zurückgeht, seinen Neid. Davor liegt noch das schwarze Pferd aus der Zirkusgeschichte, das ihn an seinen ersten Film, *Black Beauty,* erinnert und die Befreiung (»Verkauftwerden« als passive Variante des »Fortlaufens zum Zirkus«) vom moralisch erdrückenden Haus seines Vaters, des Pastors verspricht. Oder aber er hat sich Macht über seine Mutter gewünscht, über sein Bild der Frau, das er in Bewegung versetzen konnte, einfach indem er die Kurbel drehte.

Kausalität, oder das, was die klassische Philosophie (Aristoteles) als *causa efficiens* oder »Wirksache« bezeichnet, versucht die Frage »Was hat die Bewegung ausgelöst?« zu beantworten, indem sie sich durch eine Reihe hypothetischer Verbindungen zurückarbeitet, entlang einer Kette aus vorgeblich miteinander verbundenen Ereignissen, von denen angenommen wird, daß ein jedes vom vorausgegangenen bewirkt wurde. Selbst wenn all diese Kettenglieder wirklich miteinander verbunden sind, wenn eines wie bei einer fantastischen Rube-Goldberg-Maschine das nächste anschiebt, dann ist doch das erste an einer bloßen Mutmaßung festgemacht: Warum dieses bestimmte Bild von einem schwarzen Pferd, warum die hinreißende Esmeralda, warum der Zirkus? Woran ist diese erste, spontane und lang erinnerte Leidenschaft festgemacht? Unsere Antwort: Fragen Sie das Schicksal.

Die Antwort des Schicksals lautet: Ingmar Bergman, in der Eichel Filmemacher, hatte im Alter von sieben Jahren, wenn nicht schon früher, seine Vision. Er wußte es nicht, vermochte es nicht vorherzusagen, aber etwas Daimonisches wählte die

Ereignisse, die Esmeralda so zwingend und den späteren Kinematographen so unbedingt erforderlich machten. Das Schicksal hatte keinen teleologischen Plan, kein endgültiges Ziel wie *Wilde Erdbeeren*, *Das Schweigen* oder seine Inszenierung der *Zauberflöte* im Sinn. Dennoch erfüllt die schicksalhafte Vision des Daimon bestimmte Ereignisse mit emotionaler Bedeutung – Nervenkitzel, fieberhafte Erregung, Fluch. Bergmans Schicksal war nicht besiegelt, aber angedeutet.

Lassen Sie mich noch einmal versuchen, den engeren Begriff des Telos von der breiteren Kategorie der Teleologie zu unterscheiden, vor allem deshalb, weil der erste sehr nützlich und die zweite dies meist nicht ist. Das Telos verleiht den Ereignissen Wert, indem es einem jeden einen Zweck zuspricht. Was geschieht, ereignet sich um einer anderen Sache willen. Es hat eine Absicht. Klein-Ingmar dachte sich nicht einfach nur Lügen aus; seine Geschichten richteten sich auf eine Lebensweise und berufliche Laufbahn, in denen »Lügengeschichten« nicht nur einen Zweck erfüllten, sondern sogar unbedingt erforderlich waren für seine Kunst der Illusion. Er machte bereits ein Theater aus seinem Leben, noch bevor er eine Bühne oder ein Drehbuch hatte. Indem man die Ereignisse seiner Kindheit durch die Linse des Telos betrachtet, verwandeln sie sich von bloßen Lügen und Gefühlsausbrüchen und zwanghaften Wünschen in Äußerungen der Notwendigkeiten für seine Seele. Das Telos gibt Ereignissen ihren Wert.

Das »Telos« jedoch um ein »-ologie« zu ergänzen bedeutet die Bekanntgabe dieses Wertes. Teleologie sagt, welches Ziel mit dem Gefühlsausbruch und der Besessenheit verfolgt wird. Sie wagt es, den Zweck auszusprechen. Solche Voraussagen sind jedoch vermessen, da Bergmans Lügen ja auch Bestandteil des Musters eines Fälschers oder Straßenhändlers sein könnten. Das schwarze Pferd hätte ihn in viele Richtungen davontragen können; Esmeralda, Frau Holle und die beweglichen Kinematographenbilder auf der Wiese hätten ebensogut als

Hinweis auf Malerei oder Zuhälterei, auf Modedesign oder das Anziehen von Frauenkleidern interpretiert werden können. Den Zweck so darzustellen, als zöge ein definitives teleologisches Ziel ihn darauf zu – »Du bist für das Theater bestimmt, Frauen werden entscheidend sein, die Fantasie ist dein Metier, und du mußt alles dirigieren« –, ist anmaßend. Außerdem ist es lähmend. Denn wenn wir bereits wissen, was der Zweck eines Symptoms ist, dann haben wir das Symptom seiner eigenen Zielsetzung beraubt. Wir haben den Respekt vor seinem ihm innewohnenden Zweck verloren und es damit entwertet.

Freuds theoretisches System vermochte sehr wohl genau anzugeben, was hinter einer Kindheitsobsession steckte, aber Freud sagte, daß die Praxis Zurückhaltung, Verzicht und Distanz erfordere. Er gestattete es der psychoanalytischen Praxis nicht, teleologisch zu werden, obwohl er davon ausging, daß alle Phänomene, die in der Analyse zum Vorschein kamen, ein Telos haben.

Die Eichel handelt weniger wie ein persönlicher Führer mit einer sicheren Langzeitausrichtung als vielmehr wie ein Bewegungsstil, eine innere Dynamik, die Ereignissen ein Gefühl der Zweckhaftigkeit gibt. Man bekommt ein Gefühl für die Wichtigkeit der Dinge: Dieser angeblich triviale Augenblick ist bedeutsam, während zugleich jenes auf den ersten Blick bedeutende Ereignis keine große Rolle spielt.

Wir können sagen, daß die Eichel sich mehr für den Seelenaspekt des Ereignisses interessiert, lebhafter auf das reagiert, was für sie selbst gut ist, als auf das, von dem wir meinen, daß es gut für sie ist. Das hilft uns verstehen, warum der Daimon des Sokrates ihm nicht riet, aus dem Gefängnis und vor der Hinrichtung zu fliehen. Sein Tod war Bestandteil der Integrität seines Bildes, seiner angeborenen Form. Ein Tod – ob in der Stierkampfarena, auf der Toilette oder bei einem Autounfall – kann dem Urbild und dem Kurs, auf dem es sich bewegt, sinnvoller erscheinen als uns und unserem Plan.

Zufälle

Relativ einfach ist es, dem Kurs mit Hingabe zu folgen. Oft spüren wir, was wir tun müssen. Das Bild im Herzen kann starke Forderungen erheben, und es verlangt von uns, treu zu bleiben. Viel schwerer fällt es, einen Sinn in Zufällen zu sehen, in diesen trivialen Böen, die uns vom Kurs abbringen und die geplante Ankunft im teleologischen Hafen zu verzögern scheinen. Sind diese verzögernden Böen Ablenkungen? Oder hat eine jede von ihnen ihren bestimmten Zweck? Sorgen sie alle gemeinsam vielleicht doch dafür, das Boot voranzubringen – möglicherweise in einen anderen Hafen? Es wird uns nicht gelingen, einen Sinn in einer unglücklichen Begebenheit zu sehen, wenn unsere Kompaßnadel zu starr auf den fernen Horizont gerichtet ist und unsere teleologische Vision schon weiß, wohin wir unterweg sein sollten, was wir tun sollten, um dorthin zu gelangen, und wo wir uns im Augenblick befinden.

Mehr noch: Von Bedeutung ist nicht sosehr, ob eine Störung einen Sinn hat oder nicht; viel wichtiger ist es, mit einem zweckorientierten Auge zu sehen und einen Sinn im Unerwarteten zu suchen. Das sinnsuchende Auge geht von der Annahme aus, daß Ereignisse tatsächlich Zufälle sein können. Die Welt wird durch Dummheit ebensosehr vorangebracht wie durch Weisheit, durch Ordnung ebensosehr wie durch Chaos, aber – und dieses »aber« hat riesige Ausmaße – diese Zufälle mögen dennoch etwas Interessantes bezwecken. Es ist ebenso fatalistisch und teleologisch, kosmische Planung wie kosmische Zufälligkeit geltend zu machen. Das sinnsuchende Auge sieht sich einfach nur jeden »Zufall«, wie die Ereignisse genannt werden, an und überprüft, was dieser über es selbst aussagt. Die Seele ist bestrebt, den Zufall in ihre Form einzupassen.

Als Bette Davis sieben oder acht Jahre alt und eingeschult

war, spielte sie Weihnachtsmann. Echte Kerzen ließen den Baum erstrahlen, und unter dem Baum lagen all die Geschenke. Als die kleine Bette sich den Geschenken nähern wollte, geriet sie mit dem Ärmel an eine Kerze. Das Feuer breitete sich sofort über ihr Kostüm und in ihrem baumwollenen Bart aus.

> Plötzlich stand ich in Flammen. Entsetzt fing ich an zu schreien. Ich hörte Stimmen, spürte, wie ich in eine Decke gewickelt wurde … Als man die Decke fortnahm, entschied ich mich, die Augen geschlossen zu halten. Da war die Schauspielerin! Ich tat so, als sei ich blind. »Ihre Augen!« Ein Freudenschauer überfiel mich. Ich hatte die vollständige Kontrolle über den Augenblick.[9]

Die Eichel hatte das Feuer nicht inszeniert, aber Bette Davis war tatsächlich dazu in der Lage, die Situation zum Theater zu machen. Das angeborene Bild eines Menschen integriert den Zufall. Charakter ist Schicksal.

Nehmen Sie zum Beispiel die Kindheit zweier Gourmets. Pierre Franey, der in einem Dorf in Burgund aufwuchs, fing Fische, indem er seine Hand über eine stillstehende Forelle schob, sie geradewegs aus dem Bach pflückte und dann blau lauwarm mit Kräutermayonnaise aß; er züchtete Kaninchen und tötete Hühner; er suchte am frühen Morgen die Wiesen nach Maulwurfshügeln ab, weil die darin befindlichen Löwenzahnstengel gebleicht waren und süßer schmeckten. Mit einem Wort, er wuchs »auf vertrautem Fuß mit den Speisen auf, die wir aßen«.[10] Solche natürlichen Ereignisse erlebte jeder Junge in diesem Dorf, aber Franeys Bild verwandelte sie in die kulinarischen Köstlichkeiten des professionellen Kochs. James Beard, Koch, Berater von Köchen, Autor von Kochbüchern, außergewöhnlicher Gourmet, wog bei der Geburt 13 Pfund; seine Übergröße war eine Art Unfall für eine Mutter in den Vierzigern. Beards neugeborener Körper scheint von seiner Seele dazu auserwählt worden zu sein, die Geschmäcker und Gerüche, die sein Leben ausmachen sollten, vollständig zu verinnerlichen. Sein erster »Unfall« war außerdem auch seine »erste Berührung mit dem gastronomischen Abenteuer. Ich befand mich auf allen vieren. Ich krabbelte in die Gemüsekiste, entschied mich für eine große Zwiebel und aß sie, mit Stumpf und Stiel. Das muß mich fürs Leben gezeichnet haben.«[11] Franey und Beard: Beispiele für den Daimon, der sich zufällige Situationen zunutze macht.

Mit 18 zog sich Churchill bei einem Unfall, der sich während eines heroischen Kampfspiels ereignete, eine Schädelfraktur und eine Nierenverletzung zu. »Im Verlauf der Genesung ... entdeckte er sein intellektuelles Selbst.«[12] Das Bild integrierte nicht nur den Unfall, sondern wird durch ihn geformt.

Als der ältere Bruder von James Barrie im Internat war, zog er sich beim Schlittschuhlaufen auf dem Teich einen Schädelbruch zu und starb. Barries Mutter zog sich für Jahre in Abgeschiedenheit und Krankheit zurück und trauerte über den Verlust ihres Lieblingsjungen. Jamie (damals erst sechs oder sieben Jahre alt) leistete seiner Mutter im Krankenzimmer Gesellschaft und versuchte sie aufzumuntern; sie erzählten einander Geschichten, wobei die ihren vor allem biographisch, die seinen mehr erfunden waren.[13] Die Eichel formte den Unfall, die Trauer und die Abgeschiedenheit nach dem Bild von James M. Barrie, dem Schriftsteller von Fantasiegeschichten.

Der Unfall, der James Thurber noch als kleinen Jungen auf dem einen und später auch auf dem zweiten Auge erblinden ließ (sein Bruder traf ihn mit einem Pfeil), gab seinem Leben weder eine Richtung, noch brachte er ihn von einem bereits eingeschlagenen Weg ab. Das Bild beugt sich, um sich anzupassen und Sinn zu finden, wie in seiner frühen schriftstellerischen Begabung, wie in der »amateurhaften Qualität«[14] von Thurbers übergroßen Cartoons, die in einem merkwürdigen Maßstab und aus einer ungewöhnlichen Perspektive gemalt sind.

Präsident Richard M. Nixon hatte besonderes Gefallen an *Tom Sawyer* gefunden. Es ist keineswegs ungewöhnlich, auf dieses Buch zu stoßen, wenn man die Lesegewohnheiten amerikanischer Jungen kennt, und Nixon las und schrieb schon sehr früh mit Begeisterung. »Nixon mochte die Episode, in der Tom Ben Rogers mit List dazu bringt, den Zaun anzustreichen, so sehr, daß er sie auswendig lernte. Fast fünfzig Jahre später [im Weißen Haus], rezitierte Nixon den Abschnitt ohne einen Fehler.«[15] Zufällige (?) triviale Dinge aus der Kindheit, denen die Seele Bedeutung verleiht.

Die große Modeschöpferin Coco Chanel, die 1924 das grundlegende »kleine Schwarze« erfand, verbrachte ihre gesamte Teenagerzeit in einem strengen klösterlichen Waisenhaus. Dabei handelte es sich um eine Gefangenschaft, und jede Spur davon und von ihrer Zeit dort wurde aus den Annalen und aus ihren Erinnerungen ausradiert. »Sie brauchen mir nicht zu erklären, was ich fühle«, sagte sie einmal. »Man stirbt nicht nur einmal im Laufe seines Lebens, wissen Sie ...«[16] Doch die klassische Strenge ihrer Kostüme, ihre symmetrische Perfektion, die ständige Verwendung von Schwarz, Weiß und Grau geben trotz der Auslöschung der Erinnerungen das Unglück ihrer Unterdrückung wieder. Was die Seele braucht, dessen bedient sie sich. Es ist erstaunlich, von welch praxisnaher Weisheit sie in bezug auf Mißgeschick und Zufall sein kann.

Im Griechischen heißt Weisheit *sophia,* wie es in unserem Wort Philosophie, der Liebe zur Weisheit, vorkommt. *Sophia* hatte eine äußerst praktische Bedeutung, bezog sich ursprünglich auf die Fertigkeiten im Umgang mit Dingen, vor allem auf den Steuermann, der dem Schiff die Richtung gibt. Der Weise steuert gut; die Weisheit des Steuermanns zeigt sich in seiner Kunst, kleine Korrekturen in Übereinstimmung mit den Zufällen von Wasser, Wind und Ladung vorzunehmen. Der Daimon lehrt diese Weisheit durch eine fortwährende Neueinschätzung der Ereignisse, die einen vom Kurs abzubringen scheinen.

Auch das ist Philosophie: die Liebe zu den kleinen Korrekturen, kleinen Integrationen der Dinge, die nicht zu passen scheinen. Manchmal bezeichnen Philosophen diese dem einzelnen Vorfall gewidmete Aufmerksamkeit auch als »Rettung des Phänomens« vor den metaphysischen Zwängen der Theorien.

Diese zufälligen Bewegungen tragen weder zur Verzögerung des Hauptprojektes bei, noch fördern sie es. Vielmehr ändern sie seine Form, als würden der Kurs und das Schiff selbst durch die Reaktion der Seele auf die Ereignisse des Lebens umgestaltet. Das ist die Kunst des abwärts gerichteten Wachstums; die Weisheit, die Dinge im Hinblick auf ihre Wirkung zu beobachten.

An dieser Vorstellung von unablässigen, flexiblen Anpassungen ist nichts Neues oder Merkwürdiges. Schon Aristoteles betrachtete die Seele zugleich als Form wie auch als die Bewegung eines Körpers. Die Form wird uns zu Beginn als Bild unseres Schicksals mitgegeben, und sie verschiebt sich, wenn wir uns bewegen. Diese Form, für die wir zahlreiche austauschbare Begriffe verwenden – Bild, Daimon, Berufung, Engel, Herz, Eichel, Seele, Muster, Charakter –, bleibt sich selbst treu.

Manche Zufälle überschwemmen das Schiff, bringen die Form zum Bersten. Zum Beispiel die »Kriegsneurosen«, wie psychische Störungen durch posttraumatischen Streß während des Ersten Weltkriegs bezeichnet wurden; mit Waffengewalt erzwungene Vergewaltigung; Zusammenstöße bei hoher Geschwindigkeit; wiederholte, mißbräuchliche Grausamkeit. Manche Seelen scheinen dennoch auch »damit zu arbeiten«; andere bleiben im Teer kleben, ringen mit dem Problem, müssen es »durcharbeiten«, wie man an den wiederkehrenden Alpträumen von Vietnamveteranen sehen kann. Wurde die Eichel durch diese Ereignisse so beschädigt, daß ihre Form unheilbar verletzt ist, eine Gestalt, die sich nicht schließen kann, ein gebrochenes Ruder, das nichts mehr nützt, gleichgültig, wohin der Steuermann auch lenkt?

Der Fatalismus antwortet: Alles liegt in den Händen der Götter. Der teleologische Finalismus sagt: All das erfüllt einen bestimmten Zweck und trägt zum Wachstum bei. Der Heroismus sagt: Integriere diese Schatten oder wirf sie über Bord; laß das Unglück hinter dir und lebe dein Leben weiter. In jeder dieser Antworten löst sich das Zufällige als Kategorie in der umfassenderen Philosophie des Fatalismus, Finalismus oder Heroismus auf.

Ich möchte den Zufall ebenso wie den Unfall lieber als authentische Kategorie der Existenz, die Vermutungen über das Dasein erzwingt, beibehalten. Ein Unfall verlangt Antworten. Was hat das zu bedeuten, warum ist es geschehen, was soll es bewirken? Unablässige Neubewertungen sind Bestandteil des Nachbebens. Möglicherweise wurde der Unfall nie richtig verarbeitet, und doch stärkt er vielleicht die Integrität der Seelenform, indem er sie um Erstaunen, Einfühlungsvermögen, Verletzlichkeit und Narbengewebe bereichert.

Entwicklungstheorien betrachten Unfälle wie jene von Churchill und Chanel, von Thurber und Barrie als Beispiele typischer Jugendtraumata, die mit der Zeit sublimiert, transformiert und integriert werden. Die Zeit heilt alle Wunden.

Die Eicheltheorie behauptet, daß Churchills Sturz, Thurbers Verlust der Sehkraft, die Trauer von Barries Mutter und Chanels klösterliche Jugend sinnvoll zur jeweiligen Eichel gehören. Diese Unfälle in der Jugend wurden von der Eichel nicht vorhergesagt, als wären sie Bestandteil eines göttlichen Plans, noch waren sie Determinanten einer späteren Karriere, die sie auf einem festgeschriebenen Weg vorantrieben. Vielmehr handelte es sich bei ihnen um »notwendige Zufälle«, notwendig und zufällig zugleich. Sie gaben der Seele die Möglichkeit, ihre Berufung zu zeigen, sie gaben der Eichel die Chance, ihre Form auszudrücken, und formten ihr Leben. In Churchills Fall waren ein plötzlicher Schock und eine langsame Genesung erforderlich; in Barries und Chanels ein langes Eingesperrtsein. Im Waisenheim lernte Chanel die Disziplin ebenso, wie Barrie sie sich aneignete, indem er seiner kranken Mutter Geschichten erzählte, wie Richard Nixons innere Form sich mit Tom Sawyers kleiner List genau die Geschichte zu eigen machte, die sie brauchte.

Notwendigkeit

Es bleibt ein letzter großer Brocken, den Platon mitten hinein in seinen Mythos gestellt hat: die Notwendigkeit, welche die Spindel, auf der die Fäden unseres Lebens verwunden werden, kreisen läßt.

Erinnern Sie sich an die Geschichte: Die Göttin Ananke oder Notwendigkeit sitzt auf ihrem Thron mitten unter den Fatae, ihren Töchtern, Gefährtinnen und Helferinnen. Doch es ist sie, Ananke, die festlegt, was die Seele sich *notwendigerweise* zum Los erwählt hat – nicht zufällig, nicht gut oder schlecht, nicht vorausgewußt oder garantiert, einfach notwendig. Was wir leben, müssen wir notwendigerweise leben. Für wen notwendig? Notwendig, weil es notwendig ist? Wohl kaum eine gültige Antwort. Wir werden darüber nachdenken müssen.

Wer und was ist Ananke? Zunächst einmal ist sie außerordentlich mächtig unter den Kräften des Kosmos. Platon nennt nur zwei große kosmische Mächte: Vernunft *(nous)* und Notwendigkeit *(ananke)*.[17] Die Vernunft betrifft das, was wir begreifen können, was den Gesetzen und Mustern des Verstandes folgt. Die Notwendigkeit fungiert als eine Art »variable« Ursache, wobei »variabel« mit »unberechenbar«, »abweichend« oder »wandelbar« umschrieben werden kann.

Wenn etwas nicht paßt, einem merkwürdig oder fremd vorkommt, das gewohnte Muster durchbricht, dann ist es wahrscheinlich, daß die Notwendigkeit ihre Hand im Spiel hat. Obwohl sie das Los bestimmt, das wir ausleben, ist ihre Art der Beeinflussung irrational. Deshalb ist es so schwierig, das Leben zu verstehen, selbst das eigene. Das Los unserer Seele hat seinen Ursprung im irrationalen Prinzip. Das Gesetz, dem es folgt, ist die Notwendigkeit, die unberechenbare, erratische. Kein Wunder also, daß wir Leser uns zu Biographien und Autobiographien hingezogen fühlen, denn sie gestatten einen Blick darauf, wie die irrationale Notwendigkeit in einem Menschenleben funktioniert. Obwohl die Herrschaft der Notwendigkeit absolut und unumkehrbar ist, ist ihr Determinismus unbestimmt, unvorhersagbar.

Wir sind bereits in mehreren vorangegangenen Kapiteln auf die Idee von den irrationalen Ursachen gestoßen: bei den genetischen Erklärungen, die sich auf die Chaostheorie stützen (sechstes Kapitel); den Jugendlichen, die den ausgetretenen Weg verlassen, um den fremden und unheimlichen Fantasien der Schundromane und Groschenhefte zu folgen (siebtes Kapitel); etwas »anderes«, das in die Absichten einbricht, wie bei Ella Fitzgerald, die plötzlich sang, obwohl sie die Bühne betreten hatte, um zu tanzen, und bei Barbara McClintock, die ihren eigenen Namen vergaß. Und wir haben die unberechenbare Ursache in den vielen Fällen von Schulverweigerung und -verweisen gesehen und in der plötzlichen Wahrnehmung der Schönheit und des Potentials ihrer Schüler durch Mentoren (fünftes Kapitel). Tatsächlich folgen wir der erratischen Spur der Notwendigkeit durch all diese Seiten, sehen uns an, wie sie funktioniert, und spüren ihre unerklärliche und unbestreitbare Macht.

Antike Bilder machen diese unbestreitbare Macht sichtbar, und die antike Herkunft des Worts *»ananke«* vertieft diese Sichtbarkeit noch. *Ananke* geht auf eine Wurzel zurück, die im Altägyptischen, Akkadischen, Chaldäischen und Hebräischen Eingang in die Wörter für »eng«, »Hals«, »erwürgen«, »einschränken« und für das Joch und die Ringe, die man Gefangenen um den Hals legt, gefunden hat.[18] *Ananke* packt den Menschen am Hals, nimmt ihn gefangen und treibt ihn wie einen Sklaven vor sich her.

Mythologische Bilder und pathologische Probleme beziehen sich aufeinander. C. G. Jungs berühmter Ausspruch »Aus den Göttern sind Krankheiten geworden« macht dies faßbar. Nirgends in der Krankheit zeigt sich der Gott deutlicher als in den krampfartigen Herzschmerzen der Angina und in den Angstzuständen, die einen vom freien Handeln abhalten. »Angina« leitet sich von *ananke* ab, und »Angst« hat eine gemeinsame Wurzel mit »Enge«.

Tatsächlich gibt es kein Entkommen vor der Notwendigkeit. Sie wendet sich nicht ab und kann nicht weichen, wie das lateinische Wort *necessitas*, das sich aus *ne* und *cedere* zusammensetzt, angibt. Kant definiert Notwendigkeit als das, was nicht anders sein kann, als es ist. Das macht es bemerkenswert einfach, unser Leben zu verstehen: Was immer wir auch sind, anders hätten wir nicht sein können. Es gibt kein Bedauern, keinen falschen Weg, keine wirklichen Fehler. Das Auge der Notwendigkeit bringt zum Vorschein, daß das, was wir tun, nur so ist, weil es so sein mußte. »Was hätte sein können ist ein abstrakter Begriff / und bleibt als stete Möglichkeit bestehen / nur in der Welt spekulativen Denkens. / Was hätte sein können und was wirklich war / weisen auf ein stets gegenwärtiges Ende«, formuliert T. S. Eliot.[19]

Wenn wir eine Handlung ausführen, eine Wahl treffen, glauben wir, daß uns Möglichkeiten offenstehen. Möglichkeiten, Selbstbestimmung, freie Wahl, Entscheidungsfreiheit – das sind die Schlagworte, die das Ego aufblühen lassen. Doch wenn wir einen Augenblick von unserer Beschäftigung aufblicken und nachdenken, dann sagt das unerbittliche Lächeln der Notwendigkeit, daß, welche Wahl man auch trifft, es immer genau die ist, welche die Notwendigkeit verlangt. Anders kann es nicht sein. In dem Augenblick, in dem die Entscheidung fällt, ist sie notwendig. Bevor sie getroffen ist, ist noch alles offen. Aus diesem merkwürdigen Grund garantiert die Notwendigkeit nur für Risiken. Bei jeder Entscheidung ist alles Risiko, auch wenn das, was schließlich entschieden wurde, damit sofort zur Notwendigkeit wird.

Indem wir behaupten, daß die Notwendigkeit auf jeden entscheidenden Augenblick unseres Lebens ihre Hand gelegt hat, können wir alles rechtfertigen, was immer wir auch tun. Scheinbar können wir damit dem Joch der Verantwortung entschlüpfen – es steht alles in den Karten, den Sternen. Doch die unnachgiebige göttliche Herrin sorgt dafür, daß wir vor jeder Entscheidung zittern, denn es gibt keine Vorhersagbarkeit in ihrer unberechenbaren Irrationalität. Allein im Rückblick können wir sicher sein und behaupten, daß alles so sein mußte. Wie merkwürdig, daß das Leben vorherbestimmt sein kann, aber nicht vorhersagbar ist.

Aber was hat es dann mit den Fehlern auf sich? Wieso kann man falsch entscheiden und sich schuldig fühlen? Wenn alles, was geschieht, notwendig ist, was ist dann mit der Reue?

Da die Notwendigkeit jede Entscheidung, die wir treffen, als notwendig mit einschließt, muß sie folglich als Pauschalprinzip betrachtet werden, welches das Bild jedes Lebens so anpaßt, daß alle Handlungen, eine nach der anderen, welche immer es auch sein mögen, darin Platz haben. Damit tragen wir zwar noch immer einen Ring um den Hals, aber wenigstens kann man ihn verstellen. Das Joch der Notwendigkeit ruft das Gefühl hervor, daß wir immer irgendwo gefangen, irgendwie Opfer der Umstände sind und uns nach Befreiung sehnen. Wir wissen zwar, daß das, was war, sein mußte, aber nichtsdestoweniger empfinden wir darüber Reue. Notwendigkeit sagt, daß auch die Reue als Gefühl notwendig und Bestandteil des Jochs ist, aber sie bezieht sich nicht auf das, was wir tatsächlich hätten anders machen können oder sollen.

Die Notwendigkeit auf diese Weise zu begreifen macht Fehler zwar tragisch, aber nicht zur Sünde, die bereut werden muß, oder zum Zufall, den es zu beheben gilt. Die Dinge können nicht, hätten nicht anders sein können. Erbarmungslos ist alles am richtigen Platz, einschließlich der tödlichen Irrtümer, und die Notwendigkeit nimmt so lange ihren Lauf, bis das Horn des Stiers unseren Bauch findet.

Es bedarf eines großen Herzens, um einen engen Ring um den Hals zu akzeptieren. Meistens weisen wir die merkwürdigen irrationalen Ereignisse, die über uns hereinbrechen, zurück. Meistens versuchen wir die Störungen zu ignorieren – bis das Herz unsere Aufmerksamkeit auf sie lenkt, weil sie vielleicht wichtig, vielleicht notwendig sein könnten. Der Verstand ist die letzte Instanz, die sich unterwirft, und im allgemeinen kommt es zu einem Tauziehen zwischen dem Ruf des Herzens und den Plänen des Verstandes, ein Konflikt, der in jedem Menschen stattfindet und Platons zwei Prinzipien von *nous* und *ananke*, von Vernunft und unvernünftiger Notwendigkeit, entspricht.

Selbstverständlich kann der Verstand den Ruf hinausschieben, ihn unterdrücken und verraten. Wir werden dafür nicht notwendigerweise bestraft und verdammt. Der Daimon ist nicht notwendigerweise ein Dämon, der uns verfolgt, ein christlicher Himmelhund. Die Rache ist nicht eine der Töchter der Notwendigkeit. Die Notwendigkeit bezieht sich in der Tat nur auf das, was nicht anders sein konnte oder vor dem es kein Entkommen gibt. Fliehen ist keine Sünde, denn die Notwendigkeit ist keine Moralistin. Die Flucht kann ebensosehr ein Bestandteil des Loses und des Musters unserer Seele sein, wie Stellung zu beziehen und den Dingen ins Auge zu sehen.

Harry Houdini baute eine Karriere auf dem Entkommen auf. Es war seine Berufung. »Er hörte nie auf, [sein eigenes Leben] zu erfinden«, daher entging er dem Gefängnis der »pedantischen Wahrheit«.[20] Es gelang ihm, aus jeder Falle zu schlüpfen, die man ihm stellte, selbst aus den faktischen – wie zum Beispiel, wo er eigentlich geboren war (Wisconsin oder Ungarn?), an welchem Tag (24. März oder 6. April?) und welchen Vornamen er nun wirklich hatte (Ehrich oder Erik?); schließlich entledigte er sich auch seines Familiennamens (Weiss), indem er den erfundenen Namen »Houdini« annahm, auf den er gekommen war, nachdem er mit 17 eine Biographie über Robert Houdin gelesen hatte, einen großen französischen Magier des 19. Jahrhunderts.

Houdini überwand die Notwendigkeit überall und bediente sich dazu jedes denkbaren merkurischen Tricks. Armut, Arbeitslosigkeit, Vorurteile, Scheitern – keiner dieser gemeinen Götter vermochte ihn zu halten. Er entkam aus jeder Zwangsjacke, jeder Gefängniszelle, jedem Tresorraum und versetzte sein Publikum insbesondere damit in Begeisterung, daß er sich, zum Paket verschnürt und in Ketten gelegt, in einen Eisensarg sperren und in Eiswasser absenken ließ – um sich daraus zu befreien und nach Luft schnappend an die Wasseroberfläche zurückzukehren.

Er entkam allen äußeren Särgen nur, um sich schließlich doch dem langsamen Tod zu beugen, der sich in seinem muskulösen Körper durch einen lange entzündeten und schließlich aufbrechenden Blinddarm breitmachte.

Ist nicht Houdinis Geschichte wie die Manoletes und die eines jeden von uns? Das Auge der Eichel liest die Geschichte rückwärts. So wie der Stier auf Manolete wartete, so wartete auch der Blinddarm auf Houdini, eine unentrinnbare Notwendigkeit, welche die außerordentlichen Anstrengungen und erstaunlichen Leistungen seines heroischen Kampfes überschattete, der ihm mit seiner Eichel zugeteilt war – bis zum allerletzten Tag, als er auf seinem Totenbett zu seiner Frau sagte: »Ich werde müde, und ich kann nicht mehr kämpfen.«

Selbst der Entfesselungskünstler muß sich der Notwendigkeit beugen. Anankes Ketten sind zugleich sichtbar und unsichtbar. Wenn das »Es-konnte-nicht-anders-Sein« eintritt, dann ist die plausibelste Erklärung dafür, wie das Leben funktioniert und warum die Dinge so geschehen, wie sie es tun, die Eicheltheorie.

Je treuer wir unserem Daimon ergeben sind, desto näher sind wir dem Tod, der zu unserem Schicksal gehört. Wir gehen davon aus, daß der Daimon ein Vorherwissen über den Tod besitzt, und wenden uns an ihn vor einer Flugreise oder während einer plötzlichen Krankheit. Ist das unser Schicksal, was sollen wir tun? Und wenn die Forderungen unserer Berufung unentrinnbar notwendig scheinen, dann tritt wieder der Tod hinzu: »Wenn ich das tue, was ich tun muß, dann sterbe ich.« (Berufen) sein oder nicht sein, das ist immer noch und immer wieder die Frage.

Vielleicht ist es diese enge Verwandtschaft von Berufung und Schicksal, die uns dem Daimon und der Theorie, die seine Bedeutung hervorhebt, aus dem Weg gehen läßt. Lieber erfinden wir Theorien, die uns fest an die elterliche Macht binden, uns mit soziologischen Konditionierungen und mit genetischen Determinanten beladen; damit fliehen wir vor der Tatsache, daß diese tiefen Einflüsse auf unser Schicksal vor der Macht des Todes verblassen. Der Tod ist die einzige unabdingbare Notwendigkeit, die archetypische Göttin der Vergangenheit, die das Muster der Lebensschnur mit ihren Töchtern, den Fatae, spinnt. Die Länge der Schnur und die unumkehrbare *eine* Richtung ist Bestandteil des Musters und kann gar nicht anders sein.

10. KAPITEL

Der schlechte Samen

Zum Töten berufen?

Gauner und Kriminelle, sadistische Wächter und chronische Sexualverbrecher, all die großen und kleinen Geschöpfe der Unterwelt: Sind auch ihre Seelen aus dem Schoß der Notwendigkeit herabgestiegen? Wieder ist es Plotin, der die Frage schon vor Jahrhunderten stellte: »Schlechtigkeit des Charakters aber, wie kann sie von ihnen, die Götter sind, gegeben werden?«[1] Kann man zum Mörder berufen sein? Kann die Eichel einen schlechten Samen in ihrem Inneren bergen? Oder vielleicht hat ja der kriminelle Psychopath überhaupt gar keine Seele?

Als Antwort auf die Frage nach dem schlechten Samen, eine Frage, die nicht weniger verlangt als eine Erklärung für das Wesen des Bösen, werden wir den Mann untersuchen, der zum ultimativen kriminellen psychopathischen Mörder der mordernen Zeit, wenn nicht aller Zeiten wurde: Adolf Hitler (1889–1945).

Eine Untersuchung Hitlers bietet Vorteile, die über vergleichende Studien vieler rätselhafter Fälle von sadistischen Killern und Folterknechten hinausgehen. Erstens bleiben wir damit bei der Methode, derer wir uns schon die ganze Zeit bedienen: das Extreme zu erforschen, um das Normalere zu begreifen. Zweitens wenden wir uns einem einzigen exemplarischen Fall zu, um aufzudecken, wie sich der Daimon in Charakterzügen und Gewohnheiten zeigt. Drittens: Indem wir uns mit der Ungeheuerlichkeit Hitlers konfrontieren, blicken wir auch den Ungeheuerlichkeiten ins Angesicht, die er unserer Zeit vermacht hat. Das Phänomen Hitler hat Auswirkungen, die unser gegenwärtiges Leben als Bürger betreffen. Die Verbrechen von Charles Manson, Jeffrey Dahmer, John Wayne Gacy und andere »Schäden, die durch individuelle Gewalt herbeigeführt wurden, sind unbedeutend im Vergleich zu den Massenvernichtungen, die aus selbstübersteigerter Ergebenheit gegenüber kollektiven Glaubenssystemen resultieren«.[2]

Um ein bewußter westlicher Bürger im Zeitalter nach Hitler sein zu können, muß man sich nicht nur der Bilder und Lehren der ersten Hälfte dieses Jahrhunderts, also der Zeit Hitlers in der westlichen Geschichte entsinnen, sondern ist auch genötigt, über Hitler als dämonisches Potential in ebendieser westlichen Welt nachzudenken. Über Hitler nachdenken heißt, mehr zu tun, als eine Fallstudie über psychopathische oder politische Tyrannei zu präsentieren, heißt mehr, als literarisch über einen Psychopathen zu reflektieren, wie dies Mailer, Capote und Sartre getan haben. Es handelt sich um einen rituellen Akt der psychologischen Entdeckung, einen Akt, der, wenn man Anspruch darauf erhebt, ein bewußter Mensch zu sein, ebenso notwendig ist wie die Erinnerung an den Holocaust und die Rückblicke auf den Zweiten Weltkrieg. Die Beschäftigung mit Hitler ist ein Akt der Reue all derer, die Anteil an der westlichen Psyche haben, für die unbewußte Beteiligung dieser Psyche an Hitlers Taten; und sie ist ein Akt der Besänftigung jenes Dämons, der Hitler als seinen Wirt ausgewählt hat. Da er sich einmal in so bösartiger Form gezeigt hat, möge der Dämon uns nicht noch einmal blenden. Unsere Untersuchung will auch bestimmte Formen darlegen, wie ein Daimon sich als dämonisch und ein Genie als bösartig erweisen kann.

Ein entscheidender Nachteil bei dieser Konzentration auf

das Schlimmste ist, daß die kleineren Gauner und unauffälligeren Mörder durchs Netz schlüpfen können. Indem wir uns auf Hitler konzentrieren, übersehen wir vielleicht den Dämon in unserer Nachbarschaft. Gesichtslose Aufsichtsräte und hohe Beamte treffen Entscheidungen, welche die Gemeinschaft schädigen, Familien ruinieren und die Umwelt zerstören können. Der erfolgreiche Psychopath macht es der Menge recht und gewinnt die Wahlen. Das dicke Glas des Bildschirms und seine chamäleonhafte Vielseitigkeit bei der Darstellung dessen, was immer auch gewünscht wird, begünstigen Distanz, Kälte und die charmante Fassade, wie dies auch bei vielen der eleganten Paraphernalien in den oberen Rängen der politischen, juristischen, religiösen und wirtschaftlichen Institutionen der Fall ist. Jeder, der in einer Welt aufsteigt, die den Erfolg anbetet, muß als verdächtig gelten, denn wir leben in einem Zeitalter der Psychopathen. Der Psychopath der heutigen Zeit schleicht nicht mehr als dreckige Ratte durch die dunklen Gassen der Schwarzweißkrimis aus den dreißiger Jahren, sondern stellt sich auf breiten Boulevards in einer kugelsicheren Limousine auf Staatsbesuchen zur Schau, führt ganze Völker und schickt Delegierte zu den Vereinten Nationen. Hitlers Stil ist schon von gestern und könnte uns davon abhalten, die Maske, die der Dämonische heute und morgen trägt, zu durchschauen. Das Dämonische aber ist zeitlos, und unter der modernen Verkleidung, in der es die Welt betritt, lauert der Dolch.

Die Gewohnheiten Hitlers, die von zuverlässigen Informanten berichtet und von vertrauenswürdigen Historikern und Biographen bestätigt worden sind, legen Zeugnis dafür ab, daß er sich mit seinem Daimon identifiziert hat oder von diesem besessen war. Der prinzipielle Unterschied zwischen Hitlers Besessenheit und der Besessenheit anderer in diesem Buch liegt im Wesen seiner Persönlichkeit und seines Daimon – ein schlechter Samen in einer Persönlichkeit, die keinen Raum für Skrupel ließ und keinen Widerstand bot.

Wie ich zeigen will, bietet die Eicheltheorie einen mindestens ebensoguten Ansatz wie jede andere, die sich ein Bild des Hitler-Phänomens zu machen versucht, und ich werde die anderen Theorien später in diesem Kapitel zusammenfassen. Die Vorstellung eines Dämons oder bösen Genius hilft, seine Anziehungskraft auf das Schattensubstrat des deutschen Volkes und die Ausbildung jenes Gruppenethos zu erklären, der, geblendet von Hitlers dämonischen Visionen, sich mit diesen einverstanden erklärte und sie erfüllte. Indem wir erkennen, wie aus einem einzigen Samenkorn die faszinierende Kraft Hitlers Millionen zu einer kollektiven Dämonisierung verführte, können wir leichter verstehen, wie es individuellen psychopathischen Mördern wie Jeffrey Dahmer, Andrei Chikatilo, Dennis Nilsen, Peter Sutcliffe und Juan Corona gelingen konnte, eine lange Reihe williger Opfer zu betören. Vielleicht ist Unschuld ein größeres Geheimnis als das Böse.

Hitler

Wir werden uns in zwei Schritten an die Freilegung von Hitlers Charakter machen, der zum Schicksal unserer Zivilisation wurde. Erstens, indem wir bestimmte Charakteristika aufzählen, die traditionelle Beschreibungen des Bösen, des Todes und der Zerstörung symbolisieren, und zweitens indem wir eine kleinere Zahl von Charakteristika analysieren, die deutlicher die Anwesenheit des Unsichtbaren in Hitlers Biographie zeigen.

1. Das kalte Herz

Kurz vor dem Ende, in seiner letzten Rede vor den Gauleitern, sagte Hitler: »Komme, was wolle, mein Herz bleibt eiskalt.« Bei einer Stabskonferenz pries er bewundernd Göring, der, wie er sagte, »sich als eiskalt erwiesen hat ... Er war all die schwierigen Tage hindurch an meiner Seite, er war immer eiskalt. Immer, wenn es wirklich schlimm wurde, war er sofort eiskalt.«[3]

Der tiefste Abgrund der Hölle, so sagt Dante, ist ein Reich aus Eis, das von den Urverbrechern Kain, Judas und Luzifer bewohnt wird. Legenden, Aberglaube und das Dogma der Inquisition vom späten Mittelalter bis in die Renaissance behaupten, daß der Penis des Teufels aus Eis besteht und daß sein Samen kalt ist.[4]

Der psychologische Wesenszug, der mit dem vereisten Herzen einhergeht, ist Rigidität, eine Unfähigkeit, aufzugeben, sich anzupassen, loszulassen. Waite liefert Berichte aus vier unterschiedlichen Lebensphasen Hitlers, die alle darin übereinstimmen, daß »in seinem Wesen etwas Beständiges, Unbewegliches, starrsinnig Rigides war ... Adolf vermochte einfach weder seine Meinung noch sein Wesen zu verändern.«[5] Ganz zum Schluß, in Berlin 1945, »als ein Adjutant vorschlug, daß vielleicht einige Probleme hätten anders gelöst werden können, da schrie Adolf Hitler in gequälter Verzweiflung auf: ›Aber sehen Sie denn nicht, daß ich nicht anders kann.‹« All seine Angewohnheiten – die Kleidung, die er trug, bis sie sich in ihre Bestandteile auflöste, seine Zahnputzroutine, die Musik und Kinofilme, die er auswählte, seine Zeitpläne – wiederholten sich andauernd. Wenn er mit seinem Hund spazierenging, was er jeden Tag zur genau gleichen Zeit tat, dann warf er immer das gleiche Stück Holz vom gleichen Fleck aus in die gleiche Richtung.[6]

2. Höllenfeuer

Ein noch bekannteres Symbol für die Hölle ist das Feuer. Der Daimon wird schon seit langem mit dem Feuer assoziiert. Beispielsweise stellte man sich den Genius eines Menschen als flammenden Nimbus um den Kopf vor, wie einen Heiligenschein. Hitlers Daimon wählte das Feuer für sein dämonisches Werk – den Reichstagsbrand, der die Bühne für seine Machtübernahme bereitete; die nächtlichen Fackelparaden; die feurigen Bilder, derer er sich in seinen Reden bediente; die brennenden Städte Europas; die Öfen und Schornsteine der Konzentrationslager; und seinen mit Benzin übergossenen und in Brand gesteckten Körper im Berliner Bunker. Jahre vor dem Krieg, in einem Gespräch mit Hermann Rauschning (1932), der damals ein ranghoher Nazi war, sich jedoch später absetzte und seine Notizen *vor* dem Krieg veröffentlichte, kannte Hitler sein Ende und das Ende Deutschlands bereits. Er sagte: »Sollten wir nicht siegen, so werden wir selbst untergehend noch die halbe Welt mit uns in den Untergang reißen – eine Welt in Flammen.«[7] Dann summte er das Thema aus Wagners *Götterdämmerung*.

Feuer ist symbolisch in vielerlei Hinsicht: als transformierende Kraft, als Hinweis auf Taufe und Initiation, in seiner wärmenden und kulturbringenden Eigenschaft und weil es Licht in die Dunkelheit trägt. Für Hitler war Feuer auf sein destruktives Potential begrenzt, und die Bombardierung Dresdens war der Höhepunkt der dämonischen Heimsuchung des Volkes und der Kultur, die der Ruf dieses Todesdämons in Brand gesetzt hatte.

3. Wolf

In jungen Jahren ließ Hitler sich gerne Herr Wolf nennen und veranlaßte seine Schwester, sich Frau Wolf zu nennen. Während der letzten Tage im Bunker fütterte und streichelte er eine Welpe namens »Wolf«, die zu berühren er niemandem sonst gestattete. Sein Wolfsgeist zeigt sich in seiner Jugend, als er seinen Namen »Adolf« von »Athalwolf«, dem »edlen Wolf«, ableitete. Drei seiner militärischen Hauptquartiere benannte er nach dem Wolf: Wolfsschanze, Wolfsschlucht und Werwolf. Die ihm liebste Hunderasse waren Wolfshunde, deutsche Schäferhunde. »Er bezeichnete seine SS als ›mein Wolfsrudel‹... Häufig pfiff er geistesabwesend die Melodie von ›Wer hat Angst vor dem bösen Wolf?‹«[8]

Die archetypische Kraft der Identifikation mit dem Wolf beeinflußt noch heute unser aller Leben. Sie liegt dem Kalten Krieg und der modernen Teilung Europas in Ost und West zugrunde. Denn der amerikanische Geheimdienst war davon überzeugt, daß eine ganze Armee von Hitlers »Werwölfen«, die mit Kampfgas und geheimen Waffen ausgerüstet waren und sich der alten Runenzeichen des Wolfs bedienten, um Häuser für spätere Racheakte zu kennzeichnen, in einer Bergfestung in Bayern zusammen mit Hitler und seinen Komplizen ausharrten, um von dort aus mit Terrorakten weiterzumachen. General Omar Bradley verlagerte nicht nur die amerikanischen Armeen nach Süddeutschland, um dort mit der Illusion von einer Wolfsmacht fertig zu werden, sondern die alliierten Befehlshaber überließen es zu Stalins Erstaunen den russischen Truppen, Berlin zu erobern.[9]

Ohne die Gattung Wolf als solche verurteilen zu wollen oder ihre symbolische Rolle als säugendes Muttertier, als Beschützerin verlorener Kinder zu vergessen, können wir doch eine lange Tradition zitieren, welche in vielen weit voneinander entfernt liegenden Kulturen, und keineswegs nur in der germanischen, den Wolf zu den verruchten Todesdämonen zählt.[10]

4. Analität

Hitler verabreichte sich selbst Einläufe; er fühlte sich durch seine Blähungen enorm gestört; er hatte zwanghafte Vorstellungen über das Berühren und Berührtwerden, über Ernährung, Verdauung und persönliche Reinlichkeit. Es gibt außerdem überzeugende Beweise, daß es ihm besonderes sexuelles Vergnügen bereitete, sich von seinen Partnerinnen beschmutzen zu lassen.[11]

Auch hier gibt es eine dämonische Assoziation. Angeblich

wählte der Teufel den Anus als seinen besonderen Ort *(locus)* im Körper – daher die Sündhaftigkeit der Sodomie, die Sauberkeit als Ausdruck der Frömmigkeit, Schwefelgerüche als Gestank der Hölle und die Darstellung des Teufels in mittelalterlichen Holzschnitten, die sein Gesicht auf seinen Hinterbacken zeigen. Gewaltsame medizinische Darmsäuberungen hatten eine theologische Komponente: Man entfernte das Schlechte. Und der Marquis de Sade, dieser Antichrist sexueller Praktiken und Gegenpol zu christlicher Liebe, konzentrierte sich hauptsächlich auf Analerotik. Die Bestrafungen vom Verprügeln über das Auspeitschen bis zum Brandmarken zielten immer auf die Pobacken ab. Auch diese grausamsten christlich-verordneten Foltern der Übeltäter konnten als Angriffe auf das Dämonische in seiner körperlichen Gestalt gerechtfertigt werden.

So reicht die Vorstellung von Analität weit und tief; Analität ist mehr als nur eine Entwicklungsstufe in Hitlers Charakter, vielmehr erklärt sie seine Rigidität und seinen Sadismus. Wenn der Anus zur böse Geister beherbergenden erogenen Zone wird, dann drücken sich entsprechende Zwangsvorstellungen nicht nur in einer Sauberkeitsfixierung aus, sondern das Dämonische wird auch unablässig im Bewußtsein gehalten, womit seinem symbolischen *locus* die rituelle Aufmerksamkeit zukommt, die er fordert.

5. Selbstmorde von Frauen

Sechs der Frauen – und es gab nicht so viele mehr –, mit denen Hitler aufgrund verläßlicher Berichte ein Verhältnis oder eine intime Beziehung hatte oder in die er »verliebt« war, begingen Selbstmord oder versuchten, Selbstmord zu begehen.[12] Darunter war ein 13jähriges Mädchen namens Mimi Reiter, der Hitler verfiel, als er 37 Jahre alt war, und die versuchte, sich aufzuhängen, als Hitler die Beziehung plötzlich abbrach, und Geli Raubal, die er als »die Liebe meines Lebens« bezeichnet hatte.

Eva Braun fügte sich 1932 selbst eine Schußverletzung über dem Herzen zu und überlebte sie nur, um mit Hitler im Bunker den gemeinsamen Selbstmordpakt in die Tat umzusetzen.

Vom psychologischen Standpunkt aus kann man die Theorie aufstellen, daß sich Hitler von psychisch abartigen Frauen angezogen fühlte und daß ihre destruktiven Impulse allein durch ihren eigenen Zustand zu erklären sind. Man könnte jedoch auch theoretisieren, daß seine sexuellen Funktionsstörungen und mögliche Koprophilie in diesen Frauen so viel Abscheu und Ekel vor sich selbst erzeugte, daß sie »den Tod der Unehre vorzogen«. Oder aber man könnte der dämonischeren Vorstellung folgen und sich fragen, ob es vielleicht die Intimität mit dem Wolf, dem Höllenfeuer und dem eiskalten Herzen unmöglich macht, danach noch weiterzuleben. Erfaßten diese Frauen intuitiv, daß sie einen Teufel geliebt hatten?

6. Anomalien

Zu der zirkusähnlichen Atmosphäre der Kostüme, Paraden, Zeremonien und eigenartigen Gesten (Stechschritt und steifarmiges Salutieren) gehörten auch Mißgeburten und Menschen mit krankhaften Anomalien. Hitlers Privatchauffeur, der lange bei ihm diente, war so winzig, daß Backsteine unter seinen Sitz gelegt werden mußten, damit er überhaupt über das Lenkrad sehen konnte. Der Führer der Braunhemden, der den ermordeten Ernst Röhm ersetzte, war einäugig; Joseph Goebbels hatte einen Klumpfuß; der offizielle Fotograf war Alkoholiker und hatte einen Buckel. Hitlers Pressechef Max Amann und sein erster Schatzmeister waren einarmig; Amann war außerdem von zwergenhaftem Wuchs. Der Assistent des Pressechefs war stocktaub. Martin Bormann war Alkoholiker, Rudolf Hess paranoid, Hermann Göring Morphinist; Robert Ley, Leiter der Deutschen Arbeitsfront, hatte einen Sprachfehler.[13]

Während der zwanziger und dreißiger Jahre bevölkerten überall in Europa als Folge des Ersten Weltkriegs Entstellte,

Hinkende und Blinde die Marktplätze und bettelten an Straßenecken; die expessionistische Kunst, kabarettistischer Humor und die Nachtwelt der Bordelle stellten Mißgeburten öffentlich zur Schau. Hitlers Entourage war jedoch wegen ihrer Ansammlung von Personen mit Mißbildungen sehr ungewöhnlich, vor allem da andere, die ihnen in ihrer körperlichen Entstellung glichen, in den Konzentrationslagern systematisch vernichtet wurden.

Vielleicht ist dies dennoch nicht so ungewöhnlich, wie es auf den ersten Blick scheint, denn die Geschichte der Dämonologie zeigt, daß halbmenschliche Gestalten das Unmenschliche repräsentieren, daß sie die normale Welt so bedrohen, wie dies auch der hakenarmige, einäugige Pirat, der hinkende Verfolger, der Bucklige in Fantasiegeschichten und -filmen tut. In Hitlers zwei Lieblingsfilmen, die er immer wieder ansah, ging es um mißgestaltete Figuren: *King Kong* und *Schneewittchen und die sieben Zwerge.*

Es ist eine lobenswerte Errungenschaft einiger westlicher Demokratien, Behinderte rechtlich in die Gesellschaft integriert und diese Integration mit großer Energie vorangetrieben zu haben. Die Aufnahme der »Abartigen« in die Gesellschaft bereichert diese nicht nur und stellt eine Geste des Mitgefühls dar; mit ihr wird auch versucht, einen symbolischen Fluch von den Beeinträchtigten und Versehrten zu nehmen, die in vielen Kulturen noch immer in Zusammenhang mit Fantasien von einer finsteren und dämonischen Unterwelt gebracht werden.

7. Humorlosigkeit

Mißgestalten, Kostüme, Theater, Festzüge – aber keine Komödie. »Hitler war humorlos«, sagte Albert Speer, sein Architekt und Rüstungsminister. Ein Sekretär, der täglich mit ihm Umgang hatte, berichtete: »Ich muß sagen, ich habe ihn niemals von Herzen lachen hören«, und ein Jugendfreund teilte mit, daß »ihm der Geist der Selbstironie vollkommen abging … Er vermochte nicht ... über etwas mit einem Lächeln hinwegzugehen.« Wenn er sich bei Soldaten an der Front aufhielt, dann »lachte oder scherzte er nie«. Es graute ihm davor, ausgelacht zu werden; er erzählte keine zweideutigen Witze und verbat sie sich in seiner Gegenwart.[14]

Der Teufel gibt sich vielleicht als Schelm, ist geistreich, spielt den Clown, vollführt einen Freudentanz und macht den Spaßvogel, aber den Humus und die Bescheidenheit des Humors – niemals! Humor, wie es das lateinische Wort auch andeutet, erweicht und mildert, gibt dem Leben einen natürlichen Anstrich; ihm ist alle Großartigkeit ein Greuel, er mahnt uns zur Selbstkritik und bewahrt uns vor Aufgeblasenheit. Indem er uns einen Dämpfer versetzt, ist Humor für nach unten gerichtetes Wachstum unbedingt erforderlich (siehe zweites Kapitel). Das lachende Wiedererkennen der eigenen Absurdität in der Menschheitskomödie bannt den Teufel ebenso wirkungsvoll wie Knoblauch oder das Kreuz. Chaplin erreichte mit seinem *Großen Diktator* weit mehr, als sich nur über Hitler lustig zu machen; er deckte die Absurdität, die Trivialität und die Tragödie dämonischer Aufgeblasenheit auf.

Allgemeine Charakteristika des Dämonischen

Ich möchte nun weitere Beweise für das Dämonische in Hitler beibringen, um ein besseres Verständnis dafür zu bewirken, wie der schlechte Samen auftritt und wie man ihn vielleicht erkennen kann.

August Kubizek, ein Schulfreund Hitlers, sagte, daß seine Mutter Angst hatte vor Hitlers Augen – sie waren hellblau, überraschend intensiv und fast ohne Wimpern. Hitlers Oberschullehrer beschrieb seine Augen als »glänzend«. Kubizek schrieb außerdem: »Fragte man mich, woran man die außergewöhnlichen Qualitäten dieses Mannes in der Jugend hätte erkennen können, dann kann ich nur antworten: ›An den Augen.‹« Hitler fand, daß seine Augen wie die seiner Mutter waren, die ihn »wiederum an die Medusa erinnerten«, wie sein Lieblingsmaler (Franz von Stuck) sie dargestellt hatte. Hitler studierte »durchdringende Blicke vor einem Spiegel ein« und übte sich in dem Spiel, »andere Menschen dazu zu bringen, zuerst den Blick zu senken«. Der alte englische Faschist (und Wagners Schwiegersohn) Houston Chamberlain schrieb ihm: »Es kommt einem vor, als seien Ihre Augen mit Händen ausgerüstet, denn sie ergreifen einen Menschen und halten ihn fest ... Mit einem Streich haben Sie den Zustand meiner Seele verändert.«

Etwa um 1909 lernte Hitler einen seiner geistigen Mentoren, Georg Lanz, kennen, einen antisemitischen Fantasten von ungeheurer Schaffenskraft, der verrückte Schundtraktate mit Titeln wie *Theozoologie oder Die Kunde von den Sodoms-Äfflingen und dem Götter-Elektron* und *Die Gefahren der Frauenrechte und die Notwendigkeit einer männlichen Herrenmoral* verfertigte. Lanz schrieb auch die folgenden Worte: »Die wichtigste und entscheidende erotische Kraft für die Menschen höherer Rasse ist das Auge ... Heldenerotik ist eine Liebe mit den Augen.«[15] Einer der vielen, die von Hitlers »Heldenerotik« gefesselt waren, berichtet: »Ich sah in seine Augen, er sah in die meinen, und mir blieb nur noch eines zu wünschen – zu Hause und alleine zu sein mit dieser überwältigenden Erfahrung.«[16]

Gerhart Hauptmann, »der deutsche Dramatiker-Veteran«, erhielt schließlich die Gelegenheit, Hitler vorgestellt zu werden. »Der Führer schüttelte seine Hand. Er sah ihm in die Augen. Es war der bekannte Blick, der alle schauern machte ... Es sei der größte Augenblick seines Lebens gewesen, sagte Gerhart Hauptmann später zu Freunden.«[17]

Wenn die Augen tatsächlich der Spiegel der Seele sind, wie die Tradition es will, war dann die zwingende Macht von Hitlers Augen das Starren des Dämons? Brachten seine Augen die

Leere im Inneren zum Ausdruck, gewährten sie einen Blick auf das vollkommene Fehlen der Seele? Auch wenn niemand diese Fragen zu beantworten vermag, so kann doch die Merkwürdigkeit dieser Augen nicht durch Umweltbedingungen erklärt werden. Und selbst wenn ihre Farbe genetisch festgelegt ist, kann dann ihre medusenhafte, betäubende Macht wirklich auf Chromosomen reduziert werden?

Wie wir dies bereits in so vielen anderen Biographien feststellen konnten, scheint das unbeirrbare Drängen, welches von der Eichel ausgeht, das Leben in die Hände einer stärkeren Macht zu legen. »Ich gehe den Weg, den die Vorsehung mir diktiert, mit all der Sicherheit eines Schlafwandlers«, sagte Hitler in seiner Rede von 1936. Er wurde verschont, er war gemeint, er war anders. In den Schützengräben während des Krieges von 1914–1918 (in dem er nur einmal eine leichte Fleischwunde davongetragen und nur einmal mit den Folgen einer Gasvergiftung, von der vor allem seine Augen betroffen waren, zu tun hatte) betrachteten andere Soldaten Hitler als »weißen Raben«, unzugänglich und sich abseits haltend. Seine Kameraden glaubten, er habe einen Schutzengel. »Sein Regiment kämpfte in 36 bedeutenden Schlachten mit … Der Tod umgab Hitler für mehr als tausend Tage, und die Art, wie er ihm aus dem Weg ging, war unheimlich.«[18] »Wieder und wieder schien er den Tod herauszufordern, aber während die Kugeln einen Kameraden holten, entkam er unverletzt. Nach einem Großangriff, der das Regiment stark dezimierte, drehte sich jemand zu Hitler um und rief: »Mensch, für dich gibt es keine Kugel!«[19] Nach Hitlers fehlgeschlagenem Putsch im »Bürgerbräukeller«, mit dem er schon 1923 die Macht ergreifen wollte, hatte sich Graf, der Leibwächter, »sofort vor Hitler geworfen, um die auf ihn abgegebenen Schüsse abzufangen«.[20] Das sorgfältig geplante und mutige Attentat auf Hitler im Juli 1944 mißlang; Hitler wurde wie zufällig durch einen fehlerhaften Zündmechanismus und ein dickes Tischbein gerettet.

Einmal, als er 17 war, versagte ihm das Glück seine Unterstützung. Er hatte ein Lotterielos gekauft und großartige Pläne darüber geschmiedet, was er mit dem Gewinn anfangen würde. Er gewann jedoch nicht und steigerte sich in einen Wutanfall. Er war von ebendieser »Vorsehung«, von Moira oder Fortuna im Stich gelassen worden, in die er absolutes Vertrauen hatte. Moira, Sie werden sich erinnern, ist ein anderer Name für den persönlichen Daimon.

Er redete oft von den Göttinnen des Schicksals, der Vorsehung und der Geschichte. *Mein Kampf,* in dem er seine Visionen darlegt, beginnt mit seiner Version des Platonischen Mythos. Er behauptete, daß Braunau in Österreich vom Schicksal für seinen Eintritt in die Welt ausersehen worden wäre.

Hitlers Berufung gab ihm das sich selbst zugesprochene Recht, ein Schlafwandler außerhalb der menschlichen Welt zu sein. Außerhalb bedeutete auch transzendent, dort, wo die Götter selbst leben. Hitlers absolute Gewißheit bestätigte auch sein Gefühl, immer Recht zu haben, und diese vollständige Überzeugung überzeugte auch sein Volk vollständig, drängte es weiter auf seinem Weg des Unrechts. Absolute Gewißheit, vollständige Überzeugung – dies sind also Zeichen für das Dämonische.

Bereits im Alter von sieben Jahren »war Hitler herrisch und leicht in Rage zu bringen und wollte auf niemanden hören«, sagte sein Halbbruder Alois; ebensowenig wollte er später auf seine Generäle hören.[21] Es gab auch keine Frau, die sein Ohr hatte; er vernahm nur seinen Daimon, seinen einzigen wirklichen Gefährten. Wir fangen an zu begreifen, wie die Macht korrumpiert, während das ratende Flüstern zu einer dämonischen Stimme wird, die alle anderen übertönt. Der Samen ist mit einem sicheren und unheimlichen Wissen ausgerüstet. Während jedoch ein Gott allwissend ist, wird ein Mensch nur zum Besserwisser, und somit sah Hitler keinen Nutzen im Austausch mit anderen. Es gab nichts, was sie ihm hätten beibringen können.

Um seine Allwissenheit zu beweisen, prägte er sich Unmengen von Fakten ein – Standorte von Regimentern und Reserven, Größe und Ausrüstung von Schiffen, Fahrzeugarten –, die er einsetzte, um Fragesteller zu überrumpeln und Befehlshaber in Verlegenheit zu bringen. Diese Information stellte seine Transzendenz »unter Beweis« und tarnte seinen Mangel an Überlegung und Nachdenken und seine Unfähigkeit, ein Gespräch zu führen. Das Dämonische läßt sich auf nichts ein; vielmehr verhindert es mit Einzelheiten und Jargon jedes Aufkommen von Tiefe.

Unsere moderne Welt sollte diese Lektion von Hitler lernen, denn es könnte sein, daß wir eines Tages einen Helden an die Macht wählen, der Gewinner eines ebenso gigantischen wie trivialen Fernsehquiz ist und unseren Kindern weismachen will, daß der Informations-Superhighway der Weg zum Wissen sei. Falls einer der Anhaltspunkte für Psychopathie ein trivialer Geist ist, der sich in hochgestochenen Phrasen ausdrückt, dann bringt eine Erziehung, deren Betonung auf Fakten statt auf dem Denken liegt und die patriotisch, politisch oder religiös richtige »Werte« der kritischen Urteilskraft vorzieht, vielleicht hochqulifizierte Schulabsolventen hervor, aber sie macht sie auch zu Psychopathen.

Die Transzendenz des Daimon stellt ihn außerhalb der Zeit, und er kann nur dann in sie eintreten, wenn er nach unten wächst. Um die Biographie des Daimon aus der Chronologie eines Lebens heraus erfassen zu können, müssen wir mit der Unterstützung der Intuition »das Leben rückwärts lesen« (siehe viertes Kapitel). Die Intuition erfaßt alles auf einmal als Ganzes. Die Zeit macht die Dinge zu einer Kette aufeinanderfolgender Ereignisse, die zu einer Zielgeraden führen. Doch Hitlers Programme und Kräfte haben sich nicht im Laufe der Zeit entwickelt; sie waren schon in der Jugend vorhanden, ebenso wie sich sein Tod bereits unter den Wagnerschen Ruinen befand.

Hitler fühlte sich von der Zeit in die Enge getrieben. Oft sagte er: »Ich habe keine Zeit.« »Die Zeit arbeitet immer gegen uns.«

Er trug nie eine Armbanduhr, und wenn er eine Taschenuhr bei sich hatte, dann vergaß er, sie aufzuziehen. Er ließ die Teilung des Tages in hell und dunkel unbeachtet, zog während des Tages die Jalousien herunter und ließ die ganze Nacht Lichter brennen. Das Reich, das er auf Erden erbauen wollte, sollte tausend Jahre bestehen, sagte er, und die Gestalten, mit denen er sich identifizierte, entstammten einer anderen Epoche: Friedrich der Große, Bismarck, Christus. Schlaflosigkeit war eines seiner vorrangigen Symptome.

Für das Muster im Samen ist alles zugleich vorhanden, und es drängt auf gleichzeitige Artikulation. Man will alles, und man will alles auf einmal, weil man alles auf einmal spürt und sieht. Hierbei handelt es sich um eine transzendente Art der Wahrnehmung, die eines allgegenwärtigen Gottes angemessen ist. So haben die alten Prediger erklärt, daß Gott die Zeit erschaffen habe, damit sich nicht alles zugleich ereigne. Die Zeit verlangsamt die Dinge; Ereignisse entfalten sich eines nach dem anderen, und wir, die wir an zeitgebundenes Bewußtsein gefesselt sind, wir glauben, daß ein Ereignis das nächste verursacht. Aber für den Daimon kann die Zeit nichts bewirken, das nicht bereits im ganzen Bild vorhanden ist. Die Zeit macht nur alles langsamer, hält Erkenntnis zurück und fördert damit das »Wachstum nach unten«.

Diese Zeitlosigkeit der Eichel und ihr Drang, alle Dinge zugleich geschehen zu lassen, weisen hin auf eine Besessenheit durch den Daimon, auf einen dämonisch gewordenen Daimon. Die Wertschätzung, daß alles seine Zeit hat, des Zeitgebens und Zeithabens und Zeitnehmens, ist dem schlechten Samen unmöglich, denn er verbreitet manische Aufgeblasenheit, die keine Unterbrechungen duldet, und fordert damit Impulsivität und Eile (Hitler hat den Blitzkrieg erfunden, und alles, was sich ihm in den Weg stellte, löste bei ihm einen Wutausbruch aus). Die Alchimisten sagten: »In der Geduld ist die Seele« und: »Alle Hast kommt vom Teufel.«

Abschließend dieses Beweisstück für direkte dämonische Einmischung, vielleicht durch den Teufel selbst:

> Mir hat jemand aus seiner engsten täglichen Umgebung berichtet: er wache des Nachts mit Schreikrämpfen auf. Er schreie um Hilfe. Auf seiner Bettkante sitzend könne er sich nicht rühren. Die Furcht schüttle ihn, so daß das ganze Bett vibriere. Er stoße verworrene, völlig unverständliche Worte hervor. Er keuche, als glaube er ersticken zu müssen. Der Mann erzählte mir eine Szene, die ich nicht glauben würde, wenn sie nicht aus solcher Quelle käme. Taumelnd habe er im Zimmer gestanden, irr um sich blickend. »Er! Er! Er ist dagewesen«, habe er gekeucht. Die Lippen seien blau gewesen. Der Schweiß habe nur so an ihm heruntergetropft. Plötzlich habe er Zahlen vor sich hergesagt. Ganz sinnlos. Einzelne Worte und Satzbrocken. Es habe schauerlich geklungen. Merkwürdig zusammengesetzte Wortbildungen habe er gebraucht, ganz fremdartig. Dann habe er wieder ganz still gestanden und die Lippen bewegt. Man habe ihn abgerieben, habe ihm etwas zu Trinken eingeflößt, dann habe er plötzlich losgebrüllt: »Da, da! In der Ecke! Wer steht da?« Er habe aufgestampft, habe geschrien, wie man das an ihm gewohnt sei. Man habe ihm gezeigt, daß da nichts Ungewöhnliches sei, und dann habe er sich allmählich beruhigt.[22]

Acht Erklärungen

Alice Miller, die diese Geschichte ebenfalls zitiert, stellt sich vor, daß Hitler dabei sein Martyrium mit dem strafenden Vater vor sich sieht. Ihre konventionelle Sichtweise reduziert den Dämon, den Hitler sieht, auf einen heraufbeschworenen Vater. Sie glaubt auch, daß die Kriegsspiele, die er mit seinen Spielgefährten inszenierte und in denen er auf seiten der unterdrückten Indianer und Buren kämpfte, Auflehnungen gegen diesen repressiven Vater waren. Darüber hinaus, so Miller, lehnte er sich nicht nur gegen den repressiven Vater auf, sondern er identifizierte sich auch unbewußt mit ihm als Unterdrücker; für Alice Miller war die motivierende Kraft und der quälende Dämon hinter Hitlers Greueltaten gar nicht der Daimon, sondern ein introjiziertes Vaterbild.[23] Auf diese Weise exorziert der Elterntrugschluß das Böse.

Berichte über Charles Manson, eine Gestalt des Grauens, die – wie Jack the Ripper im letzten Jahrhundert – seit drei Jahrzehnten die westliche Fantasie beschäftigt, suchten ebenfalls die Hauptschuld bei den Eltern. Diese Berichte lokalisieren das Samenkorn des Bösen in der Mutter, die ihn angeblich »für einen Krug Bier an die Schankwirtin verkaufte«. Manson erzählte seinem Biographen diese Geschichte, um zu erklären, warum er »immer das Gefühl hatte, ein Außenseiter zu sein«.[24] Unserer Pop-Psychologie stehen nur Elternrolle und Entwicklungspsychologie als Erklärung für die von Anfang an vorhandene Einsamkeit und die isolierende Wirkung des daimonischen Rufs zur Verfügung, ob es sich dabei um Hitler oder um einen der anderen geborenen Killer handelt.

Woody Harrelson, der in Oliver Stones Film *Natural Born Killers* den Psychopathen spielt, behauptet in seiner Rolle unumwunden, daß er ein »geborener Killer« sei, womit er eine Erklärung für seine Taten liefert und dem Film den Titel gibt. Dennoch scheinen Quentin Tarantino, der das Drehbuch schrieb, und Stone, der Regie führte, die Tragweite ihres eigenen Films nicht akzeptieren zu können. Durch Rückblenden auf Szenen mit sexuellem Mißbrauch zollen sie veralteten psychologischen »Gründen« Tribut. Diese irrelevanten Einschübe machen den Psychopathen nicht nur selbst zum Opfer, sondern widersprechen auch den wichtigen Einsichten des Films. Die Hauptthemen liefern die wahren Gründe für das »sinnlose Verhalten« in einer dreifachen Kombination unwiderstehlicher Motive: die isolierende, asoziale Aufgeblasenheit einer Verliebtheit nach amerikanischer Art; die illusionäre Transzendenz des Medienbeifalls; und der angeborene schlechte Samen, der zum Töten aufruft.

Dieser angeborene schlechte Samen zeigt sich vielleicht nirgendwo deutlicher als im Fall von Mary Bell aus Newcastle, England. Mit bloßen Händen erwürgte dieses zehnjährige Kind 1968 zunächst Martin (vier Jahre alt) und zwei Monate später Brian (drei Jahre alt). Gitta Sereny untersuchte Mary Bells frühe Kindheit, die sie mit einer unglaublich destruktiven und schizoiden Mutter verbrachte, welche das Kind nie gewollt hatte – es sogar viele Male loszuwerden versuchte –, und nach ihrer Version sind die beiden getöteten Jungen Opfer der von der Mutter ermordeten Seele Mary Bells. Unmenschlichkeit geht auf unmenschliche Eltern zurück. Serenys Buch wurde geschrieben, um soziale Bedingungen zu verbessern und um die Eicheltheorie, die Theorie vom schlechten Samen, zu widerlegen. »Sind wir noch immer nicht über den Punkt hinaus, da wir kranke Kinder als Monster bezeichnen und an böse Geburt glauben?«[25]

Es gibt jedoch Ereignisse in Mary Bells Kindheit, die als Hinweis auf ein unheimliches Schicksal verstanden werden können. Sie wurde von anderen Kindern nicht gemocht und von ihnen auf Distanz gehalten: »Keiner will mit mir spielen.« Ihre Grundschullehrerin empfand sie als gerissen, vorwitzig, clever; sie erzählte dauernd Geschichten, und es fiel schwer, zwischen den wahren und den erlogenen zu unterscheiden. Im Zeugenstand »rief sie ein unfreiwilliges und verblüffendes Gefühl der Abneigung hervor, nicht nur in jenen, die mit ihr befaßt waren, sondern auch bei neutralen Beobachtern«. Irgend etwas in ihr wies menschliche Nähe zurück.

Dies traf bereits in der frühen Kindheit zu. Die Schwester ihres Vaters, die sie eine Zeitlang versorgt hatte, sagte aus: »Sie war damals erst ein Baby, aber sie ließ es nicht zu, daß man irgend etwas für sie tat. Sie ließ sich von niemandem auf den Arm nehmen und küssen. Das war schon immer so. Sie drehte ihr Gesicht fort.« Sereny stellt fest, daß Mary »eine Fülle von Liebe zur Verfügung stand, ebenso wie ihrer Mutter. Aber beide schienen unfähig, sie anzunehmen.«[26]

Und dann diese Anziehungskraft durch den Tod: Bei vier unterschiedlichen Gelegenheiten, noch bevor sie vier Jahre alt war, kam Mary dem Tod nahe. Sie fand Gift und Tabletten und stürzte sich beinahe aus einem Fenster zu Tode. Wußte die Eichel bereits, daß sie nicht in die Welt eintreten sollte? Als sie zu Besuch bei ihrer Großmutter war, einer »sehr verantwortungsbewußten Frau«, gelang es Mary – sie war erst ein Jahr alt! –, an die Pillen der alten Dame zu kommen. »Dazu mußte das Kind eine Stricknadel finden (um das Versteck zu öffnen), dorthin hinaufgelangen, wo das Grammophon stand (denn dort befand sich das Versteck), es öffnen, die sorgfältig versteckte Flasche entnehmen, den Deckel abschrauben und eine ausreichende Zahl der unangenehm schmeckenden kleinen Pillen herausnehmen und essen, um sich damit fast umzubringen.«

Was das Erwürgen betraf, »›Tod‹, ›Mord‹, ›Töten‹, das alles hatte eine andere assoziative Grundbedeutung für Mary ... Für sie war das alles ein Spiel gewesen.«[27]

Mary Bell führt uns direkt in das Rätsel der Ursachen hinein. Gitta Sereny ist fest davon überzeugt, daß Brian und Martin nicht ermordet worden wären, wenn Marys Mutter eine angemessene psychiatrische Behandlung erfahren, es eine bessere schulpsychologische Beratung und weniger beklagenswerte sozioökonomische Bedingungen gegeben hätte.

Alice Miller würde Sereny zustimmen, denn sie behauptet klar und deutlich, daß »jedes absurde Verhalten ... seine Vorgeschichte in der frühen Kindheit« hat und daß »es Hitler tatsächlich gelungen [ist], aus dem unbewußten Wiederholungszwang sein Familientrauma auf das ganze deutsche Volk zu übertragen«.[28] Helm Stierlin pflichtet dem in seiner »Psychogenese« *Adolf Hitler – Familienperspektiven* bei. Es hört sich so an, als ob der ganze Geschichtsverlauf durch rechtzeitige therapeutische Intervention in diesem finsteren österreichischen Haushalt hätte geändert werden können. Zwanzig Millionen tote Russen und sechs Millionen Juden, all die Opfer aus anderen Ländern und auch die toten Deutschen nicht zu vergessen, all das verursacht durch die Schläge, die der junge Hitler erhielt, durch das Verhalten seiner Mutter etc.

Selbst wenn Sereny und Miller ein Stück der Wahrheit in den Händen halten, dann müssen wir uns noch immer fragen: Gab es vielleicht genetische Faktoren bei diesen und anderen Fällen von krimineller Psychopathie, die »in der Familie liegen«? Sind bestimmte Personen von Natur aus dämonisch, und können ihre Mitmenschen nichts mehr daran ändern? Shakespeares Prospero, der sich wie ein frustrierter Therapeut anhört, sagt über das Monster Caliban: »Ein Teufel, ein geborener Teufel, in dessen niedriger Natur eine höhere Bildung niemals Wurzeln schlagen kann, auf den ich all die Mühen, die ich menschenfreundlich auf mich nahm, umsonst verschwendete, alle, alle umsonst, völlig umsonst!«[29] Wenn wir von der merkwürdigen Kälte in Mary und in Hitler lesen, von diesem Todestrieb, dann scheint es auch in ihnen noch etwas anderes zu geben als nur Erziehung und mögliche Erbanlagen, ein Mangel in ihren Seelen oder ein gänzliches Fehlen der Seelen.

Wir wollen einmal die Hauptmodelle aufführen, die es sich zur Aufgabe gemacht haben, den schlechten Samen zu erklären. Wenn ich jetzt eines nach dem anderen aufzähle, so daß sie sich scharf voneinander abheben, dann sollte nicht mehr ausdrücklich gesagt werden müssen, daß alle acht ineinander übergehen. Für sich genommen, kann keine der Erklärungen die einzige Wahrheit liefern.

Daß dieses Kapitel in seiner Darstellungsform deutlichere Grenzen zieht als irgendein anderes in diesem Buch, mag mit dem Hauptthema Hitler zusammenhängen. Das Bild ist so giftig, so explosiv, daß es nach einer Sonderbehandlung verlangt. Jedes Beweisstück und jede Anschuldigung muß numeriert und einzeln gekennzeichnet werden. Vielleicht kann man dann auch die schwerfälligen, zwanghaften Methoden, die von der Inquisition bis hin zu den Urteilen gegen Adolf Eichmann in Israel, Klaus Barbie in Frankreich und in den Nürnberger Prozessen selbst verwendet wurden, besser verstehen. Diese kontrollierte Sorgfalt eines Schritt-für-Schritt-Rationalismus schützt gegen die dämonische Macht, um die es geht. Wir wollen uns jetzt den schlechten Samen auf der Anklagebank vorstellen und jedes der acht im folgenden skizzierten Modelle als Haupterklärung für das schuldhafte Verhalten dieses Angeklagten.

1. Frühe traumatische Konditionierung

Sie sind wegen der mißbräuchlichen, brutalisierenden und lieblosen Umgebung, in der Sie als Kind aufgewachsen sind, so geworden, wie Sie sind.[30] Vielleicht litten Sie schon vor der Geburt unter Komplikationen wie Unterernährung oder Kopfverletzungen. Sobald Sie geboren wurden, waren Sie ungewollt und mußten in einer grausamen und gewaltsamen Atmosphäre überleben. Die Botschaften, die man Ihnen übermittelte, waren doppeldeutig und irrational; sie leugneten die tatsächliche Wirklichkeit; und Sie waren unvorhersehbaren Stimmungen und willkürlichen Launen ausgesetzt. Jeder Augenblick in Ihrem Leben war von Extremen bestimmt. Machtlos vor der Tyrannei, Ihrer Würde beraubt, erlernten Sie ein Verhaltensmuster, das sich früh schon entwickelte und fortdauernd und fortschreitend verfestigte. Sie entwickelten sich vom Schlechten zum noch Schlechteren hin.

2. Erblicher Makel

Sie sind der Träger einer funktionsgestörten physiologischen Struktur: zuviel Testosteron; nicht genug Serotonin; hormonelles Ungleichgewicht; elektrische Fehlzündungen; autonome Gefühllosigkeit; genetische Anomalien. Die Vorstellung, daß ein physischer Makel das Verhalten festschreibt, hatte in der Psychiatrie dieses Jahrhunderts großes Gewicht. Die Theorie hat ihren Ursprung in Langzeitstudien, die in einigen Familien über mehrere Generationen hin fortgesetzt wurde, um degenerative Erscheinungen an Ohren und Handlinien nachzuweisen. Psychiatriebücher präsentierten eine Verbrechergalerie grotesker »Entarteter«, deren »Substanz« an Lebenskraft und Lebensfähigkeit abgenommen hatte, weil ihre Großeltern Alkoholiker waren oder ein sonderbares Sexualverhalten aufwiesen. Ein krimineller Psychopath war die Folge biophysikalischer Kräfte, war ausgestattet mit einer bestimmten Physiologie, die er mit Genies und Künstlern gemeinsam hatte, und ausnehmend stark durch die sexuelle Libido beeinflußt.[31] Der Zustand ist außer durch physische Mittel im wesentlichen unveränderbar, eine Tatsache, die zur Rechtfertigung solcher »Behandlungen« diente wie lebenslängliche Einkerkerung in Einrichtungen für »geisteschwache Kriminelle«, Kastration, Elektroschocks, Lobotomie und unter dem Naziregime Vivisektion und Extermination. Heute empfiehlt das physiologische Modell ein raffinierteres pharmazeutisches Waffenarsenal, um Ihr Verhalten zu unterwerfen: das Einwerfen von hübschen kleinen Pillen.

3. Gruppenverhalten

Obgleich das biologisch bestimmte Wesen und die sozialen Umweltbedingungen die Vorarbeit leisten, ist Ihr Gesellschaftsmilieu der entscheidende Auslöser, insbesondere von Beginn der Pubertät an bis über die Adoleszenz hinaus. Das ungeschriebene Gesetz der Straße, der Bandenkodex, die Regeln im Strafvollzug, die militärische Indoktrination von Spezialeinheiten, Milizideologien, der Drill im Konzentrationslager, die *Omertà* der Mafiafamilie: Diese Gruppenübereinkünfte, mit denen Sie sich identifizieren, bestimmen das Wertesystem, das Ihr Verhalten gestaltet. Diese Konventionen werden eingeimpft, und auf sie greifen Sie zurück, wenn Sie in die Ecke gedrängt werden, wie in My Lai, Vietnam, oder wenn Sie in der Nachbarschaft auf unfaire Weise »abgestempelt« werden. Kriminalität und Gewalt sind Bestandteil eines Gruppenethos – wie er beispielsweise für die frühen Straßenbanden von Hitlers SA typisch war –, und Brandschatzen, Plündern und Vergewaltigen gehören zu den Rechten siegreicher Armeen nach der Schlacht. All dies ist relativ unabhängig von physiologischen und frühen umweltbedingten Faktoren. Kommst du nach Rom, dann tu, was die Römer tun.

Ein Biograph Al Capones, des unbarmherzigen Chicagoer »Paten«, liefert die übliche Erklärung für die kriminelle Berufung, indem er auf seine frühe Brooklyner Umgebung und auf den Gruppenkodex verweist:

> Welcher Junge wollte sich auch nur einen Augenblick länger als unbedingt nötig in den Wohnungen aufhalten, wo acht, zehn oder zwölf Menschen in zwei oder drei feuchten, schmutzigen Räumen aßen und schliefen, sich wuschen und anzogen; wo der Gestank der Exkremente aus verrotteten Abflußrohren die Gänge erfüllte und Maden an dem Abfall fraßen, den man einfach aus dem Fenster warf; wo man entweder fror oder vor Hitze fast erstickte; wo die Erwachsenen in ihrem Kummer und ihrer Verwirrung dauernd sich selbst und die Kinder anschrien und diese beim geringsten Anlaß verprügelten?
>
> Die Straßenbande war ein Ausweg … So bildete die Jugend ihre eigene Straßengesellschaft, unabhängig von der Welt der Erwachsenen und ihnen feindlich gesinnt. Von einem älteren, energischen Jungen geführt, suchten sie die prickelnde Erregung gemeinsam erlebter Abenteuer, derber Späße, des Glücksspiels, des Plünderns, des heimlichen Rauchens,

Schnupfens oder Trinkens, geheimer Rituale und des Kampfes gegen rivalisierende Banden.[32]

4. Der Entscheidungsmechanismus

Ihr Verhalten ist Ihre Entscheidung und wird immer und fortwährend durch Ihre Entscheidungen bestimmt. Daß Ihre Entscheidungen selbst durch Ihre Physiologie, Ihre Kindheit, Ihren Gruppenkodex konditioniert sind, schließt nicht die Kosten-Nutzen-Analyse aus, die Sie bei jeder Ihrer blutrünstigen Aktionen anstellen. Die Gradeinteilung ist einfach: Sie bezieht sich auf das Lust-Unlust-Verhältnis, wie es Jeremy Bentham in seiner utilitaristischen Berechnung menschlichen Handelns vorschlägt und wie es in dem Konzept von Bestrafung und Belohnung von James Q. Wilson und Richard Herrnstein wieder aufgegriffen wird.[33] Wenn für Ihre Art von Persönlichkeit die Belohnungen, die aus impulsivem Handeln und vorsätzlichem Töten resultieren, mehr Gewicht haben als die zu erwartende Bestrafung, dann werden Sie automatisch, mechanistisch danach streben. Mehr noch, wenn aus jeder getroffenen Entscheidung ein sich akkumulierendes Erfolgsgefühl resultiert, dann wird dieser Erfolg Ihren Glauben bestärken, daß das Schicksal Sie auf den richtigen Weg gebracht hat.

5. Karma und Zeitgeist

Ein gewisser Anteil Ihres vorangegangenen Lebens wird in diesem wieder ausgelebt. Der erbliche Makel mag sich in Ihren Chromosomen befinden, doch ist es das Karma, das ihn dort plaziert hat. Der schlechte Samen stellt etwas dar, das Sie persönlich erleiden müssen, das aber auch der Geschichte der Welt, dem Zeitgeist, angehört. Ob Sie sich nun Fagins Bande stehlender Kinder anschließen oder bei den Schlägern Indiens aufgenommen werden oder ob Ihr Körper so ausgebildet wird, daß er ungewöhnliche physiologische Reaktionen zeigt – all das ist Karma, das seinen Ursprung in vorangegangenen Inkarnationen hat. Hier ist ein metaphysisches Geheimnis bei der Arbeit, das der menschliche Verstand nicht erfassen kann: Selbst das übelste schlechte Samenkorn ist Bestandteil eines kosmischen Zeitgeistmusters. Hitlers persönliches Karma gehört zu einem Weltplan.

6. Der Schatten

Unabhängig von biologischen und umweltbedingten Faktoren existiert die psychologische Neigung zur Zerstörung in jedem Menschen. Gewalt, Verbrechen, Mord und Grausamkeit gehören zur menschlichen Seele als ihr Schatten. Die Bibel erweist diesem Schatten den ihm zustehenden Respekt, indem sie gleich in fünf von den Zehn Geboten Verbote gegen Diebstahl, Mord, Ehebruch, Lügen und Neid ausspricht. Diese universellen Tendenzen, die latent in jedem vorhanden sind, sind die Grundlage für schützende gesellschaftliche Formen, politische Organisationen und moralische Beschränkungen. Wenn die menschliche Seele keinen Schatten hätte, wer bräuchte dann Rechtsanwälte, Kriminologen und Beichtväter? Die Autonomie des Schattens kann jederzeit plötzlich wie Mr. Hyde aus Dr. Jekyll auftauchen oder aber unter extremen Bedingungen wie in dem Roman *Herr der Fliegen* langsam in den Vordergrund treten. Der geborene Killer ist nur allzu menschlich. Da Menschen Schatten haben, die bis in die kollektive Ebene des Mords hereinreichen, wird menschliches Verhalten durch diese archetypische Kraft verursacht. Hitler kannte den Schatten nur allzugut, schwelgte in ihm, war von ihm besessen und bemühte sich, ihn zu vernichten; doch er vermochte es nicht, ihn sich *in sich selbst* einzugestehen. Er sah ihn nur in seiner projizierten Form als Juden, Slawen, Intellektuelle, Fremde, Schwache und Kranke.

7. Lakuna

Etwas fundamental Menschliches fehlt. Ihr Charakter, Ihr persönliches Inventar hat ein Loch *(lacuna)*. Ihre Verbrechen sind nicht so sehr auf das *Vorhandensein* des Schattens zurückzuführen (da doch jeder diesem universellen Archetyp unterworfen ist), sondern vielmehr auf ein bestimmtes Fehlen, den Mangel menschlicher Gefühle. In Adolf Guggenbühl-Craigs Theorie wird dieses fehlende Essentielle als »Eros« bezeichnet.[34] Katholische Theologen nannten es *privatio boni*, Negation des Guten, und wir drücken es manchmal umgangssprachlich mit »In dem Jungen steckt nichts Gutes« aus.

Andere Wesenszüge können das Loch stopfen: Impulsivität (die durchgebrannte Sicherung), Kurzsichtigkeit (die unmittelbare Belohnung hat mehr Gewicht als die langfristigen Konsequenzen), Wiederholungszwänge, Gefühlsarmut, ein verkümmerter Intellekt, Schuld- und Reueunzugänglichkeit (beides gleitet ab wie Wasser an einer Gans), Projektion und Leugnung – all dies ist sichtbar, aber entscheidender und grundlegender ist diese erotische Lakuna, die leere Kälte, die Unfähigkeit, Gefühle für eine andere lebende Kreatur zu entwickeln und sich in sie hineinzuversetzen.

Wenn der englische Serienkiller Dennis Nilsen tote Jungen in seinem Zimmer aufhebt, um mit ihnen zu schlafen und sie zu streicheln und sexuell mit ihnen zu verkehren, und wenn Jeffrey Dahmer das Fleisch seiner Opfer ißt, dann verhalten sich diese beiden wie die dämonischen Gestalten in der Unterwelt, wie sie in christlicher, tibetischer und japanischer Kunst dargestellt werden. Möglicherweise versuchen sie einen Ausweg aus dem Exil ihrer Leere zu finden, irgendeinen Weg zurück zur normalen Menschlichkeit. Die sexuelle Komponente des Verbrechens ist nicht die Ursache, sondern ein Symptom dafür, daß auch Berührung, Kontaktaufnahme, Geschlechtsverkehr mit menschlichem Fleisch ein totes Feuer, eine Lebenskraft entfacht werden soll.

8. Der dämonische Ruf

Es gibt eine bestimmte Berufung, die unentrinnbar zu Ihnen gehört. Wie sie in vergangene Leben, Ihren gegenwärtigen Körper oder in den sich entwickelnden Zeitgeist der Weltgeschichte paßt, liegt außerhalb Ihres Wissens und unseres theoretischen Interesses. Der Ruf bietet *Transzendenz,* wird ebenso notwendig wie das Leben eines Menschen auf der Erde wie die Schauspielerei für Garland, die Schlacht für Patton, die Malerei für Picasso. Wie das Potential der Kunst und Denken mit der Eichel gegeben wurde, so geht auch das Potential für dämonisches Verbrechen mit ihr einher.

> ... die Leute verstehen das nicht ... Die Leute im richtigen Leben, die suchen nicht nach einem Zuhause und nach Rasen auf dem Hof und solchem Scheiß. Für uns geht es um die Show. Wir wollen den Glanz. Vorfahren mit dem tollsten Auto, dem tollsten Mädchen, den tollsten Klamotten. Die Leute über uns reden hören. Erleben, wie es in der Bar still wird, wenn wir zur Tür hereinspazieren. Aus nichts etwas machen.[35]

Grenzüberschreitung als Transzendenz; herausgehoben sein aus den Umständen, erfüllt von der Macht des »Glanzes« und berührt vom transzendenten Ursprung des fordernden Drangs.

In der letzten Szene der Tragödie *Othello,* in der Jago als die bösartige Ursache der Morde und der Zerstörung von Othellos edlem und gutgläubigem Charakter enthüllt wird, fragt ihn Othello: »Warum hat er so meine Seele und meinen Körper verstrickt?« Shakespeare läßt Jago antworten: »Fragt mich nach nichts aus; was Ihr wißt, wißt Ihr.«[36] Das sind Jagos letzte Worte, und sie überlassen es den Deutern, seine Motive zu erraten. Aber diese Aussage von einem von Shakespeares Erzschurken ist gar nicht rätselhaft. Im wesentlichen sagt Jago: »Du weißt es bereits, Othello. In den vorangehenden Zeilen hast du mich bereits zweimal als Teufel bezeichnet.« Jago hat aus nichts eine Tragödie gemacht – als sei es ein Spiel.

Der schlechte Samen findet Vergnügen an der Bosheit, erfreut sich an der Zerstörung. Mary Bell erzählte der Psychiaterin, die sie über den Mord an Brian befragte: »Ich war sehr fröhlich an diesem Tag.« Die einzige Zeugin, ein dreizehnjähriges Mädchen, sagte aus: »Sie hat gesagt, daß es ihr Spaß gemacht hat.«[37] Es liegt Befriedigung darin, die dämonische Tat zu begehen, eine Genugtuung, die bei nachpubertären Tätern von sexuellen Lustgefühlen begleitet sein kann, was jedoch bei einem Fall wie zum Beispiel dem von Mary Bell wohl kaum eine Rolle spielen dürfte.

Materialismus kann das Verlangen nicht erklären. Hitler errichtete seinen auf Mord begründeten Staat nicht wegen wirtschaftlicher Gewinne. Tatsächlich kostete ihn, als sein Krieg verlorenzugehen drohte, die Umleitung der Infrastruktur und der Energiereserven in die Konzentrationslager unendlich viel mehr, als der konfiszierte Besitz und das erbeutete Gold einbrachten. Mit materieller Armut – oder mit dem, was der Soziologe Jack Katz das »Verlangen nach Abweichung« nennt – ist es nicht möglich, den schlechten Samen zu erklären, selbst dann nicht, wenn drückende Zustände tatsächlich einer der Hauptfaktoren sind und eine wichtige Rolle spielen.

Katz' Berichte gründen sich auf philosophische Vorstellungen (darunter jene des französischen Denkers Paul Ricœur und seines Werks *Symbolik des Bösen*), nach denen »sinnlose« Handlungen eine Bedeutung annehmen, statt einfach nur verrückt zu sein. Sie schließen die Lücke zwischen dem Weltlichen und dem Göttlichen. Alle Gebote zu brechen befreit von menschlichen Verpflichtungen und öffnet eine Tür zu einem übermenschlichen Zustand, in dem zwischen teuflisch und göttlich nicht mehr unterschieden werden kann.

Radikaler Mystizismus wie das Zelebrieren von schwarzen Messen, der jüdische Frankismus, der christliche Antinomismus, satanische Kulte und tantrische Praktiken brechen in ritueller Weise Tabus, die das Heilige in einem moralischen Bereich halten. Die Erhöhung des Profanen durch die profansten vorstellbaren Handlungen hebt seine Macht, bis es vom Heiligen nicht mehr zu unterscheiden ist.

Psychopathische Morde werden als sinnlos bezeichnet, nicht nur weil sie außerhalb jeder Vernunft und vollkommen willkürlich sind und ihre Motive so undurchsichtig bleiben. Sie sind sinnlos wegen der »schwindelerregenden Abweichung«, eines radikalen Ab- oder Aufstiegs mittels eines Verbrechens, das einer Transformation gleichkommt, einer »Apotheose«.[38] Katz weist darauf hin, daß die Sinnlosigkeit aus dem Blickwinkel einer anderen Welt Sinn erhält; nicht aus der Perspektive desjenigen, der man war oder ist, sondern desjenigen, zu dem man dadurch vielleicht wird.

Eine entsprechende Sinnesverwirrung ist während der Tat vorherrschend. Brian Masters' Schlußfolgerung über den psychopathischen Killer (er hatte sich mit Dennis Nilsen, dem Mörder von 15 jungen Männern, befaßt) lautet: »Zum Zeitpunkt des Mordes ist der Verstand des Killers betäubt.«[39]

Ein deutscher Folterer und Mörder kleiner Jungen, Jürgen Bartsch, sagte aus: »Über die schlimmsten Dinge kann ich nur sagen, daß ich stets das Gefühl hatte, ab einem bestimmten Zeitpunkt (etwa dreizehn oder vierzehn Jahren) keinen direkten Einfluß mehr darauf zu haben, wirklich nicht anders zu können. Gebetet habe ich und gehofft, daß wenigstens dies etwas nützte, aber auch das nützte nicht.«[40] Er betete um göttliche Intervention, weil er spürte, daß sich die Ursache außerhalb der menschlichen Sphäre befand. Jeffrey Dahmer, der junge Männer totprügelte, zerteilte und dann ihr Fleisch aß, hatte keine Erklärung für das, was ihn überkam. Er entschied sich dafür, einen langen Prozeß durchzustehen, statt ein Geständnis abzulegen, weil er »herausfinden wollte, was es war, das ihn dazu veranlaßte, so schlecht und so böse zu sein«.[41]

Während der Verhandlung, die 1992 stattfand, erinnerte sich sein Vater, Lionel Dahmer, plötzlich an Ereignisse und Umstände aus seiner eigenen Jugend, die Parallelen zu denen seines Sohnes erkennen ließen: der »Gefallen« an Kontrolle und das Streben nach Macht; Experimente mit zerstörerischen Materialien; Distanziertheit und Gefühlskälte; die versuchte Verführung eines kleinen Mädchens – und im Alter zwischen acht und 20 Jahren Träume von grauenvollen Mordtaten, die er selbst beging. Beim Erwachen schienen die Verbrechen Wirklichkeit zu sein: »Ich hing im wahrsten Sinne des Wortes zwischen Fantasie und Wirklichkeit, ich hatte entsetzliche Angst vor dem, was ich möglicherweise getan hatte. Ich war so verzweifelt, als sei ich außer Kontrolle geraten und hätte in diesem Augenblick etwas Schreckliches getan.«

Lionel Dahmer machte sich selbst verantwortlich dafür, daß er ein unzulänglicher Vater war, »schwer zu fassen und wenig verständnisvoll«. Doch geht er über den Elterntrugschluß hinaus, dem Alice Miller und andere zum Opfer fallen, die den Eltern die Schuld an ihrem kriminellen Kind geben. Er bereichert die Diskussion um eine unheimliche Komponente. Dieser Vater geht von einer Art »mystischer Teilhaberschaft« aus, einem dämonischen Potential, das er mit seinem Sohn teilt. Auch er kannte die überwältigende Realität der dämonischen Intervention. Dieser schlechte Samen zeigte sich in Jeffrey bereits, als dieser vier Jahre alt war. Die Familie höhlte Kürbisse für Halloween aus (die Nacht, in der die unsichtbaren Dämonen, Teufel, Hexen und Toten in unserer Mitte sichtbar werden). Sie waren dabei, lächelnde Gesichter in die Kürbisse zu schneiden. Plötzlich schrie Jeffrey: »Ich will ein böses Gesicht!« Als sie versuchten, ihn zu einem freundlichen Gesicht zu überreden, »schlug er auf den Tisch und wiederholte kreischend: ›Nein, ich will ein böses Gesicht!‹«

Der zahlenmäßig wohl schlimmste Serienmörder aller Zeiten, Andrei Chikatilo, der in der südlichen Ukraine gestellt wurde, nachdem er mehr als 50 Morde an Jugendlichen, vor allem Mädchen, begangen hatte, sagte bei seiner Vernehmung: »Es war, als lenkte mich irgend etwas, etwas außerhalb von mir selbst, etwas Übernatürliches. Ich hatte mich überhaupt nicht unter Kontrolle, als ich diese Morde beging, wenn ich Menschen erstach, wenn ich grausam war.« In seinem Geständnis wiederholte er Sätze wie die folgenden: »Ich befand mich in einem fieberhaften Zustand und erinnere mich an manche meiner Taten nur schwach … Im Augenblick des Verbrechens wollte ich alles zerreißen … Ich weiß nicht, was mit mir passierte … fühlte mich gepackt von einem unkontrollierbaren Verlangen … überwältigenden Sog … Ich fing an zu zittern … Ich zitterte heftig … Ich fing im wahrsten Sinn des Wortes zu zittern an …«[42]

Die Eichel erscheint nicht nur als leitender Engel, der warnt, schützt, berät, drängt und ruft. Sie verwendet auch tödliche Kraft, so als sie Hitler in Angst versetzte und ihn in der Nacht zum Zittern brachte, ein Entsetzen, von dem in keinem anderen Zusammenhang berichtet wird – nicht in den Schützengräben, nicht nach dem Attentatsversuch im Juli 1944, nicht während der letzten Tage im Bunker. Die einzigen vergleichbaren Anfälle waren jene der Besessenheit am Rednerpult, wenn er vor Wut schäumte und die Menge in Bann schlug, oder die Wutanfälle, wenn man sich ihm entgegenstellte.

Prävention?

Am Ende stellt sich die unvermeidliche, praktische Frage: Wenn Hitler auf monströse Weise den schlechten Samen verkörpert, wie können zukünftige Hitlers vermieden werden?

Daß der Samen bereits in der Kindheit vorhanden war, scheint deutlich genug. Die unsichere Abstammung und die dunklen Geschichten über seine Geburt und Kindheit heben die dämonische Erbschaft hervor. Das glühende Interesse an allem Germanischen, das er im Alter von zwölf Jahren zeigte, obwohl er Österreicher war, deutete bereits an, was noch zu erwarten war. Bereits mit zehn Jahren gab er den Ton unter seinen Klassenkameraden an, wenn sie den Kampf der Buren gegen die Engländer spielten: Mit elf war Hitler der »Anführer«, ließ die Jüngeren für sich laufen und wurde als reserviert und zugleich fanatisch erlebt. In der Jugend machte sich seine Romantik am strahlenden Wesen der Mythologie, der Oper und an Wagner fest.

Noch früher (mit sieben) warf er sich eine Schürze um die Schultern, »stieg auf einen Stuhl und hielt lange, feurige Pedigten«. Im Alter von 14 oder 15 stellte er seine Rhetorik auf ungewöhnlich pathetische Weise zur Schau, als ob er zum Wind spräche, während er seine Persönlichkeit und sichtbare Gestalt veränderte und »fast unheimlich aussah«, als ob er von der Stimme eines anderen Wesen besessen war. »Er *mußte* einfach reden«, sagte ein Freund aus der Jugendzeit.[43]

Das Buch *Mein Kampf,* das er mit Anfang 30 im Gefängnis schrieb, breitete die visionären Projekte aus, die er zu vollbringen gedachte. Die ganze Katastrophe ist da, *in nuce,* und jeder kann es nachlesen. Und doch vermochten die Juden, die westlichen Staatsmänner, die Intellektuellen, die Kirchen das Dämonische nicht wahrzunehmen. Das dunkle Auge, welches das Böse erkennt, war geblendet von den strahlenden Hoffnungen auf den Fortschritt der Menschheit und vom Glauben an Wohlwollen und Frieden.

Ohne tiefgreifendes Gespür für Psychopathie und die starke Überzeugung, daß das Dämonische immer unter uns ist – und keineswegs nur in seiner extremen kriminellen Ausprägung –, verstecken wir uns hinter Leugnung und blauäugiger Unschuld, hinter dieser Offenheit, die auch für das Schlimmste die Tore weit öffnet. Auch hier gilt: Man beachte, wie politische

Tyrannei von der gutgläubigen Öffentlichkeit lebt und wie leicht eine gutgläubige Öffentlichkeit der Tyrannei verfällt. Unschuld scheint das Böse herauszufordern.

Hitlers Biographien geben uns einige Hinweise darauf, was uns sowohl in seiner Kindheit als auch in der frühen Erwachsenenzeit als diagnostisches Hilfsmittel dienen kann: die kalten Augen und das eisige Herz; die Humorlosigkeit; die Sicherheit, Arroganz, Sturheit, Reinheit; die fanatische Projektion des Schattens; der Verlust des zeitlichen Bezugs; das mystische Gefühl für Glück; die Wutausbrüche, die ausgelöst werden, weil sich jemand in den Weg stellt, Pläne durchkreuzt, widerspricht; das paranoide Bestehen auf Vertrauen und Loyalität; die Anziehung durch Mythen und Symbole des »Bösen« (Wolf, Feuer, Apokalypse); Verzückungen, Anfälle und Augenblicke der Entfremdung und/oder des Rufs zur Transzendenz; die Angst vor Machtlosigkeit in der Form des Gewöhnlichen, der Unwissenheit, der Impotenz.

Nun zu diesem letzten Punkt – der Angst vor der Machtlosigkeit. Wir müssen eine klare Unterscheidung treffen zwischen Unzulänglichkeit und Impotenz. Die Zurückführung von Hitlers Psychopathie auf seine vermutete Einhodigkeit – wie die Verbindung der Verbrechen von Chikatilo, Gilmore und Nilsen mit ihren sexuellen Funktionsstörungen – hieße den Wagen vor das Pferd spannen. Die Triebkraft ist die entsetzliche Angst, den fordernden Visionen des Daimon nicht gewachsen zu sein. Diese Furcht befällt alle gewöhnlichen Menschen, wenn sie mit den außerordentlichen Forderungen des Daimon in Berührung kommen. Das Dämonische entsteht nicht aufgrund einer angenommenen oder tatsächlichen sexuellen Funktionsstörung, sondern weil die Beziehung zum Daimon gestört ist. Wir streben danach, seine Vision zur Gänze zu erfüllen, wollen uns nicht durch unsere menschlichen Begrenzungen zurückhalten lassen – mit anderen Worten: Wir entwickeln Größenwahn.

Das Ungleichgewicht zwischen dem, was einer Persönlichkeit zur Verfügung steht, und dem, was der Daimon fordert, erzeugt die Gefühle der Unzulänglichkeit. Diese Gefühle der Minderwertigkeit reduzieren sich auf sexuelle Unzulänglichkeit, wie es dem grundlegenden *Konkretismus* der Psychopathologie generell entspricht. (Psychopathologie kann allgemein durch ein Schlagwort definiert werden: Konkretismus, das Auffassen von psychologischen Ereignissen wie Illusionen, Halluzinationen, Fantasien, Projektionen, Gefühlen und Wünschen als tatsächliche, wörtlich zu nehmende, konkrete Realität. Beispielsweise nahm Hitler die Wunschvorstellung, die Nation durch die Überwindung der Schwäche nach der Niederlage des Ersten Weltkriegs zu stärken, wörtlich und eliminierte die »Schwäche« durch die konkreten Maßnahmen der Wiederbewaffnung und der Errichtung von Konzentrationslagern. Das gleiche konkretistische Denken überzeugt Triebtäter und chronische Sexualverbrecher davon, daß in der Kastration das Heil liegt, da sie annehmen, daß das, was sich sexuell äußert, auch wirklich nur sexuell ist.)

In unseren westlichen psychologischen Theorien wedelt der Schwanz mit dem Hund. Denn unsere Theorien haben die gleichen konkretistischen Tendenzen wie die Pathologien, die sie erklären wollen. Auch unsere Theorien sind besessen von sexuellen Fantasien, die unsere Kultur bereits vor Freud und vielleicht schon seit dem Apostel Paulus durchdrungen haben. Da unsere psychopathologischen Theorien bereits selbst pornographisch sind (daher der Voyeurismus unserer Fallgeschichten und die Lüsternheit), müssen sie für die Seele und ihren Daimon ebenso degradierend sein wie die kommerzielle Pornographie, auf die Puritaner so gerne mit dem Finger zeigen.

Den schlechten Samen auf den ungenügend gefüllten Samenbeutel der Einhodigkeit zu reduzieren – bereits für sich genommen eine fragliche Tatsache, da Hitler es seinen Ärzten nicht gestattete, ihn unter der Gürtellinie zu untersuchen –, läßt die tiefsten Gefühle der Unzulänglichkeit außer acht, nämlich die Angst, den Daimon verraten zu haben, seinem Ruf, seiner grenzenlosen Vision und seiner manischen Antriebskraft nicht gewachsen zu sein. Die »Heilung« liegt nicht in der Wiedergewinnung der sexuellen Potenz, sondern in der Genesung vom Konkretismus, der auf triviale Weise die Potenz des Eichel-Urbildes auf den »kleinen Sack und seinen Inhalt«, wie Freud das Skrotum nannte, reduziert.

Es ist ebenso schwer, sich dem Ruf zu widersetzen, wie es für Judy Garland unmöglich war, dem Singen zu widerstehen, selbst wenn ihre Stimme die Töne nicht treffen und ihr Verstand sich den Text nicht merken konnte, so schwer, wie es für Manolete unmöglich war, die Stierkampfarena, selbst an einem Tag, da er böse Vorahnungen hatte, nicht zu betreten. So wie Garland und Manolete ihr Potential mit der Eichel erhalten haben, so verhält es sich auch mit dem psychopathischen Potential für dämonische Verbrechen. Die Verbrechen werden nicht frei gewählt, sondern sind eher Notwendigkeiten, obwohl sie umgeleitet, unterdrückt, verhindert und sublimiert werden können, wie die Psychiatrie und die Kriminologie manchmal hoffnungsvoll glauben. Für den Psychopathen bedeutet sein Ruf, Macht auszuüben mit den Augen, der Stimme, mit Charme, Lügen, List und Ausdauer, mit dem physischen Körper, der die grundlegende Schwäche der Person verbirgt. Da die Macht mehr im Samen als in der Person steckt, ist die Person, wie Hitler, oft ein Herumtreiber, ein Außenseiter, der zu Halbbildung und trivialen Beschäftigungen neigt, auch wenn er ein wenig mit künstlerischem Talent und erhöhter Vorstellungskraft begabt ist (wie Capote, Mailer und Sartre in der Erörterung ihrer kriminellen psychopathischen Personen betonen).

Diese Diskrepanz zwischen der menschlichen Persönlichkeit und dem daimonischen Samen ist so groß, daß es aussieht, als würde die menschliche Welt ausgesaugt, um den Samen zu nähren. Der Mensch, mehr und mehr eingeengt und »entmenschlicht«, begehrt Blut so wie die Wesen in der griechischen Unterwelt jene, die herabstiegen (Odysseus), um Blut anflehten. Der schlechte Samen – möglicherweise in geringerem Ausmaß jede Eichel – wirkt auf das Leben der Person, die er sich ausgewählt hat, wie ein Parasit. Oft läßt er sie verwirrt, stigmatisiert, langweilig, des Eros entleert und zu neuen Bindungen unfähig zurück. Solche Menschen nennen wir Einzelgänger.

Doch der Einzelgänger ist nicht allein. Er hält Zwiesprache mit seinem Daimon; vom Menschlichen durch das unsichtbare Unmenschliche abgerückt, versucht er eine Welt zu errichten, der die Großartigkeit und der Glanz einer unsichtbaren, aber vorgestellten Welt als Vorlage dient. Der Einzelgänger tut sich zusammen mit einem einsamen, transzendenten Gott, verbindet Monomanie mit Monotheismus und macht dabei den letzten, berühmten Abschnitt in Plotins *Enneaden* zur Parodie: »Das ist das Leben der Götter und göttlicher, seliger Menschen, Abscheiden von allem anderen was hienieden ist, ein Leben, das nicht nach dem Irdischen lüstet, Flucht des Einsamen zum Einsamen.«[44]

Hitlers eigene größte Leidenschaft war weder das Deutsche Reich noch der Krieg noch der Sieg noch gar seine eigene Person. Es war die Architektur. Größenwahnsinnige Kaiser von Nebukadnezar und den ägyptischen Pharaonen über die römischen Herrscher bis hin zu Napoleon und Hitler errichten in Stein, was ihr Daimon sich ausmalt. So sucht der Größenwahn die Architekten heim – wovor schon die Bibel mit der Geschichte vom Turmbau zu Babel warnt, die nicht nur vom Ursprung der Sprachen handelt, sondern auch vom Größenwahn, der allen Versuchen innewohnt, die Großartigkeit der Fantasie zu konkretisieren, vor allem in der Architektur. Stammeskulturen achten für gewöhnlich sorgfältig darauf, daß ihre heiligen Altäre beweglich, ihre Architektur bodenständig, aber ihre Visionen überweltlich sind.

Prävention und Ritual

Prävention müßte sich folglich darauf konzentrieren, das Gleichgewicht zwischen der Schwäche der Psyche und dem Potential des Daimon, zwischen dem transzendenten Ruf und der Persönlichkeit, an die sich der Ruf richtet, wiederherzustellen. Der Aufbau der Persönlichkeit ist eine psychologische Aufgabe, die über die »Stärkung des Ichs« hinausgeht. Die Entwicklung der Psyche liegt auch jenseits von *Bildung*, dem deutschen Ideal von kultureller und moralischer Erziehung. Josef Mengele, der schlimmste der Konzentrationslagerärzte, der auf grausame Weise an den Insassen experimentierte, war gebildet, liebte Musik und befaßte sich mit Dante.[45] Chikatilo war Lehrer; Hitler malte und entwarf bis zum letzten Tag architektonische Pläne; Manson schreibt im Gefängnis Popmusik und Songtexte; Mary Bell verfaßte Gedichte; Gary Gilmore war ein guter Maler, und sein Bruder Gaylen, der selbst auf eine lange soziopathische Geschichte aus Verbrechen und Gefängnisaufenthalten zurückblickt, hat die großen Schriftsteller gelesen und selbst Gedichte geschrieben.[46] Wie wir bereits wissen, heißt die psychologische Aufgabe »Wachstum nach unten«.

Nach unten gerichtetes Wachstum verschiebt die Konzentration der Persönlichkeit von der beharrlichen Ichbezogenheit des Daimon auf die allgemeine Menschheit, zwingt den Ruf zur Umkehr, zur Überschreitung der eigenen Grenzen und Erweiterung auf die Welt und ihre Forderungen, wie wir dies im Leben von Josephine Baker, bei Canetti und Einstein, Menuhin und Bernstein gesehen haben.

Aber nach unten gerichtetes Wachstum kann nicht in der Jugend erzwungen werden. Hitler war erbost über den Vorschlag, er solle einen konventionellen Beruf ergreifen und Beamter werden. Der französische Mathematiker Évariste Galois vermochte sich dem Alltag der Schule nicht zu unterwerfen.

Seine Arroganz und seine Brillanz nahmen zugleich mit seiner Entfremdung proportional zu dem Zwang zu, der ihn unter das Joch beugen wollte, bis er schließlich mit 20 Jahren tot war.

Bevor das Wachstum nach unten überhaupt als Möglichkeit gesehen oder gar bewältigt werden kann, muß die vollständige und bedingungslose Anerkennung des Genius erfolgen. Das bedeutet, zuzugeben, daß die Eichel auch als schlechter Samen die tiefste treibende Motivation im Leben ist, vor allem in einem jungen Leben. Oft rührt diese Erkenntnis von einem einzigen Freund her (wie Hitlers Kubizek, der sich jahrelang geduldig seine Tiraden anhörte, oder Izambard, der Rimbaud begleitete und bewunderte), geht auf eine einfühlsame Lehrerin zurück (wie Kazans Miss Shank) oder auf einen Trainer (Manoletes Camará). Anerkennung kommt von jenen, die den Daimon sehen und ihm ihre Ehrerbietung erweisen. Dann läßt er sich, vielleicht williger, die Zügel anlegen.

Auch die Theorie muß anerkennen, was diese Mentoren wahrnehmen. Will man das Wachstum des schlechten Samens verhindern, muß man mit einer Theorie beginnen, die ihm volle Anerkennung zollt. Das ist es, wovon dieses Kapitel, dieses Buch handelt. Solange unsere Theorien den Daimon als Initiator menschlicher Persönlichkeit leugnen und statt dessen auf Hirnwindungenm, sozialen Bedingungen, Verhaltensmechanismen und genetischer Veranlagung beharren, wird sich der Daimon nicht gefügig ins Dunkel zurückziehen. Er strebt zum Licht; er will gesehen werden; er verlangt seinen Platz an der Sonne. »Die Leute über uns reden hören … Für uns geht es um die Show.« Dick Hickcock, der die Clutter-Familie kaltblütig ermordete, sagte: »Ich dachte, daß man wegen des Tötens eine Menge Ruhm bekommt. Das Wort Ruhm schien mir immerzu durch den Kopf zu gehen … Wenn du jemanden abmurkst, dann kommst du wirklich ganz groß raus.«[47] Das Fernsehen bietet dem Daimon dieses Licht, diese Verherrlichung. Wenn das Fernsehen für schwere Verbrechen verantwortlich gemacht werden kann, dann liegt das weniger an dem, *was* es zeigt, sondern einfach daran, *daß* es zeigt, daß es unmittelbare weltweite Anerkennung und vollständige Enthüllung gewährt. Doch der Samen, der in die Welt einzutreten wünscht, bleibt über der Welt eingekapselt, in seiner Illusion, ein Superstar. Das Fernsehen sorgt nur für einen kurzen Abklatsch des Wachstums nach unten.

Über die Welt erhebt auch M. Scott Peck einige seiner Patienten, die einen Zustand gemeinsam haben, den Peck »das Böse« nennt. Er verwendet den Begriff als Diagnose: Das Böse besteht im wesentlichen aus arrogantem, egoistischem Narzißmus oder aus extremem Eigensinn.

Diese Vorstellung vom Bösen ist wohl kaum eine überraschende Entdeckung – extremer Eigensinn war den Griechen als *hybris* bekannt und taucht in der christlichen Tradition als *superbia* oder anmaßender Hochmut wieder auf. Die Idee, daß schlechte Menschen ihren Weg mit ihrem eigenen freien Willen wählen, stellt Herrnsteins Erklärung des kriminellen Verhaltens (siehe oben Nummer vier) auf moralischen Boden. Und Peck, obgleich Psychiater, ist ohne Zweifel ein Moralist.

Das Spiel des Kriminellen mit der Transzendenz und der Beschwörung unsichtbarer Mächte wie Ruhm und Reichtum (»Für uns geht es um die Show … den Glanz«) entgeht Peck vollkommen, denn er findet, daß das Böse Menschen häßlich, billig, ordinär, machtlos und klein macht, während es ihnen zugleich eine romantische Überlegenheit vortäuscht. Folglich ist seine »eigene jüngste Vision der Hölle« ein danteskes Las Vegas, »vollgestopft mit Menschen mit glanzlosen Augen … die für alle Ewigkeit an Maschinen herumzerren«.[48]

Der starre Rahmen, der seine Vision einschließt, gestattet es Peck nicht, den Daimon im Dämonischen zu erkennen. Ein tiefsitzender Manichäismus unterteilt seine Welt in Heilige und Sünder, in Gerettete und Verdammte, in Gesunde und Kranke. »Das Böse ist die eigentliche Krankheit … böse Menschen sind die irrsinnigsten von allen.« Mittels einer psychiatrischen Diagnose kann der Moralist einen Patienten unter die Verdammten einreihen.

Eine Logik, die so radikal gut und schlecht voneinander trennt, hat nur die gleiche alte Standardempfehlung zu bieten, die wir bereits seit Jahrhunderten im christlichen Westen zu hören bekommen: den Kampf der Gerechten führen. Peck sagt: »Die grundlegenden Informationen über das Wesen des Bösen werden wir im Nahkampf mit dem Bösen selbst erlangen.« Therapeuten werden aufgrund ihrer Fähigkeit zur Liebe und ihrer Ausbildung darin bei diesem Kampf in der ersten Reihe stehen. »Ich bin der Auffassung, daß wir das Böse sicher nur mit Hilfe der Methoden der Liebe studieren und behandeln können.«

»Liebe« ist ohne Zweifel das mächtigste Wort, das gegenwärtig in Gebrauch ist, da doch der christliche Gott selbst als Liebe definiert wird. Mit ihr ist alles zu erreichen. Ich beharre jedoch darauf, daß sie mit dem »Bösen« sehr wenig anfangen kann, solange diese »Liebe« nicht zuerst den Ruf im schlechten Samen der Seele anerkennt. Wie ich in diesem Kapitel darzulegen versuche, sollte Liebe weniger eine Willensanstrengung in einem Kampf sein als vielmehr die Anwendung von intellektuellem Begriffsvermögen auf die daimonische Notwendigkeit, die über und jenseits der Welt die Sünder und Heiligen gleichermaßen ruft. So merkwürdig es klingt: So wie das Martyrium für manche Heilige offenbar der Weg nach unten in die Welt ist, so könnten atavistische Taten für jene, die von einem schlechten Samen gerufen werden, den Weg nach unten darstellen. Allerdings – und darüber sollte Klarheit bestehen – kann der Ruf das Verbrechen weder rechtfertigen noch die kriminelle Handlung von ihrer Verwerflichkeit freisprechen. Ich behaupte nur, daß die Eicheltheorie ein weiter gefaßtes Verständnis des schlechten Samens ermöglicht, als dies die Diagnose des Bösen tut.

Prävention, wie ich sie verstehe, darf weder beschränken noch ermahnen. Sie muß sich an denselben Samen, denselben Ruf richten und dasselbe Unsichtbare heraufbeschwören, welche den Preis des Lebens für sich selbst fordern. Die unmittelbarste aller unsichtbaren Gefahren ist die explosive Ladung des Samens, seine besessene, zwingende Gewalt wie Hitlers wütender Starrsinn. Bevor man die Bombe auseinandernehmen oder sie weiträumig absperren und sichern kann, muß man zunächst ihren Zündzeitpunkt hinausschieben. Wir müssen zur Langsamkeit ermutigen, was ja das eigentliche Ziel des »Strafeabsitzens« und »Knastschiebens« ist.

Daher fangen wirkungsvolle Rituale mit Ernüchterung an und mit Trauer. Selbst wenn es keine Reue über bösartige Handlungen gibt, so kann doch ein gesteigertes Bewußtsein des Dämons, der sie veranlaßte, entstehen. Hitler folgte seinem Dämon nur, stellte ihn nie in Frage, ließ seinen Verstand eher durch die dämonischen Fantasien versklaven, als sie mit ihm zu untersuchen.

Nach der Ernüchterung kommt nicht die als Umwandlung und Besserung getarnte Unterdrückung, sondern eine Hinwendung zum Dienst an der Gemeinschaft, wie wir sie jeden Tag beobachten können, wenn ehemalige Strafgefangene sich den Schulen zuwenden und hinunter in die Kinderwelt wachsen, erklären, wie der schlechte Samen funktioniert, was er will, was er kostet und wie man schlau sein kann. Ratgeber von Jugendlichen im Rahmen eines regelmäßigen hingebungsvollen Dienstes zu sein, auch das ist eine Art Ritual.

Schließlich muß die Prävention des Dämonischen im Unsichtbaren »über der Welt« begründet sein und damit die Vorstellung von der Prävention selbst transzendieren. Prävention bedarf nicht des Kampfes, sondern der Verführung; der Daimon in der Eichel muß eingeladen werden, aus dem hartschaligen Gefängnis eines Samens, der nichts als schlecht ist, herauszutreten, um ein vollständiges Bild des Ruhms und Glanzes zurückzuerlangen. Denn das, was den Samen dämonisch macht, ist seine einspurige Besessenheit, sein monotheistischer Buchstabenglaube, der in nur eine Richtung blickt und damit die umfassendere Vorstellungskraft des Samens zu einer seriellen Wiederholung ein und derselben Handlung pervertiert. (Die gleiche Tat wieder und wieder zu wiederholen ist ebenfalls eine der Definitionen von Ritual.)

Meine Vorstellungen von Ritual weisen auf Möglichkeiten hin, die Macht des Rufs zu respektieren. Ich rate zu Methoden, die von übermenschlichen Werten durchdrungen sind, deren Rituale von Schönheit, Transzendenz, Abenteuer und Tod getragen werden. Gleiches heilt Gleiches – wieder dieses alte Sprichwort. Wir müssen uns dorthin begeben, wo der Samen seinen Ursprung hat, und versuchen, seinen tiefsten Absichten zu folgen.

Die Gesellschaft muß Rituale des Exorzismus haben, um sich vor dem schlechten Samen schützen zu können. Doch muß sie auch Rituale der Anerkennung haben, die dem Dämonischen einen Platz zuweisen – einen anderen als das Gefängnis –, so wie Athene für die destruktiven, bis aufs Blut erzürnten Furien einen ehrenhaften Platz mitten im zivilisierten Athen fand.

Diese Rituale gesellschaftlichen Schutzes nehmen die Dämonen auf. Sie sehen den Daimon im Dämon. Und solche Rituale kontrastieren deutlich mit den gegenwärtigen Vorstellungen von Prävention, die in der Nachfolge von Hitlers bevorzugter Reinigungsmethode den schlechten Samen am liebsten auslöschen würden. Es sind öffentliche Programme vorgeschlagen worden, um Schulkinder auf ihre »genetische Prädisposition« hin zu untersuchen, um kriminelle und gewalttätige Potentiale im Rahmen von Charaktereigenschaften und Persönlichkeit offenzulegen und jene wie Unkraut »auszusondern«, die Faktoren wie »leichte Reizbarkeit und mangelnde Kooperationsbereitschaft« aufweisen.[49]

Diese Eigenschaften, wie wir an den Beispielen in diesem

Buch sehen konnten, bezeichnen nicht in erster Linie Verbrechen, sondern die genialen Ausnahmen, von denen die ganze Gesellschaft im Zusammenhang mit Führerschaft, Erfindung und Kultur abhängig ist. Außerdem, nachdem die Unkräuter erst einmal aussortiert sind, auf welchen Komposthaufen soll man sie dann werfen? Oder würden sie lediglich »gebessert« und durch Medikamente, die man nicht verweigern darf, willfährig gemacht oder in privaten Anstalten verwahrt, die von Arbeitsschutzbestimmungen und Lohntarifen befreit sind, um gewinnorientiert arbeiten zu können?

Wir ersetzen angemessene Rituale mit Rigidität und formelhaften Reparaturen wie »drei Schläge und du bist draußen«. Ohne einen Exorzismus, der den Teufel vom Daimon trennen kann, stehen uns nur Verfahren zur Verfügung, die beides auslöschen. Rituale beschützen nicht nur die Gesellschaft vor dem Dämonischen; sie schützen sie auch vor ihrem eigenen Verfolgungswahn, davor, ihrer eigenen Besessenheit und den bösartigen Reinigungsmaßnahmen zum Opfer zu fallen, und vor dem immer gegenwärtigen Mythos von der Rückkehr in die Unschuld eines puritanischen Paradieses.

Die Unschuld ist unsere mystische Wolke des Nichtwissens. Uns wird vergeben einfach aufgrund dessen, daß wir nicht wissen, was wir tun. Uns in den Gott einzuhüllen – das ist der amerikanische Traum, der für den Alptraum des Bösen nur in dem »anderen« Platz läßt, wo er diagnostiziert, behandelt, ihm vorgebeugt und über ihn Moral gepredigt werden kann. Eine Geschichte dieser Gewohnheit des Herzens ist von Elaine Pagels (in ihrer wichtigen Studie *Satans Ursprung*[50]) als verheerende, vielleicht »böse« Notwendigkeit, als ein eingeborener schlechter Samen in den westlichen religiösen Konfessionen bloßgelegt worden, der als Gegenmaßnahme das nicht nachlassende Beharren der Kirchen auf der »Liebe« erforderlich macht.

Eine Gesellschaft, die eigensinnig auf der Unschuld als ihrer edelsten Tugend besteht und sie an ihren Altären in Orlando und Anaheim und in der Sesamstraße anbetet, ist unfähig, irgendeinen Samen irgendeiner Art zu erkennen, es sei denn, er ist mit Zuckerguß überzogen. Wie bei dem einfältigen Filmhelden Forrest Gump, der Pralinen ißt und fremden Passanten Süßigkeiten anbietet, noch bevor er ihnen überhaupt in die Augen blickt, gilt das amerikanische Sprichwort: Dumm ist, was der Dumme tut. Die Idee vom schlechten Samen, die Vorstellung, daß es einen dämonischen Ruf gibt, sollte unsere Intelligenz aufschrecken, sie aus der Unschuld unserer Theorien erwecken, damit uns allen klar wird, daß der Böse von der Unschuld angezogen wird und zu ihr gehört. Dann könnten wir vielleicht schließlich erkennen, daß unsere geborenen Killer die heimlichen Komplizen von Forrest Gump & Co. sind und sogar von ihm angestiftet werden.

11. KAPITEL

Mittelmaß

Kann es einen mittelmäßigen Engel geben? Eine Berufung zum Mittelmaß? Schließlich bringen die meisten von uns ihre Zeit geborgen unter dem mittleren Teil der Glockenkurve zu. Dort im Bereich des Gewöhnlichen zusammengekauert, schielen wir neidisch oder ängstlich zu den wenigen Außergewöhnlichen, die die Ränder der Kurve nach außen schieben. Die Mehrheit in der Mitte wird, ob es sich um Talent, Chance, Herkunft, Glück, Glanz oder Schönheit handelt, weder groß geboren, noch wird ihr Größe aufgedrängt. So scheint es jedenfalls.

Lassen Sie uns erst einmal anerkennen, daß der Begriff »Mittelmaß« voller snobistischer Vorurteile steckt. Wenn wir dieses Wort auf irgend etwas anwenden, distanzieren wir uns gleichzeitig davon. Wir stehen abseits, sind anders, gehören nicht dazu und dürfen daher über all das urteilen, was wir als mittelmäßig bezeichnen.

Das »Mittelmaß« wird tendenziell als »unbedeutend« begriffen, während Snobs sich ja durch ihre Statussymbole Bedeutung geben – wie sie ihre Kleidung tragen, Wörter verwenden, wohin sie gehen und wo sie sich treffen und schwatzen. Die Literatur der westlichen Zivilisation handelt seit dem 18. Jahrhundert vor allem von der snobistischen Beurteilung des Mittelmaßes, und diese Tradition kann jeden einholen, der versucht, sich mit dem Thema auseinanderzusetzen. Aber welches immer auch die Umstände sind, in die der Genius uns gestellt hat, das Faktum der Individualität nimmt die Seele gegen alles unterstellte Klassenhandeln in Schutz. Keine Seele ist mittelmäßig, wie konventionell der persönliche Geschmack, wie durchschnittlich die persönlichen Leistungen auch sein mögen.

Verbreitete Redewendungen machen dies deutlich. Von einer Seele heißt es, daß sie alt ist oder weise. Wir sagen, daß jemand eine schöne Seele hat, eine wunderbare Seele, eine tiefe Seele, eine große Seele oder eine, die einfach, kindlich, naiv ist. Wir sagen vielleicht: »Sie ist eine gute Seele« – aber Bezeichnungen wie »Mittelklasse«, »mittelmäßig«, »durchschnittlich«, »gewöhnlich«, »normal« bleiben nicht an der »Seele« haften. Es gibt keine standardisierten Maßstäbe für den Daimon; keinen durchschnittlichen Engel, keinen normalen Genius.

Wir wollen versuchen, uns eine mittelmäßige Seele vorzustellen. Wie würde sie aussehen? Wäre sie wischiwaschi, unscheinbar, chamäleonhaft, würde sie überall dazu passen, könnte man alle äußeren Klischees an ihr festmachen? Selbst der Konformist Eichmann war nicht gewöhnlich. Wir dürfen die Mittelmäßigkeit der Seele nicht mit normalen Jobs wie Mechaniker, Empfangsdame, Straßenarbeiter identifizieren, da zwar ihr Beruf, nicht aber ihre Leistung mittelmäßig sein kann. Millionen essen zum Frühstück Cornflakes und im Kino Popcorn, aber das beweist nicht die Mittelmäßigkeit ihrer Seele. Jeder Mensch ist aufgrund seines Stils ein »einzelner«. Wenn es eine mittelmäßige Seele geben könnte, müßte sie ohne jeglichen Kratzer sein, vollkommen unschuldig, ohne Bilder und daher unvorstellbar und außerdem verdammt zu einer Existenz ohne Daimon.

In der Literatur der westlichen Zivilisation kommen seelenlose Individuen vor, aber selbst die besitzen Bilder. Man stellt sie sich als Golem, Zombie, Roboter oder als den völlig Fremden vor. Zu sein heißt bereits durch eine Form, einen Stil definiert werden. Nie verliert man das Bild, in das die Seele gegossen ist, dieses Muster des eigenen Loses. Jeder ist gezeichnet; jeder von uns ist einmalig. Für die Seele ist die Vorstellung von Mittelmaß sinnlos.

Wir wollen nicht bestimmte Begabungen – wie Menuhins für die Geige, Tellers für die Physik oder Fords für den Maschinenbau – mit der Berufung verwechseln. Das Talent ist nur ein Bestandteil des Bildes; viele werden mit musikalischer, mathematischer und mechanischer Begabung geboren, aber nur wenn diese dem größeren Bild dient und von dessen Charakter getragen wird, nur dann erkennen wir diesen Menschen als Ausnahme an. Viele werden gerufen, wenige werden ausgewählt; viele haben Talent, wenige besitzen den Charakter, der dieses Talent umsetzen kann. Der Charakter ist das Geheimnis, und der ist individuell.

Manche kommen vielleicht mit wenig besonderen Begabungen daher. General Omar Bradleys Talent war Sport, vor allem Baseball. Sein Daimon war sein Charakter. Bradley schleppte sich im Winter an der Seite des Vaters und Lehrers mühselig über die Landstraße durch das Bauernland Missouris zur Zwergschule, unterwegs schoß er Wild für den Eßtisch (er hatte schon mit sechs sein eigenes Luftgewehr). Dabei zeigte er Eifer, Beobachtungsgabe, Gehorsam, eine gute Körperkoordination. Bradleys Schicksal war bereits in seinem Charakter vorhanden. Seine Zukunft war nicht notwendigerweise mit West Point und einem Dasein als Armeestabschef verbunden, obgleich die militärische Laufbahn es seinem Charakter gestattete, das Bild zu erfüllen. (Und erlitt er denn nicht bereits die Ardennenoffensive auf diesen Märschen Seite an Seite mit seinem Vater durch den Winter von Missouri?)

Berühmtheit wird weniger durch die Berufung zur Größe determiniert als durch den Ruf des Charakters, diese Unfähigkeit, anders zu sein, als man es in der Eichel ist, ihr treu bleiben zu müssen oder voller Verzweiflung von ihrem Traum vorangetrieben zu werden. Viele Helden und Heldinnen in diesem

Jahrhundert traten wie Bradley aus mittelmäßigen Umständen hervor, ohne auch nur eine Andeutung ihres aufsteigenden Sterns. Nixon, Reagan, Carter, Truman, Eisenhower – viele, die wir wählen, denen wir zuhören, die wir im Fernsehen beobachten, hätten Leben wie die unseren leben können, ohne die Segnung der Sonne, mit den Füßen wie festgeklebt auf der Schattenseite der Straße. Und dennoch wurden sie auserwählt.

Die Eicheltheorie besagt, daß jeder von uns auserwählt ist. Allein schon die Tatsache, daß dies für *jeden* gilt, unterstellt ein individuelles Eichel-Urbild, das jede einzelne Person charakterisiert. Ob Sonne oder Schatten, jeder hat einen Charakter. In seltenen Fällen schreit die Eichel schon in einem frühen Alter laut und deutlich. Musiker vernehmen den Ruf oft als erste: Mit sechs Jahren verstand Pablo Casals bereits etwas von Klavier- und Orgelmusik; Marian Anderson absolvierte mit acht ihren ersten bezahlten Auftritt (sie verdiente fünfzig Cent); Mozart natürlich und auch Mendelssohn; »noch bevor Mahler zu stehen vermochte, summte er Melodien, die er irgendwo gehört hatte«; Verdis Vater erwarb, um der Bettelei seines Sohnes ein Ende zu setzen, ein Spinett, als Guiseppe sieben Jahre alt war; Tschaikowsky bettelte bereits mit vier.[1]

Das sind Beispiele, die hervorstechen, und das Showbusineß verhilft ihnen dazu. Doch meistens schreit der Engel nicht und überwacht statt dessen die langsame und ruhige Offenbarung des Charakters. Es ist nicht einfach die deutliche Berufung zum Showbusineß, die sie nach oben führte (Judy Garland, Ingrid Bergman, Leonard Bernstein), sondern der Charakter, mit dem ein jeder seine Berufung zum Ausdruck brachte.

Lassen Sie uns also einen typischen Fehler ausräumen: das Identifizieren der Berufung allein mit der Art des Berufs und nicht auch mit der Leistung in diesem Beruf. Dieser Fehler wird leider mit dem platonischen Mythos, der Seelen in Tätigkeiten kleidet, mitgeliefert – Ajay, der Krieger; der müde Reisende und heimkehrende Ehemann Odysseus. Im Mythos wählt die

Seele ihr Los in Form eines Berufs. Die Tätigkeit des Schlachtens zum Beispiel und die Seele des Schlachters werden in dem Mythos nicht streng voneinander getrennt. Man ist das, was man tut, und wenn man also einen mittelmäßigen Job hat wie eben das Zerkleinern von Fleisch in einer Kaufhalle, dann ist man eben nicht berufen.

Wieder der Fehler; denn Charakter ist nicht das, was man tut, sondern es ist die Art, wie man es tut. Jeder Schlachter ist anders, denn jeder hat einen individuellen Daimon. Ernest Borgnines Marty im gleichnamigen Film war ein »guter Schlachter«, der nach den Normen der Glockenkurve all die Eigenschaften des Mittelmaßes aufwies, doch Martys Charakter machte ihn unvergeßlich und einzigartig.

Einzigartigkeit mitten im gesellschaftlichen Mittelmaß ist das Thema von Studs Terkels Interviews. Wer erinnert sich nicht aus der Kindheit an eine örtliche »Persönlichkeit« – einen Postboten, einen Lehrer, die Frau im Lebensmittelladen, im Getränkemarkt, im Zoogeschäft. Der Versuch, aus planlosen, stumpfsinnigen Fallgeschichten die einzigartige Individualität hervorzuholen, ist der tiefere Impetus von Sozialarbeitern und Therapeuten. Therapeuten arbeiten ihre Fälle auf; sie *schreiben* sie nicht einfach nur auf. Sie wollen zu einer Einsicht gelangen, zu einer Vision, welche die Fakten in ein Muster einpaßt. In den normativen Diagnosen und Statistiken von Karin Musterfrau und Hans Mustermann ist ein idiopathisches, idiosynkratisches Bild verborgen, das im Herzen jedes einzelnen Falles zu finden ist. Hinter jedem Fall ist eine Person versteckt; in jeder Person befindet sich ein Charakter, der, so Heraklit, Schicksal ist.

Wir kommen gleich zu Heraklits berühmtem Diktum: »Charakter ist Schicksal.« Zunächst aber müssen wir die Eingangsfrage dieses Kapitels beantworten: Gibt es einen mittelmäßigen Engel? Gibt es eine Berufung zum Mittelmaß? Hier folgen vier Antworten.

1. Nein; nur Stars haben Engel. Wir übrigen schlagen uns so durch und studieren die Anzeigen für Aushilfsjobs.
2. Ja; wir im Mittelfeld der Mehrheit werden ebenfalls gerufen, aber wir überhören den Ruf aus vielerlei Gründen: Eltern blockieren ihn, Ärzte diagnostizieren ihn, Armut ruiniert ihn, keiner erkennt ihn; der Glaube wird schwach, Unfälle passieren. Wir leben uns ein und begnügen uns damit: mit dem Mittelmaß eines alten Schuhs.
3. Ja, aber der alte Schuh paßt nie wirklich; die Eichel wird zum Hühnerauge. Während wir den Mittelweg gehen, spüren wir die ganze Zeit, daß etwas anderes gemeint war. Wir hätten können, wir hätten sollen … Wir wünschen uns und erwarten, daß etwas unsere Füße auf die sonnige Seite der Straße führt, wohin unser wahres Selbst eigentlich gehört. »Wir Ärmeren«, wie Shakesspeare es ausdrückte, »beschränkt von unserm neid'schen Stern auf Wünsche«[2], fangen an daran zu glauben, daß das Mittelmaß unseres Schicksals ein Irrtum der Götter sei. Verbittert sind wir davon überzeugt, in einem falschen Selbst eingesperrt zu sein.
4. Ja, aber. Für viele ist es Berufung, ihr Licht unter den Scheffel zu stellen, auf dem mittleren Weg zu dienen, im Team ihren Mann (oder ihre Frau) zu stehen. Es ist der Ruf zur Harmonie der Menschheit, der Individualität nicht mit Exzentrik gleichsetzt. Die Berufung ist ein Leben lang vorhanden und führt uns auf subtile Weise und in einer weniger dramatischen Form, als wir an den exemplarischen Gestalten, wie sie in diesem Buch präsentiert wurden, gesehen haben. Alle sind gerufen; die wenigen Auserwählten sind nicht so wichtig.

Die erste Antwort – nur Stars haben Engel – ist hauptsächlich anzutreffen in Studien über Kreativität, Theorien über das Genie und in Biographien über die Berühmten. Die erste Antwort unterteilt die Menschheit außerdem in Besitzende und arme

Teufel – was nicht die Absicht dieses Buches ist. Außerdem löst sich diese augustinisch-calvinistische Trennung zwischen den Geretteten und den Verdammten ohnehin in nichts auf, da jeder einzelne individuell von seinem Daimon-Wähler gewählt wurde.

Die zweite Antwort – die meisten Menschen überhören ihren Ruf und geben sich mit etwas anderem zufrieden – taucht in soziologischen Darstellungen auf. Die dritte stellt den Stoff für therapeutischen Idealismus bereit, der das wahre Selbst oder das innere Kind aufdecken und den Patienten auf die kreative Bahn bringen will, indem der Genius von hinderlichen, durch die Entwicklung verursachten Mißständen befreit wird.

Die vierte ist diejenige, die uns in diesem Kapitel interessiert und die unsere Nachforschungen weiter vorantreibt. Denn sie ist diejenige, die von einer Berufung des Mittelmaßes ausgeht und sie zugleich neu definiert, indem sie sich von sozialen und statistischen Normen distanziert.

Diese Position stützt sich vorwiegend auf die zeitgenössische feministische Sicht der Biographie (und des Lebens selbst), die zu zeigen versucht, daß die Größe des Charakters von ebensolcher Bedeutung ist wie die Anerkennung durch Beifall. Neuere Veröffentlichungen über Geschichte und historische Gestalten befassen sich eingehend mit gewöhnlichen Lebensläufen und nicht so sehr mit politischen Helden und Hochbegabten. Aber schon vor einiger Zeit trat Roger North (1653–1734) im »Allgemeinen Vorwort« zu seinen *Lives* (Leben; geschrieben ca. 1720) für diese »neue« gegen Helden und Hierarchien gerichtete biographische Sichtweise ein.[3] Solche Veröffentlichungen befassen sich mit der Art der Beziehungsaufnahme, mit sozialen Gewohnheiten und den alltäglichen kleinen Mutbeweisen, welche das Wertesystem einer Kultur verschieben. Sie betrachten die moralischen Versuchungen und die zum Ausdruck gebrachten Ideale, um die Feinheit der Individualität zu zeigen, die abseits dessen existierte, was sich im

Umfeld des kaiserlichen Throns ereignete.[4] Charakter finden wir in gleichem Maße im Brief des Soldaten, den er am Vorabend der Schlacht schreibt, und in den Familien daheim weit fort vom Schlachtfeld ebenso wie in den Plänen, die im Zelt des Generals besprochen werden.

Dieser neue Stil des biographischen und historischen Schreibens hat das Ziel, die individuelle Seele mitten im Durcheinander der Ereignisse darzustellen. Die zugrundeliegende Theorie ist die gleiche, die ich hier für mich in Anspruch nehmen möchte: Der Charakter formt ein Leben, gleichgültig auf welche unbedeutende Weise das Leben gelebt wird und wie wenig Licht von den Sternen auf es fällt.

Aus dem Ruf wird die Berufung zum Leben, entgegen der Vorstellung, daß er im Konflikt mit dem Leben steht. Berufung zu Ehrlichkeit statt zum Erfolg, zu Fürsorge und Bindung, zu mühevollem Dienst um des Lebens willen. Diese Betrachtungsweise gestattet nicht nur Frauen eine neue Sicht der Berufung und nicht nur im Leben von Frauen; sie bietet eine neue Idee von der Berufung insgesamt, in der das Leben das Werk ist.

Daher entfallen einige alte Fragen, Fragen wie: »Warum sind manche groß und andere weniger groß?«, »Warum bringt es der Bezirksligist nie zur Landesliga, schafft es der mittlere Manager nie in das Eckbüro mit der schönen Aussicht, warum gibt es Verkäufer, die nie eine Auszeichnung erhalten, nicht befördert, weder entlassen noch in Pension geschickt werden, die immer nur Mittelmäßiges leisten, durchschnittliche Personen mit durchschnittlicher Begabung?«

Nein, sie sind nicht Opfer eines mittelmäßigen Daimons, und auch ihr Genius ist nicht nur Mittelmaß. In Wahrheit sind wir unfähig, sie überhaupt einzuschätzen. Solange wir Menschen nach ihrem Einkommen oder ihren Kenntnissen beurteilen, sehen wir ihren Charakter nicht. Unsere Linse ist auf ein Normmaß eingestellt, das sich am besten dazu eignet, Mißgeburten und Anomalien zu erkennen.

Warum glauben wir, daß Engel engelgleiche Menschen bevorzugen? Warum sollte der Genius nur in der Gesellschaft von Genies sein wollen? Vielleicht sind die unsichtbaren Mächte an unseren Leben zum Wohl *ihrer* Verwirklichung interessiert und sind daher von Natur aus demokratisch: Jeder ist gut genug. Vielleicht erkennen sie das Konzept des »Mittelmaßes« nicht an. Der Daimon verleiht jedem Bedeutung, nicht nur den Bedeutenden. Außerdem sind sie und wir im gleichen Mythos miteinander verbunden. Wir sind Zwillinge, von denen der eine göttlich und der andere sterblich ist, und sie dienen folglich den gleichen sozialen Realitäten wie wir. Wegen dieser Verbindung steht dem Engel kein anderer Abstieg in die Straßen der Gemeinschaft offen als über unsere Leben. In dem Film *Wings of Desire* (Flügel der Sehnsucht) verliebt sich ein Engel in das Leben, in das Straßenleben gewöhnlicher menschlicher Nöte und Probleme.

Unsere Soziologie, Psychologie und Volkswirtschaft – also unsere Zivilisation selbst – scheinen unfähig zu sein, den Wert von Menschen einzuschätzen, die sich nicht aus der Masse abheben. Solche Menschen werden zum Mittelmaß durchschnittlicher Intelligenz degradiert. Das ist der Grund, warum dem »Erfolg« eine so übertriebene Bedeutung beigemessen wird: Er bietet die einzige Chance, um aus der Vorhölle der Mitte zu entkommen. Die Medien greifen sich nur den heraus, der nach einem tragischen Ereignis weint, der auf der Bühne tobt oder der für eine Meinung posiert, nur um ihn gleich darauf zurückfallen zu lassen in den Schmelztiegel des undifferenzierten Mittelmaßes. Die Medien können verherrlichen, feiern, übertreiben, aber sie können sich nichts vorstellen, und daher können sie auch nicht sehen.

Um es klar und deutlich zu sagen: Es gibt keine Mittelmäßigkeit der Seele. Die beiden Begriffe haben nichts miteinander zu tun. Sie stammen aus unterschiedlichen Gebieten: »Seele« ist einzigartig und besonders; »Mittelmaß« behandelt den einzelnen auf der Basis gesellschaftlicher Statistiken abschätzig – Normen, Kurven, Daten, Vergleiche. Er wird vielleicht im Hinblick auf jede soziologische Kategorie als mittelmäßig betrachtet, selbst im Hinblick auf seine persönlichen Ziele und Leistungen, aber die Art und Weise, auf die sich diese soziale Mittelmäßigkeit äußert, wird ein einzigartiger Stachel in jeder Glockenkurve sein. Es gibt keine Größe, die für alle paßt.

Ethos anthropo daimon

Am Anfang, sogar noch vor Sokrates und Platon, war Heraklit. Seine drei kleinen Wörter »Ethos anthropo daimon«, häufig mit »Charakter ist Schicksal« wiedergegeben, sind 2500 Jahre lang wieder und wieder zititert worden. Niemand kann wissen, was sie bedeuten sollten, obgleich wenige es versäumen, Interpretationen anzubieten, wie diese kleine Liste von Übersetzungen zeigt:

»Der Charakter des Menschen ist seine Schöpferkraft.« (Marcovich)
»Des Menschen Eigenart (Charakter) ist sein Dämon (Schicksal).« (Kirk/Raven/Schofield)
»Des Menschen Charakter ist seine schützende Gottheit.« (Wheelwright)
»Der Charakter des Menschen ist der unsterbliche und potentiell göttliche Anteil seiner selbst.« (Guthrie)
»Das Ethos ist dem Menschen Dämon.« (Jäger)
»Des Menschen Charakter ist sein Schicksal.« (Burnet)
»Charakter ist Schicksal.« (Davenport)
»Seine Eigenart ist dem Menschen sein Dämon (d. h. sein Geschick}.« (Diels)
»Die eigene Art ist des Menschen Dämon.« (Snell)

»Im eigenen Wesen ist dem Menschen sein Schicksal bereitet.« (Neeße)
»Das Ethos sei für den Menschen der Daimon.« (Schadewaldt)[5]

Der Daimon-Teil fällt nicht schwer, denn wir haben uns bereits darauf geeinigt, das griechische Wort *daimon* mit dem lateinischen *genius* zu übersetzen und dies dann mit moderneren Begriffen wie »Engel«, »Seele«, »Paradigma«, »Urbild«, »Geschick«, »innerer Zwilling«, »Eichel«, »Lebensgefährte«, »Beschützer«, »Ruf des Herzens« zu ersetzen. Diese Vielzahl und Vieldeutigkeit wohnt dem Daimon selbst inne, der in der griechischen Psychologie auch als persönliches Schicksal betrachtet wurde, als personifizierter bildlicher Geist. Man trug sein Schicksal in sich; es war der eigene, begleitende Genius. Das ist der Grund, warum jene, die den Begriff *daimon* übersetzen, manchmal von »Schicksal« und manchmal von *Genius* sprechen. Aber niemals vom »Selbst.«

Bei den Urbewohnern des nordamerikanischen Kontinents stoßen wir auf eine ganze Reihe von Begriffen für die Eichel als unabhängige Geist-Seele: *yega* (Coyukon); eine Eule (Kwakiutl); der »Achatmann« (Navaho); *nagual* (Mittelamerika/südliches Mexiko); *tsayotyeni* (Santa Ana Pueblo); *sicom* (Dakota)… diese Wesen begleiten, führen, schützen, warnen. Sie können sich sogar an eine Person heften, aber sie verschmelzen nicht mit dem persönlichen Selbst. Tatsächlich gehört diese »angeborene« Eichel ebensosehr zu den Ahnen, der Gesellschaft, den Tieren der Umgebung, wie sie zu uns gehört, und ihre Macht kann heraufbeschworen werden für Ernte und Jagd, für die Inspiration und Gesundheit der Gemeinschaft – für die Welt, wie sie ist. Die Eichel steht abseits von dem aufgeblasenen Selbst moderner Subjektivität, das abgetrennt, privat und allein ist. Obgleich es sich um unsere Eichel handelt, ist sie weder identisch mit uns noch gehört sie uns.

Das »Selbst«, das unsere Alltagssprache durchdringt, hat gewaltige Ausmaße angenommen. *The New Oxford English Dictionary* – die »kürzere« Fassung! – bietet in winziger Schrift zehn Spalten Komposita von »Selbst«: »Selbstbeherrschung«, »Selbstdarstellung«, »Selbstgefälligkeit«, »Selbstkontrolle«, »Selbstverachtung«, »Selbstzufriedenheit«… und noch etwa fünfhundert weitere. Die Mehrheit dieser Komposita, die so viele psychologische Phänomene an diesem »Selbst« festmachen, gingen mit dem Aufkommen des Rationalismus und der Aufklärung in den Sprachgebrauch ein, die das moderne Auge für das Unsichtbare und in der Folge auch für die Unabhängigkeit des Genius und des Daimon vom Selbst blind gemacht haben.

In der antiken Welt war ein Daimon eine Gestalt, die von anderswo herkam, die weder menschlich noch göttlich war, ein Zwischenwesen, zugeordnet einer »mittleren Region« *(metaxu)*, der die Seele ebenfalls angehörte. Der Daimon wurde mehr als vertraute psychische Wirklichkeit begriffen denn als Gott; er war eine Gestalt, die vielleicht in einem Traum zu Besuch kam oder Botschaften als Omen oder Ahnung oder als erotisches Verlangen schickte. Der Eros gehörte ebenfalls in diese mittlere Region, die nicht wirklich göttlich war und doch immer zum Teil übermenschlich. Für die Griechen war klar, warum erotische Ereignisse in der Regel schwer zuzuordnen sind, himmlisch und zugleich auf grausame Weise unmenschlich. Die Übersetzung von Heraklits Fragment als »Charakter ist Schicksal« sorgt dafür, daß unsere Lebensweise fest mit unserer Handlungsweise verbunden wird. Die einfachste Lesart könnte lauten: Wenn wir einen mittelmäßigen Job machen, dann haben wir ein mittelmäßiges Schicksal.

Natürlich kann man den Satz auch noch anders verstehen. Manche meinen, daß sich Heraklit dem populären Aberglauben entgegenstellt, der dem Daimon allerlei schicksalbestimmende Kräfte zuspricht. Sie begreifen Heraklit als einen Moralisten, der den Fatalismus angreift, mit dem die persönliche Verantwortungslosigkeit gerechtfertigt wird, als ob Heraklit Shakespeares Aussage: »Es sind die Sterne, die Sterne über uns, die unsere Geschicke lenken«[6] widersprechen wollte. Nein, sagt Heraklit, es sind nicht die Sterne; es ist dein Charakter. Doch dann stimmt der listige Shakespeare auf einmal zu: »Der Fehler, lieber Brutus, liegt nicht in unseren Sternen, sondern in uns selbst.«[7]

Andere leiten aus dem Fragment ein transzendentes Ich ab, eine Art Mentorengeist der Ahnen, der sich um den einzelnen kümmert und sein Verhalten überwacht, so wie Sokrates durch seinen Daimon vor falschen Entscheidungen bewahrt wurde. Dem Daimon zu folgen sorgt nach dieser Auslegung für Charakter oder für die richtigen Lebensgewohnheiten. Der Daimon entspricht dann den festverwurzelten Charaktereigenschaften, die Exzesse verhindern, aufgeblasenem Stolz vorbeugen und uns dazu bewegen, den Mustern unseres Bildes (dem Genius) treu zu bleiben. Diese Muster zeigen sich darin, wie wir uns verhalten. Daher finden wir unseren Genius, indem wir in den Spiegel unseres Lebens blicken. Unser sichtbares Bild gibt unsere innere Wahrheit wider, und wenn wir andere Menschen beurteilen, dann ist das, was wir sehen, auch das, was wir erhalten. Darauf kommt es also an: großzügig zu sehen, denn sonst bekommen wir nur das, was wir sehen; scharf zu sehen, um die Mischung von Eigenschaften zu erkennen statt eines undifferenzierten Klumpens; und tief in die dunklen Schatten zu sehen, um nicht getäuscht zu werden.

Charakter

Was aber hat es mit *ethos*, dem ersten Begriff aus Heraklits Fragment, auf sich? Für unsere Ohren hört es sich an wie »Ethik«. Das lädt *ethos*, einem von Frömmigkeit unbelasteten griechischen Wort, all die Moralität von hebräischer, römischer und christlicher Religiosität auf. Wenn wir versuchen, *ethos* von der Ethik zu befreien, dann stellen wir fest, daß es mehr die Bedeutung von »Gewohnheit« hat. So, wie wir unser Leben führen, so sind wir, und so sollen wir sein. Es ist trügerisch, sich an einem persönlichen, verborgenen, wahreren Selbst festzuhalten, das sich von dem unterscheidet, wie wir tatsächlich sind, auch wenn Therapien diese großartige Illusion unterstützen und von ihr profitieren. Dem steht der Realismus von Heraklit entgegen: Wir sind so, wie wir sind. »Wie« ist das entscheidende Wort, das unser Leben, so wie wir es gewohnheitsmäßig leben, mit dem Ruf unseres Bildes verbindet.

Ist also Heraklit der Begründer des Behaviorismus? Will er etwa sagen: »Verändere deine Gewohnheiten, und du veränderst deinen Charakter und folglich auch dein Schicksal«, »kümmere dich nicht um die zugrundliegenden Ursachen; verändere deine Gewohnheiten, und dein Schicksal ändert sich mit ihnen«?

Meiner Meinung nach will Heraklit sehr viel mehr sagen. Der Behaviorismus hört sich zu eigenwilig, zu protestantisch, zu amerikanisch und insgesamt zu humanistisch an. Obwohl Heraklit Charakter *(ethos)* und menschliche Ethik direkt mit dem Daimon verbindet, ist es doch *dessen* Schicksal, um das es geht. Die egozentrische Ausrichtung des Humanismus macht uns glauben, daß der Daimon, der uns zu seiner Wohnstatt erwählt hat, sich nun auch mit unserem Schicksal befaßt. Aber was ist mit *seinem* Schicksal? Vielleicht ist es unsere Aufgabe, unser Verhalten auf seine Absichten hin auszurichten, ihm gerecht zu werden, um seinetwillen. Was wir in unserem Leben tun, beeinflußt unser Herz, verändert unsere Seele und betrifft den Daimon. Mit unserem Verhalten erschaffen wir die Seele, denn die Seele kommt nicht bereits fertig aus dem Himmel. Dort stammt nur ihr Bild her, als unabgeschlossenes Projekt, das nach unten wachsen will.

Der Daimon wird damit zur Quelle menschlicher Ethik, und

ein glückliches Leben – die Griechen nannten es *eudaimonia* – ist ein Leben, das gut für den Daimon ist. Nicht nur er segnet uns durch seinen Ruf, wir segnen ihn durch die Art, mit der wir seinem Ruf folgen.

Da »hinter« dem Daimon das Unsichtbare steht, kann eine Ethik, die dem Daimon gefällt, nicht eindeutig und standardisiert sein. Gute Angewohnheiten, um einen guten Charakter und daher ein gutes Leben hervorzurufen, können nicht mit Pfadfinderregeln übereinstimmen. Statt dessen muß die Ethik daimonisch und unergründlich sein, sie muß auch den Charakter von Elias Canetti einschließen, der um der Wörter willen seine Schwester mit der Axt verfolgte, und jenen von Ingmar Bergman, der seinen verräterischen Schulfreund wegen einer geheimen Faszination mit dem Messer erstechen wollte. Sie muß sogar die Charaktere von schlechten Samen umfassen. Die Forderungen des Daimon entsprechen nicht immer dem, was vernünftig ist, sondern folgen ihrer eigenen irrationalen Notwendigkeit. Tragische Fehler und Charakterstörungen haben einen nichtmenschlichen Zug, als folgten sie unsichtbaren Befehlen.

Die unsichtbare Quelle persönlicher Folgerichtigkeit, wofür ich den Begriff »Gewohnheit« verwende, nennt die Psychologie heute Charakter.[8] Charakter bezieht sich auf Tiefenstrukturen der Persönlichkeit, die sich jeglichen Veränderungen besonders hartnäckig entgegenstellen. Wenn sie der Gesellschaft schaden, dann werden sie Charakterneurosen (Freud) und Charakterstörungen genannt. Diese schwerveränderlichen Schicksalslinien sind wie die Fingerabdrücke des Daimon, jeder Wirbel anders als alle anderen. Das Wort »Charakter« selbst bezeichnete ursprünglich ein Schreibinstrument, das unauslöschliche Linien und Spuren hinterläßt. Und »Stil« leitet sich von dem lateinischen *stilus* ab, einem Griffel oder Gerät zum Einritzen von Zeichen (zum Beispiel Buchstaben). Kein Wunder, daß der Stil den Charakter offenbart und so schwer zu verändern ist; kein Wunder, daß Charakterstörungen bei diagnostizierten Psycho- und Soziopathen im Mittelpunkt stehen. Irgend etwas ist zutiefst, in der Struktur, auf der Ebene des Charakters, nicht in Ordnung oder fehlt, wenn sie zugleich foltern und lächeln, ohne Reue töten, ohne mit der Wimper zu zucken verraten, betrügen und leugnen können. Serienmörder, Betrüger, Veruntreuer und zwanghafte Kinderschänder zeigen eine Folgerichtigkeit des Stils. Ihre Gewohnheiten haben die Tendenz, sich zu wiederholen; da sie durch die Art ihrer Schaltkreise programmiert sind, werden sie eher rückfällig, als daß sie sich bessern.

Wir wenden uns jetzt jedoch nicht deshalb drei bedeutenden Charakterbeispielen zu, die den »amerikanischen Traum« repräsentieren, um Psychopathen und ihren Daimon zu diagnostizieren. Jeder dieser drei Männer weist unbeirrbar gefestigte Gewohnheiten auf und ist bekannt dafür, niemals dem eigenen Charakter untreu geworden zu sein. Die drei sind außerdem Männer in mittleren Verhältnissen, und ihre Lebenszeit umfaßt die Geschichte des gesamten 20. Jahrhunderts: Amerika von 1902 an, als Thomas E. Dewey in Owosso, Michigan, geboren wurde, bis 1955, als Billy Graham immer noch als national-religiöses Denkmal fungierte und Oliver North der unübersehbare Volksheld der kleinen Leute war.

Die Aufgabe des folgenden Exkurses ist es, eine gewisse zentrale Konfiguration, den bei allen dreien erstaunlich ähnlichen Daimon, aus dem *ethos* herauszuheben, damit wir begreifen können, was an ihren Gewohnheiten es ist, das in der amerikanischen Öffentlichkeit ein breites Echo fand. Durch sie können wir einen Blick auf einen Daimon werfen, der für das amerikanische Ethos kennzeichnend ist.

Der amerikanische Charakter

Auf den ersten Blick scheinen die drei sehr unterschiedlich zu sein. Gouverneur Dewey, mit gestutztem Schnurrbart, knapp 1,70 Meter groß, gedrungen in seinem dunklen Anzug, peinlich sauber und vorsichtig. (»Wenn er ein Staatsgefängnis besucht, faßt er selbst keinen Türgriff an, sondern wartet darauf, daß es jemand für ihn tut. Wenn keiner die Botschaft kapiert, dann nimmt er ein Taschentuch aus seiner Manteltasche, bedeckt damit diskret seine Handfläche und wischt damit flüchtig den Türgriff ab, den Gefangene täglich berühren.«) Graham, gerade frisch von der High-School, 18 Jahre alt, »bekleidet mit einer pfauenfarbenen Krawatte und einem flaschengrünen Gabardineanzug mit gelber Paspelierung«. Oberstleutnant North, der »in Vietnam im Tarnanzug eintraf, bereit, in die Schlacht zu ziehen. Er trug eine kugelsichere Weste und schmierte sich schwarze Fettschminke unter die Augen, um sie vor dem grellen Licht zu schützen, und auf dem Schlachtfeld schnallte er immer den Helm fest. Er war für alles gerüstet. Außer dem Revolver Kaliber 45, den jeder Offizier erhielt, entschied sich Ollie, eine Zwölfer-Schrotflinte bei sich zu tragen, um zusätzliche Gefechtskraft zu haben. Und wenn all dies als Schutzmaßnahmen noch nicht ausreichte, dann trug er außerdem ein Kruzifix um den Hals.«[9]

Man könnte eine ganze Litanei ihrer Unterschiede aufzählen – Generationsunterschiede; Unterschiede in der Ausbildung, Laufbahn, im Beruf; Unterschiede in bezug auf ihr jugendliches Temperament (Graham war naiv und extravagant; North zäh und anständig; Dewey schlau und arrogant). Unser Auge jedoch hat sich entschieden, sich auf ihre Ähnlichkeit zu konzentrieren.

Das erste, worin sie sich glichen, war in der Ausstattung mit purer Kraft. Dewey: engagiert, direkt, ein schwer zufriedenstellender Chef, der der Bandenkriminalität den Krieg angesagt hatte; fehlte niemals auch nur einen Tag und verpaßte kein einziges Football-Training während seiner gesamten Schulzeit. North: sehr beliebt und »immer bereit, das zu tun, was man von ihm verlangte«; kommandierte Angriffe und ignorierte Schmerzen; für seine Einsätze in Vietnam bekam er »eine bronzene Tapferkeitsmedaille mit Zweikampfauszeichnung, eine silberne Tapferkeitsmedaille, zwei Verwundetenabzeichen und eine Flottenauszeichnungsmedaille«. Graham: »so reichlich mit Kraft ausgestattet, daß die Eltern mit ihm, als er gerade ein Teenager war, zum Arzt gingen, um ihn untersuchen zu lassen… Einer seiner Verwandten versichert, daß er, sobald er gelernt hatte, auf seinem Dreirad zu fahren, … damit hin und her *raste*, wobei sich die Beine so schnell bewegten, daß man sie nicht mehr ausmachen konnte.« Unter Kontrolle gebracht wurden diese Kräfte durch eine bei allen dreien ähnlich ausgeprägte Glaubensfestigkeit.

Die zweite Gemeinsamkeit ist ihre Selbstdisziplin. North wählte mit den Marines den Inbegriff eines von Disziplin bestimmten Lebens. Schon als kleiner Junge leistete er Anordnungen Folge. North »lungerte nicht viel herum… Seine Mutter ließ eine Pfeife ertönen, wenn er nach Hause kommen sollte… Er neigte eher dazu als wir, sich adrett zu kleiden.« Graham »wuchs in einem geregelten, von eifriger Frömmigkeit bestimmten Haushalt auf; bis er zehn Jahre als war, konnte er alle 107 Artikel des kleinen Katechismus auswendig hersagen«. Was Dewey betraf, sein Los hatte ihn mitten in ein äußerst diszipliniertes Leben geworfen: »Als Tommy drei Jahre alt war, erhielt er ein Fahrrad mit der strengen Ermahnung, daß es ihm wieder fortgenommen würde, falls er beim Fahren davon herunterfallen sollte. Das Kind stieg sogleich auf… und mußte es prompt für ein ganzes Jahr in die unerbittliche Hand der Mutter zurückgeben.«

Auf dem College hat Dewey »darauf verzichtet, sich die Hörner abzustoßen«. Graham war oft verliebt, himmelte die Mädchen an, hielt sich auf dem »allgemeinen Turtelplatz« auf, »küßte Mädchen, bis meine Lippen aufsprangen«. Aber »irgendwie gelang es mir, auf sexuelle Unmoral zu verzichten. Aus irgendeinem Grund sorgte Gott dafür, daß ich rein blieb ... Ich berührte nicht einmal die Brüste eines Mädchens.« North »verabredete sich auf der High-School selten«. Als er zehn war, hatte man ihn und einen Freund irrtümlich in einem Brigitte-Bardot-Film abgesetzt. »Ollie traten fast die Augen hervor, als sie über die Leinwand rauschte. ›Es kann nicht sein, daß wir das sehen dürfen‹, sagte Ollie, wie es heißt, zu seinem Freund ... Also verließen sie das Kino und gingen statt dessen in eine Eisdiele.«

Ich meine, daß der entscheidende gemeinsame Nenner dieser drei ihre Überzeugung ist, die reine unbeirrbare Kraft ihres jeweiligen *Glaubens.*

> Als Tommy [Dewey] sieben war, zog er einen Bollerwagen vor das Haus einer Nachbarin und fragte, ob er ihre alten Zeitungen einsammeln und verkaufen dürfe ... Als er neun war, fing er an Zeitungen und Zeitschriften zu verkaufen ... Seine Hingabe an diese Aufabe übertrieb er manchmal auf sonderbare Weise ... »Tom schien ganz besessen zu sein, wenn er kam, um die *Saturday Evening Post* zu verkaufen«, [erinnert sich ein Käufer]. »Ich erklärte ihm, daß ich das Blatt nicht wollte, aber er sah mich nur herausfordernd mit seinen durchdringenden dunklen Augen an und ließ es auf meinem Schreibtisch liegen. Er nannte mir ein Dutzend Gründe, warum ich die Zeitung kaufen sollte. Ich war seinen Argumenten nicht gewachsen; es war einfacher, zu einem seiner Stammkunden zu werden.«

Während der Trockenheit und Depression im Sommer 1936 verkaufte Billy Graham, der gerade die High-School hinter sich hatte, in North und South Carolina Fuller-Bürsten von Haus zu Haus.

> Der Bereichsverkaufsleiter war vollkommen überwältigt von der Zahl der Fuller-Bürsten, die Billy in den paar Wochen verkauft hatte … Ihm war nicht ganz klar, wie ein einziger Mensch so viele Bürsten in einem solchen Zeitraum verkaufen konnte. Billy selbst erklärte: »Ich habe an das Produkt geglaubt. Diese Bürsten zu verkaufen wurde zu meiner persönlichen Angelegenheit. Ich fand, jede Familie müsse schon aus Prinzip eine solche Fuller-Bürste haben.« … »Ernsthaftigkeit, so lernte ich damals, ist das wichtigste, wenn man irgend etwas verkaufen will – auch wenn es sich dabei um das Heil handelt.«

Er brachte seiner eigenen Freundin Fuller-Bürsten als Geschenk mit und putzte sich selbst so oft und so ernsthaft mit einer Fuller-Zahnbürste die Zähne, daß »sein Zahnfleisch anfing zurückzugehen«.

Norths' Produkt war keine symbolische Darstellung Amerikas in Form von Fuller-Bürsten oder der *Saturday Evening Post*, sondern Amerika selbst, und er war ebenso überzeugt von den Vorzügen seines Vaterlandes und gleichermaßen überzeugend in seiner Leidenschaft. Er glaubte an »Amerika«, schon lange bevor er es offen im amerikanischen Senat und im Fernsehen verkaufte. Ein Klassenkamerad aus der High-School erinnert sich: »Einer von den Kumpels in der Schule sagte etwas darüber, wie blöd er die Armee fände. Dann meinte er, daß wir, also die USA, uns nicht in Kriege in Übersee einmischen sollten. Larry [Ollie] regte sich ziemlich auf. Er sagte dem Typ: ›Wenn es dir nicht gefällt in Amerika, dann mach, daß du hier fortkommst.‹«

Obgleich das Produkt für ein kollektives Mittelmaß stehen mag – die Bürste, die Zeitung, der Alles-oder-nichts-Patriotismus –, hat die Verkaufsleistung selbst nichts Mittelmäßiges an sich. Gewohnheit ist Charakter und wird zum Schicksal. Dieser Vorfall in der High-School zeigt bereits den Glauben an all die zukünftigen Auslandseinsätze und Aktionen, die North später ausführte.

Ehrgeiz, hohe Ideale, anständige Lebensweise, viele Überstunden: die Zeichen für Leittiere, die große Reformlasten den Berg hinaufziehen, im Geschirr der Arbeitsethik. Mit ihren Werten und Praktiken, ihren Vorlieben und Partnern erheben sie sich vielleicht nicht über den Durchschnitt, aber sie haben dennoch den Gipfel erreicht. Als er Anfang Dreißig war, hatte Graham bereits das fromme Gemüt der Öffentlichkeit für sich eingenommen und lockte die Verlorenen und Suchenden – aber auch die Reichen – in riesigen Mengen in sein Zelt. Mit 35 wurde Dewey als Bezirksstaatsanwalt von Manhattan vereidigt und war damit der jüngste Mann aller Zeiten in dieser Position. Mit 38 gelang es ihm fast, als Kandidat der Republikaner nominiert zu werden und gegen Roosevelt anzutreten, er tat dies vier Jahre später mit 42. Er hatte bereits Bandenbosse und Schwarzhändler, Gangster und Killer hinter Schloß und Riegel gebracht. Einer nach dem anderen gingen sie seiner erbarmungslosen, sorgfältigen strafrechtlichen Verfolgung in die Falle – Waxey Gordon, Dutch Schultz, Joseph Castalado (der Artischockenkönig), die Gorilla-Boys, die Schwarze Hand, Lucky Luciano, Jimmy Hines und Louis Lepke von Murder, Inc.

Noch bevor er vierzig war, bewegte sich North leichtfüßig im Kreis der Washingtoner Machtelite. Der Kongreßabgeordnete Michael Barnes berichtet:

> Er hielt sich bei Henry [Kissinger] auf … Ollie hatte eine recht bemerkenswerte Fähigkeit, sich bei wichtigen Leuten einzuschmeicheln … Hier saß er mit den Richtern vom Obersten Bundesgerichtshof beisammen … dort mit Generälen und

> Senatoren, und er ging mit der Sache ganz gelassen um... Ollie war wie ein Gleichrangiger. Er traf mit dem Plazet des Weißen Hauses ein, und er war meist an Henrys Seite.

Wenige Jahre später war North verantwortlich für große Teile der amerikanischen Außenpolitik in der Karibik (Grenada), Mittelamerika und im Nahen Osten (Iran, Libyen und Israel).

Grahams Einflußnahme war ebenfalls weltweit. Als Vorbeter von Eisenhower, Johnson, Nixon, Ford und Reagan gehörte auch er zum Machtkader. Dewey hat vielleicht weniger Menschen erreicht, aber in der modernen Partei der Republikaner war er es, der hinter der Nominierung sowohl Eisenhowers als auch Nixons steckte, zweier Männer, die Amerika in der Mitte dieses Jahrhunderts dominierten. Kaum ein Leben auf diesem Planeten, das nicht von den eifrigen Aktionen dieser drei Männer der tugendhaften Mitte bekräftigt oder heimgesucht wurde.

Sie hielten durch, hielten ihre Prinzipien aufrecht und die Finanzen unter Kontrolle. Mit 32 setzte Dewey noch immer »seine methodischen Aufzeichnungen über Schuheputzen für 15 Cent und Essen für 85 Cent in einem winzigen Büchlein fort«. Als er den Gouverneursposten von New York aufgab, lagen die Steuern zehn Prozent niedriger als bei seiner Amtsübernahme. Graham, dessen Unternehmen riesige Spenden erhielt und der mit den Reichen Golf spielte, »brachte Stunden, *Stunden* damit zu, herauszufinden, wie er ohne Gewinn arbeiten konnte«, erzählte seine Frau Ruth. Jeder der drei Männer heiratete die richtige Frau, zog seine Kinder auf, verkörperte Redlichkeit und vor allem Selbstkontrolle, die idealisierten Eigenschaften der »strahlenden Broadway-Mitte Amerikas«.

Vielleicht ist der eine Gott, der hier für den gemeinsamen Nenner sorgt, lediglich die Eigenschaft der Selbstkontrolle, aber nicht Selbstkontrolle als solche, vielmehr ihr Schatten: Kontrolle im Dienst eines Glaubens, insbesondere eines Glaubens, der die Kontrolle über den Schatten erfordert.

Das wird in Norths Aussage vor dem Kongreß mehr als deutlich. Da war ein Feind, dem man sich stellen mußte: dem internationalen Kommunismus und den gefährlichen Kompromissen, welche das patriotische Rückgrat Amerikas schwächten. Die Dinge mußten in Ordnung gebracht werden. Deweys Zielscheibe war das Verbrechen, die Gangster in den dunklen Mietshäusern in Manhattan, die irische Tammany-Hall-Gruppierung, die jüdischen Halsabschneider und die italienischen Banditen und Erpresser. Dewey räumte in Amerika auf, formte es nach dem Vorbild seiner eigenen Sauberkeit um. Graham betrachtete es als seine Aufgabe, überall auf der Welt den Geist zu reinigen; seine Auftritte wurden als »Kreuzzug« bezeichnet.

Die Kontrolle über die Schwäche und das Schlechte im Selbst und die Kontrolle über das Böse im anderen gehen Hand in Hand: für Dewey, indem er Kriminelle in die Strafanstalten überführte; für North, indem er die Bösen in El Salvador, Grenada und Libyen bombardierte; für Graham, indem er die Sünder zu Christus bekehrte und damit das Böse und den Teufel bezwang.

Bei allen drei rechtfertigt der Glaube die Kontrolle und den *Furor agendi*, mit dem sie sich dem Schatten entgegenstellen, ob es sich dabei nun um die Tammany Hall oder die Mullahs in Teheran oder den Teufel selbst handelt.

Ist es der Glaube an die Sache oder der Glaube an die eigene Überzeugung? Als Graham des »intellektuellen Selbstmords« bezichtigt wurde, entgegnete er: »Ich weiß, daß ich einfach nur glaube. Aber ich weiß auch, was der einfache Glaube, ohne Fragen, ohne Vorbehalte, Gott in meinem Leben hat tun lassen … Ich habe mich dafür entschieden zu glauben.« North setzte in seiner Verteidigung dafür, daß er den Kongreß belogen hatte, auf den Fels seines Glaubens an Amerika und an seinen Oberbefehlshaber. Der Glaube, der Berge versetzt, wird zu seinem eigenen Schatten. Die Erhabenheit der Ideale wird hohl, während der Glaube zunimmt. Was hat Santayana über Fanatismus gesagt? Er verliert sein Ziel aus den Augen und verdoppelt die Anstrengung.

Nach seiner unerwarteten Niederlage gegen Truman in der Wahl von 1948 schloß Dewey die Sache für sich ab. »Das ist erledigt, ich blicke nach vorn«, erklärte er, und tatsächlich tat er genau das, indem er mit Hilfe von Macht und Machenschaften die klare Zurückweisung durch die Wählerschaft leugnete. Norths verdoppelte Anstrengung im Dienst seines Glaubens enthielt den Plan, während seines Aufenthalts in Annapolis die Dokumentation seiner Beinverletzungen, die ihn für die Marines hätten untauglich machen können, zu fälschen (oder in den Abendstunden aus einem verschlossenen Büro zu stehlen).

In der Hingabe an seinen Glauben versuchte jeder von ihnen, das aus dem Weg zu räumen, was sich vielleicht als Hindernis hätte erweisen können. Das nennt man Leugnung. Von Graham berichtet seine Frau: »Natürlich hatte er Zweifel, aber nie lange – weil er sich nie wirklich damit *befaßte*.« Seine letzte und größte Leugnung folgte Nixons politischem Sturz – und seiner Abkehr von Nixon. So fest war Grahams Glaube und so wenig hatte er sich mit dem Zweifel befaßt, daß er Nixons Schatten bis dahin überhaupt nicht bemerkt hatte. Als dieser Schatten auf den Watergate-Tonbändern unüberhörbar zum Vorschein kam, sank Graham in die tiefste Depression seines Lebens und hatte eine Glaubenskrise. Er ging nervös auf und ab, biß an seinen Fingernägeln, litt unter Übelkeitsanfällen und Schlaflosigkeit. Vorübergehend fühlte er sich durch den glaubensbedingten Widerspruch in die Ecke gedrängt – so sehr, daß es irgendeinen Selbstmord erforderlich machte; intellektuell, moralisch oder kognitiv. »Ich habe wirklich [an Nixon] als an die einmalige Chance geglaubt, dieses Land zu seinen besten und schönsten Tagen zu führen. Er hatte den Charakter, um es zu schaffen. Ich habe nie eine Lüge von ihm gehört.« »Diese Tonbänder haben einen Mann zum Vorschein gebracht, den ich nicht kannte. Diese Seite seiner Persönlichkeit habe ich nie zuvor gesehen.«

Von der Blindheit zur Leugnung. Mit der Zeit erholte sich Graham von dieser unangenehmen Erfahrung; mit neu gefundenem Glauben und wiederhergestellter Unschuld machte er weiter.

Ihr gemeinsamer Nenner ist also die Unbeirrbarkeit ihres Glaubens. Obgleich das Handeln aller drei als moralisch verwerflich betrachtet werden kann – bei Graham wegen seiner Leugnung, bei North wegen seiner Lügen, bei Dewey wegen seiner Manipulationen –, gestattete es ihnen ihr jeweiliger Glaube, inmitten der schmutzigen Vorkommnisse rechtschaffen, unschuldig und unberührt von ihren eigenen Schatten weiterzumachen. Und ich verweise darauf, daß es gerade diese amerikanische Angewohnheit des Glaubens ist, die unserer Broadway-Mittelmäßigkeit zusagt. Daher muß genau dieser Faktor – ob er von Literaturkritikern als Unschuld, von Psychologen als Leugnung oder von Gläubigen als Glauben bezeichnet wird – die Essenz des amerikanischen Charakters sein, der darüber Rechenschaft ablegt, warum Dewey, Graham und North so hochangesehene Repräsentanten des amerikanischen Lebensstils sind.

Außerdem müssen wir zugeben, daß wir trotz unserer vorangegangenen Vorbehalte gegen das Mittelmaß als psychologisch gültigen Begriff die psychologische Voraussetzung entdeckt haben, die zu amerikanischem Mittelmaß führt. Die Fähigkeit zu leugnen, unschuldig zu bleiben, den Glauben als Schutz gegen eine Kultivierung jeglicher Art einzusetzen – sei sie intellektuell, ästhetisch, moralisch oder psychologisch –, bewahrt den amerikanischen Charakter davor zu erwachen. Er verschließt lieber die Augen vor der Tatsache, daß die Vorzüge des Mittelmaßes – diese Tugenden der disziplinierten Kraft, Ordnung, Selbstkontrolle, Redlichkeit und des Glaubens – selbst Boten jenes Teufels sind, den sie überwinden wollen.

In einer Gesellschaft, die aufgrund eines umgekehrten Snobismus vom Gewöhnlichen, von der neu geadelten, hart arbeitenden, Steuern zahlenden, moralischen und verdienstvollen Mittelklasse schwärmt, muß das Außergewöhnliche hervorgehoben werden. Wenn eine Gesellschaft unter einem Verlust an Seele, einem Mangel an daimonischer Inspiration, einem Fehlen von Engel und Genius leidet, warum soll man dann nicht, bevor man sie sucht, zunächst einmal danach fragen, was sie vertrieben haben könnte? Vielleicht ist es genau die Bereitschaft zur Mittelmäßigkeit – die zum Ausdruck kommt, wenn man als Teammitglied einen eben nur leidlichen Beitrag leistet, sich darauf beschränkt, das Schiff nicht zum Kentern zu bringen, sich an »Familienwerten« festhält, sich der Konsumgesellschaft anschließt, cool bleibt, sich vor Extremisten und grundlosen Untergrundideen fürchtet –, die das Unsichtbare vertreibt.

Warum ist das Außergewöhnliche verdächtig? Stellen wir uns ihm entgegen, weil wir uns vor Inspiration ängstigen, weil wir es als elitären Zustand des individuellen Geistes betrachten, der die Kommunikation mit Geistern über die Gemeinschaft mit seinesgleichen stellt? Und was ist mit einer Kultur, die Inspiration als ungesellig empfindet – wird sie sich nicht immer hartnäckiger am inspirationslosen Mittelmaß festklammern?

Wir wollen nicht vergessen, daß Gesellschaften durch jene, die inspiriert sind, erhöht und bezeichnet werden: durch die Krankenschwester auf der Unfallstation, die Lehrerin des Jahres, den Basketballspieler, dem ein perfekter Drei-Punkt-Wurf gelingt. Der inspirierte Augenblick schmälert den Wert des Teams nicht, sondern gehört in den Kontext des Teams und der örtlichen Gegebenheiten. In der letzten Sekunde den entscheidenden Treffer zu landen und damit ein alles entscheidendes Spiel zu retten, ist nicht nur die heldenhafte Tat eines einzelnen: Es stellt vielmehr den Helden im archetypischen Kontext überhaupt erst wieder her: Der Held ist derjenige, der inspirierte Taten vollbringt zu Ehren seiner Stadt und ihrer Götter. Die in unserer Gesellschaft vorherrschende egozentrische, rivalisierende Einstellung zu inspirierten Handlungen läßt uns ihre gesellschaftliche Funktion übersehen. »Inspiration« bedeutet einfach »einer Sache Geist einhauchen« und nicht »Erhöhung der Geistreichen«.

Manche Gesellschaften verlangen von ihren Mitgliedern, zum Wohle der Gesellschaft nach Inspiration zu suchen. Zum Beispiel die Visionssuche der nordamerikanischen Indianer, ihre Schwitzhütten, Peyote-Zusammenkünfte und -Tänze; die Versammlungen der Quäker, die das Sichtbarwerden des inneren Geistes fördern. Das gesellschaftliche Prinzip hier lautet, daß man den anderen am besten dienen kann, wenn man dem Anderen zu Diensten ist.

Ich habe Berühmtheit hier nicht um seiner selbst willen verherrlicht, sondern um den Daimon in einem Vergrößerungsspiegel zu zeigen. Die außergewöhnliche Person als Beispiel für eine Idee zu verwenden heißt nicht, daß man Außergewöhnlichkeit nur auf die Weise versteht, wie außergewöhnliche Menschen sie verkörpern. Die Personen in diesem Buch sind *Personifizierungen* der Wirkung ihres unsichtbaren Daimon. Sie sind die hervorgehobene Sichtbarkeit des daimonischen Phänomens. Diese herausragenden Gestalten machen die allgemeine Vorstellung menschlich, daß *alles* Lebendige eine außergewöhnliche Komponente besitzt, welche durch die üblichen psychologischen und biographischen Theorien nicht zu erklären ist.

Manolete und Ingmar Bergman zum Beispiel sind auf diese Weise erklärbar und verfügbar. Sie sind nicht verfügbar, um imitiert oder geklont zu werden, sondern als Darsteller des Daimon. Die Segnung, die sich in ihrem Leben in solch einem ungewöhnlichen Maß zeigt, ist ein universelles Phänomen. Es ist auch das unsere. Berühmte Persönlichkeiten sind vergrößerte Muster für die Verfügbarkeit von Segnung.

Diese alte Methode der Vergrößerung hat es sich zum Ziel gesetzt, die Schwachen und Müden zu inspirieren, damit auch sie wieder die Großartigkeit spüren, die im Eichel-Urbild eines jeden unabhängig von seinem statistischen Mittelmaß schlummert. Aber erst nachdem wir das Mittelmaß als psychologisches Konzept entkräftet haben, können wir uns legitim für das Außergewöhnliche begeistern. Ohne diesen Schritt müßte dem Leser solche Begeisterung, die namentliche Nennung und Vorstellung so vieler Stars wie snobistische Liebedienerei gegenüber den Berühmten vorkommen. Also haben wir Begriffe wie »gewöhnlich«, »durchschnittlich« und »mittelmäßig« ganz und gar aus der Psychologie vertrieben und zurück dorthin geschickt, wo sie bessere Dienste leisten (in der Volkswirtschaft, Epidemiologie, Soziologie, im Marketing), um es dem Leser zu ermöglichen, sich in stärkerem Maße mit dem Außergewöhnlichen, für das die in diesem Kapitel und Buch beschriebenen Personen als Modell dienen mögen, zu identifizieren.

North und Graham und Dewey sind ein jeder außergewöhnlich; die Mittelmäßigkeit, die man an ihnen finden könnte, hat ihren Ursprung im snobistischen Kichern über Grahams Gabardineanzug, Deweys Kleinwüchsigkeit oder Norths Brave-Jungen-Benehmen. Es läßt uns die Tatsache übersehen, daß jeder von ihnen seinem Urbild treu ist, indem er seinen individuellen Charakter mitsamt dessen Schwächen folgerichtig in jeder Einzelheit seines Verhaltens veranschaulicht.

In einer Gesellschaft und Zeit, in der Spinner eingeliefert, mittels Medikamenten in die Serotonin-Gelassenheit versetzt und durch Gruppen vor ihrer intensiven, zwingenden Individualität bewahrt werden, in der alles, was zu anormal ist, marginalisiert wird, ist es besonders wichtig für unser Bewußtsein, das Außergewöhnliche aktiv zu bestätigen. Wenn Größe vom Schicksal abhängt und Schicksal vom Charakter, dann kann man die drei Begriffe auch umdrehen: Um den Charakter zu verbessern, reicht moralische Unterweisung nicht aus. Wir können die Ermahnungen von William Bennett und Allan Bloom ignorieren und uns lieber dem Schicksal, insbesondere dem Schicksal der Berühmten zuwenden. Ihre Bilder – ihr Mut, ihr Ehrgeiz und ihr Risiko – sind unsere Lehrmeister. Diese drei extremen Repräsentanten der Mitte, die den Glauben und das politische Engagement von Millionen Amerikanern beflügelten, haben selbst keine mittelmäßigen Charaktere.

Bilder von Berühmtheiten aus der Mitte zeigen, daß die Mitte ebenfalls einen Weg bereithält. So können wir den inneren Wert der Mitte begreifen, statt sie wegen ihrer kollektiven kleinbürgerlichen Begrenztheit zu verspotten oder uns aus Angst vor den äußeren Rändern in sie zurückzuziehen. Trotz des Snobismus, den das Kapitel vielleicht noch immer verraten mag, ist es ein mit Idealismus geschriebenes Kapitel, denn ich habe versucht, das »Mittelmaß« von einem verachteten Begriff in eine wertvolle Vorstellung zu verwandeln, in welcher der Daimon ebenfalls zum Vorschein kommen kann. Das Wort bleibt so lange ein sozialer Affront, bis wir in jedem Beispiel für Mittelmaß den besonderen Charakter entdecken, der es befördert, diese Einzigartigkeit der Eichel.

Der Platonismus eines Demokraten

Die diesem Kapitel zugrundeliegende Spannung ist eine, mit der ich mich lange Zeit auseinandergesetzt habe. Vor 25 Jahren, vielleicht ist es auch länger her, saßen Gilles Quispel, der holländische Erforscher der frühchristlichen Gnosis und damaliger Sekten, und ich am Ufer des Lago Maggiore. Er zog paffend an seiner Pfeife, zwinkerte mit einer gewissen boshaften Schadenfreude wie ein alter holländischer Seekapitän in einem Conrad-Roman und fragte mich: »Wie können Sie, Hillman, zugleich Platoniker und Demokrat sein?«

Quispel hatte einen Blick auf den Daimon meines Schicksals erhascht, und folglich habe ich ein paar Jahre gebraucht, um die Frage zu beantworten. Natürlich impliziert die Fragestellung eine bestimmte Sichtweise Platons und des Platonismus – nämlich, daß beide totalitär, elitär und patriarchal sind und die autoritäre Basis für den autoritären Staat geschaffen haben. Quispels Frage geht außerdem von einer bestimmten populistischen, säkularen Vorstellung der Demokratie aus, die nicht in der Transzendenz verankert ist. Die Demokratie hat vielleicht ihre amerikanischen Gründerväter, aber keine Engel. Daher rührt Quispels Frage: Wie kann man von Elitedenken *und* Populismus, von ewigen Prinzipien *und* wechselnden Überzeugungen ausgehen – oder, in der klassischen Sprache der Philosophie, mit der Quispel sehr viel vertrauter war als ich, wie kann man sich zugleich die Reiche von Wahrheit *und* Meinung zu eigen machen? Dieses Rätsel beschäftigt die westlichen Denker bis zurück zu Parminides.

In unserer Nation hat sich die Unterscheidung zwischen Wahrheit und Meinung zu einer Mauer zwischen Kirche und Staat, zwischen erkannter Wahrheit und öffentlichen Meinungsumfragen verfestigt. Doch die amerikanische Unabhängigkeitserklärung besteht darauf, daß der amerikanische demokratische Staat auf der transzendenten »Wahrheit« begründet ist: »Alle Menschen sind gleich erschaffen.«

Was ist die Grundlage dieser Behauptung? Unterschiede gibt es schon vor dem ersten Atemzug. Jede Hebamme auf der Geburtsstation eines Krankenhauses kann bestätigen, daß es von Anfang an Ungleichheit gibt. Babys unterscheiden sich voneinander. Genetische Untersuchungen zeigen angeborene Unterschiede in Begabung, Temperament, Intensität. Und was die Umstände betrifft, zu denen wir hinabsteigen, was könnte stärker voneinander abweichen als die äußeren Einflüsse? Manche sind benachteiligt, andere von Genetik und Umwelt gleichermaßen bevorzugt – und das von Anfang an.

Da weder die inneren noch die äußeren Einflüsse gleich verteilt sind, wie kommen wir überhaupt auf die Idee der Gleichheit? Man kann nicht von den Tatsachen des Lebens auf sie schließen; Gleichheit kann auch nicht auf einen Faktor reduziert werden, den alle Menschen gemeinsam haben, wie den aufrechten Gang, die Symbolsprache oder den Umgang mit Feuer, weil individuelle Unterschiede den gemeinsamen Faktor auf Milliarden Arten differenzieren. Auf Gleichheit kann nur von der Einzigartigkeit aus geschlossen werden, von dem, was die Scholastiker das *Principium individuationis* (Prinzip der Individuation) nennen. Ich stelle mir diese Einzigartigkeit als die *haecceitas* (mittelalterl. Latein für »Diesheit« oder »Sosein«) des Genius, als den formgebenden Faktor vor, der jeder Person bei ihrer Geburt mitgegeben wird, so daß sie *diese* eine und nicht irgend jemand anders oder niemand ist.

Also muß Gleichheit axiomatisch, eine Voraussetzung sein, wie es auch die Unabhängigkeitserklärung meint: Es ist offensichtlich, daß wir gleich sind. Wir sind gleich durch die Logik der Einzelheit. Jeder einzelne unterscheidet sich per Definition von jedem anderen einzelnen und ist ihm darin gleich. Wir sind gleich, weil ein jeder eine spezielle Berufung mit in die Welt bringt. In jeder anderen Hinsicht unterscheiden wir uns voneinander – auf unfaire, ungerechte, zutiefst ungleiche Weise, bis auf die Tatsache, daß jeder von uns einen einzigartigen Genius hat. Die Demokratie ruht folglich auf einem Unterbau, der aus einer Eichel besteht.

Die Eichel drängt über die eigenen Ränder hinaus; ihre Hauptleidenschaft ist die Verwirklichung. Die Berufung verlangt uneingeschränkte Freiheit bei der Verfolgung ihres Ziels, eine Freiheit von Anfang an, und diese Freiheit kann die Gesellschaft nicht garantieren. (Wenn die Freiheit von der Gesellschaft verwaltet wird, dann hat die Gesellschaft die härteste Macht, und die Freiheit wird zum Spielball der gesellschaftlichen Macht.) So wie demokratische Gleichheit kein anderes logisches Fundament finden kann als die Einzigartigkeit jeder individuellen Berufung, so gründet sich auch die Freiheit auf der vollständigen Unabhängigkeit der Berufung. Als die Verfasser der Unabhängigkeitserklärung feststellten, daß alle gleich geboren sind, erkannten sie, daß die Aussage notwendigerweise ein Pendant haben mußte: Alle sind frei geboren. Es ist die Tatsache der Berufung, die uns gleich macht, und der Akt des Berufens, der verlangt, daß wir frei sind. Der prinzipielle Garant für beides ist der unsichtbare individuelle Genius.

Lassen Sie uns darauf verzichten, Platon als häßlichen Faschisten mit unrealistischen Idealen zu interpretieren und uns die Demokratie als orientierungslose Sammlung starrköpfiger Opfer vorzustellen. Dann erkennen wir möglicherweise, daß Platonismus und Demokratie einander nicht entgegengesetzt sein müssen, wie die zwei Pole eines Magneten, sondern beide auf der gleichen Ladung basieren: auf der Wichtigkeit der individuellen Seele. Platons Staat existiert zum Wohle dieser Seele, nicht zum Wohle des Staates oder für irgendeine bestimmte Gruppe darin. Tatsächlich ist die entscheidende Analogie, die sich durch seine *Politeia* zieht, die Parallele zwischen den Schichten der Seele und des Staates. Was wir im Staat tun, das tun wir für die Seele, und was wir in der Seele tun, das tun wir für den Staat – wenn der Platonismus zu Ende gedacht und nicht fallengelassen wird, bevor seine Konsequenzen klar erkannt sind.

Wie wir außerdem in diesem Kapitel gesehen haben, ist diese Seele – die hier Engel, Eichel, Genius genannt wird und mit jedem Namen gleichermaßen verlockend klingt – der einzige mögliche Garant der Individualität, die von der Demokratie benötigt wird und um deretwillen die amerikanische Demokratie geschaffen wurde. Platonismus und Demokratie haben die Vision von der prinzipiellen Bedeutung der individuellen Seele gemeinsam.

Nebenbei gesagt scheint diese Seele, dieser Daimon, dieser

Genius aufgrund seines Ursprungs in Platons Mythos nicht nur Platoniker, sondern auch Demokrat zu sein, da er in die Welt der Interaktionen eintritt; er zeigt sich in der Geographie, als wollte er zum Ausdruck bringen, daß er die Welt betritt, indem er die Gewänder eines Ortes anlegt, als wollte er in der Welt aushalten und in ihrem Körper leben. Nur Theologen und Schamanen wagen es, über das Unsichtbare zu sprechen, ohne es in Beziehung zur sichtbaren Welt zu setzen. Der Tod und ein anderes Reich sind sicherlich nicht das Ziel des daimonischen Drängens, sondern die sichtbare Welt, in der das Urbild als Führer dient. Der Verlust des Daimon läßt die demokratische Gesellschaft in eine Menge von Kauflustigen zerfallen, die im Irrgarten eines Einkaufszentrums den Ausgang suchen. Aber ohne den individuellen Orientierungssinn kann es keinen Ausgang geben.

Also, Professor Quispel, sollten wir uns einmal wieder unter den dicken Bäumen begegnen, dann werde ich sagen, daß Platonismus und Demokratie sehr gut miteinander auskommen können. Beide gründen auf der Seele. Beide sind gleichermaßen damit befaßt, wie die Seele in dieser Welt sein und auf beste Weise Erfüllung finden kann. Sich auf das Beste und auf die Erfüllung zu konzentrieren bedeutet nicht, in Elitedenken zu verfallen oder die Demokratie aufzugeben.

Coda: Eine Anmerkung zur Methodologie

Ist es ein Fehler, eine organische Metapher für diese Theorie zu wählen? Transportiert uns nicht bereits der Begriff »Eichel« unmittelbar in ein organismisches Modell natürlichen Wachstums und verbindet unsere Theorie zugleich mit genetischem Determinismus und der Evolution in der Zeit, zwei Vorstellungen, die unsere Theorie zu umgehen, ja sogar zu untergraben beabsichtigt? Wird die Theorie nicht ungewollt durch ihren eigenen Namen widerlegt?

Die Vergabe von Namen an Spezies, Himmelskörper, Krankheiten versucht immer, das Wesen des bekannten Dings in einer Metapher einzufangen und es damit für ein bestimmtes Weltbild zu reklamieren, wie dies beispielsweise während der Kolonialzeit mit Bergen und Inseln geschah. Die Namen europäischer Potentaten und heldenhafter Forscher kolonisierten alle nur denkbaren Naturphänomene: Planeten, Pflanzen, Vorgänge. Befreiungsbewegungen schütteln die Unterdrückung durch die Wörter ab, die eine alte Ordnung repräsentieren. Sollten wir nicht auch die Überbleibsel des evolutionären Organizismus loslassen, die durch das Wort »Eichel« symbolisiert werden, und unsere Theorie in »Essenztheorie«, »Urbildtheorie« oder »Geniustheorie« umbenennen oder sie sogar kühn die »Theorie der engelhaften Psychologie« taufen?

Ich halte an »Eichel« fest, weil dieses Wort zeigt, wie man organische Bilder verstehen kann, ohne deshalb einer organismischen Philosophie zum Opfer zu fallen. Wenn es uns gelingt, ein natürliches Bild auf unnatürliche Weise zu gebrauchen, dann haben wir mit dem Begriff »Eichel« auf den eigentlichen Kern unseres archetypischen Standpunkts gezeigt, der den organischen, zeitgebundenen, entwicklungsorientierten Blick auf das menschliche Leben rückwärts auf sich selbst richtet, um das Leben gegen den Zeitstrom zu lesen. Wenn wir das Entwicklungsmodell des Menschen und seines Charakters revidieren wollen, dann können wir sehr gut gleich mit einem seiner Kernbegriffe anfangen.

Wir behalten den Begriff bei, doch wir werden ihn aus unserem gewohnten Gedankenmuster herauslösen. Es ist nicht die Eichel, die ausrangiert werden muß, sondern die Angewohnheit, Eicheln nur naturalistisch und zeitlich begrenzt zu begreifen.

Wenn wir uns die Eichel jedoch als Archetyp, als archetypische Idee vorstellen, dann ist sie weder durch die Gesetze der Natur noch durch den Prozeß der Zeit eingeengt. Eine enge, naturalistische Definition der »Eichel« als Samen oder Frucht der Eiche gibt nur eine Ebene ihrer Bedeutung wieder, gibt ihr nur den faktischen, botanischen Platz im Geist. Hinter dieser ersten Ebene verbergen sich jedoch andere; die Eichel hat auch eine *mythologische*, eine *morphologische* und eine *ethymologische* Bedeutung.

Die Eichel ist auch ein *mythisches Symbol;* sie ist eine *Form;* und sie ist ein *Wort* mit Wurzeln, Variationen, Assoziationen und mit suggestiver Kraft. Indem man die »Eichel« in diesen unterschiedlichen Bereichen unter der Lupe betrachtet, wie wir es jetzt vorhaben, werden wir über den engen naturalistischen Blickwinkel der Grundbedeutung hinausgelangen. Und indem wir ein Gefühl für die »Eichel« entwickeln und ihr Potential erweitern, werden wir auch zeigen, wie man die Biologie des Menschen über ihren organischen Schauplatz hinausführen kann.

Lassen Sie uns zunächst mit der mythologischen Symbolik von Eiche und Eichel beginnen. Im Mittelmeerraum der Antike und im germanischen und keltischen Nordeuropa war die Eiche ein magischer Ahnenbaum. Was auch immer eng mit dem Baum verbunden war, hatte Anteil an seiner Macht – die Vögel, die darin ihre Nester bauten, die Gallwespen in seinem Stamm, die Bienen und ihr Honig, die verschlungenen Mistelzweige und natürlich die Eicheln. Eichen waren Vaterbäume, die Blitze aus dem Himmel herunterziehen konnten, und gehörten zu so wichtigen Göttern wie Zeus und Thor/Donar, Jupiter und Wotan. Und sie waren Mutterbäume (*proterai materes* – die ersten Mütter), welche in den verschiedenen Mythen, die davon berichten, wie die Menschheit auf die Erde gekommen ist, Menschen gebaren. Wir erwachsen aus Eicheln, wie Eicheln an Eichen wachsen. Im Englischen haben die Wörter »tree« (Baum) und »truth« (Wahrheit) den gleichen Ursprung, so daß der Baum in seiner Eichelform *(in nuce)* auch Träger der Wahrheit ist. So könnte eine rhapsodische Beschreibung der haselnußähnlichen Samen, die auf dem Waldboden herumliegen, lauten.[1]

Die mythologische Sprache faßt in Bilder, was die begriffliche Sprache in Sätzen formuliert. Eicheln sind Bilder der ursprünglichen Persönlichkeit, weil Eichen von orakelhaften Seelengestalten bewohnt werden. Eichen sind auch deshalb Seelenbäume, weil sie die Heimat der Bienen sind und Honig beherbergen, der im Mittelmeerraum der Antike und an vielen anderen Orten der Welt als heiliger Nektar der Götter betrachtet wurde, eine überweltliche »Urseelennahrung«. Aber vor allem sind Eichen Seelenbäume, weil Nymphen, Wahrsager und Priesterinnen in oder bei ihnen lebten und das Vorauswissen der Eichen und deren Verständnis der Ereignisse in Andeutungen und Sprichwörtern zum Ausdruck bringen konnten. Alle hochgewachsenen Bäume sind weise, sagt der westafrikanische Lehrer Malidoma Somé, weil ihre Bewegungen unmerklich sind, die Verbindung zwischen oben und unten so fest und ihre physische Gegenwart auf so großzügige Weise nützlich ist. Die Eiche mit ihrer Größe und ihrem Alter und ihrer Schönheit und Festigkeit wird daher als besonders weise betrachtet, und die Eicheln beherbergen die ganze Wahrheit des Baumes, in einem winzigen Kern zusammengepreßt, so wie auch unzählige Engel mit unermeßlichem Bewußtsein auf einem Nadelkopf tanzen können. Die Unsichtbaren benötigen nur minimalen Raum. Aber manche sprechen sie laut und klar an, und das tun sie von den Eichen herab.

Ob dieses Sprechen nun im Rascheln der Blätter im Wind, im Knarren der Äste, im Aneinanderreiben der Zweige oder ohne die Bestätigung durch irgendeinen äußeren Sinneseindruck vernommen wurde, jedenfalls konnte es durch besonders begabte Priesterinnen interpretiert werden, wie zum Beispiel in Dodona im nordwestlichen Griechenland, das bereits Homer erwähnt. Die Menschen kamen, um den Orakelbaum nach ihrem Schicksal zu befragen. In der Eiche war das Wissen um das Schicksal verkörpert, und so konnte ein Bittsteller fragen: »Gerioton fragt Zeus eine Frau betreffend, ob es besser ist, wenn er eine nimmt.« »Callicrates fragt den Gott, ob ich Nachkommen mit Nike, meiner Frau, haben werde, wenn ich bei ihr bleibe, und zu welchem der Götter ich beten soll.« »Cleotas fragt Zeus und Dione, ob es besser und gewinnbringender für ihn ist, Schafe zu halten.« Oder um die einfacheren, aber doch quälenden Geheimnisse des Lebens zu lüften: »Hat Dorkilos den Stoff gestohlen?«[2]

In diesen Eichenorakeln in Dodona und anderenorts sind zwei Tatsachen vorausgesetzt, die für unsere These von Bedeutung sind. Erstens, die Eiche weiß etwas, was den gewöhnlichen Augen verborgen bleibt; zweitens, dieses Wissen kann von Personen, meist Frauen, offenbart werden, die es »hören« und durch sich sprechen lassen. Robert von Ranke-Graves behauptet, daß die Dodona-Priesterinnen und auch die gallischen

Druiden Eicheln kauten, um eine prophetische Trance herbeizuführen.[3] Parke, der die Orakel von Dodona, Olympia und Ammon erforscht hat, nennt nicht die Antworten der Priesterinnen. *Was* sie durch die Bäume hörten, mag von großer Bedeutung für die Fragesteller gewesen sein, doch für unsere Untersuchung zählt nur, *daß* sie etwas hörten.

Aus der botanischen Perspektive ist die Eichel wie eine Angiosperme, eine von der Natur vollständig ausgestattete embryonische Pflanze. Das Wesen der Eiche ist vollkommen in ihr vorhanden. Theologisch betrachtet ist die Eichel wie einer von Augustinus' *rationes seminales*, wie ein keimhafter Urgrund. Unter den Stoikern, Gnostikern und Platonikern, wie beispielsweise Philon von Alexandria, waren etliche antike Denker davon überzeugt, daß die Welt mit *spermatikoi logoi* angefüllt ist – mit Wortsamen oder Keimideen. Diese sind in der Welt als ursprüngliches *Apriori*, das jedem Ding Form verleiht, von Anbeginn vorhanden. Und diese Keimworte ermöglichen es jedem Ding, seine ureigenste Natur zum Ausdruck zu bringen – für Ohren, die hören können. Der Gedanke, daß die Natur spricht, vor allem mit der Stimme einer Eiche, blieb im Laufe der Jahrhunderte eine lebhafte Vorstellung und war noch vor hundert Jahren ein gern dargestelltes Thema in der Malerei.[4]

Sich für den ursprünglichen Samen der eigenen Seele zu interessieren und ihn sprechen zu hören ist vielleicht nicht leicht. Wie sollen wir seine Stimme erkennen; welche Signale schickt er uns? Bevor wir diese Fragen stellen dürfen, müssen wir uns unsere eigene Taubheit bewußtmachen, die Hindernisse, die uns schlecht hören lassen: den Reduktionismus, die Buchstabengläubigkeit, die Wissenschaftlichkeit unseres sogenannten gesunden Menschenverstands. Denn es ist schwer in unsere Dickschädel zu kriegen, daß Botschaften, die von anderswo herkommen, für unsere Lebensführung wichtiger sein können als das, was durch E-Mail und Internet zu uns gelangt, Botschaften, die nicht schnell, frei und leicht an die richtige Stelle rutschen, sondern oftmals in den schmerzhaft pathologisierten Ereignissen kodiert sind, die vielleicht für die Götter die einzige Möglichkeit darstellen, uns aufzuwecken.

Eine der germanischen Göttersagen bringt diese Vorstellung in der Sprache des Mythos zum Ausdruck.

> Als es längst dunkel war, suchte Skrymir ein Nachtlager unter einer Eiche… legte sich neben die Eiche ins Gras, schlief rasch ein und schnarchte so mächtig, daß die Eichenblätter über ihm rauschten… Thor packte seinen Hammer mit beiden Händen, trat zu Skrymir und schlug ihm auf den Kopf. Skrymir erwachte und fragte: »Fiel mir ein Laubblatt auf die Stirn?«… Skrymir schlief (wieder ein)… Um Mitternacht schnarchte er so, daß der Wald dröhnte. Thor stand auf, ging zu Skrymir, schwang seinen Hammer, holte weit aus und versetzte dem Lärmer einen Schlag mitten auf den Scheitel… Im selben Augenblick erwachte Skrymir und sagte: »Was ist geschehen? Fiel mir eine Eichel auf den Kopf?«… Kurz vor Anbruch des Tages bebte der Waldboden von Skrymirs Schnarchen, und die Vögel flohen kreischend. Da stand Thor auf, legte den Kraftgürtel an, trat dicht vor Skrymir und trieb ihm mit aller Asenkraft, die er aufbringen konnte, den Hammer in die Schläfe, die ihm zugewandt lag… Skymir erwachte, strich sich über die Schläfe, setzte sich auf und sagte: »Sitzen Vögel auf dem Baum über mir? Mir kam vor, als wäre mir ein Zweig auf den Kopf gefallen.«[5]

Die Eicheltheorie ist für den Riesen Skrymir wie ein abgebrochener Zweig. Riesen sind auf notorische Weise schwer von Begriff, mit rein körperhaftem Denken geschlagen, kurzsichtig und immer hungrig (weil sie so leer sind?). Skrymir ist eine Art Reduktionist, der alles wortwörtlich nimmt und es nie so richtig kapiert. Und deshalb wird in den Märchen durch das schlaue Tier, die Elfe oder den Gnom, das kluge Mädchen oder den kleinen Schneider das Gleichgewicht zum Riesen wiederhergestellt. Sie würden niemals eine Eichel mit einem herabgefallenen Blatt oder Zweig gleichsetzen. Sie verstehen eine Metapher, wenn sie ihr begegnen, während der Riese nur einspurig denken kann, alles auf den kleinsten gemeinsamen Nenner reduziert, damit er die Höhle nicht verlassen und aus seiner laut schnarchenden Apathie nicht erwachen muß. Kein Wunder, daß wir, als wir noch klein waren, uns vor Riesen fürchteten und von Geschichten, in denen es Helden wie Odysseus oder Bohnenstengel-Jack gelang, sie zu töten oder zu überlisten, begeistert waren. Der Riese mit seiner Erwachsenendummheit bedroht die Vorstellungskraft eines Kindes, seine ökologische Beziehung zu einer wundersamen Welt. Der Riese, der die kleinen Dinge übersieht, verkörpert die Dummheit. Schließlich ist es eine Bohne, die Jack rettet, und ein Kieselstein, der David vor Goliath bewahrt. Der Riese ist im Bereich der Seele ein anderer Name für Platons Höhle der Unwissenheit, und daher begegnet Odysseus dem Kyklopen, dem einäugigen Riesen, in der Höhle, wo der Riese Odysseus' schlauen Umgang mit Worten wörtlich nimmt und zum Narren gehalten wird.

Obwohl die sprechende Eiche sich als Orakel nur über Frauen mitteilte und obwohl alle Bäume aufgrund ihrer schützenden, nährenden und zyklinischen Eigenschaften und weil sie die grundlegende *Hyle* oder die Grundstoffe für so zahlreiche menschliche Bedürfnisse bereitsstellen, in ihrer Symbolik als weiblich eingeordnet wurden, stellte man sich die Eiche und die Eichel als besonders männlich vor. Die Eiche war nicht nur der Baum des großen Vatergottes (Jupiter im römischen Europa und Thor/Donar im Norden), sondern – und hier wechseln wir vom mythologischen zum morphologischen – die Eichel wurde auch als *iuglans* oder *glans penis* des Jupiter bezeichnet.

Im Englischen bleibt das verborgen, was viele andere Sprachen enthüllen: Der glatte Kopf des Penis weist bei zurückgeschobener Vorhaut die Form einer Eichel auf. Im Deutschen steht das Wort *Eichel* für beides; im Französischen ist es *gland;* im Lateinischen *glans;* im Griechischen *balanos;* im Spanischen *bellota.* Medizinische Schriftsteller wie Celsus und Naturforscher wie Plinius und Aristoteles nahmen Bezug auf diese Gleichsetzung von Glans und Eichel, und Fruchtbarkeitsriten vereinigten diese mythologische Auffassung von der Eiche mit der morphologischen Erscheinungsform ihrer Frucht.

Etymologisch betrachtet, also auf der dritten Ebene unserer Untersuchung, ist das Wort »Eichel« ursprünglich ein Diminutivum zu Eiche und gleichsam als »das Junge der Eiche« zu verstehen. Das aus dem Mitteldeutschen stammende Wort »Ecker«, welches gleichbedeutend mit Eichel verwendet wird, läßt deutlich seine Verwandtschaft mit den englischen Wörtern »acorn« (Eichel) und »acre« (Acker) erkennen. In seinem älteren Ursprung geht »Ecker« auf das gotische »akran« zurück, was Ertrag, Frucht (nicht einfach als Saat, sondern bereits als Ernte gemeint), aber auch Acker bedeutet. Ferner wird mit »Ecker« das lateinische »actus« (Tat, Treiben, Handeln) assoziiert, was der Eichel den Charakter eines bereits erreichten Ergebnisses gibt und sie folglich nicht nur als Anfang (im Entwicklungssinn) eines neuen Baumes begriffen werden kann. Die gesamte Ordnung des Denkens wird damit umgekehrt.

Geht man noch weiter zurück, dann kommen »Ecker« und »acorn« über das Griechische *ago, agein* und seine diversen Formen und Ableitungen aus dem Sanskrit und bedeuten schieben, ausrichten auf, führen oder leiten. (Ein Anführer bei Homer wird als *agos* bezeichnet.) Die Befehlsform *age, agete* bedeutet: setz dich in Bewegung, leg los, mach dich auf. Vom gleichen antiken Wortstamm leiten sich »Agenda« (Tagesordnung) und die »Agonie« (Qual, Leid) ab, welche die alltägliche Erfahrung mit der drängenden »Eichel« im Leben eines jeden von uns ist.[6]

Ist es nicht erstaunlich, dieses Füllhorn verbaler Schätze in die Eichel verpackt zu finden? Und wir sind noch nicht am Ende, denn das griechische Wort für Glans und Eichel, *balanos*, leitet sich aus *ballos* und *bal* ab und bedeutet: das, was geworfen wird, wie die Würfel oder wie die Nuß von einem Baum fällt. Und es heißt außerdem schleudern. Der Fall oder Wurf entscheidet über unseren »Fall«. Auch im Englischen läßt sich diese Parallele herstellen, denn das englische Wort »case« (Fall) geht zurück auf das lateinische *caere*, fallen. Unser »Fall« ist also einfach das Schicksal, dem wir anheimfallen, und unsere Fallgeschichte legt Zeugnis davon ab, wie unser Los geworfen wurde. Damit ist in dem Wort »Eichel« auch dieses verhängnisvolle Element enthalten.

Urverwandt mit *balanos*, der Eichel, ist *ballizon*, das Bein werfen, und *balletus*, ein Werfen, aus dem sich unser Wort »Ballistik« und über die lateinische Sprache unser »Ballett« und der »Tanzball« entwickelt haben. Eine ursprüngliche Schönheit liegt eingebettet in der etymologischen Eichel; sie tanzt mit dem Leben und ist voller Entwürfe; und sie ist so empfindlich wie die Spitze des Penis. All dies haben wir aus ihrem Mythos, ihrer Form und ihren Wörtern gewonnen. Es scheint genau das richtige Bild für die Theorie zu sein, die wir untersuchen.

Die Eicheltheorie scheint mit dem *Puer aeternus*, jenem Archetyp der ewigen Jugend, der eine zeitlose, ewige, doch zerbrechliche Verbindung mit der unsichtbaren Überwelt verkörpert, verwandt zu sein und seine Sprache zu sprechen.[7] In den Lebensgeschichten erklärt der *Puer* das altkluge Kind und den unleugbaren Ruf des Schicksals, so wie bei Menuhin und Garland. Vor allem bei den Menschen, die von einer Vision beherrscht sind und ihr Ziel früh erreichen, die den Alltag durcheinanderbringen und sich schließlich in der Legende verlieren, hat der *Puer aeternus* seinen Auftritt als dominierender Archetyp, zum Beispiel bei James Dean und Clyde Barrow und

Kurt Cobain, bei Mozart und Keats und Shelley, bei Menschen wie Chatterton und Rimbaud und Schubert, wie Alexander dem Großen (mit 30 Jahren bereits gestorben) und Jesus (mit 33 gestorben), wie dem strahlenden Jüngling Alexander Hamilton, der mit 18 schon zu einem der Gründerväter einer Revolution und einer idealisierten neuen Nation wurde. Mit Charlie Parker war es mit 35 zu Ende, Bunny Berigan starb mit 33, Jimmy Blanton mit 23, Buddy Holly mit 21; und denken Sie nur an die jungen, frühverstorbenen Maler wie Jean-Michel Basquiat und Keith Haring. Jeder von uns könnte eine Liste anfertigen – und nicht nur von Berühmten und Berüchtigten, sondern von jenen elfenhaften jungen Männern und Frauen, die unser Leben mit ihrem Versprechen berührt haben und dann mit einem Mal fort waren.

Und natürlich geht der *Puer aeternus* als Archetyp über die Geschlechtszugehörigkeit hinaus: Jean Harlow starb mit 26, Carole Lombard mit 33, Patsy Cline mit 30. Janis Joplin, Eva Hesse, Moira Dwyer, Amelia Earhart …

Diese Berühmtheiten finden Rückhalt in mythischen Gestalten. Ikarus und Horus, die höher flogen als ihre Väter; die schnelle Atalante; die jungen Lancelot und Gawain; der wunderbare Theseus; der heilige Sebastian mit der durchbohrten Brust; der junge David, der betörende Psalmsänger; Ganymed, der Ambrosia-Mundschenk auf dem Olymp; und all die strahlenden Liebenden wie Adonis, Paris und Narziß.

Umgangssprachlich werden talentierte, junge Stars gerne »Genies« genannt, während »Genie« in seiner allgemeinen Bedeutung jeden Menschen mit einer außergewöhnlichen schöpferischen Begabung bezeichnet. Besonders bedeutsam für diese Verbindung von Genie/Genius mit *Puer*, von Glans und Eichel, ist die römische Uridentität des *Genius* mit seiner zeugenden, phallischen Kraft, so daß die Spontaneität des Penis pars pro toto für den *Genius* selbst steht.[8] Aus diesem Grund gibt es Männer, die behaupten, daß ihr Penis ein eigenes intuitives

Auge, einen eigenen Willen hat, und meinen, daß er eine entscheidende Rolle in ihrem Schicksal spielt. Mitunter fetischisieren Männer das Organ, übertragen darauf die geheimnisvollen Verhaltensweisen einer unsichtbaren Gottheit. Diese illusionäre, narzistische, zwanghafte Überbewertung des Penis (so die übliche therapeutische Terminologie) wird verständlich, wenn man sie als eine Form des *Puer*-Phalluskults vor dem Hintergrund des Mythos betrachtet.

Die *Puer*-Gestalt – Baldur, Tammuz, Jesus, Krishna – trägt den Mythos in die Wirklichkeit hinein. Die Botschaft ist mythisch und besagt, daß er, der Mythos, der so leicht verletzt, erschlagen werden kann und doch immer wieder neu geboren wird, der im Keim vorhandene Unterbau jeglicher visionärer Unternehmung ist. Diese Gestalten erscheinen »unwirklich«, wie der Mythos selbst. Sie fühlen sich körperlos an; in Geschichten heißt es, daß sie schnell bluten, fallen, dahinschwinden, verlorengehen. Doch ihre Hingabe an die Überwelt – sie sind Missionare der Transzendenz – geben sie niemals auf. Irgendwo über dem Regenbogen ... *»La lune, c'est mon pays«*, sagt der weißgesichtige Clown in dem Film *Les enfants du paradis* (Kinder des Olymp). Verrückt und einsam, lieblich und blaß – das ist der *Puer*, der die Erde zögernd und doch promiskuitiv mit der Eichel seines Penis berührt und sich danach sehnt, vom Boden empfangen zu werden.

Die Hingabe an einen veränderten Bewußtseinszustand treibt *Puer*-Phantasien dazu an, auch das Bewußtsein des Staates durch die Feuer der Rebellion verändern zu wollen. Die Berufung durch die ewige Welt verlangt, daß in der irdischen Welt das Unterste zuoberst gekehrt wird, damit die Nähe zum Mond wiederhergestellt wird: Mondsüchtigkeit, Liebe, Poesie; Flower-power, Woodstock, Berkeley, die Parole der Studenten 1968 in Paris: »Imagination au pouvoir« (Die Fantasie an die Macht). Keine allmähliche Annäherung, keine Kompromisse, weil die Ewigkeit nicht mit der Zeit paktiert. Inspiration und

Vision sind selbst schon Ergebnisse. Doch dann, was geschieht? Unsterbliche Ideen fallen der Sterblichkeit anheim: die Todesschüsse von Kent State University; dann Babyboom und Busineß. »Golden girls and lads all must, / as chimney-sweepers, come to dust.« (Goldmädels und -jungen werden zuletzt, / wie Schornsteinfeger in den Staub gesetzt.) Manolete, blutend liegt er im Sand.

Nicht nur eine Biographie kann von einer archetypischen Gestalt berührt werden. Es gibt auch archetypische Formen von Theorien. Jede Theorie, die unter dem Einfluß des *Puer* steht, wird sich glänzend präsentieren, vom Außergewöhnlichen angezogen fühlen und ihren Ästhetizismus deutlich sichtbar zur Schau zu tragen. Sie wird Anspruch auf Zeitlosigkeit und Allgemeingültigkeit erheben, doch gerne auf die Mühen des Beweises verzichten. Sie wird den *Puer*-Tanz in sich tragen, ehrgeizige Fantasien entwickeln und gegen Konventionen rebellieren. Eine *Puer*-inspirierte Theorie wird außerdem unter den Fakten nachgeben, ja sogar zusammenbrechen, wenn sie mit den skeptischen Untersuchungen der sogenannten Realität konfrontiert wird, einer Position, die der klassische Gegner des *Puer* einnimmt, der graugesichtige König oder die unverbesserliche, dickköpfige und sture Saturn-Gestalt. Sie will Statistiken, Beispiele und Berichte, nicht Bilder, Visionen und Geschichten. Der Leser, der diese Konstellation kennt und weiß, wie sie sich auf das auswirkt und wie er auf das reagiert, was er liest, findet sich auf der archetypischen Karte besser zurecht – wo er einen Moment lang entzückt ist von den revolutionären Ideen und im nächsten voller Skepsis gegenüber all dem Schwachsinn.

Diese Art der Selbstreflexion ist Bestandteil der psychologischen Methode. Anders als die Methoden, auf die andere Fächer zurückgreifen, wenn sie ihre Thesen aufstellen, ist eine archetypische Psychologie verpflichtet, ihre eigenen mythischen Voraussetzungen darzulegen, zu denen ihre Grundfrage, in unserem Fall die nach dem Eichelmythos, zurückführt. Weil Theorien nicht einfach im Kopf zusammengebraut oder mittels trockener Daten erarbeitet werden können, fassen sie die Dramen des Mythos in Begriffe und führen die Dramen in Diskussionen über Paradigmenwechsel vor.

Nachdem wir nun den *Puer* in unserer Methode ans Licht gebracht haben, wollen wir zur Eichel zurückkehren. Galen, der gelehrte und produktive medizinische Schriftsteller der Antike (129–199 n. Chr.), bestätigt die alte Vorstellung, daß Eicheln ein Urnahrungsmittel darstellen, womit er auf mythische Weise zum Ausdruck bringt, daß wir von unserem eigenen inneren Kern zehren. Unsere Berufung ist die erste Nahrung unserer Psyche. Galen berichtet, daß die Arkadier noch immer Eicheln aßen, auch nachdem die Griechen bereits den Getreideanbau erlernt hatten. Damit sagt er, daß die Fürsorge der Eichel über der praktischen zivilisierenden Wirkung der natürlichen Mutter steht, über der Mutterwelt von Demeter-Ceres, der nährenden, kultivierenden Göttin, nach der die Getreide auch »Cerealien« (engl. *cereals*) heißen. Die Eichel ist ein Geschenk der Natur, das noch vor der Nahrung kommt, die Gabe einer Natur, die mythisch und jungfräulich ist (das heißt, nicht erkannt oder nicht begriffen); also gehören, wie Sir James George Frazer belegt hat, die Eicheln in das Reich der Artemis, die bei der Geburt den Vorsitz führte.

Damals – und bis in die moderne Zeit hinein in der französischen und englischen Malerei und Dichtkunst – war dieses Arkadien der Ureichel die metaphorische Landschaft der ursprünglichen Natur, und darin war es Eden oder dem Paradies ähnlich, wo die natürliche Seele ungebunden und in Übereinstimmung mit der Natur lebte. Die Therapie hat Arkadien in die Kindheit verpflanzt; das natürliche Wesen, das sich von Eicheln ernährt, hat die Therapie »inneres Kind« getauft. Den Garten Eden, der angefüllt ist mit Tieren und Schlangen und

Sünde und Wissen, ebenso wie das Arkadien der einfachen Eichelesser durch ein mißbrauchtes und idealisiertes inneres Kind zu ersetzen, ist selbst schon ein Mißbrauch. Nach heidnischem Verständnis kehrte man nicht »zurück in die Kindheit« und idealisierte auch nicht die Unschuld, um die Idylle der Freiheit zurückzugewinnen; man ging nach Arkadien, in ein metaphorisches Land, in dem man vom eigenen Genius versorgt wurde.

In der Eichel enthalten ist nicht nur die Vollendung des Lebens, noch bevor es gelebt wurde, sondern auch die Unzufriedenheit und Frustration des ungelebten Lebens. Die Eichel sieht, sie weiß, sie drängt – doch was kann sie ausrichten? Diese Diskrepanz zwischen Samen und Baum, zwischen der Spindel im Schoß der Götter im Himmel und dem Alltag im Schoß der Familie auf Erden, erfüllt die Eichel mit ohnmächtigem Zorn, verleiht ihr Weitblick, aber nicht die Macht, irgend etwas zu erreichen; die Eichel ist wie ein kleines Kind rot vor Wut, weil sie nicht das tun kann, was sie sich vorstellt.

Obschon die Eichel nahrhaft und die Zwiesprache mit dem Engel süß sein mag, so ist die Eichel doch auch bitter. Sie wirkt adstringierend und gerbend. Sie weicht zurück; sagt nein, so wie Sokrates' Daimon nur durch Verneinung warnte. Vielleicht ist das der Grund, warum Eicheln eingeweicht und ausgelaugt, gekocht und immer wieder überbrüht werden und einen langen Prozeß des Weichmachens durchmachen müssen, bis ihr Fruchtfleisch endlich zu eßbarem Mehl vermahlen werden kann. Wie es im Rezept heißt: »Die Eicheln sind dann fertig, wenn sie nicht mehr bitter schmecken.« Im Inneren des wunderschönen *Puer* befindet sich eine fürchterliche, giftige Bitterkeit. Zu sehen ist sie im Handeln von Basquiat, dem Sound von Cobain, Hendrix, Joplin, in der selbstmörderischen Verzweiflung, die die Zeit der Eiche nicht abwarten kann. Auch Theorien werden von einem Schatten heimgesucht. Die Eicheltheorie und der mächtige Ansporn zum Leben, den sie bietet – Vision, Schönheit, Schicksal –, ist auch eine schwer zu knackende Nuß.

Diese Coda hat sich als notwendiger und abschließender Exkurs zur Methode erwiesen. Sie hat die Eicheltheorie mit ihrem Urbild und das Urbild noch tiefer mit einer mythischen Konfiguration namens *Puer aeternus* verbunden. Durch diesen Exkurs konnte ich zeigen, wie man eine organische Metapher aus ihrem normalen Topf der organismischen Philosophie auspflanzen kann, in der unsere Eicheltheorie auf ein Entwicklungsmodell des menschlichen Lebens beschränkt geblieben wäre.

Das Leben ist nicht nur ein natürlicher Prozeß; es ist auch, und vor allem, ein Geheimnis. Die im Leben verdeckten Offenbarungen durch Analogien mit der Natur erklären zu wollen heißt, sich eines »naturalistischen Trugschlusses« schuldig zu machen und davon auszugehen, daß das Leben der Seele nur den Naturgesetzen gehorcht, wie sie beispielsweise in der Evolution oder Genetik beschrieben werden. Die Menschheit hat immer wieder versucht, den Code der Seele zu knacken, die Geheimnisse ihres Wesens zu entschlüsseln. Doch was, wenn ihr Wesen eben nicht natürlich und nicht menschlich ist? Angenommen, das, was wir suchen, ist nicht nur etwas anderes, sondern auch anderswo oder hat vielmehr trotz des Rufs, der uns zum Suchen auffordert, gar kein »wo«, und es gibt daher außer in der Tatsache des Rufs selbst nichts, wo man suchen könnte. Es scheint klüger zu sein, dem Ruf zu folgen, als ihm durch die Suche nach seiner Quelle auszuweichen.

Das Unsichtbare im Herzen der Dinge wurde traditionell als *Deus absconditus*, als der »verborgene Gott« bezeichnet, den man nur in Bildern, Metaphern und paradoxen Rätseln, als Schatz von unermeßlichem Wert, vergraben unter riesigen Bergen, oder als Funken, welcher die leichtentzündliche Kraft des Lauffeuers enthält, ansprechen konnte. Das Allerwichtigste, so diese Tradition, ist immer das am wenigsten Offensichtliche.

Die Eichel ist eine solche Metapher, und die Eicheltheorie stützt sich auf diese Tradition, die zurückreicht bis zu Blake und Wordsworth, zu den deutschen Romantikern und zu Marsilio Ficino und Nikolaus von Kues in der Renaissance.

So wie die Eichel eine Metapher für Kleinheit ist, so sind auch der Daimon und die Seele solche Metaphern. Sie sind sogar noch kleiner als klein, weil sie zum Unsichtbaren gehören. Denn die Seele ist kein meßbares Wesen, keine Substanz, keine Kraft – auch wenn wir durch die Macht ihrer Forderungen gerufen werden. Sie ist überhaupt nichts Körperliches, sagt Ficino, und daher können das Wesen des Daimon und der Code der Seele nicht mit physikalischen Mitteln erfaßt werden – nur mit neugierigen Gedanken, hingebungsvollen Gefühlen, suggestiven Intuitionen und waghalsigen Fantasien, alles *Puer*-Methoden der Erkenntnis.

Indem diese Theorie sich an die archetypische Gestalt des *Puer* hält, will sie inspirieren und revolutionieren und außerdem eine frische erotische Zuneigung zu ihrem Thema wecken: zu der subjektiven und persönlichen Autobiographie jedes einzelnen, zu der Art, wie wir uns unser Leben vorstellen, denn unsere Vorstellung vom Leben wirkt sich zutiefst darauf aus, wie wir unsere Kinder erziehen und welche Einstellung wir zu den Symptomen und Störungen der Jugendlichen haben, sie wirkt sich aus auf unsere Individualität in einer Demokratie, auf die Fremdheit des Alters und auf die Pflichten des Sterbens – und sie betrifft alle Berufe, die mit Erziehung, Psychotherapie und dem Schreiben von Biographien zu tun haben, und damit letzlich uns alle.

Anmerkungen

Mottos statt eines Vorworts

Viriginia Woolf, »Eine Skizze der Vergangenheit«, in: *Augenblicke. Skizzierte Erinnerungen.* Frankfurt 1984, S. 88/89.
Plotin, *Schriften, Band 5.* Hamburg 1992, Enneade II.3.15, S. 263.
Platon, »Politeia«, in: *Sämtliche Werke, Band 2.* Reinbek 1994, 620e/621a, S. 536.
Plotin, *Schriften, Band 1.* Hamburg 1961, Enneade III.4.6, S. 308/309.
Robert Wright, *Diesseits von Gut und Böse. Die Biologischen Grundlagen unserer Ethik.* München 1996, S. 556.
Edgar Wind, *Heidnische Mysterien in der Renaissance.* Frankfurt 1981, S. 272–273.

1. Die Eicheltheorie und die Rettung der Psychologie

1 Eric Robertson Dodds, *Proclus: The Elements of Theology.* Oxford 1963², S. 313–321.
2 Edward Burnett Tylor, *Die Anfänge der Cultur. Untersuchungen über die Entwicklung der Mythologie, Philosophie, Religion, Kunst und Sitte.* Leipzig 1873, S. 422.
3 Åke Hultkrantz, *Conceptions of the Soul Among North American Indians.* Stockholm 1953, S. 387.
4 Jane Chance Nitzsche, *The Genius Figure in Antiquity and the Middle Ages.* New York 1975, S. 18, 19.
5 Sid Colin, *Ella: The Life and Times of Ella Fitzgerald.* London 1986, S. 2.
6 Robin George Collingwood, *An Autobiography.* Oxford 1939, S. 3–4.

7 Barnaby Conrad, *The Death of Manolete*. Boston: 1958, S. 3–4.
8 Evelyn Fox Keller, *Barbara McClintock. Die Entdeckerin der springenden Gene*. Basel 1995, S. 38.
9 Yehudi Menuhin, *Unvollendete Reise. Lebenserinnerungen*. München 1976, S. 30, 31.
10 Menuhin, S. 29.
11 Colette, *Die Erde ist mein Paradies. Eine Autobiographie der Colette, aus ihren Werken zusammengestellt von Robert Phelps*. Frankfurt 1967, S. 51, 78.
12 Golda Meir, *Mein Leben*. Hamburg 1975, S. 37–39.
13 Eleanor Roosevelt, *You Learn by Living*. New York 1960, S. 30.
14 Blanche Wiesen Cook, *Eleanor Roosevelt, Bd. 1, 1884–1933*. New York, 1992, S. 70–72.
15 Roosevelt, *You Learn by Living*, S. 18.
16 Brian Crozier, *Franco*. München/Esslingen 1967, S. 41.
17 Desmond Young, *Rommel: The Desert Fox*. New York 1950, S. 12.
18 Bemerkungen zu Peary, Stefansson und Gandhi aus Victor und Mildred G. Goertzel, *Cradles of Eminence*. Boston 1962.
19 James Hillman, »What Does the Soul Want – Adler's Imagination of Inferiority«, in: *Healing Fiction*. Dallas 1994.
20 Stefen Naifeh und Gregory W. Smith, *Jackson Pollock: An American Saga*. New York 1989, S. 62, 50–51.
21 David Irving, *Rommel. Eine Biographie*. Hamburg 1978, S. 599.
22 Albert Rothenberg, *Creativity and Madness: New Findings and Old Stereotypes*. Baltimore 1990, S. 8.
23 Elias Canneti, *Die gerettete Zunge. Geschichte einer Jugend*. Frankfurt 1979, S. 35–36, 38–39.
24 Peter R. und Ginger R. Breggin, *The War Against Children: The Gouvernment's Intrusion into Schools, Families and Communities in Search of a Medical »Cure« for Violence*. New York 1994.
25 Mary Sykes Wylie, »Diagnosing for Dollars?«, in: *The Familiy Therapy Networker*, 1995, Nr. 19(3), S. 23–69.
26 Patrizia Cox, *Biography in Late Antiquity: A Quest for the Holy Man*. Berkeley 1983.
27 Wind, *Heidnische Mysterien in der Renaissance*, S. 272–273.
28 … The clouds preceded us
There was a muddy centre before we breathed.
There was a myth before the myth began,
Venerable and articulate and complete.
Wallace Stevens, »Notes Toward a Supreme Fiction«, in: *The Collected Poems of Wallace Stevens*. New York 1978, S. 383.

2. *Nach unten wachsen*

1 Ernst Müller (Hrsg.), *Der Sohar. Das heilige Buch der Kabbala.* München 1997, S. 137.
2 Charles Ponce, *Kabbalah.* San Francisco 1973, S. 137.
3 Platon, »Politeia«, in: *Sämtliche Werke,* Band 2. Reinbek 1994, 614a–621d, S. 528–537.
4 Gerhard Kittel (Hrsg.), *Theologisches Wörterbuch zum Neuen Testament.* Stuttgart 1950, Band 3, S. 757–763.
5 Platon, »Politeia«, in: *Sämtliche Werke,* 617d, S. 532.
6 Plotin, *Schriften, Band 5.* Hamburg 1992, Enneade II.3.15, S. 263.
7 Joel Covitz, »A Jewish Myth of a Priori Knowledge«, in: *Spring 1971: An Annual of Archetypal Psychology.* Zürich 1971, S. 55.
8 Aristoteles, *Die Nikomachische Ethik.* München 1995², 1106b, S. 140/141.
9 Zitate zu Judy Garland aus: David Shipman, *Judy Garland: The Secret Life of an American Legend.* New York 1993.
10 Weitere Zitate zu Judy Garland aus: Mickey Deans und Ann Pinchot, *Weep No More, My Lady.* New York 1972.
11 Alle Zitate zu Josephine Baker aus Jean-Claude Baker und Chris Chase, *Josephine: The Hungry Heart.* New York 1993.

3. *Der Elterntrugschluß*

1 Alle Zitate zu Thomas Wolfe aus: Andrew Turnbull, *Thomas Wolfe.* New York 1967.
2 Peter B. Neubauer und Alexander Neubauer, *Nature's Thumbprint: The Role of Genetics in Human Development.* Reading/Mass. 1990, S. 20–21, wie zitiert in David C. Rowe, *Genetik und Sozialisation.* Weinheim 1997, S. 163.
3 Stephen Citron, *Noel and Cole: The Sophisticates.* Oxford 1993, S. 8.
4 Goertzel und Goertzel, *Cradles of Eminence,* S. 13.
5 Stanley A. Blumberg und Gwinn Owens, *Energy and Conflict: The Life and Times of Edward Teller.* New York 1976, S. 6.
6 Pupul Jayakar, *Krishnamurti: A Biography.* New York 1988, S. 20.
7 Alle Zitate zu Van Cliburn aus: Howard Reich, *Van Cliburn: A Biography.* Nashville 1993.
8 Lee Congdon, *The Young Lukács.* Chapel Hill 1983, S. 6.
9 Joan Peyser, *Leonard Bernstein.* London 1987, S. 22.
10 Patrizia Bosworth, *Diane Arbus: A Biography.* New York 1984, S. 25.
11 Roy Cohn und Sidney Zion, *The Autobiography of Roy Cohn.* Secaucus/N. Y. 1988, S. 25.
12 Elisabeth Young-Bruehl, *Hannah Arendt: For Love of the World.* New Haven 1982, S. XII, 4.
13 Keller und Freeman, *Barbara McClintock. Die Entdeckerin der springenden Gene,* S. 73.

14 Goertzel und Goertzel, *Cradles of Eminence*, S. 255.
15 Tina Turner und Kurt Loder, *Ich, Tina. Mein Leben*. München 1986, S. 18/20.
16 Rowe, *Genetik und Sozialisation*, S. 231.
17 Diane E. Eyer, *Mother-Infant Bonding: A Scientific Fiction*. New Haven 1992, S. 2, 199, 200.
18 John Bowlby, *Mutterliebe und kindliche Entwicklung*. München/Basel 1985, S. 47.
19 Rowe, *Genetik und Sozialisation*, S. 197.
20 Robert Coles, *The Spiritual Life of Children*. Boston 1990.
21 John Demos, »The Changing Faces of Fatherhood«, in: Frank S. Kessel und Alexander W. Siegel (Hrsg.), *The Child and Other Cultural Inventions*. New York 1983.
22 Rainer Maria Rilke, *Gedichte, 1. Teil*. Frankfurt 1987, S. 232/324.
23 Michael Ventura und James Hillman, *We've Had a Hundred Years of Psychotherapy – And the World's Getting Worse*. San Francisco 1993.
24 Camille Sweeney, »Portrait of The American Child«, in: *The New York Times Magazine*, 8. 10. 1995, S. 52–53.
25 Edith Cobb, *The Ecology of Imagination in Childhood*. Dallas 1993.
26 Paul Arthur Schilpp, *The Philosophy of Alfred North Whitehead*. New York 1951, S. 502.

4. Zurück zum Unsichtbaren

1 A. Hilary Armstrong, »The Divine Enhancement of Earthly Beauties«, in: *Eranos-Jahrbuch 1984*. Frankfurt 1986.
2 Paul Friedländer, *Platon. Band 1: Seinswahrheit und Lebenswirklichkeit*. Berlin 1954[2], S. 201.
3 Henri Bergson, *L'évolution créatrice*. Paris 1907, Vorwort.
4 To every natural form, rock, fruit, or flower,
Even the loose stones that cover the highway,
I gave a moral life: I saw them feel
Or linked them to some feeling: the great mass
Lay bedded in some quickening soul, and all
That I beheld respired with inward meaning.
William Wordsworth, *Präludium oder Das Reifen eines Dichtergeistes. Ein autobiographisches Gedicht*. Stuttgart 1974, S. 75.
5 William James, »On a Certain Blindness in Human Beings«, in: *Talks to Teachers on Psychology: And to Students on Some of Life's Ideals*. London 1911.
6 Horace B. und Ava C. English, *A Comprehensive Dictionary of Psychological and Psychoanalytical Terms*. New York 1958.
7 Howard C. Warren (Hrsg.), *Dictonary of Psychology*. Boston 1934.
8 English und English, *A Comprehensive Dictionary of Psychological and Psychoanalytical Terms*. Siehe auch: K.W. Wild, *Intuition*. Cambridge

1938; Malcolm R. Westcott, *Toward a Contemporary Psychology of Intuition: A Historcal, Theoretical and Empirical Inquiry.* New York 1968; Josef König, *Der Begriff der Intuition.* Halle 1926; Sebastian J. Day, *Intuitive Cognition: A Key to the Significance of the Later Scholastics.* St. Bonaventure 1947.

9 Carl Gustav Jung, *Typologie.* München 1990[2]

10 Zitat zu poetischer Inspiration und Mathematik aus Rosamond E. M. Harding, *An Anatomy of Inspiration.* Cambridge 1942; zu mathematischen Erfindungen aus Jacques Hadamard, *The Psychology of Invention in the Mathematical Field.* Princeton 1945.

11 Ralph Waldo Emerson, *Essays. Erste Reihe.* Zürich 1983. S. 55.

12 Wie der Text zeigt, hatten viele berühmte Persönlichkeiten Schwierigkeiten in der Schule. Individuelle Lebensgeschichten sind in den folgenden Büchern enthalten. Zu Schulschwierigkeiten im allgemeinen und Mann, Saroyan, Grieg, Crane, O'Neill, Faulkner, Fitzgerald, Glasgow, Cather, Buck, Duncan, Anthony, Churchill: Goertzel und Goertzel, *Cradles of Eminence;* zu Gandhi und Undset: Robert Payne, *The Life and Death of Mahatma Gandhi.* New York 1969; zu Fenyman: James Gleick, *Richard Feynman. Leben und Werk eines genialen Pysikers.* München 1993; zu Branagh: Kenneth Branagh, *Beginning.* London 1989; zu Fassbinder: Robert Katz, *Love Is Colder Than Death: Life and Times of Rainer Werner Fassbinder.* London 1987; zu Pollock: Steven Naifeh und Gregory W. Smith, *Jackson Pollock: An American Saga.* New York 1989; zu Lennon: Albert Goldman, *John Lennon. Ein Leben.* Reinbek 1989; zu Browning: Maisie Ward, *Robert Browning and His World: The Private Face (1812–1861).* London 1968; zu Bowles: Christopher Sawyer-Laucanno, *An Invisible Spectator: A Biography of Paul Bowles.* London 1989; zu Einstein: Robert Highfield und Paul Carter, *Die geheimen Leben des Albert Einstein. Eine Biographie.* Berlin 1994; zu Arbus: Patricia Bosworth, *Diane Arbus: Eine Biographie.* München 1984.

13 Zitate zu Puccini, Tschechow und Picassos Schwierigkeiten mit Prüfungen stammen aus: Goertzel und Goertzel, *Cradles of Eminence;* zusätzliches Material zu Picasso aus: Roland Penrose, *Picasso: His Life and Work.* Berkeley 1981[3].

14 Goertzel und Goertzel, *Cradles of Eminence.*

15 Omar N. Bradley und Clay Blair, *A General's Life: An Autobiography.* New York 1983.

16 Paul D. Colford, *The Rush Limbaugh Story: Talent on Loan from God.* New York 1993, S. 12.

17 James Grant, *Bernard M. Baruch: The Adventures of a Wall Street Legend.* New York 1983.

18 Eric Lax, *Woody Allen. Eine Biographie.* München 1992, S. 40.

19 Marshall Frady, *Billy Graham: A Parable of American Righteousness.* Boston 1979, S. 61.

20 Robert Sardello (Hrsg.), *The Angels.* Dallas 1994.

21 David L. Miller, *Hells and Holy Ghosts: A Theopoetics of Christian Belief.* Nashville 1989.

5. Esse est percipi: Sein ist wahrgenommen werden

1 Conrad, *The Death of Manolete*, S. 9–10.
2 Robert A. Caros Essay »Lyndon Johnson and the Roots of Power« ist zu finden in: *Extraordinary Lives: The Art and Craft of American Biography.* Boston 1988.
3 James Thomas Flexner, *The Young Hamilton: A Biography.* Boston 1978, S. 143.
4 James Hillman, *Egalitarian Typologies Versus the Perception of the Unique* (Eranos Lecture Series). Dallas 1986, S. 4–5.
5 Elia Kazan, *Elia Kazan: A Life.* New York 1989, S. 26.
6 Alle Zitate zu Truman Capote aus: Gerald Clarke, *Truman Capote. Biographie.* München 1993, S. 72–73.
7 Golda Meir, *Mein Leben.* Hamburg 1975, S. 39–42.
8 Karen Monson, *Alban Berg.* London 1980, S. 6.
9 Wiktor Woroszylski, *The Life of Mayakovsky.* London 1972, S. 11.
10 Alle Zitate zu Rimbaud aus: Elisabeth Hanson, *My Poor Arthur: A Biography of Arthur Rimbaud.* New York 1960.
11 David Leeming, *James Baldwin: A Biography.* New York 1994, S. 14–16, 19.
12 Andrés Rodríguez, *The Book of the Heart: The Poetics, Letters and Life of John Keats.* Hudson/N.Y. 1993, S. 48.
13 James Hillman, »Oedipus Revisited«, in: *Oedipus Variations: Studies in Literature and Psychoanalysis.* Dallas 1991, S. 137–145.
14 Ernst H. Gombrich, Kunst und Illusion. *Zur Psychologie der bildlichen Darstellung.* Stuttgart/Zürich 1978, S. 20/21.
15 José Ortega y Gasset, *Die Hauptwerke: Der Aufstand der Massen. Über die Liebe – Meditationen.* Berlin 1983, S. 423/424.
16 Rodgríguez, *Book of the Heart*, S. 51.
17 Die Quellen zu den Anekdoten bezüglich »später« Entwicklung sind die folgenden. Zu Teller: Blumberg und Owens, *Energy and Conflict: The Life and Time of Edward Teller;* zu Spock: Lynn Z. Bloom, *Doctor Spock: Biography of a Conservative Radical.* Indianapolis 1972; zu Buber: Maurice Friedman, *Encounter on the Narrow Ridge: A Life of Martin Buber.* New York 1991; zu Thurber: Neil A. Graver, *Remember Laughter: A Life of James Thurber.* Lincoln 1994; zu Wilson: Edwin A. Weinstein, *Woodrow Wilson: A Medical and Psychological Biography.* Princeton 1981.

6. Weder Anlage noch Umwelt – ein Drittes

1 Robert Plomin, J.C. De Fries und G.E. McClearn, *Behavioral Genetics: A Primer.* New York 1990, S. 314.
2 Judy Dunn und Robert Plomin, *Warum Geschwister so verschieden sind.* Stuttgart 1996, S. 54.

3 Plomin u. a., *Behavioral Genetics*, S. 370.
4 Dunn und Plomin, *Warum Geschwister so verschieden sind*, S. 29.
5 Dunn und Plomin, S. 67ff.
6 Dunn und Plomin, S. 68.
7 Plomin u. a., *Behavioral Genetics* S. 371.
8 Robert Plomin, »Environment and Genes«, in: *American Psychologist*, 1989, Nr. 44(2), S. 105–111.
9 Jerome Kagan, *Galen's Prophecy: Temperament in Human Nature*. New York 1994.
10 Paul Radin, *Monotheism Among Primitve Peoples*. Basel 1954. Zu den psychologischen Eigenschaften des Monotheismus siehe: James Hillman, »Archetypal Psychology: Monotheistic or Polytheistic?« in: *Spring 1971: An Annual of Archetypal Psychology and Jungian Thought*. Zürich 1971, S. 193–230.
11 Cesare Lambroso, *The Man of Genius*. London 1891.
12 Plomin u. a., *Behavioral Genetics*, S. 334.
13 Richard J. Herrnstein und Charles Murray, *The Bell Curve: Intelligence and Class Structure in American Life*. New York 1994, S. 108.
14 Plomin u. a., *Behavioral Genetics*, S. 366.
15 Plomin u. a., S. 334.
16 Plomin u. a., S. 365.
17 Herrnstein und Murray, *The Bell Curve: Intelligence and Class Structure in American Life*, S. 105.
18 Plomin u. a., *Behavioral Genetics*, S. 35.
19 Bard Lindeman, *The Twins Who Found Each Other*. New York 1969
20 D. T. Lykken, M. McGue, A. Tellegen und T. J. Bouchard, »Emergenisis: Genetic Traits That May Not Run In Families«, in: *American Psychologist*, 1992, Nr. 47 (12), S. 1565–1566.
21 Lykken, McGue, Tellegen und Bouchard, S. 1575.
22 Dunn und Plomin, *Warum Geschwister so verschieden sind*, S. 175/176.
23 Dunn und Plomin, S. 178.
24 Niels G. Waller und Phillip R. Shaver, »The Importance of Nongenetic Influences on Romantic Love Styles: A Twin-Familiy Study«, in: *Psychological Science*, 1994, Nr. 5(5), S. 268–274.
25 Helen E. Fisher, *Anatomie der Liebe. Warum Paare sich finden, sich binden und auseinandergehen*. München 1995, S. 54.
26 Emma Jung, *Animus und Anima*. Fellbach-Oeffingen 1990[4].
27 John R. Haule, *Heilige Verzauberung. Archetypen und Stadien der romantischen Liebe*. Interlaken 1991; Jan Bauer, *Unmögliche Liebe: Vom Sinn unerlaubter Leidenschaft*. Zürich 1995.
28 Platon, »Phaedrus«, in: *Sämtliche Werke*, Band 2. Reinbek 1994, S. 573/574.
29 Fisher, *Anatomie der Liebe*, S. 327.
30 Ellen Berscheid und Elaine Hatfield Walster, *Interpersonal Attraction*. Menlo Park/N. Y. 1983, S. 153.
31 Lawrence Wright, »Double Mystery«, in: *The New Yorker*, 7. 8. 1995, S. 52.

32 Nathaniel Branden, »A Vision of Romantic Love«, in: *Robert J. Sternberg und Michael L. Barnes (Hrsg.),* The Psychology of Love. New Haven 1988, S. 224.
33 Susan S. und Clyde Hendrick, *Romantic Love.* Newbury Park/Kalifornien 1992, S. 23.
34 Wright, »Double Mystery«, S. 58.
35 Ortega y Gasset, *Die Hauptwerke: Der Aufstand der Massen. Über die Liebe – Meditationen.* Berlin 1983.
36 Joseph Gantner, »L'Immagine del Cuor«, in: *Eranos-Jahrbuch,* Zürich 1967, 35–1966, S. 287ff.
37 Zoltan Kovecses, »A Linguist's Quest for Love«, in: *Journal of Social und Personal Relationships,* 1991, Nr. 8(1), S. 77–97.
38 Ricardo C. Ainslie, *The Psychology of Twinship.* Lincoln 1985, S. 133–141.
39 Plomin, »Environment and Genes«, S. 110.
40 David Reiss, Robert Plomin und E. Mavis Hetherington, »Genetics and Psychiatry: An Unheralded Window on the Environment«, in: *American Journal of Psychiatry,* 1991, Nr. 148(3), S. 283–291.
41 Plomin, »Environment and Genes«, S. 110.
42 T. S. Eliot, *Gesammelte Gedichte 1909–1962.* Frankfurt 1972, S. 317.

7. Groschenromane und pure Fantasie

1 Eric Temple Bell, *Men of Mathematics.* New York 1937, S. 341–342.
2 D. W. Forrest, *Francis Galton: The Life and Work of a Victorian Genius.* London 1974, S. 6.
3 Peter Kurth, *American Cassandra: The Life of Dorothy Thompson.* Boston 1990, S. 24.
4 Gobb, *The Ecology of Imagination in Childhood.* Dallas 1993
5 Goldman, *John Lennon. Ein Leben,* S. 71.
6 Anekdoten zu großen Schriftstellern und ihren schlechten Lesegewohnheiten sind in den folgenden Werken zu finden. Zu Porter: George Eells, *The Life That Late He Led: A Biography of Cole Porter.* London 1967; zu F. L. Wright: Meryle Secrest, *Frank Lloyd Wright.* New York 1992; zu Barrie: Janet Dunbar, *J. M. Barrie: The Man Behind the Image.* Newton Abbot/England 1971; zu R. Wright: Margaret Walker, *Richard Wright: Daemonic Genius.* New York 1988; zu Ellis: Vincent Brome, *Havelock Ellis: Philosopher of Sex.* London 1979.
7 Sir Edmund Hillary, *Wer wagt, gewinnt. Eine Autobiographie.* Bergisch Gladbach 1976, S. 17.
8 Kate Meyers, »Tarantino's Shop Class«, in: *Entertainment Weekly,* 14.10.1994, S. 35.
9 Eells, *The Life That Late He Led,* S. 17.
10 Richard Holmes, *Coleridge – Early Visions.* London 1989, S. 6.

11 Laurence Leamer, *Ingrid Bergman. Die Frau, die ein Weltstar wurde.* München 1989, S. 18.
12 Samuel Abt, *LeMond.* New York 1990, S. 18.
13 Reich, *Van Cliburn: A Biography,* S. 7.
14 Daniel J. Levinson, *Das Leben des Mannes. Werdenskrisen, Wendepunkte, Entwicklungschancen.* Köln 1979, S. 144–149.
15 David McCullough, *Truman.* New York 1992, S. 837–838.
16 Mikal Gilmore, »Family Album«, in: *Granta,* 1991, Nr. 37 (Herbst), S. 15.
17 Bob Mullan, *Mad to Be Normal: Conversations with R. D. Laing.* London 1995, S. 93–95.
18 Alle Zitate zur Familie Loud aus: Anne Roiphe in Ron Goulart (Hrsg.), *An American Family.* New York 1973, S. 22–25.
19 Mary Watkins, *Invisible Guests: The Development of Imaginal Dialogues.* Hillsdale/N. J. 1986.

8. Tarnung

1 Baker und Chase, *Josephine: The Hungry Heart,* S. 12.
2 Timothy Wilson-Smith, *Delacroix – A Life.* London 1992, S. 21.
3 Maurice Zolotow, *Shooting Star: A Biography of John Wayne.* New York 1974, S. 37.
4 Robert A. Caro, »Lyndon Johnson an the Roots of Power«, in: *Extraordinary Lives: The Art and Craft of American Biography,* S. 218.
5 Tad Szulc, *Fidel: A Critical Portrait.* New York 1986, S. 112.
6 John Raymond, *Simenon in Court.* New York 1968, S. 35.
7 Victor Seroff, *The Real Isadora.* New York 1971, S. 14.
8 Joan Peyser, *Leonard Bernstein. Eine Biographie.* Hamburg 1988, S. 8.
9 Robert Lacey, *Ford: Eine amerikanische Dynastie.* Düsseldorf 1987, S. 18–19.
10 Walter Isaacson, *Kissinger. Eine Biographie.* Berlin 1993, S. 29/30.
11 Michael Holroyd, »Literary and Historical Biography«, in: A. M. Friedson (Hrsg.), *New Direktions in Biography.* Manoa 1981.
12 Leon Edel, *Writing Lives – Principia Biographica.* New York 1984, S. 20f.
13 Carolyn G. Heilbrun, *Writing a Woman's Life.* New York 1988, S. 14.
14 Isaacson, *Kissinger. Eine Biographie,* S. 29–30.
15 Seroff, *The Real Isadora,* S. 14, 50.
16 American Psychiatric Association Staff (Hrsg.), *Diagnostic and Statistical Manual of Mental Disorders,* Band 3. Washington/D. C. 1987[3], S. 301.51.
17 Hultkrantz, *Conceptions of the Soul Among North American Indians.*
18 *The World Almanac and Book of Facts.* New York 1991.
19 Keller und Freeman, *Barbara McClintock. Die Entdeckerin der springenden Gene,* S. 52.
20 Oliver Daniel, *Stokowski: A Counterpoint of View.* New York 1982, S. XXIV, XXV, XXXIII, 10.

21 Abram Chasins, *Leopold Stokowski: A Profile*. New York 1979, S. 148–149.
22 Daniel, *Stokowski: A Counterpoint of View*, S. 923.
23 Holroyd, »Literary and Historical Biography«, in: Friedson (Hrsg.), *New Directions in Biography*, S. 18.
24 William H. Epstein, *Recognizing Biography*. Philadelphia 1987, S. 6.
25 Hultkrantz, *Conceptions of the Soul Among North American Indians*, S. 383, 141.

9. Schicksal

1 Plotin, *Schriften*, Band 1. Hamburg 1961, Enneade III.4.5, S. 305.
2 Eric Robertson Dodds, *The Greeks and the Irrational*. Berkeley 1951, S. 6.
3 Dodds, S. 23.
4 Bernard Clive Dietrich, *Death, Fate and the Gods: Development of a Religious Idea in Greek Popular Belief and in Homer*. London 1965, S. 340; siehe auch William Chase Greene, *Moira: Fate, Good, and Evil in Greek Thought*. New York 1963.
5 Herbert William Parke, *The Oracles of Zeus: Dodona, Olympia, Ammon*. Oxford 1967.
6 Aristoteles, *Physik*, Band 1 (Bücher I–IV). Hamburg, Buch II. Kap. 3, 194b.
7 Ingmar Bergman, *Mein Leben*. Berlin 1988, S.16/17.
8 Bergman, S. 19–22.
9 Bette Davis, *The Lonely Life: An Autobiography*. London 1963, S. 23.
10 Pierre Franey, *A Chef's Tale: A Memoir of Food, France, and America*. New York 1994, S. 12.
11 Evan Jones, *Epicurean Delight: The Life and Times of James Beard*. New York 1990, S. 4.
12 Goertzel und Goertzel, *Cradles of Eminence*, S. 267.
13 Dunbar, J.M. Barrie: *The Man Behind the Image*.
14 Thomas Kunkel, *Genius in Disguise: Harold Ross of* The New Yorker. New York 1995, S. 326.
15 Stephen E. Ambrose, *Nixon: The Education of a Politician, 1913–1962*. New York, 1987, S. 36–37.
16 Edmonde Charles-Roux, *Coco Chanel. Ein Leben*. Wien/Darmstadt 1988, S. 60.
17 Francis MacDonald Cornford, *Plato's Cosmology: The »Timaeus« of Platon Translated with a Running Commentary*. London 1948.
18 Schreckenberg, *Ananke*. München 1964.
19 T. S. Eliot, *Gesammelte Gedichte 1909–1962*, S. 279.
20 Ruth Brandon, *The Life and Many Deaths of Harry Houdini*. New York 1993, S. 11, 292.

10. Der schlechte Samen

1 Plotin, *Schriften, Band 1.* Hamburg 1961, Enneade III.1.6, S. 85.
2 Arthur Köstler, *The Ghost in den Machine.* New York 1990, S. 384.
3 Robert G. Waite, *The Psychopathic God: Adolf Hitler.* New York 1977, S. 412, 379.
4 James Hillman, *Am Anfang war das Bild. Unsere Träume – Brücken der Seele zu den Mythen.* München 1979, S. 155–157.
5 Waite, *The Psychopathic God,* S. 14.
6 Ada Petrova und Peter Watson, *The Death of Hitler: The Full Story with New Evidence from Secret Russian Archives.* New York 1995, S. 16.
7 Hermann Rauschning, *Gespräche mit Hitler.* Wien 1988[2], S. 115.
8 Waite, *The Psychopathic God,* S. 26–27.
9 Petrova und Watson, *The Death of Hitler: The Full Story with New Evidence from Secret Russian Archives,* S. 9–13.
10 Edgar Herzog, *Psyche und Tod. Wandlungen des Todesbildes im Mythos und in den Träumen heutiger Menschen.* Zürich/Stuttgart 1960.
11 Waite, *The Psychopathic God,* S. 237 ff.
12 Werner Maser, *Adolf Hitler. Legende – Mythos – Wirklichkeit.* München 1995, S. 305–369.
13 Waite, *The Psychopathic God,* S. 44–45.
14 Waite, S. 13, 201, 14.
15 Waite, S. 7, 114, 92–95.
16 Joachim C. Fest, *Hitler. Eine Biographie.* Frankfurt/Berlin 1973.
17 Rauschning, *Gespräche mit Hitler,* S. 274.
18 Charles Bracelen Flood, *Hitler: The Path to Power.* Boston 1989, S. 25.
19 Waite, *The Psychopathic God,* S. 202.
20 John Toland, *Adolf Hitler.* Bergisch Gladbach 1977, S. 228.
21 Waite, *The Psychopathic God,* S. 176, 155.
22 Rauschning, *Gespräche mit Hitler,* S. 273.
23 Alice Miller, *Am Anfang war Erziehung.* Frankfurt 1983, S. 169–231.
24 Joel Norris, *Serial Killers: The Causes of a Growing Menace.* New York 1988, S. 157–158.
25 Gitta Sereny, *The Case of Mary Bell.* New York, 1973, S. XV.
26 Sereny, S. 74, 197.
27 Sereny, S. 195, 130.
28 Miller, *Am Anfang war Erziehung,* S. 157, 191.
29 A devil, a born devil, on whose nature
Nurture can never stick; on whom my pains,
Humanely taken, all, all lost, quite lost;
William Shakespeare, *The Tempest/Der Sturm.* Stuttgart 1982, IV.1., S. 122/123.
30 Lonnie H. Athens, *The Creation of Dangerous Violent Criminals.* Urbana 1992.
31 Lombroso, *The Man of Genius;* Richard von Krafft-Ebing, *Psychopathia sexualis.* München 1997.
32 John Kobler, *Al Capone.* Rastatt 1981, S. 19.

33 James Q. Wilson und Richard J. Herrnstein, *Crime and Human Nature.* New York 1985.
34 Adolf Guggenbühl-Craig, *The Emptied Soul: The Psychopath in Everyone's Life.* Woodstock/Conn. 1996.
35 Jack Katz, *Seductions of Crime: Moran and Sensual Attractions of Doing Evil.* New York 1988, S. 315.
36 *Othello:* Will you, I pray, demand that demi-devil
Why he hath tuhs ensnar'd my soul and body?
Iago: Demand me nothing, what you know, you know, …
William Shakespeare, *Othello.* Stuttgart 1985, V.2., S. 222/223.
37 Sereny, *The Case of Mary Bell, S. 66, 41.*
38 Katz, Seducations of Crime: Moral and Sensual Attractions of Doing Evil, S. 289 f., 301.
39 Brian Masters, *Killing for Company: The Story of a Man Addicted to Murder.* New York 1993, S. 238.
40 Miller, *Am Anfang war Erziehung,* S. 261.
41 Lionel Dahmer, *A Father's Story.* New York 1995, S. IX, 175, 204, 190.
42 Robert Cullen, *The Killer Department: The Eight-Year Hunt for the Most Savage Killer of Modern Times.* New York 1993, S. 209, 194–203.
43 Zitate zu Hitlers Kindheit aus Toland, *Adolf Hitler,* S. 25–40 und Waite, *The Psychopathic God,* S. 147.
44 Plotin, *Schriften, Band 1.* Hamburg 1961, Enneade VI, 9.11, S. 207.
45 Gerald Astor, *The »Last« Nazi: The Life and Times of Dr. Joseph Mengele.* New York 1985.
46 Gilmore, »Family Album«, in: *Granta,* S. 11–52.
47 Katz, *Seductions of Crime: Moral and Sensual Attractions of Doing Evil,* S. 301.
48 M. Scott Peck, *People of the Lie: The Hope for Healing Human Evil.* New York 1983, S. 261–265.
49 Breggin und Breggin, *The War Against Children: The Government's Intrusion into Schools, Families und Communities in Search of a Medical »Cure« for Violence,* S. 15.
50 Elaine Pagels, *Satans Ursprung.* Berlin 1996.

11. Mittelmaß

1 George R. Marek, *Toscanini.* New York 1975, S. 22.
2 *Helena:* We, the poorer born
Whose baser stars do shut us up in wishes,…
William Shakespeare, *Ende gut, alles gut.* Stuttgart 1996, I.1., S. 8.
3 Epstein, *Recognizing Biography,* S. 71–73.
4 Theodore Zeldin, *Eine intime Geschichte der Menschheit. Über die Kunst des Lebens.* Stuttgart 1997.
5 Die Übersetzungen der Heraklit-Worte wurden den folgenden Quellen

entnommen: M. Marcovich, *Heraclitus: Editio Maior.* Meridor (Venezuela) 1967; Geoffrey S. Kirk, John E. Raven und Malcolm Schofield, *Die vorsokratischen Philosophen: Einführung, Texte und Kommentare.* Stuttgart 1994, S. 230/231; Philip Wheelwright, *Heraclitus.* New York 1968; W. K. C. Guthrie, *A History of Greek Philospby,* Band 1. Cambridge (England) 1962; Werner Jäger, *Paideia. Die Formung des griechischen Menschen,* Band 1. Berlin 1954[3]; John Burnet, *Early Greek Philosophy.* London 1948; *Herakleitos und Diogenes,* translated by Guy Davenport. San Francisco 1979; Hermann Diels, *Die Fragmente der Vorsokratiker – Griechisch und Deutsch,* 3 Bände. Berlin 1907, Bd. 2, S. 177; Bruno Snell (Hrsg.), *Heraklit-Fragmente. Griechisch und Deutsch.* München/Zürich 1986; Gottfried Neeße, *Heraklit heute. Die Fragmente seiner Lehre als Urmuster europäischer Philosophie.* Hildesheim/Zürich 1982. Wolfgang Schadewaldt, *Die Anfänge der Philosophie bei den Griechen, Die Vorsokratiker und ihre Voraussetzungen.* Frankfurt 1995[7].

6 *Kent:* It is the stars,
The stars above us, govern our conditions;
William Shakespeare, *King Lear/König Lear.* Stuttgart 1997, IV.3, S. 172/173.

7 *Cassius:* The fault, dear Brutus, ist not in our stars,
But in ourselves, …
William Shakespeare, *Julius Caesar.* Stuttgart 1996, I.2., S. 18/19.

8 Thomas L. Pangle, *The Laws of Plato.* New York 1980, S. 792e.

9 Zitate zu Thomas Dewey stammen aus: Richard Norton Smith, *Thomas E. Dewey and His Time.* New York 1982; zu Billy Graham aus: Frady, *Billy Graham: A Parable of American Righteousness;* zu Oliver North aus: Ben Bradlee, *Guts and Glory: The Rise and Fall of Oliver North.* New York 1988.

Coda: Eine Anmerkung zur Methodologie

1 Sigmar Baron von Schultze-Galléra (Dr. Airgremont), *Volkserotik und Pflanzenwelt.* Halle 1908/1909, *S. 33, 34;* Angelo de Gubernatis, *La Mythologie des plantes,* Band 2. Paris 1878, S. 68–69.

2 H. W. Parke, *The Oracles of Zeus: Dodona, Olympia, Ammon.* Oxford 1967, S. 265–273.

3 Robert von Ranke-Graves, *Die weiße Göttin. Sprache des Mythos.* Reinbek 1992.

4 Zur Sprache der Bäume in den zeitgenössischen Vereinigten Staaten siehe: Michael Perlman, *The Power of Trees: The Reforesting of the Soul.* Dallas 1994; zur Beziehung zwischen Sprache und Landschaft siehe: David Abram, *The Spell of the Sensuous: Perception und Language in a More-Than-Human World.* New York 1996.

5 *Germanische Götter- und Heldensagen. Nach den Quellen neu erzählt von Reiner Tetzner.* Stuttgart 1997, S.123–124.

6 Die Übersetzung der Begriffe erfolgte unter Zuhilfenahme der folgenden Werke: Friedrich Kluge, *Etymologisches Wörterbuch der deutschen Sprache.* Straßburg 1894; Julius Pokerny, *Indogermanisches etymologisches Wörterbuch.* Tübingen 1994; Pierre Chantraine, *Dictionnaire étymologique de la langue grecque.* Paris 1968; Henry George Liddell and Robert Scott, *A Greek-English Lexicon.* Oxford 1890[7]; P. G. W. Glare (Hrsg., *Oxford Latin Dictionary.* Oxford 1982; Leslie Brown (Hrsg.), *The New Oxford English Dictionary.* Oxford 1993.
7 James Hillman (Hrsg.), *Puer Papers.* Dallas 1980.
8 Nitzsche, *The Genius Figure in Antiquity and the Middle Ages*, S. 7–12.

Bibliographie

Abram, David, *The Spell of the Sensuous: Perception and Language in a More-Than-Human World*. New York: Pantheon, 1996.

Abt, Samuel, *LeMond*. New York: Random House, 1990.

Ainslie, Ricardo C., *The Psychology of Twinship*. Lincoln: University of Nebraska Press, 1985.

Ambrose, Stephen E., *Nixon: The Education of a Politician, 1913–1962*. New York: Simon and Schuster, 1987.

American Psychiatric Association Staff (Hrsg.), *Diagnostic and Statistical Manual of Mental Disorders*, Band 3. Washington/D.C.: Psychiatric Press, 1977[3].

Aristoteles, *Die Nikomachische Ethik* (übersetzt von Olof Gigon). München: dtv, 1995[2].

Aristoteles, *Physik*, Band 2 (Bücher I–IV; übersetzt von Hans-Günter Zekl). Hamburg: F. Meiner, 1985.

Armstrong, A. Hilary, »The Divine Enhancement of Earthly Beauties«, in: *Eranos-Jahrbuch 1984*. Frankfurt: Insel, 1986.

Astor, Gerald, *The »Last« Nazi: The Life and Times of Dr. Joseph Mengele*. New York: Donald I. Fine, 1985.

Athens, Lonnie H., *The Creation of Dangerous Violent Criminals*. Urbana: University of Illinois Press, 1992.

Auden, Wystan Hugh, *Ein Bewußtsein der Wirklichkeit. Essays* (aus dem Englischen von Hella Bronhold). München/Zürich: Piper, 1989.

Baker, Jean-Claude und Chris Chase, *Josephine: The Hungry Heart*. New York: Random House, 1993.

Bauer, Jan, *Unmögliche Liebe: Vom Sinn unerlaubter Leidenschaft* (aus dem Amerikanischen von Christina Meyer). Zürich: Schweizer Spiegel Verlag, 1995.

Bell, Eric Temple, *Men of Mathematics*. New York: Simon and Schuster, 1937; dt. Ausgabe: *Die großen Mathematiker* (aus dem Englischen von Heinz von Sauter). Düsseldorf: Econ, 1967.

Bergman, Ingmar, *Mein Leben* (aus dem Schwedischen von Hans-Joachim Maass). Berlin: Volk und Welt, 1988.

Bergson, Henri, *L'évolution créative,* Paris 1907.
Berscheid, Ellen, und Elaine Hatfield Walster, *Interpersonal Attraction.* Menlo Park/N. Y.: Addison-Wesley, 1983.
Bloom, Lynn Z., *Doctor Spock: Biography of a Conservative Radical.* Indianapolis: Bobbs-Merrill, 1972.
Blumberg, Stanley A. und Gwinn Owens, *Energy and Conflict: The Life and Times of Edward Teller.* New York: Putnam, 1976.
Bosworth, Patricia und Diana Arbus: A Biography. New York: Alfred A. Knopf, 1984; dt. Ausgabe: *Diane Arbus: Eine Biographie.* München: o. V., 1984.
Bowlby, John, *Mutterliebe und kindliche Entwicklung* (aus dem Englischen von Ursula Seemann). München/Basel: Reinhardt, 1985.
Bradlee, Ben, *Guts and Glory: The Rise and Fall of Oliver North.* New York: Donald I. Fine, 1988.
Bradley, Omar N. und Clay Blair, *A General's Life: An Autobiography.* New York: Simon and Schuster, 1983.
Branagh, Kenneth, *Beginning.* London: Chatto and Windus, 1989.
Branden, Nathaniel, »A Vision of Romantic Love«, in: Robert J. Sternberg und Michael L. Barnes (Hrsg.), *The Psychology of Love.* New Haven: Yale University Press, 1988.
Brandon, Ruth, *The Life and Many Deaths of Harry Houdini.* New York: Random House, 1993.
Breggin, Peter R. und Ginger R., *The War Against Children: The Government's Intrusion into Schools, Families and Communities in Search of a Medical »Cure« for Violence.* New York: St. Martin's Press, 1994.
Brome, Vincent, *Havelock Ellis: Philosopher of Sex.* London: Routledge and Kegan Paul, 1979.
Brown (Hrsg.), Leslie, *The New Oxford English Dictionary.* Oxford: Clarendon Press, 1993.
Burnet, John, *Early Greek Philosophy.* London: Adam and Charles Black, 1948.
Canetti, Elias, *Die gerettete Zunge. Geschichte einer Jugend.* Frankfurt: Fischer, 1979.
Caro, Robert A., »Lyndon Johnson and the Roots of Power«, in: *Extraordinary Lives: The Art and Craft of American Biography.* Boston: Houghton Mifflin, 1988.
Chantraine, Pierre, *Dictionnaire étymologique de la langue grecque.* Paris: Klincksieck, 1968.
Charles-Roux, Edmonde, *Coco Chanel. Ein Leben* (aus dem Französischen von Erika Tophoven-Schöningh). Wien/Darmstadt: Zsolnay, 1988.
Chasins, Abram, *Leopold Stokowski: A Profile.* New York: Hawthorn Books, 1979.
Citron, Stephen, *Noel and Cole: The Sophisticates.* Oxford: Oxford University Press, 1993.
Clarke, Gerald, *Truman Capote. Biographie* (aus dem Amerikanischen von Brigitte Stein). München: Knaur, 1993.
Cobb, Edith, *The Ecology of Imagination in Childhood.* Dallas: Spring Publication, 1993.

Cohn, Roy and Sidney Zion, *The Autobiography of Roy Cohn.* Secaucus/N. Y.: Lyle Stuart, 1988.
Coles, Robert, *The Spiritual Life of Children.* Boston: Houghton Mifflin, 1990; dt. Ausgabe: *Gott wird naß, wenn es regnet? Die religiöse Bilderwelt der Kinder* (aus dem Amerikanischen von Almuth Dittmar-Kolb). Hamburg: Hoffmann und Campe, 1992.
Colette, *Die Erde ist mein Paradies. Eine Autobiographie der Colette aus ihren Werken zusammengestellt von Robert Phelps* (aus dem Französischen von Gerlinde Quentzer, Justus F. Wittkop u. a.). Frankfurt: Fischer, 1967.
Colford, Paul. D., *The Rush Limbaugh Story: Talent on Loan from God.* New York: St. Martins's Press, 1993.
Colin, Sid, *Ella: The Life and Times of Ella Fitzgerald.* London: Elm Tree Books, 1986.
Collingwood, Robin George, *An Autobiography.* Oxford: Oxford University Press, 1939; dt. Ausgabe: *Denken. Eine Autobiographie.* Stuttgart: Koehler, 1955.
Congdon, Lee, *The Young Lukács.* Chapel Hill: University of North Carolina Press, 1983.
Conrad, Barnaby, *The Death of Manolete.* Boston: Houghton Mifflin, 1958.
Cook, Blanche Wiesen, *Eleanor Roosevelt, Bd. 1, 1884–1933.* New York: Viking Penguin, 1992.
Cornford, Francis MacDonald, *Plato's Cosmology: The »Timaeus« of Platon Translated with a Running Commentary.* London: Routledge and Kegan Paul, 1948.
Covitz, Joel, »A Jewish Myth of a Priori Knowledge«, in: *Spring 1971: An Annual for Archetypal Psychology.* Zürich: Spring Publications, 1971.
Cox, Patricia, *Biography in Late Antiquity: A Quest for the Holy Man.* Berkeley: University of California Press, 1983.
Crozier, Brian, *Franco* (aus dem Englischen von Christian Siel). München/Esslingen: Bechtle, 1967.
Cullen, Robert, *The Killer Department: The Eight-Year Hunt for the Most Savage Killer of Modern Times.* New York: Pantheon, 1993.
Dahmer, Lionel, *A Father's Story.* New York: Avon, 1995; dt. Ausgabe: *Mein Sohn ist ein Mörder* (aus dem Englischen von Klaus Binder und Jeremy Gaines). Franfurt: Fischer, 1995.
Daniel, Oliver, *Stokowski: A Conterpoint of View.* New York: Dodd, Mead, 1982.
Davies, Robertson, *Der Fünfte im Spiel* (aus dem Englischen von Maria Gridling). Wien: Paul Zsolnay, 1984.
Davis, Bette, *The Lonely Life: An Autobiography.* London: MacDonald, 1963.
Day, Sebastian J., *Intuitive Cognition: A Key to the Significance of the Later Scholastics.* St. Bonaventure/N. Y.: Franciscan Institute, 1947.
Deans, Mickey und Ann Pinchot, *Weep No More, My Lady.* New York: Hawthorne, 1972.
Demos, John, »The Changing Faces of Fatherhood«, in: Frank S. Kessel und Alexander W. Siegel (Hrsg.), *The Child and Other Cultural Inventions.* New York: Praeger, 1983.

Diels, Hermann, *Die Fragmente der Vorsokratiker* – Griechisch und Deutsch, 3 Bände. Berlin: Weidmann, 1907.

Dietrich, Bernard Clive, *Death, Fate and the Gods: Development of a Religious Idea in Greek Popular Belief and in Homer.* London: Athlone Press, University of London, 1965.

Dodds, Eric Robertson, *The Greeks and the Irrational.* Berkeley: University of California Press, 1951; dt. Ausgabe: *Die Griechen und das Irrationale* (aus dem Englischen von Hermann-Josef Dirksen). Darmstadt: Wissenschaftliche Buchgesellschaft, 1970.

Dodds, Eric Robertson, *Proclus: The Elements of Theology.* Oxford: Oxford University Press, 1963².

Dunbar, Janet, *J. M. Barrie: The Man Behind the Image.* Newton Abbot/England: Readers Union, 1971.

Dunn, Judy und Robert Plomin, *Warum Geschwister so verschieden sind* (aus dem Englischen von Stefan Granzow). Stuttgart: Klett Cotta, 1996.

Edel, Leon, *Writing Lives – Principia Biographica.* New York: W. W. Norton, 1984.

Eells, George, *The Life That Late He Led: A Biography of Cole Porter.* London: W. H. Allen, 1967.

Eliot, T. S. *Gesammelte Gedichte 1909–1962. Herausgegeben und mit einem Nachwort von Eva Hesse (übertragen von Christian Enzensberger u. a.).* Frankfurt: Suhrkamp, 1972.

Emerson, Ralph Waldo, *Essays.* Erste Reihe (ins Deutsche übertragen und herausgegeben von Harald Kiczka). Zürich: Diogenes, 1983.

English, Horace B. und Ava C., *A Comprehensive Dictionary of Psychological and Psychoanalytical Terms.* New York: David McKay, 1958.

Epstein, William H., *Recognizing Biography.* Philadelphia: University of Pennsylvania Press, 1987.

Eyer, Diane E., *Mother-Infant Bonding: A Scientific Fiction.* New Haven: Yale University Press, 1992.

Fest, Joachim C., *Hitler. Eine Biographie.* Frankfurt/Berlin: Ullstein, 1973.

Fisher, Helen, *Anatomie der Liebe, Warum Paare sich finden, sich binden und auseinandergehen* (aus dem Amerikanischen von Gerda Kunz und Siglinde Summerer). München: Droemer Knaur, 1993.

Flexner, James Thomas, *The Young Hamilton: A Biography.* Boston: Little, Brown, 1978.

Flood, Charles Bracelen, *Hitler: The Path to Power.* Boston: Houghton Mifflin, 1989.

Forrest, D. W., *Francis Galton: The Life and Work of a Victorian Genius.* London: Paul Elek, 1974.

Frady, Marshall, *Billy Graham: A Parable of American Righteousness.* Boston: Little, Brown, 1979.

Franey, Pierre, *A Chef's Tale: A Memoir of Food, France, and America.* New York: Alfred A. Knopf, 1994.

Friedländer, Paul, *Platon. Band 1: Seinswahrheit und Lebenswirklichkeit.* Berlin: W. de Gruyter, 1954².

Friedman, Maurice, *Encounter on the Narrow Ridge: A Life of Martin Buber.* New York: Paragon House, 1991.
Gantner, Joseph, »L'Immagine del Cuor«, in: *Eranos-Jahrbuch,* Zürich 1967, 35–1966.
Germanische Götter- und Heldensagen. Nach den Quellen neu erzählt von Reiner Tetzner. Stuttgart: Philipp Reclam jun., 1992.
Gilmore, Mikal, »Family Album«, in: *Granta,* 1991, Nr. 37 (Herbst).
Glare (Hrsg.), P. G. W., *Oxford Latin Dictionary.* Oxford: Clarendon Press, 1982.
Gleick, James, *Richard Feynman. Leben und Werk eines genialen Physikers* (aus dem Amerikanischen von Doris Gerstner und Shankat Khan). München: Droemer Knaur, 1993.
Goertzel, Victor und Mildred G., *Cradels of Eminence.* Boston: Little, Brown, 1962.
Goldman, Albert, *John Lennon. Ein Leben.* (aus dem Amerikanischen von Jürgen Abel u. a.). Reinbek: Wunderlich, 1989.
Gombrich, Ernst H., *Kunst und Illusion. Zur Psychologie der bildlichen Darstellung* (aus dem Englischen von Lisbeth Gombrich). Stuttgart/Zürich: Belser, 1978.
Grant, James, *Bernard M. Baruch: The Adventures of a Wall Street Legend.* New York: Simon and Schuster, 1983.
Graver, Neil A., *Remember Laughter: A Life of James Thurber.* Lincoln: Universitiy of Nebraska Press, 1994.
Greene, William Chase, *Moira: Fate, Good, and Evil in Greek Thought.* New York: Harper Torchbooks, 1963.
Gubernatis, Angelo de, *La Mythologie des plantes,* Band 2. Paris: C. Reinwald, 1878.
Guggenbühl-Craig, Adolf, *The Emptied Soul: The Psychopath in Everyone's Life.* Woodstock/Conn.: Spring Publications, 1996.
Guthrie, W. K. C., *A History of Greek Philosophy,* Band 1. Cambridge (England): Cambridge University Press, 1962.
Hadamard, Jacques, *The Psychology of Invention in the Mathematical Field.* Princeton: Princeton University Press, 1945.
Hanson, Elisabeth, *My Poor Arthur: A Biography of Arthur Rimbaud.* New York: Henry Holt; 1960.
Harding, Rosamond E. M., *An Anatomy of Inspiration.* Cambridge: Heffer and Sons, 1942.
Haule, John R., *Heilige Verzauberung. Archetypen und Stadien der romantischen Liebe* (aus dem Englischen von Annemarie Döring). Interlaken: Ansata, 1991.
Heilbrun, Carolyn G., *Writing a Woman's Life.* New York: W. W. Norton, 1988.
Hendrick, Susan S. und Clyde Hendrick, *Romantic Love.* Newbury Park/Kalifornien: Sage Publications, 1992.
Heraklit, *Fragmente.* Griechisch und Deutsch, herausgegeben von Bruno Snell. München/Zürich: Artemis & Winkler, 1995[11].
Herrnstein, Richard J. und Charles Murray, *The Bell Curve: Intelligence and Class Structure in American Life.* New York: Free Press, 1994.

Herzog, Edgar, *Psyche und Tod, Wandlungen des Todesbildes im Mythos und in den Träumen heutiger Menschen.* Zürich/Stuttgart: Rascher, 1960.

Highfield, Roger und Paul Carter, *Die geheimen Leben des Albert Einstein. Eine Biographie* (aus dem Englischen von Anita Ehlers). Berlin: Byblos, 1994.

Hillary, Sir Edmund, *Wer wagt, gewinnt. Eine Autobiographie* (aus dem Englischen von Hans Jürgen Baron von Koskull). Bergisch Gladbach: Gustav Lübbe, 1976.

Hillman, James, »Archetypal Psychology: Monotheistic or Polytheistic?« in: *Spring 1971: An Annual of Archetypal Psychology and Jungian Thoght.* Zürich: Spring Publications, 1971.

Hillman, James, *Am Anfang war das Bild. Unsere Träume – Brücken der Seele zu den Mythen* (aus dem Amerikanischen von Doris Engelke). München: Kösel, 1979.

Hillman, James (Hrsg.), *Puer Papers.* Dallas: Spring Publications, 1980.

Hillman, James, *Egalitarian Typologies Versus the Perception of the Unique* (Eranos Lecture Series). Dallas: Spring Publications, 1986.

Hillman, James, »Oedipus Revisited«, in: *Oedipus Variations: Studies in Literature and Psychoanalysis.* Dallas: Spring Publications, 1991.

Hillman, James, »What Does the Soul Want – Alder's Imagination of Inferiority«, in: *Healing Fiction.* Dallas: Spring Publications, 1994.

Holmes, Richard, *Coleridge – Early Visions.* London: Hodder and Stoughton, 1989.

Holroyd, Michael, »Literary and Historical Biography«, in: A. M. Friedson (Hrsg.), *New Directions in Biography.* Manoa: University of Hawaii Press, 1981.

Hultkrantz, Åke, *Conceptions of the Soul Among North American Indians.* Stockholm: Statens Etnografiska Museum, 1953.

Irving, David, *Romme. Eine Biographie* (aus dem Englischen von Richard Giese). Hamburg: Hoffmann und Campe, 1978.

Isaacson, Walter, *Kissinger. Eine Biographie* (aus dem Amerikanischen von Jürgen Schebern u. a.). Berlin: edition q, 1993.

Jäger, Werner, *Paideia. Die Formung des griechischen Menschen,* Band 1. Berlin: de Gruyter & Co., 1954[3].

James, William, »On a Certain Blindness in Human Beings«, in: *Talks to Teachers on Psychology: And to Students on Some of Life's Ideals.* London: Longman's, Green, 1911.

Jayakar, Pupul, *Krishnamurti: A Biography.* New York: Harper and Row, 1988; dt. Ausgabe: *Krishnamurti. Leben und Lehre* (ins Deutsche übertragen von Christine Bender). Freiburg: H. Bauer, 1992.

Jones, Evan, *Epicurean Delight: The Life and Times of James Beard.* New York: Alfred A. Knopf, 1990.

Jung, Carl Gustav, *Typologie.* München: dtv, 1990[2].

Jung, Emma, *Animus und Anima.* Fellbach-Oeffingen: Bonz, 1990[4].

Kagan, Jerome, *The Nature of the Child.* New York: Basic Books, 1994[10].

Kagan, Jerome, *Galen's Prophecy: Temperament in Human Nature.* New York: Basic Books, 1994.

Katz, Jack, *Seductions of Crime: Moral and Sensual Attractions of Doing Evil.* New York: Basic Books, 1988.

Katz, Robert, *Love Is Colder Than Death: Life and Times of Rainer Werner Fassbinder.* London: Jonathan Cape, 1987.

Kazan, Elia, *Elia Kazan: A Life.* New York: Doubleday Anchor, 1989.

Keats, John, *Werke und Briefe. Lyrik, Verserzählungen, Drama, Briefe* (ausgewählt und übertragen von Mirko Bonné). Stuttgart: Philipp Reclam jun., 1995.

Keller, Evelyn Fox und W. H. Freeman, *Barbara McClintock. Die Entdeckerin der springenden Gene.* Basel: Birkhäuser, 1995.

Kirk, Geoffrey S. und J. E. Raven, *Die vorsokratischen Philosophen: Einführung, Texte und Kommentare* (aus dem Englischen von Karlheinz Hülser). Stuttgart/Weimar: Metzler, 1994.

Kittel, Gerhard (Hrsg.), *Theologisches Wörterbuch zum Neuen Testament.* Stuttgart: W. Kohlhammer, 1949–1979.

Kluge, Friedrich, *Etymologisches Wörterbuch der deutschen Sprache.* Straßburg: Karl J. Trübner, 1894.

Kobler, John, *Al Capone* (ohne Angabe des Übersetzers). Rastatt: Moewig, 1981.

König, Josef, *Der Begriff der Intuition.* Halle: Max Niemeyer, 1926.

Koestler, Arthur, *The Ghost in the Machine.* New York: Viking Penguin, 1990; dt. Ausgabe: *Das Gespenst in der Maschine.* Wien/München/Zürich 1968.

Kovecses, Zoltan, »A Linguist's Quest for Love«, in: *Journal of Social and Personal Relationships, 1991, Nr. 8(1).*

Krafft-Ebing, Richard von, *Psychopathia sexualis.* München: Matthes & Seitz, 1997.

Kunkel, Thomas, *Genius in Disguise: Harold Ross of The New Yorker.* New York: Random House, 1995.

Kurth, Peter, *American Cassandra: The Life of Dorothy Thompson.* Boston: Little, Brown, 1990.

Lacey, Robert, *Ford: Eine amerikanische Dynastie* (aus dem Amerikanischen von Monika Siedentopf). Düsseldorf: Econ, 1987.

Largier, Niklaus, *Diogenes der Kyniker. Exempel, Erzählungen, Geschichten in Mittelalter und früher Neuzeit. Mit einem Essay zur Figur des Diogenes zwischen Kynismus, Narrentum und postmoderner Kritik.* Tübingen: Max Niemeyer, 1997.

Lax, Eric, *Woody Allen. Eine Biographie* (übersetzt von Bernd Rullkötter). München: Heyne, 1992.

Leamer, Laurence, *Ingrid Bergman. Die Frau, die ein Weltstar wurde* (aus dem Amerikanischen von Dr. Uta Benz-Lindenau). München: Heyne, 1989.

Leeming, David, *James Baldwin: A Biography.* New York: Alfred A. Knopf, 1994.

Levinson, Daniel J., *Das Leben des Mannes. Werdenskrisen, Wendepunkte, Entwicklungschancen* (aus dem Amerikanischen von Hans Hermann). Köln: Kiepenheuer & Witsch, 1979.

Liddell, Henry George and Robert Scott, *A Greek-English Lexicon.* Oxford: Clarendon Press 1890[7].

Lindeman, Bard, *The Twins Who Found Each Other.* New York: William Morrow, 1969.

Lombroso, Cesare, *The Man of Genius.* London: Walter Scott, 1891.

Lykken, D. T., M. McGue, A. Tellegen und T. J. Bouchard, »Emergenesis: Genetic Traits That May Not Run In Families«, in: *American Psychologist,* 1992, Nr. 47(12).

Marcovich, M., *Heraclitus: Editio Maior.* Merida (Venezuela): Los Andes Universitad, 1967.

Marek, George R., *Toscanini.* New York: Athenenum, 1975.

Maser, Werner, *Adolf Hitler. Legende – Mythos – Wirklichkeit.* München: Heyne, 1997[16].

Masters, Brian, *Killing for Company: The Story of a Man Addicted to Murder.* New York: Random House, 1993; dt. Ausgabe: *Leblose Liebhaber. Die Morde des Dennis Nilsen* (o. Ü.). Reinbek: Rowohlt, 1995.

McCullough, David, *Truman.* New York: Simon and Schuster, 1992.

Meir, Golda, *Mein Leben* (aus dem Englischen von Helmut Degner und Hans-Joachim Maass). Hamburg: Hoffmann und Campe, 1975.

Menuhin, Yehudi, *Unvollendete Reise. Lebenserinnerungen* (aus dem Englischen von Isabella Nadolny und Albrecht Roeseler). München: R. Piper & Co, 1976.

Meyers, Kate, »Tarantino's Shop Class«, in: *Entertainment Weekly,* 14. 10. 1994, S. 35.

Miller, Alice, *Am Anfang war die Erziehung.* Frankfurt: Suhrkamp, 1983.

Miller, David L., *Hells and Holy Ghosts: A Theopoetics of Christian Belief.* Nashville: Abingdon Press, 1989.

Monson, Karen, *Alban Berg.* London: Mac Donald General Books, 1980; dt. Ausgabe: *Alban Berg. Musikalischer Rebell im kaiserlichen Wien* (übersetzt von Ursula Stiebler). Frankfurt/Berlin: Bergh, 1989.

Müller, Ernst (Hrsg.), *Der Sohar. Das heilige Buch der Kabbala* (ausgewählt und übertragen von Ernst Müller). München: Diederichs, 1997[8].

Mullan, Bob, *Mad to Be Normal: Conversations with R. D. Laing.* London: Free Associations Books, 1995.

Naifeh, Steven und Gregory W. Smith, *Jackson Pollock. An American Saga.* New York: Clarkson Potter, 1989.

Neeße, Gottfried, *Heraklit heute. Die Fragmente seiner Lehre als Urmuster europäischer Philosophie.* Hildesheim/Zürich: Olms, 1982.

Neubauer, Peter B. und Alexander, *Nature's Thumbprint: The Role of Genetics in Human Development.* Reading/Mass.: Addison-Wesley. 1990.

Nitzsche, Jane, Chance, *The Genius Figure in Antiquity and the Middle Ages.* New York: Columbia University Press, 1975.

Norris, Joel, *Serial Killers: The Causes of a Growing Menace.* New York: Doubleday, 1988.

Ortega y Gasset, José, *Die Hauptwerke: Der Aufstand der Massen. Über die Liebe – Meditationen* (aus dem Spanischen von Helene Weyl). Berlin: Ullstein, 1983.

Pagels, Elaine, *Satans Ursprung* (aus dem Amerikanischen von Jens Hagenstedt). Berlin: Berlin Verlag, 1996.

Pangle, Thomas L., *The Laws of Plato.* New York: Basic Books, 1980.
Papus (Gerard Encausse), *Die Kabbala. Einführung in die jüdische Geheimlehre* (übertragen von Julius Nestler). Wiesbaden: Fourier, 1986.
Parke, Herbert William, *The Oracles of Zeus: Dodona, Olympia, Ammon.* Oxford: Basil Blackwell, 1967.
Payne, Robert, *The Life and Death of Mahatma Gandhi.* New York: Dutton, 1969.
Peck, M. Scott, *People of the Lie: The Hope for Healing Human Evil.* New York: Simon and Schuster, 1983; dt. Ausgabe: *Die Lügner. Eine Psychologie des Bösen und die Hoffnung auf Heilung* (aus dem Amerikanischen von Andreas Ebert). München: Claudius, 1990.
Penrose, Roland, *Picasso: His Life and Work.* Berkeley: University of California Press, 1981[3].
Perlman, Michael, *The Power of Trees: The Reforesting of the Soul.* Dallas: Spring Publications, 1994.
Petrova, Ada und Peter Watson, *The Death of Hitler: The Full Story with New Evidence from Secret Russian Archives.* New York: W. W. Norton, 1995.
Peyser, Joan, *Leonard Bernstein.* London. Bantam, 1987; dt. Ausgabe: *Leonard Bernstein. Eine Biographie* (aus dem Englischen von Hans-Joachim Maass). Hamburg: Hoffmann und Campe, 1988.
Platon, »Politeia«, in: *Sämtliche Werke,* Band 1 (übersetzt von Friedrich Schleiermacher). Reinbek: Rowohlt, 1994.
Platon, »Phaidros«, in: *Sämtliche Werke,* Band 1 (übersetzt von Friedrich Schleiermacher). Reinbeck: Rowohlt, 1994.
Plomin, Robert, »Environment and Genes«, in: *American Psychologist,* 1989, Nr. 44(2).
Plomin, Robert, J. C. De Fries und G. E. McClearn, *Behavioral Genetics: A Primer.* New York: W. H. Freeman, 1990.
Plotin, *Schriften* (übersetzt von Richard Harder). Hamburg: Meiner, 1961, Band 1.
Plotin, *Schriften. Neubearbeitung mit griechischem Lesetext und Anmerkungen.* Griechisch–Deutsch (übersetzt und fortgeführt von Richard Harder u. a.). Hamburg: Meiner, 1992, Band 5.
Pokorny, Julius, *Indogermanisches etymologisches Wörterbuch.* Bern: Francke, 1959.
Ponce, Charles, *Kabbalah.* San Francisco: Straight Arrow Books. 1973.
Porteous, Alexander, *Forest Folklore, Mythology, and Romance.* London: George Allen and Unwin, 1928.
Radin, Paul, *Monotheism Among Primitive Peoples.* Basel: Ethnographic Museum, Bollingen Foundation, Special Publication 4, 1954.
Ranke-Graves, Robert von, *Die weiße Göttin. Sprache des Mythos* (aus dem Englischen von Thomas Lindquist). Reinbek: Rowohlt, 1992.
Rauschning, Hermann, *Gespräche mit Hitler.* Wien: Europa, 1973.
Raymond, John, *Simenon in Court.* New York: Harcourt, Brace and World, 1968.
Reich, Howard, *Van Cliburn: A Biography.* Nashville: Thomas Nelson, 1993.

Reiss, David, Robert Plomin und E. Mavis Hetherington, »Genetics and Psychiatry: An Unheralded Window on the Environment«, in: *American Journal of Psychiatry*, 1991, Nr. 148(3).

Rilke, Rainer Maria, *Gedichte, 1. Teil*. Frankfurt: Insel, 1987.

Rodríguez, Andrés, *The Book of the Heart: The Poetics, Letters and Life of John Keats*. Hudson/N.Y.: Lindisfarne Press, 1993.

Roiphe, Anne in Ron Goulart (Hrsg.), *An American Family*. New York: Warner, 1973.

Roosevelt, Eleanor, *You Learn by Living*. New York: Harper and Bros., 1960.

Rothenberg, Albert, *Creativity and Madness: New Findings and Old Stereotypes*. Baltimore: Johns Hopkins University Press, 1990.

Rowe, David C., *Genetik und Sozialisation. Die Grenzen der Erziehung* (aus dem Amerikanischen von Brigitte Eckert). Weinheim: Psychologie Verlags Union, 1997.

Sardello (Hrsg.), Robert, *The Angels*. Dallas: Dallas Institute of Humanities and Culture, 1994.

Sawyer-Laucanno, Christopher, *An Invisible Spectator: A Biography of Paul Bowles*. London: Bloomsbury, 1989.

Schadewaldt, Wolfgang, *Die Anfänge der Philosophie bei den Griechen, Die Vorsokratiker und ihre Voraussetzungen*. Frankfurt: Suhrkamp, 1995[7].

Schilpp, Paul Arthur, *The Philosophy of Alfred North Whitehead*. New York: Tudor, 1951.

Scholem, Gershom (Hrsg.) *Zohar – The Book of Splendor: Basic Readings from the Kabbalah*. New York: Alfred A. Knopf, 1992.

Schreckenberg, Heinz, *Ananke*. München: C. H. Beck, 1964.

Schultze-Calléra, Sigmar Baron von (Pseudonym: Dr. Aigremont), *Volkserotik und Pflanzenwelt*. Halle: Gebrüder Trensinger, 1908/1909.

Secrest, Meryle, *Frank Lloyd Wright*. New York: Alfred A. Knopf, 1992.

Sereny, Gitta, *The Case of Mary Bell*. New York: McGraw-Hill, 1973; dt. Ausgabe: *Kinder morden Kinder. Der Fall Mary Bell* (aus dem Englischen von Peter Linnert und Susanne Klockmann). Reinbek: Rowohlt, 1995.

Seroff, Victor, *The Real Isadora*. New York: Dial Press, 1971.

Shakespeare, William, *The Tempest/Der Sturm* Englisch/Deutsch (übersetzt und herausgegeben von Gerd Stratmann). Stuttgart: Philipp Reclam jun., 1882.

Shakespeare, William, *Othello* – Englisch/Deutsch (übersetzt von Hanno Bolte und Dieter Hamblock). Stuttgart: Philipp Reclam jun., 1985.

Shakespeare, William, *Ende gut, alles gut* (übersetzt von Wolf Heinrich, Graf Baudissin). Stuttgart: Philipp Reclam jun., 1996.

Shakespeare, William, *King Lear/König Lear* – Englisch/Deutsch (übersetzt von Raimund Borgmeier u. a.). Stuttgart: Philipp Reclam jun., 1997.

Shakespeare, William, *Julius Caesar* – Englisch/Deutsch (übersetzt von Dietrich Klose). Stuttgart: Philipp Reclam jun., 1996.

Shipman, David, *Judy Garland: The Secret Life of an American Legend*. New York: Hyperion, 1993.

Smith, Richard Norton, *Thomas E. Dewey and His Time*. New York: Simon and Schuster 1982.

Stevens, Wallace, »Notes Toward a Supreme Fiction«, in: *The Collected Poems of Wallace Stevens.* New York: Alfred A. Knopf, 1978.
Sweeney, Camille, »Portrait of the American Child«, in: *The New York Times Magazine,* 8. 10. 1995.
Szulc, Tad, *Fidel: A Critical Portrait.* New York: William Morrow, 1986.
Toland, John, *Adolf Hitler* (aus dem Amerikanischen von Uwe Bahnsen). Bergisch Gladbach: Lübbe, 1977.
Turnball, Andrew, *Thomas Wolfe.* New York: Scribners, 1967.
Turner, Tina und Kurt Loder, *Ich, Tina. Mein Leben* (aus dem Amerikanischen von Michael Kubiak). München: Goldmann, 1986.
Tylor, Edward Burnett, *Die Anfänge der Kultur. Untersuchungen über die Entwicklung der Mythologie, Philosophie, Religion, Kunst und Sitte* (aus dem Englischen von J. W. Spengel und Fr. Poske). Leipzig: Winter, 1873.
Ventura, Michael und James Hillman, *Hundert Jahre Psychotherapie, und der Welt geht's immer schlechter* (aus dem Amerikanischen von Clemens Wilhelm). Solothurn/Düsseldorf: Walter, 1993.
Waite, Robert G., *The psychopathic God: Adolf Hitler.* New York: Basic Books, 1977.
Walker, Margaret, *Richard Wright: Daemonic Genius.* New York: Amistad, 1988.
Waller, Niels G. und Phillip R. Shaver, »The Importance of Nongenetic Influences on Romantic Love Styles: A Twin-Family Study«, in: *Psychological Science,* 1994, Nr. 5 (5), S. 268–274.
Ward, Maisie, *Robert Browning and His World: The Private Face (1812–1861).* London: Cassell, 1968.
Warren (Hrsg.), Howard C., *Dictionary of Psychology.* Boston: Houghton Mifflin, 1934.
Watkins, Mary, *Invisible Guests: The Development of Imaginal Dialogues.* Hillsdale/N. J.: Analytic Press, 1986.
Weber, Carl-Wilhelm, *Diogenes. Die Botschaft aus der Tonne.* München: Nymphenburger, 1987.
Weinstein, Edwin A., *Woodrow Wilson: A Medical and Psychological Biography.* Princeton: Princeton University Press, 1981.
Westcott, Malcom R., *Toward a Contemporary Psychology of Intuition: A Historical, Theoretical and Empirical Inquiry.* New York: Holt, Rinehart and Winston, 1968.
Weelwright, Philip, *Heraclitus.* New York: Atheneum, 1968.
Wild, K.W., *Intuition.* Cambridge/England: Cambridge University Press, 1938.
Wilson, James Q. und Richard J. Herrnstein, *Crime and Human Nature.* New York: Simon and Schuster, 1985.
Wilson-Smith, Timothy, *Delacroix – A Life.* London: Constable, 1992.
Wind, Edgar, *Heidnische Mysterien in der Renaissance* (aus dem Englischen von Christa Münstermann). Frankfurt: Suhrkamp, 1981.
Woolf, Virginia, »Eine Skizze der Vergangenheit«, in: *Augenblicke. Skizzierte Erinnerungen. Mit einem Essay von Hilde Spiel* (aus dem Englischen von Elizabeth Gilbert). Frankfurt: Fischer, 1984.

Wordsworth, William, *Präludium oder das Reifen eines Dichtergeistes. Ein autobiographisches Gedicht* (ins Deutsche übertragen von Hermann Fischer). Stuttgart 1974.

The World Almanac and Book of Facts. New York: Pharos Books, 1991.

Woroszylski, Wiktor, *The Life of Mayakovsky.* London: Victor Gollancz, 1972.

Wright, Lawrence, »Double Mystery«, in: *The New Yorker,* 7.8.1995.

Wright, Robert, *Diesseits von Gut und Böse. Die biologischen Grundlagen unserer Ethik* (aus dem Amerikanischen von Johann George Scheffner). München: Limes, 1996.

Wylie, Mary Sykes, »Diagnosing for Dollars?«, in: *The Family Therapy Networker,* 1995, Nr. 19(3), S. 23–69.

Young, Desmond, *Rommel: The Desert Fox.* New York: Harper and Bros., 1950; dt. Ausgabe: *Rommel, der Wüstenfuchs* (aus dem Amerikanischen von Carl Brinitzer). Frankfurt/Berlin: Ullstein, 1987.

Young-Bruehl, Elisabeth, *Hannah Arendt: For Love of the World.* New Haven: Yale Univeristy Press, 1982; dt. Ausgabe: *Hannah Arendt: Leben, Werk und Zeit* (aus dem Amerikanischen von Hans Günter Holl). Frankfurt: Fischer, 1991.

Zeldin, Theodore, *Eine intime Geschichte der Menschheit. Über die Kunst des Lebens* (aus dem Englischen von Reinhild Böhnke und Anna Maria Brock). Stuttgart: Deutsche Verlags-Anstalt, 1997.

Zolotow, Maurice, *Shooting Star: A Biography of John Wayne.* New York: Simon and Schuster, 1974.

Register